KB058754

MICHAEL CONNELLY

Nine Dragons

나인 드래곤
Nine Dragons

BOSCH

MICHAEL CONNELLY

마이클 코넬리 지음 ㅣ 한정아 옮김

RHK
알에이치코리아

Media Review

"무서운 속도로 액션이 이어지는 작품. 무엇보다 흥미로운 점은, 이제껏 보다 진정성 있고 매력적인 모습으로 진화해왔던 주인공의 새로운 모습을 볼 수 있다는 것이다."_덴버 포스트

《나인 드래곤》은 화려한 액션 장면뿐만 아니라 보슈의 비애가 무엇보다 빛을 발하는 작품이다."_시카고 트리뷴

"날카로움의 정점에 오른 보슈와 가장 매력적인 이야기를 선보인 코넬리. 그 둘이 만나 짜릿한 케미를 만들어냈다."_선데이 오리거니언

"대단하다! 매혹적이다! 형사사건의 수사 절차도 흥미롭고, 주인공의 진지한 면모도 돋보인다!"_밀워키 저널 센티널

《나인 드래곤》은 정말 대단한 크라임 스릴러다."_필라델피아 인콰이어러

"마이클 코넬리는 재능 있는 최고의 스릴러 작가 중 하나다."_뉴요커

"천부적인 작가라면 늘 그렇듯, 코넬리는 그만의 고유한 세계를 창조해냈다. 그리고 그 세계에서 감정이 충만하고 흥미진진하며 가슴을 옥죄는 이야기를 만들어냈다."_샌디에이고 유니언 트리뷴

"이제껏 새로운 면모를 보여주며 인물을 보다 돋보이게 변화시켜왔던 코넬리의 재능이 빛을 발한 작품이다. 그 어느 때보다 인간적이고 흥미로운 보슈의 새로운 모습을 볼 수 있다."_어소시에이티드 프레스

"정교한 이야기 구성, 예상치 못한 사건, 그리고 금욕적이고 재즈를 사랑하며 냉철하지만 약점이 있는 형사에게 점차 몰입되어 간다…. 이전 시리즈물을 읽지 않아도 된다. 이 한 권만으로도 보슈에게 빠져들기에 충분하다."_콜럼버스 디스패치

"흥미진진하다. 손에서 책을 내려놓을 수가 없다."_디트로이트 뉴스

"형사 해리 보슈 시리즈 중에서도 반전과 트릭의 묘미가 살아 있는 최고의 걸작이다. 형사로서의 삶과 개인적 삶이 교차하면서도 액션이 난무하고 숨통을 조이며 피가 솟구치는 속도감을 자랑한다."_북리스트

"빠른 속도감, 온 마음을 사로잡는 사건 전개… 범죄 스릴러 작가로 천부적 재능을 지닌 코넬리는 이 책에서 강철같이 완벽한 주인공에게 빈틈을 만들어냈다."
_휴스턴 크로니클

"《나인 드래곤》은 코넬리 하면 떠오르는 서스펜스의 묘미를 선보이며, 이제 막 새로운 세계에 발을 들인 보슈의 믿기 어려운 이야기를 펼쳐 보인다. 시리즈를 처음 접하는 독자든, 간헐적으로 읽던 독자든, 시리즈의 차기작을 기다리는 보슈의 광팬이든 모든 독자를 만족시킬 시리즈의 또 다른 걸작이 탄생했다."
_로스앤젤레스 타임스

"놀라울 정도의 생생함, 마치 영화를 보는 듯한 역동적 액션… 코넬리의 트레이드마크라 할 수 있는 모든 요소를 지닌 책이다."_팜 비치 포스트

"읽는 즐거움을 주는 책. 마이클 코넬리는 오늘날 미국에서 가장 뛰어난 소설가일 것이다."_샌프란시스코 북 리뷰

"보슈의 팬이라면 절대 놓칠 수 없는 충격적인 반전이 있는 작품."
_샌안토니오 익스프레스 뉴스

"마이클 코넬리는 세계에서 가장 뛰어난 미스터리 작가다."_GQ

Contents

제
1
부

특수살인사건 전담반

인디애나 주 레바논, 엔터프라이즈 대로에 있는
아세트 북 그룹의 전 직원에게 이 책을 바칩니다.
진심으로 감사합니다.

01 출동 명령

해리 보슈는 복도 건너편 파트너의 칸막이 자리에서 거행되고 있는 퇴근 의식을 지켜보고 있었다. 파트너는 차곡차곡 쌓아놓은 파일의 각을 맞추고 책상 가운데에 있던 서류들을 치운 후 깨끗이 씻은 커피 컵을 책상 서랍에 넣었다. 보슈가 손목시계를 보니 이제 겨우 3시 40분이었다. 이그나시오 페라스가 퇴근 준비를 시작하는 시각이 날마다 1~2분씩 빨라지는 것 같았다. 근로자의 날(미국은 근로자의 날이 9월 첫째 주 월요일 – 옮긴이)이 긴 긴 주말이 끝나고 짧은 한 주가 시작된 화요일인데, 그는 벌써 이른 퇴근을 준비하고 있었다. 그의 퇴근 의식은 늘 집에서 걸려오는 전화와 함께 시작되었다. 집에서는 아내가 걸음마를 하는 아기와 갓 난 쌍둥이와 함께 그를 기다리고 있었다. 아내는 사탕 가게 주인이 뚱뚱한 아이들을 지켜보듯 시계를 보고 있었다. 아내는 휴식이 필요했고 그러려면 남편이 일찍 귀가해주어야 했다. 새 강력계 사무실에서 보슈는 파트너와 복도를 사이에 두고 떨어져 앉아 있고 자리마다 1미터 높이의 방음벽으로 둘러싸여 있었지만, 부부의 대화가 보통 보슈의 자리까지 들렸다. 통화는 항상 "자기야, 언제 와?"로 시작되었다.

책상 정리가 끝나자 페라스가 보슈를 건너다보며 말했다.

"선배님, 저 먼저 퇴근하겠습니다. 차가 많이 막혀서요. 출동 명령이 떨어져도 휴대전화가 있으니까 굳이 자리를 지키고 있을 필요도 없고요."

페라스는 말을 하면서 왼쪽 어깨를 문질렀다. 이것도 의식의 일부였다. 2년 전 총에 맞은 사실을 상기시키면서 일찍 퇴근할 자격이 있다고 말하는 거였다.

보슈는 고개를 끄덕였다. 파트너가 일찍 퇴근을 하느냐 마느냐, 혹은 그가 일찍 퇴근할 자격이 있느냐 없느냐의 문제가 아니었다. 파트너가 살인사건 수사 업무에 대한 사명감이 있는가, 그리고 다음 출동 명령이 떨어지면 지체 없이 뛰어나갈 태세가 되어 있는가가 문제였다. 페라스는 9개월간의 물리치료와 재활치료를 마치고 업무에 복귀했다. 그러나 그 후 1년여 동안 마지못해 업무에 임했고, 보슈의 인내심은 점차 한계에 다다르고 있었다. 보슈는 그가 다시 업무에 전념해주기를 기다리다 지쳐버렸다.

보슈는 또한 새로운 살인사건을 기다리는 데도 지쳐 있었다. 마지막으로 사건을 맡은 지 벌써 4주가 지났고 늦더위가 여전히 기승을 부리고 있었다. 그는 이맘때면 산타아나 강풍이 불어올 것이 확실하듯, 새로운 사건이 발생할 때가 되었다고 생각했다.

페라스가 일어서서 책상 서랍을 잠갔다. 그가 의자 등받이에 걸쳐놓은 재킷을 집어 들었을 때 보슈는 래리 갠들 경위가 사무실 끝에 있는 반장실에서 나와 그들을 향해 걸어오는 모습을 보았다. 노후한 파커 센터에서 신축한 경찰국 본부 건물로 강력계가 옮겨올 때, 선임 파트너인 보슈가 먼저 자리를 선택할 수 있는 권한을 부여받았다. 3급 형사들 대다수가 시청이 내다보이는 창가 자리를 골랐지만, 보슈는 정반대로 선택했다. 그는 파트너에게 창가 자리를 내주고 자기는 사무실 동정을 살필 수 있는 안쪽 자리를 선택했다. 지금 그는 다가오는 경위를 쳐다보면서 오늘은 파트너가 일찍 퇴근하기 어렵겠다는 사실을 직감했다.

갠들은 메모지철에서 뜯어낸 메모지 한 장을 쥐고 평소보다 더 바삐 걸어오고 있었다. 그 모습을 보면서 보슈는 기다림이 이젠 끝이라는 것을 알았다. 새로운 살인사건이 발생해서 출동 명령이 떨어진 것이었다. 보슈가 자리에서 일어섰다.

"보슈, 페라스, 출동이야. 남부 지국에서 하나 맡아달라는데." 갠들이 다가와서 말했다.

보슈는 파트너의 어깨가 축 처지는 것을 보았지만 못 본 척하고 갠들이 쥐고 있는 종이를 향해 손을 뻗었다. 메모지를 받아 거기에 적힌 주소를 보았다. 사우스 노르만디. 가본 적 있는 곳이었다.

"주류 판매점이야. 카운터 뒤에 남자 한 명이 쓰러져 있고, 순찰대가 목격자 한 명을 확보했대. 내가 들은 건 그게 다야. 둘이 갈 수 있겠지?" 갠들이 말했다.

"그럼요, 갈 수 있죠." 파트너가 반기를 들기 전에 보슈가 대답했다. 그러나 소용없었다.

"경위님, 여긴 특수살인사건 전담반이지 않습니까." 페라스가 고개를 돌리고 강력계 사무실 문 위에 달린 멧돼지 머리를 가리키며 말했다. "주류 판매점에서 발생한 강도 살인사건을 왜 우리가 맡습니까? 보나마나 어느 깡패 자식이 저지른 일이고, 자정이 되기 전에 남부 지국 형사들이 사건을 종결하거나 적어도 용의자를 특정할 수 있을 텐데요."

페라스의 말에도 일리가 있었다. 특수살인사건 전담반은 어렵고 복잡한 사건을 담당하는 곳이었다. 송로버섯을 찾기 위해 진흙을 파헤치는 멧돼지처럼 맹렬히 달려들어 어려운 사건을 해결하는 정예 부서였다. 우범 지역의 주류 판매점에서 발생한 강도 살인사건 따위를 맡는 부서가 아니었다.

정수리가 훤히 비어가고 있고 뚱한 표정을 짓고 있는 것이 영락없는 관리자의 모습인 갠들이, 절대로 동의할 수 없다는 듯 두 손을 펼쳐 들었다.

"지난주 전체 회의 때 말했잖아. 이번 한 주간은 남부 지국을 지원한다고. 14일까지 최소한의 인원만 남고 다들 살인사건 수사에 관한 연수를 받으러 갔거든. 근데 주말에 세 건이 터지고 오늘 아침에 또 한 건이 터졌다는 거야. 그 인원으로 오늘 것까지 맡기는 역부족이라고 하더라고. 그러니까 당신들이 가서 그 강도 살인사건을 맡으라는 거야. 이상. 질문 있나? 순찰대가 현장에서 목격자를 확보하고 기다리고 있어."

"알았어요. 곧 나갑니다, 경위님." 보슈가 마무리 지었다.

"좋아, 가서 상황 파악하고 보고해."

갠들은 자기 사무실로 돌아갔다. 보슈는 의자 등받이에 걸쳐놓은 재킷을 집어 들어 입은 후 책상 중간 서랍을 열었다. 바지 뒷주머니에서 가죽 수첩을 꺼내 줄 쳐진 속지 묶음을 빼고 서랍에서 꺼낸 새 속지를 끼워 넣었다. 사건을 맡으면 항상 속지부터 새로 갈아 끼운다. 이것이 그의 통상적인 절차였다. 그는 수첩 표지에 돋을새김 되어 있는 형사의 방패를 잠깐 내려다본 후 수첩을 바지 뒷주머니에 도로 집어넣었다. 사실 그는 어떤 사건이든 상관없었다. 다만 사건을 원했다. 살인사건 수사도 다른 모든 일과 마찬가지로 자꾸 해보지 않으면 실력이 녹슬었다. 보슈는 그렇게 되는 것을 원하지 않았다.

페라스는 두 손을 엉덩이에 대고 서서 게시판 위에 붙은 벽시계를 올려다보았다.

"빌어먹을. 맨날 이래요, 맨날." 페라스가 투덜거렸다.

"맨날이라니? 한 달 동안 일 없이 놀았는데." 보슈가 말했다.

"네, 그래서 그런 일상에 익숙해지던 참이었거든요."

"살인전담이 싫으면, 9시 칼출근 5시 칼퇴근하는 부서도 있어, 차량절도 담당 같은 거."

"네, 알죠."

"그럼, 가자."

보슈는 칸막이 자리에서 복도로 나와 문을 향해 걸어갔다. 페라스가 그 뒤를 따르면서 나쁜 소식을 아내에게 전하기 위해 휴대전화를 꺼내 들었다. 두 사람은 강력계 사무실을 나가면서 팔을 뻗어 멧돼지의 납작코를 톡톡 치며 행운을 빌었다.

02 행운주류 살인사건

사우스 LA로 향하는 동안 보슈는 페라스에게 훈계를 늘어놓지 않았다. 말없이 운전만 하는 것이 그의 훈계였다. 무거운 침묵이 힘들었는지 결국 젊은 파트너가 먼저 입을 열었다.

"아, 정말 미치겠습니다." 페라스가 말했다.

"왜?" 보슈가 물었다.

"쌍둥이 때문에요. 치다꺼리할 일도 많고, 울기는 또 얼마나 울어대는지요. 딱 도미노 효과입니다. 한 놈이 깨서 울면 그 소리에 다른 놈도 깨서 울어요. 그럼 걔네들 형도 깨고요. 한 놈도 잠을 안 자니까 와이프가······."

"와이프가 뭐?"

"뭐랄까, 미쳐가는 것 같습니다. 시도 때도 없이 전화해서 집에 언제 오느냐고 묻고요. 집에 들어가면 이젠 다 제 차지예요. 애들 보느라고 숨 돌릴 틈도 없어요. 직장 일, 애 보기, 직장 일, 애 보기, 직장 일, 애 보기, 맨날 쳇바퀴를 도네요."

"육아 도우미를 쓰는 게 어때?"

"그럴 형편이 되어야 말이죠. 요즘엔 잔업수당도 안 나오잖아요."

보슈는 무슨 말을 해야 할지 난감했다. 한 달 전에 열세 살 생일이 지난 딸 매들린은 1만 6천 킬로미터 이상 떨어진 곳에서 살고 있다. 그가 직접 딸을 키워본 적은 한 번도 없었다. 1년에 4주—홍콩에서 2주, LA에서 2주—딸과 함께 지내는 게 전부였다. 그런 그가 쌍둥이를 포함해 세 아이를 키우는 전업 아빠에게 무슨 충고를 해줄 수 있겠는가?

"무슨 말을 해줘야 할지 모르겠군. 난 언제나 자네 편이야. 도울 수 있는 건 도울 테니까 필요하면 언제든 말해. 하지만……."

"네, 선배님, 감사합니다. 쌍둥이들이 아직 돌도 안 돼서 그런 것 같아요. 좀 더 크면 훨씬 수월해지겠죠."

"그래. 근데 내가 보기엔 쌍둥이들만 문제가 아닌 것 같아. 자네도 문제인 거 같아, 이그나시오."

"저요? 무슨 말씀이십니까?"

"자네한테 문제가 있는 것 같다고. 너무 빨리 복귀한 게 아닌가 싶기도 해. 그런 생각 안 해봤어?"

페라스는 얼굴을 붉히면서 잠자코 있었다.

"이봐, 그런 생각 자네만 하는 게 아니야. 한 번 총을 맞고 나니까 벼락이 두 번 칠 수도 있지 않을까 걱정되는 거, 다른 사람들도 마찬가지라고." 보슈가 말했다.

"선배님, 도대체 무슨 말씀을 하시는 건지 모르겠지만, 그런 면에서는 괜찮습니다. 아무 문제 없어요. 수면 부족에다가 하루 종일 피곤하게 일하고 집에 들어가면 와이프가 들들 볶아서 제대로 쉴 수가 없어서 좀 괴롭다, 뭐 그것뿐인데요."

"그래, 알았어. 마음대로 해."

"아, 제발요, 선배님. '마음대로 해', 이 말은 와이프한테 질리도록 듣는 말인데. 선배님까지 하실 필요는 없잖아요."

보슈는 아무 말 없이 고개를 끄덕였다. 이쯤에서 그만해야겠다는 생각이 들었다.

갠들한테서 받은 주소는 사우스 노르만디 거리의 70번째 블록에 있었다. 1992년 LA폭동 당시 뉴스 헬기가 찍어서 전 세계에 내보낸 가장 끔찍한 장면들의 배경이 된, 그 악명 높은 플로렌스와 노르만디 사거리가 이곳에서 겨우 두세 블록 떨어진 곳에 있었다.

그러나 보슈는 지금 찾아가는 지역과 주류 판매점이, 다른 폭동 때 다른 이유로 알게 된 곳이라는 사실을 금방 알아차렸다.

행운주류는 이미 노란색 범죄 현장 보존 테이프로 봉쇄되어 있었다. 구경꾼이 몇 명 모여 있었지만 이 동네에서 살인사건은 이제 그렇게 큰 관심을 끌지 못했다. 주민들이 살인사건을 심심치 않게 목격하며 살아왔기 때문이다. 보슈는 일렬로 서 있는 순찰차 세 대 사이의 빈 공간으로 들어가 차를 세웠다. 차에서 내린 그는 트렁크로 가서 서류 가방을 꺼낸 후 차문을 잠그고 폴리스라인을 향해 걸어갔다.

보슈와 페라스는 범죄 현장 출입자 명부를 들고 폴리스라인 앞에 서 있는 순경에게 각자의 이름과 경찰 배지 번호를 불러준 후 몸을 굽히고 테이프 밑을 통과했다. 보슈는 주류 판매점 출입문을 향해 걸어가면서 재킷 오른쪽 주머니에 손을 넣어 종이 성냥을 꺼냈다. 오래되어 낡은 성냥이었다. 겉장에는 '행운주류'라고 상호가 적혀 있고 그 밑에는 주류 판매점이 들어선 작고 노란 건물의 주소가 적혀 있었다. 그는 엄지손가락으로 성냥 겉장을 밀어 열었다. 성냥은 딱 한 개비가 사라졌고, 성냥의 빨간 머리 위 여백에는 명언이 적혀 있었다. 이곳에서 제작한 모든 성냥갑에 적혀 있는 명언이었다.

자신에게서 안식처를 찾는 사람은 행복하다.

보슈는 그 성냥갑을 10년도 넘게 몸에 지니고 다녔다. 거기에 적힌 말을 믿기는 했지만 꼭 행운을 바라고 갖고 다니는 건 아니었다. 사라진 성냥 한 개비와 그것이 불러일으키는 기억 때문에 갖고 다녔다.

"왜요, 선배님?" 페라스가 물었다. 보슈는 상점을 향해 가다가 자기도 모르게 멈춰 서 있었다는 사실을 깨달았다.

"아무것도 아냐. 예전에 와본 적 있는 곳이라서 그래."

"언제요? 수사 때문에요?"

"그렇다고 할 수 있지. 아주 오래전에. 들어가자."

보슈는 파트너를 지나쳐 걸어가 주류 판매점의 열려 있는 출입문 안으로 들어갔다.

상점 안에는 순경 대여섯 명과 경사 한 명이 서 있었다. 상점은 좁고 긴 모양이었고 세 개의 진열 복도로 이루어져 있었다. 중앙 복도를 따라가면 뒤쪽에 홀이 있었고 상점 뒤 주차장으로 이어지는 뒷문이 열려 있었다. 왼쪽 복도 벽과 상점 뒤쪽 벽을 따라 음료수를 진열해놓은 냉장 진열장이 있었다. 주류는 오른쪽 복도에 있었고, 중앙 복도에는 오른쪽 진열장에 레드 와인이, 왼쪽 진열장에 화이트 와인이 진열되어 있었다.

보슈는 뒤쪽 홀에 순경이 두 명 더 있는 것을 보고는 뒤쪽 창고나 사무실에 목격자를 앉혀둔 모양이라고 추측했다. 그는 출입문 옆 바닥에 서류 가방을 내려놓았다. 그러고는 재킷 주머니에서 라텍스 장갑 두 켤레를 꺼내 한 켤레는 페라스에게 주고 한 켤레는 자기가 꼈다.

도착한 형사들을 본 경사가 다가왔다.

"레이 루카스입니다." 경사가 자기소개로 인사말을 대신했다. "여기 카운터 뒤에 피살자가 누워 있습니다. 이름은 존 리, 철자는 L, I를 쓰고요. 사건 발생 시각은 약 두 시간 전으로 추정됩니다. 강도질하러 들어왔다가 목격자를 남겨두고 싶지 않아서 해치운 것 같고요. 여기 77번가 경찰서

직원들 상당수가 리 씨를 알고 있습니다. 점잖은 노인이죠."

루카스는 보슈와 페라스에게 카운터로 가보라고 손짓했다. 보슈는 재킷 자락이 이리저리 스칠까 봐 재킷 자락을 여며 잡고 카운터를 돌아가 뒤쪽 좁은 공간에 쭈그리고 앉았다. 그는 야구 포수처럼 쭈그리고 앉아, 죽은 남자를 관찰했다. 페라스는 보슈 뒤에 야구 심판처럼 허리를 구부리고 서서 피살자를 내려다보았다.

피살자는 동양인이었고 일흔 살 가까이 되어 보였다. 바닥에 등을 대고 누워서 천장을 노려보고 있었다. 이를 앙다물고 입술은 한쪽이 일그러져 있어서 마치 비웃는 것 같았다. 입술과 뺨과 턱에 피가 묻어 있었다. 죽어가면서 기침을 심하게 한 모양이었다. 셔츠 앞판은 피에 흠뻑 젖어 있었고 가슴 부분에 탄환이 뚫고 들어간 구멍이 적어도 세 군데 있었다. 오른쪽 다리가 왼쪽 다리 밑으로 비정상적인 각도로 꺾여 있었다. 서 있다가 총격을 당하자 그대로 쓰러진 게 틀림없었다.

"탄피가 하나도 없었습니다. 다 찾아서 가져간 거죠. 게다가 뒤에 있는 CCTV 녹화기의 디스크까지 빼내 간 걸 보면 상당히 지능적인 놈인 것 같습니다." 루카스가 말했다.

보슈는 고개를 끄덕였다. 순찰대 사람들은 늘 도움을 주지 못해 안달이었지만, 이런 정보는 현재로서는 필요도 없고 판단력을 흐리게 할 수도 있었다.

"리볼버라면 모을 탄피 자체가 없었을 텐데요." 보슈가 말했다.

"그건 그렇죠. 하지만 요즘 이 동네에선 리볼버 갖고 다니는 사람 별로 없어요. 총에 겨우 여섯 발만 넣고 돌아다니다가, 달리는 다른 차에서 탄환이 빗발치듯 날아오기라도 하면 어쩌라고요." 루카스가 말했다.

루카스는 이 동네 물정을 잘 알고 있다는 것을 보슈에게 과시하고 싶어 했다. 보슈는 방문객에 불과하다고 말하고 싶은 거였다.

"기억해둬야겠군요." 보슈가 대꾸했다.

그는 다시 시신에 집중했고 현장을 조용히 관찰했다. 피해자는 여러 해 전 보슈가 이 상점에서 만난 남자가 맞는 것 같았다. 남자는 그때와 같은 자리에, 카운터 뒤 바닥에 있었다. 그때와 마찬가지로 셔츠 주머니에 담배 한 갑이 들어 있었다.

보슈는 피해자의 오른손이 피로 얼룩져 있는 것을 보았다. 이상한 일이 아니었다. 사람들은, 아주 어릴 때부터, 다치면 보호하고 낫게 하기 위해 상처 부위를 손으로 만진다. 자연 본능이다. 이 남자도 그랬던 것이다. 첫 발을 맞은 후 오른손으로 가슴을 움켜잡은 게 분명했다.

탄환 상처들 사이에 10센티미터 정도 간격이 있었고 구멍들은 삼각형의 꼭짓점 형태를 이루고 있었다. 보슈는 바로 앞에서 세 발을 연달아 발사했다면 상처가 좀 더 가까이 모여 있었을 거라고 생각했다. 그런데 간격이 좀 떨어져 있는 것을 보면 피해자는 탄환 한 발을 맞고 곧바로 바닥에 쓰러졌던 것이다. 그러자 살인범이 카운터 위로 몸을 숙이고 피해자를 내려다보면서 두 발을 더 쏘았고, 그래서 그런 간격이 생긴 것 같았다.

총알이 피해자의 가슴을 뚫고 들어가 심장과 폐를 거의 다 파괴한 게 틀림없었다. 기침을 하면서 피를 토했다는 건 피해자가 즉사하지 않았음을 시사했다. 피해자는 숨을 쉬려고 애썼던 것이다. 수십 년 동안 살인사건을 수사해온 보슈에게는 한 가지 확신이 있었다. 인간을 그렇게 쉽게 숨이 끊어지지 않는다는 것이었다.

"머리엔 총상이 없네." 보슈가 말했다.

"그러게요. 그게 무슨 의미일까요?" 페라스가 대꾸했다.

보슈는 자기가 속생각을 소리 내어 말했다는 것을 깨달았다.

"아무 의미가 없을 수도 있지. 가슴에 세 발을 쏜 걸 보면 의심의 여지를 남겨두고 싶지 않았던 것 같은데. 그런데도 머리에 확인 사살은 하지 않았단 말이지."

"모순된 것 같은데요."

"그러게 말이야."

보슈는 처음으로 시신에서 시선을 거두고 쭈그리고 앉은 채로 주위를 둘러보았다. 금방 눈길을 사로잡는 것이 있었다. 카운터 밑면에 붙은 권총집 안에 권총이 들어 있었다. 강도가 들어오거나 다른 위급한 상황이 발생할 경우에 쉽게 꺼내 쥘 수 있는 자리에 권총이 있었지만, 피해자는 권총을 권총집에서 빼지도 않았다.

"이 밑에 권총이 있어. 총집에 들어 있는 걸 보니 45구경 같은데, 이 노인은 그걸 꺼내 들 겨를도 없었나 봐." 보슈가 말했다.

"범인이 잽싸게 들어와서 노인이 권총을 꺼내 들기 전에 갈겨버린 거겠죠. 어쩌면 노인이 카운터 밑에 총을 숨겨두고 있다는 걸 동네 사람들이 다 알고 있었는지도 모르고요." 페라스가 말하자, 루카스는 동의하지 않는 듯 입술로 쯧쯧 소리를 냈다.

"왜요, 경사?" 보슈가 물었다.

"총은 새로 장만한 걸 겁니다. 내가 여기 온 이후로 지난 5년간 저 노인은 적어도 여섯 번은 강도를 당했는데, 내가 알기론 노인네가 총을 꺼내 든 적이 한 번도 없었어요. 총이 있다는 건 나도 오늘에야 알았으니까요." 루카스가 말했다.

보슈는 고개를 끄덕였다. 일리가 있는 생각이었다. 그는 고개를 돌려 어깨 너머로 경사를 바라보았다.

"목격자 얘기 좀 해줘요." 보슈가 말했다.

"어, 사실 목격자라고 해야 할지 잘 모르겠는데요. 존 리 씨의 아내, 리 부인이거든요. 저녁을 가져왔다가 남편을 발견했답니다. 뒤쪽 창고 방에 앉혀놨는데, 통역자가 필요할 겁니다. ACU에 연락해서 중국어를 할 줄 아는 형사를 보내달라고 요청해놨습니다." 루카스가 대답했다.

보슈가 죽은 남자의 얼굴을 다시 한 번 쳐다본 후 일어서자 양 무릎에서 우두둑 소리가 났다. 루카스가 말한 ACU는 아시아인 범죄 전담반(Asian Crimes Unit)을 뜻했다. 그 전담반 명칭은 아시아인들은 모두 범죄에 연루되어 있다는 오해를 불러일으켜 이 도시에 살고 있는 아시아계 시민들을 욕되게 한다는 우려를 반영해, 지금은 AGU, 즉 아시아인 조직범죄 전담반(the Asian Gang Unit)으로 명칭이 바뀌었다. 그러나 루카스처럼 나이 든 경찰들은 아직도 ACU라고 불렀다. 이름이나 약자가 어찌 되었든, 어떤 조직의 수사관이라도 추가로 불러들이는 결정은 책임 수사관인 보슈의 몫으로 남겨졌어야 했다.

"중국어 할 줄 알아요, 경사?"

"아뇨, 그래서 ACU를 불렀잖습니까."

"근데 한국어나 베트남어가 아니라 중국어를 할 줄 아는 형사를 불러야 한다는 건 어떻게 알았죠?"

"경찰이 된 지 올해로 26년째입니다, 형사님. 그리고……."

"그래서 중국인인지 한국인인지 척 보면 안다는 말이군요."

"아뇨, 그런 게 아니라, 요즘에는 교대 근무를 할 때 피로 회복제 같은 게 없으면 힘에 부치더란 말입니다. 그래서 하루에 한 번씩 여기 들러서 에너지 드링크를 사 마시곤 했죠. 하나 마시면 다섯 시간은 팔팔하거든요. 어쨌든 그렇게 들락거리다 보니 리 씨를 조금씩 알게 됐어요. 아내와 함께 중국에서 왔다고 본인 입으로 말하더군요. 그래서 알게 된 겁니다."

보슈는 고개를 끄덕였다. 루카스를 면박 주려던 자신이 부끄러웠다.

"그 에너지 드링크 나도 좀 마셔봐야겠군. 리 부인이 911에 신고한 건가요?" 보슈가 말했다.

"아뇨, 아까도 말했지만, 리 부인은 영어를 거의 못합니다. 상황실 말로는, 리 부인이 아들한테 전화했고 그 아들이 911에 신고했다던데요."

보슈는 카운터 안에서 밖으로 돌아 나갔다. 페라스는 거기 남아서 조금 전에 보슈가 했던 것처럼 쭈그리고 앉아 시신과 권총을 살펴보았다.

"아들은 어디 있죠?" 보슈가 물었다.

"밸리에서 일하고 있는데, 지금 여기로 오고 있답니다. 곧 도착할 때가 됐는데." 루카스가 말했다.

보슈가 카운터를 가리키며 말했다.

"아들이 도착하면, 여기 가까이 오지 못하게 해줘요."

"알겠습니다."

"그리고 현장을 최대한 깨끗하게 보존해주고."

루카스는 보슈의 말뜻을 이해하고 순경들을 상점에서 내보냈다. 카운터 뒤에서 관찰을 마친 페라스가 앞쪽 출입문 근처에 서 있는 보슈 옆으로 다가왔다. 보슈는 상점 중앙 천장에 설치된 카메라를 올려다보고 있었다.

"뒤쪽 좀 살펴보지그래? 놈이 진짜로 CCTV 디스크를 빼 갔는지 확인하고, 목격자도 좀 들여다보고." 보슈가 말했다.

"네, 알겠습니다."

"아, 그리고 온도 조절장치 찾아서 여기 온도 좀 내려. 푹푹 찌는구먼. 사체가 부패하기 시작할까 걱정이야."

페라스가 중앙 복도를 걸어 내려갔다. 보슈는 현장을 죽 둘러보았다. 카운터는 길이가 4미터 가까이 되었다. 카운터 중앙에 금전등록기가 놓여 있고 그 옆에는 손님들이 살 물건을 내려놓는 공간이 있었다. 또 그 옆에는 껌과 사탕을 담은 선반들이 놓여 있었다. 금전등록기의 다른 쪽 옆에는 에너지 드링크 같은 구매시점 상품들과 싸구려 시가를 담은 플라스틱 진열장과 로또 복권 진열장이 놓여 있었다. 머리 위 천장에는 담배 보루들을 담은 진열 선반이 매달려 있었다.

카운터 뒤 진열대에는 고급 주류가 줄줄이 늘어서 있었다. 세어보니 헤네시만 해도 여섯 줄이었다. 돈푼깨나 만지는 범죄조직 간부들이 이 값비싼 코냑을 선호했다. 보슈는 위치상으로 볼 때 행운주류가 후버 스트리트 갱단이라는 조직의 활동 영역 안에 있다는 걸 알고 있었다. 후버 스트리트 갱단은 한때 크립스라는 범죄조직에 속해 있다가 힘이 막강해지자 따로 떨어져 나온 조직이었다.

눈길을 끄는 점이 두 가지 있어서 보슈는 카운터를 향해 다가갔다.

금전등록기가 옆으로 삐뚜름히 돌려져 있어서 먼지가 쌓인 정사각형 모양의 포마이카 카운터 바닥이 드러났다. 보슈는 금전등록기가 이렇게 옆으로 돌려져 있는 이유는 범인이 금전등록기를 자기 쪽으로 돌려서 서랍에서 돈을 꺼냈기 때문이라고 추리했다. 이것은 리 씨가 스스로 서랍을 열고 돈을 꺼내 범인에게 주지 않았다는 것을 뜻했다. 그가 그전에 총에 맞았다는 의미일 수도 있었다. 범인이 총을 쏘면서 들어왔을 거라는 페라스의 추측이 맞을지도 모르겠다는 생각이 들었다. 그리고 이것은 향후에 기소로 이어질 경우 살인 의도를 입증하는 데 유용한 증거가 될 수 있었다. 그보다 더 중요한 것은, 이 사실이 이 상점에서 무슨 일이 있었고 범인이 어떤 인간인지를 파악할 수 있게 도와준다는 점이었다.

보슈는 주머니에 손을 넣어 관찰 작업을 할 때 쓰는 돋보기안경을 꺼내 끼고 아무것도 건드리지 않은 채 카운터 위로 몸을 기울여 금전등록기의 자판을 살펴보았다. 'OPEN'이라고 적혀 있거나 금전등록기 서랍을 여는 방법을 직접적으로 알려주는 버튼은 찾아볼 수 없었다. 어떻게 여는지 도무지 알 수가 없었다. 범인은 어떻게 알고 열었는지 궁금했다.

그는 몸을 일으켜 세우고 서서 카운터 뒤 벽에 있는 술병 진열대를 바라보았다. 헤네시가 한가운데에, 후버 스트리트 갱단의 조직원들이 들어왔을 때 리 씨가 쉽게 집어 들 수 있는 곳에 놓여 있었다. 그러나 헤네시는 한 병도 빠진 자리 없이 줄줄이 놓여 있었다.

보슈는 다시 카운터 위로 몸을 숙이면서 헤네시를 향해 팔을 뻗었다. 다른 손으로 카운터를 짚어 균형을 잡고 진열대로 팔을 뻗으면 쉽게 집어 들 수 있었다.

"선배님?"

보슈가 몸을 일으켜 세우고 파트너를 돌아보았다.

"경사님 말이 맞았습니다. CCTV 녹화기가 디스크에 녹화를 하는데요. 녹화기 안에 디스크가 없습니다. 누가 뺐거나 애초에 디스크를 넣지 않고 CCTV 카메라만 전시용으로 달아둔 겁니다." 페라스가 말했다.

"백업 디스크는?"

"카운터에 두 장이 있는데요, 원래 디스크 한 장으로 계속 녹화하는 시스템이더라고요. 같은 디스크에 녹화를 반복하는 거죠. 예전에 강도사건 전담반에서 일할 때 이런 거 많이 봤거든요. 디스크 용량이 하루 분량이라서 다음 날이 되면 그 위에 재녹화되더라고요. 그래서 뭔가 확인할 게 있으면 날을 넘기지 않고 당일에 빼서 확인해야 하고요."

"그렇군. 그 백업 디스크 두 장 확보해둬."

루카스가 앞쪽 출입문으로 들어왔다.

"ACU가 왔는데, 들여보낼까요?" 그가 물었다.

보슈는 루카스를 오랫동안 물끄러미 쳐다보다가 대답했다.

"ACU가 아니라 AGU죠. 그리고 아직 들여보내지 마세요. 내가 나가죠."

03 약속

　보슈는 주류 판매점에서 햇빛 속으로 걸어 나왔다. 저녁때가 다 되어가고 있었지만 아직도 후덥지근했다. 건조한 산타아나 바람이 불고 있었다. 곳곳에서 일어난 산불로 도시 전체가 옅은 연기의 장막에 덮여 있었다. 보슈는 목덜미에 났던 땀이 마르는 것을 느낄 수 있었다.

　출입문 밖에 사복 차림의 형사가 서 있었다.

　"보슈 형사이십니까?"

　"그렇소만."

　"AGU의 데이비드 추 형사입니다. 순찰대의 연락을 받고 왔는데요. 제가 어떻게 도와드리면 되겠습니까?"

　추는 키가 작고 몸집이 왜소했다. 말투에서 특정 지방 억양은 느껴지지 않았다. 보슈는 추에게 따라오라고 손짓한 뒤 폴리스라인 아래를 기어나가 자기 차로 걸어갔다. 그는 걸어가면서 정장 재킷을 벗었다. 종이 성냥을 꺼내 바지 주머니에 넣고 재킷을 안감이 밖으로 나오게 뒤집어 잘 갠다음, 차 트렁크에 항상 들어 있는 깨끗한 판지 상자 속에 넣었다.

　"저 안이 엄청 더워서 말이야." 보슈가 추에게 말했다.

보슈는 셔츠의 가운데 단추를 풀고 넥타이를 셔츠 속으로 밀어 넣었다. 넥타이가 거치적거리지 않게 집어넣고 이제 본격적으로 범죄 현장 조사에 나설 준비를 했다.

"순찰대 경사님이 형사님이 나올 때까지 기다리라고 해서 서 있으니까 바깥도 엄청 덥던데요." 추가 말했다.

"그러게, 기다리게 해서 미안해. 자, 지금 어떤 상황이냐 하면, 수십 년 동안 이 주류 판매점을 운영해온 노인이 카운터 뒤에서 피살됐어. 강도사건 같은데 총알을 세 발이나 맞았더라고. 그의 부인이 상점으로 들어왔다가 남편을 발견했고. 영어를 못 하는 그 부인이 이 사실을 아들한테 전화로 알렸고, 아들이 경찰에 신고했어. 부인을 조사해야겠는데 자네가 좀 도와줘야겠어. 아들이 오면 아들을 조사할 때도 도움이 필요할지 모르겠고. 내가 아는 건 지금으로선 이게 전부야."

"근데 그 사람들이 중국인이라는 게 확실합니까?"

"거의 확실해. 자네한테 전화를 건 순찰대 경사가 피살자인 존 리 씨와 개인적으로 아는 사이였대."

"리 부인이 어느 지방 사투리를 쓰는지 아십니까?"

그들은 폴리스라인으로 돌아가고 있었다.

"아니. 그게 문제가 되나?"

"아니요, 별로. 전 다섯 개 주요 중국어 사투리에 익숙하고 광둥어와 표준 중국어에 능숙합니다. 요즘 LA에서 주로 접하는 말은 광둥어와 표준 중국어고요."

이번에는 보슈가 폴리스라인 테이프를 들어 추가 똑바로 걸어갈 수 있게 해주었다.

"자넨 어느 쪽이지?"

"전 여기서 태어났습니다, 형사님. 하지만 부모님은 홍콩 출신이죠. 집에서는 표준 중국어를 쓰면서 자랐고요."

"그래? 내 딸이 홍콩에 사는데. 거기서 제 엄마랑 함께 살고 있지. 딸아이가 갈수록 표준 중국어에 능숙해지더라고."

"잘됐네요. 표준 중국어를 배워놓는 게 좋죠."

그들은 상점 안으로 들어갔다. 보슈는 추에게 카운터 뒤에 있는 시신을 잠깐 보여주고 나서 상점 뒤쪽 창고로 데리고 들어갔다. 추는 먼저 페라스와 인사를 나눈 뒤 리 부인에게 형사들을 소개했다.

이제 막 미망인이 된 여자는 충격에 빠져 있는 것 같았다. 지금까지 남편을 위해 눈물 한 방울 흘린 흔적이 보이지 않았다. 그녀는 지금 분리 상태(경험으로부터 거리를 두고 바깥쪽에서 보거나 듣고 있는 상태─옮긴이)인 것 같았다. 보슈는 전에도 그런 경우를 본 적이 있었다. 남편이 상점 안에서 죽어 있고, 자신은 다른 언어를 사용하는 낯선 사람들에게 둘러싸여 있다. 보슈는 그녀가 아들을 기다리고 있을 거라고, 아들의 얼굴을 보면 그제야 눈물을 쏟아낼 거라고 추측했다.

추는 처음부터 리 부인에게 살갑게 접근해서 대화를 잘 풀어가고 있었다. 보슈는 그들이 표준 중국어를 쓰고 있다고 믿었다. 표준 중국어가 광둥어나 다른 지방 사투리보다 단조롭고 억양이 없으며 후두음이 덜 난다던 딸의 말이 기억났다.

3~4분이 지난 후 추는 리 부인과의 대화를 멈추고 보슈와 페라스에게 중간보고를 했다.

"자기가 저녁 식사를 준비하러 집에 간 사이에 남편 혼자 있었답니다. 돌아왔을 땐 가게가 비어 있다고 생각했다네요. 근데 카운터 뒤에서 남편을 발견했답니다. 가게 안에서 다른 사람은 한 명도 보지 못했고요. 가게 뒤쪽에 차를 세우고 열쇠로 뒷문을 열고 들어왔다고 하고요."

보슈는 고개를 끄덕였다.

"자리를 비운 시간이 얼마나 된대? 가게를 떠날 때가 몇 시였는지 물어봐."

추가 지시받은 대로 물어보더니 보슈를 돌아보며 대답했다.

"날마다 2시 30분에 가게를 떠나 집으로 가서 저녁 식사를 가지고 돌아온다는데요."

"점원이 있나?"

"아뇨. 그건 아까 물어봤는데요. 남편과 자기 둘뿐이랍니다. 매일 오전 11시부터 밤 10시까지 영업하고요. 일요일엔 문을 쉰답니다."

전형적인 이민자 가정의 이야기로군, 하고 보슈는 생각했다. 다만 그들은 탄환이 등장해 이야기에 갑작스레 종지부를 찍게 될 거라고는 예상하지 못했을 것이다.

상점 앞쪽에서 여러 목소리가 들려 보슈는 복도로 고개를 내밀고 살펴보았다. 과학수사대의 현장 감식반이 도착해 작업을 시작할 준비를 하고 있었다.

보슈는 고개를 돌려 리 부인을 조사하고 있는 추를 바라보았다.

"추." 보슈가 중간에 끼어들었다.

AGU 형사가 고개를 들고 그를 쳐다보았다.

"아들에 대해서 물어봐. 전화를 걸었을 때 아들이 집에 있었대?"

"벌써 물어봤는데요. 점포가 하나 더 있답니다. 밸리예요. 아들은 거기서 일하고 있었다고 하고요. 가족은 그 중간 지점에 산답니다. 윌셔 지역에요."

추는 자기 임무를 잘 알고 있는 것 같았다. 보슈가 이것 물어보라 저것 물어보라 참견할 필요가 없을 것 같았다.

"좋아, 그럼, 우린 앞으로 나가볼게. 자넨 리 부인이랑 계속 이야기 나눠봐. 아들이 도착하면 둘 다 본부로 데려가는 게 나을 것 같은데. 어때?"

"전 좋습니다." 추가 말했다.

"그래 그럼. 뭐 필요한 게 있으면 언제든지 말해."

보슈와 페라스는 복도를 걸어가 상점 앞쪽으로 갔다. 현장 감식반은 모두 보슈가 아는 사람들이었다. 살인사건 현장을 기록하고 시신을 수습하기 위해 법의관실 직원들도 나와 있었다.

보슈와 페라스는 이제부터 업무를 분담해서 수행하기로 합의했다. 보슈는 현장에 남기로 했다. 수사 책임자로서 현장 감식반의 증거물 채집과 시신 수습을 감독할 계획이었다. 페라스는 상점을 나가 주변을 탐문 수사하기로 했다. 이 주류 판매점은 소규모 점포들이 밀집된 상업지역에 자리하고 있었다. 페라스는 점포마다 들어가서 이 살인사건과 관련된 무슨 소리를 들었거나 무언가를 본 사람이 있는지 찾아볼 작정이었다. 두 형사모두 이 탐문 수사가 별 소득이 없을 거라는 건 알고 있었지만 꼭 이루어져야 할 작업이었다. 수상한 자동차에 대한 설명이나 수상한 사람의 인상착의가 사건 해결의 중요한 실마리가 될 수도 있었다. 탐문 수사는 살인사건 수사의 기본이었다.

"순경 한 명 데려가도 되겠습니까? 이 동네 물정을 잘 알 테니까요." 페라스가 말했다.

"되지 그럼."

보슈는 동네 물정을 잘 아는 사람이 필요하다는 것이 페라스가 순경을 데려가려는 진짜 이유는 아니라고 생각했다. 그의 파트너에게는 주변 상점들 문을 두드리고 다닐 때 지원해줄 인력이 필요한 거였다.

페라스가 나가고 2~3분쯤 지났을 때 상점 밖에서 큰 소동이 일었다. 보슈가 나가보니 루카스의 순경 두 명이 폴리스라인 앞에서 한 남자를 물리력으로 제지하고 있었다. 승강이하는 남자는 20대 중반으로 보이는 동양인 청년이었다. 딱 달라붙는 티셔츠를 입고 있어서 비쩍 마른 체구가

다 드러났다. 보슈가 그들에게로 바삐 걸어갔다.

"자자, 그쯤 해두지." 누가 책임자인지 아무도 의심할 수 없는 위압적인 어조로 보슈가 말했다.

"놔주라고." 그가 덧붙였다.

"아버지를 봐야겠습니다." 청년이 말했다.

"그럼 그렇게 요란 떨지 말고 조용히 들어와야지."

보슈가 더 다가가면서 순경들에게 고개를 끄덕여 보였다.

"지금부터 리 씨는 내가 맡지."

순경들은 보슈와 피해자의 아들을 남겨두고 자리를 떴다.

"이름이 뭐야, 리?"

"로버트 리요. 아버지를 보여주십시오."

"그 마음 이해해. 정말 보고 싶다면 보여줄게. 하지만 감식 작업이 끝날 때까진 안 돼. 난 수사 책임잔데도 자네 아버지를 아직 제대로 못 봤어. 그러니 진정하고 기다려줘. 자네가 원하는 걸 얻으려면 진정하는 방법밖에 없어."

청년은 땅을 내려다보며 고개를 끄덕였다. 보슈가 팔을 뻗어 그의 어깨를 어루만졌다.

"그래, 그래야지." 보슈가 말했다.

"어머니는 어디 계시죠?"

"뒤쪽 창고 방에서 조사를 받고 계셔."

"어머니는 봐도 되죠?"

"그럼, 되고말고. 조금 있다가 데리고 갈게. 그전에 먼저 몇 가지 좀 물어보고. 괜찮지?"

"네. 물어보세요."

"우선 내 소개부터 하지. 난 해리 보슈야. 이 사건 수사 책임자지. 자네 아버지를 죽인 사람이 누구든 내가 꼭 찾아낼게. 약속하지."

"지킬 생각이 없는 약속은 하지 마시죠. 아버지를 알지도 못했잖아요. 관심도 없고. 아버진 또 하나의……, 아닙니다."

"또 하나의 뭐?"

"말했잖아요, 아니라고."

보슈가 그를 잠깐 노려보다가 물었다.

"나이가 몇이지, 로버트?"

"스물여섯이요. 어머니를 지금 봐야겠습니다."

청년이 상점으로 들어가려고 돌아섰지만 보슈가 그의 팔을 잡았다. 청년도 강단이 있었지만 보슈의 악력은 놀라울 정도였다. 청년은 자기 팔을 잡고 있는 보슈의 손을 내려다보았다.

"먼저 보여줄 게 있어. 그거 보여주고 나서 어머니한테 데려다줄게."

보슈는 리의 팔을 놓고 주머니에서 종이 성냥을 꺼내 그에게 건넸다. 리는 심드렁한 얼굴로 성냥을 쳐다보았다.

"이게 뭐요? 경기가 나빠지기 전에는 이걸 공짜로 나눠줬는데 요즘에는 그렇게 못 하고 있는데요."

보슈는 성냥갑을 다시 받아들고 고개를 끄덕였다.

"12년 전에 자네 아버지 가게에서, 바로 여기에서 얻은 거야. 그때 자넨 열네 살이었겠구먼. 당시 이 도시에서 큰 소요가 일어났어. 폭동 직전까지 갔었지. 바로 여기에서 일어났어. 이 교차로에서."

"기억납니다. 그들이 가게를 약탈하고 아버지를 두들겨 팼죠. 여기서 가게를 다시 열어서는 안 되는 거였어요. 어머니와 내가 밸리에서 다시 시작하자고 수도 없이 말했지만, 아버지는 들은 체도 안 했습니다. 누구도 당신을 여기서 쫓아내지 못할 거라더니 어떻게 됐는지 보십시오."

리는 풀 죽은 표정으로 상점 쪽을 가리켰다.

"그래, 그날 밤에 나도 여기 있었어. 12년 전에. 폭동이 시작됐지만 금방 끝났지. 바로 여기서. 사망자가 한 명 나왔고." 보슈가 말했다.

"경찰관이었죠. 기억합니다. 그들이 경찰관을 차에서 끌어냈었죠."

"나도 그 차 안에 같이 있었는데 그들이 나는 끌어내지 않았어. 내가 여기 도착했을 땐 안전했지. 담배를 피우고 싶어서 자네 아버지 가게로 들어갔어. 아버지는 저기 카운터 뒤에 있었지만 약탈자들이 담배를 싹 쓸어갔더군."

보슈가 성냥갑을 들어 보였다.

"성냥은 사방에 널렸는데 담배는 눈을 씻고 봐도 없었어. 근데 그때 자네 아버지가 주머니에서 담배를 꺼내더니 마지막 남은 한 개비를 내게 주었어."

보슈는 고개를 끄덕였다. 이야기는 그게 끝이었다. 하고 싶었던 이야기가 바로 그거였다.

"자네 아버지를 알진 못했어, 로버트. 하지만 자네 아버지를 죽인 범인은 꼭 찾아낼 거야. 이 약속은 내가 꼭 지킬게."

로버트 리는 고개를 끄덕이더니 땅을 내려다보았다.

"자, 그럼, 어머니를 보러 갈까." 보슈가 말했다.

04 미스터리

형사들이 사건 현장을 정리하고 강력계 사무실로 돌아온 때는 자정이 거의 다 되어서였다. 보슈는 유족을 경찰국 본부로 불러 공식적으로 조사하는 과정은 다음 날로 미루기로 했다. 수요일 오전에 본부로 오겠다는 약속을 받은 후 유족을 현장에서 집으로 돌려보냈다. 사무실로 돌아오자마자, 아내와의 사이에 생긴 피해를 복구하라고 페라스를 집으로 돌려보냈다. 보슈는 혼자 남아 증거물 목록을 작성하고 처음으로 아무런 방해도 받지 않고 사건에 관해 생각을 정리하기로 작정했다. 수요일에는 오전에 유족에 대한 참고인 조사가 있고 감식반과 총기분석실에서 감식 결과가 나올 예정이며 부검이 실시될 가능성이 있었다. 아주 바쁜 하루가 될 터라 지금 상황을 정리해보는 것이 좋겠다고 생각했다.

페라스가 진행한 주변 상점들에 대한 탐문 수사는 예상했던 대로 별 성과가 없었지만, 리 부인의 진술에서 용의자 한 명을 확보할 수 있었다. 살해되기 사흘 전인 토요일 오후, 존 리는 상점에서 상습적으로 물건을 훔친 것으로 추정되는 10대 소년을 붙잡아 승강이를 벌였다. 추 형사가 통역한 리 부인의 진술에 따르면, 그 소년은 물건을 훔친 것을 완강하게 부인하면서 인종차별 카드를 꺼내 들고 자기가 흑인이기 때문에 그런 누명을 씌우는 거라고 주장했다. 그 상점 매상의 99퍼센트를 흑인 주민들이 올려주고 있는 상황이란 것을 고려하면 참으로 터무니없는 주장이었다. 그러나 리는 경찰에 신고하지 않았다. 이제 다시는 상점에 발을 들여놓지 말라고 으름장을 놓은 뒤 소년을 쫓아냈다. 리 부인의 말에 따르면 소년은 출입문 밖으로 나가면서 리에게 다음에 올 땐 머리통을 날려버리겠다고 쏘아붙였다. 리는 카운터 밑에서 권총을 빼내 소년에게 겨누면서 언제든 맞이할 준비가 되어 있다고 알려주었다.

이 말은 존 리가 카운터 밑에 권총을 숨겨두고 있다는 사실을 그 10대 소년이 알고 있었다는 것을 뜻했다. 소년이 협박을 실행에 옮기려고 했다면 상점 안으로 들어와 리가 권총을 찾아 쥐기 전에 재빨리 그를 쏘았을 것이다.

보슈는 다음 날 아침 리 부인에게 범죄조직 파일을 보여주면서 남편을 협박한 10대 소년의 사진이 있는지 찾아보게 해야겠다고 생각했다. 그 소년이 후버 스트리트 갱단과 관련이 있다면 파일에 사진이 들어 있을 가능성이 컸다.

그러나 보슈는 그것이 중요한 단서이며 그 소년이 타당한 용의자라는 확신이 들지 않았다. 사건 현장에는 보복 살인으로 볼 수 없는 흔적들이 분명히 있었다. 그런 단서들을 조사하고 소년을 신문해보기는 하겠지만 그 소년을 기소하면서 사건을 종결할 것 같지는 않았다. 그렇게 되면 일이 너무 쉽게 풀리는 것인데, 쉽지 않은 사건임을 보여주는 흔적이 곳곳에 있었다.

강력계장실 옆에 긴 나무 테이블이 있는 회의실이 있었다. 점심을 먹는 식당으로 주로 쓰였고, 가끔씩 부서 회의를 할 때나 여러 형사 팀들이 수사와 관련해 비밀 논의를 할 때 이용되는 곳이었다. 야간이라 사무실이

텅 비자, 보슈는 그 회의실을 전용 작업 공간으로 쓰기 위해 그곳으로 들어가 감식반에서 넘겨받은 범죄 현장 사진들을 테이블 위에 늘어놓았다.

그는 범죄 현장의 전체 모습이 완성될 수 있도록 퍼즐 조각을 늘어놓듯 사진을 늘어놓았다. 그래놓고 보니 마치 영국의 화가이자 사진작가인 데이비드 호크니의 사진 작품을 보는 것 같았다. 호크니는 한때 LA에 살면서 캘리포니아 남부 지역의 풍경을 담은 포토 콜라주 작품을 여러 장 남겼다. 호크니가 카후엥가 고갯길 위 산에 있는 보슈의 집 근처에 살았기 때문에, 보슈는 그 작가와 그의 포토 콜라주 작품들이 친숙하게 느껴졌다. 보슈는 오래전부터 사건에 대해 새로운 세부 사실들을 알아내고 새로운 각도에서 사건을 바라보기 위해 범죄 현장 사진들을 콜라주 작품처럼 늘어놓고 살펴보는 습관이 있었다. 때문에, 호크니를 직접 만난 적은 없지만 그 사진작가와 왠지 모를 유대감 같은 것을 느끼고 있었다.

직접 내린 블랙커피를 홀짝이며 사진들을 보고 있자니 범죄 현장에서 눈에 걸렸던 것들이 또 눈에 걸렸다. 카운터 너머 뒷벽 술병 진열대 한가운데에 헤네시가 한 병도 빠진 자리 없이 줄줄이 늘어서 있었다. 조폭들이 돈은 훔쳐 가면서 헤네시는 건드리지도 않고 간다는 건 도무지 이해가 안 가는 일이었기 때문에, 보슈는 이 사건이 범죄조직과 관련된 사건이라는 발상에 근본적인 회의를 갖고 있었다. 전리품이 될 수 있는 값비싼 코냑이 팔을 뻗으면 닿을 곳에 있는데 가져가지 않았다고? 더군다나 카운터 위로 몸을 숙이거나 카운터를 돌아가서 탄피를 수거해 가면서?

결국 보슈는 범인이 헤네시에 관심이 없는 사람이라고, 범죄조직의 조직원이 아니라고 결론지었다.

다음으로 보슈의 관심을 끈 것은 피살자의 몸에 난 상처였다. 보슈는 그것만 보더라도 문제의 상점털이범은 용의자가 아니라고 생각했다. 가슴에 세 발을 쐈다는 것은 범인에게 살해 의도가 있었다는 뜻이다. 그러나 얼굴에 총상이 없는 걸 보면 범행 동기가 분노나 보복이 아니라는 뜻이다. 지금까지 보슈는 수백 건의 살인사건을 수사했고, 그중 대다수의 사건이 화기를 사용한 사건이었다. 때문에, 얼굴에 총상이 있을 때는 개인적인 원한이 있는 면식범에 의한 살인일 가능성이 높다는 것을 알고 있었다. 그렇다면 그 반대의 경우도 사실이라고 할 수 있었다. 가슴에 세 발을 쏜 것은 개인적인 원한에서 비롯된 행동이 아니었다. 임무를 수행한 것이다. 보슈는 미지의 좀도둑은 자기가 쫓고 있는 살인범이 아니라고 확신했다. 범인은 존 리와 일면식도 없는 낯선 사람일 가능성이 높았다. 그 낯선 자가 차분하게 상점 안으로 걸어 들어와 존 리의 가슴에 탄환을 세 발이나 박아 넣고 침착하게 금전등록기를 비우고 탄피를 모은 뒤, 뒤쪽 사무실로 가서 CCTV 녹화기에서 디스크를 빼내 유유히 사라진 것이다.

보슈는 범인이 초범이 아닐 거라고 생각했다. 날이 밝으면 로스앤젤레스와 주변 지역에서 이와 유사한 범죄가 있었는지 확인할 필요가 있었다.

피살자의 얼굴 사진을 보던 보슈는 문득 새로운 사실을 발견했다. 존 리의 뺨과 턱에는 피가 묻어 있는데 이는 깨끗했다. 이에는 핏자국이 전혀 없었다.

보슈는 사진을 집어 들고 자세히 들여다보면서 이것이 무슨 의미인지 이해하려고 애썼다. 그는 존 리의 얼굴에 묻은 혈흔이 피를 토하면서 생긴 거라고 추측했었다. 총에 맞고 발작적으로 숨을 몰아쉬던 중 파괴된 폐에서 피가 울컥 솟아오른 거라고 생각했었다. 그런데 이런 일이 일어나면서도 이빨에 혈흔이 전혀 묻지 않을 수 있을까?

그는 사진을 내려놓고 모자이크 같은 사진들을 훑어보며 피해자의 오른손을 찾았다. 오른손은 몸 옆으로 축 늘어져 있었다. 다섯 손가락 모두에 피가 묻어 있었고, 손바닥에는 피가 흘러내린 자국이 있었다.

그는 피가 묻어 있는 얼굴을 다시 살펴보았다. 존 리가 피 묻은 손으로 입을 만졌다는 생각이 퍼뜩 들었다. 다시 말해 이중 전이가 일어난 것이다. 리는 가슴을 만져 피를 묻힌 손으로 입을 만져 그 피를 손에서 입으로 전이시킨 것이다.

문제는 왜 그랬을까 하는 점이다. 죽음을 앞두고 고통스러워서였을까? 아니면 의도적으로 한 행동일까?

보슈는 휴대전화를 꺼내 검시관실의 조사관실로 전화를 걸었다. 단축번호로 저장해둔 직통전화였다. 전화벨이 울리는 동안 그는 손목시계를 보았다. 밤 12시 10분이었다.

"검시관실입니다."

"카셀 아직 있나?"

맥스 카셀은 행운주류 사건 현장에서 시신을 검안하고 수습한 조사관이었다.

"아뇨, 금방……, 어, 잠깐만요, 저기 있네요."

잠시 후 카셀이 전화를 받았다.

"당신이 누군지는 관심 없고, 난 지금 퇴근합니다. 커피 워머를 놓고 가서 돌아온 것뿐이라고요."

보슈가 알기로 카셀은 검시관실에서 차로 한 시간 거리인 팜데일에 살고 있었다. 차 안 담배 라이터에 플러그를 꽂아서 사용하는 커피 워머는 원거리 출퇴근 운전자에게는 필수품이었다.

"나 보슈 형사야. 내 친구를 벌써 서랍 속에 넣어뒀어?"

"아뇨, 서랍이 다 차서 3번 냉동 컨테이너에 있는데요. 검안 다 하고 퇴근하는 겁니다, 보슈 형사님."

"그렇군. 하나만 물어보자. 시신 입을 조사해봤어?"

"입을 조사해봤냐니, 무슨 뜻이죠? 당연히 조사했죠. 그게 제 일인데."

"근데 아무것도 없었어? 입 안이나 목구멍에 뭐 없던가?"

"아뇨, 있던데요."

보슈는 아드레날린이 솟구치는 것을 느꼈다.

"근데 왜 말 안 했어? 뭐가 있었는데?"

"혀요."

카셀이 킥킥 웃는데 보슈는 갑자기 기운이 쭉 빠졌다. 뭔가 있을 거라고 크게 기대한 터라 실망감이 컸다.

"아주 재미있군. 혈흔은?"

"네, 혀와 목구멍에서 소량의 혈흔이 발견됐어요. 검안 보고서에 써놨으니까 내일 받아보실 수 있을걸요."

"근데 세 방이나 맞았잖아. 폐가 스위스 치즈처럼 변했을 텐데. 출혈이 심했어야 하는 거 아닌가?"

"이미 사망한 상태면 그렇게 피가 안 나죠. 첫 발에 심장이 파괴되어 호흡을 멈췄다면 말입니다. 저기, 저 나가봐야 한다니까요, 보슈 형사님. 내일 오후 2시에 락스미 박사가 부검하기로 했으니까, 궁금한 게 있으면 그때 물어보시죠."

"그때도 물어볼 거야. 하지만 지금은 자네와 통화 중이니 자네한테 물어볼 밖에. 우리가 뭔가를 놓치고 있다는 생각이 들어."

"무슨 말씀이시죠?"

보슈는 자기 앞에 놓인 사진들을 노려보았다. 그의 눈길이 피해자의 손에서 얼굴로 움직였다.

"뭔가를 입에 넣은 거 같아."

"누가요?"

"피해자. 존 리가."

카셀은 이 가능성에 대해 조용히 생각해보고 자신이 놓친 것은 없는지 기억을 되살려보고 있는 것 같았다.

"그랬는지는 몰라도 입 안이나 목구멍에는 아무것도 없었어요. 뭔가를 삼켰다면 그건 제 관할이 아니고요. 그게 뭔지 찾아내는 건 락스미 박사가 할 일이죠. 내일 할 겁니다."

"락스미가 볼 수 있게 메모 좀 남겨주겠어?"

"보슈 형사님, 지금 퇴근하는 중이라니까요. 하실 말씀이 있으면 내일 부검 때 오셔서 직접 하시죠."

"그래, 할 거야. 하지만 혹시 모르니까, 메모 좀 남겨줘."

"알았어요. 그러죠, 뭐. 요즘에 여기서 초과 근무하는 사람은 아무도 없지만요, 보슈 형사님."

"그래, 알아. 여기도 마찬가지야. 고마워, 맥스."

보슈는 휴대전화를 덮고 사진에 관해서는 나중에 생각하기로 했다. 그의 생각이 옳았는지는 부검에서 결론이 날 것이고 그때까지는 달리 할 수 있는 일이 없었다.

CCTV 녹화기 옆에서 발견된 디스크 두 장이 비닐로 된 증거물 봉투에 한 장씩 들어 있었다. 디스크는 납작한 플라스틱 케이스 속에 들어 있었고 케이스에는 샤피 펜으로 날짜가 휘갈겨 쓰여 있었다. 하나는 사건 발생일로부터 정확히 일주일 전인 9월 1일로 적혀 있었고, 다른 것은 8월 27일로 날짜가 적혀 있었다. 보슈는 디스크 두 장을 회의실 맨 끝에 있는 오디오/비디오 기기로 가져가서 8월 27일 디스크부터 DVD 플레이어에 넣었다.

영상이 분할 화면에 담겨 있었다. 카메라 한 대는 금전등록기가 있는 카운터를 포함하여 상점의 앞쪽을 찍고 있었고, 다른 한 대는 상점의 뒤쪽을 찍고 있었다. 화면 중앙 상단에 날짜와 시각이 나오는 타임스탬프가 찍혀 있었고 상점 안에서 일어나는 일들이 실시간으로 재생되고 있었다. 상점이 오전 11시에서 밤 10시까지 영업을 하니까 빨리보기 버튼을 사용하지 않으면 비디오를 22시간 동안 보고 있어야 했다.

보슈는 다시 손목시계를 확인했다. 밤새도록 비디오를 보면서 존 리가 이 디스크 두 장을 따로 빼둔 이유를 알아내려고 노력할 수도 있고, 집으로 돌아가서 휴식을 취할 수도 있었다. 수사가 어디로 흘러갈지는 아무도 모르는 일이었기 때문에 짬이 날 때마다 휴식을 취해두는 것이 중요했다. 게다가 이 디스크 두 장이 존 리 피살 사건과 관계가 있는지 없는지도 알 수 없었다. 녹화기 속에 든 디스크는 누군가가 빼 가고 없었다. 중요한 건 그것인데, 사라지고 없었다.

빌어먹을, 보슈는 속으로 투덜거렸다. 그는 플레이어에 넣은 디스크를 재생해 보면서 존 리가 두 장을 따로 빼둔 미스터리를 풀 수 있을지 알아보기로 결심했다. 그는 테이블에서 의자 한 개를 끌고 가 텔레비전 앞에 놓고 앉아서 재생 속도를 4배속으로 설정했다. 그럼 첫 번째 디스크를 다 보는 데 세 시간이 약간 안 되게 걸릴 것이다. 한 장만 다 확인하고 집에 가서 두세 시간 눈을 붙인 후 다시 출근할 생각이었다.

"좋아, 좋아." 그는 혼잣말을 했다.

05 뇌물 상납

보슈는 누군가가 거칠게 흔들어 깨우는 바람에 겨우 눈을 떴다. 갠들 경위가 심기 불편한 눈으로 내려다보고 있었다. 보슈는 겨우 정신을 차리고 여기가 어딘지를 기억해냈다.

"경위님?"

"내 방에서 뭐 하는 거야, 보슈?"

보슈는 소파에서 일어나 앉았다.

"회의실에서 비디오를 보다 보니까 너무 늦어서 집에 갈 필요가 없어져서요. 지금 몇 십니까?"

"7시가 다 되어가. 근데 그게 당신이 내 방에 있는 이유가 되진 않는 것 같은데. 어제 내가 나가면서 문을 잠갔거든."

"정말요?"

"응, 정말로."

보슈는 고개를 끄덕였고 아직도 잠이 덜 깬 듯 굴었다. 문을 연 뒤에 문 따는 도구들을 지갑에 도로 넣어서 다행이었다. 소파는 강력계에 단 한 개, 갠들의 사무실에 있었다.

"청소부들이 청소하고 가면서 잠그는 걸 잊어버린 모양인데요." 보슈가 하나의 가능성을 제기했다.

"아니, 그 사람들은 이 방 열쇠 안 갖고 있어. 이봐, 해리. 누구든 여기 들어와서 소파에서 자는 건 괜찮아, 상관없어. 하지만 문이 잠겨 있으면, 그건 그만한 이유가 있는 거야. 내가 잠가놓았는데 직원들이 문을 따고 들어오는 건 용납 못 해."

"지당하신 말씀입니다, 경위님. 그럼 우리 사무실에 소파 하나 놓을까요?"

"한번 알아볼게. 근데 그게 요점은 아니잖아."

보슈가 일어섰다.

"요점 파악했어요. 나가서 일할게요."

"잠깐 있어봐. 당신을 밤새우게 만든 비디오에 대해서 얘긴 해주고 가야지."

보슈는 간밤에 다섯 시간 동안 디스크 두 장을 보면서 알아낸 내용과, 존 리가 결정적인 단서로 보이는 것을 의도치 않게 남겼다는 사실을 간략히 설명했다.

"지금 한번 보실래요? 준비할까요?"

"당신 파트너가 올 때까지 기다리지 뭐. 함께 보게. 그전에 가서 커피나 좀 마셔둬."

보슈는 특수살인사건 전담반장실을 나와 강력계 사무실을 걸어갔다. 강력계 사무실은 칸막이 자리와 방음벽으로 이루어진 몰개성적인 미로였다. 마치 보험회사 사무실 같았고, 너무 조용해서 집중하기 어려울 때도 있었다. 아직은 아무도 출근하지 않았지만 이제 곧 한꺼번에 몰려들어 올 것이었다. 언제나 갠들 경위가 제일 먼저 출근했다. 그는 부하직원들에게 모범이 되고 싶어했다.

보슈는 카페로 내려갔다. 카페는 7시에 문을 열었지만 경찰국 직원들 대다수가 아직 파커 센터에서 근무하고 있기 때문에 사람이 별로 없었다. 새 경찰국 본부 건물로의 이전은 차근차근 진행되고 있었다. 먼저 형사팀들이 옮겨 오고, 그다음엔 고위 간부들, 그다음에 나머지 사람들이 다 옮겨 올 예정이었다. 순차적 이전이라 앞으로 두 달은 더 있어야 이전이 완료될 예정이었다. 따라서 카페에 길게 늘어선 줄은 없었지만, 메뉴도 완전히 갖춰지지 않았다. 보슈는 경찰관의 아침 메뉴, 도넛 두 개와 커피를 주문했다. 페라스에게 줄 커피도 한 잔 샀다. 파트너의 컵에 설탕과 크림을 넣으면서 도넛 두 개를 잽싸게 먹어치우고는 엘리베이터를 타고 사무실로 올라갔다. 사무실로 들어가니 예상했던 대로 파트너가 출근해 앉아 있었다. 보슈는 설탕과 크림을 탄 커피를 파트너 앞에 내려놓고 자기 자리로 걸어갔다.

"감사합니다, 선배님. 벌써 출근하신 줄은 몰랐……, 어, 선배님, 어제랑 똑같은 옷이네요. 설마 밤샘 근무를 하신 건 아니죠?" 페라스가 말했다.

보슈는 의자에 앉았다.

"반장실 소파에서 두 시간쯤 잤어. 리 부인과 아들이 오늘 몇 시에 오기로 되어 있지?"

"10시에 오라고 했는데요. 왜요?"

"알아볼 일이 좀 있어서. 어젯밤에 상점 CCTV 카메라가 찍은 디스크 두 장을 살펴봤어."

"뭐가 있던가요?"

"커피 들어. 보여줄 테니까. 반장이 같이 보자던데."

10분 후 페라스와 갠들 경위는 회의실 테이블 끝자리에 앉아 있고 보슈는 리모컨을 들고 오디오/비디오 기기 앞에 서 있었다. 그는 9/01이라고 적힌 디스크를 기기에 넣고 준비가 될 때까지 화면을 정지시켰다.

"범인이 녹화기에서 디스크를 빼내 갔기 때문에 어제 상점 안에서 일어난 일을 기록한 비디오는 없어요. 하지만 두 장의 디스크가 남아 있었죠. 8월 27일과 9월 1일이라고 적혀 있는 디스크였고요. 이건 9월 1일자 디스큽니다. 우연인지 모르겠지만 어제, 즉 사건 발생당일로부터 정확히 일주일 전이죠. 여기까지 이해되죠?"

"응." 갠들이 말했다.

"존 리는 2인조 상점털이범들의 범행을 기록으로 남겨뒀던 겁니다. 이두 장의 디스크의 공통점은 똑같은 남자 두 명이 상점으로 들어와서 한명은 카운터로 가서 담배를 달라고 하고 다른 한 명은 주류가 진열된 복도로 걸어가는 장면이 담겨 있다는 겁니다. 담배 달라는 친구는 존 리가 자기 친구와 카운터 뒤에 있는 CCTV 화면을 보지 못하게 관심을 끄는 역할인 거죠. 리가 담배를 꺼내는 동안 주류 복도로 간 남자는 보드카를 한 병씩 바지 주머니에 밀어 넣고 세 번째 병은 살 것처럼 집어 들고 카운터로 갑니다. 그러면 카운터 앞에 있던 친구가 지갑을 꺼내 보더니 돈을 집에 두고 왔다거나 뭐 그런 변명을 둘러대죠. 그러고는 아무것도 사지 않고 나가는 겁니다. 그 이틀 동안 똑같은 일이 벌어집니다. 두 남자가 역할을 바꿔서요. 그 일 때문에 리가 그 디스크를 따로 빼서 보관해둔 거라고 생각합니다."

"리가 법적 대응을 위해 증거물을 확보하려고 했단 말씀입니까?" 페라스가 물었다.

"아마도. 그들의 모습이 담긴 비디오를 경찰에 넘기려고 했던 거 아니겠어?" 보슈가 말했다.

"당신이 말하는 단서가 이거야? 밤새 비디오를 들여다봐서 얻어낸 게 고작 이거라고? 보고서를 읽어서 나도 좀 아는데. 내 생각엔 존 리가 권총을 겨누며 위협했던 10대 소년 쪽이 훨씬 더 설득력이 있는 것 같은데."

갠들이 말했다.

"누가 이게 단서래요?" 보슈가 발끈했다. "지금까지는 존 리가 디스크를 따로 남겨둔 이유를 말한 것뿐이에요. 존 리는 이 두 친구가 물건을 슬쩍 훔쳐갔다는 걸 알았기 때문에 이 디스크들을 카메라에서 빼내 보관을 한 겁니다. 근데 우연히도 이 9월 1일 테이프에 중요한 단서가 함께 기록되어 있었던 거죠."

보슈가 재생 버튼을 누르자 영상이 움직이기 시작했다. 분할 화면에서는 두 대의 카메라에 비치는 상점 안 곳곳의 모습이 보였다. 카운터 뒤에 있는 존 리를 제외하고는 상점 안에 아무도 없었다. 상단에 있는 타임스탬프는 9월 1일 화요일 오후 3시 3분이라고 찍혀 있었다.

상점 출입문이 열리더니 손님이 한 명 들어왔다. 그는 카운터에 있는 리를 향해 태연하게 손을 흔들더니 상점 뒤쪽으로 걸어갔다. 화면이 선명하진 않았지만 지켜보는 형사 세 명은 그 손님이 30대 초반의 동양인 남자라는 것을 알아볼 수 있었다. 두 번째 카메라에 잡힌 그는 상점 뒤쪽에 있는 냉장 진열장으로 걸어가더니 맥주 캔 한 개를 집어 들었다. 그러고는 카운터로 갔다.

"뭐 하는 거야?" 갠들이 물었다.

"좀 더 보세요." 보슈가 말했다.

카운터에서 손님이 리에게 무슨 말인가 하자 상점 주인은 머리 위 선반으로 팔을 뻗어 카멜 담배 한 보루를 꺼냈다. 그러고는 담배를 카운터에 올려놓고 맥주 캔은 작은 갈색 봉지에 담았다.

손님은 체구가 당당했다. 땅딸막하긴 했지만 팔뚝이 두껍고 어깨가 넓고 건장했다. 그가 카운터 위로 지폐 한 장을 떨어뜨리자 리가 지폐를 집어 들고 금전등록기를 열었다. 그러고는 지폐를 서랍의 맨 마지막 칸에 집어넣고 거스름돈으로 지폐 몇 장을 꺼내 세더니 그 돈을 카운터 너머의 손님에게 건넸다. 손님은 그 돈을 받아서 주머니에 넣었다. 그러고는 담배 한 보루를 겨드랑이에 끼고, 맥주 캔을 집어 들고는, 자유로운 손으로 집게손가락을 펴서 권총처럼 리를 겨누었다. 그러고는 가운뎃손가락으로 방아쇠를 당기는 시늉을 하더니 상점을 나갔다.

보슈가 일시중지 버튼을 눌렀다.

"이건 또 뭐야? 손가락으로 총 쏘는 시늉을 한 게 위협이라는 거야? 이게 당신이 확보한 단서야?" 갠들이 물었다.

페라스는 아무 말도 하지 않았다. 보슈는 자신의 젊은 파트너는 자기가 보여주고 싶어했던 것을 본 것 같다고 생각했다. 그는 비디오를 살짝 되감기 해서 다시 재생 버튼을 눌렀다.

"뭐가 보여, 이그나시오?"

페라스가 앞으로 걸어 나와 화면을 가리키면서 말했다.

"우선, 이 친구는 동양인이군요. 그러니까 그 동네 사람은 아닙니다."

보슈는 고개를 끄덕였다.

"내가 스물두 시간 분량의 비디오를 봤는데 상점 안으로 들어온 동양인은 존 리와 그의 아내 빼고는 이 친구뿐이었어. 또 뭘 봤지, 이그나시오?"

"돈이요. 낸 돈보다 거슬러 받은 돈이 더 많아요." 페라스가 말했다.

화면에서는 존 리가 금전등록기에서 지폐를 꺼내고 있었다.

"보세요, 리가 이 친구의 돈을 서랍에 넣더니 방금 넣은 돈까지 포함해서 지폐를 꺼내 거슬러 주잖아요. 그러니까 이 친구는 맥주와 담배를 공짜로 얻고 거기다 돈까지 받은 겁니다."

보슈는 고개를 끄덕였다. 페라스의 관찰력이 날카로웠다.

"이 친구가 받은 돈이 얼마나 되지?" 갠들이 물었다.

좋은 질문이었다. 비디오 화면이 너무 흐릿해서 오가는 지폐의 액면가를 확인하기 어려웠다.

"서랍에 지폐 넣는 칸이 네 칸 있잖아요. 그러니까 칸마다 1달러, 5달러, 10달러, 20달러짜리 지폐를 넣겠죠. 어젯밤에 느린 화면으로 확인했는데요. 존 리는 손님한테서 받은 지폐를 네 번째 칸에 넣었어요. 담배 한보루에 맥주 한 캔까지 샀으니까, 거기가 20달러 지폐를 넣는 칸이라고 추측해볼 수 있겠죠. 그 추측이 옳다면, 리는 1달러짜리 지폐 한 장, 5달러짜리 한 장, 10달러짜리 한 장, 그리고 20달러짜리 열한 장을 그 손님에게 줍니다. 애초에 손님이 낸 돈을 빼면 20달러짜리는 총 열 장인 셈이죠." 보슈가 말했다.

"뇌물이네요." 페라스가 말했다.

"236달러? 뇌물이라기엔 좀 이상하지 않아? 서랍에 돈도 아직 남아 있잖아. 일정액의 상납금 같은데." 갠들이 말했다.

"사실 애초에 손님이 낸 20달러를 빼면 216달러입니다." 페라스가 말했다.

"그렇지." 보슈가 말했다.

세 사람은 잠깐 동안 아무 말 없이 정지 화면을 노려보았다.

갠들이 먼저 입을 열었다.

"그래서, 해리, 한두 시간 눈을 붙이면서 생각해봤을 텐데. 이게 뭘 뜻하는 거 같아?"

보슈는 화면 상단에 찍힌 타임스탬프를 가리켰다.

"살인사건이 일어나기 정확히 일주일 전에 뇌물 상납이 있었습니다. 일주일 전 화요일 3시에요. 그리고 나서 이번 주 화요일 3시쯤에는 존 리씨가 사살되죠. 어쩌면 이번 주에는 상납금을 내지 않겠다고 했는지도 모르죠."

"아니면 상납할 돈이 없었거나요. 어제 아들한테 들었는데 몇 년 전부터 장사가 너무 안됐고 밸리에 가게를 하나 더 열면서 파산 직전까지 갔다던데요." 페라스가 새로운 가능성을 제시했다.

"그래서 노인네가 이젠 상납 못한다고 말했다가 총에 맞았다? 좀 극단적이지 않아? 노인네를 죽이면 돈줄이 막히는데?" 갠들이 말했다.

페라스가 어깨를 으쓱거렸다.

"아내와 아들이 있잖습니까. 그들에게 메시지를 전달하는 효과는 있겠죠." 페라스가 말했다.

"10시에 진술서에 서명하러 올 겁니다." 보슈가 덧붙였다.

갠들이 고개를 끄덕였다.

"그래서 이 문제를 어떻게 처리할 거야?" 갠들이 물었다.

"리 부인은 AGU에서 나온 추 형사에게 맡기고 이그나시오와 나는 아들을 조사해보려고요. 상납에 대해 알고 있었는지 어떤지 알아봐야죠."

늘 뚱하던 갠들의 표정이 밝아졌다. 단서가 나타나고 수사에 진전이 있는 것이 기쁜 모양이었다.

"좋았어, 친구들, 알아보고 보고하도록." 그가 말했다.

"알아내면요." 보슈가 말했다.

갠들은 회의실을 나가고 보슈와 페라스는 화면 앞에 서 있었다.

"대단하십니다, 선배님. 경위님을 행복하게 만드시다니요."

"이 사건을 해결하면 더 행복해할걸."

"이제 뭘 할까요?"

"유족이 오기 전에 해야 할 일이 있어. 자넨 감식반에 연락해서 진행 상황을 알아봐. 금전등록기 감식을 끝냈는지 알아보고. 끝냈다고 하면 이리로 가져오고."

"선배님은요?"

보슈는 화면을 끄고 디스크를 꺼냈다.

"추 형사하고 얘기 좀 해야겠어."

"추 형사가 말 안 하고 숨기는 게 있다고 생각하세요?"

"그 얘길 좀 해봐야지."

06 삼합회

아시아인 조직범죄 전담반(AGU)의 상부 조직인 조직범죄 대응작전 지원계(the Gang and Operations Support Division, GOSD)는 비밀작전과 잠복수사를 많이 하는 부서였다. 그래선지 GOSD는 신축한 경찰청 본부 건물로부터 대여섯 블록 떨어진 곳에 있는 간판 없는 건물에 사무실을 두고 있었다. 보슈는 그곳까지 걸어가기로 했다. 주차장에서 차를 빼고 차가 막혀 진땀을 빼다가 목적지에 도착해 주차할 공간을 찾아 헤매는 것이 더 오래 걸릴 것 같았다. 오전 8시 30분, 그는 AGU 사무실 문 앞에 도착해 버저를 눌렀지만 응답이 없었다. 휴대전화를 꺼내 추 형사에게 전화를 걸려고 하는데 뒤에서 낯익은 목소리가 들렸다.

"안녕하세요, 보슈 형사님. 여기서 뵙게 될 줄은 몰랐는데요."

보슈가 돌아섰다. 추 형사가 서류 가방을 들고 출근하고 있었다.

"여기는 정시 출근 정시 퇴근인가 보군. 좋겠어." 보슈가 말했다.

"네, 오래 있지 않으려고 노력하죠."

추가 카드키로 문을 열 수 있게 보슈는 뒤로 물러섰다.

"들어오시죠."

추를 따라 들어간 작은 사무실에는 책상이 열두 개 정도 있었고 오른쪽엔 AGU 전담반장실이 따로 있었다. 추가 자기 자리로 가더니 서류 가방을 책상 옆 바닥에 내려놓았다.

"어쩐 일로 오셨습니까? 리 부인이 오기로 되어 있는 10시에 맞춰서 강력계로 갈 생각이었는데요." 추가 말했다.

추는 자리에 앉았지만 보슈는 그대로 서 있었다.

"보여주고 싶은 게 있어서 왔어. 여기도 비디오실 있나?"

"네, 이쪽으로 오시죠."

AGU는 사무실 뒤편에 네 개의 조사실이 있었는데 그중 하나가 비디오실로 개조되어 있었다. 들어가 보니 이동식 철제 선반에 DVD와 텔레비전이 놓여 있었다. 그 선반에는 이미지 프린터도 한 대 놓여 있었는데, 이전한 강력계 사무실에는 아직 없는 거였다.

보슈가 추에게 행운주류에서 갖고 온 디스크를 건네주자 추가 DVD 플레이어에 넣었다. 보슈가 리모컨으로 빨리감기 해서 타임스탬프가 오후 3시를 가리키는 장면까지 갔다.

"지금 들어오는 남자를 봐." 보슈가 말했다.

추는 그 동양인 남자가 상점으로 들어와서 맥주와 담배 한 보루를 사고 큰 투자수익을 거둬가는 모습을 조용히 지켜보았다.

"이게 답니까?" 그 남자가 상점을 나가자 추가 물었다.

"이게 다야."

"다시 한 번 볼까요?"

"그러지."

보슈는 2분 분량의 영상을 다시 재생했고, 손님이 상점을 나가려고 카운터에서 돌아서는 장면에서 일시정지 버튼을 눌렀다. 그러나 다시 재생 버튼을 눌러 조금 더 재생한 다음 카운터에서 돌아서는 남자의 얼굴이 가장 잘 보이는 순간에 다시 멈췄다.

"아는 사람이야?" 보슈가 물었다.

"아뇨, 물론 아니죠."

"뭐가 보였어?"

"뇌물 상납 장면인데요. 낸 돈보다 받은 돈이 훨씬 많잖아요."

"맞아. 자기가 낸 돈 20달러에다 216달러를 더 받았지. 세어봤어."

보슈는 추의 눈썹이 추켜올라가는 것을 보았다.

"왜?" 보슈가 물었다.

"그럼 삼합회네요." 추가 단정적으로 말했다.

보슈는 고개를 끄덕였다. 이제까지 삼합회 관련 살인사건을 수사한 적은 한 번도 없었지만 중국의 삼합회라는 비밀결사 조직이 오래전에 태평양을 건너와 현재 대다수의 주요 도시에서 활동 중이라는 사실은 알고 있었다. 중국계가 많이 살고 있는 로스앤젤레스도 샌프란시스코, 뉴욕, 휴스턴과 함께 삼합회의 주요 근거지 중 하나였다.

"뭘 보고 삼합회라는 거야?"

"상납금 액수가 216달러였다면서요."

"맞아. 존 리가 그 손님이 낸 돈을 되돌려줬어. 그러고는 20달러짜리 열장, 10달러짜리 한 장, 5달러짜리 한 장, 1달러짜리 한 장을 꺼내줬고. 거기에 무슨 의미라도 있는 거야?"

"삼합회는 보호를 바라는 영세 사업자들로부터 매주 상납금을 받아 챙기고 있어요. 상납금은 보통 108달러입니다. 216달러라면 두 배를 낸 거네요."

"왜 108달러야? 세금에다가 부가세를 또 붙이는 건가? 끄트머리 8달러는 주 정부나 어디 다른 곳에 갖다 바치는 거야?"

추는 보슈가 비꼬는 걸 알아차리지 못했고 어린이를 가르치듯 차분하게 설명했다.

"아뇨, 형사님, 108이라는 숫자는 그런 것과는 전혀 관계가 없습니다. 이해를 돕기 위해 삼합회의 역사에 대해 간략하게 말씀드릴게요."

"아무렴, 좋고말고." 보슈가 말했다.

"삼합회의 역사는 17세기 중국까지 거슬러 올라갑니다. 그때 소림사라는 절에 113명의 수도승이 살았어요. 불교 승려들이었죠. 그런데 어느 날 만주족이 쳐들어와서 승려 다섯 명만 빼고 모조리 죽여버렸어요. 그 후 남은 승려 다섯 명이 침략자 타도를 목표로 비밀결사를 조직했지요. 그렇게 삼합회가 탄생한 겁니다. 하지만 수 세기에 걸쳐 이어지면서 삼합회의 성격이 바뀌었어요. 정치와 애국심을 버리고 범죄조직으로 탈바꿈했죠. 이탈리아나 러시아의 마피아들처럼 보호 명목으로 돈을 뜯어내는 일을 주업으로 삼게 된 겁니다. 학살당한 승려들의 원혼을 달래기 위해 상납금은 항상 108달러나 그 배수로 내게 했고요."

"남은 승려가 세 명이 아니라 다섯 명이었는데 왜 삼합회라고 부르는 거지?" 보슈가 물었다.

"그건 승려 각자가 독자적으로 삼합회를 조직했기 때문이에요. 티앤디후이(天地會. 청나라 전복과 명나라 광복을 목적으로 하던 비밀결사 조직 – 옮긴이)라고 불렀죠. '하늘과 땅의 모임'이라는 뜻이고요. 조직마다 하늘과 땅과 인간의 관계를 상징하는 삼각형 모양의 깃발을 갖고 있었고요. 그래서 삼합회라고 알려지게 된 겁니다."

"멋진데. 중국인들이 그걸 여기로 들여왔구먼."

"들어온 지 아주 오래됐어요. 근데 중국인들이 아니라 미국인들이 들여온 겁니다. 철도 건설을 위해 유입된 중국인 노동자들과 함께 왔으니까요."

"그러고는 같은 동포들을 괴롭히고 있고."

"대체적으로는, 네, 맞습니다. 하지만 존 리 씨는 종교적인 사람이었어요. 어제 창고 방에서 불상 보셨습니까?"

"아니, 못 봤는데."

"거기 불상이 있는 걸 보고 리 부인에게 물어봤는데요. 부인 말로는 존 리 씨가 대단히 종교적인 사람이었답니다. 귀신의 존재를 믿었다네요. 그에게는 삼합회에 돈을 바치는 것이 귀신에게, 다시 말해 조상님께 제물을 바치는 것과 마찬가지였을 겁니다. 보슈 형사님은 안을 들여다보는 아웃사이더의 입장이잖습니까. 하지만 미국인들이 국세청에 세금을 내듯이 내 돈의 일부는 당연히 삼합회에 바쳐야 하는 거라고 생각하며 살았다면, 자신을 피해자로 보지는 않았을 겁니다. 기정사실, 생활의 일부인 거죠."

"하지만 국세청은 내가 세금을 내지 않는다고 내 가슴에 총알을 세 발이나 박아 넣진 않잖아."

"리 씨가 이 남자나 삼합회에게 살해됐다고 믿으세요?"

추가 화면 속의 남자를 가리키면서 성난 목소리로 물었다.

"현재로서는 이게 우리가 가진 최고의 단서라고 생각해." 보슈가 맞받았다.

"리 부인을 통해서 확보한 단서는 어떡하고요? 토요일에 리 씨를 위협했던 10대 폭력배 말입니다."

보슈는 고개를 가로저었다.

"석연치 않은 게 많아. 물론 리 부인에게 조폭들 사진을 보여주면서 그 친구를 찾아보게는 하겠지만, 헛수고일 거야."

"이해가 안 가네요. 돌아와서 리 씨를 죽여버리겠다고 했잖습니까."

"아니, 돌아와서 머리통을 날려버리겠다고 했지. 존 리는 가슴에 총을 맞았어. 이건 보복 범죄가 아니야, 추 형사. 그래도 걱정하지 마. 시간 낭비가 되더라도 조사는 다 해볼 거니까."

그는 추의 반응을 기다렸지만 젊은 형사는 잠자코 있었다. 보슈는 화면에 찍힌 타임스탬프를 가리켰다.

"존 리는 같은 요일 같은 시각에 살해됐어. 그러니까 리가 정기적으로 상납을 했다고 봐야 해. 리가 살해됐을 때 이 남자가 현장에 있었다고 봐야 하고. 그렇다면 이 남자가 더 유력한 용의자가 아닐까 생각하는데."

조사실은 아주 협소했고 둘은 문을 열어놓고 있었다. 보슈가 문으로 걸어가 문을 닫고 나서 추를 돌아보았다.

"자, 그럼 말해봐. 어젠 이런 사실을 모르고 있었어?"

"네, 물론이죠."

"그 지역 삼합회에 상납해온 사실에 대해서 리 부인이 아무 말도 안 했다고?"

추의 얼굴이 굳어졌다. 그는 보슈보다 체구는 훨씬 작았지만 자세를 보니 언제고 맞붙을 준비가 되어 있는 것 같았다.

"무슨 뜻으로 하시는 말씀입니까, 보슈 형사님?"

"여긴 자네 세계니까 그런 말을 들었으면 내게 말해줬어야 했는데 그러지 않아서 유감이라는 뜻으로. 그 사실을 우연히라도 알았으니 망정이지, 모르고 넘어갈 뻔했잖아. 상점에 자꾸 좀도둑이 들어서 리가 디스크를 따로 빼뒀더군. 상납 문제 때문이 아니라."

이제 두 사람은 50센티미터쯤 떨어져 서서 서로를 노려보고 있었다.

"어제는 아무런 정보도 제게 주지 않았잖습니까. 통역이나 해달라고 불러놓고. 다른 어떤 것에 대해서도 의견을 물어보지 않았고요. 제가 못 들어가게 의도적으로 차단하지 않았습니까. 저를 한 팀으로 받아줬더라면, 그래서 기본적인 정보라도 줬더라면 제가 뭘 보고나 들을 수 있었을는지도 모르죠." 추가 말했다.

"말 같잖은 소리. 형사가 뭐 하는 건지도 모르고 손가락이나 빨고 서 있었으면서. 형사가 꼭 말할 기회를 줘야 말을 하고 질문할 기회를 줘야 질문을 하느냐고."

"보슈 형사님은 그런 걸 원하시는 줄 알았죠."

"그건 무슨 뜻으로 하는 말이지?"

"형사님을 지켜봤단 말입니다. 형사님이 리 부인과 아들을 어떻게 대하는지. 심지어 저까지도."

"또 시작이군."

"어디였습니까, 베트남인가요? 베트남 전쟁에 참전하셨죠, 맞죠?"

"나에 대해서 뭘 안다고 까불어, 추."

"제 눈에 보이는 건 압니다. 전에도 형사님 같은 사람을 본 적이 있고요. 저는 베트남 출신이 아닙니다, 형사님. 미국인이라고요. 여기서 태어났어요, 형사님과 마찬가지로."

"이봐, 이런 쓸데없는 얘기는 그만하고 사건 얘기나 계속하면 안 될까?"

"마음대로 하세요. 형사님이 책임자니까."

추는 두 손을 엉덩이에 대고 텔레비전 화면을 향해 돌아섰다. 보슈는 감정을 추스르려고 애썼다. 추의 말에도 일리가 있다는 걸 인정하지 않을 수 없었다. 그리고 남의 눈에, 인종적 편견을 가진 베트남 참전 군인으로 비쳤다는 사실이 당황스럽고 민망했다.

"저기, 어제 내가 자네를 그런 식으로 대했던 건 실수였어. 미안해. 하지만 이젠 자네도 수사팀에 합류했으니까 자네가 아는 건 나도 알 필요가 있어. 하나도 남김없이." 보슈가 말했다.

추도 조금 누그러지는 기색이었다.

"아는 건 다 말씀드렸는데요. 아직 생각 중이라 말하지 못한 건 216달러에 관한 것뿐이고요."

"그게 왜?"

"일반적인 상납액수의 두 배거든요. 어쩌면 리 씨가 한 주를 빼먹은 건지도 모르죠. 아니면 돈이 없어서 못 냈거나요. 아들 말로는 매상이 형편 없었다던데."

"그럼 그래서 살해된 건지도 모르겠군."

보슈가 다시 화면을 가리켰다.

"저거 프린트해줄 수 있어?"

"그럼요. 하는 김에 제 것도 한 장 뽑아야겠네요."

추가 프린터 앞으로 가서 버튼을 두 번 눌렀다. 그러자 카운터에서 돌아서는 남자의 모습이 두 장 출력되어 나왔다.

"전과자 사진첩 있어? 전과자 파일?" 보슈가 물었다.

"물론 있죠. 누군지 알아보겠습니다. 여기저기 문의도 해보고요." 추가 말했다.

"우리가 찾고 있다는 걸 놈이 알게 되는 건 원치 않는데."

"어련하시겠습니까, 보슈 형님. 뭐, 그런 말 나올 줄 알고는 있었어요."

보슈는 잠자코 있었다. 또 말실수를 했다. 추하고는 뭐가 잘 맞지 않는 것 같았다. 보슈는 추도 똑같은 경찰 배지를 갖고 있는데도 그를 믿지 못하고 있다는 것을 깨달았다.

"문신도 출력해야겠는데요." 추가 말했다.

"문신이라니?" 보슈가 물었다.

추는 보슈에게서 리모컨을 받아들고 되감기 버튼을 눌렀다. 그는 남자가 리에게서 돈을 받으려고 왼손을 내밀 때 화면을 정지시켰다. 그러고는 남자의 팔 안쪽에 희미하게 보이는 윤곽을 손가락으로 짚었다. 추의 말이 옳았다. 문신이었다. 하지만 화면이 선명하지 못한 데다가 윤곽이 흐려서 보슈는 완전히 놓쳐버렸던 것이다.

"그게 뭐지?" 보슈가 물었다.

"칼 같은데요. 스스로 새긴 문신입니다."

"감방에 갔다 왔구먼."

추는 버튼을 눌러 문신이 나온 화면을 출력했다.

"아뇨, 이런 건 보통 배에서 새깁니다. 바다를 건너오면서."

"그건 또 무슨 말이지?"

"칼은 찌엔(劍)이라고 발음하는데요. 여기 남부 캘리포니아에서 적어도 세 개의 삼합회가 활동하고 있습니다. 이이찌엔(义劍), 시이찌엔(西劍), 요웅찌엔킴(勇劍). 의로운 칼, 서방의 칼, 용감한 칼이라는 뜻이죠. 홍콩에 본거지를 둔 14K라는 삼합회의 지부들입니다. 14K는 막강한 영향력을 행사하는 조직이고요."

"여기서 아니면 거기서?"

"양쪽 다요."

"14K? 금이야? 14금?"

"아뇨, 14는 불운을 상징하는 숫잡니다. 중국어로 4와 죽음을 뜻하는 단어는 발음이 같죠. K는 Kill의 약자고요."

보슈는 딸한테서 듣고 그 자신이 홍콩에 자주 가봐서 그곳 사람들은 숫자 4가 들어간 것은 무엇이든 불길한 것으로 여긴다는 걸 알고 있었다. 딸은 전처와 함께 홍콩의 고층 아파트에서 살았는데 그 아파트에는 4자가 들어가는 층이 없었다. 4층은 주차장을 뜻하는 P로 표시가 되었고 서양 건물에서 13층을 건너뛰듯 그곳에서는 14층을 건너뛰었다. 원래 14층이나 24층인 곳에는 중국민족인 한족과 같은 미신을 믿지 않는 영어권 사람들이 살았다.

보슈는 손짓으로 화면을 가리켰다.

"그러니까 이 친구가 그 14K라는 삼합회의 지부 세 곳 중 어느 한 곳의 소속일 거란 말이야?" 그가 물었다.

"아마 그럴 겁니다. 형사님 가시는 즉시 여기저기 문의해보겠습니다."

추가 말했다.

보슈는 추를 바라보며 그의 마음을 읽으려고 애썼다. 추가하고 싶은 말이 무엇인지 알 것 같았다. 추는 빨리 일을 시작할 수 있게 보슈가 가주기를 바라고 있었다. 보슈는 DVD플레이어 앞으로 걸어가 디스크를 꺼내 들었다.

"계속 연락하자고, 추." 그가 말했다.

"그러죠." 추가 짧게 대답했다.

"뭐라도 알아내면 즉시 알려줘."

"아주 잘 알겠습니다, 형사님."

"좋아, 그럼 10시에 리 부인과 그 아들과 함께 보자고."

보슈는 문을 열고 좁은 조사실을 나갔다.

07 참고인 조사

페라스는 행운주류의 금전등록기를 자기 책상 위에 놓고 금전등록기의 옆면과 자기 노트북 컴퓨터의 옆면을 케이블로 연결해놓았다. 보슈는 출력 사진들을 책상에 내려놓고 파트너를 건너다보았다.

"뭐 해?"

"이거 감식반에 가서 받아왔는데요. 피해자의 지문을 제외하고는 아무것도 없었답니다. 지금 메모리를 들여다보는 중인데요. 어제 존 리 씨가 피살되기 전까지 올린 매상이 200달러도 안 되네요. 선배님 추측대로 피해자가 폭력조직에 정기적으로 상납금을 바쳤다면, 216달러라는 상납금을 만들기가 엄청 어려웠을 거예요."

"그것과 관련해서 해줄 얘기가 있어. 감식반에서 또 다른 소식은 없었어?"

"뭐 별로요. 아직 감식을 진행……, 아, 미망인에 대한 GSR 검사결과가 음성으로 나왔답니다. 하지만 그건 우리가 예상했던 바이고요."

보슈는 고개를 끄덕였다. 리 부인이 남편의 시신을 발견했기 때문에 그녀의 두 손과 두 팔에 총기 발사 잔여물(Gunshot Residue, GSR)이 묻어 있는지 검사해서 그녀가 최근에 총기를 발사한 일이 있는지를 알아보는 것이 통상적인 절차였다. 예상대로 검사 결과는 음성으로 나왔다. 보슈는 이제 잠재적 용의자 명단에서 그녀의 이름을 지울 수 있겠다고 확신했다. 사실 애초에 그 명단에 올라가지도 않았지만.

"그 금전등록기 메모리엔 언제 것까지 저장되어 있어?" 보슈가 물었다.

"1년치는 있는 거 같던데요. 평균을 좀 내봤는데, 행운주류의 총소득은 주당 3천 달러 미만이더라고요. 간접비용, 상품구입비, 보험, 기타 등등의 비용을 제하면 1년에 순수입을 5만 달러 올리는 것도 힘들었을 겁니다. 그렇게 벌어서 어떻게 먹고살았나 몰라요. 그렇게 장사를 하니 경찰관 하는 게 훨씬 더 나을 것 같은데요."

"어제 아들도 그랬다며, 요즘 형편이 말이 아니라고."

"이걸 보면 사업이 상승세를 탔던 적이 과연 있을까 싶습니다."

"현금 장사잖아. 다른 식으로 돈을 끌어모을 수 있었을 거야."

"그렇겠죠. 근데 상납금도 바쳐야 했지 않습니까. 매주 200달러가 넘게 바쳤다면, 1년에 1만 달러가 넘는데요."

보슈는 추에게서 들은 삼합회의 역사와 LA에서 활동하는 삼합회 지부에 관한 이야기를 페라스에게 들려준 후 AGU가 그 용의자의 신원을 파악하기를 바란다고 말했다. 둘은 이 수사의 초점이 주류 판매점의 감시 카메라가 찍은 희미한 영상 속의 남자에게로, 다시 말해 삼합회의 수금원에게로 옮겨가고 있다는 데 동의했다. 한편 존 리가 살해되기 전주 토요일에 승강이를 벌였던 비행 청소년도 신원을 파악하고 만나봐야 했다. 하지만 범죄 현장을 보면 원한에 의한 보복 범죄하고는 거리가 먼 것으로 판단되기 때문에 이 단서는 큰 의미가 없을 것 같았다.

그들은 살인사건 수사에 항상 따라다니는, 진술서를 비롯한 방대한 양의 서류작업에 착수했다. 10시가 되자 데이비드 추 형사가 제일 먼저 보슈의 책상 앞에 불쑥 나타났다.

"이링은 아직 안 왔습니까?" 추가 인사말 대신 물었다.

보슈가 고개를 들어 그를 쳐다보았다.

"이링이 누군데?"

"이링 리, 존 리 씨 부인이요."

보슈는 아직까지 피해자 부인의 이름도 모르고 있었다는 사실을 깨달았다. 자신이 사건에 대해 아는 게 얼마나 없는지 새삼 느끼게 되어 기분이 언짢았다.

"아직 안 왔는데. 뭐 좀 알아냈어?"

"AGU 전과자 파일을 살펴봤는데요. 그 친구는 없었습니다. 하지만 문의 중입니다."

"자꾸 그 말을 하는데. '문의 중'이란 말이 정확히 무슨 뜻이야?"

"AGU가 지역사회의 수많은 인사들과 맺은 사회적 네트워크를 이용하여 이 남자가 누구이고 존 리 씨가 어디 소속인지에 대해 조심스럽게 물어보고 다닌다는 뜻인데요."

"소속이요? 리 씨는 돈을 갈취당하고 있었잖습니까. 소속이 있다면 피해자 그룹이겠죠." 페라스가 말했다.

"페라스 형사. 그건 전형적인 서구인의 시각에서 보는 거고요. 오늘 아침에 보슈 형사님께도 설명했지만, 존 리 씨는 평생을 삼합회라는 조직과 관계를 맺으며 살아왔어요. 관계, 그분의 모국어로는 꽌시(关系)라고 하죠. 직접적인 대응어는 모르겠지만, 한 인간의 사회적 네트워크와 관련이 있는 말이에요. 삼합회라는 것도 물론 거기에 포함되는 것이고요." 추가 참을성 있게 말했다.

페라스가 한참 동안 추를 노려보다가 입을 열었다.

"어쨌거나요. 여기서는 그런 걸 개소리라고 하죠. 피살자는 30년 가까이 여기서 살았잖아요. 중국에서는 그런 걸 뭐라고 부르는지 관심 없습니다. 여기서는 갈취라고 하죠."

보슈는 젊은 파트너의 단호한 반응이 마음에 들었다. 좀 거들어줄까 생각하고 있는데 그의 책상 위에 놓인 일반전화가 울려서 수화기를 들었다.

"보슈입니다."

"1층의 로저스입니다. 방문객이 두 명 있는데, 둘 다 이름이 '리'라는데요. 약속이 되어 있다고 하고요."

"올려보내 줘."

"네, 알겠습니다."

보슈는 전화를 끊었다.

"올라온다는군. 이렇게 하자고. 추, 자넨 리 부인을 조사실로 데려가서 진술서를 읽어주고 서명을 받아. 그런 다음에는 상납 건과 비디오에 나온 그 남자에 관해서 물어봐. 사진을 보여줘. 모른다고 발뺌해도 넘어가지 말고. 모를 수가 없어. 남편이 분명히 얘기했을 거거든."

"저기, 놀라지 마십시오. 중국에서는 부부가 이런 이야기 잘 안 합니다." 추가 말했다.

"어쨌든 최선을 다해보라고. 남편과 이야기를 나눴든 안 나눴든 많은 것을 알고 있을 수 있어. 페라스와 나는 아들을 만나볼게. 그 아들이 운영하는 밸리 점포에서도 보호비 명목으로 상납하고 있는지 알아봐야겠어. 만일 그렇다면, 거기서 그 수금원을 잡을 수 있겠지."

보슈가 사무실 저편 문 쪽을 바라보니 리 부인이 들어오고 있었는데, 아들과 함께인 게 아니었다. 젊은 여자와 함께 들어오고 있었다. 보슈는 손을 들어 그들의 관심을 끈 다음 이리로 오라고 손짓했다.

"추, 저 여자는 누구지?"

추가 돌아서서 다가오는 두 여자를 쳐다보았다. 그러나 그는 아무 말도 하지 않았다. 그도 누군지 모르는 거였다. 보슈가 젊은 여자를 살펴보니 30대 중반쯤으로 보이고 긴 머리를 귀 뒤로 넘겼으며 수수하지만 매력적인 모습이었다. 그녀도 동양인이었고 청바지에 흰 블라우스를 입고 있었다. 눈을 내리깔고 리 부인보다 반걸음 뒤에서 걸어오고 있었다. 보슈가 받은 첫인상은 고용인 같았다. 가사도우미가 운전기사까지 겸하는 것 같았다. 그런데 아까 1층 접수직원은 둘 다 이름이 리라고 했었다.

추가 중국어로 리 부인에게 말했다. 그녀가 대답하자 추가 통역을 해주었다.

"이 여성은 존 리 씨 부부의 따님인 미아 리랍니다. 로버트 리가 늦어져서 어머니를 모시고 왔다네요."

보슈는 아들이 늦는다는 소식에 실망해서 고개를 가로저었다.

"이런, 세상에. 딸이 있다는 걸 우린 왜 몰랐을까?" 그가 추에게 말했다.

"어젠 제대로 된 질문을 하지 않았으니까요." 추가 말했다.

"어제도 질문하는 사람은 자네였어. 미아에게 어디 사느냐고 물어봐."

젊은 여자가 목소리를 가다듬더니 고개를 들고 보슈를 쳐다보았다.

"부모님과 같이 살아요. 아니, 어제까진 그랬죠. 이젠 어머니와 산다고 해야겠군요." 그녀가 말했다.

그녀가 영어를 못 할 거라고 추측했던 보슈는, 그녀가 형사들의 대화를 다 알아듣고 자기가 갑자기 나타난 것에 대해 보슈가 짜증스러운 반응을 보인다는 것을 다 파악했을 거라는 생각이 들자 몹시 당황스러웠다.

"미안해요. 얻을 수 있는 정보는 다 확보해둘 필요가 있어서."

보슈는 다른 두 형사를 쳐다보았다.

"미아와 이야기를 나눠볼 필요가 있을 것 같군. 추 형사, 자넨 계획대로 리 부인을 조사실로 모시고 가서 진술서를 읽어드리지그래. 나는 미아하고 이야기를 나눠볼 테니까. 이그나시오, 자넨 로버트를 기다리고 있고."

보슈가 미아에게로 돌아섰다.

"남동생이 얼마나 늦는지 알아요?"

"지금 오고 있을 거예요. 10시 전에 가게를 나설 거라고 했거든요."

"어느 가게?"

"자기 가게요. 밸리에 있는."

"좋아요, 미아, 날 따라오겠소? 어머니는 추 형사가 모시고 갈 거니까."

미아는 어머니에게 중국어로 상황을 설명했고, 곧 그녀와 보슈는 강력
계 사무실 뒤편에 있는 조사실을 향해 걸어갔다. 보슈는 황색 괘선지 묶
음과 CCTV 비디오에서 출력한 사진들이 든 파일을 챙겨 들고 갔다. 페라
스는 뒤에 남았다.

"선배님, 피해자의 아들이 도착하면 제가 먼저 조사 시작할까요?" 페라
스가 물었다.

"아니. 날 부르러 와. 2호실에 있을 거야." 보슈가 말했다.

보슈는 피해자의 딸을 창문이 없는 작은 조사실로 데려갔다. 그들은 중
앙에 있는 테이블을 사이에 두고 마주 앉았고 보슈는 표정 관리를 잘하려
고 애썼지만, 쉽지 않았다. 아침부터 예상하지 못한 일이 터졌고 그는 살
인사건을 수사할 때 예상치 못한 일이 툭툭 터지는 것을 좋아하지 않았다.

"자, 미아, 그럼 시작할까? 난 보슈 형사야. 당신 아버지 피살 사건의 수
사 책임자지. 아버지가 그렇게 가서서 정말 유감이야." 보슈가 말했다.

"감사합니다."

그녀는 눈을 내리깔고 테이블을 내려다보았다.

"이름과 성을 말해주겠어?"

"미아 링 리예요."

그녀의 이름은 이름이 먼저 나오고 성이 나중에 나온다는 점에서는 서
구화되어 있었다. 그러나 그녀는 아버지나 남동생처럼 완전한 서양식 이

름을 쓰지는 않았다. 보슈는 그것이 남자들은 서구사회에 통합되는 것이 바람직하지만 여자들은 서양문화에 물들면 안 된다는 중국인들의 관념 때문은 아닌지 궁금했다.

"생년월일은?"

"1980년 2월 14일이요."

"밸런타인데이군."

보슈는 미소를 지었다. 그러면서도 자기답지 않아 당황스러웠다. 그는 대화하기 편한 분위기를 만들려고 애쓰고 있었다. 중국에도 밸런타인데이가 있는지 궁금했다. 그는 머릿속으로 계산해보았다. 미아가 대단히 매력적이긴 했지만 실제 나이보다 더 들어 보였다. 실제로는 남동생 로버트보다 두세 살 더 많을 뿐이었다.

"부모님과 함께 이민 온 거야? 그게 언제였지?"

"1982년이요."

"겨우 두 살 때였군."

"네."

"오자마자 아버지가 그 가게를 여셨고?"

"여신 건 아니고요. 다른 사람으로부터 가게를 인수해서 행운주류라고 간판만 바꿔 달았어요. 그전엔 상호가 달랐어요."

"그렇군. 아가씨와 로버트 말고 다른 형제자매가 있나?"

"아뇨, 우리 둘뿐이에요."

"그렇군. 아까 부모님과 함께 살아왔다고 했는데. 얼마나 오래 함께 살았지?"

미아가 잠깐 고개를 들었다가 다시 숙였다.

"제 평생 동안이요. 대학 다닐 때 2년을 제외하고요."

"결혼했어?"

"아뇨. 그게 제 아버지를 죽인 범인과 무슨 관련이 있죠? 범인을 잡으러 다녀야 하는 거 아닌가요?"

"미안해, 미아. 먼저 기본적인 정보를 수집한 후에 범인을 찾으러 나가 보려는 거야. 동생하고 애기해봤어? 내가 당신 아버지와 아는 사이였다고 동생이 말하던가?"

"그냥 한 번 만난 적이 있다면서요. 사실 만났다고 할 수도 없고. 그 정도를 가지고 안다고 할 수는 없죠."

보슈는 고개를 끄덕였다.

"당신 말이 맞는 것 같군. 이제 보니 과장된 말이었어. 당신 아버지를 몰랐지만 그 당시 우리가 처했던 상황 때문에 마치 아버지를 잘 알았던 것만 같은 기분이 들었어. 아버지를 죽인 범인을 찾고 싶어, 미아. 꼭 찾을 거야. 그러려면 당신과 당신 가족의 도움이 필요해."

"네, 알겠습니다."

"말 안 하고 있는 것이 있으면 안 돼. 무엇이 우리에게 도움이 될지 모르니까 말이야."

"알았어요."

"좋아, 그럼 시작하지. 직업이 뭐지?"

"부모님을 보살펴드리고 있어요."

"집에서? 집에 있으면서 부모님을 보살펴드리고 있다는 말이야?"

미아 리가 고개를 들고 보슈의 눈을 쳐다보았다. 눈동자가 새까매서 그 안에 무엇을 담고 있는지 읽을 수가 없었다.

"네."

보슈는 자신이 하나도 아는 게 없는 문화적 관습과 규범을 건드렸다는 것을 깨달았다. 미아도 그의 마음을 읽은 듯했다.

"우리 가문에서는 딸이 부모님을 봉양하는 게 전통이에요."

"학교는 다녔어?"

"네. 2년간 대학에 다녔어요. 하지만 그 후에 집으로 돌아왔어요. 집에서 요리하고 청소하고 살림하고 있어요. 남동생 시중도 들고요. 걔는 독립해서 나가고 싶어하지만요."

"하지만 어제까지는 온 식구가 한집에 살고 있었고?"

"네."

"아버지의 생전 모습을 마지막으로 본 게 언제였지?"

"어제 아침에 출근하실 때요. 9시 30분에 나가시거든요. 아침 식사를 차려드렸어요."

"그때 어머니도 함께 나가셨고?"

"네, 항상 같이 나가세요."

"그러고 나서 오후에 어머니가 돌아오셨고?"

"네. 제가 저녁 식사를 준비해놓으면 어머니가 가지러 오세요. 항상 그랬어요."

"몇 시에 집에 오셨지?"

"3시에 오셨어요. 항상 그때 오세요."

보슈는 리 가족의 집이 윌셔 지역 라치몬트에 있다는 걸 알고 있었다. 상점에서 차로 적어도 30분은 가야 할 거리였다. 줄곧 일반도로를 이용하는 것이 제일 빨랐을 것이다.

"어머니가 어제 저녁 식사를 가지고 가게로 돌아가시기 전에 집에 얼마나 계셨지?"

"30분 정도 계시다가 가셨어요."

보슈는 고개를 끄덕였다. 모든 것이 리 부인의 진술과 타이밍과 그 밖의 모든 정황과 잘 들어맞았다.

"미아, 아버지가 가게에서 겁나는 사람이 있다는 말씀을 하신 적이 있어? 손님이나 다른 누구에 대해서?"

"아뇨, 아버지는 아주 과묵한 분이셨어요. 집에서는 가게 얘기를 안 하셨어요."

"여기 로스앤젤레스에서 사는 걸 좋아하셨어?"

"아뇨, 그건 아닌 것 같아요."

"왜?"

"중국으로 돌아가고 싶어하셨지만 못 가시는 거였거든요."

"왜 못 가셨지?"

"왜냐하면 한번 떠나면 돌아올 수 없으니까요. 어머니가 로버트를 임신해서 떠나온 거였어요."

"로버트 때문에 떠났다는 얘기야?"

"우리나라에서는 한 가구당 한 자녀만 허용하고 있어요. 우리 부모님한테는 이미 제가 있었고 어머니는 저를 고아원에 보내려고 하지 않으셨어요. 근데 아버지가 아들을 원했고 어머니가 임신을 했기 때문에 미국으로 이민을 온 거예요."

보슈는 중국의 한 자녀 정책에 대해서 잘 알지는 못했지만 들어본 적은 있었다. 정부의 인구 억제 정책이었는데 남아 선호사상을 부추기는 결과를 낳았다. 갓 태어난 여아들은 흔히 고아원에 버려지거나 더 끔찍한 운명을 맞았다. 리 부부는 미아 대신 조국을 포기하고 미국으로 건너왔던 것이다.

"그러니까 아버지는 계속 중국에서 살았으면 좋았을 거라고 아쉬워하셨다는 얘기네?"

"네."

보슈는 가족에 관한 기본 정보는 충분히 얻었다고 판단했다. 그는 파일을 열고 상점 CCTV 카메라로 찍은 영상 출력물을 꺼내서 미아 앞에 놓왔다.

"이 사람이 누구야, 미아?"

미아는 눈을 가늘게 뜨고 흐릿한 영상을 살펴보았다.

"모르는 사람인데요. 이 사람이 아버지를 죽였나요?"

"모르겠어. 누군지 모르는 거 확실해?"

"확실해요. 누군데요?"

"아직은 모르겠어. 하지만 곧 알아낼 거야. 아버지가 삼합회에 대해서 말씀하신 적이 있어?"

"삼합회요?"

"거기에 돈을 내야 한다고?"

그 질문에 미아는 긴장하는 기색이 역력했다.

"몰라요. 그런 얘기는 하신 적이 없어요."

"중국어 할 줄 알지?"

"네."

"부모님이 삼합회 얘기하시는 거 들은 적은 있어?"

"아뇨, 들은 적 없어요. 전혀 모르는 일이에요."

"알았어, 미아. 그럼 이쯤하고 끝내지."

"어머니 모시고 가도 되죠?"

"추 형사와 이야기 끝나면. 이제 가게는 어떻게 되는 거야? 어머니와 동생이 운영할 건가?"

그녀는 고개를 가로저었다.

"아무래도 문을 닫을 것 같아요. 어머니는 이제부터 동생 가게에서 일하실 거고요."

"당신은 어떻게 되는 거야, 미아? 뭐 변하는 게 있나?"

보슈의 질문을 받기 전에는 한 번도 생각해본 적이 없었는지 미아는 한

참 동안 생각에 잠겨 있었다.

마침내 그녀가 입을 열었다. "모르겠어요. 아마도요."

08 아들의 진술

강력계 사무실로 돌아가니, 리 부인이 벌써 조사를 다 받고 나와 딸을 기다리고 있었다. 로버트 리의 모습은 보이지 않았다. 페라스는 로버트가 전화를 걸어 부지배인이 병가를 내서 자리를 비울 수가 없다고 말했다고 전했다.

두 여자를 엘리베이터 타는 곳까지 데려다준 보슈는 손목시계를 보았다. 밸리로 가서 피해자의 아들을 만나보고 시내로 돌아와 2시로 예정된 부검에 참석해도 늦지 않을 것 같았다. 검시관실에 일찍 가서 준비 절차까지 다 지켜보고 있을 필요는 없었다. 늦게 들어가도 되었다.

페라스는 사무실에 남아 전날 수거한 증거물을 감식반으로부터 넘겨받기로 했고, 보슈와 추는 밸리로 가서 로버트 리를 조사하기로 했다.

보슈는 35만 킬로미터 이상을 달린 자신의 크라운 빅토리아를 몰고 밸리로 달려갔다. 에어컨이 전원은 들어왔지만 제대로 작동하지 않았다. 밸리로 가는 동안 실내 온도가 올라가기 시작하자, 보슈는 차에 타기 전에 재킷을 벗지 않은 것을 후회했다.

차를 타고 가는 동안 추가 먼저 입을 열었다. 그는 리 부인이 진술서에

서명을 했고 새로 덧붙일 사항은 없었다고 보고했다. 리 부인은 상점 CCTV에 찍힌 그 남자가 누군지 모른다고 했고 삼합회에 상납금을 바치는 일에 대해서도 아는 바가 없다고 주장했다. 추의 보고를 듣고 난 후 보슈는 미아 링 리에게서 확보한 많지 않은 정보를 추에게 들려주었고 성인이 된 딸을 집에 붙잡아두고 부모를 봉양하게 하는 전통에 대해 아는 대로 설명해달라고 부탁했다.

"한마디로 신데렐라죠. 집에 있으면서 청소고 빨래고 집안일을 도맡아 하니까요. 부모가 딸을 하녀처럼 부려 먹는 겁니다." 추가 말했다.

"딸이 결혼해서 출가하는 걸 원하지 않는단 말이야?"

"원하다니요. 공짜 노동력인데. 뭐하러 딸의 결혼을 바라요? 딸이 결혼해 나가면 가정부와 요리사와 운전사를 고용해야 하는데, 딸을 집에 앉혀 놓으면 세 가지가 다 해결되잖아요, 그것도 공짜로."

보슈는 한참을 조용히 운전만 하면서 미아 링 리의 삶에 대해 생각해보았다. 아버지가 죽었다고 달라질 건 전혀 없을 것 같았다. 보살펴야 할 어머니가 남아 있으니까.

보슈는 사건과 관련된 사실이 떠올라서 다시 입을 열었다.

"미아 말로는 사우스 노르만디의 점포는 처분하고 밸리의 점포에 집중할 거라던데."

"어차피 수입도 거의 없었으니까요. 점포를 처분하면 조금이라도 챙길 돈은 생기겠죠." 추가 말했다.

"한자리에서 30년 가까이 장사한 거치고 마지막이 초라하구먼."

"중국인 이민자 모두가 성공 스토리를 써나가는 건 아닙니다." 추가 말했다.

"자넨 어때, 추? 자넨 성공한 인물이잖아, 안 그래?"

"전 이민자가 아닙니다. 부모님이 이민자들이셨죠."

"왜 과거시제로 말하지?"

"어머니는 젊은 나이에 돌아가셨어요. 아버지는 어부였는데 언젠가 배를 타고 나가신 후로 다시 돌아오지 않으셨고요."

보슈는 추가 비극적인 가족사를 지극히 사무적으로 말하는 것을 보고 말문이 막혔다. 그는 운전에 집중했다. 교통 상황이 여의치 않아 셔먼 오크스까지 가는 데 45분이나 걸렸다. 행운식품주류는 벤추라 대로에서 남쪽으로 한 블록 떨어진 세풀베다에 있었다. 고급 아파트가 즐비하고 산에는 훨씬 더 호화로운 저택이 드문드문 들어서 있는 부촌이었다. 위치는 좋은데 주차 공간이 많지 않았다. 보슈는 도로 소화전 앞에 한 자리를 발견하고 차를 세웠다. 그러고는 차광판을 내려 클립으로 고정해놓은 시 관용차 등록번호가 적힌 카드가 보이게 한 후 차에서 내렸다.

보슈와 추는 차를 타고 한참을 달려오면서 미리 계획을 세웠다. 그들은 삼합회 상납 건에 대해서 피해자 말고 또 아는 사람이 있다면 그 사람은 피해자의 아들이자 행운주류 2호점의 대표인 로버트 리일 거라고 결론을 내렸다. 리가 왜 그 전날 그 일을 형사들에게 말하지 않았을까, 풀어야 할 큰 의문이었다.

행운식품주류는 사우스 LA에 있는 행운주류 1호점과는 하늘과 땅 차이로 달랐다. 매장이 1호점보다 적어도 다섯 배는 더 컸고 주변 환경에 걸맞게 고급스러운 분위기로 꾸며져 있었다.

매장 안에는 셀프 카페가 있었다. 와인이 진열된 복도 위 천장에는 포도 품종과 와인 생산지를 알려주는 표지판이 걸려 있었고, 1호점에서는 복도 끝에 대용량 포도주 통이 쌓여 있었는데 여기엔 없었다. 냉장식품 진열장은 진열장 앞에 유리문을 달지 않고 조명을 밝게 해놓았다. 특수용도식품을 진열한 복도와 신선한 스테이크나 생선 요리, 미리 조리된 로스트 치킨, 미트로프, 바비큐 립 등을 주문해 먹을 수 있는 푸드코트도 마련되어 있었다. 아들은 아버지의 사업을 물려받아 그 수준을 몇 단계 더 끌어올린 것 같았다. 보슈는 감명을 받았다.

계산대가 두 군데 있었다. 추가 한쪽 계산대 뒤에 서 있는 여직원에게 로버트 리가 어디 있느냐고 물었다. 그녀는 뒤쪽에 있는 두 짝 여닫이문을 가리켰다. 그곳으로 가서 문을 열고 들어가니 사방 벽을 따라 3미터 높이의 선반이 늘어서 있는 창고가 나왔다. 왼쪽에 '사무실'이라고 팻말이 붙은 문이 있었다. 보슈가 노크를 하자 로버트 리가 금방 문을 열었다.

그는 형사들을 보고 깜짝 놀라는 표정을 지었다.

"형사님들, 어서 오세요. 오늘 못 가서 정말 죄송합니다. 부지배인이 아파서 못 나온다고 전화가 와서요. 관리자 없이 매장을 떠날 수가 없어서. 죄송합니다." 그가 말했다.

"괜찮아. 우린 고작 자네 아버지를 죽인 범인을 잡으려고 애쓸 뿐인데 뭐." 보슈가 말했다.

보슈는 청년이 수세에 몰리게 하고 싶었다. 리는 자신의 홈그라운드에서 조사를 받게 되어 긴장감이 훨씬 덜할 것이었다. 보슈는 그를 불편하게 하고 싶었다. 수세에 몰리면 좀 더 적극적으로 조사를 받을 것이고 조사관들을 기쁘게 해주려고 애쓸 것 같았다.

"죄송합니다. 진술서에 서명만 하면 되는 줄 알았는데."

"진술서는 작성해놨고 서명을 받아야 하는 건 맞는데, 그걸로 끝이 아니야, 로버트. 수사가 진행 중이라 상황이 자꾸 변하고 정보가 계속 들어오거든."

"죄송하다는 말밖에 드릴 말씀이 없네요. 앉으세요. 사무실이 좁아서 죄송합니다."

과연 사무실은 좁았고 그나마 두 사람이 함께 쓰는 것 같았다. 오른쪽 벽에 책상 두 개가 나란히 붙어 있었다. 책상 의자 두 개와 접을 수 있는

간이 의자도 두 개 있었는데 간이 의자는 직원회의와 채용 면접에 필요해서 갖다놓은 것 같았다.

로버트 리는 책상에 놓인 전화기를 집어 들고 숫자 한 개를 누르더니 상대방에게 아무도 들여보내지 말고 전화도 연결하지 말라고 말했다. 그러고는 두 손을 펴서 들어 보이며 준비가 됐다는 표시를 했다.

"우선, 자네가 오늘도 근무를 하고 있어서 좀 놀랐다는 말부터 해야겠군. 자네 아버지가 피살된 게 어젠데 말이야." 보슈가 말했다.

리는 엄숙하게 고개를 끄덕였다.

"유감스럽게도 아버지의 죽음을 슬퍼할 시간이 제겐 없습니다. 평소대로 가게를 열고 일을 하지 않으면 가게 자체가 없어질 테니까요."

보슈는 고개를 끄덕이고 나서 추 형사에게 바통을 넘긴다는 눈짓을 했다. 추가 타이핑해서 가져온 로버트 리의 진술서를 리와 함께 훑어보고 서명을 받는 동안 보슈는 사무실 안을 둘러보았다. 책상 위쪽 벽에는 주정부가 발급한 사업자등록증과 로버트 리의 2004년 서던캘리포니아대학교(USC) 경영학과 학위증서, 미국 식료품상 연합회가 주는 2007년 최고의 신규 점포 장려상이 든 액자들이 걸려 있었다. 로버트 리가 토미 라소다 LA다저스 전 감독과 찍은 사진과, 10대의 리가 홍콩의 청동좌불상 계단에 서서 찍은 사진을 담은 액자도 있었다. 보슈는 라소다를 알아보았을 뿐만 아니라 '큰 부처님'이라고 알려진 30미터 높이의 청동불상도 알아보았다. 딸과 함께 그 불상을 보러 란타우 섬에 간 적이 있었다.

보슈가 팔을 뻗어 삐딱하게 걸려 있는 USC 학위증서를 똑바로 했다. 그러면서 보니까 로버트 리가 대학을 우등으로 졸업했다고 적혀 있었다. 두 남매의 삶이 이렇게 달랐구나 싶었다. 로버트는 대학을 졸업하고 아버지의 사업을 물려받아 더 크게 일굴 수 있었다. 반면에 그의 누나는 대학을 중퇴하고 집으로 돌아와 살림을 맡아 하게 되었다.

리는 진술서에서 한 군데도 수정을 요구하지 않았고 모든 페이지의 하단에 서명을 했다. 서명을 마치자 그는 고개를 들어 문 위쪽 벽에 걸린 벽시계를 쳐다보았다. 이제 다 끝났다고 생각하는 게 분명했다.

그러나 아직 끝나지 않았다. 이젠 보슈의 차례였다. 그는 서류 가방을 열고 파일을 꺼냈다. 파일을 열고 리의 아버지에게서 돈을 받아갔던 삼합회 수금원의 출력 사진을 꺼내 리에게 건넸다.

"이 남자에 대해서 얘기 좀 해줘." 보슈가 말했다.

로버트 리는 출력 사진을 두 손으로 잡고 눈살을 잔뜩 찌푸리면서 사진을 노려보았다. 이것은 성실하게 집중하고 있다는 걸 보여주려는 행동이지만 사실은 뭔가 숨기는 게 있을 때 하는 행동이라는 걸 보슈는 알고 있었다. 리는 형사들이 들어오기 전에 어머니로부터 전화를 받고 형사들이 사진을 보여줄 거라는 사실을 알고 있었는지도 몰랐다. 보슈는 리가 어떤 반응을 보이든 진실한 반응이 아닐 거라고 생각했다.

몇 초 후에 로버트 리가 말했다.

"할 얘기가 없는데요. 모르는 남잡니다. 본 적도 없고요."

그가 사진을 보슈에게 내밀었지만 보슈는 받지 않았다.

"하지만 누군지는 알잖아, 안 그래?"

질문으로 한 말이 아니라 단정하는 말이었다.

"아뇨, 정말로 누군지 모릅니다." 리가 약간 짜증 섞인 목소리로 말했다.

보슈는 그를 바라보며 차가운 미소를 지었다.

"로버트, 어머니가 전화해서 우리가 저 사진을 보여줄 거라고 귀띔해줬어?"

"아뇨."

"통화내역 보면 다 나와."

"아니, 귀띔해줬다면 또 어쩔 겁니까? 어머니도 저도 이 사람이 누군지 모르는데요."

"우리가 자네 아버지를 죽인 범인을 찾아내길 바라긴 바라는 거야?"

"물론이죠! 무슨 질문이 그래요?"

"누가 중요한 걸 숨기고 있을 때 하는 질문이야. 수사에……."

"뭐라고요? 절 어떻게 보고 그런 말씀을!"

"……대단히 도움이 되는 사실을 숨기고 있을 때."

"아무것도 숨기는 거 없어요! 이 사람이 누군지 정말 모른단 말입니다. 이름도 모르고 한 번 본 적도 없고요. 정말이라니까요!"

리의 얼굴이 벌게졌다. 보슈는 잠깐 기다렸다가 차분하게 말했다.

"자네 말이 사실인지도 모르지. 이름도 모르고 본 적도 없는지 모르지. 하지만 자넨 이자가 누군지 알고 있어, 로버트. 자네 아버지가 돈을 상납하고 있었다는 사실을 알고 있다고. 어쩌면 자네도 돈을 바치고 있는지 모르지. 이 이야기를 우리에게 하면 위험이 따를까 봐 두려워서 그러는 거라면, 우리가 자네를 보호해줄 수 있어."

"그럼, 그렇고말고." 추가 맞장구를 쳤다.

리는 뭐 이런 일을 다 겪느냐는 듯 실소를 머금고 고개를 절레절레 흔들었다. 그러고는 무겁게 한숨을 쉬었다.

"제 아버지가 돌아가셨어요. 살해됐다고요. 저 좀 그냥 놔두면 안 되겠습니까? 제가 왜 괴롭힘을 당해야 하죠? 저도 피해자란 말입니다."

"우리도 자넬 그냥 놔두고 싶어, 로버트. 하지만 우리가 범인을 찾아내지 못하면, 찾아낼 사람이 아무도 없어. 그걸 원하는 건 아닐 거 아냐, 안 그래?" 보슈가 말했다.

리는 약간 진정이 된 듯한 표정으로 고개를 가로저었다.

보슈가 말을 이었다.

"이봐, 로버트. 여기 자네가 서명한 진술서가 있어. 지금부터 자네가 하는 말은 단 한 마디도 이 방을 넘어가지 않을 거야. 자네가 우리에게 무슨 말을 했는지 아무도 모를 거라고."

보슈가 손을 뻗어 리가 아직도 들고 있는 출력 사진을 툭 건드렸다.

"자네 아버지를 죽인 사람이 누군지는 몰라도 뒤쪽 창고 방에 있는 CCTV 녹화기에서 디스크를 꺼내 갔어. 근데 며칠 전 것 두 장은 남겨뒀더군. 이 사진이 거기에서 나온 거야. 아버지가 살해되기 일주일 전 같은 요일 같은 시각에 이자가 자네 아버지한테서 돈을 받아 챙겼어. 아버지가 216달러를 주더군. 이자는 삼합회 수금원이야. 자네도 알고 있을 거라고 생각하는데. 여기서부터 자네가 우릴 도와줘야 해, 로버트. 자네 말고는 도울 수 있는 사람이 없어."

보슈는 기다렸다. 리는 출력 사진을 책상에 내려놓고 땀이 맺힌 두 손바닥을 청바지 허벅지에 대고 문질렀다.

"알겠습니다. 네, 맞습니다, 아버지가 삼합회에 돈을 상납하셨어요." 리가 말했다.

보슈는 천천히 숨을 내쉬었다. 방금 그들은 크게 한 걸음을 내디뎠다. 보슈는 리가 이야기를 계속하기를 바랐다.

"언제부터?" 보슈가 물었다.

"글쎄요, 아주 옛날부터요. 아버지 평생 동안 하셨겠죠. 그러니까 제 평생 동안도 되겠고요. 늘 하시는 일이었습니다. 아버지는 그걸 중국인의 의무라고 생각하셨죠. 돈을 상납하는걸."

보슈는 고개를 끄덕였다.

"말해줘서 고마워, 로버트. 근데 어제 자넨 경제 상황이나 다른 여러 여건 때문에 장사가 잘 안됐다고 했는데. 혹시 아버지가 제날짜에 상납을 못 하고 밀리고 있었나?"

"글쎄요, 그랬는지도 모르죠. 그런 말씀은 없으셨지만요. 그 문제에 관해서는 저랑 마음이 잘 안 맞아서."

"어떻게 안 맞았다는 거야?"

"전 상납을 하면 안 된다고 생각했거든요. 백만 번도 더 말씀드렸어요. 여긴 미국이라고, 돈을 바칠 필요가 없다고 말이죠."

"그랬는데도 냈구먼."

"네, 매주 꼬박꼬박. 구식 노인네라서."

"그럼 자네는 안 내?"

리는 고개를 끄덕였지만 보슈의 눈길을 피했다. 거짓말을 하고 있었다.

"돈을 내고 있구먼, 안 그래?"

"아닙니다."

"로버트, 사실대로……."

"제가 내진 않았어요. 아버지가 대신 내주셨으니까. 지금부터는 어떻게 될지 모르겠고요."

보슈가 그에게로 몸을 기울였다.

"점포 둘 다 아버지가 상납금을 냈다는 거로군."

"네."

리가 눈을 내리깔고 또 손바닥을 바지에 비볐다.

"그래서 216달러, 108달러의 두 배를 건네준 거였군."

"맞습니다. 지난주 몫이었죠."

리는 고개를 끄덕였고 보슈는 그의 눈에 눈물이 맺히는 걸 본 것 같았다. 보슈는 이제 가장 중요한 질문을 해야 한다는 걸 알고 있었다.

"이번 주에는 무슨 일이 있었지?"

"모르겠습니다."

"그렇지만 추측해본 건 있을 거 아냐, 안 그래, 로버트?"

리는 다시 고개를 끄덕였다.

"점포 둘 다 적자를 보고 있습니다. 안 좋은 시기에 확장을 했거든요. 경기 침체가 시작되기 직전에요. 은행은 정부의 긴급구제를 받지만 우린 못 받습니다. 이렇게 가다가는 모든 걸 잃을 수도 있어요. 그래서 아버지께 말씀드렸습니다, 상납금을 계속 낼 형편이 못 된다고요. 그렇게 꼬박 꼬박 갖다 바쳐봐야 아무 소용도 없고, 상납을 중단하지 않으면 점포 둘 다 잃을 거라고 말씀드렸죠."

"상납을 중단하겠다고 하시던가?"

"아뇨, 그런 말씀 안 하셨어요. 실은 아무 말씀도 안 하셨습니다. 그건 우리가 망해서 길바닥에 나앉을 때까지 상납금을 계속 갖다 바치겠다는 뜻 같았습니다. 갈수록 부담이 커지고 있는데도요. 한 달에 8백 달러라면 우리 같은 영세 상인에게는 굉장히 큰돈이거든요. 아버지는 다른 방법을 찾아내면……."

그가 말끝을 흐렸다.

"무슨 다른 방법, 로버트?"

"돈을 저축할 다른 방법이요. 그래선지 아버지는 상점털이범들을 잡는 일에 갈수록 집착하시더라고요. 좀도둑들로 인한 손해를 막을 수 있다면 형편이 나아질 거라고 생각하셨죠. 구시대 사람이라 어쩔 수 없었습니다. 상황을 이해하지 못하셨어요."

보슈는 의자에 등을 기대고 추를 슬쩍 쳐다보았다. 마침내 리가 마음을 열고 솔직하게 말을 하게 만들어놓았다. 이제부턴 추가 나서서 삼합회에 관한 구체적인 의문들을 풀어갈 차례였다.

"로버트, 협조해줘서 고마워. 지금부터는 사진 속의 남자와 관련해 몇 가지 물어볼게." 추가 말했다.

"정말입니다. 누군지 모른다고요. 평생 단 한 번도 본 적이 없고요."

"알았어. 근데 상납 건에 관해서 상의를 할 때 아버지가 이 남자에 관해서 말씀하셨을 거 같은데, 아냐?"

"이름은 한 번도 말씀 안 하셨어요. 그냥 우리가 상납을 중단하면 그자가 길길이 날뛸 거라고만 하셨어요."

"아버지가 돈을 갖다 바치는 단체의 이름을 말씀하신 적은 없어? 삼합회라고?"

리는 고개를 끄덕였다.

"없어요, 전혀……, 아, 잠깐만요, 네, 한 번 있습니다. 칼과 관련된 말이었는데요. 조직 이름이 무슨 칼 이름이라고 하신 것 같은데. 잘 기억은 안 납니다."

"좀 더 생각해봐. 기억해내면 조사 범위를 확 좁힐 수 있거든."

리는 얼굴을 찡그리며 잠깐 생각하다가 다시 고개를 흔들었다.

"좀 더 기억을 더듬어볼게요. 근데 지금 당장은 어려울 것 같군요."

"그래, 알았어, 로버트."

추가 조사를 계속했지만, 그가 던지는 질문들이 너무 구체적이고 세세해서 리는 모른다는 말만 되풀이했다. 보슈는 그래도 상관없었다. 이미 커다란 난관 하나는 뚫었기 때문이었다. 그는 이제 수사의 초점이 좀 더 분명해지는 것을 느꼈다.

잠시 후 추가 조사를 끝내고 보슈에게 바통을 넘겼다.

"로버트, 자네 아버지한테서 상납금을 받아가던 남자 혹은 남자들이 이젠 자네를 찾아올 거라고 생각해?"

질문을 듣고 리는 얼굴을 잔뜩 찌푸렸다.

"모르겠습니다." 그가 말했다.

"LA경찰국의 보호를 바라나?"

"그것도 모르겠습니다."

"우리 전화번호 갖고 있지? 누가 나타나면 협조해줘. 그래야 할 것 같으면 돈을 주겠다고 약속하고."

"돈이 없다니까요!"

"바로 그거야. 돈을 주겠다고 약속하면서 돈을 구하는 데 하루 정도 걸릴 거라고 해. 그러고 나서 우리한테 전화하는 거야. 그때부턴 우리가 나설게."

"금전등록기에서 돈을 다 꺼내 가버리면 어떡하죠? 어제 말씀하셨잖습니까, 아버지 가게의 금전등록기가 비어 있었다고."

"그러면, 그러라고 내버려두고 가고 난 다음에 우리한테 전화해. 놈이 다음번에 올 때 잡을 테니까."

리가 고개를 끄덕였다. 보슈는 그 청년이 잔뜩 겁먹었다는 것을 느낄 수 있었다.

"로버트, 가게에 총을 갖고 있어?"

일종의 시험이었다. 보슈는 이미 총기등록 기록을 조회해봐서 등록된 건 다른 점포에 있는 권총밖에 없다는 것을 알고 있었다.

"아뇨, 총은 아버지가 갖고 계셨습니다. 우범 지역에 계셨으니까요."

"좋아. 이 일에 총을 끌어들이지 마. 수금원이 나타나면, 그냥 협조해."

"알겠습니다."

"그건 그렇고 아버지가 왜 그 총을 사셨지? 거의 30년을 그곳에서 총 없이 장사하다가 불과 6개월 전에 총을 구입하셨던데?"

"가장 최근에 강도를 당했을 때, 아버지가 강도들한테 부상을 당했어요. 10대 비행청소년 두 명이었죠. 그놈들이 휘두르는 유리병에 아버지가 맞았어요. 아버지한테 그 점포를 팔 생각이 없다면 총이라도 꼭 있어야 한다고 말씀드렸습니다. 하지만 총도 결국 아무 소용이 없었죠."

"그게 그렇더라고."

형사들은 리에게 고맙다는 인사를 한 후 사무실을 나왔다. 보슈가 나오면서 돌아보니 스물여섯 살 청년은 어찌 된 일인지 아까보다 20년은 더 늘어 보였다. 보슈가 걸어가면서 손목시계를 보니 오후 1시가 넘어 있었다. 배가 고파 미칠 지경이라 2시로 예정된 부검을 참관하러 검시관실로 향하기 전에 뭐라도 먼저 먹고 싶었다. 그는 보온 진열장 앞에서 걸음을 멈추고 음식을 둘러보았다. 자꾸만 미트 로프에 눈이 갔다. 그는 번호표 뽑는 기계에서 번호표를 뽑았다. 추에게 미트 로프를 사주겠다고 했더니 자기는 채식주의자라고 했다.

보슈가 고개를 절레절레했다.

"왜요?" 추가 물었다.

"우리는 파트너 되면 절대 안 되겠다, 추. 난 이따금 핫도그를 먹어주지 않는 인간은 도무지 믿을 수가 없거든." 보슈가 말했다.

"두부 핫도그는 먹는데요."

보슈가 움찔했다.

"그게 무슨 핫도그라고."

그때 로버트 리가 다가오는 것이 보였다.

"물어본다는 걸 깜빡했는데요. 아버지의 시신은 언제쯤 가족에게 인도됩니까?"

"아마 내일쯤. 부검이 오늘 있으니까." 보슈가 말했다.

리는 시무룩한 표정을 지었다.

"아버지는 대단히 영적인 분이셨는데요. 꼭 시신을 훼손해야 합니까?"

보슈가 고개를 끄덕였다.

"법이 그래. 살인사건은 무조건 부검하게 되어 있어."

"언제 합니까?"

"한 시간 후에."

리는 수긍하는 듯 고개를 끄덕였다.

"어머니한테는 부검 얘기 하지 말아주십시오. 검시관실에서 시신을 인수해 가라고 전화를 해줄까요?"

"꼭 전화하라고 일러둘게."

리는 감사를 표한 후 사무실로 돌아갔다. 보슈는 카운터 뒤의 점원이 자기 번호를 부르는 것을 들었다.

09 부검

시내 경찰국 본부로 돌아가면서 추는, 14년간 형사 생활을 하면서 부검에 참관한 적이 아직 한 번도 없는데 이제 와서 그런 삶에 변화를 주고 싶진 않다고 말했다. AGU 사무실로 돌아가 삼합회 수금원의 신원 파악에 주력하고 싶다고도 했다. 보슈는 그를 내려주고 미션 로드에 있는 카운티 검시관실로 향했다. 그가 방문객 명단을 작성하고 가운을 입은 다음 3호 부검실로 들어갔을 땐, 존 리의 부검이 한창 진행 중이었다. 검시관실은 1년에 6천 건에 달하는 부검을 실시했다. 부검실 사용 일정이 빡빡하게 짜여 있어서 검시관들은 늦게 도착하는 경찰을 기다려주지 않았다. 유능한 검시관은 외과적 부검을 한 시간 안에 뚝딱 해치울 수도 있었다.

그렇더라도 보슈는 아무 상관 없었다. 그의 관심은 부검 결과에 있었지 절차가 아니었다.

존 리의 시신이 벌거벗고 훼손된 채로 차가운 스테인리스스틸 부검 테이블 위에 누워 있었다. 가슴이 절개되고 중요 장기가 적출되었다. 샤론 락스미 박사가 옆 테이블에서 조직 샘플을 슬라이드에 담고 있었다.

"안녕, 락스미 박사." 보슈가 말했다.

락스미가 고개를 들고 그를 돌아보았다. 보슈가 마스크를 끼고 헤어캡을 쓰고 있어서 알아보기 어려운 모양이었다. 형사들이 그냥 쓱 들어와서 부검을 지켜보던 시대는 오래전에 끝났다. 카운티 정부의 보건규정에 따라 형사들이 부검을 참관하려면 보호 장비를 완벽하게 갖춰야 했다.

"보슈 형사? 페라스 형사?"

"보슈 형사."

"늦었군요. 먼저 시작했어요."

락스미는 작은 체구에 피부가 가무잡잡한 여성이었다. 그녀의 얼굴에서 가장 눈에 띄는 것은 마스크의 플라스틱 눈 보호대 뒤에 있는 눈에만 진하게 화장을 했다는 점이었다. 줄곧 보호 장비를 착용한 채로 사람들을 상대하기 때문에 눈밖에 안 보일 거라는 사실을 깨닫고 눈에만 신경을 쓴 것 같았다. 말투에서는 약간의 억양이 느껴졌다. 하지만 LA에서 억양 없는 사람이 있을까? 심지어 퇴임을 앞둔 경찰국장마저도 보스턴 남부 지역 억양이 섞인 말투로 말을 했다.

"응, 미안미안. 유족에 대한 참고인 조사가 생각보다 길어져서."

보슈는 조사가 끝난 후에 잠깐 미트 로프 샌드위치를 먹고 왔다는 이야기는 꺼내지 않았다.

"형사님이 찾는 것들 여기 있어요."

락스미는 카운터 위 그녀의 왼편으로 나란히 놓여 있는 철로 된 시료 컵 네 개 중 하나를 메스 날로 톡톡 쳤다. 보슈는 그곳으로 걸어가 고개를 숙이고 시료 컵을 들여다보았다. 컵마다 시신에서 꺼낸 증거물이 하나씩 들어 있었다. 뭉그러진 탄환 세 개와 탄피 한 개가 있었다.

"탄피를 찾았어? 몸에 박혀 있던가?"

"실은 몸속에 있었어요."

"몸속?"

"네. 식도에 박혀 있던데요."

보슈는 범죄 현장 사진들을 보면서 발견한 사실을 떠올렸다. 피해자의 손가락과 턱, 입술에는 피가 묻어 있었는데 이에는 묻어 있지 않았다. 그의 추측이 맞았던 것이다.

"대단히 가학적인 살인범 같아요, 보슈 형사님."

"왜 그런 말을 하지?"

"범인이 탄피를 피해자의 목구멍으로 밀어 넣었거나, 총에서 튀어나온 탄피가 어찌 된 일인지 피해자의 입속으로 들어가 목구멍으로 밀려 내려간 거니까요. 후자는 가능성이 백만 분의 일 정도밖에 안 되니까, 나는 전자라고 믿어요."

보슈는 고개를 끄덕였다. 락스미 박사의 말에 동의해서가 아니었다. 그녀가 생각해보지 않은 어떤 시나리오를 생각하고 있었기 때문이었다. 이제 그는 행운주류의 카운터 뒤에서 무슨 일이 일어났는지를 보여주는 퍼즐 조각 한 개를 찾았다고 생각했다. 범인의 총에서 튕겨 나온 탄피들 중 한 개가 카운터 뒤 바닥에 쓰러져 죽어가고 있는 존 리의 몸이나 그 근처에 떨어진 것이다. 존 리는 범인이 탄피를 모으는 것을 보았거나, 탄피가 수사에 중요한 단서가 될 수 있다는 사실을 직감했을 것이다. 그래서 생애의 마지막 순간, 그는 범인이 탄피를 가져가지 못하게 하려고 탄피를 집어 입에 넣어 삼키려고 애썼던 것이다.

존 리는 죽어가는 마지막 순간에 보슈에게 중요한 단서를 제공하려고 애썼다.

"탄피를 닦았어, 락스미?" 보슈가 물었다.

"네. 피가 목구멍으로 솟구쳐 올라오는데 그 피가 입 밖으로 나가는 걸 막는 댐 같은 역할을 탄피가 했더라고요. 탄피가 어떻게 생겼는지 보기 위해서는 닦을 수밖에 없었어요."

"그랬겠군."

보슈는 탄피에 지문이 찍혀 있을 가능성은 무시해도 될 정도로 낮을 거라고 생각했다. 총을 격발할 때 가스가 폭발하면서 탄피에 묻은 지문을 증발시켰을 것이 틀림없었다.

어찌 됐든, 탄피는 수거한 탄환들이 심하게 파손됐을 경우 발사한 총기를 알아내는 데 유용하게 쓰일 수 있었다. 보슈는 탄환이 담긴 시료 컵들을 들여다보았다. 할로 포인트(탄두에 구멍이 파여 있어 사람 몸에 맞으면 탄두가 꽃처럼 벌어져 몸속을 회전하며 조직과 기관을 파괴하는 탄환—옮긴이) 탄환이라는 걸 금방 알 수 있었다. 사람 몸에 닿는 즉시 버섯처럼 벌어지며 심하게 뭉그러졌다. 어느 것이라도 비교용으로 사용할 수 있을 것 같지 않았다. 그러나 탄피는 깔끔하고 확실한 증거물이 될 수 있었다. 탄피걸개와 공이, 탄피차개가 만든 자국이 총이 발견됐을 때 그 총이 그 탄피를 내보낸 총인지를 확인해줄 수 있었다. 피해자가 그 총에 맞아 사망했는지를 탄피가 판단해줄 수 있었다.

"요약설명을 해드릴까요?" 락스미가 물었다.

"그래요, 박사, 부탁해."

락스미가 부검 결과에 대해 간략히 설명하는 동안 보슈는 테이블 위 선반에서 비닐로 된 증거물 봉투 몇 장을 집어서 탄환과 탄피를 한 개씩 집어넣었다. 탄피는 9밀리미터 구경 탄환에서 나온 것 같았지만, 확실한 것은 총기감식반의 조사 결과가 나와봐야 했다. 그는 봉투마다 락스미의 이름과 사건 번호와 더불어 자기 이름까지 쓴 후 수술복 같은 가운을 들추고 봉투들을 재킷 주머니에 넣었다.

"첫 발은 왼쪽 가슴 윗부분에 맞았어요. 탄환이 심장의 우심실을 뚫고 들어가 위쪽 척추뼈를 강하게 가격해서 척수가 골절됐어요. 피해자는 즉시 쓰러졌을 거예요. 다음 두 발은 좌우 흉골을 맞혔더라고요. 그 두 발

중 어느 것이 먼저인지는 알 수 없고요. 탄환이 폐의 좌우엽을 관통해서 뒤쪽 근육계에 박혔어요. 그 결과 심폐기능이 즉시 정지됐고 사망으로 이어졌죠. 30초도 넘기지 못했을 거예요."

락스미의 설명대로 척수가 골절됐다면 피해자가 의도적으로 탄피를 삼켰을 거라는 보슈의 이론은 성립되기 어려웠다.

"척수 손상이 있었더라도, 손이나 팔을 움직일 수 있었을까?"

"오래는 아닐 거예요. 거의 피격 즉시 사망했으니까요."

"하지만 마비는 안 됐잖아, 안 그래? 그 마지막 30초 동안 탄피를 집어 입에 넣을 수 있지 않았을까?"

락스미는 이 새로운 시나리오에 대해 잠깐 생각한 후 대답했다.

"분명히 마비가 일어났을 거예요. 탄환이 흉추 4번에 박혀서 척수를 부러뜨렸으니까요. 그럼 마비가 일어나는 건 당연한 거고, 다만 마비가 그때부터 시작됐을 거라는 거죠. 그러니까 잠깐 동안은 팔을 움직일 수 있었을 거예요. 문제는 시간이에요. 말씀드렸다시피, 피해자의 몸은 1분 안에 모든 기능이 정지됐을 거거든요."

보슈는 고개를 끄덕였다. 그의 이론은 아직도 유효했다. 리가 마지막 힘을 다해 재빨리 탄피를 집어 입에 넣었을 수도 있었다.

보슈는 범인도 이 사실을 알았을지 궁금했다. 범인은 분명히 카운터를 돌아가 탄피를 찾아보았을 것이다. 그전에 리는 이미 탄피 하나를 집어삼켰을 것이다. 리의 등 쪽에 있는 혈흔은 몸의 움직임이 있었다는 사실을 보여주었다. 범인이 사라진 탄피를 찾으려고 시신을 밀어본 것 같았다.

보슈는 점점 흥분이 되기 시작했다. 탄피라는 중요한 증거물을 찾아냈기 때문이기도 하지만 범인이 실수를 했다는 생각이 흥분감을 고조시켰다. 그는 최대한 빨리 이 증거물을 총기감식반에 갖다 주고 싶었다.

"그렇구먼. 또 뭐가 있지, 락스미?"

"나중에 사진으로 보는 것보다 지금 직접 보고 싶어하실 만한 게 있어요. 시신을 뒤집게 좀 도와주세요."

그들은 부검 테이블로 가서 시신을 조심스럽게 뒤집었다. 사후경직이 일어났다가 풀려서 뒤집기가 수월했다. 락스미가 발목을 가리켰다. 보슈가 발목 앞으로 걸어가 자세히 살펴보니 리의 발뒤꿈치에 작은 한자가 문신으로 새겨져 있었다. 양쪽 발뒤꿈치에 한자가 석 자씩 새겨져 있었는데, 발뒤꿈치마다 아킬레스건을 사이에 두고 양쪽에 한 자 내지 두 자의 한자가 새겨져 있었다.

运气 钱　　爱 家庭

"이거 사진 찍어놨어?"

"네, 보고서에 넣을 거예요."

"이거 해석할 수 있는 사람 여기 없어?"

"없는 거 같아요. 밍 박사가 할 수 있을 것도 같은데, 이번 주에 휴가라서요."

"그렇군. 그럼, 시신을 약간만 밑으로 내릴 수 있을까? 두 발을 테이블 끝에 걸쳐놓고 사진을 찍고 싶은데."

락스미는 보슈가 시신을 테이블 아래쪽으로 당겨 내리는 것을 도와주었다. 보슈는 두 발을 테이블 끝에 걸치고 두 발목을 바짝 붙여 한자가 한 줄로 보이게 했다. 그러고는 가운 속으로 손을 집어넣어 휴대전화를 꺼낸 후 카메라 모드로 바꿔 문신을 두 장 찍었다.

"됐어."

보슈는 휴대전화를 내려놓고 락스미와 함께 시신을 다시 뒤집어 똑바로 눕힌 후 다시 위로 밀었다.

보슈는 장갑을 벗어 의료폐기물 쓰레기통 속으로 던진 후 휴대전화를 집어 들고 추 형사에게 전화를 걸었다.

"이메일 주소가 어떻게 돼? 사진을 한 장 보내고 싶은데."

"무슨 사진이요?"

"존 리의 발뒤꿈치에 한자 문신이 새겨져 있어. 무슨 뜻인지 알아야겠어."

"알겠습니다."

추는 부서 이메일을 알려주었다. 보슈는 휴대전화 갤러리로 들어가 사진을 확인한 후 더 선명하게 나온 사진을 추에게 보내고 나서 휴대전화를 집어넣었다.

"락스미 박사, 내가 알아야 할 것이 더 있어?"

"전부 말씀드린 것 같은데요, 형사님. 가족이 알고 싶어할지도 모르는 건 하나 있지만요."

"그게 뭔데?"

그녀는 작업대에 늘어놓은, 장기를 담은 쟁반들 중 하나를 가리켰다.

"직접적인 사인은 탄환이었지만, 그전부터 존 리 씨는 암으로 죽어가고 있었어요."

보슈는 작업대로 걸어가 쟁반을 들여다보았다. 피해자의 폐가 칭량과 검사를 위해 절제되어 있었다. 탄환이 지나간 자국을 살펴보기 위해 락스미가 절개해놓은 폐의 좌우엽 아래쪽이 암세포로 시커멓게 변해 있었다.

"흡연자였어요." 락스미가 말했다.

"맞아. 발병한 지 얼마나 된 것 같아?" 보슈가 말했다.

"1년쯤이요. 좀 더 오래됐을 수도 있고."

"치료를 받았는지 알 수 있나?"

"치료받은 것 같지는 않아요. 수술은 분명히 안 받았고요. 항암 약물치료나 방사선 치료를 받은 흔적도 보이지 않고요. 아직까진 확진이 안 됐을 수도 있어요. 그렇더라도 금방 알게 됐을 테지만요."

보슈는 자신의 폐를 생각했다. 여러 해 전에 담배를 끊었지만, 이미 발생한 흡연으로 인한 손상은 돌이킬 수 없다고들 했다. 가끔 아침에 일어나면 가슴이 답답하고 무겁게 느껴질 때가 있었다. 1~2년 전에 한 사건을 맡아 수사하다가 고농도 방사선에 노출된 적이 있었다. 병원에서 별문제 없다고 진단을 받았지만 그는 그때 노출된 것으로 인해 가슴속에서 자라고 있을지도 모르는 암세포들이 다 제거되었을 거라고 생각하곤 했다. 아니, 다 제거되었기를 바랐다.

그는 또 휴대전화를 꺼내 카메라 기능으로 바꿨다. 그러고는 쟁반 위로 몸을 숙이고 망가진 폐를 사진에 담았다.

"뭐 하시는 거예요?" 락스미가 물었다.

"보내줄 데가 있어서."

사진을 확인해보니 선명하게 잘 나왔다. 보슈는 그 사진을 이메일로 전송했다.

"누구한테요? 설마 유족은 아니겠죠."

"아니야. 내 딸한테."

"딸한테요?"

분개한 목소리였다.

"담배를 피우면 어떻게 되는지 알아야 할 것 같아서 말이야."

"참 자상한 아버지군요."

락스미는 더 이상 말하지 않았다. 보슈는 휴대전화를 집어넣고 손목시계를 보았다. LA와 홍콩의 시각을 동시에 보여주는 시계였다. 그가 시차계산을 잘못해서 자꾸만 야밤에 전화를 거니까 딸이 선물로 사준 시계였다. 지금 LA는 오후 3시를 막 지나고 있었다. 홍콩은 열다섯 시간 앞서가니까 딸은 아직 자고 있을 것이었다. 한 시간쯤 후면 일어나 학교 갈 준비를 하면서 그가 보낸 사진을 확인할 것이다. 그러면 항의 전화를 걸어오겠지만, 항의 전화라도 전화를 안 하는 것보다는 나았다.

보슈는 그 생각에 미소를 짓다가 곧 다시 일에 집중했다. 이제 그만 가봐도 될 것 같았다.

"고마워, 락스미. 총기 관련 증거물은 내가 가져가서 감식반에 넘길게." 그가 말했다.

"서명하셨어요?"

락스미가 카운터에 있는 클립보드를 가리켰고 보슈는 그녀가 벌써 증거물 인수인계 확인서를 작성해놓은 것을 보았다. 그는 명시된 증거물의 인수자 확인란에 서명했다. 그러고는 증거물을 들고 부검실 문을 향해 걸어갔다.

"출력 자료는 이틀 정도 걸릴 거예요." 락스미가 말했다.

공식 부검 보고서는 이틀 후에 받아볼 수 있다는 뜻이었다.

"알았어." 보슈가 문을 나가면서 대답했다.

10 새로운 가능성

과학수사대로 가는 동안 보슈는 추에게 전화를 걸어 이메일을 확인했느냐고, 피해자의 발목 문신을 봤느냐고 물었다.

"아직 해석은 못 했습니다." 추가 말했다.

"무슨 뜻이야? 보긴 봤다는 거야?"

"네, 봤는데 무슨 뜻인지 모르겠더라고요. 뜻을 알 만한 사람을 찾는 중입니다."

"추, 리 부인하고 얘기하는 거 봤는데 뭘 그래. 리 부인을 위해서 내 말을 통역해주기도 했잖아."

"보슈 형사님, 중국어를 말할 수 있다고 해서 읽을 수도 있다는 뜻은 아니죠. 이런 한자가 8천 개나 된다고요. 학교에서는 전부 영어로 수업을 받았고 집에서만 중국어를 썼어요. 중국어 읽기 쓰기를 배운 적도 없고요."

"알았어. 그럼 그 글자들을 해석해줄 다른 사람은 거기 없어? 명색이 아시아인 범죄 전담반이잖아."

"아시아인 조직범죄 전담반이거든요. 해석해줄 사람은 많이 있는데, 지금 당장은 여기 없어서요. 찾아서 알아내는 즉시 연락드리겠습니다."

"그래, 부탁해. 전화 줘."

보슈는 전화를 끊었다. 수사가 착착 진행되지 않아 짜증이 났다. 수사는 맹렬히 달려드는 상어처럼 진행되어야 했다. 추진력을 잃으면 안 된다. 한순간이라도 추진력을 잃으면 수사에 치명적인 타격을 입을 수 있다. 그는 손목시계를 보며 홍콩의 시각을 확인한 후 차를 도롯가에 세웠다. 그러고는 발목 문신 사진을 이메일로 딸에게 전송했다. 딸은 아까 보낸 폐 사진 다음으로 바로 이 사진을 받아볼 것이었다.

보슈는 만족스러워하며 다시 차선으로 끼어들었다. 그는 딸 덕분에 디지털 통신에 점점 더 능숙해지고 있었다. 딸은 이메일, 문자, 동영상 등 모든 현대적인 통신 수단을 이용해 아빠와 소통해야 한다고 주장했다. 트위터라는 것까지 하라고 시켰지만 그것만은 성공하지 못했다. 한편 보슈는 대화라는 구식 소통수단도 같이 써야 한다고 주장했다. 그는 둘의 휴대전화를 국제통화 할인요금제로 묶어놓았다.

몇 분 후 경찰국 본부에 도착한 그는 곧장 4층 총기감식반으로 올라갔다. 그는 갖고 간 비닐 증거물 봉투 네 개를 로스 말론이라는 총기감식 전문가에게 건넸다. 탄환과 탄피를 검사해 그것들을 발사한 화기의 제조업체와 모델을 알아내는 것이 말론이 하는 일이었다. 나중에 총이 발견될 경우, 탄도 검사와 분석을 통해 탄환이 그 총기에서 발사된 것이 맞는지를 알아낼 수 있을 것이었다.

말론은 탄피부터 살펴보기 시작했다. 핀셋으로 탄피를 증거물 봉투에서 꺼내 고성능 조명 확대경 밑에 놓고 한참을 관찰한 후 입을 열었다.

"코본 9밀리미터군요. 글록에서 격발된 것 같고요." 말론이 말했다.

보슈는 그가 탄환의 구경과 상표나 확인해줄 수 있을 거라고 생각했지, 탄환을 발사한 화기의 제조업체까지 알아낼 거라고는 기대하지 않았다.

"그건 어떻게 알지?"

"한번 보세요."

말론은 확대경 앞 걸상에 앉아 있었고, 확대경은 작업 테이블에 고정된 움직이는 팔에 붙어 있었다. 그는 확대경의 움직이는 팔을 약간 움직여 보슈가 자기 어깨 너머로 탄피를 볼 수 있게 조정했다. 그러고는 탄피의 뒤쪽 끝을 확대경의 불빛 밑에서 들고 있었다. 보슈는 탄피 캡의 바깥쪽 끝에 코본이라는 글자가 찍혀 있는 것을 보았다. 탄피 중앙은 권총의 공이가 뇌관을 쳐서 격발할 때의 충격으로 움푹 패여 있었다.

"움푹 팬 자국이 길어져서 거의 직사각형으로 보이죠?" 말론이 물었다.

"응, 그렇네요."

"그럼 글록입니다. 글록 권총만 공이가 직사각형이라서 직사각형 모양이 되거든요. 그러니까 범행에 사용된 화기는 9밀리미터 구경의 글록이란 뜻이 됩니다. 모델은 꽤 다양하게 있지만요."

"좋아, 도움이 되는 정보로군. 또 다른 건?"

말론은 자기 앞에 있는 확대경을 잡아당기더니 그 밑에 있는 탄피를 뒤집었다.

"여기 탄피걸개와 탄피차개 자국이 선명하잖아요. 총을 갖다 주면 그 총이 이 탄피를 만들어낸 총이 맞는지 확인해드릴 수 있겠는데요."

"찾는 즉시 갖다 줄게. 탄환은 어때?"

말론은 탄피를 증거물 봉투에 다시 집어넣고 나서 탄환을 차례로 꺼내 확대경 밑에서 관찰했다. 하나하나 재빨리 살펴본 다음 내려놓았다. 그러고는 두 번째 탄환을 다시 집어 한 번 더 관찰했다. 그가 고개를 가로저었다.

"이것들은 별 소용이 없겠는데요. 형태가 온전하지 않아서 말이죠. 총기와의 비교 용도로는 탄피를 쓰는 게 제일 낫겠습니다. 총을 갖다 주세요. 확인해드릴 테니까."

보슈는 존 리의 마지막 행동이 점점 더 중요해지는 것을 깨달았다. 리는 자신의 행동이 그렇게 중요해질 줄 알았을까 궁금했다.

보슈가 조용히 생각에 잠겨 있자 말론이 말을 걸었다.

"이 탄피를 만지셨어요, 보슈 형사님?"

"아니, 근데 검시관실의 락스미 박사가 겉에 묻어 있던 피를 물로 씻어내긴 했지. 피해자의 몸속에서 발견됐거든."

"몸속에서요? 그럴 리가요. 탄피가 어떻게……."

"탄피에 맞았다는 뜻이 아니야. 탄피를 삼켰더라고. 목 안에 있었어."

"아, 그건 얘기가 다르죠."

"그렇지."

"락스미가 탄피를 발견하고 꺼낼 땐 장갑을 꼈겠지요, 물론?"

"그랬겠지. 왜 그래, 로스?"

"아, 뭐 생각나는 게 있어서요. 한 달 전에 지문감식반에서 공문을 하나 받았는데, 놋쇠 탄피에서 지문을 떠내는 최첨단 전자 어쩌고 하는 기술을 개발해 상용화 단계에 있는데 시범 케이스를 찾는다고 하더라고요. 재판까지 가는 사건이요."

보슈는 말론을 뚫어지게 쳐다보았다. 지금까지 형사 생활을 하면서 총의 약실에서 발사된 탄피에서 지문을 채취했다는 말은 들어본 적이 없었다. 손가락 지문은 피부의 유분으로 만들어진 거여서 약실에서 폭발이 일어나는 1천 분의 1초 만에 다 타버리고 만다.

"로스, 사용된 탄피 얘기하는 거 맞아?"

"네, 그렇게 적혀 있던데요. 테리 솝이 지문감식반에서 그 기술을 담당하는 책임자니까, 자세한 건 그분한테 가서 들으시죠."

"그래, 탄피 돌려줘, 가보게."

15분 후 보슈는 과학수사대 잠재지문 감식반 실험실에서 테리 솝을 만났다. 솝은 근속연수가 보슈와 엇비슷한 감식반 선임 연구원이었다. 둘은 허물없이 가깝게 지내는 사이였지만, 보슈는 공적인 만남인 만큼 사건에 대해 자세히 설명하고 솝을 물가로 인도하는 게 좋겠다고 생각했다.

"해리, 무슨 일이야?"

그녀의 인사말은 항상 똑같았다.

"어제 남부 지역에서 사건을 하나 맡았거든. 그리고 오늘 피해자의 몸에서 탄피를 한 개 수거했어. 그 일 때문에 왔어."

보슈는 탄피가 든 증거물 봉투를 그녀에게 건넸다. 솝은 봉투를 받아 높이 들고 눈을 가늘게 뜨고는 봉투 속의 탄피를 관찰했다.

"발사된 거야?"

"응. 가능성이 별로 없는 건 알지만, 그래도 거기에 지문 하나라도 묻어 있지 않을까 희망을 걸고 있어. 현재로선 딱히 돌파구가 될 만한 게 없어서 말이야."

"흠, 그렇군. 원칙대로 하자면 차례를 기다려야 하겠지만, 경찰국장이 다섯 번 바뀔 만큼 오랜 세월을 함께 일해온 사이니까……."

"그래서 당신한테 달려온 거야, 테리."

솝은 검사대 앞에 앉아서 말론이 그랬듯 핀셋으로 증거물 봉투에서 탄피를 꺼냈다. 우선 시아노아크릴레이트를 탄피에 뿌린 후 자외선 밑에 들고 있었다. 그녀의 어깨 너머로 지켜보고 있던 보슈는 솝이 입을 열기도 전에 결과를 알 수 있었다.

"문지른 자국이 있네. 발사된 다음에 누가 지워버린 것 같아. 그거밖에 없어." 솝이 말했다.

"빌어먹을."

보슈는 존 리가 탄피를 집어서 입으로 넣을 때 만져서 얼룩이 생겼을 거라고 추측했다.

"도움이 못 돼서 미안해, 해리."

보슈는 어깨를 축 늘어뜨렸다. 가능성이 거의, 아니 전혀 없을 수도 있다는 건 알았지만, 자신이 지문 확보에 얼마나 큰 기대를 걸고 있었는지 숍에게 보여주고 싶었다.

숍이 탄피를 증거물 봉투에 도로 집어넣기 시작했다.

"총기감식반에선 봤어?"

"응, 거기서 오는 거야."

숍이 고개를 끄덕였다. 보슈는 그녀가 뭔가 생각을 하고 있다는 걸 알 수 있었다.

"해리, 사건에 대해서 설명해봐. 나를 설득해보라고."

보슈는 사건에 대해 간략히 설명했지만 감시 카메라에서 발견한 용의자에 대한 자세한 설명은 생략했다. 수사가 지지부진한 상태인 것처럼 느껴지게 설명했다. 증거도 없고, 용의자도 없고, 특별한 범행 동기도 없는 일반적인 강도 살인사건처럼 보이게 설명했다.

"한 가지 방법이 있긴 한데." 숍이 말했다.

"그게 뭔데?"

"이달 말까지는 이 기술에 관해 공보를 내려고 하는 중이었어. 우리가 혁신적인 정전기 기술을 개발해 상용화 준비 중이거든. 당신 사건이 첫 활용 사례가 될 수도 있을 것 같네."

"도대체 혁신적인 정전기 기술이라는 게 뭐야?"

숍은 다른 친구들은 사탕을 다 먹었는데 자기는 아직 몇 개 갖고 있는 어린아이처럼 미소를 지었다.

"영국 노샘프턴셔 지역 경찰이 개발한 기술인데, 전기를 사용해서 탄환 탄피 같은 황동제품의 표면에서 지문을 채취하는 기술이야."

주위를 둘러보던 보슈는 다른 작업대 앞에 있는 걸상을 발견하고 끌어다가 앉았다.

"어떻게?"

"이렇게. 탄환을 리볼버나 자동화기의 탄창에 장전할 땐 한 치의 오차도 없이 정확하게 해야 하잖아. 두 손가락으로 탄환을 집어서 밀어 넣지. 압력을 이용해서. 지문이 남을 수 있는 최적의 환경 같지 않아?"

"그렇지, 격발 전까지는."

"바로 그거야. 잠재지문이 뭐냐면 지문의 홈 사이에 생기는 땀의 퇴적물이거든. 문제는 격발이 일어나고 탄피가 튀어 나갈 때 잠재지문은 폭발과 함께 사라져버린다는 거지. 그래서 사용한 탄피에서 지문을 찾아내는 경우는 매우 드물어. 찾아낸다고 해도 격발이 일어난 후 땅에 떨어진 것을 주워든 사람의 지문일 경우가 대부분이고."

"다 아는 얘기야. 내가 모르는 얘기 좀 해봐." 보슈가 말했다.

"그래, 알았어. 이 기술은 총이 즉각적으로 발사되지 않을 때 최상의 결과를 낼 수 있어. 달리 말하자면, 탄환이 총에 장전은 되지만 곧바로 발사되지는 않고 적어도 사나흘은 그 안에서 있어야 이 기술이 성공을 거둘수 있다는 거야. 더 오래 있으면 더 좋지. 탄환이 총 안에서 며칠 있으면 잠재지문을 형성하는 땀이 황동과 작용해 반응을 일으키거든. 무슨 말인지 이해해?"

"화학반응이 일어난다는 말인가 보군."

"맞아, 미세한 화학반응이 일어나는 거야. 땀은 다양한 물질로 이루어졌지만 그중 가장 많이 들어 있는 것은 염화나트륨이야. 다시 말해 소금이지. 그 염화나트륨이 황동과 반응해서 황동을 부식시키고 표면에 흔적을 남기는 거야. 물론 육안으로는 볼 수 없고."

"그때 전기가 그 흔적을 볼 수 있게 해주는 거로구먼."

"바로 맞혔어. 탄피에 2천5백 볼트의 전류를 흐르게 한 후 탄소 가루를 도포하면 보이더라고. 지금까지 몇 차례 실험해봤어. 효과가 분명히 있었어. 이 기술은 영국의 본드라는 친구가 개발한 거야."

보슈는 흥분이 되기 시작했다.

"그럼, 그걸 써보자, 어때?"

숍이 두 손을 펴서 진정하라는 손짓을 했다.

"아이고, 제발, 진정해, 해리. 그냥 막 할 수 있는 게 아니야."

"왜 안 돼? 뭘 기다리는데? 국장님 모셔다 놓고 리본 커팅하고 축사 듣고 뭐 그래야 하는 건가?"

"아니, 그런 게 아니라. 이런 종류의 증거 수집 절차는 아직 캘리포니아 법정에 소개가 안 됐거든. 지금 조례안 마련을 위해 지방검사와 협의 중인데 문제는 슬램덩크가 아닌 사건에서 이 기술을 최초로 이용해보고 싶어하는 사람이 아무도 없다는 거야. 우린 미래를 생각해야 돼. 이 기술을 증거로 사용하는 최초의 사건은 선례를 만들게 될 거야. 그러니 적절한 사건이 아니면 그 소중한 기회를 망쳐버리고 오히려 기술이 뒷걸음질을 치게 만들 테니 신중해야지."

"이 사건이 딱이네, 그럼. 그걸 누가 결정하지?"

"먼저 브레너먼이 사건을 결정하고, 그런 다음엔 지방검찰청으로 넘겨 동의를 받아야 해."

척 브레너먼은 과학수사계장이었다. 보슈는 최초의 사건을 선택하는 과정이 몇 달씩은 아니라도 몇 주가 걸릴 수 있다는 걸 깨달았다.

"근데, 여기 당신 친구들이 그 기술을 여러 차례에 걸쳐 실험해봤다고 했잖아, 그렇지?"

"응. 우리가 무슨 짓을 하고 있는지는 확실히 알고 있어야 하니까."

"좋아, 그럼, 이 탄피를 가지고 실험해봐. 뭐가 나오는지 보자고."

"그럴 수 없어, 해리. 우린 통제된 환경에서 가짜 탄환을 가지고 하고 있거든."

"테리, 난 이게 꼭 필요해. 아무것도 없을 수 있지만, 범인의 지문이 탄피에 남아 있을 수도 있잖아. 당신이 좀 찾아봐줘."

숍은 자신이 코너에 몰렸고 보슈가 절대로 물러서지 않을 거라는 걸 깨달은 것 같았다.

"알았어. 다음 실험은 다음 주로 예정되어 있어. 지금으로서는 아무것도 약속할 수 없지만 실험하는 방향으로 애써볼게."

"고마워, 테리."

보슈는 증거물 인수인계 확인서를 작성한 후 실험실을 나왔다. 새로운 과학기술을 이용하여 살인범의 지문을 확보할 수 있다는 생각에 그는 흥분을 감출 수가 없었다. 존 리가 혁신적인 정전기 기술을 알고 있었던 건 아닌가 하는 생각마저 들었다. 그러자 다른 종류의 전기가 보슈의 몸을 휩쓸고 지나갔다.

보슈는 5층 엘리베이터에서 걸어 나오면서 손목시계를 보았다. 이제 딸에게 전화할 시각이었다. 딸아이는 지금 해피 밸리 중학교로 등교하기 위해 스텁스 로드를 걷고 있을 것이었다. 지금 통화를 못 하면 수업이 다 끝날 때까지 기다려야 했다. 그는 강력계 사무실 밖 복도에서 걸음을 멈추고 휴대전화를 꺼내 단축번호를 눌렀다. 태평양을 횡단하는 전화가 연결되기까지 30초가 걸렸다.

"아빠! 이 죽은 사람 사진은 뭐야?"

보슈가 미소를 지었다.

"안녕, 너도 잘 있었어? 죽은 사람이란 건 어떻게 알았어?"

"참, 나, 살인전담반 형사인 아빠가 철제 테이블 위에 있는 맨발을 찍은 사진을 보냈는데 누가 모르겠어? 그리고 다른 사진은 뭐야? 그 사람 폐?

웩! 너무 역겨워!"

"그 사람 흡연자였어. 네가 봐야 할 것 같아서."

잠깐 침묵이 흐르더니 딸이 아주 차분한 목소리로 말했다. 이제 목소리에서 어리광 부리는 소녀는 사라지고 없었다.

"아빠, 나 담배 안 피워."

"흠, 그런데 왜 엄마는 네가 쇼핑몰에서 친구들과 어울리고 집에 돌아오면 담배 냄새가 난다고 했을까?"

"응, 그건 그럴 수 있어. 하지만 그게 내가 그 친구들과 어울려서 담배를 피운다는 뜻은 아니야."

"그럼 누구랑 어울려서 피우는데?"

"아빠, 안 피운다니까! 내 친구의 오빠가 가끔 내 친구를 감시하러 따라나와서 피워. 나는 안 피우고 히(He)도 안 피운다니까."

"히? 네 친구 여자라고 하지 않았어?"

딸이 그 이름을 다시 말해주었다. 이번에는 중국어 억양을 강하게 넣어서 발음했는데, '히유'라고 들렸다.

"히는 여자애야. 히가 걔 이름이야. '강'이란 뜻이래."

"그럼 그냥 강이라고 부르지그래?"

"걘 중국인이니까 중국식으로 불러줘야지 당연히."

"애보트와 코스텔로(1940년대를 풍미했던 미국의 두 코미디 배우—옮긴이)가 하는 말 같다. 여자애를 히라고 부르니까 말이야."

"누구?"

보슈가 웃음을 터뜨렸다.

"몰라도 돼. 그리고 폐 사진도 잊어버려, 매디. 네가 담배를 안 피운다고 하니까, 아빤 네 말 믿을게. 근데 그것 때문에 전화한 거 아니야. 발목에 있는 문신 말이야, 그 글자들 읽을 수 있니?"

"응. 진짜 끔찍해. 내 전화기에 시체 발 사진이 있다니."

"그 문신에 있는 글자들 뜻이 뭔지 말해주고 나서 즉시 지워버려. 학교에서 중국어 공부 한다고 해서 물어보는 거야."

"지우긴 왜 지워. 친구들한테 보여줘야지. 다들 대박이라 그럴걸."

"아냐, 그러지 마. 아빠가 지금 수사하고 있는 사건이라 다른 사람은 아무도 보면 안 돼. 너한테 보낸 건 그 글자들을 빨리 해석해줄 수 있을 거 같아서야."

"이걸 해석할 수 있는 사람이 LA경찰국에 한 명도 없단 말이야? 이렇게 간단한 걸 가지고 홍콩에 있는 딸한테 전화를 걸어야 할 정도였어?"

"현재로서는 그런 것 같아. 자 빨리 말해봐. 그 글자들이 무슨 뜻인지 아니, 모르니?"

"알지, 아빠. 쉬운 것들인데."

"그래? 무슨 뜻인데?"

"행운을 비는 부적 같은 거야, 아빠. 왼쪽 발목에 있는 단어들은 '유엔치'와 '치엔'이라는 건데, '행운'과 '돈'을 뜻하는 거야. 그리고 오른쪽 발목에 있는 것들은 '아이'와 '찌아팅'이라는 단어인데, '사랑'과 '가족'을 뜻하는 거고."

보슈는 딸의 말을 되새겨보았다. 그 글자들은 존 리에게 소중한 것들을 뜻하는 것 같았다. 리는 이런 것들이 항상 자기와 함께하기를 바랐던 것이다.

그런데 또 그런 글자들이 리의 양쪽 발뒤꿈치 아킬레스건 위에 새겨졌다는 사실도 간과할 수 없었다. 어쩌면 리는 그런 문신을 의도적으로 거기에 새긴 건지도 몰랐다. 자기가 갖고 싶어하는 그런 것들이 자신을 위태롭게 할 수도 있다는 사실을 깨달았던 것도 같았다. 그것들이 그의 아킬레스건이기도 했던 것이다.

"아빠, 거기 있어?"

"응, 여기 있어. 뭣 좀 생각하느라고."

"도움이 됐어? 내가 그 사건 해결한 거야?"

보슈는 미소를 지었지만 딸이 그 미소를 볼 수 없다는 것을 금방 깨달았다.

"아니 그 정도까지는 아니지만, 도움이 되긴 됐어."

"좋아. 아빠 나한테 한 번 빚진 거야."

보슈는 고개를 끄덕였다.

"넌 참 똑똑한 아이야. 열세 살 맞아? 혹시 스무 살 아냐?"

"에이, 아빠, 왜 그래."

"네 엄마가 널 제대로 잘 키우고 있나 보다."

"뭐 그런 것 같진 않은데."

"인마, 엄마에 대해서 그런 식으로 말하면 어떡해."

"아빠, 아빤 엄마랑 안 살아봐서 몰라. 난 같이 살고 있잖아. 얼마나 고리타분하다고. LA에 갔을 때 말했잖아, 아빠."

"요즘도 누구 만나니?"

"응, 그래서 요즘 나한테는 도통 관심이 없어."

"그런 게 아니야, 매디. 엄마가 오랫동안 남자친구가 없다가 생겨서 그런 거야."

그건 나도 마찬가진데, 보슈는 생각했다.

"엄마 편들지 마, 아빠. 나는 늘 엄마한테 방해만 될 뿐이야. 그래서 '좋아, 그럼, 아빠하고 살게' 그러면 그건 또 절대 안 된대요."

"엄마랑 살아야지 무슨 소리야. 엄마가 널 키웠는데. 한 달 후면 아빠가 일주일간 거기 가 있잖니. 그때 한번 허심탄회하게 얘기해보자. 엄마하고도."

"그러든지. 그만 끊을게. 벌써 학교에 다 왔어."

"그래, 알았어. 남자라는 뜻의 이름을 가진 그 여학생한테도 안부 전해줘."

"어이없어, 아빠. 폐 사진은 이제 그만 보내, 알았지?"

"그럼 다음번엔 간 사진 보내줄까? 아님 비장은 어때? 비장 사진 진짜 죽인다, 너."

"아빠!"

보슈는 전화기를 덮어 딸을 보내주었다. 그는 통화 내용을 처음부터 끝까지 되살려보았다. 매디를 만나고 나서 다시 만날 때까지의 공백 기간이—그게 몇 주가 됐든 몇 달이 됐든—점점 더 힘들어지고 있었다. 매디가 자기 주관이 점점 더 뚜렷해지고 더욱 생기발랄해지고 말이 더 잘 통하게 되면서 그는 딸을 더욱더 사랑했고 언제나 딸을 그리워했다. 지난 7월에는 매디가 LA로 나온 적이 있었는데, 그 아이 혼자서 장거리 비행을 한 것은 그때가 처음이었다. 아직 10대 초반의 어린아이였지만 벌써 세계 곳곳을 다녀봐서 그런지 나이보다 훨씬 성숙했다. 그때 보슈는 2주간 휴가를 내고 딸과 함께 도시를 탐험했다. 그에게는 행복에 겨운 시간이었다. 그 휴가가 끝나갈 때쯤 딸이 로스앤젤레스에서 아빠와 함께 살고 싶다는 말을 처음으로 꺼냈다.

물론 이런 감정 표현은 딸에게 오늘은 뭘 하고 싶으냐고 물으면서 하루를 시작한 아빠가 2주 동안 딸에게만 온전히 관심을 기울인 후에 나왔다는 것을 보슈는 잘 알고 있었다. 2주간의 관심을 날마다 생계를 위해 일을 하면서 딸을 키운 엄마의 헌신적인 사랑에 비할 수는 없었다. 그래도 파트타임 아빠인 보슈에게 가장 힘들었던 날은 딸을 공항으로 데려가 집으로 가는 비행기에 홀로 태워 보내던 날이었다. 딸아이가 돌아서서 뛰어오지 않을까 내심 기대했지만, 매디는 투덜거리며 비행기에 타더니 그대로 떠나버렸다. 그때 그는 그 어느 때보다도 큰 공허감을 느꼈다.

　이제 그의 다음 휴가와 홍콩 여행까지는 한 달이 더 남아 있었고 그때까지는 길고 힘든 기다림의 시간이 될 거라는 걸 그는 알고 있었다.

　"선배님, 여기서 뭐 하십니까?"

　돌아보니 파트너 페라스가 거기 서 있었다. 화장실에 가려고 사무실에서 나온 모양이었다.

　"딸이랑 통화했어. 사적인 전화라."

　"잘 있지요?"

　"잘 있어. 사무실에서 보자."

　보슈는 휴대전화를 주머니에 넣으면서 사무실 문을 향해 걸어갔다.

11 신원 파악

그날 밤 8시 집으로 돌아온 보슈는 카후엥가에 있는 인앤아웃 햄버거 가게 봉투를 들고 집 안으로 들어섰다.

"공주님, 아빠 왔다." 그는 열쇠와 햄버거 봉투에 서류 가방까지 힘겹게 들고 현관 안으로 들어서면서 소리쳤다.

그는 미소를 지으며 곧장 부엌으로 갔다. 조리대에 서류 가방을 내려놓고 냉장고에서 맥주 한 병을 꺼내 들고 베란다로 갔다. 도중에 CD플레이어를 틀고 미닫이문을 열어놓아 베란다로 흘러나온 음악이 산 아래 101번 고속도로에서 올라오는 차 소리와 자연스럽게 뒤섞이게 했다.

베란다는 북동쪽으로 나 있어서 유니버설 시티와 버뱅크, 그리고 그 너머로 샌가브리엘 산맥이 한눈에 들어왔다. 보슈는 햄버거 부스러기가 떨어지는 것을 받으려고 봉투를 펼쳐놓고 그 위에서 햄버거 두 개를 먹으면서 서서히 스러지는 태양이 산비탈의 색깔을 바꾸는 것을 지켜보았다. 그는 론 카터의 〈디어 마일스(Dear Miles)〉 앨범에 들어 있는 〈세븐 스텝스 투 헤븐(Seven Steps to Heaven)〉을 듣고 있었다. 카터는 지난 50년 재즈 사상 가장 훌륭한 베이스 기타 연주자들 중 한 명이었다. 그는 수많은 연주자들과 함께 공연을 했고, 그래서 보슈는 그가 들려줄 수 있는 이야기가 얼마나 많을까, 그가 참여했던 공연과 알고 지냈던 연주자들에 대해서 해줄 이야기가 얼마나 많을까 생각했다. 자신의 음반에서건 다른 사람의 음반에서건 카터의 연주는 항상 특출했다. 보슈는 그건 그가 평범한 베이스 기타 반주자가 아니라 리더였기 때문이라고 생각했다. 마일스 데이비스의 호른이 음악을 주도할 때라도 연주의 흐름을 통제하는 것은 카터였다.

지금 흐르고 있는 곡은 가속도가 붙어 점점 더 빨라지고 있었다. 마치 자동차 경주를 하는 것 같았다. 그 리듬에 휩쓸린 보슈는 자신의 경주에 대해, 하루 동안 이뤄낸 성과에 대해 생각해보았다. 그는 자신이 열심히 달려온 것에 만족했지만 이제 다른 사람들에게 의존해야 하는 단계에 이르렀다는 생각에 마음이 불편하기도 했다. 그는 다른 사람들이 삼합회 수금원의 신원을 파악해주기를 기다려야 했다. 다른 사람들이 탄피를 새로운 지문감식 기술의 시범 케이스로 사용할 것인지 결정해주기를 기다려야 했다. 다른 사람들의 전화를 기다려야 했다.

보슈는 수사에서 자기가 모든 것을 주관하고 다른 사람들이 자기를 따라올 때 가장 편안함을 느꼈다. 그는 밴드의 일반 연주자가 아니었다. 자신이 밴드를 지휘해야 했다. 그리고 지금까지는 최선을 다해 수사를 이끌어왔다. 이제 다음 행로를 생각해보기 시작했지만 선택안이 많지 않았다. 삼합회 수금원의 사진을 가지고 사우스 LA에 있는 중국인 소유의 점포들을 일일이 찾아다닐 수도 있었다. 그러나 그는 그래 봤자 아무 소용이 없을 것임을 알고 있었다. 문화적 차이가 너무나 컸다. 경찰에 삼합회 조직원의 신원을 확인해주려는 중국인은 아무도 없을 것이 분명했다.

그럼에도 불구하고, 보슈는 곧 특별한 돌파구가 마련되지 않으면 그 방향으로라도 가볼 생각이었다. 그렇게 하면 적어도 계속 움직일 수는 있었다. 음악에서든 거리에서든 아니면 심장 박동에서든 속도가 붙으면 계속 달려야 했다.

날이 어둑어둑해지자, 보슈는 주머니에 손을 넣어 항상 지니고 다니는 종이 성냥을 꺼냈다. 엄지손가락으로 밀어서 뚜껑을 열고 그 안에 적힌 명언을 읽었다. 처음 그 명언을 읽었던 그날 밤 그 순간부터 그는 그 명언이 가슴에 와닿았다. 그는 자기가 바로 자신에게서 안식처를 찾는 사람이라고 생각했다. 시간이 지남에 따라 점점 더 그렇게 믿게 되었다.

보슈가 남은 햄버거 한 조각을 입에 털어 넣고 씹고 있을 때 휴대전화가 울렸다. 그는 전화를 꺼내 액정화면을 확인했다. 발신자표시제한 전화라고 떴지만, 그래도 전화를 받았다.

"보슙니다."

"보슈 형사님, 데이비드 추입니다. 식사 중이신가 보네요. 어디십니까?"

목소리에서 흥분과 긴장감이 느껴졌다.

"집이야. 자넨 어딘데?"

"몬터레이 파크요. 놈을 잡았습니다!"

보슈는 어안이 벙벙했다. 몬터레이 파크는 이스트 카운티에 있는 도시로 인구의 4분의 3 가까이가 중국인이었다. LA시내에서 차로 15분 거리에 있는 그곳은 불가해한 언어와 문화가 있는 다른 나라였다.

"누구를 잡았다는 거야?" 마침내 보슈가 물었다.

"용의자요."

"신원을 파악했다는 말이야?"

"신원파악 정도가 아니라, 잡았다니까요. 우리가 지금 놈을 지켜보는 중입니다."

추의 말에 거슬리는 것이 몇 가지 있었다.

"잠깐만, 우선, 우리라니 또 누가 있어?"

"몬터레이 파크 경찰들과 함께 있습니다. 이 친구들이 비디오에 나온 남자의 신원을 확인해줬고 그자가 있는 곳으로 절 데리고 왔습니다."

보슈는 관자놀이에서 맥박이 뛰는 것을 느꼈다. 삼합회 조직원의 신원을 파악한 것은—그것이 합법적으로 이루어졌다면—수사에서 큰 진전을 이룬 것이었다. 그러나 그것 빼고 나머지는 그렇지 않았다. 수사에 다른 경찰국을 끌어들이고 용의자에게 접근한 것은 치명적인 결과를 가져올 수 있는 실수였고 책임 수사관의 인지와 승인 없이는 고려조차 해서는 안 되는 일이었다. 그러나 보슈는 추에게 화를 낼 수가 없었다. 지금은 그러면 안 되겠다 싶었다. 진정하고 상황 악화를 막기 위해 최선을 다해야 했다.

"추 형사, 좀 물어보자. 용의자와 접촉했어?"

"접촉이요? 아뇨, 아직. 적절한 때를 기다리는 중입니다. 놈이 지금 혼자 있는 게 아니라서요."

오, 하느님, 감사합니다. 보슈는 생각했지만 말은 하지 않았다.

"용의자가 자넬 봤어?"

"아뇨, 우린 길 건너에 있는데요."

보슈는 안도의 한숨을 내쉬었다. 돌이킬 수 없는 상황은 막을 수 있겠다는 생각이 들기 시작했다.

"좋아, 그럼 지금 그 자리에서 움직이지 말고 지금까지 어떤 조치를 취했고 정확히 어디 있는지 말해봐. 몬터레이 파크에는 어떻게 가게 됐지?"

"우리 AGU는 몬터레이 경찰국 조직범죄 전담반과 상호 협조관계를 공고히 하고 있거든요. 오늘 퇴근하고 나서 용의자 사진을 들고 무턱대고 찾아가서 사진을 보여주면서 이 사람 아느냐고 물어보고 다녔습니다. 세 번째 친구한테서 긍정적인 대답을 얻어냈고요."

"세 번째 친구라. 그게 누군데?"

"타오 형사요. 지금 타오 형사와 그 파트너와 함께 있습니다."

"그렇군. 그래서 알아낸 용의자 이름이 뭐야?"

"보징 챙이요."

추가 이름의 철자를 불러주었다.

"성이 챙이란 말이지?" 보슈가 물었다.

"네, 맞습니다. 그리고 여기 제 친구들 정보에 따르면, 놈은 요옹찌엔, 즉 용감한 칼 소속이랍니다. 문신하고도 딱 맞아떨어지는 거죠."

"좋아, 또 다른 건?"

"지금으로선 그게 답니다. 제 친구들은 놈이 말단 조직원일 거라고 해요. 그리고 이런 놈들은 다 직업이 따로 있다고 하고요. 챙은 여기 몬터레이 파크에 있는 중고차 매장에서 일하고 있답니다. 1995년부터 여기서 살았고 이중국적자고요. 전과는 없고요. 적어도 이곳에서는요."

"그리고 지금 놈의 소재를 파악하고 지켜보고 있고?"

"놈이 카드 게임을 하는 걸 보고 있습니다. 용감한 칼은 몬터레이 파크를 거점으로 활동하고 있거든요. 그리고 하루 일이 끝나면 여기 한 클럽에 모여서 논답니다. 타오와 헤레라가 이리로 데려와 줬습니다."

보슈는 헤레라가 타오의 파트너일 거라고 생각했다.

"길 건너편에 있다고 하지 않았어?"

"네, 클럽이 1층짜리 작은 상가에 있거든요. 우린 그 길 건너편에 있고요. 놈들은 안에서 카드 게임을 하고 있습니다. 쌍안경으로 챙을 지켜보는 중이고요."

"좋아, 잘 들어, 내가 지금 그리로 갈게. 내가 도착할 때까진 뒤로 물러나 있어. 적어도 한 블록은 떨어져 있으라고."

전화기 저편에서 침묵이 길게 이어지더니 추가 대꾸했다.

"물러나 있으라니요, 보슈 형사님. 시야에서 벗어나면 도망가도 모르잖습니까."

"이봐, 형사, 내 말 듣고 뒤로 물러서. 놈이 도망가면, 내가 욕을 먹지 자네가 먹진 않을 테니까. 경찰이 떴다는 걸 놈이 알아차리면 안 되니까."

"우린 길 건너편에 있다니까요. 4차선 도로 건너편에요." 추가 항의를 했다.

"추, 도대체 내 말은 뭘로 듣는 거야. 자네가 놈을 볼 수 있으면, 놈도 자네를 볼 수 있을 거 아냐. 잔말 말고 뒤로 물러나. 적어도 한 블록은 떨어진 곳으로 가서 기다리라고. 30분 안으로 도착할 테니까."

"그럼 제 체면이 뭐가 됩니까." 추가 속삭임에 가까운 소리로 말했다.

"자네 체면은 내 알 바 아니고. 자네가 이 일을 제대로 처리했다면, 놈의 신원을 파악하자마자 나한테 전화를 걸어 알려줬겠지. 하지만 자넨 자네 마음대로 뛰어가서 내 사건을 마음대로 주무르고 있잖아. 자네가 일을 완전히 망쳐놓기 전에 막아야겠어."

"뭔가 잘못 알고 계신 것 같은데요, 보슈 형사님. 지금 제가 전화드린 거거든요."

"아, 그래, 고맙군. 알았으니 이젠 물러나. 근처에 가면 전화하지. 클럽 이름이 뭐라고?"

잠깐 침묵이 흐른 후 추가 뚱한 목소리로 대답했다.

"클럽 88이요. 가필드에서 서쪽으로 네 블록 정도 떨어진 곳에 있는 가비란 동네에 있습니다. 10번 도로를 타고……."

"어떻게 가는지는 나도 알아. 지금 출발할게."

보슈는 더 이상의 논쟁을 피하기 위해 전화기를 덮었다. 추에게 경고는 충분히 해두었다. 그가 물러나지 않거나 몬터레이 파크 경찰관 두 명을 통제하지 못한다면 감찰 조사를 통해 응징할 기회가 있을 것이다.

12 용의자

보슈가 전화를 끊고 현관문을 나서기까지 2분도 채 걸리지 않았다. 그는 차를 몰고 산을 내려와 101번 고속도로를 타고 할리우드를 통과해 시내로 들어갔다. 거기서 10번 고속도로로 바꿔 타고 동쪽으로 달렸다. 차가 별로 없어서 시내에서 몬터레이 파크까지는 10분 정도밖에 걸리지 않았다. 가는 도중에 보슈는 페라스의 집으로 전화를 걸어 현재 상황을 알려준 뒤 몬터레이 파크로 나오겠느냐고 물었다. 페라스는 둘 중 한 명이라도 아침에 생생하게 출근하는 게 낫지 않겠느냐면서 보슈의 제안을 거절했다. 게다가 자신은 지금 존 리의 재정 현황을 열심히 분석하고 있다면서 리의 사업 형편이 얼마나 안 좋아졌고 그가 삼합회에 얼마나 깊이 발을 들여놓았는지 파악하려고 애쓰고 있다고도 했다.

보슈는 알았다고, 그러라고 말한 뒤 전화를 끊었다. 파트너의 거절은 이미 예상했던 바였다. 페라스의 거리 공포증이 날이 갈수록 더 심해지고 있었고, 그가 원래대로 돌아오기를 기다리는 보슈의 인내심은 서서히 한계에 다다르고 있었다. 페라스는 사무실 내에서 할 수 있는 일을 찾으려고 애쓰는 것 같았다. 서류작업, 자료 조회 및 검색, 재무현황 조사 등은 그의 전문분야가 되었다. 보슈는 외근 나갈 때 자기 파트너가 아니라 다른 형사들을 차출해야 하는 경우가 잦아졌다. 목격자 조사 같은 단순 임무를 위해 나갈 때조차도 그러했다. 보슈는 페라스에게 회복할 시간을 주기 위해 최선을 다했지만, 이젠 마땅히 받아야 할 관심과 수사를 받지 못하는 피해자들을 생각해야 할 때가 된 것 같았다. 파트너가 책상에 매여 있을 땐 수사를 일사천리로 진행해 나가기가 어려웠다.

가필드는 북쪽과 남쪽을 잇는 회랑지대 같은 동네였다. 보슈는 남쪽으로 향하면서 그 도시의 상업지역을 쭉 훑어볼 수 있었다. 몬터레이 파크는 홍콩의 어느 동네라고 해도 통할 것 같았다. 네온사인과 색상, 상점들과 간판에 쓰인 언어는 중국어권 시민들을 겨냥했다. 그곳에 없는 것은 딱 하나, 우뚝 솟은 고층 건물이었다. 홍콩은 마천루의 도시였지만 몬터레이 파크는 그렇지 않았다.

보슈는 가비에서 좌회전을 한 후 추에게 전화를 걸었다.

"가비에 도착했어. 어디야?"

"거리를 따라 내려오면 남쪽에 커다란 슈퍼마켓이 보일 겁니다. 거기 주차장 안에 있습니다. 클럽 88을 지나서 쭉 내려오시면 됩니다."

"알았어."

보슈는 전화를 끊고 계속 운전을 하면서 왼편으로 나타나는 네온사인들을 훑어보았다. 곧 한 작은 클럽의 출입문 위에 88이라는 빨간색 네온사인이 반짝이는 것이 보였다. 그것 말고 다른 간판은 없었다. 추한테서 그 숫자를 들었을 때는 몰랐는데 숫자를 눈으로 보니 떠오르는 것이 있었다. 그 숫자는 그곳의 주소가 아니었다. 행운의 부적이었다. 보슈는 딸의 이야기를 통해서 그리고 홍콩을 여러 번 방문한 경험을 통해서 8이 중국 문화에서는 행운의 숫자라는 것을 알고 있었다. 그 숫자는 무한함을 상징했다. 행운, 사랑, 돈, 우리가 인생에서 바라는 그 모든 것의 무한함을 상징했다. 용감한 칼의 조직원들은 아마도 자기네 클럽 문 위에 그 행운의 숫자를 연달아 붙여놓아 무한한 행운도 두 배로 얻을 수 있기를 바랐던 것 같았다.

차를 몰고 지나가면서 보니까 앞쪽의 두꺼운 판유리 창문 뒤로 불빛이 보였다. 베니션 블라인드가 살짝 걷혀 있어서 열 명 정도가 테이블 주위에 앉거나 서 있는 광경이 보였다. 보슈는 계속 달려가 그 클럽에서 세 블록 떨어진 곳에 있는 빅 라우 슈퍼마켓 주차장으로 들어갔다. 주차장 맨끝에 정부관용차 모델인 크라운 빅토리아가 서 있었다. 새 차처럼 보이니까 LA경찰국 차일 리는 없고 추가 몬터레이 파크 형사들의 차를 얻어 타고 왔나 보았다. 보슈는 그 크라운 빅토리아 옆으로 가서 차를 세웠다.

모두가 창문을 내렸고 뒷좌석에 앉은 추가 서로를 소개했다. 헤레라가 운전대를 잡고 있었고 타오는 조수석에 앉아 있었다. 둘 다 서른이 되려면 아직 한참 먼 것 같았고, 그것도 충분히 예상할 수 있는 일이었다. 로스앤젤레스 주변 위성도시들에 있는 작은 경찰국들은 LA경찰국을 위한 직업학교 같은 역할을 했다. 경찰대학을 갓 졸업한 신입 경찰관들은 그런 작은 경찰국에서 몇 년간 경험을 쌓은 뒤 LA경찰국이나 LA카운티 보안관국에 지원했다. LA에서 경찰 배지를 갖고 다니는 일이 더 영광스럽고 흥미진진한 일로 여겨졌고 여기에서 추가된 경험은 경찰조직 안에서 큰 경쟁력이 되었다.

"자네가 쳉의 신원을 확인해줬다고?" 보슈가 타오에게 말했다.

"네, 그렇습니다. 6개월 전에 그 친구의 차를 세워 검문검색을 했었거든요. 추 형사님이 사진을 보여줬을 때 금방 알아보겠더라고요." 타오가 말했다.

"어디서 검문을 했는데?"

타오가 대답하는 동안 그의 파트너는 도로 전방 저 멀리에 있는 클럽

88을 예의 주시하고 있었다. 가끔은 쌍안경을 들고 거리를 오가는 사람들을 자세히 관찰하기도 했다.

"가비 끝에 있는 창고 지역에서 우연히 그 친구와 마주쳤습니다. 늦은 밤이었는데 소형 밴을 몰고 있더군요. 길을 잃은 것 같았습니다. 밴 안을 들여다봤는데 비어 있더라고요. 하지만 어디서 물건을 받아 수송하는 차라는 것을 직감했죠. 수많은 짝퉁 상품이 그 지역의 창고들을 거쳐 가거든요. 그 지역으로 들어가면 창고가 엄청나게 많고 다 똑같이 생겨서 길을 잃기가 쉽죠. 어쨌든 그건 그렇고, 밴도 자기 차가 아니더라고요. 빈센트 칭이라는 이름으로 등록되어 있었습니다. 칭은 사우스 패서디나에 사는데, 용감한 칼의 조직원으로 꽤 유명한 인물이죠. 이런저런 일로 낯익은 얼굴이고요. 여기 몬터레이 파크에서 중고차 매장을 하고 있는데 칭이 그 밑에서 일하고 있었습니다."

보슈는 그 일이 눈앞에 펼쳐지듯 머릿속에 그려졌다. 타오는 밴을 길가에 대게 했지만, 밴을 수색하거나 칭을 체포할 만한 법적 근거가 없었기 때문에 칭의 자발적인 협조에 의존했을 것이다. 칭이 제공한 정보로 현장 검문 카드를 작성하고 칭의 허락을 받아 밴의 화물칸을 살펴봤을 것이다.

"그래서 뭐, 삼합회 조직원이라고 제 입으로 불기라도 했어?"

"아뇨. 그 친구 몸에 있는 문신하고 차적 조회 결과를 종합해본 결과 용감한 칼 소속일 거라고 판단했단 말입니다, 형사님." 타오가 발끈해서 말했다.

"훌륭하군. 면허증은 있던가?"

"네, 있었습니다. 거기 적힌 주소지에 아까 가봤는데 아니더라고요. 이사를 간 모양입니다."

보슈는 뒷좌석에 앉아 있는 추를 흘끗 돌아보았다. 타오의 말은 칭의 운전면허증에 나온 주소가 정확했다면, 자기네끼리 벌써 쳐들어가서 칭

120

과 맞닥뜨렸을 거라는 뜻이었다.

추는 고개를 돌려 보슈의 눈을 피했다. 보슈는 흥분을 가라앉히고 침착함을 유지하려고 애썼다. 지금 그들을 거세게 몰아붙이면 그들은 손을 떼고 떠날 것이고 그들의 협조를 얻지 못하면 수사는 그만큼 더 힘들어질 게 분명했다. 그것은 보슈가 원하는 바가 아니었다.

"검문 카드 갖고 있어?" 보슈가 타오에게 물었다.

타오는 창밖으로 3×5 크기의 카드 한 장을 보슈에게 내밀었다. 보슈는 천장 등을 켜고 카드에 손으로 쓴 정보를 읽었다. 오래전부터 인권단체들이 현장검문을 부당한 불심검문이라고 줄기차게 비난해왔기 때문에 경찰관들이 작성한 조사 카드는 보통 '불심 카드'라고 불렸다.

보슈는 보징 챙에 대한 정보를 유심히 살펴보았다. 대부분의 정보는 이미 그에게도 전달된 것이었다. 그러나 타오는 대단히 철저하게 조사를 했다. 카드에는 휴대전화번호까지 적혀 있었다. 분수령이 되는 순간이었다.

"이 번호 맞아?"

"지금은 모르겠습니다. 이런 친구들은 걸핏하면 전화기를 새 걸로 바꾸거든요. 근데 그땐 맞는 번호였습니다. 속이는 게 아닌지 확인하려고 그 자리에서 전화를 걸어봤거든요. 그래서 지금 말씀드릴 수 있는 건 그땐 맞는 번호였다는 것뿐입니다."

"좋아, 그럼 확인해봐야겠군."

"바로 전화해서 잘 지내냐고 물어보시려고요?"

"아니, 내가 아니고 자네가 걸어. 5분 후에 발신자표시 제한하고 그 번호로 전화를 걸어. 그 친구가 받으면, 잘못 걸었다고 해. 쌍안경 좀 빌려주고. 그리고 추, 자넨 나하고 함께 가고."

"잠깐만요. 어쩌시려고요?" 타오가 말했다.

"아직도 그 번호를 쓰면 감청 신청해야지. 쌍안경 줘봐. 내가 보고 있는 동안 전화를 걸어. 그럼 확인이 되겠지, 안 그래?"

"그렇겠네요."

보슈는 검문 카드를 타오에게 돌려주고 쌍안경을 건네받았다. 추는 그들 차에서 내려 차를 돌아와 보슈의 차에 탔다.

보슈는 가비 도로를 달려 클럽 88로 향했다. 주변의 주차장들을 둘러보며 클럽 가까이 주차할 곳을 찾았다.

"아까는 어디 주차했어?"

"저 위 왼쪽에요."

추가 주차장을 가리켜 보이자 보슈가 왼쪽 차선으로 들어가 유턴을 한 후 라이트를 모두 끈 채 클럽 88의 길 건너편에 있는 주차장으로 들어가 차를 세웠다.

"쌍안경 들고 놈이 전화를 받는지 봐." 그가 추에게 말했다.

추가 쳉에게 집중하는 동안, 보슈는 클럽 전체를 살펴보면서, 안에서 창문으로 그들 쪽을 보고 있는 사람이 없는지 찾아보았다.

"누가 쳉이야?" 보슈가 물었다.

"왼쪽 끝에 있는 친구요. 모자 쓴 친구 바로 옆에."

보슈는 쳉을 찾아냈다. 그러나 너무 멀리 떨어져 있어서 그가 행운주류의 CCTV에 찍힌 그 남자가 맞는지 확인할 수는 없었다.

"쳉이 맞다고 생각하는 거야, 아니면 타오가 맞다니까 그렇게 믿는 거야?" 보슈가 물었다.

"타오 말이 맞습니다. 쳉이 틀림없어요." 추가 말했다.

보슈는 손목시계를 보았다. 헤레라가 벌써 전화를 걸었어야 했다. 보슈는 초조해지기 시작했다.

"이제 어떻게 하실 겁니까, 보슈 형사님?" 추가 물었다.

"증거를 차곡차곡 쌓아가야지, 형사. 그 전화번호가 맞는지 확인하고,

감청 영장을 받아내는 거야. 감청을 하면서 놈이 누구와 통화를 하는지 무슨 일에 몰두하고 있는지 알아내야지. 어쩌면 놈이 존 리에 대해서 말하는 걸 듣게 될지도 모르지. 그렇지 않으면 겁을 좀 주고 놈이 누구에게 전화를 거는지 보는 거야. 그러면서 서서히 접근해가는 거지. 요는, 시간을 갖고 찬찬히 제대로 일을 해야 한다는 거야. 아무 계획 없이 여기저기 들쑤시고 돌아다녀서는 안 된다는 거지."

추는 아무 대꾸도 않고 쌍안경을 눈에 대고 앞만 주시하고 있었다.

"말해봐. 자넨 저 친구들을, 타오와 헤레라를 믿어?" 보슈가 물었다.

추는 망설이지 않고 대답했다.

"믿고말고요. 형사님은 아닙니까?"

"모르는 사람들을 어떻게 믿어. 내가 믿는 건 자네가 나하고는 한 마디 상의도 없이 다른 경찰국 사람들에게 내 사건과 내 용의자에 대해서 다 까발렸다는 사실뿐이야."

"형사님, 전 수사의 돌파구를 찾으려고 애쓰다가 결국에는 찾아냈단 말입니다. 용의자의 신원을 파악했잖아요."

"그래, 맞아, 신원을 파악했지. 그나저나 그 사실을 용의자는 모르고 있어야 할 텐데 말이야."

추가 쌍안경을 내리고 보슈를 쳐다보았다.

"형사님이 아니라 내가 그 일을 해서 화가 나신 거로군요."

"아니, 추, 제대로만 한다면 누가 돌파구를 마련하든 상관없어. 하지만 내가 모르는 사람들에게 내 카드를 다 보여주는 것은 좋은 수사 방법이 아니라는 거야."

"아이고, 형사님, 그럼 아무도 못 믿으시겠네요?"

"계속 보기나 해." 보슈가 엄격하게 말했다.

추는 지시받은 대로 쌍안경을 다시 들었다.

"난 나 자신을 믿어." 보슈가 말했다.

"갑자기 궁금해서 그러는데 혹시 저와 타오가 동양인이라 그러시는 겁니까?"

보슈는 고개를 돌려 그를 쳐다보았다.

"그런 말 같잖은 얘기 두 번 다시 꺼내지 마, 추. 자네가 뭘 궁금해하든 내 알 바 아니야. 나랑 일하기 싫으면 지금이라도 손 씻고 AGU로 돌아가. 애초에 내가 부른 것도 아니고……."

"챙이 전화를 받았습니다."

보슈는 클럽을 쳐다보았다. 추가 챙이라고 알려준 남자가 전화기를 귀에 대더니 곧 팔을 다시 내렸다.

"전화를 끊었어요. 그 번호가 맞네요." 추가 말했다.

보슈는 차를 몰고 주차장을 빠져나와 몬터레이 경찰국 형사들이 기다리고 있는 슈퍼마켓 주차장으로 돌아갔다.

"왜 우리가 전화번호 하나 가지고 이 난리를 치는지 이해가 안 가네요. 바로 쳐들어가서 체포하면 안 됩니까? CCTV 증거 자료 있잖아요. 같은 요일, 같은 시각에 등장한 거. 그거 가지고 족쳐보면 술술 불 거 같은데요." 추가 말했다.

"술술 안 불면? 다른 게 하나도 없잖아. 우리가 CCTV 디스크만 가지고 들어가면 검사는 우리가 방을 나가자마자 우리를 비웃을걸. 증거가 더 필요해. 내가 자네한테 가르치고 싶은 게 바로 그거야."

"선생님은 필요 없고요, 보슈 형사님. 그래도 놈을 잡아넣어야 한다는 게 제 생각입니다."

"그래, 알았으니까, 집에 가서 TV라도 더 보고 좀 배워. 놈이 우리한테 한 마디라도 불 거 같아? 왜 불겠어? 이런 친구들이 조직에 들어가는 첫날부터 계속 듣는 얘기가 있어. 잡히면 입 다물어라. 잡히게 생겼으면 잡혀라, 우리가 널 돌봐줄 테니까."

"삼합회 사건을 수사한 적은 없다면서요."

"없어, 하지만 어딜 가도 변하지 않는 것들이 있지. 조폭들의 생리도 그 중 하나고. 한 건만 맡아보면 알게 돼. 그러니까 제대로 좀 해."

"네, 그래서 형사님 마음대로 하고 있지 않습니까. 이젠 뭘 하죠?"

"주차장으로 돌아가서 자네 친구들을 돌려보내는 거야. 여기서부턴 우리가 맡자고. 우리 사건이니까, 게네들 게 아니라."

"안 좋아할 텐데요."

"좋아하든 말든 그건 내 알 바 아니고. 반드시 돌려보내야 해. 기분 좋게 돌려보낼 방법을 찾아봐. 놈을 칠 준비가 되면 다시 부르겠다고 해."

"제가 하라고요?"

"그럼 누가 하라고? 자네가 불러들였으니 자네가 돌려보내야지."

"감사합니다, 보슈 형사님."

"천만에, 추. 이게 살인사건 전담반 스타일이라고."

13 형사가 할 일

회의 탁자를 가운데 두고 한쪽에는 특수살인사건 전담반장인 갠들 경위와 강력계장인 밥 도즈 경감이, 맞은편에는 보슈와 페라스, 추 형사가 앉아 있었다. 반들거리는 탁자 위에는 사건 관련 서류와 사진이 흩어져 있었다. 그중에서도 가장 눈에 띄는 것은 행운주류 CCTV 카메라에 찍힌 보징 챙의 사진이었다.

"글쎄, 난 확신이 안 서는데." 도즈가 말했다.

목요일 아침이었다. 보슈와 추가 챙이 몬터레이 파크에 있는 한 아파트로 들어가는 것을 보고 이제 자러 들어가나 보다고 판단하여 감시를 끝낸 지 겨우 여섯 시간이 흐른 뒤였다.

"네, 경감님, 놈이 맞는지 아직은 확신이 안 설 겁니다. 감시를 계속하고 감청까지 하고 싶은 것도 바로 그런 이유에서죠." 보슈가 말했다.

"내 말은 그런 뜻이 아니라, 그런 방향으로 가야 하느냐에 확신이 안 선다는 뜻이야. 감시까지는 좋아, 한다고 치자. 하지만 감청은 결과가 불확실한 일에 너무 큰 비용과 수고를 들이는 일이란 말이지." 도즈가 말했다.

보슈는 무슨 말인지 알아들었다. 도즈는 과거에 형사로서 대단한 명성을 떨쳤지만 지금은 행정가였고, 휴스턴의 석유회사 임원진이 주유 펌프와 떨어져 있는 거리만큼 그도 자기 부서의 형사 업무에서 떨어져 있었다. 이젠 직원 통솔과 예산 관리가 그의 주 업무였다. 그는 업무의 효율성을 제고하는 방법과 범인 검거율과 사건 종결률의 하락을 막는 방법을 찾아야 했다. 이런 업무 성격으로 인해 그는 현실주의자가 되었고, 전자감시라는 방법은 엄청난 고비용이 발생한다는 것이 지금의 현실이었다. 법원에 제출할 50쪽이 넘는 감청 신청서를 공들여서 작성하는 데에도 두 자릿수의 인시(人時. 한 사람이 한 시간에 하는 일의 양 – 옮긴이)가 들 뿐만 아니라, 감청실을 마련하면 대상 전화를 감청하는 형사가 하루 24시간 내내 그 앞에 붙어 있어야 했다. 또한 한 번호를 감청하다 보면 다른 여러 번호들을 감청해야 할 필요가 생길 때도 자주 있는데, 법률에 따르면 각 번호마다 모니터 요원을 따로 두어야 했다. 그와 같은 작전은 거대한 스펀지처럼 초과근무수당을 빨아들였다. 경찰국의 긴축 재정 때문에 강력계에 배정된 초과근무수당 예산이 대폭 삭감된 터라, 도즈 경감은 일개 주류 판매점 주인 피살사건 수사에 피 같은 초과근무수당을 쓰고 싶지는 않았다. 궂은 날을 위하여, 갑자기 발생해 초과근무수당을 요구하는 언론의 주목을 받는 사건을 수사할 때를 위해 남겨두고 싶었다.

물론 도즈가 그런 사정을 대놓고 말하지는 않았지만, 그게 지금 경감이 고심하는 문제라는 것을 보슈를 포함하여 그 방 안에 있는 회의 참석자 모두가 잘 알고 있었다. 이 사건과는 특별히 관계가 없는 문제였다.

보슈는 경감의 확신을 얻어내기 위해 마지막 일격을 가했다.

"이건 빙산의 일각일 뿐입니다, 경감님. 주류 판매점에서 일어난 총격 사건만 보아서는 안 됩니다. 그걸 추적해가다 보면 더 큰 것들이 넝쿨째 끌려 나올 겁니다. 이 일이 끝나기 전에 삼합회 조직 전체를 일망타진할 수도 있습니다."

"이 일이 끝나기 전에? 난 19개월 후면 정년퇴직이야, 보슈. 하지만 이런 일들은 죽어도 안 끝날 수 있어."

보슈는 어깨를 으쓱거렸다.

"그럼 FBI를 불러들여서 공조로 가보는 건 어떻습니까? FBI는 늘 국제적인 사건에 구미가 당겨 하고 게다가 감청과 감시에 쓸 예산도 있을 테니까 말이죠."

"하지만 성과도 나눠 가져야 하잖아." 갠들 경위가 말했다. 신문의 헤드라인과 기자 회견 등 작전이 성공할 경우 얻게 될 성과를 FBI와 나누는 게 싫다는 뜻이었다.

"그건 나도 싫어." 도즈가 말하더니 보징 챙의 사진을 들어 눈앞에 가까이 대고 들여다보았다.

보슈가 마지막 카드를 내밀었다.

"초과근무수당 없이 하는 건 어떻습니까?" 보슈가 물었다.

도즈 경감은 펜을 쥐고 있었다. 그 펜을 보니 자신의 권위가, 사안을 결정하고 서류에 결재하는 사람이 자기라는 사실이 생각난 모양이다. 그는 펜을 돌리며 보슈의 뜬금없는 제안에 대해 생각하다가 곧 고개를 가로저었다.

"아냐, 그렇게까지 해달라고 요구할 수는 없지. 그런 사실을 알고 있는 것조차 안 되는 일이야." 도즈가 말했다.

그건 사실이었다. 경찰국은 지금까지 수도 없이 부당 노동 행위로 고소를 당했기 때문에 고위간부는 어느 누구도 형사들이 초과근무를 하는 것에 대해 암묵적인 찬성조차도 표시하지 않으려고 애썼다.

보슈는 예산 압박과 관료주의에 대한 좌절감이 극에 달해 폭발했다.

"그럼 어떻게 하자는 말입니까? 챙을 연행해온다고 해도 놈은 입을 딱 다물고 있을 건데요. 그럼 수사는 그걸로 끝이라는 거 잘 아시잖아요."

경감은 펜만 만지작거렸다.

"보슈, 어떻게 하자는 건지는 자네도 잘 알고 있을 텐데. 뭔가 획기적인 단서가 나올 때까지 열심히 수사를 하는 거야. 목격자들을 만나보고. 증거도 찾아보고. 용의자와의 연결고리가 분명히 있을 거야. 나도 형사생활을 15년이나 해서 잘 알아. 열심히 수사하다 보면 반드시 뭔가 건지는 게 있다는 걸. 그걸 찾아보라고. 감청은 별 승산이 없는 일이야, 그건 자네도 잘 알 거야. 발로 뛰는 것이 훨씬 더 효과적이지. 자, 또 뭐 더 할 말 있나?"

보슈는 얼굴이 달아오르는 것을 느꼈다. 경감은 그의 요구를 물리치고 있었다. 보슈가 낯을 붉힌 것은 속으로는 자신도 도즈의 말이 옳다고 생각하고 있기 때문이었다.

"감사합니다, 경감님." 보슈가 퉁명스럽게 말하고 자리에서 일어섰다.

형사들은 경감과 경위를 회의실에 남겨두고 나와 보슈의 자리에서 다시 모였다. 보슈는 갖고 있던 펜을 책상으로 던졌다.

"경감이 좀 멍청한 것 같은데요." 추가 말했다.

"아냐, 그렇지 않아. 경감 말이 옳아. 그렇기 때문에 그분이 경감이 된 거야." 보슈가 대꾸했다.

"그럼 이제 우린 어떡해야 합니까?"

"챙을 계속 감시해야지. 초과근무수당 같은 건 관심 없어. 경감이 우리가 하는 일을 모른다고 해서 사는 데 지장은 없을 테니까 모르게 하자고. 챙을 지켜보면서 놈이 실수를 저지르기를 기다리는 거야. 얼마나 오래 걸리든 상관없어. 필요하다면 잠복근무를 취미로 삼으면 되지."

보슈는 젊은 두 형사가 하루 여덟 시간의 정규 근무시간을 초과해 잠복근무까지 하는 건 도저히 못 하겠다고 거절하리라고 예상하며 그들을 쳐다보았다.

그런데 놀랍게도 추가 고개를 끄덕였다.

"우리 팀장한테도 이미 말해놨습니다. 이 사건 수사에 협조하라고 파견된 거니까 해야지요." 보슈는 고개를 끄덕였고 추를 의심한 건 자기 판단이 틀렸던 게 아닐까 하는 생각이 처음으로 들었다. 그러나 곧 의심할 만하다는 생각이 밀고 들어왔다. 추가 잠복근무까지 감내하며 남기로 한 건 수사팀 가까이에 머물면서 보슈를 감시하려는 계획일 거라는 생각이 들었다.

보슈가 파트너를 돌아보았다.

"자넨 어때?"

페라스는 마지못해 고개를 끄덕이더니 고갯짓으로 회의실 쪽을 가리켰다. 창문 너머로 도즈가 아직도 갠들과 이야기를 나누고 있는 것이 보였다.

"저분들은 우리가 이렇게 할 거라는 걸 알고 있는 겁니다. 초과근무수당을 지불할 생각은 없으니까, 용의자를 감시하든 말든 마음대로 하라고 떠밀어놓는 거죠. 정말 불공평하지 않습니까, 선배님?" 페라스가 말했다.

"그래, 그래서? 인생이란 게 원래 공평치가 않은 거야. 같이 할 거야, 말 거야?" 보슈가 말했다.

"할 겁니다. 근데 조건이 있습니다. 아시다시피 전 가족이 있어서요. 밤새도록 지키고 앉아 있을 수는 없습니다. 아무 성과도 없을 것 같은 일에는 특히."

"그래, 알았어, 좋아. 할 수 있는 만큼만 하면 돼. 실내에서 하는 일을 맡으면 되겠네. 추와 내가 챙을 맡을 테니까." 보슈가 말은 그렇게 했지만 어조는 페라스에 대한 실망감을 감추지 못했다.

보슈의 어조를 눈치채고 페라스가 약간 항변조로 말했다.

"제가 얼마나 답답한 상황인지 선배님은 잘 모르실 겁니다. 애가 셋인데다……, 집에 가서 와이프를 설득할 일이 막막하네요. 아마 불같이 화를 낼걸요. 몇 시간을 나가 있어도 봉급은 똑같다면서 밤새도록 차에 앉아서 삼합회 조직원을 꼭 지켜봐야 하느냐고 쏘아붙이겠죠."

보슈는 두 손을 쳐들고 '그만해라, 많이 들었다'는 시늉을 했다.

"자네 말이 맞아. 난 설득할 일은 없지. 그냥 그 일을 해야 할 뿐이야. 그게 내 일이니까."

14 잠복 수사

보슈는 자기 차 운전석에 앉아 챙이 몬터레이 파크에 있는 칭 모터스에서 허드렛일 하는 것을 지켜보았다. 예전에는 정비 칸 두 개에 사무실까지 딸려 있는 1950년대식의 주유소였던 것이 중고차 매장으로 바뀌어 있었다. 보슈는 번잡한 가비 거리에서 반 블록 정도 떨어진 곳에 주차해 있었다. 추는 칭 모터스를 지나 반 블록 정도 더 가서 차를 세워놓고 앉아 있었다. 용의자 감시에 개인 차를 사용하는 것은 경찰국 규정 위반이었지만, 보슈가 배차용 주차장에 가보니 남아 있는 잠복근무용 차량이 한 대도 없었다. 대안은 규정을 위반하거나, 표식이 되어 있지 않은 형사 차를 이용하는 것이었지만, 형사 차는 표식이 없어도 경찰차라는 게 너무 뻔히 보였기 때문에 차라리 순찰차처럼 검은색과 흰색을 번갈아 칠해놓는 편이 나을 것 같았다. 보슈는 자기 차에 CD가 여섯 장이 들어가는 CD플레이어가 장착되어 있어서 규정을 어기는 것이 그리 유감스럽지 않았다. 오늘 그는 최근에 발견한 음악을 틀어놓았다. 토마츠 스탄코라는 폴란드의 트럼펫 연주자였는데 마일스 데이비스의 영혼이 깃든 듯한 연주를 했다. 그가 연주하는 트럼펫 곡은 날카롭고 감정이 풍부했다. 보슈를 잠시도 졸게 내버려두지 않아서 잠복근무용으로 딱 좋은 음악이었다.

보슈와 추는 용의자가 중고차 매장에서 일하는 것을 세 시간가량 지켜보았다. 챙은 중고차들을 세차했고, 타이어가 새것처럼 보이게 하려고 타이어에 기름칠을 했으며, 잠재 고객 한 명을 데리고 나가 1989년형 머스탱의 시운전을 시키고 돌아오기도 했다. 조금 전까지 거의 30분 동안은 주차장에 있는 30여 대의 자동차를 한 대 한 대 자리를 바꿔놓았다. 재고가 계속 바뀌고 있고 매매가 활발히 이루어지고 있으며 사업이 잘되는 것처럼 보이기 위해서였다.

오후 4시, 〈소울 오브 싱스(Soul of Things)〉가 흘러나오자 보슈는 마일스도 스탄코의 실력을 인정하지 않을 수 없었겠다고 생각했다. 보슈가 리듬에 맞춰 손가락으로 운전대를 톡톡 치고 있을 때 챙이 작은 사무실로 들어가더니 셔츠를 갈아입는 것이 보였다. 잠시 후 사무실을 나온 그는 아까 그 머스탱에 올라타더니 운전을 해서 주차장을 빠져나갔다. 퇴근하는 것 같았다.

그 순간 보슈의 전화가 울렸다. 추 형사였다. 보슈는 음악을 껐다.

"보셨습니까? 움직이는데요." 추가 말했다.

"그래, 보고 있어."

"10번 도로 쪽으로 가는데요. 퇴근하는 걸까요?"

"셔츠를 갈아입었어. 퇴근하는 거 같아. 내가 따라갈 테니까 자네도 따라붙을 준비 하고 있어."

보슈는 차 다섯 대를 사이에 두고 챙을 뒤따라갔고 챙이 10번 고속도로를 타고 LA시내 방향으로 달려갈 때 따라잡았다. 챙은 집에 가고 있는 것이 아니었다. 전날 밤 보슈와 추는 그를 미행해 그가 몬터레이 파크에 있는 아파트로—그것도 빈센트 칭의 소유였다—들어가는 것을 보았고 한 시간 동안 지켜보다가 불이 모두 꺼지자 오늘 밤은 거기서 자나 보다고 판단하고 철수했었다.

지금 챙은 LA 시내로 들어가고 있었고, 보슈는 그가 삼합회 일을 하러 가는 것임을 직감했다. 보슈는 휴대전화를 들어 귀에 대서 챙이 얼굴을 볼 수 없게 한 후 속도를 내 머스탱 옆을 지나갔다. 그러고는 추에게 전화를 걸어 자기가 챙보다 앞서가고 있다고 말했다.

챙이 101번 고속도로로 바꿔 타고 북쪽으로 달려가 할리우드를 통과해 밸리로 향하는 동안 보슈와 추는 앞서거니 뒤서거니 하며 그를 쫓아갔다. 러시아워라 교통이 대단히 혼잡해서 수월하게 용의자를 따라갈 수 있었다. 챙이 셔먼 오크스까지 가는 데 거의 한 시간이 걸렸다. 거기에서 드디어 세풀베다 대로 나들목으로 빠졌다. 보슈가 추에게 전화를 걸었다.

"놈이 로버트 리의 가게로 가는 것 같아." 보슈가 잠복근무 파트너에게 말했다.

"진짜 그런 것 같네요. 리에게 전화해서 알려야 하지 않을까요?"

보슈는 잠깐 침묵했다. 좋은 질문이었다. 리가 위험한 상황인지 아닌지 판단해야 했다. 위험한 상황이라면 미리 경고해야 했다. 하지만 위험한 상황이 아니라면, 경고가 작전을 완전히 망칠 수도 있었다.

"아니, 아직은 아냐. 어떻게 돼가나 지켜보자. 챙이 가게로 들어가면 우리도 들어가는 거야. 일이 틀어지면 우리가 나서고."

"별일 없을 거라고 확신하십니까?"

"아니, 그래도 어쨌든 그런 시나리오로 가자. 신호 바뀌기 전에 얼른 쫓아와."

둘은 전화를 끊지 않고 있었다. 나들목 경사로 아래쪽에 있는 신호등이 금방 초록색으로 바뀌었다. 보슈의 차는 챙의 차보다 네 대 뒤에 있었고 추는 적어도 여덟 대 뒤에 있었다.

보슈는 느리게 움직이는 차들을 따라 기어가면서 신호등을 보았다. 그가 사거리를 막 통과했을 때 신호등이 노란불로 바뀌었다. 보슈는 통과했지만 추는 통과하지 못했다.

"내가 뒤따라가니까 걱정하지 마." 보슈가 전화기에 대고 말했다.

"네. 저도 3분 안에 도착할 겁니다."

보슈가 전화기를 덮었다. 그 순간 바로 뒤에서 사이렌 소리가 날카롭게 울렸고 백미러로 보니 파란색 경광등이 번쩍이고 있었다.

"빌어먹을!"

보슈가 앞을 내다보니 챙은 세풀베다에서 남쪽으로 달려가고 있었다. 네 블록만 더 가면 행운식품주류가 있었다. 보슈는 재빨리 인도 가까이에 차를 정차시켰다. 그러고는 문을 열고 튀어나가 경찰 배지를 들고 오토바이를 탄 순경에게 다가갔다.

"지금 용의자 미행 중이야! 차를 세울 수가 없다고!"

"운전 중 휴대전화 사용은 불법입니다."

"그럼 보고서 작성해서 경찰국장에게 보내든가. 이 일로 작전을 망칠 수는 없어."

보슈는 돌아서서 자기 차로 돌아갔다. 그는 차량들 사이로 밀고 들어간 후 앞유리를 내다보며 챙의 머스탱을 찾아보았다. 머스탱은 가버리고 없었다. 보슈는 다음 신호등이 붉은색으로 바뀌어 다시 멈춰 섰다. 그는 손바닥 끝으로 운전대를 쾅 내려친 후 로버트 리에게 전화를 할까 말까 고민하기 시작했다.

마침 그때 휴대전화가 울렸다. 추였다.

"유턴하고 있습니다. 어딥니까?"

"자네보다 겨우 한 블록 앞이야. 운전 중에 휴대전화로 통화했다고 오토바이 순경이 불러 세우더라고."

"훌륭한데요! 챙은 어디 있습니까?"

"저 앞 어딘가에 있겠지. 나 지금 움직인다."

차들이 천천히 사거리를 통과하고 있었다. 차가 너무 많아서 챙이 그리 멀리 가지는 못했을 거라는 생각이 들어 보슈는 크게 걱정하지 않았다. 그는 차선과 차들 사이를 요리조리 헤집고 따라가면 챙이 백미러로 보고 관심을 가질까 봐 자기 차선을 지키고 있었다.

2분 후 보슈는 세풀베다와 벤추라 대로가 만나는 큰 교차로에 이르러 신호등에 걸려 섰다. 세풀베다 쪽으로 한 블록 더 가 다음 교차로 옆에 불을 밝힌 행운식품주류 간판이 보였다. 그런데 앞쪽 어디에도 챙의 머스탱이 보이지 않았다. 다시 추에게 전화를 걸었다.

"벤추라 신호등 앞인데 챙이 안 보이는군. 벌써 도착했나 봐."

"전 바로 전 신호등 앞에 있습니다. 이제 어떡하죠?"

"내가 차 세우고 안으로 들어가 볼게. 자넨 밖에서 챙의 차를 찾아봐. 챙이나 차를 보면 전화해줘."

"로버트 리를 만나시려고요?"

"일단 들어가 봐야지."

신호등이 초록 불로 바뀌자마자 보슈는 가속페달을 밟으며 튀어 나가다가 오른쪽에서 빨간불을 무시하고 달려오던 자동차를 들이받을 뻔했다. 그는 다음 블록을 천천히 달려가다가 우회전을 해서 행운식품주류 주차장으로 들어갔다. 주차공간은 장애인용 자리 하나만 남아 있을 뿐 차가 가득 들어차 있었지만 챙의 차는 보이지 않았다. 그는 주차장을 통과해 뒷골목으로 나가 '주차금지' 스티커가 붙어 있는 쓰레기통 뒤에 차를 세웠다. 그러고는 차에서 내려 주차장을 가로질러 슈퍼마켓 앞쪽 출입문을 향해 갔다.

보슈가 '입구'라고 적힌 자동문으로 들어가는 순간 챙이 '출구'라고 적힌 문을 통해 밖으로 나왔다. 보슈는 급히 손을 들어 머리카락을 쓸어내리며 팔로 얼굴을 가렸다. 그러고는 계속 걸어가면서 주머니에서 휴대전화를 꺼냈다.

보슈는 두 계산대 사이를 걸어 들어갔다. 전날 보았던 여직원이 아닌 다른 여직원 두 명이 금전등록기 앞에 서서 손님을 기다리고 있었다.

"리 씨는 어디 있죠?" 보슈가 발걸음을 멈추지 않고 계속 걸어가면서 물었다.

"뒤에요." 한 계산원이 말했다.

"사장님 사무실에요." 다른 계산원이 거들었다.

보슈는 재빨리 큰 복도를 걸어가 가게 뒤쪽에 있는 사무실로 향하면서 추 형사에게 전화를 걸었다.

"챙이 방금 밖으로 나갔어. 따라붙어. 난 리를 확인해볼게."

"알겠습니다."

보슈는 전화를 끊고 휴대전화를 주머니에 넣었다. 그는 전날 왔을 때와 똑같은 길을 걸어 리의 사무실로 갔다. 사무실 앞에 가보니 문이 닫혀 있었다. 그는 문손잡이를 쥐면서 가슴이 쿵쾅거리는 것을 느꼈다.

노크 없이 문을 홱 밀어젖힌 보슈는 리와 다른 동양인 남자 한 명이 두 책상 앞에 앉아 있는 것을 보았다. 두 사람은 대화를 하다가 갑자기 문이 열리는 바람에 대화를 멈춘 듯했다. 리가 벌떡 일어났고 보슈는 그가 신체적으로 아무런 부상을 입지 않았다는 것을 금방 확인할 수 있었다.

"형사님! 안 그래도 전화하려던 중이었는데요! 그 사람이 여기 왔었습니다! 형사님이 보여주셨던 사진 속의 그 남자가 여기 왔었다고요!" 리가 소리쳤다.

"나도 알아. 그자를 미행하고 있었거든. 어디 다친 데는 없어?"

"없습니다. 겁은 좀 났지만요."

"와서 뭐래?"

리는 잠깐 머뭇거리면서 할 말을 정리했다.

"자자, 차분하게 앉아서 이야기하자고. 그런데 이 친구는 누구지?" 보슈가 말했다.

그는 다른 책상 앞에 앉아 있는 남자를 가리켰다.

"유진이라고, 우리 가게 부지배인입니다." 리가 말했다.

남자가 일어서서 보슈에게 악수를 청했다.

"유진 램입니다, 형사님."

보슈는 악수를 했다.

"챙이 들어왔을 때 자네도 여기 있었나?" 보슈가 물었다.

"챙이요?" 리가 되물었다.

"그자 이름이 챙이야. 내가 보여준 사진 속의 남자."

"네, 유진과 함께 있었습니다. 그자가 불쑥 들어오더라고요."

"뭘 원한대?"

"삼합회에 찬조금을 내야 한다고 했어요. 아버지가 돌아가셨으니까 이젠 아들이 내야 한다고요. 일주일 후에 올 테니 돈을 준비해놓으라고 했습니다."

"자네 아버지의 피살사건에 대해서 무슨 말이라도 했어?"

"그냥 아버지가 돌아가셨으니까 이제 제가 내야 한다고만 하던데요."

"돈을 안 내면 어떻게 된다는 말은?"

"말할 필요도 없었죠."

보슈는 고개를 끄덕였다. 리의 말이 옳았다. 상납을 하지 않으면 어떻게 되는지 존 리의 죽음을 통해서 확실하게 깨닫게 해준 마당에 직접적인 위협까지 가할 필요는 없었을 것이다. 보슈는 흥분이 되었다. 챙이 로버트 리를 찾아옴으로 인해서 보슈는 운신의 폭이 더 넓어졌다. 챙이 리의 돈을 갈취하려고 했으니 그를 체포할 수 있을 것이고 체포해서 조사하다

보면 살인죄를 적용할 수 있게 될 것이다.

보슈가 램을 돌아보았다.

"그리고 자네는 옆에서 보고 있었고? 두 사람 사이에 오고 가는 말도 다 들었어?"

램은 망설이는 기색이 역력했지만 결국 고개를 끄덕였다. 보슈는 그가 이 일로 엮이는 걸 원치 않는 것 같은 느낌을 받았다.

"들었다는 거야, 못 들었다는 거야? 챙이 들어왔을 때 자네도 여기 있었다면서." 보슈가 말했다.

램은 다시 고개를 끄덕이더니 대답했다.

"네, 그자를 보긴 했는데, 제가…… 중국어를 못 합니다. 듣는 것도 아주 조금밖에 못 알아듣고요."

보슈가 리를 돌아보았다.

"챙이 중국어로 말했어?"

리가 고개를 끄덕였다.

"네."

"근데 자넨 다 알아들었잖아. 아버지가 돌아가셨으니 이제부터는 자네가 매주 찬조금을 내야 한다고 했다면서."

"네, 분명 그렇게 말했어요. 하지만……."

"하지만 뭐?"

"그자를 체포하실 겁니까? 제가 법정에 나가서 증언을 해야 하나요?"

리는 법정에 출두하는 것이 두려운 모양이었다.

"뭐라 말하기에는 아직 너무 일러. 분명한 건 놈을 금품 갈취죄로 잡아넣고 싶진 않다는 거야. 놈이 자네 아버지를 죽였다면, 살인죄로 집어넣어야지. 자네 아버지를 죽인 살인범을 붙잡아 감옥에 보내는 데 자네가 기꺼이 도움을 줄 거라고 믿고 있고."

리가 고개를 끄덕였지만, 얼굴에는 아직도 주저하는 기색이 남아 있었다. 아버지에게 일어난 일을 잘 알고 있는 터라 챙이나 삼합회를 거스르고 싶지는 않았던 것이다.

"파트너한테 전화를 해야겠어. 잠깐 전화 좀 하고 올게." 보슈가 말했다.

그는 사무실을 나가서 문을 닫았다. 그러고는 추에게 전화를 걸었다.

"따라잡았어?"

"네, 다시 고속도로 쪽으로 가고 있는데요. 거긴 어떻게 됐습니까?"

"리한테 아버지가 내던 삼합회 찬조금을 이제부턴 아들이 내라고 했대."

"만세! 당장 잡아넣을 수 있겠네요!"

"너무 흥분하지 마. 그래 봤자 금품 갈취죄밖에 못 걸어. 그것도 그 아들이 협조한다면 말이지만. 살인죄를 적용하자면 갈 길이 멀어."

추는 아무 반응도 보이지 않았고, 보슈는 기분 좋게 흥분한 추를 김새게 만든 것 같아 갑자기 미안해졌다.

"어쨌든 자네 말이 맞아. 우리의 목표에 점점 더 가까워지고 있으니까. 챙은 어느 쪽으로 가고 있어?" 보슈가 말했다.

"101번 고속도로 남쪽 방향으로 진입하는 오른쪽 차선에 있습니다. 서두르는 것 같아 보이고요. 앞차에 바짝 붙어 따라가고 있지만, 별 효과는 없는 것 같습니다."

챙이 아까 왔던 곳으로 돌아가고 있는 것 같았다.

"알았어. 난 이 친구들하고 이야기 좀 더 하고 갈게. 챙이 어디에 차를 세우면 연락해."

"'이 친구들'이요? 로버트 리 말고 또 누가 있습니까?"

"유진 램이라고 이 점포 부지배인. 챙이 들어와서 리에게 앞으로 어떻게 해야 하는지를 이야기할 때 사무실에 같이 있었대. 문제는 챙은 중국어로 말했고 램은 중국어를 모르고 영어만 한다는 거야. 챙이 그 사무실에 왔었다는 사실 빼고는 증언할 수 있는 게 거의 없을 것 같아."

"알겠습니다, 보슈 형사님. 이제 고속도로에 진입했습니다." 추가 이어 말했다.

"놓치지 말고 잘 따라가. 여기서 나가자마자 전화할게." 보슈가 말했다.

그는 휴대전화를 덮고 사무실로 돌아갔다. 리와 램은 아직도 자기 책상 앞에 앉아 보슈를 기다리고 있었다.

"가게 안에 CCTV 카메라가 설치되어 있어?" 보슈가 먼저 물었다.

"그럼요. 아버지 가게에 있는 것과 같은 시스템입니다. 다만 여기가 카메라가 더 많죠. 다중 녹화를 하거든요. 한 번에 여덟 개의 화면이 나오죠." 리가 말했다.

보슈는 고개를 들고 천장과 벽 위쪽을 살폈다.

"여긴 카메라가 없네, 그렇지?"

"네, 사무실에는 없습니다." 리가 말했다.

"챙이 자넬 만나러 왔다는 걸 입증하는 디스크가 필요한데, 어쩌지?"

리는 마지못해 고개를 끄덕였다. 함께 춤추기 싫은 사람의 손에 이끌려서 억지로 무대에 오른 소년 같았다.

"유진, 보슈 형사님 드리게 가서 디스크 좀 빼 와줄래?" 리가 말했다.

보슈가 재빨리 끼어들었다.

"아냐. 디스크 빼는 걸 내가 봐야겠어. 증거물의 보관과 이동의 연결고리를 확인해야 하거든. 같이 가지."

"그러시죠." 램이 말했다.

보슈는 그 후로도 15분 더 리의 주류 판매점에 머물렀다. 처음에는 CCTV 영상을 재생해 보면서 챙이 가게 안으로 들어와 리의 사무실로 들어가면서 3분 동안 카메라에서 사라졌다가 다시 나타나 가게를 나가는 것을 확인했다. 그런 다음에는 디스크를 빼서 사무실로 돌아가 리에게서 챙과 나눈 이야기를 한 번 더 들었다. 보슈의 질문이 좀 더 구체적이고 예리해지자 리의 망설임이 더 커지는 것 같았다. 보슈는 이 피살자의 아들이 용의자 기소에 협조하지 않을 거라는 느낌이 들기 시작했다. 그러나 최근에 발생한 이 상황에 긍정적인 측면도 있었다. 챙의 갈취 시도를 다른 용도로 이용할 수 있었다. 그것이 상당한 근거(구금, 체포, 재판을 진행할 법적인 근거―옮긴이)가 될 수 있었다. 상당한 근거를 확보한 이상 보슈는 챙을 체포하고 그의 주거지와 소지품을 수색해 살인 증거를 찾아볼 수 있었다. 로버트 리가 기소에 협조하든 안 하든 상관없이 그렇게 할 수 있었다.

가게의 자동문 밖으로 걸어 나가면서 보슈는 짜릿한 흥분을 느꼈다. 수사가 새로이 활기를 띠게 된 것이다. 그는 휴대전화를 꺼내 추에게 전화를 걸어 용의자의 현재 상황을 확인했다.

"지금 챙의 아파트로 돌아와 있습니다. 중간에 멈춘 적은 없고요. 이제 쉬러 들어간 것 같은데요." 추가 말했다.

"그러기엔 너무 일러. 아직 어두워지지도 않았잖아."

"그렇긴 한데, 제가 말씀드릴 수 있는 건 놈이 집에 들어갔다는 것뿐입니다. 커튼도 쳤는데요."

"알았어. 곧장 그리로 갈게."

"오는 길에 두부 핫도그 한 개만 사다 주시면 안 될까요, 보슈 형사님?"

"싫어. 그런 건 알아서 사 먹어, 추."

추가 웃음을 터뜨렸다.

"알겠습니다." 그가 말했다.

보슈는 전화를 끊었다. 추도 분명히 수사 진척에 대해 흥분감을 느끼고 있는 것 같았다.

15 신병 확보

챙은 그다음 날인 금요일 아침 9시가 되어서야 아파트를 나섰다. 그가 갖고 나온 것을 본 순간 보슈는 바짝 긴장했다.

커다란 여행 가방이었다.

보슈는 추가 깨어 있는지 확인하기 위해 그에게 전화를 걸었다. 그들은 밤샘 잠복근무를 하면서 각자의 차에서 네 시간씩 교대로 감시를 하고 쉬는 동안 쪽잠을 잤다. 추는 4시부터 8시까지 휴식이었는데 아직까지 연락이 없었다.

"깼어? 챙이 이사 간다."

추의 목소리에는 아직도 잠기운이 묻어 있었다.

"이사라니 무슨 소리예요? 그리고 8시에 깨워주기로 하고서는."

"여행 가방을 차에 실었어. 뛰는 거야. 누가 귀띔해준 게 분명해."

"우리에 대해서요?"

"아니, 마이크로소프트 주식을 사라고. 정신 좀 차리시지."

"누가 놈에게 귀띔해줬을까요?"

챙이 차에 타더니 아파트 단지 주차장을 빠져나가기 시작했다.

"아주 좋은 질문이야. 한데 답을 알고 있는 사람이 있다면 그건 자네겠지." 보슈가 말했다.

"제가 살인사건 용의자에게 수사 정보를 귀띔해줬다는 말씀입니까, 지금?"

추의 목소리는 의심받는 사람이 응당히 품게 되는 분노를 담고 있었다.

"자네가 무슨 짓을 했는지는 나야 모르지. 하지만 자네가 우리 일을 몬터레이 파크 경찰국 사방팔방에 떠들고 다녔으니까 그 얘길 들은 누군가가 놈한테 정보를 제공했을 수도 있지 않을까. 지금 내가 아는 건 놈이 이곳을 떠나는 것 같다는 것뿐이야."

"몬터레이 파크 경찰국 사방팔방에요? 무슨 근거로 그런 터무니없는 말씀을 하시는 거죠?"

보슈는 주차장을 빠져나와 북쪽으로 향하는 챙의 머스탱을 한 블록 정도 떨어져서 쫓아갔다.

"그저께 밤에 자네가 그랬잖아, 챙의 사진을 여기저기 보여줬는데 세 번째로 본 친구가 신원을 확인해줬다고. 그러니까 사진을 본 사람이 적어도 세 명은 되고, 그들 모두 파트너가 있을 것이고, 아침마다 점호를 하러 동료들이 모일 테고, 이런저런 이야기를 서로 나누겠지."

"우리가 타오와 헤레라를 철수시키지 않았다면, 그래서 우리가 그 친구들을 믿지 못한다는 것을 보여주지 않았다면, 아마도 이런 일은 일어나지 않았을지도 모르죠."

보슈는 백미러로 추를 찾아보았다. 그는 분노 때문에 딴 데 정신을 팔지 않으려고 애쓰고 있었다. 지금 챙을 놓칠 수는 없었다.

"앞으로 치고 나와. 지금 10번 도로로 가는 중이야. 챙이 10번 도로로 진입하면, 내가 뒤로 처질 테니까 자네가 나서서 따라가."

"알았습니다."

추의 목소리에는 여전히 분노가 담겨 있었다. 그러나 보슈는 개의치 않았다. 챙이 수사 정보를 전해 들었다면, 보슈는 그 정보를 흘린 사람을 반드시 찾아내 응분의 대가를 치르게 할 작정이었다. 설령 그 사람이 추라고 해도 말이었다.

챙이 10번 고속도로 서쪽 방향 차선으로 진입하자 곧 추의 차가 보슈의 차를 지나쳐 가서 챙을 따라가기 시작했다. 보슈가 쳐다보자 추는 가운뎃손가락을 치켜들었다.

보슈는 서행 차선으로 들어가 속도를 줄이며 갠들 경위에게 전화했다.

"해리, 무슨 일이야?"

"문제가 생겼어요."

"말해봐."

"첫째 문제는 우리 용의자가 지금 여행 가방을 트렁크에 싣고서 10번 고속도로를 타고 공항으로 달려가고 있다는 겁니다."

"빌어먹을. 또 다른 건?"

"누가 놈한테 여길 떠나라고 귀뜸해준 것 같아요."

"아니면 애초에 존 리를 처단하고 나서 떠나라는 지시를 받았던 건지도 모르지. 너무 열불내지 마, 해리. 확실한 단서가 잡힐 때까지는."

보슈는 자기 상관조차도 자기를 지지하지 않는다는 사실에 화가 났지만 참고 넘어갈 수는 있었다. 챙이 수사 정보를 귀뜸받았고 부패라는 암세포가 수사관들 사이에 퍼져 있었던 거라면, 자신이 반드시 밝혀내고 말 생각이었다. 그건 장담할 수 있었다. 그러나 당분간 그 문제는 제쳐두고 챙의 처리 방안에 집중하기로 했다.

"놈을 연행할까요?" 보슈가 물었다.

"비행기를 타는 게 확실해? 뭔가를 전달하려는 건 아닐까? 여행 가방이 얼마나 큰데?"

"굉장히 커요. 다시 돌아오지 않으려고 짐을 쌀 때 쓰는 크기요."

갠들은 이 문제에 관해 어떤 결정이든 지금 내려야 한다는 사실을 깨달으며 한숨을 쉬었다.

"알았어. 몇 사람하고 상의 좀 해보고 연락 줄게."

보슈는 그 몇 사람이 도즈 경감과 지방검사일 거라고 추측했다.

"참, 좋은 소식도 있습니다, 경위님." 보슈가 말했다.

"이런, 세상에. 좋은 소식이란 게 뭔데?" 갠들이 소리쳤다.

"어제 오후에 쳉이 다른 가게로 들어가는 걸 미행해서 확인했습니다. 피살자의 아들이 밸리 지역에서 운영하는 가게요. 쳉이 아들에게 아버지가 죽었으니까 이제부턴 네가 돈을 내라고 했답니다. 명백한 갈취 행위죠."

"오호, 굉장한 소식인데! 왜 말 안 했어?"

"지금 했잖아요."

"이거면 체포할 상당한 근거가 되잖아."

"체포할 근거는 될지 몰라도 기소할 근거는 못 되죠. 게다가 이 아들이 진술을 망설이는 것 같아요. 법정에 출두해서 진술해야 할 텐데, 글쎄요, 나온다는 보장을 못 하겠는데요. 더군다나 살인혐의도 아니고요. 우리가 원하는 건 그건데."

"최소한 놈이 비행기에 타는 건 막을 수 있잖아."

보슈는 고개를 끄덕였다. 그러는 동안에도 머릿속에서는 새로운 계획이 형태를 잡아가기 시작하고 있었다.

"오늘이 금요일이잖아요. 쳉을 붙잡고 있다가 느지막이 입건하고 구치소에 수감하면, 심리를 월요일 오후에나 받게 되겠죠. 그럼 수사할 시간이 적어도 72시간은 생기겠는데요."

"그래도 영 안 되겠으면 갈취죄로 몰면 되고."

"그렇죠."

보슈의 전화기에서 다른 전화가 걸려왔다는 신호음이 울렸고 그는 추형사일 거라고 추측했다. 그는 갠들에게 간부들에게 이 시나리오를 보고하고 허락받자마자 알려달라고 요청했다.

보슈는 액정화면을 보지도 않고 다른 전화를 받았다.

"네?"

"해리?"

여자였다. 친숙한 목소리였지만 누군지 정확히 짚어낼 수는 없었다.

"네, 누구십니까?"

"테리 숍."

"아, 안녕, 테리. 난 또 파트너가 전화한 줄 알았지. 어쩐 일이야?"

"당신이 어제 준 탄피 있잖아, 그걸로 혁신적인 정전기 기술을 테스트해보자고 개발자들을 설득했어. 거기에서 지문을 뜰 수 있는지 한번 해볼게."

"테리, 당신은 내 영웅이야! 오늘 테스트하는 거야?"

"아니, 오늘은 안 되고. 다음 주나 되어야 할 수 있을 것 같아. 아마 화요일쯤."

보슈는 테리 숍이 이미 호의를 베풀었는데 또 부탁하는 건 정말 싫었지만, 달리 방법이 없었다.

"테리, 월요일 오전에 할 수 있는 방법은 없을까?"

"월요일? 아무리 빨라도 화요일이나 되어야……."

"왜 그러냐 하면, 월요일쯤 용의자를 구금할 수 있을 것 같아서 그래. 지금 해외 도피를 시도하고 있어서 아무래도 검거해야 할 것 같아. 그럼 월요일까지는 증거를 취합해서 구속영장을 신청해야 하거든. 그전에 얻을 수 있는 증거물은 모두 다 모아야 해서 그래."

테리 숍이 잠깐 망설이다가 대답했다.

"그렇게 할 수 있는지 한번 알아볼게. 그건 그렇고, 그를 검거하면 지문 카드를 갖다 줘. 여기서 뭐가 나오면 비교해보게. 나온다면 말이지만."

"그럴게, 테리. 정말 고마워."

보슈는 전화기를 덮고 전방의 고속도로를 살폈다. 추의 빨간색 마즈다 미아타도, 챙의 은색 머스탱도 보이지 않았다. 보슈는 자신이 상당히 뒤처졌다는 것을 깨달았다. 그는 휴대전화를 다시 펼쳐 추의 단축번호를 눌렀다.

"추, 어디야?"

"405번 고속도로를 타고 남쪽으로 달리고 있습니다. 공항으로 가고 있네요, 이 친구."

보슈는 아직도 10번 고속도로를 달리고 있었고 저 앞에 405번 도로로 이어지는 분기점이 보였다.

"알았어, 따라갈게."

"새로운 상황은요?"

"갠들 경위하고 통화했는데 챙을 연행해야 할지 말아야 할지 상부에 물어보고 알려주겠대."

"그냥 보낼 수는 없는데요."

"내 말이 그 말이야. 윗분들이 어떻게 나오는지 보자고."

"제 상관한테도 도와달라고 말해볼까요?"

보슈는 그렇게 되면 어딘가에서 정보가 샐 가능성이 있기 때문에 또 다른 상관이 끼어 드는 것은 원하지 않는다고 말하려다가 겨우 참았다.

"먼저 갠들이 무슨 말을 하는지 기다려보고." 보슈가 외교적으로 말했다.

"알겠습니다."

보슈는 전화를 끊고 추와 챙을 따라잡기 위해 차들 사이를 요리조리 움직이며 앞으로 나아갔다. 10번 도로에서 405번 도로로 이어지는 고가 도로에 이르렀을 때 7~800미터 앞에 있는 추와 챙의 차를 발견했다. 그 차들은 차선이 합쳐지는 곳에서 서행을 하고 있었다.

보슈와 추는 두 번 더 앞서거니 뒤서거니 순서를 바꿔가며 챙을 미행했다. 챙은 센츄리 대로에서 LA공항 방향 나들목으로 빠져나갔다. 챙이 LA를 떠나는 게 확실해진 이상 이젠 그를 붙잡아야 했다. 보슈는 갠들에게 다시 전화를 걸었지만 잠깐 기다리라는 메시지가 흘러나왔다.

긴 2분이 흐른 후 마침내 갠들이 수화기를 들었다.

"해리, 어떻게 됐어?"

"챙이 LA공항에서 네 블록 떨어진 센츄리 대로에 있습니다."

"아직 아무하고도 얘길 못 해봤어."

"그냥 연행하죠. 살인죄로 입건하고, 최악의 경우엔 월요일에 금품 갈취죄로 전환해 기소하는 걸로 하고요. 보석 허가는 받겠지만 판사가 여행 금지 조건을 붙일걸요. 오늘 도주를 시도했으니까 특히 더요."

"당신 뜻대로 해, 해리, 내가 뒤는 받쳐줄 테니까."

그 말은 월요일이 되어 모든 일이 어그러지고 챙이 자유의 몸으로 구치소를 걸어 나와 LA를 떠나고 다시는 돌아오지 않는다면 그 잘못된 결정의 책임은 전적으로 보슈가 져야 한다는 뜻이었다.

"감사합니다, 경위님. 상황 보고할게요."

보슈는 전화를 끊었다. 잠시 후 챙이 우회전을 해서 공항 터미널까지 셔틀버스 서비스를 제공하는 장기 주차장으로 들어가는 것이 보였다. 예상대로 추가 전화를 걸었다.

"우리 예상이 맞네요. 이제 어떡할까요?"

"연행하자. 주차하고 트렁크에서 여행 가방을 꺼낼 때까지 기다렸다가. 그다음에 압수수색영장을 발부받아 가방을 열어봐야겠어."

"어디서 연행해요?"

"내가 홍콩 갈 때 이 주차장 이용하거든. 주차 열이 끝도 없이 늘어서 있고 터미널을 오가는 셔틀버스 정류장도 많아. 우선 안에 들어가서 주차를 하는 거야. 그러고는 여행객인 척하면서 셔틀버스 정류장으로 가서 거기서 연행하는 게 좋겠어."

"알겠습니다."

그들은 전화를 끊었다. 추보다 앞서서 챙을 따라가고 있던 보슈는 챙을 바로 뒤따라 주차장으로 들어가 주차권 자동발매기에서 주차권을 뽑았다. 차단기가 올라가자 그는 차를 몰고 들어갔다. 넓은 길로 챙을 따라가고 있는데 챙이 우회전을 해서 샛길로 빠졌다. 보슈는 뒤따라오는 추가 우회전을 해서 챙을 따라갈 거라고 믿고 자신은 계속 직진했다.

보슈는 빈자리가 하나 보이자 재빨리 주차를 하고 차에서 내려 챙과 추가 우회전한 곳으로 서둘러 걸어갔다. 한 차선 너머에 챙이 보였다. 머스탱 뒤에 서서 트렁크에서 커다란 여행 가방을 낑낑거리며 꺼내고 있었다. 추는 그를 지나 차 여덟 대를 사이에 두고 그다음 칸에 주차를 했다.

장기 주차장에 차를 세우면서 짐을 갖고 내리지 않으면 이상하게 보일 거라고 생각했는지, 추는 출장 가는 남자처럼 서류 가방과 레인코트를 들고 가까운 셔틀버스 정류장을 향해 걸어갔다.

보슈는 추처럼 가장할 소품이 없어서 자동차를 방패막이 삼아 가리면서 주차 열 가운데를 걸어 내려갔다.

챙은 차 문을 잠그고 무거운 여행 가방을 들고 낑낑거리면서 셔틀버스 정류장을 향해 걸어갔다. 요즘에는 모든 크기의 여행 가방에 바퀴가 달린 것이 보통인데 그의 여행 가방은 바퀴가 없는 구식이었다. 그가 정류장에 이르렀을 땐 추가 이미 그곳에 서 있었다. 보슈는 미니밴 뒤로 사라졌다가 차 두 대를 지나서 그들 앞에 나타났다. 그래서 챙은 다가오는 남자가 장기 주차장에서 나오면서도 짐을 갖고 있지 않다는 것을 알아차릴 시간이 거의 없었다.

"보징 챙." 보슈가 챙에게 다가서며 큰 소리로 외쳤다.

용의자가 홱 돌아서서 보슈를 쳐다보았다. 가까이서 보니 챙은 덩치가 크고 힘도 무척 세 보였다. 보슈는 그의 근육이 팽팽해지는 것을 보았다.

"너를 체포한다. 두 손 다 등 뒤로 돌려."

챙이 투쟁 도주 반응(갑작스러운 자극에 대하여 투쟁할지 도주할지를 판단하는 본능적 반응—옮긴이)을 보일 시간이 없었다. 추가 그의 뒤로 다가가 왼 손목을 굳게 잡고 오른 손목에 능숙하게 수갑을 채웠다. 챙은 잠깐 저항을 했지만 갑작스러운 체포에 대한 반응이었을 뿐 다른 느낌은 주지 않았다. 추가 왼쪽 손목에도 수갑을 채웠고 그것으로 체포 작업은 완료되었다.

"뭐 하는 거요, 지금? 내가 무슨 짓을 했다고?" 챙이 항의했다.

억양이 강한 말투였다.

"지금부터 그 이야기를 해보자고, 챙. 경찰국 본부로 들어가서 말이야."

"비행기를 타야 해요."

"오늘은 안 되겠어."

보슈는 그에게 경찰 배지와 신분증을 보여준 뒤 추를 소개하면서 추가 아시아인 조직범죄 전담반 소속이라는 말을 빠뜨리지 않았다. 챙의 머릿 속에 그 말이 스며들어 긴장감을 조성하기를 바랐다.

"무슨 혐의로 날 체포하는 거요?" 용의자가 물었다.

"존 리 살해혐의."

챙의 표정에서는 놀라는 기색이 전혀 없었다. 부정적인 소식에 몸의 시스템이 저절로 닫힌 모양이었다.

"변호사 불러줘요." 챙이 말했다.

"잠깐 기다려봐, 챙. 자네의 권리부터 읽어줄 테니까 잘 들어." 보슈가 말했다.

보슈가 추에게 고갯짓을 하자 추가 주머니에서 카드를 꺼냈다. 추가 챙에게 피의자의 권리를 읽어준 후 이해했느냐고 물었다. 챙은 변호사를 불러달라는 말을 되풀이했을 뿐 다른 반응을 보이지 않았다. 형사사건 소송 절차를 훤하게 알고 있는 거였다.

보슈는 순찰대에 연락해 챙을 경찰국으로 이송하고, 견인트럭을 불러 챙의 자동차를 시내 경찰국 차고로 끌고 가게 했다. 이 시점에서 보슈는 전혀 서두르지 않았다. 챙을 본부로 이송하는 데 시간이 오래 걸릴수록 중죄 심리 법정(중죄 심리는 형사소송 절차의 첫 단계로 피의자에게 헌법상의 권리를 고지하고 자신이 혐의를 받고 있는 죄목을 알려주며 기소하는 검사를 처음 만나게 해주는 절차-옮긴이)의 심리 신청 마감 시각인 오후 2시를 넘길 가능성이 컸다. 그 시각을 넘겨 챙을 법정에 데리고 가는 일이 뒤로 미뤄지면, 주말 동안 챙을 시 구치소에 임시 구금할 수 있었다.

챙이 셔틀버스 정류장 벤치에 앉아 있는 동안 보슈는 5분 정도 조용히 서서 생각을 정리했다. 그러고는 돌아서서 여행 가방을 가리키며 그냥 심심해서 물어본다는 식으로 태연하게 말을 걸었다.

"우와, 저거 엄청나게 무거워 보이는데. 어디 가려고 했어?" 보슈가 말했다.

챙은 아무 말도 하지 않았다. 체포된 상태에서 잡담이란 있을 수 없다고 생각하는 것 같았다. 조용히 앞만 노려보고 있을 뿐 보슈의 질문에 아무 반응도 보이지 않았다. 추가 보슈의 질문을 중국어로 통역해줬지만 역시 무반응이었다.

보슈는 챙이 대답을 하든 말든 개의치 않는다는 듯 어깨를 으쓱거렸다.

"보슈 형사님." 추가 그를 불렀다.

그때 진동으로 해놓은 보슈의 휴대전화가 두 번 몸을 떨었다. 메시지가 왔다는 신호였다. 보슈는 챙이 들을 수 없는 곳에서 이야기하자는 뜻으로 추에게 정류장 밖을 가리켰다.

"어떻게 생각하세요?" 추가 물었다.

"분명히 우리랑 말을 안 할 거고 또 변호사를 불러 달라잖아. 그럼 그걸로 끝이지, 뭘."

"그래서 어떻게 하실 건데요?"

"우선, 일을 천천히 진행해야 해. 서두르지 말고 천천히 챙을 시내로 데려가서 천천히 입건하고 구치소에 처넣는 거야. 구치소 수감 절차가 완료될 때까지는 변호사를 부를 수 없게 되어 있는데 운이 좋으면 2시를 넘겨서 입건을 못 하게 될 수도 있어. 한편으론 수색영장을 발부받아야겠지. 놈의 자동차, 여행 가방, 그리고 지금도 갖고 있는지 모르지만 휴대전화까지 뒤져봐야 해. 그런 다음에는 놈의 아파트와 직장을 뒤지는 거야. 판사가 허락하는 곳이면 어디나. 그래서 월요일 정오까지는 살인에 쓰인 총 같은 거라도 찾아내야 돼. 안 그러면 놈이 걸어 나갈 테니까."

"금품 갈취죄는 어쩌고요?"

"체포할 상당한 근거가 되기는 하는데, 그것도 로버트 리가 나서주지 않으면 소용이 없을 거야."

추가 고개를 끄덕였다.

"하이 눈(결정적인 순간―옮긴이)이네요. 옛날 영화 제목이기도 한데요. 서부영화."

"난 못 봤어." 보슈가 추에게 말했다.

길게 늘어선 주차차량들을 바라보던 보슈는 순찰차 한 대가 방향을 바꿔서 다가오는 것을 보았다. 보슈가 여기라고 손을 흔들었다.

보슈는 전화기를 들고 메시지를 확인했다. 액정화면에는 딸에게서 동영상 한 편을 받았다고 적혀 있었다.

메시지는 나중에 확인해야겠다고 생각했다. 지금 홍콩은 야심한 시각이라 딸은 이미 잠자리에 들었을 터였다. 어쩌면 잠들지 못하고 아빠의 반응을 기다리고 있을지도 몰랐다. 그러나 그에겐 할 일이 있었다. 순찰차가 앞에 멈춰서는 것을 보면서 그는 휴대전화를 주머니에 넣었다.

"내가 챙과 함께 타고 갈게. 혹시 무슨 말을 할지도 모르니까." 보슈가 추에게 말했다.

"형사님 차는요?"

"나중에 가지러 오지 뭐."

"그럼 제가 같이 타고 가겠습니다."

보슈는 추를 바라보았다. 고민되는 순간이었다. 보슈는 영어와 중국어를 잘 구사하는 중국계 형사 추가 챙과 함께 타고 가는 것이 낫다는 걸 알고 있었다. 그러나 그렇게 하면 사건에 대한 통제력을 일부 추에게 양보한다는 뜻이 될 수 있었다.

한편으로는 추를 신뢰한다는 걸 보여주는 것일 수도 있었다. 그것도 그를 비난하고 한 시간 만에.

"알았어, 그럼, 자네가 같이 타고 가." 보슈가 말했다.

추가 고개를 끄덕였고 보슈의 결정이 지닌 의미를 알고 있는 것 같았다.

"근데 되도록이면 멀리 돌아서 가. 이 순경들은 아마 퍼시픽 경찰서 소속일 거야. 거기부터 먼저 가서 나한테 전화를 해. 그럼 내가 계획이 바뀌었다고, 챙을 본부로 데려가서 입건, 구속 수감하라고 말할게. 그러면 차타고 가는 시간이 한 시간은 더 늘어나겠지." 보슈가 말했다.

"알겠습니다. 괜찮은 작전인 것 같네요." 추가 말했다.

"자네 차 내가 몰까? 내 차는 여기 놔둬도 상관없거든." 보슈가 말했다.

"아뇨, 괜찮습니다, 보슈 형사님. 제 차를 두고 갔다가 나중에 가지러 오죠 뭐. 무엇보다도 제 차 스테레오에 들어 있는 음악을 별로 안 좋아하실 것 같아서요."

"음악계의 두부 핫도그인가?"

"형사님한테는 아마 그렇게 느껴질걸요."

"알았어, 그럼 난 내 차를 몰고 가지."

보슈는 순경들한테 쳉을 뒷좌석에 태우고 여행 가방은 트렁크에 실으라고 지시했다. 그러고 나서 추에게 진지하게 말했다.

"페라스한테 쳉의 재산에 관해 수색영장을 작성하게 할 생각인데. 쳉한테서 어떤 거라도 인정하는 말이 나오면 수색할 상당한 근거가 되겠지. 아까 비행기를 타야 한다고 했는데 그건 도주할 계획이었다는 걸 인정하는 말이잖아. 쳉과 뒷좌석에 함께 타고 가면서 그런 식으로 말실수가 나오게 유도해봐."

"하지만 이미 변호사를 원한다고 했잖습니까."

"대화를 하라고. 신문이 아니라. 어디로 갈 생각이었는지 알아봐. 그걸 알면 페라스에게 도움이 될 테니까. 그리고 기억해, 최대한 시간을 끌어야 한다는 것. 경치가 좋은 길을 택해서 쉬엄쉬엄 오라고."

"알겠습니다. 어떻게 할지 알아요."

"좋아, 그럼 난 여기서 견인트럭을 기다릴게. 본부에 나보다 먼저 도착하면 쳉을 조사실에 집어넣고 땀 좀 빼게 해줘. 비디오 녹화 잊지 말고. 페라스가 어떻게 하는지 가르쳐줄 거야. 또 모르지, 이런 친구들이 한 시간씩 방 안에 혼자 있으면 벽에 대고 자백을 할 때도 있거든."

"알겠습니다."

"행운을 빌어."

추가 순찰차 뒷좌석으로 들어가 쳉 옆에 앉더니 문을 닫았다. 보슈는 손바닥으로 순찰차 지붕을 두 번 툭툭 때리고는 차가 출발하는 것을 지켜보았다.

16 정보 유출

보슈가 강력계 사무실로 돌아왔을 땐 오후 1시가 거의 다 되어가고 있었다. 그는 견인트럭을 기다렸다가 챙의 차를 끌려 보낸 뒤 느긋하게 운전을 해서 돌아왔다. 오다가 공항 근처 인앤아웃에 들러 햄버거를 한 개 사 먹고 왔다. 사무실로 돌아와 보니 이그나시오 페라스가 자기 자리에 앉아 컴퓨터 작업을 하고 있었다.

"어디까지 했어?" 보슈가 물었다.

"수색영장 신청서 거의 끝나갑니다."

"뭘 수색하고 싶다고 썼는데?"

"여행 가방, 휴대전화, 그리고 자동차요. 차는 OPG(경찰국 차고 - 옮긴이)에 있겠죠?"

"방금 끌어다 놨어. 아파트는?"

"지방검찰청 상담전화로 전화를 걸었더니 거기 여직원이 두 차례에 걸쳐서 진행하라고 하더라고요. 먼저 이 세 가지에 대해 영장을 받아내 뭘 좀 찾아내서 아파트 수색을 위한 법적 근거를 마련한 다음에 신청하라고요. 지금 갖고 있는 증거만으로는 아파트 수색영장을 받아내기가 어려울 거라던데요."

"그렇군. 그럼 이 영장에 서명해줄 판사는 골랐어?"

"네, 샴페인 판사실 직원한테 전화로 알렸습니다. 준비되는 대로 들어오라는데요."

페라스가 일을 순서에 맞게 잘 처리하고 있는 것 같아서 보슈는 마음이 놓였다.

"잘하고 있군. 추는 어디 있지?"

"좀 전엔 비디오실에서 챙을 지켜보고 있었는데요."

추에게 가기 전에 보슈는 자기 칸막이 자리에 들러 열쇠를 책상 위로 툭 떨어뜨렸다. 추가 챙의 무거운 여행 가방을 칸막이 옆에 갖다놓았고 다른 소지품들을 증거물 봉투에 넣어 책상에 올려둔 것이 보였다. 챙의 지갑, 여권, 지폐 클립, 열쇠, 휴대전화, 집에서 출력해온 것이 틀림없는 비행기 탑승권이 따로따로 증거물 봉투에 들어 있었다.

보슈가 비닐봉지 안에 든 탑승권을 살펴보니 알래스카 항공의 시애틀행 탑승권이었다. 챙이 중국으로 갈 거라고 예상하고 있었던 그는 어리둥절했다. 시애틀행 탑승권은 기소를 피하기 위해 국외로 도주하려 한다는 주장을 뒷받침하는 증거가 될 수 없었다.

보슈는 탑승권이 든 봉투를 내려놓고 휴대전화가 든 봉투를 집어 들었다. 재빨리 전화기를 펼쳐 통화기록에서 챙의 동료들 전화번호를 찾아보면 일이 쉬울 것이었다. 어쩌면 수사 정보를 챙에게 귀띔해준 몬터레이 파크 경찰이나 추 형사 혹은 다른 누군가의 전화번호를 발견하게 될 수도 있었다. 챙의 살인죄를 입증하는 데 중요한 증거가 될 이메일이나 문자메시지를 발견하게 될 수도 있었다.

그러나 보슈는 원칙을 따르기로 결심했다. 휴대전화 정보 열람은 법 규정이 따로 없는 애매한 부분이었지만, 경찰국과 지방검찰청은 경찰관들에게 용의자의 휴대전화에 있는 정보를 열람하기 전에 먼저 법원의 허가를 받으라고 지시했다. 아니면 물론 용의자의 허락을 받거나. 휴대전화를 열어보는 것은 차량 불심검문에서 자동차 트렁크를 열어보는 것과 마찬가지인 것으로 간주되었다. 원칙과 절차에 맞게 제대로 하지 않으면 트렁크에서 발견한 것이 무엇이든 법원이 증거로 채택하지 않을 수도 있었다.

보슈는 휴대전화를 내려놓았다. 그 안에 사건 해결에 꼭 필요한 중요한 정보가 들어 있을 수도 있었지만, 샴페인 판사의 허가를 기다리기로 했다. 그때 책상에 놓인 일반전화가 울렸다. 발신자 표시창에는 XXXXX라고 떴는데, 이것은 파커 센터에서 연결된 전화라는 뜻이었다. 그가 수화기를 들었다.

"보슙니다."

상대편에선 아무 말이 없었다.

"여보세요? 보슈 형삽니다. 무엇을 도와드릴까요?"

"보슈……, 당신 자신이나 돕지그래."

틀림없이 동양인의 목소리였다.

"누구십니까?"

"당신 앞가림이나 잘하라고. 챙은 건드리지 마, 보슈. 챙은 혼자가 아니야. 우린 수가 아주 많거든. 좋은 말로 할 때 뒤로 물러서. 안 그러면 대가를 치르게 될 거야."

"이봐, 지금……."

전화가 툭 끊겼다. 보슈는 수화기를 받침대에 내려놓고 빈 발신자 표시창을 노려보았다. 파커 센터 종합상황실에 전화를 걸어 방금 연결된 전화번호를 물어볼까 생각했다. 하지만 협박전화를 건 사람이라면 자기 번호를 가렸거나 공중전화나 일회용 휴대전화를 사용했을 것 같았다. 추적 가능한 번호를 사용할 만큼 어리석지는 않을 터였다.

보슈는 전화번호 알아내는 걸 포기하고 대신 전화가 걸려온 시각과 통화 내용에 집중했다. 어찌된 영문인지 쳉의 삼합회 동료들은 쳉이 연행됐다는 사실을 벌써 알고 있는 거였다. 보슈가 탑승권을 다시 보니 출발 예정시각이 오전 11시 20분으로 되어 있었다. 그 말은 지금도 비행기가 하늘을 날고 있을 터라 시애틀에서 쳉을 기다리는 사람이 쳉이 비행기에 타지 않았다는 것을 알아차렸을 리는 없다는 뜻이었다. 그런데도 쳉의 삼합회 조직원들은 쳉이 경찰의 손안에 있다는 것을 알고 있었다. 그리고 보슈의 이름도 알고 있었다.

또 한 번 강한 의심이 밀려들었다. 쳉이 LA공항에서 누구를 만나 함께 가기로 했거나 보슈가 그를 미행하며 지켜보는 동안 다른 사람도 그를 지켜보고 있었던 게 아니라면, 이것은 수사기관 내부에서 정보가 새어 나가고 있다는 것을 보여주는 또 하나의 증거였다.

보슈는 칸막이 자리에서 나와 비디오실로 향했다. 비디오실은 강력계의 두 조사실 가운데에 있는 작은 방으로 양쪽 조사실에서 이루어지는 피의자나 증인의 조사 과정을 녹화했고 수사 관계자들이 이 방에 들어가 피의자들을 관찰하기도 했다.

보슈가 비디오실 문을 열자 추 형사와 갠들 경위가 모니터로 쳉을 지켜보고 있다가 돌아보았다. 보슈가 들어가자 방이 비좁은 느낌이 들었다.

"말 좀 했어요?" 보슈가 물었다.

"지금까지는 한 마디도 안 했어." 갠들이 말했다.

"차 안에서는?"

"아무 말도요. 입 좀 열게 하려고 애썼지만 변호사를 원한다는 말밖에 안 하더라고요. 그걸로 끝이었습니다." 추가 말했다.

"바위 같은 놈이야." 갠들이 말했다.

"탑승권 봤는데, 시애틀행이라 우리에겐 별 도움이 안 되겠어요." 보슈가 말했다.

"아뇨, 전 된다고 생각하는데요." 추가 말했다.

"어떻게?"

"시애틀행 탑승권을 보고 챙이 시애틀에서 국경을 넘어 밴쿠버로 가려는 건지도 모른다는 생각이 들었습니다. 그래서 RCMP에 있는 지인에게 부탁했더니 항공편 예약자 명단을 확인해주더라고요. 챙이 오늘 밤 밴쿠버에서 홍콩으로 가는 항공편을 예약했다네요. 캐세이퍼시픽항공으로요. 신속하고도 은밀하게 도주를 하려고 했던 것 같습니다."

보슈는 고개를 끄덕였다.

"캐나다 왕립 기마 경찰대(Royal Canadian Mounted Police : RCMP)? 발이 참 넓기도 하다. 잘했어. 수고했어, 추."

"감사합니다."

"이그나시오한테도 말해줬어? 챙이 자기 가는 길을 숨기려고 한 건 수색영장 발부의 당위성을 보여주는 상당한 근거가 될 텐데."

"그럼요, 말해줬죠. 그 내용도 집어넣었고요."

"잘했군."

보슈는 모니터를 보았다. 챙은 탁자 앞에 앉아 있었고 두 손목을 묶은 수갑은 탁자 중앙에 고정된 철제 고리에 연결되어 있었다. 우람한 어깨 때문에 셔츠 솔기가 금방이라도 터질 것만 같았다. 그는 꼿꼿하게 앉아서 무감한 눈으로 앞의 벽을 쳐다보고 있었다.

"경위님, 얼마나 더 시간을 끌다가 입건하고 수감하면 좋을까요?" 보슈가 물었다.

갠들은 걱정스러운 표정을 지었다. 나중에 뒤통수를 칠 수도 있는 일을 자기가 결정하고 싶지는 않은 것 같았다.

"시간은 이미 충분히 끈 것 같은데. 경치 구경 해가면서 천천히 데리고 들어왔다면서. 너무 오래 미적거리면 판사가 문제 삼을 수도 있어."

보슈는 손목시계를 보았다. 50분은 더 있어야 챙이 변호사와 연락하게 해줄 수 있었다. 입건 절차에 따르면 우선 서류작업과 지문채취가 이루어져야 하고 그 후에 용의자를 구치소로 이송하게 되는데 이때 용의자에게 전화 사용을 잠깐 허용하곤 했다.

"좋아요, 그럼 시작해볼까요? 계속 느리게 느리게 가도록 하죠. 추, 자네가 들어가서 조사 시작해봐. 운이 좋으면 놈이 협조를 안 할 것이고 그럼 시간을 더 잡아먹겠지." 보슈가 말했다.

추가 고개를 끄덕였다.

"알겠습니다."

"유치장에 넣는 건 아무리 빨라도 2시 이후에 하자."

"네, 그래야죠."

추는 갠들 경위와 보슈 사이를 비집고 걸어가 비디오실을 나갔다. 갠들이 그 뒤를 따라 나가려고 하자 보슈가 그의 어깨를 톡톡 쳐서 남으라는 신호를 보냈다. 보슈는 문이 닫힐 때까지 기다렸다가 입을 열었다.

"방금 전에 전화를 한 통 받았어요. 협박전화요. 나보고 뒤로 물러서라는데요."

"어디서 물러서라는 거야?"

"수사에서, 챙한테서요. 모든 것에서 물러서라는 거죠."

"이 사건 수사를 말하는 건지 아닌지 어떻게 알아?"

"전화 건 사람이 동양인이었고 챙을 언급했으니까요. 챙은 혼자가 아니라고 했고, 내가 물러서지 않으면 대가를 치르게 될 거라고 하던데요."

"추적해볼까? 장난 아니고 진심인 것 같아?"

"추적은 시간 낭비고요. 그리고 협박전화는 얼마든지 하라 그러세요. 언제든지 받아줄 테니까. 근데 문제는, 어떻게 알았느냐는 거죠."

"뭘 어떻게 알아?"

"챙이 연행된 거요. 연행하고 두 시간도 안 돼서 삼합회 조직원이 전화를 걸어 물러서라고 한다? 정보가 새는 겁니다, 경위님. 처음엔 챙이 제보를 받더니 이젠 챙이 연행된 사실을 알고 협박전화가 왔어요. 누군가가……."

"잠깐, 잠깐, 잠깐, 섣부르게 단정 짓지 마, 해리. 설명이 가능할 수도 있다고."

"그래요? 그럼 한번 설명해보시죠. 우리가 챙을 연행한 걸 그자들이 어떻게 알았을까요?"

"여러 가지로 생각해볼 수 있어, 해리. 챙이 휴대전화를 갖고 있었잖아. 공항에 도착하면 도착했다고 누군가에게 보고하기로 되어 있었는지도 모르지."

보슈는 고개를 가로저었다. 그의 직감은 갠들과는 다른 말을 하고 있었다. 분명히 어딘가에서 정보가 새고 있었다. 갠들도 의심스러웠다. 이런 이야기를 마뜩잖아 하는 것 같았고 방을 나가려고 했다. 그러나 갠들은 나가기 전에 보슈를 돌아보았다.

"신중해야 해, 해리. 이런 일은 확실한 증거를 확보할 때까지는 아주 조심스럽게 접근해야 돼." 갠들이 말했다.

갠들이 문을 닫자, 비디오실에는 보슈만 남았다. 그는 비디오 화면을 향해 돌아섰다. 화면 속에서는 추가 조사실로 들어가 챙의 맞은편에 앉아 있었고 펜과 클립보드를 앞에 놓고 체포보고서를 작성할 준비를 하고 있었다.

"보징 챙, 몇 가지 물어볼 게 있어."

챙은 대꾸하지 않았다. 눈빛으로든 몸짓으로든 추의 말을 들었다는 표시를 전혀 하지 않았다.

추가 중국어로 바꿔서 다시 한 번 말했지만, 이번에도 챙은 아무런 대꾸도 내색도 하지 않았다. 보슈에게는 전혀 놀라운 일이 아니었다. 그는 비디오실을 나가 사무실로 돌아갔다. 그는 협박전화에 대해서, 갠들 경위가 그 전화에 대해 별로 신경 쓰지 않는다는 점에 대해서, 그리고 그런 협박전화를 가능케 했던 정보유출에 대해서 걱정도 되고 화도 났다.

페라스의 자리가 비어 있었다. 수색영장 신청서를 가지고 샴페인 판사를 만나러 간 모양이었다.

모든 일의 성패가 그 수색영장에 달려 있었다. 로버트 리가 고소하고 증언하기로 약속만 해준다면 챙을 금품 갈취 미수로 구속 기소할 수 있지만, 아직까지 살인죄 적용은 생각도 못 하는 처지였다. 보슈는 데이지 화환(데이지 줄기를 연결하여 만든 목걸이처럼 인과관계가 있는 일이 연속적으로 일어나는 것을 말함─옮긴이)을 기대할 수밖에 없었다. 첫 번째 수색영장이 중요한 증거물을 찾아내 추가로 수색영장을 발부받을 수 있게 하고 그 영장으로 수색해서 챙의 아파트나 직장 어딘가에 숨겨져 있는 살인무기 같은 확실한 증거물을 발견하게 되기를 바랄 뿐이었다.

보슈는 책상 앞에 앉아서 페라스에게 전화를 걸어 판사가 영장에 서명했는지 물어볼까 생각했지만 그러기엔 아직 너무 이르고 서명을 받으면 페라스가 즉시 전화할 거라는 생각이 들어 잠자코 기다리기로 했다. 그는 손바닥 끝으로 두 눈을 꾹꾹 눌렀다. 수사와 관계된 모든 일이 판사의 서명을 받을 때까지 보류 상태였다. 그가 할 수 있는 일이라고는 기다리는 것밖에 없었다.

아까 딸에게서 받은 동영상 메시지를 아직 보지 못했다는 생각이 문득 들었다. 홍콩은 지금 토요일 새벽 4시니까 딸은 곤히 자고 있을 것이었다. 어느 집에서 친구들과 함께 자는 게 아니라면. 그럴 땐 보통 밤새도록 자지 않고 놀았지만, 아빠의 전화를 바라지도 않을 것이었다.

보슈는 전화기를 꺼내 펼쳤다. 그는 휴대전화의 그 모든 멜로디와 벨소리에 아직도 적응하는 중이었다. 딸이 가장 최근에 LA를 방문했을 때 홍콩으로 돌아가기 전날 부녀가 함께 휴대전화 대리점에 갔다. 딸은 아빠와 함께 쓸 커플 휴대전화를 선택했고 다양한 방법으로 소통할 수 있게 하는 모델을 골랐다. 보슈는 휴대전화에서 이메일 기능은 별로 사용하지 않았지만 딸이 즐겨 보내는 30초짜리 동영상을 열어서 재생하는 방법은 알고 있었다. 그는 그 동영상들을 저장해놓고 이따금 다시 보곤 했다.

보징 챙은 잠깐 그의 머릿속에서 사라졌다. 정보유출에 대한 걱정도 희미해졌다. 보슈는 기대감에 가득 차 미소를 지으면서 버튼을 누르고 딸이 보낸 최신 동영상을 열었다.

17 납치

보슈는 조사실로 들어섰고 문은 그대로 열어두었다. 갑작스러운 들이
닥침에 추 형사가 질문하다 말고 고개를 들었다.

"대답을 안 해?" 보슈가 물었다.

"한 마디도요."

"내가 한번 해볼게."

"어, 네, 그러세요, 보슈 형사님."

추가 일어서자 보슈는 그가 방을 나갈 수 있도록 옆으로 비켜서 주었
다. 추가 보슈에게 클립보드를 건넸다.

"행운을 빕니다, 보슈 형사님."

"고마워."

추가 방을 나가면서 문을 닫았다. 보슈는 그가 방문 앞을 떠났다는 확
신이 들 때까지 잠깐 기다렸다가, 재빨리 탁자를 돌아 챙 뒤로 갔다. 그는
클립보드로 챙의 머리를 강하게 내려친 후 두 팔로 챙의 목을 감고 힘껏
졸랐다. 분노가 이미 통제할 수 없는 지경에 이르렀다. 그는 경찰국이 오
래전에 금지한 목조르기를 계속하며 팔에 힘을 더 주었다. 그는 숨 쉴 구

멍이 막혔다는 것을 깨달은 챙의 몸이 굳어지는 것을 느꼈다.

"야, 이 개새끼야, 카메라는 꺼져 있고 방음도 되는 방이야. 그 아이 어디 있어? 지금 당장 말하지 않으면 여기서 널 확 죽여버……."

챙이 자리에서 박차고 일어났다. 그러자 탁자 중앙에 붙어 있던 수갑 연결 고리의 나사가 빠져버렸다. 챙은 온몸에 힘을 실어 보슈를 뒷벽으로 밀어젖혔고 둘은 함께 바닥으로 쓰러졌다. 보슈는 두 팔을 풀지 않고 챙의 목을 더 세게 졸랐다. 챙은 짐승처럼 저항했다. 바닥에 고정된 탁자 다리 하나를 지지대 삼아 두 발을 대고 보슈를 방구석의 벽으로 밀어대기를 반복했다.

"그 아이 어디 있어?" 보슈가 소리쳤다.

챙은 짐승처럼 거친 숨소리를 냈지만 힘이 빠지는 기색은 전혀 없었다. 두 손목은 수갑에 묶여 있었지만, 두 손을 모아 머리 뒤로 젖혀 곤봉처럼 휘두를 수는 있었다. 그가 보슈를 구석 벽에 대고 몸으로 짓누르면서 두 손을 모아 보슈의 얼굴을 가격하려고 했다.

보슈는 목조르기가 소용이 없으므로 빨리 팔을 풀고 공격해야 한다는 걸 깨달았다. 그는 팔을 풀고 뒤로 자기 얼굴을 향해 날아오는 챙의 팔목을 잡았다. 그러고는 몸을 옆으로 살짝 돌리자 챙의 주먹이 옆의 빈 공간을 향해 떨어졌다. 그 여세로 챙의 어깨가 돌아가고 몸이 뒤집어지자 보슈는 재빨리 빠져나와 그의 등에 올라탔다. 보슈는 두 손을 모아서 챙의 뒤통수를 강하게 후려쳤다.

"왜 말 안 해. 그 아이가 어디 있느냐니……."

"보슈 형사님!"

보슈의 뒤에서 추의 다급한 목소리가 들렸다.

"이봐요! 여기 좀 도와줘요!" 추가 사무실을 향해 소리쳤다.

소란을 틈타 챙이 몸을 일으키더니 두 손으로 바닥을 짚고 무릎을 꿇고 엎드린 자세를 취했다. 그러고는 곧 몸을 벌떡 일으켰고 그 바람에 보슈의 몸이 뒤로 밀쳐져 벽에 부딪쳤다가 바닥으로 떨어졌다. 추가 챙의 등에 올라타 제압하려고 애썼다. 그때 달려오는 발소리가 들리더니 몇 명이 그 작은 방으로 비집고 들어왔다. 그들이 한꺼번에 챙에게 달려들어 거칠게 내리누르자 챙의 얼굴이 구석 벽에 눌려 찌그러졌다. 보슈는 옆으로 몸을 피해 앉아서 거친 숨을 몰아쉬었다.

잠깐 동안 모두들 말이 없었고 조사실은 모두의 헐떡거리는 숨소리로 가득 찼다. 그때 갠들 경위가 열린 문간에 나타났다.

"도대체 무슨 일이야?"

갠들이 몸을 앞으로 숙이고 탁자에 뚫린 구멍을 내려다보았다. 탁자 밑에서 볼트가 제대로 조여지지 않았던 게 분명했다. 새 건물에서 벌써부터 하자가 하나둘 드러나기 시작하는 거였다.

"저도 잘 모르겠습니다. 재킷을 가지러 돌아왔더니 난리가 났더라고요." 추가 말했다.

방 안에 있는 모두의 눈길이 보슈에게 쏠렸다.

"놈들이 내 딸을 납치했습니다." 보슈가 말했다.

18 동영상

보슈는 갠들의 사무실에 서 있었다. 가만히 서 있지는 않았다. 가만히 서 있을 수가 없었다. 그는 책상 앞을 서성거렸다. 경위가 앉으라고 두 번 이나 말했지만, 앉을 수도 없었다. 가슴속에서 공포가 점점 더 커지고 있어서 그럴 수가 없었다.

"이게 도대체 어떻게 된 일이야, 해리?"

보슈가 휴대전화를 꺼내 펼쳤다.

"내 딸을 납치했어요."

보슈는 비디오 프로그램의 동영상 재생 버튼을 누른 다음 책상 앞에 앉아 있는 갠들에게 건네주었다.

"납치하다니 그게 무슨……."

갠들은 동영상 재생이 시작되자 입을 다물었다.

"오, 하느님……, 오, 하느……, 해리, 이게 진짠지 아닌지 어떻게 알아?"

"무슨 말입니까? 진짭니다, 이거. 놈들이 내 딸을 납치했고 저기 저놈이 누가 납치해서 어디로 데려갔는지 알고 있다니까요!"

보슈가 조사실 쪽을 가리켰다. 그는 우리 안에 갇힌 호랑이처럼 더 빨

168

리 서성거리고 있었다.

"이거 어떻게 하는 거야? 다시 보고 싶은데."

보슈가 전화기를 들고 동영상을 다시 재생했다.

갠들이 동영상을 보는 동안 보슈가 말했다.

"다시 들어가 봐야겠어요. 가서 놈이 죄다 불게 만들⋯⋯."

"챙 근처엔 접근 금지야. 해리, 애가 있는 데가 어디야? 홍콩?" 갠들이 계속 동영상을 들여다보면서 말했다.

"네, 홍콩이요. 저놈이 가려고 했던 곳도 거기고요. 놈이 태어난 곳도 놈이 속한 삼합회의 근거지도 다 거깁니다. 게다가 놈들이 나한테 협박전화도 했다니까요. 말씀드렸잖습니까. 뒤로 물러서지 않으면 대가가 따를 거라고 했다고."

"동영상에서 당신 딸은 아무 말도 안 하잖아. 전부 다 말이 없잖아. 근데 챙이 속한 삼합회 조직원들이라는 건 어떻게 알지?"

"그 삼합회가 맞다니까요! 여기서 무슨 말이 필요하겠어요? 동영상이 모든 걸 말해주는데. 놈들이 내 딸을 데려갔다고 말이죠. 그게 내게 보낸 메시지라니까요!"

"알았어, 알았어, 진정하고 좀 찬찬히 생각해보자. 놈들이 이 아이를 데려갔어. 그럼 전하고자 하는 메시지가 뭔데? 당신보고 어떻게 하라는 거야?"

"챙을 풀어주라는 거죠."

"무슨 뜻이야? 여기서 걸어나가게 해주라고?"

"모르죠. 아예 수사를 포기하라는 거겠죠. 갖고 있는 증거를 포기해라. 아니면 더 들쑤시고 다니지 마라. 뭐 그런 거겠죠. 지금으로서는 증거가 충분치 않아서 월요일 이후에 놈을 붙잡아놓을 수가 없어요. 놈이 걸어나가는 것, 그래요, 놈들이 그걸 원하는 걸 겁니다. 근데, 경위님, 내가 지금

한가하게 이러고 있을 시간이 없어요. 빨리……."

"이걸 과학수사대에 갖다 줘야 해. 그게 제일 먼저 할 일이야. 전처한테 연락해봤어? 뭐 아는 거 없느냐고?"

보슈는 동영상을 보자마자 극심한 공포감에 사로잡히는 바람에 전처인 엘리노어 위시에게 전화하는 것도 잊었다는 사실을 깨달았다. 동영상을 보고 나서 딸에게 전화를 걸었었다. 그러나 딸이 전화를 받지 않자 곧장 조사실로 가서 챙에게 헤드록을 건 것이다.

"그러게요. 전화해야겠네요. 전화기 주시죠."

"해리, 그것보다 먼저 과학수사대에……."

보슈는 책상 위로 팔을 뻗어 갠들의 손에서 전화기를 뺏어 쥐었다. 그러고는 통화 버튼을 누른 후 엘리노어 위시의 단축번호를 눌렀다. 전화가 연결되기를 기다리는 동안 손목시계를 보았다. 홍콩 시각으로 토요일 새벽 5시가 다 되어가고 있었다. 딸이 실종됐는데 엘리노어가 왜 전화를 하지 않았는지 알 수가 없었다.

"해리?"

긴장된 목소리였다. 자다가 깬 목소리가 아니었다.

"엘리노어, 어떻게 된 거야? 매들린은 어디 있어?"

보슈는 갠들의 사무실을 나와 자기 자리로 걸어갔다.

"모르겠어. 전화도 없고 내 전화를 받지도 않아. 무슨 일이 있는지 당신은 어떻게 알았어?"

"몰랐어. 아니, 사실은 매디한테서…… 메시지를 받았어. 당신이 알고 있는 걸 말해줘."

"메시지에서 뭐래?"

"말은 안 했어. 동영상이었어. 어떻게 된 상황인지 얘기 좀 해봐."

"학교 끝나고 쇼핑몰에 갔다가 집으로 돌아오지 않았어. 금요일이라 친구들이랑 논다고 해서 허락했거든. 보통 때 같으면 6시쯤 전화해서 좀 더 놀다 가겠다고 하는데, 이번엔 전화도 안 했어. 그래서 내가 전화를 걸었더니 받질 않더라고. 화가 나서 메시지를 여러 개 남겼어. 당신도 개 알잖아, 저도 화가 났는지 들어오질 않았어. 친구들에게 전화해봤는데 다들 매디가 어디 있는지 모른데."

"엘리노어, 지금 거긴 새벽 5시가 넘었잖아. 여태까지 안 들어왔는데, 경찰에 신고했어?"

"해리……."

"왜? 뭔데?"

"전에도 한 번 이런 적이 있었어."

"무슨 말이야?"

보슈는 책상 앞 의자에 풀썩 주저앉아 몸을 잔뜩 움츠리고 전화기를 귀에 꽉 댔다.

엘리노어가 말했다. "나한테 시위하느라고 친구 집에 가서 안 들어온 적이 있었어. 그때 경찰에 신고했는데 친구 집에서 그 아일 찾았을 땐 얼마나 민망했는지 몰라. 말 안 해서 미안한데, 매디와 난 요즘 사이가 별로였어. 사춘기잖아. 요즘 얼마나 어른처럼 행동하는지 몰라. 그리고 나를 별로 안 좋아하는 것 같아. 아빠랑 LA에서 살고 싶대. 매디가……."

보슈가 그녀의 말을 잘랐다.

"이봐, 엘리노어, 무슨 말인지 알겠는데, 이번엔 달라. 무슨 일이 생긴 거야."

"무슨 말이야?"

공포감에 엘리노어의 목소리가 떨렸다. 그건 보슈도 마찬가지였다. 동영상 이야기를 하기가 망설여졌지만 지금 해야 한다고 생각했다. 엘리노어도 알 필요가 있었다. 보슈는 그 30초짜리 동영상을 하나도 빠뜨리지 않고 자세히 묘사했다. 엘리노어는 딸을 잃은 엄마만이 낼 수 있는 높은 음조의 흐느낌 소리를 냈다.

"오 하느님, 오 하느님."

"그러게, 하지만 걱정하지 마, 내가 찾아서 데리고 올 거야, 엘리노어. 내가……."

"그걸 왜 당신한테 보낸 거지, 내가 아니라?"

보슈는 엘리노어가 울기 시작했다는 것을 알 수 있었다. 그녀는 자제력을 잃고 있었다. 그는 그 질문에 대답하면 그녀가 걷잡을 수 없이 무너질까 봐 차마 대답할 수가 없었다.

"내 말 잘 들어, 엘리노어. 진정해야 돼. 매디를 위해서라도 진정하고 그 아일 찾을 방법을 생각해봐. 당신은 거기 있고, 난 아니잖아."

"뭘 원한대, 돈?"

"아니……."

"그럼, 뭐?"

보슈는 자기가 하는 말이 엘리노어에게 전달될 때 차분함도 전염되기를 바라면서, 최대한 차분하게 말하려고 노력했다.

"동영상은 내게 보내는 메시지 같아, 엘리노어. 돈을 요구하는 게 아니야. 매디를 데려갔다는 걸 그냥 나한테 알려주는 거야."

"당신한테? 왜? 왜 그들이……, 해리, 무슨 짓을 한 거야?"

마지막 질문은 힐난조였다. 보슈는 그 질문이 남은 생애 동안 그의 가슴에 비수처럼 꽂혀 있을까 봐 두려웠다.

"지금 내가 중국인 삼합회와 관련된 사건을 수사하고 있는데……."

"당신을 협박하려고 매디를 납치했다고? 매디에 대해선 어떻게 알았는데?"

"그건 아직 잘 모르겠어, 엘리노어. 지금 알아보는 중이야. 여기 용의자

한 명을 잡아놨…….”

엘리노어가 다시 한 번 보슈의 말을 잘랐다. 이번에는 통곡으로. 그 울음소리는 모든 부모가 두려워하는 최악의 악몽이 현실이 되는 소리였다. 그 순간 보슈는 앞으로 무엇을 해야 할지 깨달았다. 그는 목소리를 낮추고 침착하게 말했다.

“엘리노어, 내 말 잘 들어. 진정하고 기운 차려, 엘리노어. 그리고 전화를 해봐. 내가 곧 갈 거야. 일요일 새벽에 거기 도착할 거야. 그동안 당신은 매디 친구들한테 연락해봐. 쇼핑몰에서 누구랑 같이 있었는지, 어디로 갔는지 알아내야 해. 알아낼 수 있는 건 뭐라도 다 알아내야 해. 내 말 알겠어, 엘리노어?”

“이 전화 끊고 바로 경찰에 신고할 거야.”

“안 돼!”

보슈가 주위를 둘러보니 자신의 고함소리가 사무실 여기저기에 앉아 있는 형사들의 관심을 끌었다는 것을 알 수 있었다. 조사실 소동 이후로 그는 벌써 동료들에게 관심의 대상이 되어 있었다. 그는 의자에서 몸을 더 낮추고 아무도 볼 수 없게 책상 위로 엎드렸다.

“왜? 해리, 당연히 신…….”

“내 말부터 듣고 나서 당신이 해야겠다고 생각하는 일을 하라고. 난 당신이 경찰에 신고해서는 안 된다고 생각해. 아직은 안 돼. 매디를 데리고 있는 놈들이 그 사실을 알게 될지도 모르는데 그런 위험부담을 감수할 수는 없어. 그럼 매디를 되찾을 수 없을지도 모르거든.”

엘리노어는 아무 말도 하지 않았다. 대신 흐느끼는 소리가 들렸다.

“엘리노어? 내 말 잘 들어! 매디를 다시 찾고 싶어, 안 찾고 싶어? 정신 똑바로 차려. 한때 FBI 요원이었던 사람이 왜 이래! 당신은 할 수 있어. 내가 거기 갈 때까지 당신은 FBI 요원처럼 행동해야 돼. 난 먼저 과학수사대에 의뢰해서 동영상을 분석할 거야. 동영상에서 매디가 카메라를 발로 차서 카메라가 움직이는 순간이 있어. 그때 창문이 보였어. 그걸 분석하면 뭘 알아낼 수 있을지도 몰라. 오늘 밤에 비행기를 탈 거야. 거기 도착하자마자 바로 연락할게. 내 말 다 알아들었어?"

한참 침묵이 흐른 후 엘리노어가 대답했다. 침착한 목소리였다. 보슈의 말이 옳다고 생각한 것이다.

"알아들었어, 해리. 그래도 난 홍콩경찰에 신고해야 된다고 생각해."

"당신 생각이 그렇다면, 좋아, 신고해. 거기 아는 사람이라도 있어? 믿을 수 있는 사람은?"

"아니, 하지만 삼합회 전담반이 따로 있어. 거기 사람들이 카지노에 놀러 온 적이 있거든."

FBI를 그만둔 지 거의 20년이 되어가는 요즘, 엘리노어는 전문 카드 플레이어로 일을 했다. 6년 전쯤부터 그녀는 홍콩에 살면서 근처 마카오에 있는 클레오파트라 카지노에서 일하고 있었다. 본토의 큰손들은 꾸이후어(鬼婆, '마귀할멈'을 뜻하는 말에서 '서양 여자'라는 뜻으로 확장됨─옮긴이), 즉 백인 여성과 게임을 하고 싶어했다. 엘리노어는 그런 큰손들을 끌어오는 인기 꾸이후어였다. 그녀는 하우스 돈으로 게임을 했고, 승리하면 일정액을 보수로 받고 질 경우엔 분담금을 내지 않았다. 편안한 삶이었다. 그녀와 매디는 해피 밸리에 있는 고층 아파트에서 살았고 일하러 갈 땐 카지노가 헬리콥터를 보내 아파트 옥상에서 그녀를 태우고 갔다.

안락한 삶이었다. 지금까지는.

"당신 카지노 직원들한테 물어서 카지노 직원들이 믿을 만하다고 추천하는 경찰이 있으면 그 사람한테 연락해봐. 난 이제 전화 끊고 움직여야 돼. 비행기 타기 전에 전화할게." 보슈가 말했다.

엘리노어가 멍한 상태로 대답했다.

"알았어, 해리."

"아무리 사소한 거라도 뭔가 알아내면 꼭 전화해줘."

"알았어, 해리."

"그리고 엘리노어?"

"응?"

"총이 필요한데 구할 수 있는지 알아봐. 내 총을 가지고 들어갈 수가 없어서 그래."

"여기선 총기 소지하면 잡혀가."

"알아. 하지만 카지노에 아는 사람들 있을 거 아냐. 총 좀 구해줘."

"알아볼게."

보슈는 전화를 끊지 못하고 망설이고 있었다. 팔을 뻗어 엘리노어의 어깨를 토닥이고 눈물을 닦아주고 싶었다. 그러나 불가능하다는 걸 잘 알고 있었다. 그리고 자신을 추스르기도 힘이 들었다.

"그래. 그럼 그만 끊을게. 항상 침착해야 돼, 엘리노어. 매디를 위해서. 침착하게 하면 할 수 있어."

"우리가 매디를 찾아올 거야, 그렇지, 해리?"

보슈는 스스로에게 고개를 끄덕인 후 대답했다.

"그럼, 그렇고말고. 꼭 찾아올 거야."

19 디지털 영상 전담반

과학수사대의 산하 기관인 디지털 영상 전담반은 아직도 경찰국 구청사인 파커 센터에 사무실이 있었다. 보슈는 신청사에서 구청사까지의 두 블록을 비행기 탑승 시각에 늦은 사람처럼 달렸다. 형사 생활의 대부분을 함께했던 파커 센터에 도착해 유리문을 밀고 들어가면서 그는 가쁜 숨을 몰아쉬었고 이마에는 땀이 송골송골 맺혀 있었다. 그는 경찰 배지를 보여 주며 접수처를 지나가 엘리베이터를 타고 3층으로 올라갔다.

과학수사대는 신청사로의 이전을 준비하고 있었다. 낡은 책상과 작업대는 그대로 남아 있었지만, 장비와 기록과 개인 소지품 등은 박스에 싸고 있었다. 이전 준비가 조심스럽게 이루어지고 있어서 범죄와의 대결에서 안 그래도 느리기 짝이 없는 과학수사가 대책 없이 느려지고 있었다.

디지털 영상 전담반은 과학수사대 사무실 뒤쪽에 방 두 개짜리 독자적인 공간을 확보하고 있었다. 첫 번째 방으로 들어간 보슈는 한구석에 판지 상자 10여 개가 쌓여 있는 것을 보았다. 벽에 그림 한 점 지도 한 장 붙어 있지 않았고, 선반은 대개가 비어 있었다. 그는 뒤쪽 실험실에서 작업 중인 연구원을 발견했다.

바버라 스타키는 거의 40년 가까운 세월을 과학수사대에서 여러 전문 분야를 섭렵하며 보낸 전문가였다. 보슈는 신입 때 그녀를 처음 만났는데 그때 그는 경찰과 심바이어니즈 해방군(1970년대 초에 미국 캘리포니아 주를 중심으로 활동하던 좌익 과격파 조직 - 옮긴이)과의 격렬한 총격전의 무대가 되었던 한 주택이 화재로 소실되고 남은 폐허 앞에서 보초를 서고 있었다. 그 호전적인 급진주의자들은 자신들이 신문사 상속녀인 패티 허스트를 납치했다고 주장했다. 당시 현장 감식반 소속이었던 스타키는 연기가 올라오는 폐허 속에 패티 허스트의 시신이 남아 있는지 확인하기 위해 현장에 파견되었다. 그 당시만 해도 경찰국에는 물리적 대립의 가능성과 무기 소지 필요가 가장 적은 직위에 신입 여경들을 배치하는 관행이 있었다. 스타키는 형사가 되고 싶어했다. 그러나 그녀는 과학수사대에 배속되었고 범죄 탐지 기술의 폭발적인 성장을 직접 목격한 산증인이 되었다. 그녀가 신입 연구원들에게 즐겨 하는 말처럼, 그녀가 과학수사대에서 일을 시작했을 땐, DNA는 세 개의 알파벳 철자에 불과했다. 지금 그녀는 법의학, 법과학의 모든 분야에서 전문가가 되었고, 아들 마이클도 과학수사대에서 혈흔분석전문가로 일하고 있었다.

스타키는 모니터가 두 개 달린 컴퓨터 앞에 앉아 은행 강도사건을 찍은 흐릿한 화면을 보고 있다가 인기척에 고개를 들었다. 두 화면에는 한 남자가 텔러 창구를 향해 총을 겨누는 장면이 나와 있었는데 한 화면이 다른 것보다 더 선명했다.

"해리 보슈! 강력계의 대들보."

보슈는 농담을 주고받을 시간이 없었다. 그는 스타키에게 다가가서 곧장 본론으로 들어갔다.

"바버라, 당신 도움이 필요해요."

스타키는 그의 목소리에서 긴박함을 감지하고 얼굴을 찌푸렸다.

"무슨 일이야, 해리?"

보슈는 휴대전화를 들어 보였다.

"여기에 동영상이 하나 있어요. 그걸 확대해서 천천히 돌려봤으면 좋겠어요. 장소가 어딘지 알 수 있게. 납치 사건이에요."

스타키가 화면을 가리키며 말했다. "근데 지금 이 211(강도사건을 규정한 캘리포니아 형법전 211조를 가리키는 말로 강도사건을 지칭─옮긴이)을 보는 중인데 어떡……."

"내 딸이 납치됐어요, 바버라. 지금 당장 당신의 도움이 필요하다고요."

이번에는 스타키가 망설이지 않았다.

"줘봐."

보슈는 휴대전화를 펼쳐 동영상을 재생한 다음 스타키에게 건넸다. 그녀는 아무 말 없이 동영상을 보았고 그 어떤 비전문가적인 반응도 일절 얼굴에 드러내지 않았다. 다만 자세를 바로 했고 위급함을 감지한 전문가의 분위기를 풍겼을 뿐이었다.

"이거 나한테 보내줄 수 있어?"

"글쎄요. 이걸 당신 휴대전화로 전송하는 방법은 아는데."

"이메일에 첨부 파일로 보내는 거 못 해?"

"이메일은 보낼 수 있는데 첨부 파일로 보내는 건 몰라요. 한 번도 안 해봐서."

스타키가 그 방법을 상세히 알려주었고 보슈는 동영상을 첨부해서 스타키에게 이메일을 보냈다.

"좋아, 이젠 들어올 때까지 기다리면 돼."

보슈가 이메일이 들어올 때까지 시간이 얼마나 걸리느냐고 물어보기도 전에 스타키의 컴퓨터에서 차임벨 소리가 났다.

"들어왔네."

스타키는 작업 중이던 은행 강도사건 파일을 닫고, 자신의 이메일을 연후, 동영상을 내려받았다. 그러고는 왼쪽 모니터에 동영상을 띄웠다. 전화면으로 나온 영상은 픽셀 확대로 인해 흐릿하게 보였다. 스타키가 그것을 반 화면으로 줄이자, 화면이 보다 선명해졌다. 보슈가 휴대전화로 봤을 때보다 훨씬 더 선명했다. 보슈는 딸을 쳐다보면서 냉정을 유지하려고 애썼다.

"정말 유감이야, 해리." 스타키가 말했다.

"그러게요. 그 이야기는 지금 하지 맙시다."

화면에는 열세 살의 매들린 보슈가 의자에 묶인 채 앉아 있었다. 입에는 선홍색 천으로 재갈이 물려져 있었다. 교복을, 파란색 체크무늬 치마에 왼쪽 가슴에 교표가 붙어 있는 흰색 블라우스를 입고 있었다. 보슈의 마음을 갈가리 찢어놓는 눈길로 자신의 휴대전화 카메라를 바라보고 있었다. 그 아이의 눈을 보자 '절망'과 '공포'라는 단어가 보슈의 머릿속에 저절로 떠올랐다.

동영상에서 소리는 들리지 않았다. 아니, 앞부분에서는 아무도 말을 하지 않았다고 해야 맞았다. 카메라는 처음 15초 동안 매디의 모습을 찍었고 그걸로 충분했다. 매디가 어떤 상황에 처했는지 보슈에게 보여주고 있었다. 그의 마음속에서는 다시금 분노가 솟구쳤다. 무기력감도 곧 뒤따라왔다.

그때 카메라 뒤에 있던 사람이 팔을 뻗어 매디의 입을 막고 있던 재갈을 잡아당겼다.

"아빠!"

그자가 재갈을 놓자 빨간 천이 곧 제자리로 돌아가 매디의 입을 막았다. 그 바람에 매디가 그다음에 외친 말이 덮여버려서 보슈는 그게 무슨 말이었는지 도무지 알 수가 없었다.

납치범의 손이 아래로 내려가더니 매디의 한쪽 가슴을 만지려고 했다. 매디는 의자에 묶인 채로 옆으로 몸을 비틀고 왼 다리를 들어 올려 그 손을 차내면서 격렬하게 저항했다. 그 바람에 화면이 잠깐 흔들리더니 곧 다시 매디에게로 돌아왔다. 매디는 의자와 함께 넘어져 있었다. 마지막 5초 동안 카메라는 그 모습을 잡고 있었다. 그런 다음 동영상이 끝났다.

"요구사항이 없네. 아이 모습만 보여주고." 스타키가 말했다.

"나한테 보내는 메시지예요. 물러서라는 협박이죠." 보슈가 말했다.

스타키는 처음에는 아무 반응도 보이지 않았다. 그녀는 컴퓨터의 키보드에 부착된 편집 데크에 두 손을 올려놓았다. 보슈는 거기 있는 다이얼을 돌리면 비디오 장면을 앞뒤로 돌릴 수 있다는 것을 알았다.

"해리, 이걸 장면별로 일일이 확인해야 하는데 그러자면 시간이 좀 걸려. 30초짜리잖아." 스타키가 말했다.

"나도 같이 보고 싶은데요."

"나 혼자 보고 뭘 찾아내면 전화해서 알려주는 게 좋을 것 같아. 열심히 찾아볼게, 해리. 당신 딸이라는 거 아니까."

보슈는 고개를 끄덕였다. 뒤에 서서 그녀의 목에 뜨거운 숨을 내뿜으며 방해하지 말고 혼자 작업할 수 있게 해줘야 한다는 것을 알고 있었다. 그래야 최상의 결과가 나올 거라는 것도 알았다.

"알았어요. 그럼 발로 차는 장면만 한 번 더 보고 갈게요. 거기 뭐가 있는 것 같아서. 매디가 발로 차니까 카메라가 움직이는데 빛이 한 번 번쩍하더라고요. 창문 같기도 하고."

스타키는 비디오를 뒤로 돌려 매디가 납치범을 발로 차는 순간에서 멈췄다. 아까 실시간으로 볼 때는 매디의 갑작스러운 반격으로 카메라가 흔들려 화면이 흐려짐과 동시에 섬광이 보이고는 곧 카메라가 매디에게로 돌아갔었다.

그런데 지금 장면별로 순간정지 화면으로 보니까 카메라가 잠깐 왼쪽으로 방을 훑으면서 창문까지 갔다가 제자리로 돌아오는 것이 보였다.

"훌륭한데, 해리. 여기 뭐가 있을 것 같아." 스타키가 말했다.

보슈는 허리를 굽히고 그녀의 어깨 너머로 화면을 들여다보았다. 스타키가 비디오를 뒤로 돌렸다가 천천히 앞으로 돌리기 시작했다. 매디가 납치범이 뻗은 팔을 발로 차자 카메라가 잡는 장면이 왼쪽으로 움직이더니 곧 바닥으로 떨어졌다. 그러고는 금방 위로 올라가 창문을 보여준 뒤 다시 오른쪽으로 움직여 매디에게서 멈췄다.

그 방은 싸구려 호텔 방 같았다. 매디가 묶여 있는 의자 바로 뒤로 1인용 침대와 작은 탁자와 그 위에 놓인 램프가 보였다. 베이지색의 더러운 시트에 갖가지 얼룩이 묻어 있는 것도 보였다. 침대 위쪽 벽에는 벽걸이용 못이 박혀 있다가 뽑힌 자국이 마맛자국처럼 숭숭 뚫려 있었다. 그곳의 위치를 알아내기 힘들게 하기 위해 벽에 걸려 있던 사진이나 그림 액자들을 떼어낸 것 같았다.

스타키는 비디오를 조금 뒤로 돌려 창문이 나온 장면에서 정지시켰다. 유리창 한 개가 문처럼 밖으로 열리게 나 있는 창문이었다. 방충망은 없는 것 같았다. 밖으로 끝까지 밀어 열려 있었고 창유리에 도시의 풍경이 반사되어 보였다.

"어딘 것 같아, 해리?"

"홍콩이요."

"홍콩?"

"자기 엄마랑 거기 살거든요."

"그럼……."

"그럼, 뭐요?"

"어딘지 알아내기가 더 어렵겠다고. 홍콩에 대해 얼마나 알고 있지?"

"거의 6년 동안 1년에 두 번씩 갔다 왔어요. 이 장면 깨끗하게 좀 만들어봐요. 더 크게 만들 수도 있죠?"

스타키는 마우스로 창문의 윤곽을 따라 그린 뒤 그 부분을 끌어다가 옆의 화면에 붙여 넣었다. 그러고는 크기를 확대하고 초점을 조정했다.

"여긴 픽셀이 없어, 해리. 하지만 없는 걸 채워주는 프로그램을 실행하면, 좀 더 선명하게 만들 수는 있을 거야. 그럼 그 반사된 풍경 속에서 뭔가를 찾아낼 수도 있을 거고."

보슈는 자기가 그녀 뒤에 서 있다는 걸 잊고 고개를 끄덕였다.

옆의 화면을 보니, 창유리에 반사된 풍경은 더 선명한 영상이 되었고, 보이는 풍경을 근거리, 중거리, 원거리로 구분할 수 있었다. 보슈가 제일 먼저 감지한 것은 이 방이 고층에 있다는 사실이었다. 반사된 풍경에는 도시의 거리가 보이고 그 아래로 해협이 보이는데 적어도 10층 높이에서 내려다보는 풍경이라고 보슈는 판단했다. 거리를 따라 늘어선 건물들의 한쪽 면과 거대한 옥외 광고판 혹은 건물 표지판의 끝 부분도 보였고 거기 적힌 'N-O'라는 영어 철자도 보였다. 또한 한자로 이루어진 거리 표지판들도 보였지만, 작고 선명하지가 않았다.

그보다 좀 더 떨어진 중거리에는 고층건물들이 늘어서 있는 것이 보였다. 그중 옥상에 두 개의 흰색 첨탑이 나란히 서 있는 건물은 전에도 본 적이 있었다. 가로대가 이 쌍둥이 안테나 탑을 떠받치고 있어서 마치 축구 골대 같았다.

그 건물들 뒤로 저 멀리에는 산 융기선이 보였고 사발을 두꺼운 기둥 두 개가 받치고 있는 모양의 건물이 중간에 서 있는 것도 보였다.

"도움이 돼, 해리?"

"되다 말다요. 여긴 카우룽(九龍) 지역이 틀림없어요. 항구 건너 센트럴까지, 그 뒤로 산봉우리까지 반사되어 보이는 걸 보면 말이죠. 꼭대기에 축구 골대 같은 구조물이 있는 건물은 중국은행이에요. 홍콩의 스카이라인에서 아주 유명한 부분이죠. 그리고 그 뒤로 보이는 게 빅토리아 피크고. 골대 사이로 그 산꼭대기에 보이는 구조물은 빅토리아 피크 타워 옆에 있는 전망대 같은 거고. 이 모든 게 다 반사되어 보이는 걸 보면 항구 건너 카우룽 지역이 틀림없어요."

"가본 적이 없어서, 설명해도 뭐가 뭔지 몰라."

"사실 센트럴 홍콩은 섬이에요. 그 주위에 다른 섬이 여러 개 있고, 항구 건너편엔 카우룽과 신계지(the New Territories)라고 불리는 지역이 있죠."

"너무 복잡하다. 어쨌든 도움이 됐다니 다행……."

"큰 도움이 되겠어요. 이거 출력 좀 해줄래요?"

보슈는 창문만 따로 떼어내 붙인 두 번째 화면을 가리켰다.

"그러지. 근데 한 가지 이상한 게 있네."

"뭐가요?"

"이 앞쪽에 표지판이 일부만 나와 있는 거 보이지?"

스타키는 커서로 커다란 표지판의 일부인 N과 O라는 두 철자에 상자를 만들었다.

"네, 근데 그게 왜요?"

"이건 창문에 반사된 모습이야, 해리. 거울처럼 모든 게 반대로 보인다고. 무슨 말인지 알겠어?"

"네."

"좋아, 그러니까 모든 표지판이 반대로 되어 있어야 하는데, 이 글자들은 반대가 아니잖아. 물론 O자는 알 수가 없지. 제대로나 반대로나 같은 모양이니까. 하지만 이 N자는 반대가 아니잖아, 해리. 그러니까 이게 반사되어 반대로 보이는 거라는 걸 감안하면, 그 말은……."

"표지판이 반대로라는 소리네요?"

"그렇지. 반사된 모습에서 바른 글자로 보이기 위해서는 표지판 글자가 반대로 있어야 한다는 결론이 나오지."

보슈는 고개를 끄덕였다. 스타키의 말이 옳았다. 이상한 일이었지만 지금은 그것에 대해 깊이 생각해볼 시간이 없었다. 빨리 움직여야 했다. 그는 엘리노어에게 전화를 걸어 딸이 카우룽에 잡혀 있는 것 같다고 말해주고 싶었다. 그러면 엘리노어 쪽에서 뭔가 짚이는 게 있을 수도 있었다. 적어도 딸을 찾기 위한 노력을 시작할 수 있었다.

"이거 사본 좀 줄래요?"

"지금 출력하고 있어. 고해상도 프린터라 2~3분 걸려."

"그렇군요."

보슈는 화면에 나온 이미지를 뚫어지게 쳐다보면서 도움이 되는 다른 세부사항을 찾아보았다. 가장 주목할 점은 딸이 갇혀 있는 건물의 일부가 반사되어 보인다는 사실이었다. 창문들 밑으로 에어컨 실외기가 줄줄이 달려 있었다. 그것은 오래된 건물이라는 뜻이었고 그가 그 장소를 찾는 데 도움이 될 수 있는 단서였다.

"카우룽이라. 왠지 불길하게 들리는데." 스타키가 말했다.

"딸아이 말로는 '아홉 마리의 용'이라는 뜻이래요."

"그 봐, 내 말이 맞잖아. 사람들을 겁줘서 쫓아내고 싶은 게 아니라면 누가 자기 동네 이름을 그따위로 짓겠어?"

"전설에서 따온 이름이에요. 옛날 어느 왕조 때 어린 소년 황제가 몽골인들에게 쫓겨 지금의 홍콩 지역까지 피난을 내려갔는데, 홍콩을 에워싸고 있는 여덟 개의 산봉우리를 보고 그곳을 '여덟 마리 용'이라고 부르고 싶어했대요. 근데 그의 호위 무사 한 명이 황제도 용이라는 사실을 상기시켜줬다네요. 그래서 그곳을 '아홉 마리의 용', 즉 카우룽이라고 부르게 됐다는 거예요."

"딸이 얘기해준 거야?"

"네, 학교에서 배웠대요."

침묵이 흘렀다. 보슈 뒤 어딘가에서 프린터 출력 소리가 들렸다. 스타키가 일어나서 쌓아놓은 상자 뒤로 가더니 고해상도 그래픽 프린터에서 창문에 반사되어 보이는 풍경을 담은 출력지를 끌어냈다.

그녀가 그것을 보슈에게 건넸다. 딸이 갇혀 있는 방의 창문이 사진 전용 인화지에 매끈하게 나와 있었다. 컴퓨터 화면으로 본 영상만큼 선명했다.

"고마워요, 바버라."

"아직 안 끝났어, 해리. 말했듯이, 동영상 장면이 1초에 서른 장면 정도 되는데 모든 장면을 분석해서 도움이 될 만한 게 있는지 찾아볼게. 오디오 트랙도 분석해보고."

보슈는 아무 말 없이 고개를 끄덕이고는 들고 있는 출력지를 내려다보았다.

"꼭 찾을 거야, 해리. 그럴 거라고 믿어."

"네, 나도요."

20 절대 한 적 없는 말

보슈는 경찰국 신청사로 돌아가면서 휴대전화를 펼쳐 전처의 단축번호를 눌렀다. 엘리노어는 전화를 받자마자 다급한 목소리로 물었다.

"해리, 어떻게 됐어?"

"아직까진 별것 없어. 그래도 열심히 찾아보고 있어. 나한테 온 그 동영상, 카우룽에서 찍은 것 같아. 뭐 짚이는 거 없어?"

"아니. 카우룽? 왜 거기서?"

"모르겠어. 하지만 우리가 그곳을 찾을 수 있을 거야."

"우리라니, 그러니까 경찰이?"

"아니, 당신과 나, 엘리노어. 내가 거기로 가서. 실은 항공편을 아직 예약 못 했어. 빨리 해야지. 전화해봤어? 뭐 알아낸 거 있어?"

"아무것도 없어! 내 딸이 지금 어딘가에 잡혀 있는데 난 할 수 있는 게 아무것도 없어! 심지어 경찰은 내 말을 믿어주지도 않아!"

엘리노어의 갑작스러운 절규에 보슈는 깜짝 놀랐다.

"무슨 말이야? 경찰에 신고했어?"

"그래, 했어. 여기 가만히 앉아서 내일 당신이 나타날 때까지 기다리고

186

만 있을 수는 없잖아. 삼합회 전담반에 전화했어."

보슈는 긴장했다. 딸의 목숨이 걸린 일인데 아무리 전문가라고 해도 낯선 사람들을 무턱대고 믿을 수는 없었다.

"경찰이 뭐래?"

"내 이름을 조회하니까 나오는 게 있나 봐. 나에 관한 파일이 있나 보더라고. 내 이름, 주소, 직장 등등을 적어놓은 거. 그리고 지난번 일에 대해서도 적혀 있었나 봐. 매디가 납치됐다고 생각해서 신고했는데 나중에 알고 보니까 친구 집에 있었던 일 말이야. 그래서 내 말을 믿지 않더라고. 이번에도 매디가 가출을 했고 걔 친구들이 나한테 거짓말을 하고 있을 거래. 하루 더 기다려보고 그래도 들어오지 않으면 다시 전화하래."

"동영상 얘기 했어?"

"했는데, 콧방귀도 안 뀌더라고. 몸값 요구가 없으면 아마도 매디랑 그 애 친구들이 관심을 끌기 위해서 연극한 걸 거래. 도무지 내 말을 믿어주지 않는다니까!"

엘리노어는 좌절감과 두려움에 흐느껴 울기 시작했지만, 보슈는 경찰의 반응을 곱씹어보고는 오히려 잘된 일인 것 같다고 생각했다.

"엘리노어, 내 말 들어봐, 난 오히려 잘됐다고 생각해."

"잘됐다고? 어떻게 그게 잘된 일일 수가 있어? 경찰이 매디를 찾을 생각도 안 하는데."

"전에도 말했지만, 난 경찰이 개입하는 걸 원치 않아. 매디를 납치한 놈들은 1~2킬로미터 밖에서도 경찰이 다가오는 걸 볼 수 있을 거야. 하지만 나를 보지는 못할 거야."

"여긴 LA가 아니야, 해리. 거기서 활개 치고 다니듯 여기서도 그럴 수 있을 거라고 생각해?"

"길은 내가 잘 알아서 찾을 거니까, 당신은 날 도와주기만 하면 돼."

긴 침묵이 흐른 후 엘리노어가 대꾸했다. 보슈는 벌써 신청사에 도착해 있었다.

"해리, 약속해, 매디를 다시 찾아올 거라고."

"약속해, 엘리노어. 약속할게. 반드시 매디를 되찾아올 거야." 그가 주저 없이 대답했다.

보슈는 신청사 1층 로비로 들어가, 새로 만든 근사한 접수대에 앉아 있는 직원이 벨트에 붙어 있는 경찰 배지를 볼 수 있도록 재킷을 펼치고 걸었다.

"지금 엘리베이터를 탈 거야. 통화가 끊길 수도 있어." 보슈가 말했다.

"알았어, 해리."

그러나 그는 엘리베이터 앞에 멈춰 섰다.

"방금 생각난 게 있는데. 당신이 통화한 매디 친구들 중에 혹시 히라는 아이도 있었어?" 그가 물었다.

"히?"

"응, H-E, 히. 매디 말로는 '강'이란 뜻이라던데. 쇼핑몰에서 함께 노는 친구들 중 한 명의 이름이 히라고 했어."

"그게 언제였어?"

"매디가 언제 그런 말을 했느냐고? 이삼 일 전이었어. 거기 요일로는 아마 목요일이었을 거야. 목요일 아침 매디가 등교할 때. 매디랑 통화하면서 당신이 말했던 흡연 얘기를 꺼냈어. 그랬더니……."

엘리노어가 혐오의 한숨을 내쉬는 소리를 듣고 보슈는 말을 멈췄다.

"왜?" 그가 물었다.

"그래서 매디가 요즘 나한테 사사건건 대들었구먼. 내가 한 말을 당신이 딸한테 다 일러바쳐서." 그녀가 말했다.

"아니, 그런 게 아니라. 호기심을 자극할 만한 사진을 매디한테 보냈더니 전화가 왔더라고. 흡연과 관계된 사진이었어. 담배 피우지 말라고 했더니, 히라는 아이 얘기를 했어. 매디 말로는 가끔 히의 오빠가 쇼핑몰까지 따라와 여동생을 감시하곤 하는데, 그 오빠가 담배를 피운대."

"히라는 아이도 걔 오빠도 처음 듣는 얘기야. 내가 내 딸과 얼마나 소원했는지 새삼 깨닫게 되네."

"엘리노어, 지금 같은 때에는 우리가 그 아이한테 해준 일, 해준 말, 모든 것을 떠올리며 후회하고 슬퍼하게 돼. 하지만 그러고 있으면 지금 우리가 해야 할 일에 집중할 수가 없어. 알겠어? 당신이 매디한테 한 일, 혹은 하지 않은 일에 너무 신경 쓰지 마. 그 아이를 다시 찾아오는 일에 집중하자."

"알았어. 내가 아는 매디 친구들한테 다시 연락해볼게. 히와 그 애 오빠에 대해서도 알아보고."

"그 오빠란 애가 혹시 삼합회와 관련이 있는지 알아봐."

"노력해볼게."

"전화 끊기 전에 한 가지 더. 요전에 말했던 거 찾아봤어?"

보슈는 엘리베이터를 향해 걸어오는 강력계 형사 둘과 눈이 마주치자 가볍게 고개를 끄덕여 보였다. 그 둘은 사무실이 따로 있는 미해결사건 전담반 소속이었는데, 지금 보슈에게 벌어지고 있는 일을 아는 것 같지는 않았다. 보슈는 다행이라고 생각했다. 걔들이 그 사실을 함구하고 있는 모양이었다.

"총 말이야?" 엘리노어가 물었다.

"응, 그거."

"해리, 여긴 아직 동도 트지 않았어. 사람들이 일어날 시각이 지나고 나서 알아볼게."

"그래, 알았어."

"매디 친구들한테 전화해서 히라는 아이에 대해 알아보는 건 지금 당장 할게."

"그래, 좋아. 각자 뭐 알아낸 게 있으면 즉시 전화하기로 하고."

"알았어. 안녕, 해리."

보슈는 전화기를 덮고 엘리베이터 앞으로 걸어갔다. 다른 형사들은 올라가고 없었고 그는 다음 엘리베이터를 탔다. 혼자 올라가면서 그는 손에 든 휴대전화를 내려다보며 홍콩은 지금 동이 트기 전이라던 엘리노어의 말을 떠올렸다. 그가 받은 동영상은 낮에 찍은 거였다. 그 말은 그의 딸이 납치된 지 벌써 열두 시간 가까이 흘렀다는 뜻이었다.

그 후 2차로 들어온 메시지는 없었다. 보슈가 딸아이의 단축번호를 누르자 이번에도 전화는 곧장 자동응답기로 넘어갔다. 그는 전화를 끊고 휴대전화를 주머니에 넣었다.

"매디는 살아 있어. 분명히 살아 있어." 그는 혼잣말을 했다.

보슈는 동료들의 이목을 끌지 않고 조용히 자기 자리로 돌아갔다. 페라스나 추는 보이지 않았다. 보슈는 서랍에서 전화번호부를 꺼내 LA-홍콩 취항 항공사를 모두 적어놓은 페이지를 폈다. 항공사는 선택의 폭이 꽤 넓었지만 시간대는 선택안이 별로 없었다. 모든 홍콩행 항공편은 밤 11시에서 새벽 1시 사이에 출발해서 일요일 새벽에 홍콩 도착 예정이었다. 열네 시간이 넘는 비행시간과 열다섯 시간의 시차로 인해, 여행하는 동안 토요일이 완전히 증발할 것이다.

보슈는 먼저 캐세이퍼시픽에 전화했고 홍콩행 첫 항공편의 창가 좌석을 예약할 수 있었다. 일요일 아침 5시 25분 도착 예정이었다.

"해리?"

보슈가 돌아보니 칸막이 자리 입구에 갠들이 서 있었다. 보슈는 그에게 잠깐 기다려달라고 손짓을 해보인 뒤 항공권 예약번호를 받아 적고 나서 통화를 끝냈다.

"경위님, 다들 어디 있죠?"

"페라스는 아직 법원에 있고 추는 챙을 구치소에 수감 중이야."

"무슨 혐의로요?"

"계획대로 살인죄로 가고 있어. 근데 현재로서는 그 혐의를 뒷받침해줄 증거가 전혀 없더라고."

"사법권 밖으로 도주를 시도한 혐의도 넣죠, 왜?"

"넣었어."

보슈는 게시판 위쪽 벽에 걸린 벽시계를 보았다. 오후 2시 30분이었다. 살인죄에 도주미수죄까지 추가되면 챙의 보석금은 자동으로 2백만 달러로 책정될 것이다. 변호사가 챙을 심리 법정에 세워 보석금의 삭감을 요구하거나 혐의 증거의 부족을 주장하기에는 이미 시각이 너무 늦었다. 법원 사무실들이 주말에 문을 닫기 때문에 누가 2백만 달러를 현금으로 밀어 넣지 않는 이상 챙이 주말에 풀려날 수는 없을 것이다. 월요일까지는 보석 담보도 확인할 수 없을 것이다. 이 모든 상황을 종합해보면 월요일 아침까지는 살인혐의를 뒷받침할 증거를 모아놓아야 한다는 결론이 나왔다.

"페라스는 어떻게 하고 있답니까?"

"몰라. 아직 거기 있고 전화도 없어. 그건 그렇고, 당신은 어때? 감식반에서 동영상 봤어?"

"바버라 스타키가 보고 있어요. 벌써 이것도 찾아냈고요."

보슈는 재킷 주머니에서 창문을 출력한 종이를 꺼내 펼쳤다. 그러고는 갠들에게 거기 보이는 장면이 어떤 의미인지를 설명했고 지금까지는 그 출력지가 유일한 단서라고 말했다.

"아까 들으니까 항공편을 예약하는 것 같던데. 언제 가?"

"오늘 밤에요. 일요일 새벽에 도착할 겁니다."

"하루를 완전히 잃는 거네?"

"그렇죠, 하지만 돌아올 때 다시 찾으니까요. 일요일 하루 동안 매들린을 찾고, 월요일 아침에 홍콩에서 출발해서 월요일 아침에 여기 도착하는 겁니다. 그런 다음에 지방검찰청으로 가서 챙의 사건을 송치하는 거죠. 잘될 겁니다, 경위님."

"이봐, 해리, 다른 일은 걱정하지 마. 수사 걱정도 하지 말고. 아무 걱정 말고 가서 딸을 찾아. 필요한 만큼 거기 있어. 수사 걱정은 우리가 할 테니까."

"네, 감사합니다."

"거기 경찰은? 전처가 경찰에 신고했지?"

"했는데, 콧방귀도 안 뀌더라네요."

"뭐? 동영상을 보내줬어?"

"아직이요. 하지만 엘리노어가 다 말해줬답니다. 그런데도 별 신경 안 쓰더래요."

갠들이 두 손을 뒤로 돌려 자기 엉덩이에 올려놓았다. 거슬리는 일이 있을 때나 권위를 과시하고 싶을 때 하는 행동이었다.

"어떻게 그럴 수가 있지?"

"단순 가출일 테니까 좀 더 기다려보라는 겁니다. 그래도 괜찮아요, 나는. 어차피 경찰이 개입하는 걸 원치 않으니까요. 아직은."

"해리, 홍콩경찰국에 삼합회 전담반이 있어. 전처는 책상 앞에 앉아만 있는 어느 멍청이한테 전화를 했었나 보지. 전문가를 끌어들이면 분명히 효과가 있을 거야."

보슈는 무슨 말인지 다 안다는 얼굴로 고개를 끄덕였다.

"그러게요, 전문가들이 있겠죠, 물론. 하지만 삼합회는 3백 년이 넘는 세월 동안 명맥을 이어오고 있어요. 아니 번창했다고 해야 맞겠네요. 경찰국 내에 연줄 없이 그게 가능했을까요? 아니죠. 경위님 딸이 납치됐다면, 믿지 못하는 사람들을 전문가랍시고 막 불러들이겠습니까, 아니면 혼자서 찾아보겠습니까?"

갠들에게는 딸이 둘 있었다. 둘 다 매디보다 나이가 많았다. 하나는 동부의 존스홉킨스 대학에서 공부하고 있었는데 갠들은 자나 깨나 그 딸 걱정이었다.

"듣고 보니 그렇네, 해리."

보슈는 출력지를 가리켰다.

"일요일 하루면 됩니다. 갇혀 있는 곳이 어디인지 대충 알 것 같으니까 찾아가서 데리고 올 거예요. 혹시 못 찾겠으면, 월요일 아침에 홍콩경찰을 찾아갈 거고요. 거기 삼합회 전담반 사람들한테 도움을 청할 거고, FBI 지부에도 연락해야죠. 필요한 일이면 뭐든지 해야죠. 하지만 그전에 일요일 하루 동안은 나 혼자 찾아보고 싶어요."

갠들은 고개를 끄덕이더니 바닥을 내려다보았다. 뭔가 하고 싶은 말이 또 있는 것 같았다.

"왜요? 쳉이 고소한대요? 내가 자기를 목 졸라 죽이려고 했다고? 웃기시네. 손 좀 봐주려다가 오히려 내가 죽을 뻔했구먼. 그 자식 힘이 장사던데요." 보슈가 말했다.

"아니, 아니, 그런 게 아니라. 놈은 여전히 입도 뻥긋 안 해. 그런 게 아니야."

"그럼, 뭐요?"

갠들이 고개를 끄덕이더니 출력지를 집어 들었다.

"일요일에 문제가 해결 안 되면 전화하라고 말할 참이었어. 이 자식들은 말이야, 개과천선하고는 거리가 멀어요. 지금 풀려나도 다음에 또 범죄를 저지르거든. 챙은 나중에 잡아들일 수 있단 말이지."

갠들 경위는 보슈의 딸을 안전하게 데려올 수만 있다면 기꺼이 챙을 풀어주겠다고 말하고 있었다. 월요일에 살인죄를 입증할 만한 증거를 제출할 수 없다는 소식을 지방검사가 듣게 되면 챙은 풀려날 것이었다.

"경위님은 참 좋은 사람이군요."

"아 그리고 물론, 난 이런 말 절대 한 적 없어."

"그렇게 되지는 않겠지만, 경위님이 절대 한 적 없는 말에 감사드립니다. 근데 슬프게도 어차피 월요일에 놈을 풀어줘야 할 수도 있어요. 주말에 혹은 수색 중에 뭔가 찾아내지 못하면 말이죠."

보슈는 존 리의 시신에서 발견된 탄피를 혁신적인 정전기 기술로 검사하는 동안 뭔가 나타날 경우 비교해볼 수 있도록 챙의 지문 카드를 테리 숍에게 보내겠다고 약속한 사실이 생각났다. 그는 갠들에게 페라스나 추를 시켜 지문 카드를 그녀에게 꼭 보내주라고 부탁했다. 경위는 그러겠다고 했다. 경위는 동영상에서 뽑은 창문 출력 사진을 보슈에게 돌려준 뒤 무슨 일이 있으면 연락하라고 늘 하는 말을 했다. 그러고는 반장실로 돌아갔다.

보슈는 출력지를 책상 위에 놓고 돋보기안경을 꼈다. 서랍에서 확대경도 꺼내 사진을 샅샅이 살피면서 도움이 될 만한 것이나 전에는 보지 못하고 넘어갔던 것을 찾았다. 10분이나 아무 수확도 없이 들여다보고 있을 때 휴대전화가 울렸다. 페라스였다. 그는 보슈의 딸이 납치된 사실을 모르고 있었다.

"선배님, 받았습니다. 휴대전화, 여행 가방, 자동차에 대해 수색허가를 받았어요."

"이그나시오, 필력이 정말 대단하구먼. 지금까지 퍼펙트게임이네."

사실이었다. 보슈와 페라스가 파트너가 된 후 지난 3년 동안 페라스가 작성한 압수수색영장 신청서 중에서 근거 불충분을 이유로 판사에게 서명을 거절당한 것은 하나도 없었다. 페라스가 거리는 두려워할지 몰라도 법원은 겁을 내지 않았다. 그는 각 수색영장 신청서에 무엇을 집어넣고 무엇을 넣지 말아야 하는지 본능적으로 아는 것 같았다.

"감사합니다, 선배님."

"이제 거기 일 끝난 거야?"

"네, 들어가는 중입니다."

"그럼 OPG로 가서 자동차 수색을 맡아주겠어? 휴대전화와 여행 가방은 여기 있으니까 내가 들여다볼게. 추는 지금 챙을 구치소에 수감하는 중이니까 안 되고."

페라스는 대답을 안 하고 망설였다. 빨리 사무실로 들어가고 싶어서, 경찰국 차고(OPG)에서 챙의 자동차를 수색하는 일이 내키지 않는 거였다.

"저기요, 선배님? 휴대전화를 제가 맡아야 하지 않을까요? 선배님은 다기능 휴대전화를 쓰신 지 겨우 한 달밖에 안 되잖습니까."

"그래도 잘 찾아볼 수 있을 것 같아."

"정말요?"

"그래, 정말. 게다가 바로 내 눈앞에 있다니까. 자넨 차고로 가. 그 사람들한테 문짝과 공기 여과기는 확실히 살펴보라고 해. 예전에 머스탱을 몰아봐서 아는데, 여과기 안에 45구경이 쏙 들어가거든."

'그 사람들'은 OPG의 직원들을 가리켰다. 페라스는 수색을 감독만 할뿐 챙의 자동차를 샅샅이 뒤질 사람은 바로 그들이었다.

"네, 알겠습니다." 페라스가 말했다.

"그래. 노다지를 캐면 전화해." 보슈가 말했다.

보슈는 전화기를 덮었다. 아직은 페라스에게 딸의 곤경에 대해 알릴 필요가 없을 것 같았다. 페라스도 어린 자식이 세 명이나 있는 아버지이고 최고의 업무능력을 필요로 하는 때라서, 자식에 관한 일에는 우리가 얼마나 약해질 수 있는가를 깨닫게 해서는 안 될 것 같았다.

보슈는 의자를 뒤로 밀고 돌려 앉아서 칸막이 뒷벽에 붙여 세워놓은 챙의 대형 여행 가방을 쳐다보았다. 노다지를 캔다는 것은 피의자의 소유물에서 살인무기를 찾아내는 것을 뜻했다. 챙이 비행기를 타러 가고 있었으니까 여행 가방 안에는 노다지가 없을 것이다. 존 리를 살해한 권총을 아직도 갖고 있다면, 자동차나 아파트에 두었을 것이다. 아니면 오래전에 갖다버렸든가.

그러나 여전히 여행 가방 안에는 소매에 피해자의 혈흔이 묻어 있는 셔츠 같은 유죄를 입증할 만한 증거와 가치 있는 정보가 들어 있을 수 있었다. 운이 좋으면 그런 것들을 찾을 수도 있었다. 그러나 보슈는 책상을 향해 돌아앉아 휴대전화부터 살펴보기로 결심했다. 다른 종류의 노다지를 캐볼 심산이었다. 디지털 노다지.

21 압수 수색

보슈가 보징 챙의 휴대전화는 수사에 아무런 도움이 되지 못할 거라는 결론을 내리기까지는 5분도 채 걸리지 않았다. 그는 통화내역을 쉽게 찾아냈지만, 거기에는 가장 최근에 수신자 부담 전화번호로 건 발신전화 두 통과 수신전화 한 통의 기록만 남아 있었다. 세 통 다 이날 오전에 걸었거나 걸려왔다. 그 외에는 아무런 기록도 남아 있지 않았다. 그 휴대전화의 역사가 말끔히 지워져 있었다.

보슈는 디지털 메모리가 영구히 남아 있다는 말을 들은 적이 있었다. 그는 감식반에 의뢰해 휴대전화를 분석하면 삭제된 정보를 복원할 수 있다는 걸 알고 있었지만, 지금처럼 즉시 활용해야 할 때는 별 쓸모가 없다고 생각했다. 발신통화로 기록된 800번호로 전화를 걸어본 그는 그 번호가 허츠 렌터카와 캐세이퍼시픽 항공 번호라는 것을 알아냈다. 챙은 여행 일정을 확인하고 홍콩 가는 비행기를 타기 위해 시애틀에서 밴쿠버까지 몰고 갈 렌터카 예약을 확인했던 모양이었다. 전화번호 안내에 전화를 걸어 수신통화 번호를 불러준 보슈는 그것이 챙의 직장인 칭 모터스 번호라는 대답을 들었다. 통화내용에 대해서는 알 길이 없으니, 이 번호도 수사에 새로운 증거나 새로운 정보를 더해주지는 못했다.

보슈는 챙의 휴대전화를 살펴보면 챙의 살인죄를 입증할 증거를 추가로 찾아낼 수 있을 뿐만 아니라 챙이 홍콩 어디로 가는지 단서를 잡을 수 있을 것이고 그래서 매들린이 잡혀 있는 곳을 알아낼 수 있을 거라고 기대했었다. 기대가 어긋나자 실망도 컸다. 그는 좌절감에 빠지지 않기 위해서라도 마음을 바쁘게 움직여야 한다고 생각했다. 그는 휴대전화를 증거물 봉투에 도로 집어넣고 여행 가방을 올려놓기 위해 책상을 깨끗하게 치웠다.

그가 여행 가방을 책상 위로 들어 올리면서 가늠해보니 가방 무게가 적어도 30킬로그램은 되는 것 같았다. 추 형사가 지퍼에 가로로 붙여놓은 증거물 테이프를 가위로 잘랐다. 닫힌 지퍼에 작은 맹꽁이자물쇠가 채워져 있는 것이 보였다. 그는 열쇠 따는 도구를 꺼내 30초도 안 되어 값싼 자물쇠를 열었다. 그러고는 지퍼를 열고 가방을 활짝 펼쳤다.

챙의 여행 가방은 똑같이 반으로 나뉘어 있었다. 보슈는 왼쪽부터 살펴보기 시작했다. 내용물이 쏟아지지 않게 잡아주는 두 개의 대각선 끈을 끌렀다. 그러고는 옷을 하나씩 꺼내 살펴보았다. 그런 다음에는 책상 앞에 있는 책꽂이에, 새 건물로 옮겨오고 나서 뭘 올려놓고 정리할 시간이 없어 비워두고 있던 책꽂이에 살펴본 옷을 차곡차곡 쌓았다.

보아하니 챙은 소지품을 전부 여행 가방에 쑤셔 넣은 것 같았다. 옷들은 여행 중에 입으려고 갠 상태가 아니라 한 뭉치씩 끈으로 묶여 있었다. 모든 옷 뭉치 속에는 보석이나 다른 물건이 들어가 있었다. 한 뭉치 속에는 손목시계가 있었고 다른 뭉치 속에는 아주 오래된 아기 딸랑이가 들어 있었다. 마지막 옷 뭉치 속에는 한 여성의 빛바랜 사진을 담은 작은 대나무 액자가 들어 있었다. 챙의 어머니인 것 같았다.

보슈는 여행 가방의 절반을 살펴본 후 챙이 돌아오지 않을 생각이었다고 결론 내렸다.

　가방의 오른쪽 칸도 왼쪽처럼 칸막이 줄로 고정되어 있어서 보슈는 스냅을 끌러 줄을 비어 있는 왼쪽 칸으로 넘겼다. 여기에도 옷 뭉치가 더 있었고 세면도구가 든 작은 손가방과 신발도 있었다. 보슈는 먼저 옷 뭉치부터 살펴보았지만 특이한 점이 전혀 없었다. 첫 번째 옷 뭉치 속에는 옥으로 만든 작은 불상이 들어 있었는데, 불상 앞쪽에 향을 피우거나 불전을 놓는 용도로 쓰이는 작은 사발 같은 것이 붙어 있었다. 두 번째 옷 뭉치 속에는 칼집에 든 칼이 들어 있었다.

　칼은 10센티미터 정도 길이의 칼날에 동물의 뼈를 깎아 만든 손잡이가 달려 있어 근사해 보였다. 손잡이에는 칼과 화살과 도끼를 든 남자들이 무장을 하지 않은 채 기도하고 있는 남자들을 대량 학살하는 일방적인 전투 장면이 새겨져 있었다. 일전에 추 형사가 삼합회의 기원이라고 들려주었던 소림사 승려들의 대량학살 장면인 것 같았다. 칼의 모양이 챙의 팔 안쪽에 새겨진 문신에 있던 칼의 모양과 매우 흡사했다.

　칼은 흥미로운 수확이었고 챙이 '용감한 칼' 삼합회의 조직원이라는 것을 보여주는 증거일 수 있었지만, 범죄의 증거물은 아니었다. 보슈는 칼을 들어 책꽂이 위에 다른 소지품들과 함께 올려놓은 후 수색을 계속했다.

　오래 지나지 않아 그는 여행 가방을 다 비웠다. 혹시 속에 뭐가 숨겨져 있을까 하여 안감도 샅샅이 만져보았지만 아무것도 없었다. 여행 가방이 너무 무거워서 이렇게 무거운 게 빈 것일 리는 없다는 느낌이 들기를 바라면서 여행 가방을 들어보았지만 가방 자체는 별로 무겁지 않았다. 아무것도 놓친 것이 없는 게 확실했다.

　그가 마지막으로 살펴본 것은 챙이 여행 가방 속에 챙겨 넣은 두 켤레의 신발이었다. 그는 한 짝씩 들고 안을 들여다본 후 옆으로 치워놓았다. 신발을 제대로 수색하는 방법은 딱 한 가지, 신발을 뜯어보는 것이다. 그렇게 뜯으면 못 쓰게 되기 때문에 평소에는 잘 하지 않는 일이었다. 그는 용의자든 아니든 남의 신발을 함부로 뜯어내는 것을 좋아하지 않았다. 그러나 이번에는 전혀 개의치 않았다.

보슈가 먼저 집어 든 것은 그 전날 챙이 신고 있는 것을 보았던 작업화였다. 오래되고 낡았지만 챙이 애용하는 신발임을 알 수 있었다. 신발 끈이 새것이었고 가죽은 여러 번 기름칠을 해서 닦은 흔적이 있었다. 보슈는 신발 끈을 다 풀어내고 구두 혀를 끝까지 뒤로 젖혀 안을 들여다보았다. 신발 뒤꿈치 속에 무엇을 숨길 공간이 있는지 찾아보려고 가위로 뒤꿈치 부분의 완충재를 조금 찢어서 잡아당겨 젖혔다. 처음 살펴본 신발짝에는 아무것도 없었는데 두 번째 것에서는 두 층의 완충재 사이에 명함이 한 장 끼워져 있었다.

보슈는 갑자기 아드레날린이 솟구치는 것을 느끼며 그 작업화를 옆으로 치워놓고 명함을 들여다보았다. 드디어 뭔가를 찾아냈다.

명함은 한쪽 면에는 중국어로, 다른 쪽에는 영어로 양면 인쇄가 되어 있었다. 물론 보슈는 영어로 된 쪽을 보았다.

지미 퐁

배차부장

코즈웨이 택시

명함에는 코즈웨이 베이의 주소와 전화번호 두 개가 적혀 있었다. 보슈는 여행 가방 수색을 시작한 후 처음으로 의자에 앉아서 명함을 계속 들여다보았다. 지금 자기가 들고 있는 것이 어떤 의미를 가진 것인지 궁금했다. 코즈웨이 베이는 전처와 그의 딸이 살고 있는 해피 밸리에서 그리고 딸이 납치된 장소일 가능성이 높은 쇼핑몰에서 그리 멀지 않은 곳에 있었다. 그리고 택시회사 배차부장의 명함이 챙의 작업화 속에 숨겨져 있었다는 사실은 그 이유를 알아봐야 할 중요한 문제였다.

보슈는 명함을 뒤집어 중국어로 적힌 쪽을 관찰했다. 영어로 적힌 쪽과 마찬가지로 세 줄이 적혀 있었고, 한쪽 구석에 주소와 전화번호 두 개가 적혀 있었다. 명함의 양면이 같은 내용을 담고 있는 것 같았다.

보슈는 명함을 복사한 후 원본은 추 형사가 볼 수 있도록 증거물 봉투에 넣었다. 그러고는 나머지 한 켤레의 신발을 살펴보기 시작했다. 20분 후 수색이 끝났지만 거기서는 아무것도 나오지 않았다. 명함이 흥미롭기는 했지만 수색의 성과가 거의 없어 실망스러웠다. 그는 꺼내놓은 챙의 소지품들을 아까 가방을 열었을 때 보았던 것과 최대한 비슷하게 다시 가방에 집어넣었다. 그러고는 가방을 덮고 지퍼를 닫았다.

그는 여행 가방을 바닥으로 내려놓은 후 파트너에게 전화를 걸었다. 휴대전화와 여행 가방과는 달리 자동차에서는 뭐가 좀 나왔는지 몹시 궁금했다.

"이제 반 정도 진행이 됐습니다. 트렁크부터 시작했고요." 페라스가 말했다.

"나온 거 있어?"

"지금까지는 없습니다."

보슈는 희망이 사그라지는 것을 느꼈다. 챙은 깨끗하다는 결론이 내려질 것 같았다. 그 말은 다음 주 월요일에 그가 풀려날 거라는 뜻이었다.

"휴대전화에서는 뭐가 나왔습니까?" 페라스가 물었다.

"전혀, 아무것도 안 나왔어. 다 삭제됐더라고. 여행 가방에도 별것 없고."

"어휴, 진짜."

"내 말이."

"우린, 아까도 말씀드렸지만, 자동차 안은 아직 시작도 못 했습니다. 트링크만 열어봤죠. 문짝과 공기 여과기도 곧 확인할 겁니다."

"좋아. 결과 알려줘."

보슈는 전화를 끊고 곧장 추에게 전화를 걸었다.

"아직도 수감 절차 밟고 있는 중인가?"

"아뇨, 그건 30분 전에 끝났고요. 지금은 법원에서 샴페인 판사 면담 신청해놓고 기다리는 중입니다. PCD에 서명 받으려고요."

용의자를 살인죄로 입건 수감한 후에는 구금 사유 보고서(Probable Cause Detention document. PCD)를 작성해 판사에게 제출하고 판사의 서명을 받아야 했다. PCD에는 체포 보고서를 첨부하고 피의자를 구금하게 된 증거들을 제시해야 했다. 체포 및 구금 사유의 문턱이 기소 요건에 대한 문턱보다 훨씬 더 낮아서 PCD에 서명을 받는 것은 의례적인 절차에 불과했지만, 그래도 추가 이미 수색영장에 서명해준 판사를 다시 찾아간 것은 현명한 조치였다.

"잘했어. 그것도 확인하려던 참인데."

"네, 제가 알아서 하고 있습니다. 거긴 어떤데요, 보슈 형사님? 따님 일은 어떻게 됐습니까?"

"아직 못 찾았어."

"유감이군요. 제가 뭐 도와드릴 일이라도?"

"챙을 수감한 일 얘기 좀 해봐."

추가 보슈의 딸 이야기에서 챙을 LA시립 구치소에 수감한 일로 화제를 바꿔 입을 열기까지 잠깐 침묵이 흘렀다.

"뭐 특별히 할 얘기는 없는데요. 한 마디도 안 하더라고요. 몇 번 툴툴거리다가 말았습니다. 구치소에 수감됐으니 월요일까지는 거기서 지내게 되겠죠."

"그래, 어디 가진 않겠지. 챙이 변호사를 부르던가?"

"수감된 다음에 전화를 쓸 수 있게 해준다더라고요. 그래서 확실히는 모르겠지만, 아마 불렀을 겁니다."

"그렇군."

지금 보슈는 수사의 방향을 제시하고 수사에 활력을 불어넣을 단서를 찾아 이것저것 찔러보는 중이었다.

보슈가 말했다. "수색영장 발부받았어. 근데 휴대전화는 정보가 다 삭제되고 아무것도 없고 여행 가방에도 도움이 될 만한 게 거의 없더라고. 신발 한 짝에 명함이 한 장 숨겨져 있었던 거 빼고. 한쪽은 영어 다른 쪽은 중국어인데, 같은 내용인지 확인하고 싶어. 자넨 중국어를 못 읽는다고 했으니까, AGU에 팩스로 보내면 확인해줄 사람이 있을까?"

"그럼요, 보슈 형사님. 근데 지금 당장 보내시죠. 퇴근시간이 다가오니까요."

보슈는 손목시계를 보았다. 금요일 오후 4시 30분. 이때쯤이면 시내 모든 경찰서의 사무실이 유령 마을로 변해갔다.

"그래, 지금 보낼게. 보냈다고 미리 좀 알려줘."

보슈는 전화를 끊고 나서 사무실 다른 쪽 끝에 있는 복사실을 향해 걸어갔다.

오후 4시 30분. 여섯 시간 후면 보슈는 공항에 있을 것이다. 그는 지금까지 해오던 수사는 자신이 비행기를 타는 순간부터 일시 중지될 거라는 사실을 알고 있었다. 비행하는 열네 시간 동안, 딸에게도 그리고 존 리 피살사건 수사에도 새로운 상황이 계속 발생하겠지만, 그는 정체 상태로 있어야 했다. 영화에 나오는 우주 여행자처럼, 임무를 끝내고 지구로 돌아오는 그 긴 여행 동안 동면 상태로 있는 우주 여행자처럼.

아무 성과도 없이 맨손으로 비행기를 탈 수는 없었다. 어떻게 해서든 뭔가 단서를 찾아야 했다.

아시아인 조직범죄 전담반에 그 명함을 팩스로 보낸 후 보슈는 자기 자리로 돌아갔다. 휴대전화를 책상에 놔두고 갔다 왔는데 그 사이에 전처한 테서 부재중 전화가 한 통 와 있었다. 메시지가 남겨져 있진 않았지만 그는 그녀에게 전화를 걸었다.

"뭐 알아낸 거 있어?" 보슈가 물었다.

"매디 친구 두 명하고 긴 시간 동안 대화를 나눴어. 이번에는 얘기를 좀 해주더라고."

"히 말이야?"

"아냐, 히 말고. 그 아이는 성도 전화번호도 모르겠어. 친구들도 다들 모른다고 하고."

"그래, 게네들이 뭐래?"

"히와 그 애 오빠는 같은 학교 학생들이 아니래. 쇼핑몰에서 그 아이들을 처음 만났대. 해피 밸리에 사는 애들도 아니고."

"게네들이 어디 사는지 안대?"

"아니, 하지만 우리 동네 아이들이 아니라는 건 확실하대. 매디가 히라는 아이와 딱 붙어 다니는 사이가 됐고, 나중엔 그애 오빠도 따라와서 함께 어울렸대. 이 모든 일이 지난달부터 일어난 거야. 실은 당신한테 갔다 와서부터. 오늘 얘기해준 아이들 둘 다 최근 들어 매디가 자기들하고는 거리를 뒀다고 하더라고."

"그 오빠라는 아이 이름이 뭐지?"

"내가 들은 건 퀵이라는 이름밖에 없어. 자기 이름이 퀵이라고 본인 입으로 말했대. 근데 여동생과 마찬가지로 성은 아무도 모르고."

"큰 도움이 될 것 같지는 않군. 또 다른 건?"

"매디가 당신한테 한 말이 맞다는 걸 확인해줬어. 담배를 피운 건 퀵이라고. 좀 껄렁껄렁했대. 문신 하고 팔찌 차고……. 뭔가 위험스러운 분위기에 끌렸던 것 같아."

"그 아이들이? 아니면 매들린이?"

"주로 매디가."

"매디 친구들은 금요일 방과 후에 매디가 그 퀵이라는 자식을 따라갔을지도 모른다고 생각한대?"

"직접적으로 말은 안 했지만, 그래, 그런 눈치였어."

"퀵이 삼합회에 대해서 얘기한 적이 있었느냐고 물어봤어?"

"물어봤는데, 그 이야기는 한 번도 나온 적이 없대. 그랬겠지, 물론."

"왜?"

"여기선 삼합회 얘기는 절대 안 하니까. 삼합회는 익명으로 활동하거든. 어디에나 있지만 눈에 보이지는 않아."

"그렇군."

"근데 당신, 이게 어찌 된 일인지 당신이 생각하는 바에 대해서는 얘기 안 해줬어. 나 바보 아니야. 당신이 왜 그러는지 알아. 사실을 말하면 내가 화를 낼 테니까, 나를 화나게 하지 않으려고 그런다는 거 다 알아. 하지만 난 지금 꼭 알아야겠어, 어쩌다가 이런 일이 생겼는지 말이야, 해리."

"알았어."

보슈는 엘리노어의 말이 옳다는 걸 알았다. 그녀가 최상의 노력을 기울여주길 바란다면 그가 알고 있는 것 전부를 그녀에게도 알려줘야 했다.

"지금 난 여기 남부지역에서 주류 판매점을 운영하던 중국인 남자가 피살된 사건을 수사하고 있어. 피해자가 보호의 대가로 삼합회에 정기적으로 돈을 바쳐왔더라고. 그런데 그가 매주 상납금을 바치던 같은 요일 같은 시각에 살해된 거야. 그걸 단서로 삼합회의 수금원인 보징 챙을 찾아냈어. 근데 문제는 그게 전부라는 거야. 챙의 살인죄를 입증해줄 직접적인 증거가 하나도 없단 말이지. 근데 오늘은 비행기를 타고 해외로 도주하려고 했기 때문에 잡아넣어야 했어. 다른 방법이 없었어. 그러니까 요지는 주말 동안 열심히 쑤시고 다니면서 살인혐의를 입증할 증거를 찾아내든가 아니면 그냥 풀어줘서 비행기를 타고 도망가게 내버려두든가 해야 한다는 거지."

"근데 그 일이 우리 딸하고 무슨 관련이 있는데?"

"엘리노어, 난 지금 잘 모르는 사람들하고 수사를 하고 있어. LA경찰국 아시아인 조직범죄 전담반하고 몬터레이 파크 경찰들. 우리가 챙을 용의자로 지목하고 수사하고 있다는 걸 그중에 누군가가 챙에게 직접 전했거나 삼합회에 제보한 것 같아. 그래서 놈이 국외도주를 시도한 거겠지. 내 가족상황 정도는 쉽게 알아낼 수 있었을 거야. 그리고 날 제어할 방법으로, 수사에서 손을 떼라는 메시지를 전달할 수단으로 매들린을 주목하고 접근한 거 같아. 전화를 한 통 받았는데 전화 건 놈이 그러더군, 챙에게서 손 떼지 않으면 대가가 따를 거라고. 상상도 못 했어, 그 대가가……."

"매디가 될 거라고는." 엘리노어가 대신 문장을 끝맺었다.

긴 침묵이 흘렀다. 보슈는 전 부인이 폭발할 것 같은 분노를 가까스로 억누르고 있을 거라고 추측했다. 딸을 구하기 위해 그에게 의존해야 한다는 것을 알면서도 그가 증오스러워 몸서리를 치고 있을 것 같았다.

"엘리노어?" 마침내 그가 그녀를 불렀다.

"왜?"

딱 부러지는 어조에서 격렬한 분노가 느껴졌다.

"매디 친구들이 퀵이라는 아이의 나이를 말해줬어?"

"두 아이 다 퀵이 적어도 열일곱 살은 됐을 거래. 그리고 차를 몰고 다닌댔어. 두 아이와 따로따로 이야기를 나눴는데, 둘 다 같은 이야기를 했어. 그러니까 알고 있는 대로 솔직하게 말해준 것 같아."

보슈는 아무 대꾸도 하지 않았다. 머릿속으로 정보를 처리하고 있었다.

엘리노어가 말을 이었다.

"쇼핑몰이 두 시간 후에 문을 여니까. 매디 사진을 가지고 거기에 가볼 작정이야."

"좋은 생각이야. 아마 CCTV 비디오가 있을 거야. 퀵이 거기서 문제를 일으킨 적이 있다면, 경비실이 CCTV 증거를 확보해놨을 수도 있어."

"나도 다 생각하고 있어."

"그래, 미안."

"당신의 피의자는 이 모든 일에 대해 뭐라고 해?"

"놈은 입도 뻥긋 안 해. 그래서 여행 가방과 휴대전화를 뒤져봤고, 지금 은 자동차를 수색 중이야. 아직까진 아무것도 나오지 않았어."

"집에서는?"

"현재로선 증거가 불충분해서 가택수색영장은 생각도 못 하고 있어."

한동안 침묵이 흘렀다. 그 침묵 속에서 두 사람은 딸이 실종된 마당에 수색영장 따위가 뭐 그리 중요하다고 이러지도 저러지도 못하고 있느냐 는 생각을 했다.

"놈의 집에 다시 가봐야겠어. 공항 가기 전에 여섯 시간 정도 남았으니까."

"그래."

"뭐라도 발견하면 즉시 전화할……."

"해리?"

"응?"

"난 너무 화가 나서 무슨 말을 해야 할지 모르겠어."

"이해해, 엘리노어."

"그래도 이 말은 꼭 해줘야겠어. 만약에 매디를 다시 찾으면, 그 아이를 다시 볼 생각은 꿈에도 하지 마."

보슈는 할 말이 없었다. 엘리노어가 이렇게 분노하는 것이 당연하다고,

분노할 자격이 있다고 생각했다. 분노가 매디를 찾는 데 큰 힘이 될 수 있다고 생각했다.

"만약이라니. 반드시 다시 찾을 거야." 그가 말했다.

그는 그녀의 반응을 기다렸지만 침묵만이 넘어왔다.

"알았어, 엘리노어. 뭔가 알아내면 즉시 전화할게."

휴대전화를 덮은 후 보슈는 데스크톱 컴퓨터를 향해 돌아앉아 챙이 구치소에 수감될 때 찍은 머그샷을 파일에서 불러냈다. 그러고는 그 사진을 컬러 프린터로 출력했다. 홍콩에 갈 때 한 장 가져가고 싶었다.

그 후 추한테서 다시 전화가 왔다. 구금 사유 보고서에 판사의 서명을 받고 지금 법원을 나가는 중이라고 했다. 보슈가 팩스로 보낸 명함을 본 AGU 형사와 통화했는데 명함의 양면이 같은 내용이라는 걸 확인해주었다고도 했다. 그 명함은 홍콩 코즈웨이 베이에 차고가 있는 택시회사 배차부장의 것이라고 했다. 겉으로 볼 땐 아무 문제가 없는 것 같았지만, 보슈는 그 명함이 챙의 신발 속에 숨겨져 있었다는 사실과, 딸이 친구들과 함께 마지막으로 목격된 곳과 아주 가까이에 있는 사업체의 명함이라는 사실 때문에 여전히 꺼림칙했다. 보슈는 우연을 믿지 않았다. 이제 와서 믿기 시작할 생각도 없었다.

보슈가 추에게 고맙다는 인사를 하고 전화를 끊는데 갠들 경위가 퇴근하다가 그의 자리에 잠깐 들렀다.

"해리, 곤경에 빠진 당신을 모른 체하고 있는 느낌이라 마음이 편하지가 않아. 내가 뭘 도와줄까?"

"아직 하지 않은 일 중에서 경위님이 할 수 있는 일은 없어요."

보슈는 갠들에게 수색 상황과 지금까지는 별 성과가 없었다는 사실을 보고했다. 그리고 딸의 실종사건에서도 새로운 진전 상황이 하나도 없다는 것도 보고했다. 갠들의 얼굴이 어두워졌다.

"돌파구가 필요해. 정말로 돌파구가 필요한 것 같군." 갠들이 말했다.

"지금 열심히 찾아보고 있어요."

"언제 떠나?"

"여섯 시간 후에요."

"좋아. 내 번호 다 알지? 뭐라도 도움이 필요하면 밤이건 낮이건 상관없이 아무 때나 전화해. 내가 할 수 있는 일은 다 할 테니까."

"감사합니다, 경위님."

"당신 옆에 있어줄까?"

"아뇨, 괜찮아요. 안 그래도 경찰국 차고로 가보려던 참이었어요. 페라스가 원한다면 집에 보내주려고요."

"알았어, 해리. 뭐라도 찾아내면 알려줘."

"네, 그럼요."

"딸아이를 다시 찾을 거야. 반드시 그럴 거라고 믿어."

"저도요."

갠들이 어색하게 손을 내밀자 보슈가 악수를 했다. 3년 전 처음 만났을 때 빼고 악수는 이번이 처음인 것 같았다. 그 후 갠들은 퇴근했고 보슈는 사무실 안을 둘러보았다. 남아 있는 사람은 자기뿐인 것 같았다.

보슈는 돌아앉아 여행 가방을 내려다보았다. 그 가방을 들고 엘리베이터를 타고 내려가서 증거물 보관소에 넘겨주어야 했다. 휴대전화도 넘겨주어야 했다. 그 후에는 이 건물을 나갈 것이었다. 가족과 함께 주말을 한가롭게 즐기기 위해서가 아니었다. 보슈에게는 주말에 완수해야 할 임무가 있었다. 그 어떤 시련이 와도 멈추지 않고 반드시 완수하고 말 작정이었다. 엘리노어의 마지막 협박도 개의치 않았다. 딸을 구하는 것이 딸과의 생이별을 의미한다고 해도 상관없었다.

22 돌파구

　보슈는 어두워질 때까지 기다렸다가 보징 챙의 집에 침입했다. 그의 집은 실내 현관 겸 로비를 옆집과 함께 쓰는 타운하우스였다. 덕분에 보슈는 열쇠 따는 도구를 이용해 데드볼트를 돌리고 문손잡이의 자물쇠를 따면서도 주변 시선을 의식하지 않을 수 있었다. 문을 따면서도 그는 자신이 도를 넘는 행동을 하고 있다는 사실에 대해 일말의 후회도 죄책감도 느끼지 않았다. 그는 자동차와 여행 가방과 휴대전화를 수색해봤지만 아무것도 얻지 못해서 절박한 심정이었다. 챙의 살인죄를 입증할 증거를 찾는 것이 아니었다. 딸을 찾는 데 도움이 될 만한 것을 찾고 있었다. 딸이 실종된 지 열두 시간이 훌쩍 넘어가고 있어서, 주거침입같이 자신의 직업과 생계를 위협하는 일을 저지르면서도 딸을 안전하게 되찾아오지 못할 경우 그가 직면하게 될 마음속 고통에 비하면 그렇게 위험한 일로 느껴지지 않았다.

　마지막 핀이 찰칵하고 제자리를 찾아가며 문이 열리자 그는 재빨리 아파트 안으로 들어가 문을 다시 잠갔다. 여행 가방을 뒤져봤기 때문에 그는 챙이 영원히 돌아오지 않을 작정으로 짐을 꾸렸다는 것을 알고 있었다. 그러나 챙이 가방 하나에 모든 것을 다 챙겨 넣었을 것 같지는 않았다. 뭔가 남겨둔 것이 있을 것이다. 챙에게는 별 의미가 없지만 보슈에게는 매우 중요한 무언가를 남겨뒀을 수도 있었다. 챙이 공항으로 향하기 전 어느 시점엔가 탑승권을 출력했는데, 보슈가 챙을 감시하고 있었기 때문에 챙이 다른 곳에 들른 적이 없다는 것을 알고 있었다. 그렇다면 이 아파트 안 어딘가에 컴퓨터와 프린터가 있을 것이 틀림없었다.

보슈는 눈이 어둠에 적응할 때까지 30초쯤 기다렸다가 문에서 떨어졌다. 주변이 그런대로 보이기 시작하자 그는 거실로 걸어 들어가다가 의자에 부딪히며 램프를 쳐서 떨어뜨릴 뻔했지만 간신히 붙잡았고 가까스로 스위치를 찾아 불을 켰다. 그러고는 재빨리 창가로 걸어가 커튼을 쳤다.

그는 창문에서 돌아서서 방 안을 둘러보았다. 작은 거실 겸 주방이 보였고 투명 유리문 너머 그 뒤쪽에 부엌이 있었다. 오른쪽에는 다락방으로 이어지는 계단이 있었다. 처음 둘러볼 땐 개인 물품이 하나도 보이지 않았다. 컴퓨터도, 프린터도 없었다. 가구만 있을 뿐이었다. 그는 거실을 재빨리 뒤져보고는 부엌으로 들어갔다. 거기에도 개인 물품은 전혀 없었다. 수납장은 전부 비어 있었다. 시리얼 상자 하나 남아 있지 않았다. 싱크대 밑엔 쓰레기통이 있었는데 속은 비어 있었고 새 비닐 쓰레기봉투가 씌워져 있었다.

보슈는 다시 거실로 돌아가 계단으로 향했다. 계단 밑에 다락방 천장등의 밝기를 조절하는 스위치가 있었다. 그는 그 불의 밝기를 '약'으로 맞춰놓고 거실 램프는 꺼버렸다.

다락방에는 퀸사이즈 침대와 서랍장만 놓여 있었다. 책상도 컴퓨터도 없었다. 보슈는 급히 서랍장 앞으로 걸어가 서랍을 일일이 열었다 닫았다. 전부 비어 있었다. 욕실로 들어가 살펴보니 쓰레기통과 약 수납장도 모두 비어 있었다. 변기 물탱크 뚜껑을 들어보았지만 그 속에도 아무것도 없었다.

아파트 안이 말끔히 청소되어 있었다. 챙이 떠나고 감시를 하던 형사들도 따라 떠난 다음에 청소가 이루어진 것이 틀림없었다. 보슈는 피의자의 휴대전화에 찍혀 있던 칭 모터스에서 걸려온 전화를 생각했다. 챙이 빈센트 칭에게 아파트를 완전히 비운 사실을 알렸고, 그래서 그 후에 남은 물품을 모두 정리하고 청소가 이루어진 것 같았다.

보슈는 실망했고 완전히 농락당한 느낌이 들었다. 그는 아파트 단지의 쓰레기장을 찾아가 이 아파트에서 나온 쓰레기봉투들을 뒤져보기로 했다. 이 집을 청소한 사람들이 어쩌면 챙의 쓰레기를 거기에 두고 가는 실수를 저질렀을 수도 있었다. 버려진 메모나 갈겨쓴 전화번호 한 개가 수사에 큰 역할을 할 수도 있었다.

보슈가 세 계단을 내려왔을 때 아파트 현관문에 열쇠 들어가는 소리가 들렸다. 그는 재빨리 돌아서서 다시 다락방으로 올라가 지지 기둥 뒤에 숨었다.

아래층의 전등이 켜지고 아파트 안은 곧 중국인들의 말소리로 가득 찼다. 보슈는 기둥에 등을 기대고 서서 목소리를 세어보았다. 남자 두 명 여자 한 명이었다. 남자 하나가 대화를 주도하고 있었고, 다른 두 명은 주로 질문을 하는 것 같았다.

보슈는 기둥 끝으로 가만히 움직여 간 후 위험을 무릅쓰고 아래를 살짝 내려다보았다. 대화를 주도하는 남자가 가구들을 가리키고 있었다. 그런 후에는 계단 아래에 있는 벽장문을 열고 손을 크게 휘저으며 무슨 말인가를 했다. 보슈는 그가 커플에게 이 집을 보여주고 있다는 것을 깨달았다. 아파트가 벌써 임대 매물로 시장에 나온 것이다.

그렇다면 아래층에 있는 세 사람이 조만간 이 다락방으로 올라올 것 같았다. 보슈는 침대를 쳐다보았다. 바닥에서 30센티미터 정도 높이에 침대

프레임이 있고 그 위에 두꺼운 박스 스프링이 깔려 있고 그 위에 매트리스가 놓여 있었다. 들키지 않고 숨어 있을 곳은 침대 밑밖에 없었다. 그는 재빨리 바닥에 누워 엉덩이와 어깨로 몸을 밀면서 침대 밑으로 들어갔고, 박스 스프링 밑면에 가슴이 긁히기도 했다. 그는 침대 가운데 부분으로 들어가 목소리를 통해 사람들이 어디쯤 있는지를 가늠하면서 그들이 올라오기를 기다렸다.

드디어 집 보러 온 사람들이 다락방으로 올라왔다. 보슈는 커플이 침실 주위를 돌아다니고 침대 양옆으로 왔다 갔다 하는 동안 숨을 참고 있었다. 누구라도 침대에 앉아볼 거라고 예상했지만 그런 일은 일어나지 않았다.

보슈는 갑자기 주머니에서 진동을 느꼈고 자신이 휴대전화 진동벨 소리를 음소거 하지 않은 것을 깨달았다. 다행히도 부동산 중개인은 이 아파트가 얼마나 훌륭한지 선전하느라고 정신이 없었다. 그의 목소리에 낮게 울리는 진동음이 묻혀버렸다. 보슈는 혹시 딸의 휴대전화에서 걸려온 전화가 아닌지 확인하기 위해 재빨리 주머니에 손을 넣어 휴대전화를 꺼냈다. 그 전화라면 상황이 어떻든 반드시 받아야 하기 때문이었다.

그는 액정화면의 글씨를 보기 위해 전화기를 들어 박스 스프링에 댔다. 전화는 과학수사대의 동영상 분석 전문가인 바버라 스타키에게서 걸려온 것이었다. 보슈는 수신 거절 버튼을 눌렀다. 나중에 다시 걸면 될 터였다.

발신자를 확인하느라 휴대전화를 펼쳤더니 액정화면에 불이 들어왔다. 그 희미한 불빛이 박스 스프링 안쪽을 비추었고 보슈는 프레임의 목판 뒤에 권총 한 자루가 밀어 넣어져 있는 것을 발견했다.

총을 노려보는 보슈는 심장박동이 빨라지는 것을 느꼈다. 그러나 그는 아파트가 다시 빌 때까지 총을 건드리지 않기로 결심했다. 그는 휴대전화를 덮고 기다렸다. 곧 방문객들이 계단을 내려가는 소리가 들렸다. 그들은 아래층을 재빨리 한 번 더 둘러본 뒤 아파트를 떠났다.

집 밖에서 데드볼트 잠기는 소리가 들리자 보슈는 몸을 밀어 침대 밖으로 나왔다.

방문객들이 완전히 떠났다는 확신이 들 때까지 잠깐 기다린 후 그는 천장 등을 다시 켰다. 그러고는 침대로 돌아가 매트리스를 잡아당겨 다락방 뒷벽에 기대 세워놓았다. 그런 다음 박스 스프링을 들어서 매트리스에 기대 세웠다. 그러고는 침대 프레임 목판에 끼여 있는 권총을 들여다보았다.

총이 잘 보이지 않아 그는 휴대전화를 다시 꺼내 열고 액정화면의 불빛으로 손전등을 대신하며 권총 가까이 들고 있었다.

"빌어먹을." 그가 큰 소리로 투덜거렸다.

찾고 있는 총은 공이가 직사각형인 글록 권총인데, 쳉의 침대 밑에 숨겨져 있는 총은 스미스 앤 웨슨이었다.

이곳에 있는 것 중에서 보슈에게 유용한 것은 아무것도 없었다. 그는 자신이 또다시 출발점으로 돌아갔다는 것을 깨달았다. 이 점을 강조하기라도 하듯, 손목시계에서 작은 삐 소리가 들렸다. 그는 손목시계의 알람을 해제했다. 비행기를 놓칠까 봐 미리 알람을 맞춰두었었다. 이제 공항으로 출발해야 할 시각이었다.

보슈는 박스 스프링과 매트리스를 제자리로 돌려놓고 나서 다락방 불을 끄고 조용히 아파트를 빠져나왔다. 먼저 집으로 가서 여권을 챙기고 권총을 금고에 넣어둘 작정이었다. 외국에 총기를 휴대하고 입국하려면 그 나라 정부의 승인이 필요한데, 여러 주는 아니더라도 여러 날이 걸리는 절차였다. 홍콩에서 옷을 갈아입을 시간이 없기 때문에 옷은 챙겨가지 않을 작정이었다. 비행기에서 내리자마자 바로 임무를 시작해야 했다.

보슈는 몬터레이 파크에서 서쪽 방향 10번 도로로 진입했고 곧 101번 도로로 바꿔 타고 할리우드를 통과해 자기 집으로 갈 계획이었다. 그는 쳉이 살던 아파트에 숨겨져 있는 권총을 경찰들이 찾아내도록 유인할 계획을 궁리해봤지만, 현재로서는 그 집을 압수 수색할 근거가 없었다. 그렇더라도 경찰이 반드시 그 권총을 찾아내어 검사해보아야 했다. 보슈에게는, 존 리 피살사건 수사에는 아무런 쓸모가 없었지만, 그렇다고 챙이 선행과 자선활동을 위해 그 총을 사용하지는 않았을 것이기 때문이었다. 분명히 삼합회 업무를 수행하는 데 사용했을 것이고 따라서 무언가 중요한 단서를 제공해줄 가능성이 매우 높았다.

101번 고속도로를 북쪽 방향으로 달리면서 도심 언저리를 지나갈 때쯤, 보슈는 바버라 스타키한테 전화가 왔다는 사실이 떠올랐다. 휴대전화의 음성 메시지를 확인해보니 그녀는 메시지를 듣는 즉시 전화해달라고 말했다. 뭔가 중대한 발견을 한 것 같았다. 보슈는 통화 버튼을 눌렀다.

"바버라, 해리예요."

"그래, 해리, 퇴근하기 전에 연락이 오기를 기다리고 있었어."

"세 시간 전에 퇴근하셨어야 했는데."

"그렇지만 뭐, 살펴봐 준다고 약속했잖아."

"고마워요, 바버라. 이 은혜 잊지 않을게요. 뭘 발견했어요?"

"두 가지. 우선, 아까 것보다 더 선명하게 나온 거 출력해놨으니까 필요하면 가져가."

보슈는 실망했다. 자신이 이미 갖고 있는 것에서 큰 진전은 없는 것 같았고, 스타키는 보슈의 딸이 잡혀 있는 방의 창문에 비친 풍경이 더 선명하게 나온 게 있다는 걸 알려주고 싶은 모양이었다. 남의 편의를 봐주면서 생색을 내고 싶어하는 사람들도 가끔 있었다. 그러나 보슈는 지금 갖고 있는 걸로 만족하기로 했다. 고속도로에서 빠져나가 사진을 가지러 가면 시간이 너무 많이 지체될 것 같았다. 예약한 비행기를 놓칠 수는 없었다.

"또 다른 건요? 공항 가는 중이라 시간이 얼마 없어요." 보슈가 말했다.

"응, 오디오와 비디오에서 당신한테 도움이 될 것 같은 특이사항 두세 가지를 찾아냈어." 스타키가 말했다.

그녀의 말에 보슈는 귀가 번쩍 뜨였다.

"그게 뭔데요?"

"하나는 기차나 지하철인 것 같아. 또 하나는 중국어가 아닌 다른 언어로 하는 대화가 들린다는 거고. 그리고 마지막은 조용한 헬리콥터 같아."

"'조용하다'는 말이 무슨 뜻이죠?"

"문자 그대로 조용하다고. 창문에 헬리콥터가 지나가는 모습이 보이는데, 소리는 전혀 안 들리거든."

보슈는 아무 말도 하지 않았다. 그는 스타키가 무슨 말을 하는 것인지 잘 알았다. 그녀는 부자들과 권력자들이 홍콩 시내와 그 주변을 오갈 때 이용하는 무소음 헬리콥터 이야기를 하고 있었다. 보슈는 그런 헬리콥터를 본 적이 있었다. 홍콩에서는 헬리콥터로 출퇴근하는 것이 드문 일이 아니었지만, 건물 옥상에 헬기 이착륙장을 만들도록 허가를 받은 건물은 각 지역마다 두세 개밖에 되지 않았다. 그의 전처가 현재 살고 있는 해피 밸리의 그 아파트를 선택한 이유 중 한 가지도 바로 옥상에 헬기 이착륙장이 있기 때문이었다. 건물을 나가 페리호 선착장으로 가서 배를 타고 항구를 건너가 선착장에서 택시를 타거나 걸어서 카지노까지 가면 두 시간도 더 걸리지만, 헬기를 이용하면 집 현관문을 나서서 마카오에 있는 카지노에 도착하기까지 20분 정도밖에 걸리지 않았다.

"바버라, 5분 안에 갈게요." 보슈가 말했다.

보슈는 로스앤젤레스 스트리트 나들목으로 빠져나가 파커 센터로 향했다. 늦은 시각이었기 때문에 구경찰국 본부 뒤편에 있는 주차장에 빈자리가 많이 있었다. 그는 주차를 하고 급히 거리를 가로질러 뒷문으로 들어갔다. 올라가는 엘리베이터가 한없이 느리게 느껴졌다. 그가 거의 비어 있는 과학수사대 연구실로 들어섰을 땐 전화를 끊고 나서 7분이 경과한 후였다.

"늦었군." 스타키가 말했다.

"미안해요, 그리고 기다려줘서 고맙고요."

"괜히 한번 해본 말이야. 엄청 바쁘다는 거 아니까, 빨리 이거 보자고."

스타키는 보슈의 휴대전화 동영상에서 나온 창문의 정지 장면이 나와 있는 화면을 가리켰다. 보슈가 출력했던 사진이었다. 스타키는 다이얼에 손을 얹었다.

"좋아, 그럼, 유리창에 비친 모습의 윗부분을 주시하고 있어. 아마 처음 보는 걸 거야."

그녀가 다이얼을 천천히 돌리면서 테이프를 되감았다. 유리창에 비친 흐릿한 모습 속에서 보슈는 전에는 보지 못했던 것을 발견했다. 카메라가 그의 딸을 향해 다시 돌아가기 시작하는 순간, 유리창 윗부분에 헬리콥터 한 대가 유령처럼 나타났다. 측면에 읽을 수 없는 휘장이 그려진 검은색 소형 헬기였다.

"자, 지금부턴 실시간으로 한번 봐."

스타키는 카메라가 보슈의 딸을 잡고 있고 딸이 카메라를 발로 차기 시작하는 순간까지 되감기를 했다. 그런 다음 버튼을 누르자 실시간 재생이 되었다. 카메라가 한순간 창문을 향해 획 밀쳐졌다가 제자리로 되돌아갔다. 보슈는 창문은 보았지만 지나가는 헬리콥터는 고사하고 도시의 풍경이 유리창에 반사되어 비친 모습도 보지 못했다.

굉장한 발견이어서 보슈는 흥분했다.

"문제는 말이야, 해리, 저 창문에 모습이 비치려면 헬기가 상당히 낮게 날아야 한다는 거야."

"그럼 금방 이륙을 했거나 착륙 준비를 하고 있는 거네요."

"내 생각엔 이륙해서 올라가고 있는 것 같아. 유리창을 휙 지나가는 걸 보면 고도가 약간 높아지고 있는 것 같거든. 육안으로는 볼 수 없지만, 내가 측정해봤어. 유리창에 비친 장면에서는 헬기가 오른쪽에서 왼쪽으로 가는 것처럼 보이니까 실제로는 왼쪽에서 오른쪽으로 가는 걸 거야. 그렇다면 이 동영상이 촬영된 건물의 길 건너편에 있는 어딘가에서 이륙을 했을 거야."

보슈는 고개를 끄덕였다.

"이제 오디오 트랙을 찾아서⋯⋯."

스타키가 다른 화면을 가리켰고 거기에는 그녀가 동영상에서 뽑아낸 소리들이 각각의 선으로 그려진 오디오 그래프가 있었다.

"⋯⋯ 대립되는 소리를 최대한 뽑아보니까, 나온 게 이거야."

그녀가 거의 평행선에 가까운 오디오 그래프가 있는 트랙 하나를 재생하자 멀리서 들리는 차 소리가 딱딱 끊어지는 음파로 들렸다.

"회전 후류야. 헬리콥터가 만들어내는 소음은 들리지 않지만, 헬기가 주변 소음에 영향을 미치는 소리는 들리는 거지. 스텔스 헬기처럼." 그녀가 말했다.

보슈가 고개를 끄덕였다. 어느새 화면 앞으로 한 발 다가가 있었다. 이제 그는 자기 딸이 카우룽에 있는 어느 낡은 건물에, 헬기 착륙장이 있는 건물 가까이에 있는 어느 건물에 잡혀 있다는 사실을 알게 되었다.

"어때, 도움이 되겠어?" 스타키가 물었다.

"네, 큰 도움이 되겠어요."

"좋아. 그리고 이것도 있어."

스타키가 다른 트랙을 재생하자 낮은 쉬익 소리가 났는데 보슈에게는 마치 물이 거세게 흐르는 소리로 들렸다. 소리가 시작되어 점점 더 커지더니 갑자기 사라졌다.

"뭐죠? 물소리예요?"

스타키가 고개를 가로저었다.

"최대로 증폭시킨 소리야. 작업을 좀 했지. 공기 소리야. 어딘가에서 새어 나오는 공기 소리. 열차가 들어올 때 배출된 공기가 통풍관을 타고 올라와 빠져나갈 때 나는 소리거나 지하철역 입구에서 나는 소리. 요즘의 지하철은 소음이 그리 심하지 않지만, 기차가 터널을 통과할 땐 배기량이 엄청나거든."

"그렇군요."

"동영상이 찍힌 곳은 여기 이만큼 높은 곳이야. 유리창에 비친 모습으로 판단컨대, 12층 내지 13층 정도 될 것 같아. 그래서 이 소리는 어디에서 나는 건지 정확히 판단하기가 어려워. 이 건물 1층 밖에서 나는 소리일 수도 있고 한 블록 떨어진 곳에서 나는 소리일 수도 있어. 꼬집어서 말하기 어려워."

"그래도 큰 도움이 되겠는데요."

"그리고 마지막으로 이것."

스타키가 동영상의 초반부를 재생하자 카메라가 보슈의 딸에게 초점을 맞춰 딸의 모습을 보여주는 장면이 나왔다. 스타키가 소리를 키우고 지저분하게 섞인 소음들을 제거했다. 그러자 작은 목소리로 오가는 대화가 들렸다.

"이건 뭐죠?" 그가 물었다.

"방 밖에서 나는 소리 같아. 이보다 더 깨끗하게 만들 수는 없었어. 구조물에 가로막혀 소리가 줄어들었지만, 중국어는 아닌 것 같아. 하지만 그게 중요한 건 아니고."

"그럼 뭐가 중요한데요?"

"끝까지 다시 들어봐."

그녀가 오디오를 재생했다. 보슈는 딸의 겁먹은 눈을 노려보면서 오디오에 집중했다. 남자 목소리인데 너무 작아서 무슨 말인지 알아들을 수도 무슨 언어인지 가늠할 수도 없었다. 그런데 문장 중간에서 말이 갑자기 끝났다.

"누가 말을 끊었나 본데요?"

"아니면 엘리베이터 문이 닫히는 소리에 말이 묻혀버렸거나."

보슈는 고개를 끄덕였다. 말이 끊기기 전 목소리에서 어떤 스트레스도 느껴지지 않았기 때문에 엘리베이터 소리에 말이 묻혔다는 가설이 더 설득력이 있었다.

스타키가 화면을 가리켰다.

"그러니까 건물을 찾으면 엘리베이터 가까이에 있는 방을 찾아봐."

보슈는 마지막으로 자기 딸의 눈을 한참 동안 바라보았다.

"고마워요, 바버라."

보슈는 스타키의 뒤에서 허리를 똑바로 펴고 서서 그녀의 양어깨를 꽉 잡았다.

"그래, 해리."

"가야겠어요."

"공항으로 간다고 했지, 참. 홍콩으로 가려고?"

"네."

"행운을 빌어, 해리. 가서 딸을 찾아와."

"그럴게요."

* * *

보슈는 부리나케 차로 돌아가 고속도로를 향해 미친 듯이 달려갔다. 러

220

시아워가 지나 교통체증이 많이 풀린 터라 거침없이 할리우드를 통과하고 카후엥가 고갯길로 올라가 집으로 향했다. 그는 홍콩에 집중하기 시작했다. LA와 모든 일은 뒤로하고 곧 홍콩으로 출발할 것이다. 지금부터 온 정신을 홍콩에 집중해야 했다. 반드시 딸을 찾아 집으로 데리고 올 생각이었다. 아니면 그렇게 하려고 애를 쓰다 죽을 작정이었다.

보슈는 예전부터 줄곧 자신에게 사명이 있다고 믿었다. 그리고 그 사명을 완수하기 위해서는 방탄조끼를 입은 것처럼 단단해져야 했다. 어느 것도, 어느 누구도 자기를 해칠 수 없도록 그 자신이 단단해지고 무적이 되어야 했다. 그런데 존재도 모르고 살았던 딸을 처음 만난 순간 모든 것이 달라졌다. 그 순간 그는 자신이 구원을 받은 것과 동시에 저주를 받았다는 것을 깨달았다. 그는 아버지만이 아는 방식으로 세상과 영원히 연결될 것이다. 그러나 그가 맞서는 어둠의 세력이 언젠가는 딸을 찾아낼 것이기 때문에 저주를 받았다고도 할 수 있었다. 둘 사이에 거대한 태평양이 가로놓여 있다는 것은 중요하지 않았다. 그는 언젠가는 이런 날이 올 것임을, 악의 세력이 딸을 찾아내고 그를 치기 위한 방법으로 딸을 이용할 것임을 알고 있었다.

지금이 바로 그런 날이었다.

제
2
부

서른아홉 시간의 하루

23 재회

태평양을 건너는 여객기 속에서 보슈는 잠깐씩 눈을 붙였을 뿐 깊이 잠들지는 못했다. 비행기 창문에 몸을 기대고 열네 시간이나 앉아 있는 동안 그는 풋잠이 들어 10분, 20분씩 쪽잠을 자다가도 딸의 모습이 떠오르거나 딸이 처한 곤경에 대한 죄책감이 잠 속을 비집고 들어와서 소스라치며 깨어나곤 했다.

지난 하루는 정신없이 움직이느라고 생각할 틈이 없었기 때문에, 그는 두려움과 죄책감이라는 잔인한 자기 질책의 감정에 얽매이지 않을 수 있었다. 딸의 행방을 추적하는 것이 자신이 짊어진 짐보다 더 중요했기 때문에 그 모든 감정들을 애써 밀쳐둘 수 있었다. 그러나 캐세이퍼시픽 883편에 탑승해 있는 지금은 그렇게 달려나갈 수가 없었다. 홍콩에서의 하루를 위해서라도 잠을 푹 자두고 쉴 필요가 있다는 건 그도 잘 알았다. 그러나 비행기 좌석에 앉아 있자니 코너에 몰린 기분이 들었고 죄책감과 두려움을 더는 밀어낼 수가 없었다. 극심한 공포가 그를 휘감았다. 비행기가 매들린이 어딘가에 갇혀 있는 그 도시를 향해 어둠 속을 날아가는 동안, 그는 그 긴 비행시간의 대부분을 어둠 속에서 두 주먹을 불끈 쥐고 앞을

노려보며 앉아 있었다. 이런 상황이라 잠을 자는 것이 전혀 불가능한 것
은 아니었다고 해도 깊이 잠들 수는 없었다.

태평양 상공의 역풍이 예상보다 약해서 여객기는 예정보다 일찍 목적
지에 도착했다. 새벽 4시 55분에 란타우 섬에 있는 공항에 착륙했다. 보
슈는 객석 위에 달린 짐칸으로 팔을 뻗어 짐을 내리는 승객들을 거칠게
밀치고 객실 앞쪽으로 나아갔다. 그가 가지고 온 짐이라고는 딸을 찾아
구조하는 데 쓸모가 있는 물건들을 담은 작은 배낭 하나뿐이었다. 여객기
의 문이 열리자 그는 서둘러 나가서 다른 승객들보다 먼저 세관 및 입국
심사대 쪽으로 향했다. 승객들의 발열 여부를 측정하는 발열 감지기가 저
앞에 보이자 갑자기 두려운 마음이 들었다. 보슈는 땀을 흘리고 있었다.
마음을 괴롭히고 있는 죄책감이 열이라는 형태로 자신의 모습을 드러낸
것일까? 인생에서 가장 중요한 임무를 시작하기도 전에 제지당하는 것은
아닐까? 그는 두려웠다.

보슈는 발열 감지기 옆을 지나가면서 컴퓨터 화면을 흘끗 쳐다보았다.
화면에는 그가 푸른 유령의 모습으로 찍혀 있었다. 눈에 띄게 빨간색은
보이지 않았다. 열이 안 나는 거였다. 아직까지는.

세관 검사대에 이르자 검사관이 보슈의 여권을 뒤적이며 지난 6년간
수도 없이 홍콩을 오가며 받은 출입국 도장들을 흘끗 쳐다보았다. 그러고
는 보슈는 볼 수 없는 컴퓨터 화면에서 뭔가를 확인했다.

"홍콩에는 사업차 오시는 겁니까, 보슈 씨?" 검사관이 물었다.

보슈라는 성의 마지막 음절을 이상하게 발음해서 '보취'처럼 들렸다.

"아뇨. 딸이 여기 살아서, 딸을 보러 자주 옵니다." 보슈가 말했다.

검사관은 보슈의 어깨에 매달린 배낭을 흘끗 쳐다봤다.

"짐은 다 찾으셨습니까?"

"네, 이것밖에 없어요. 짧은 여정이라."

검사관은 고개를 끄덕이더니 다시 컴퓨터 화면을 바라보았다. 보슈는 무슨 일이 일어날지 알 것 같았다. 검사관이 여권 조회를 통해 그가 미국 경찰이라는 것을 알고 수색 대상자로 분류한 것이다.

"무기를 소지하셨습니까?" 검사관이 물었다.

"아뇨. 무기 소지가 허용되지 않는다는 것쯤은 알고 있어요." 보슈가 피곤한 목소리로 대답했다.

검사관은 컴퓨터에 뭔가를 입력하더니 예상했던 대로 보슈에게 배낭을 검사해야겠으니 활송 장치가 있는 검색대로 가라고 지시했다. 여기서 15분을 더 기다리게 생겼지만, 보슈는 침착함을 유지했다. 비행기가 예정보다 일찍 도착해서 30분 정도 여유가 있었다.

다른 검사관이 배낭을 샅샅이 뒤지면서 쌍안경과 현금이 두둑이 든 봉투 같은 것들을 호기심 어린 눈으로 살펴보았다. 그러나 그 어느 것도 입국을 거부할 만한 불법 반입 물품은 아니었다. 배낭 검사를 마친 검사관은 보슈에게 금속 탐지기를 통과하라고 지시했고 그런 다음 문제가 없으니 가도 좋다고 말했다. 보슈는 짐 찾는 곳을 향해 걸어가다가 이른 시각임에도 불구하고 문을 연 환전창구를 발견했다. 그는 그곳으로 가서 배낭에서 현금 봉투를 꺼내 들고 창구 여직원에게 미화 5,000달러를 홍콩달러로 환전해 달라며 건넸다. 그 돈은 보슈가 침실 총기 금고 속에 숨겨놓고 있던 지진 대비 자금이었다. 지난 1994년 엄청난 강진이 LA를 뒤흔들어 그의 집이 심각하게 파손되는 것을 보면서 그는 귀중한 교훈을 얻었다. 현금이 최고라는 교훈이었다. 집을 나설 때는 반드시 현금을 지참하라는 교훈이었다. 그리고 그가 그런 위기 상황을 대비해 모아둔 돈이 이제 다른 위기를 극복하기 위해 사용될 것이다. 환율은 8 대 1이 약간 안 되어서, 미화 5,000달러가 3만 8,000홍콩달러가 되었다.

환전을 끝낸 보슈는 짐 찾는 곳 너머에 있는 출구를 향해 걸어갔다. 놀랍게도 엘리노어 위시가 공항 대기실에서 그를 기다리고 있었다. 그녀 옆에는 경호원처럼 생긴 정장 차림의 남자가 떡 버티고 서 있었다. 엘리노어는 보슈가 자기를 보지 못했을까 봐 손을 살짝 흔들었다. 그는 그녀의 얼굴에서 고통과 희망이 뒤섞여 있는 것을 보았고 다가가면서 저절로 고개가 숙여졌다.

"엘리노어, 당신이 마중⋯⋯."

그녀가 갑자기 그의 양어깨를 잡고 어색하게 포옹을 하는 바람에 그는 말을 끝맺지 못했다. 비난과 질책은 나중에 하자고 지금은 더 중요한 일이 있다고 말하는 것 같았다. 그녀가 뒤로 물러서더니 정장 입은 남자를 가리켰다.

"이 사람은 선 이 씨야."

보슈는 가볍게 목례를 하고 손을 내밀면서, 선 이가 자기를 어떻게 불러달라고 말해주기를 바랐다.

"해리 보슈요." 그가 말했다.

선이라는 남자도 목례를 한 후 보슈의 손을 꽉 잡았지만 말은 한 마디도 하지 않았다. 아무런 힌트도 주지 않았다. 엘리노어가 그를 어떻게 부르는지 듣고 있다가 따라 불러야 할 것 같았다. 보슈는 선 이가 40대 후반쯤 됐을 거라고 추측했다. 엘리노어와 동년배일 것 같았다. 키는 작았지만 체격이 건장했다. 가슴과 어깨가 떡 벌어지고 근육질의 팔을 갖고 있어서 실크 정장 재킷이 몸에 딱 달라붙어 터지기 일보 직전이었다. 아직 동이 트기 전인데도 선글라스를 끼고 있었다.

보슈가 전처를 향해 돌아섰다.

"운전사야?"

"우리를 도와줄 사람이야. 카지노 보안실에서 근무해." 엘리노어가 대답했다.

보슈는 고개를 끄덕였다. 궁금증 하나는 풀렸다.

"영어 할 줄 알아?"

"네, 할 줄 압니다." 남자가 스스로 대답했다.

보슈는 그를 잠깐 쳐다보다가 엘리노어에게 고개를 돌렸다. 그녀는 단호한 표정을 짓고 있었다. 함께 살 때 자주 봤던 친숙한 표정이었다. 그녀는 이 문제에 관해 논쟁을 허용하지 않을 작정인 거였다. 이 남자는 패키지 상품이었고, 그를 거부하면 보슈 혼자 돌아다녀야 할 판이었다.

보슈는 어쩔 수 없는 상황이 되면 따로 떨어져서 혼자 돌아다닐 수 있다고 생각했다. 사실 그렇게 할 예상을 하고 온 거였다. 그러나 당분간은 일단 엘리노어의 계획대로 움직여볼 생각이었다.

"정말 이렇게 하고 싶어, 엘리노어? 난 혼자 다닐 생각이었는데."

"매디는 내 딸이기도 해. 당신이 가는 곳엔 나도 가."

"좋아, 그럼."

그들은 밖으로 나가는 유리 출입문을 향해 걸어가기 시작했다. 보슈는 선 이가 앞서가게 하고 전처와 사적으로 이야기를 나누기 위해 뒤로 처졌다. 엘리노어는 긴장과 두려움이 가득한 얼굴인데도 불구하고 그에게는 언제나처럼 아름다웠다. 머리를 단정하게 뒤로 묶어서 깔끔하고 결단력 있는 턱선이 강조되어 보였다. 아무리 오랜만에 만나더라도 혹은 어떤 상황에서 만나더라도, 그는 그녀만 보면 '이렇게 살 수도 있었을 텐데'라고 일어나지 않은 일을 가정하게 되었다. 너무 자주 불러올린 생각이라 이젠 그 효과가 시들해졌지만, 그래도 보슈는 두 사람이 영원히 함께할 운명이라고 굳게 믿었다. 두 사람의 딸이 그들을 영원히 함께하도록 연결하는 끈이 되었다. 그러나 보슈에겐 그것만으로는 충분하지 않았다.

"일이 어떻게 되어가고 있는지 말해봐, 엘리노어. 난 열네 시간 가까이 하늘에 있었잖아. 새로운 소식이 있어?" 보슈가 말했다.

엘리노어가 고개를 끄덕였다.

"어제 네 시간 동안 그 쇼핑몰에 있었어. 당신이 공항에서 전화해서 메시지를 남겼을 땐 내가 보안 구역에 있었나 봐. 신호도 안 잡혔고 벨 소리도 못 들었어."

"괜찮아, 신경 쓰지 마. 그래, 뭘 알아냈어?"

"감시 카메라에 매디와 그 남매의 모습이 찍혀 있었어. 퀵과 히. 근데 전부 다 멀리서 찍힌 것뿐이야. 인상착의 같은 건 알아볼 수가 없어. 매디 빼고. 매디는 어디서든 알아볼 수 있으니까."

"매디를 붙잡고 강제로 끌고 가는 장면이 있었어?"

"아니, 그런 건 없었어. 셋이서 돌아다니고 있었어. 주로 푸드코트에서. 그러다가 퀵이 담배에 불을 붙이니까 누가 불평을 하더라고. 경비들이 와서 퀵을 쫓아냈어. 매디도 그 아이들과 함께 나갔고. 자발적으로. 그러고는 돌아오지 않았어."

보슈는 고개를 끄덕였다. 그 모습이 보이는 것 같았다. 그것은 매디를 밖으로 꾀어내려는 계략이었을 것이다. 퀵은 담뱃불을 붙이면 쇼핑몰에서 쫓겨날 것이고 매들린이 자기를 따라 나올 거라는 걸 알고 그렇게 했을 것이다.

"또 다른 건?"

"쇼핑몰에서는 그게 다야. 경비들은 퀵이 낯익은 얼굴이라고 하는데 누군지도 모르고 자료를 따로 모아놓지도 않았대."

"그 아이들이 쇼핑몰을 나갈 때가 몇 시였지?"

"6시 15분."

보슈는 계산을 해보았다. 그날은 금요일이었다. 그의 딸은 거의 서른여섯 시간 전에 쇼핑몰을 나선 것이다.

"여긴 언제쯤 날이 어두워져? 몇 시쯤?"

"보통 8시쯤. 왜?"

"내가 받은 동영상은 낮에 촬영된 거였어. 그러니까 매디가 그 아이들과 함께 쇼핑몰에서 나가고 두 시간 안에 카우룽에서 동영상을 찍은 거야."

"동영상 보여줘, 해리."

"차에 가서 보여줄게. 내 메시지 봤다고 했는데. 카우룽에 있는 헬기 착륙장에 대해 알아봤어?"

엘리노어가 고개를 끄덕이며 말했다.

"우리 카지노의 고객 수송 담당 책임자한테 물어봤어. 카우룽에는 이용 가능한 옥상 헬기 착륙장이 일곱 개가 있대. 목록 받아놨어."

"잘했어. 그 목록이 왜 필요한지 얘기했어?"

"아니, 해리. 설마 그런 얘길 했겠어?"

보슈는 그녀를 바라보다가 선 이에게로 눈길을 돌렸다. 선 이는 이젠 그들보다 열 걸음 정도 앞서 걷고 있었다. 엘리노어는 보슈의 눈길에 담긴 뜻을 알아차렸다.

"선 이는 달라. 무슨 일인지 알고 있어. 믿을 수 있기 때문에 끌어들인 거야. 지난 3년간 카지노에서 내 경호를 맡았어."

보슈는 고개를 끄덕였다. 그의 전처는 마카오에 있는 클레오파트라 리조트 카지노의 가치 있는 자산이었다. 카지노는 그녀에게 아파트와 출퇴근용 헬기를 제공했다. 그녀는 헬기를 타고 카지노로 가서 밀실 테이블에 앉아 가장 부유한 고객들을 상대로 게임을 했다. 선 이를 경호원으로 붙여준 것도 그녀에게 제공하는 여러 혜택들 중 하나였다.

"그렇군. 경호원이면 매디도 잘 좀 볼 것이지."

엘리노어가 갑자기 걸음을 멈추고 보슈를 향해 돌아섰다. 선 이는 아무 것도 모른 채 계속 걸어가고 있었다. 엘리노어가 보슈의 코앞까지 다가와서 그를 노려보았다.

"그럼 지금 한번 까놓고 얘기해볼까? 원한다면 어디 한번 해보자고. 선이에 대해 얘기하고 당신에 대해서도 얘기하고 당신이 내 딸을 이……, 이……."

엘리노어는 말을 끝맺지 못했다. 대신 보슈의 재킷을 움켜쥐고 화가 나서 잡고 흔들다가 그를 끌어안고 울음을 터뜨렸다. 보슈는 한 손으로 그녀의 등을 다독였다.

"우리 딸이야, 엘리노어. 당신과 나의 딸. 우리가 그 아이를 찾아낼 거야." 보슈가 말했다.

엘리노어와 보슈가 자기를 따라오고 있지 않다는 걸 눈치채고 선 이가 걸음을 멈췄다. 그가 보슈를 돌아보았지만, 눈은 짙은 선글라스에 가려져 보이지 않았다. 보슈는 엘리노어를 안은 채로 한 손을 들어 선 이에게 잠깐 기다리라고 신호를 보냈다.

마침내 엘리노어가 뒤로 물러서더니 손등으로 눈과 코를 닦았다.

"정신 바짝 차려, 엘리노어. 당신의 도움이 필요하니까."

"제발 그 말 좀 그만해, 응? 당신이 말 안 해도 정신 차리고 있을 거야. 어디부터 시작할까?"

"부탁했던 홍콩 지하철 노선도 구했어?"

"응. 차에 있어."

"코즈웨이 택시 명함에 대해서는 알아봤어?"

"알아볼 필요도 없었어. 선 이가 잘 알고 있더라고. 대다수의 택시 회사가 삼합회 조직원들을 고용한대. 삼합회 조직원들이 경찰의 의심을 받지 않으려고 합법적인 일자리를 잡는다는 거야. 대개가 택시 면허를 따서 여기저기서 몇 시간씩 일을 한다더라고, 위장용으로. 당신의 피의자가 그 회사 배차부장의 명함을 갖고 있었다면, 찾아가서 일자리를 알아보려고 했을 거야 아마."

"주소지에는 가봤어?"

"어젯밤에 지나가 봤는데, 그냥 평범한 택시회사 차고지였어. 택시들이 주유를 하고 상태를 점검받고 근무시간이 시작되면 운전사들이 여러 지역으로 배치되어 떠나고 그러더라고."

"배차부장은 만나봤고?"

"아니. 당신한테 물어보지 않고 독단적으로 행동하고 싶지는 않았어. 하지만 그 시각에 당신은 하늘을 날고 있었기 때문에 물어볼 수가 없었고. 게다가 별 소득도 없을 것 같았어. 그 배차부장이라는 사람은 챙에게 일자리를 마련해줄 사람일 뿐인데 뭘. 그게 그 사람이 삼합회를 위해 하는 일일 거야. 납치와 관련된 일을 할 것 같지는 않았어. 그리고 혹시 관련이 있다고 해도, 관련이 있다고 실토를 할 것 같지도 않았고."

보슈는 엘리노어의 판단이 옳을 거라고 생각했지만 다른 여러 방법으로 딸을 찾아보다가 안 되면 배차부장에게 가봐야겠다고 생각했다.

"그래, 알았어. 몇 시쯤 되어야 해가 뜨지?" 보슈가 말했다.

엘리노어는 하늘을 보고 해답을 찾으려는 것처럼 고개를 돌려 공항 대기실을 에워싸고 있는 거대한 유리 벽을 바라보았다. 보슈는 손목시계를 보았다. 새벽 5시 45분, 홍콩에 도착한 지 벌써 한 시간이 다 되어가고 있었다. 시간이 너무 빨리 가는 것 같았다.

"아마 30분 후쯤." 엘리노어가 말했다.

보슈는 고개를 끄덕였다.

"총은 어떻게 됐어, 엘리노어?"

그녀는 망설이는 표정으로 고개를 끄덕였다.

"꼭 있어야겠다고 하면, 선 이가 구해줄 수 있어. 구할 수 있는 곳을 안대. 완차이에 있대."

보슈는 고개를 끄덕였다. 물론 그곳이라면 총을 구할 수 있을 것이다.

완차이는 홍콩의 어두운 그림자와 같은 지역이었다. 40년 전 베트남에서 휴가차 완차이에 다녀간 이후로 단 한 번도 가본 적이 없었다. 그러나 아무리 세월이 흘러도 변하지 않는 곳들이 있다는 것을 그는 알고 있었다.

"좋아, 빨리 차로 가자. 이러고 있을 시간 없어."

자동문을 통과해 밖으로 나가자 따뜻하고 습한 공기가 보슈를 맞았다. 습기가 몸에 착 달라붙기 시작하는 느낌이 들었다.

"어디부터 갈까? 완차이?" 엘리노어가 물었다.

"아니, 피크. 거기서부터 시작하자."

24 아홉 마리의 용이 있는 곳

그곳은 영국 식민지 시절에는 빅토리아 피크로 불렸지만 지금은 그냥 피크로 불리고 있었다. 홍콩의 스카이라인 뒤로 우뚝 솟은 산꼭대기로, 그곳에 오르면 센트럴 지역과 항구는 물론이고 그 너머 카우룽까지 훤히 내다보이는 경이로운 경관을 감상할 수 있었다. 자동차와 트램으로 갈 수 있고, 1년 내내 관광객들이 즐겨 찾는 관광명소였으며, 현지인들은 그 산 밑에 펼쳐진 도시가 스펀지가 물을 빨아들이듯 습기를 흠뻑 머금고 있는 것 같은 여름이면 그곳을 즐겨 찾았다. 보슈도 딸과 함께 대여섯 번 그곳에 갔었고, 전망대에 있는 식당이나 전망대 뒤에 지어진 면세점 상가에서 점심을 먹곤 했었다.

보슈와 그의 전처와 그녀의 경호원은 날이 밝기도 전에 그 산꼭대기에 이르렀다. 쇼핑 상가와 기념품 매점들은 아직 닫혀 있었고, 전망대에도 사람이 한 명도 없었다. 그들은 쇼핑 상가 옆 주차장에 선 이의 메르세데스를 세워놓고 산의 가장자리를 따라 나 있는 오솔길을 걸었다. 보슈는 한쪽 어깨에 배낭을 걸쳐 메고 있었다. 습기 때문에 공기가 무겁게 느껴졌다. 오솔길이 젖어 있는 것을 보니 간밤에 소나기가 내린 모양이었다.

보슈의 셔츠는 벌써부터 땀에 젖어 등에 딱 달라붙어 있었다.

"지금 우리 뭐 하는 거야?" 엘리노어가 물었다.

그녀가 오랜 침묵 끝에 던진 질문이었다. 공항에서 이곳으로 오면서 보슈는 휴대전화에서 동영상을 재생해 그녀에게 보여주었다. 동영상을 보던 그녀가 숨을 헐떡였다. 잠시 후 그녀는 다시 한 번 보겠다고 하더니 다 보고 나서 휴대전화를 조용히 돌려주었다. 그러고는 이 길을 걸을 때까지 가혹한 침묵이 흘렀었다.

보슈는 어깨에 메고 있던 배낭을 내려 지퍼를 열었다. 그러고는 동영상에서 나온 사진 출력지를 꺼내 엘리노어에게 건넨 후 손전등도 꺼내주었다.

"동영상 정지 화면을 출력한 거야. 매디가 놈을 차니까 카메라가 움직이면서 창문을 찍었어."

엘리노어는 걸어가면서 손전등을 켜고 사진을 살펴보았다. 선은 몇 걸음 뒤에서 따라오고 있었다. 보슈가 설명을 이어갔다.

"기억해둬야 할 건 창문에는 모든 것이 거꾸로 비친다는 거야. 근데 중국은행 건물 꼭대기에 축구 골대같이 생긴 거 있지? 나한테 확대경이 있으니까 원한다면 그걸로 한번 보든가."

"그냥도 보여."

"거기 골대 사이로 이 아래쪽에 탑이 보이잖아. 사자 탑인지 사자 전망댄지 뭔지 그렇게 부르는 것 같던데. 매디랑 여기 올라와 본 적이 있거든."

"나도 와봤어. 라이언 파빌리온이라고 불러. 그게 여기 비친다고? 정말?"

"그래. 확대경이 필요하다니까 그러네. 거기 올라가서 꺼내줄게."

구부러진 길을 따라 걸어가자 앞쪽에 탑 모양의 구조물이 보였다. 돌출된 형태로, 피크에서도 가장 좋은 전망을 보여주는 지점이었다. 보슈가 올 때마다 이곳은 관광객과 카메라로 발 디딜 틈이 없었다. 그러나 지금

회색빛 새벽안개 속에 보이는 이곳은 비어 있었다. 보슈는 아치형의 입구로 걸어 들어가 전망대로 나갔다. 거대한 도시가 그의 발아래에 펼쳐졌다. 서서히 물러가는 어둠 속에서 십억 개의 불빛이 반짝이고 있었고 그는 그중 하나는 자기 딸이 있는 곳의 불빛이라는 걸 알고 있었다. 어떻게든 그 불빛을 찾아낼 생각이었다.

엘리노어는 보슈 옆에 서서 손전등으로 출력 사진을 비춰보고 있었다. 선은 그들 뒤에 경호원처럼 버티고 서 있었다.

"이해가 안 가. 이걸 뒤집어보면 매디가 있는 곳을 짚어낼 수 있단 말이야?" 그녀가 말했다.

"그래, 맞아."

"해리……."

"다른 표징들도 있어. 범위를 좁혀가야 해. 카우룽은 아주 넓은 곳이니까."

보슈는 배낭에서 쌍안경을 꺼냈다. 그 쌍안경은 그가 잠복근무를 할 때 사용하는 초강력 확대경이었다. 그는 쌍안경을 눈에다 갖다 댔다.

"다른 표징들이란 게 뭔데?"

아직은 너무 어두웠다. 보슈는 쌍안경을 내렸다. 좀 더 기다려야 할 것 같았다. 먼저 완차이로 가서 총부터 구해올 걸 싶었다.

"해리, 다른 표징들이라는 게 뭐냐니까?"

보슈는 엘리노어에게 다가가서 출력 사진을 보며 바버라 스타키가 알려준 표징들을, 특히 O와 N자가 똑바로 보이는 간판을 가리키며 설명해주었다. 그리고 근처 지하철역에서 나는 소리에 대해서도 얘기해주었고, 사진에는 나와 있지 않지만 헬리콥터 이야기도 해줬다.

"이 모든 걸 종합해보면 그곳에 가까이 갈 수 있을 거라고 생각해. 그곳에 가까이 가면, 매디를 찾을 수 있을 거야." 보슈가 말했다.

"이건 내가 지금 당장 알려줄 수 있어. 여기 이 간판은 캐논 간판이야."

"캐논 카메라? 어디?"

엘리노어가 저 멀리 카우룽 쪽을 가리켰다. 보슈는 다시 쌍안경을 들고 그쪽을 바라보았다.

"헬기를 타고 항구를 건너다닐 때마다 항상 보는 거야. 카우룽 쪽에 그런 캐논 간판이 있어. 건물 옥상에 CANON이라는 단어만 커다랗게 적혀 있는 선간판이야. 근데 그게 회전을 해. 그러니까 그게 항구 쪽을 향할 때 그 뒤쪽에 있으면 거꾸로 보이겠지. 그때 유리창에는 바르게 비칠 거고. 그렇게 된 게 틀림없어."

그녀가 출력 사진에 있는 O-N을 톡톡 치며 말했다.

"근데, 그게 어디 있어? 내 눈에는 안 보이는데." 보슈가 말했다.

"내가 찾아볼게." 엘리노어가 말했다.

보슈는 엘리노어에게 쌍안경을 건넸다. 그녀가 쌍안경으로 도시를 살피면서 말했다.

"보통은 간판에 불이 들어와 있는데 새벽녘의 두세 시간 동안은 에너지 절약을 위해 불을 끄나 봐. 지금은 불이 꺼진 간판들이 많네."

그녀는 쌍안경을 내리고 자신의 손목시계를 보았다.

"15분 후면 볼 수 있을 거야."

보슈는 쌍안경을 받아서 다시 그 간판을 찾기 시작했다.

"괜히 시간 낭비하고 있는 기분이야." 그가 말했다.

"걱정하지 마. 곧 해가 뜰 테니까."

아무리 찾아봐도 보이지 않자 보슈는 마지못해 쌍안경을 내리고 다음 10분간은 새벽빛이 살금살금 산 위를 기어와 분지로 스며드는 모습을 지켜보았다.

하늘이 분홍빛과 회색빛으로 물들면서 서서히 날이 밝았다. 항구는 소형 선박과 여객선이 종횡으로 오가면서 벌써부터 부산스러웠다. 배가 바쁘게 오가는 모습이 마치 자연이 만들어낸 춤을 보는 것 같았다. 보슈는 센트럴과 완차이 지역의 고층건물들과 카우룽의 항구 전역에 안개가 낮게 깔려 있는 모습을 물끄러미 바라보았다. 어디선가 타는 냄새가 났다.

"LA에서 폭동 이후에 맡았던 것 같은 냄새가 나네. 도시 전체가 불타고 있는 것 같은 냄새." 보슈가 말했다.

"그럴 만도 하지. 지금 유에란 축제기간이거든." 엘리노어가 말했다.

"유에란 축제? 그게 뭔데?"

"배고픈 유령들의 축제. 지난주에 시작됐어. 음력으로 7월 15일이 유에란이야. 음력 7월 14일이면 모든 지옥문이 열리고 모든 악령들이 튀어나와 세상을 돌아다닌대. 그래서 그런 미신을 믿는 사람들이 자기 조상들의 영혼을 달래고 악령들의 접근을 막기 위해서 제물을 태운다는 거야."

"어떤 제물?"

"주로 텔레비전이랑 집, 자동차 같은 것의 종이 모형하고 종이 지폐 모형. 귀신들이 저세상에서 살아가는 데 필요하다고 생각되는 것들. 때로는 진짜 물건을 태우기도 해."

그녀가 희미하게 미소를 지으면서 말을 이었다.

"에어컨을 태우는 사람도 봤어. 지옥 불이 뜨거워서 너무 더울까 봐 에어컨을 보냈나 봐."

보슈는 딸이 해준 말이 생각났다. 딸은 자동차를 태우는 사람을 봤다고 했다.

보슈는 도시를 내려다보면서 새벽안개라고 생각했던 것이 실은 제물을 태우면서 나오는 연기라는 것을, 그 연기가 귀신처럼 공중을 맴돌고 있다는 것을 깨달았다.

"그런 미신을 믿는 사람들이 많은가 본데."

"응, 아주 많아."

보슈는 고개를 들어 카우룽 지역을 바라보며 쌍안경을 들어 눈에 갖다 댔다. 마침내 햇빛이 항구 쪽에 있는 건물들을 비추고 있었다. 그는 중국 은행 옥상에 있는 축구 골대 같은 구조물을 기준으로 잡고 쌍안경을 이리저리 옮겨보았다. 드디어 엘리노어가 말한 캐논 간판을 찾았다. 간판은 겉면이 유리와 알루미늄으로 만들어져 햇빛을 사방으로 날카롭게 반사하고 있는 건물의 옥상에 세워져 있었다.

"간판 찾았어." 그가 쌍안경으로 간판을 계속 쳐다보면서 말했다.

찬찬히 세어보니 간판이 있는 건물은 12층 건물인 것 같았다. 간판은 철로 된 구조물 위에 세워져 있었는데 그 구조물이 1층 높이는 되는 것 같았다. 그는 쌍안경을 앞뒤로 움직이면서 또 다른 것을 찾아보려고 애썼지만, 특별히 그의 눈길을 사로잡는 것은 아무것도 없었다.

"나도 좀 볼게." 엘리노어가 말했다.

보슈가 쌍안경을 건네자 그녀는 금방 캐논 간판에 초점을 맞췄다.

"찾았어. 캐논 건물에서 길 건너편으로 두 블록쯤 떨어진 곳에 페닌슐라 호텔이 있어. 거기에 헬리콥터 이착륙장이 있어." 그녀가 말했다.

보슈의 눈길도 항구 너머 엘리노어의 시선이 머무는 곳으로 따라갔다. 이번에는 캐논 간판을 금방 찾았다. 간판은 이제 햇빛을 정면으로 받고 있었다. 보슈는 오랜 비행으로 인한 정신의 이완 상태가 서서히 사라지고 긴장이 되면서 아드레날린이 솟아나는 것을 느꼈다.

그는 캐논 간판이 있는 건물 바로 옆에 카우룽 북쪽으로 이어지는 넓은 도로가 있는 것을 발견했다.

"저 도로는 이름이 뭐야?" 보슈가 물었다.

엘리노어는 쌍안경을 눈에 댄 채로 보슈가 가리키는 곳을 바라보았다.

"네이선 로드일 거야. 남북을 잇는 주요 도로야. 항구에서 신계지까지 이어지지." 그녀가 말했다.

"삼합회가 거기 있고?"

"바로 맞혔어."

보슈는 고개를 돌려 네이선 로드와 카우룽을 다시 바라보았다.

"아홉 마리의 용." 그가 혼잣말로 중얼거렸다.

"뭐?" 엘리노어가 물었다.

"매디가 거기 있다는 거로군, 아홉 마리의 용이 있는 곳에."

25 침묵의 메시지

　보슈와 그의 딸이 피크를 오르내릴 때엔 보통 피크 트램을 이용했다. 피크 트램은 보슈에게는 LA에 있는 앤젤스 플라이트를 길고 세련되게 확장해놓은 것처럼 보였다. 딸은 아래쪽 승강장 옆에 있는 작은 공원을 좋아했다. 법원 건물 옆에 있는 그 공원에서 티베트 기도 깃발을 거는 것을 좋아했다. 공원 곳곳에서 작은 원색의 깃발들이 빨랫줄에 널린 빨래처럼 흩날리고 있었다. 딸은 보슈에게 깃발을 걸어놓는 것이 교회에서 기도 초에 불을 붙이는 것보다 낫다고, 깃발은 밖에 있어서 그 좋은 뜻이 바람을 타고 멀리멀리 퍼져나갈 수 있기 때문이라고 했었다.

　지금은 깃발을 걸 시간이 없었다. 그들은 선의 메르세데스가 있는 곳으로 돌아가서 차를 타고 산을 내려와 완차이로 향했다. 보슈는 조금만 더 가면 엘리노어와 딸이 사는 아파트 앞을 지나가게 된다는 것을 깨달았다.

　보슈가 뒷좌석에서 앞으로 몸을 숙였다.

　"엘리노어, 당신 집부터 먼저 들렀다 가자."

　"왜?"

　"잊어버리고 챙기라고 말 안 한 게 있어. 매들린 여권. 당신 것도."

"여권은 왜?"

"매들린을 찾아온다고 끝이 아니니까. 일이 끝날 때까지 둘 다 여기를 떠나 있는 게 좋겠어."

"그때까지 얼마나 걸리는데?"

엘리노어가 조수석에서 보슈를 돌아보고 있었다. 비난의 눈초리였다. 보슈는 딸을 구하는 데에만 오로지 집중할 수 있도록 이런 논쟁과 감정 소모는 되도록 피하고 싶었다.

"얼마나 걸릴지는 모르겠어. 어쨌든 여권을 챙겨서 갖고 다니자. 나중에 챙길 시간이 없을지도 모르니까."

엘리노어는 선을 바라보며 중국어로 날카롭게 말했다. 선이 즉시 길가에 차를 세웠다. 산에서 뒤따라 내려오는 차가 없었다. 아직 이른 시각이었다. 이제 그녀는 완전히 돌아앉아 보슈를 바라보았다.

"잠깐 들러서 여권을 가져오긴 할 거야. 하지만 우리가 어디로 숨을 필요가 있다고 해도 당신과 함께 갈 거라는 생각은 꿈에도 하지 마." 그녀가 침착하게 말했다.

보슈는 고개를 끄덕였다. 그가 말하는 대로 따르겠다고 해주는 것만으로도 감지덕지였다.

"그리고 가방에 간단히 짐도 꾸려 나와서 트렁크에 넣어두는 게 좋을 거야."

엘리노어는 아무 대꾸도 없이 앞으로 돌아앉았다. 잠시 후 선이 그녀를 쳐다보며 중국어로 무슨 말을 했다. 그녀가 고개를 끄덕이자 선은 다시 산을 내려가기 시작했다. 보슈는 그녀가 자기가 말한 대로 따를 거라는 걸 알았다.

15분 후 선은 현지인들이 '젓가락 빌딩'이라고 부르는 쌍둥이 고층건물 앞에 차를 세웠다. 그 15분 동안 한 마디도 하지 않았던 엘리노어가 뒷좌석을 향해 화해의 손길을 내밀었다.

"같이 올라갈까? 내가 가방을 싸는 동안 당신은 커피를 마시면 되잖아. 커피 한 잔이 필요한 얼굴이야."

"커피는 좋지만 시간이……."

"인스턴트커피야."

"좋아, 그럼."

선은 차에 있고 엘리노어와 보슈만 올라갔다. '젓가락 빌딩'은 해피 밸리 위의 산 중턱에 세워진 73층짜리 쌍둥이 건물로, 타원형 건물이었고 서로 연결된 구조였다. 주거용 건물로는 홍콩에서 가장 높은 건물이었고 밥그릇에 수북이 쌓인 밥 위에 젓가락 두 짝이 꽂혀 있는 것처럼 홍콩의 스카이라인 한쪽에 삐죽 솟아 있었다. 엘리노어와 매들린은 6년 전 라스베이거스에서 이곳으로 온 직후부터 이 아파트에 들어와 살았다.

고속 엘리베이터를 타고 올라가는 동안 보슈는 난간을 꽉 잡고 있었다. 엘리베이터 바닥 바로 밑의 44층 높이의 공간이 뻥 뚫린 수직통로라는 생각이 들자 아찔해서 견딜 수가 없었다.

엘리베이터 문이 열리자 네 개의 아파트를 연결하는 작은 로비가 나왔다. 엘리노어는 오른쪽 첫 번째 문을 열쇠로 열었다.

"커피는 싱크대 위 수납장에 있어. 짐 싸는 건 오래 걸리지 않을 거야."

"좋아. 당신도 한잔 할래?"

"아냐, 난 괜찮아. 공항에서 마셨어."

아파트 안으로 들어간 후 엘리노어는 곧장 침실로 갔고 보슈는 부엌을 찾아 들어가 커피 물을 끓이기 시작했다. 한쪽 면에 '세상에서 제일 좋은 엄마'라고 적힌 머그컵을 발견하고 그것을 사용했다. 아주 오래전에 손으로 쓴 글씨였는데 식기 세척기 속에서 한 번씩 돌고 나올 때마다 글자가 점점 더 희미해지고 있었다.

보슈는 뜨거운 믹스 커피를 홀짝이며 부엌에서 걸어 나와 눈앞에 펼쳐진 전경을 감상했다. 아파트는 서향이어서 홍콩과 항구의 경이로운 풍경이 훤히 내다보였다. 보슈가 아파트 안에 들어와 본 적이 두세 번밖에 없어서인지 이 경치를 감상하는 것이 조금도 싫증 나지 않았다. 홍콩에 왔을 때 대부분의 경우에는 딸을 아파트 로비에서 만나거나 방과 후에 학교 앞에서 만나곤 했었다.

거대한 흰색 유람선이 항구를 통과해 공해를 향해 나아가고 있었다. 그 모습을 잠깐 바라보다가 눈길을 돌리던 보슈는 카우룽의 건물 옥상에 있는 캐논 간판을 발견했다. 그것을 보니 자신의 임무가 다시 생각났다. 그는 침실로 이어지는 복도를 향해 돌아섰다. 엘리노어가 딸의 방에서 배낭에 옷을 챙겨 넣으면서 흐느끼고 있었다.

"뭘 가져가야 할지 모르겠어. 얼마나 오래 집을 떠나 있을지, 매디가 뭘 필요로 할지 알 수가 있어야지. 그 아이를 다시 만날 수 있을지조차 알 수 없는데." 그녀가 말했다.

흐느껴 우는 그녀의 어깨가 가늘게 떨리고 있었다. 보슈가 그녀의 왼쪽 어깨에 가만히 손을 얹자 그녀는 즉시 어깨를 으쓱거려 그 손을 떨쳐냈다. 그에게 위로받고 싶지 않다는 뜻을 분명히 했다. 그녀는 배낭의 지퍼를 거칠게 끌어당겨 닫더니 배낭을 들고 방을 나갔다. 혼자 남게 된 보슈는 딸의 방을 찬찬히 둘러보았다.

LA와 다른 지역을 여행할 때 사온 기념품들이 방 안의 모든 수평면을 차지하고 있었다. 영화 포스터와 음악 그룹 포스터가 사방 벽을 덮고 있었다. 방구석에 있는 옷걸이에는 여러 개의 모자와 마스크, 구슬목걸이가 걸려 있었다. 어릴 때 갖고 놀았던 봉제 동물인형이 아직도 침대 머리맡에 따닥따닥 붙어 앉아 있었다. 보슈는 딸의 초대도 없이 방에 들어와서 딸의 사생활을 침해한 것 같은 기분이 들었다.

작은 책상 위에는 노트북 컴퓨터가 펼쳐진 채 놓여 있었고, 화면은 꺼져있었다. 보슈가 다가가서 스페이스 바를 치자 곧바로 화면이 떴다. 딸의 스크린세이버는 지난번 LA 여행 때 찍은 사진이었다. 서핑객 몇 명이 일렬로 보드를 타고 서서 다음에 몰아닥칠 파도를 기다리고 있는 사진이었다. 보슈는 그날 딸과 함께 말리부에 가서 마멀레이드라는 식당에서 아침을 먹고 그 후에는 근처 해변에서 파도타기 하는 사람들을 구경했던 일이 생생히 기억났다.

보슈는 컴퓨터 마우스 옆에 깎은 뼈로 만든 작은 상자가 놓여 있는 것을 보았다. 그것을 보니까 챙의 여행 가방에 들어 있던 칼의 손잡이가 떠올랐다. 그 손잡이도 깎은 뼈로 만들어져 있었다. 이 상자는 돈이나 다른 귀중품을 보관하는 보물 상자인 것 같았다. 상자를 열어보니 빨간색 끈실에 옥을 깎아 만든 작은 원숭이들을 달아놓은 것이 들어 있었다. 악한 것은 보지도 말고, 악한 것은 듣지도 말며, 악한 것은 말하지도 말라는 것을 표현하는 원숭이들이었다. 보슈는 그것을 상자에서 꺼내 높이 들고 살펴보았다. 길이는 5센티미터 정도밖에 되지 않았고 다른 것에 붙일 수 있도록 끝에 작은 은색 고리가 달려 있었다.

"준비됐어?"

보슈가 돌아섰다. 엘리노어가 문간에 서 있었다.

"응. 근데 이건 뭐야, 귀걸이?"

엘리노어가 다가와서 그것을 보았다.

"아니, 휴대전화 고리야. 카우룽에 있는 제이드 마켓에 가면 이런 거 많아. 똑같은 휴대전화를 사용하는 사람이 너무 많으니까 차별화하려고 별별 장식을 다 하지, 특히 어린애들이."

보슈는 그 휴대전화 고리를 상자에 도로 넣으면서 고개를 끄덕였다.

"비싼가?"

"아냐, 싸구려 옥이야. 한 개에 미화 1달러 정도 할걸. 애들은 싸니까 많이 사서 수시로 바꿔 달고 다녀. 이제 갈까?"

보슈는 딸의 사적인 영역을 다시 한 번 둘러본 후 방을 나가면서 침대에서 베개와 접은 담요 한 장을 집어 들었다. 엘리노어가 뒤돌아보았다.

"피곤해서 자고 싶을까 봐." 보슈가 설명했다.

두 사람은 아파트를 나왔다. 엘리베이터에서 보슈는 담요와 베개를 한쪽 옆구리에 끼고 다른 손으로는 딸의 배낭을 들고 있었다. 베개에서 딸의 샴푸 냄새가 났다.

"여권 챙겼어?" 보슈가 물었다.

"응, 챙겼어." 엘리노어가 대답했다.

"뭐 좀 물어봐도 될까?"

"뭔데?"

보슈는 갑자기 고개를 숙이고 들고 있는 담요에 그려진 조랑말 무늬를 관찰하는 것처럼 행동했다.

"선 이를 어느 정도까지 믿을 수 있어? 총을 구한 다음에도 같이 다녀야 할지 잘 모르겠어서 그래."

엘리노어가 지체 없이 대답했다.

"말했잖아, 걱정할 필요 없다고. 난 그를 전적으로 신뢰하고 있어. 그러니까 끝까지 우리와 함께 있을 거야. 아니, 나와 함께 있을 거야."

보슈는 고개를 끄덕였다. 엘리노어는 고개를 들고 층수를 알려주는 디지털 표지판이 깜박거리는 것을 바라보았다.

"나는 온전히 그를 믿어. 매디도 마찬가지고."

"매디가 어떻게 선 이를……."

보슈가 말을 멈췄다. 엘리노어가 무슨 말을 하는 건지 갑자기 이해가되었다. 선 이는 언젠가 매들린이 말했던 그 사람이었다. 엘리노어와 사귀는 남자.

"이제 알겠어?" 엘리노어가 물었다.

"응, 이제 알겠어. 근데 매들린이 그를 믿는 게 정말 확실해?"

"응, 확실해. 걔가 당신한테 딴말을 했으면 그건 당신의 동정을 얻으려고 그랬을 거야. 어린 여자애야, 해리. 아빠의 마음을 어떻게 조종할지 안다고. 그래, 맞아, 그 아이가 나랑 선 이의 관계 때문에 약간…… 혼란스러워했던 거. 하지만 선 이는 매디한테 항상 친절하게 대했고 존중해줬어. 매디도 곧 나아질 거야. 그러니까 우리가 그 아이를 다시 찾아온다면 말이지."

선 이는 건물 앞 둥근 진입로에 정차하고 기다리고 있었다. 보슈와 엘리노어는 배낭을 트렁크에 넣었고, 보슈는 베개와 담요는 들고 뒷좌석에 탔다. 선이 출발했고 그들은 스텁스 로드를 달려 해피 밸리로, 그리고 그 너머 완차이로 향했다.

보슈는 엘리베이터에서 엘리노어와 나눈 대화를 머릿속에서 몰아내려고 애썼다. 그 내용은 딸을 다시 찾는 데 아무 도움도 줄 수 없는 것이기 때문에 지금으로서는 중요하지 않았다. 하지만 마음속 감정들을 정리하기가 쉽지 않았다. 딸이 LA에 왔을 때 엄마에게 사귀는 사람이 있다고 말했기 때문에 이미 알고 있던 사실이었다. 그리고 자신도 이혼 후 여자를 만난 적도 몇 번 있었다. 그러나 이곳 홍콩에 와서 직접 눈으로 보게 되니 힘들었다. 지금 그는 자기가 아직도 사랑하는 여자와 그녀의 새 남자와 함께 차를 타고 있는 거였다. 견디기가 힘들었다.

보슈는 엘리노어 뒤에 앉아 있었다. 그는 운전석에 앉아 있는 선을 쳐다보며 그의 절제된 태도를 관찰했다. 선 이는 고용된 총잡이가 아니었다. 직접적인 이해관계가 있는 사람이었다. 보슈는 그렇다면 그가 큰 자산이 될 수 있겠다고 생각했다. 자기 딸이 그를 믿고 의지할 수 있다면,

자신도 그렇게 할 수 있었다. 다른 것은 모두 옆으로 제쳐놓을 수 있었다.

보슈의 눈길을 느꼈는지 선 이가 뒤를 돌아보았다. 선이 검은색 선글라스를 끼고 있었지만, 보슈는 선이 상황을 간파했고 이젠 비밀이 없다는 걸 알아차렸다는 것을 느낄 수 있었다.

보슈는 고개를 끄덕였다. 둘의 관계를 인정하고 축복한다는 뜻이 아니었다. 그들 세 사람이 한 차에 탄 이유를 알겠다는 침묵의 메시지였다.

26 사전 준비

홍콩의 완차이는 한순간도 잠들지 않는 지역이었다. 어떤 일이라도 일어날 수 있고 어떤 것이라도 적당한 가격에 구입할 수 있는 곳이었다. 그곳에서 구할 수 없는 것은 없었다. 보슈는 권총과 함께 레이저 조준기도 구해달라면 구할 수 있다는 걸 알고 있었다. 이 모든 것과 함께 세트로 총잡이까지 구해달라고 하면 총잡이도 구할 수 있었다. 구할 수 있는 것은 그 밖에도 무궁무진했다. 물론 마약과 여자도 구할 수 있었다. 록하트 로드를 따라 늘어선 스트립 바나 나이트클럽에 가면 마약과 여자들은 항시 대기 중이었다.

오전 8시 30분, 그들은 날이 완전히 밝은 록하트 로드를 천천히 지나가고 있었다. 상당수의 클럽이 아직도 영업을 하고 있었다. 햇빛 때문에 셔터를 내렸지만 연기가 엷게 깔린 거리에서 네온간판이 번쩍이고 있었다. 거리는 습하고 젖어 있었다. 거리의 물기 위에 그리고 길가에 늘어선 택시들의 유리창에 네온간판들이 단편적으로 반사되어 보였다.

클럽 문마다 기도들이 떡 버티고 서 있었고 행상하는 여자들이 걸상에 앉아서 보행자들과 운전자들을 향해 호객행위를 하고 있었다. 구겨진 정장 차림의 남자들이 밤새도록 술을 퍼마시거나 약을 해서 느려진 다리로 흐느적거리며 걸어가고 있었다. 일렬로 늘어선 빨간 택시들 바깥쪽으로는 간혹 롤스로이스나 메르세데스가 공회전을 하면서 클럽 안에 있는 주인이 돈이 다 떨어져서 집에 가려고 나오기를 기다리고 있었다.

거의 모든 건물 앞에 배고픈 유령들에게 제물을 태워서 바치는 재 통이 마련되어 있었다. 불길이 타오르고 있는 재 통이 많이 있었다. 레드 드래곤이라는 클럽 밖에는 등에 붉은 용이 그려진 실크 가운을 입은 여자가 서 있었다. 그녀는 진짜 홍콩달러로 보이는 것을 클럽 앞 재 통의 타오르는 불길 속으로 던져 넣고 있었다. 보슈는 그녀가 유령들에게 상납금을 바치고 있다고 생각했다. 종이 모형이 아니라 진짜 돈을 바치고 있는 거였다.

차의 창문을 모두 닫아놨는데도 불구하고 타는 냄새와 연기가 사방에 기본적으로 깔려 있는 볶음요리 냄새와 어우러져 차 안으로 스며들어왔다. 그때 정체 모를 역한 냄새가, 법의관실에서 가끔 맡게 되는 소독약 냄새만큼이나 강한 냄새가 훅 풍겨와서 보슈는 입으로 숨을 쉬기 시작했다. 엘리노어가 차광판을 내리고 화장용 거울로 그를 바라보았다.

"구이링가오라는 거야." 그녀가 말했다.

"그게 뭔데?"

"거북이 껍질로 만든 젤리. 아침마다 이 지역에서 그걸 만들어. 약재상에서 팔고 있고."

"냄새가 강하군."

"좋게 말해 강한 거지. 엄청 독하고 역해. 언제 한번 먹어봐. 만병통치약이래."

"먹는 건 사양할게."

두 블록을 더 내려가자 클럽들이 규모가 점점 더 작아지고 누추해졌다.

네온간판들이 야한 빛을 쏟아냈고 그 옆에는 안에서 기다리고 있는 아름다운 여자들의 사진을 담은 불을 밝힌 포스터들이 붙어 있었다. 선은 교차로에 늘어선 택시들 중 첫 번째 택시 옆에 이중 주차를 했다. 교차로의 세 모퉁이는 클럽이었고 나머지 하나는 국숫집이었는데 영업 중이었고 벌써부터 손님들이 북적이고 있었다.

선이 좌석벨트를 풀고 운전석 문을 열었다. 보슈도 따라 했다.

"해리." 엘리노어가 그를 불렀다.

선이 보슈를 돌아보았다.

"당신은 오면 안 돼요." 선이 보슈에게 말했다.

보슈가 선 이를 쳐다보았다.

"왜? 돈은 내가 갖고 있는데."

"돈 필요 없어요. 여기서 기다려요." 선이 말했다.

선 이는 차에서 내리고 문을 닫았다. 보슈는 자기 쪽 문을 닫고 차 안에 앉아 있었다.

"어떻게 된 거야?"

"선 이가 친구한테 권총을 구해달라고 부탁해놨어. 이건 돈이 오가는 거래가 아니야."

"그럼 뭐가 오가는데?"

"청탁."

"선 이가 삼합회 소속인가?"

"아니. 그렇다면 카지노에 취직 못했을걸. 나랑 만나지도 못했을 거고."

보슈는 카지노가 삼합회 조직원을 고용하지 않았을 거라고는 생각하지 않았다. 적을 아는 가장 좋은 방법은 적을 고용하는 것일 수도 있기 때문이었다.

"그럼 과거에 삼합회 소속이었어?"

"그건 모르겠어. 아마 아닐 거야. 그게 싫다고 그만둘 수 있는 게 아니 잖아."

"하지만 지금 총은 삼합회 사람한테서 받는 거잖아, 아냐?"

"그것도 모르겠어. 이봐, 해리, 총을 구해달라고 해서 구해주려는 건데, 무슨 질문이 이렇게 많아. 총을 구해줄까 말까?"

"구해줘."

"그럼 좀 잠자코 있어. 구하기 위해서 해야 할 일을 하고 있으니까. 그리고 덧붙이자면, 선 이는 일자리를 잃고 구속될 위험까지 무릅쓰면서 이일을 하는 거야. 여기 총기 관련법이 얼마나 엄격하다고."

"알았어. 이제 질문 안 할게. 도와줘서 고마워."

그 후 이어지는 침묵 속에서 보슈는 셔터를 내린 클럽 한 군데 혹은 세 군데 모두에서 나오는 것 같은 작지만 강렬한 음악을 들을 수 있었다. 창밖을 내다보니 선 이가 바로 길 건너 클럽 밖에 서 있는 정장 차림의 남자 세 명에게로 다가가고 있었다. 완차이에 있는 상점들이 대체로 그렇듯이 이 클럽의 간판도 중국어와 영어가 함께 쓰여 있었다. 간판에 '옐로 도어'라고 적혀 있었다. 선은 남자들과 몇 마디 나눈 뒤 태연하게 재킷을 펼쳐 무장하지 않은 것을 보여주었다. 남자 한 명이 재빨리 능숙하게 선 이의 몸을 수색했고 그런 다음 선은 노란 출입문을 통해 안으로 들어갔다.

그들은 10분 가까이 기다렸다. 그동안 엘리노어는 거의 아무 말도 하지 않았다. 보슈는 그녀가 딸의 상황에 극심한 공포를 느끼고 그가 한 질문에 화가 나 있다는 것을 알았지만, 더 알아야 할 것들이 있었다.

"엘리노어, 화내지 말고 들어, 알았지? 이 말은 꼭 해야겠어. 내가 여기 온 것은 아직 아무도 모를 거야. 매디를 납치한 놈들은 내가 아직도 LA에서 자기네 조직원을 풀어줄까 말까 고민 중일 거라고 생각할 거야. 근데 선 이가 총을 구하러 여기 삼합회를 찾아가면, 총이 누구한테로 가는 건지, 무슨 일에 쓰일 건지 그들에게 말해줄 수밖에 없지 않을까? 그럼 총을 공급하는 사람은 돌아서서 항구 건너 카우룽에서 매디를 붙잡아놓고 있는 삼합회 조직원들에게 신호를 보내지 않을까? 어이, 친구, 여기 누가 총을 구하러 왔는데, 자네들을 잡겠다고 쫓아다닐 모양이던데. 이렇게 알려주지 않겠느냔 말이지."

"아냐, 해리. 일이 그런 식으로 진행되진 않아." 엘리노어가 그의 말을 일축했다.

"그럼 어떤 식으로 진행되는데?"

"말했잖아. 선 이는 과거에 자기가 편의를 봐준 사람한테 청탁을 하는 거야. 총을 가진 그 사람이 선 이에게 빚진 게 있기 때문에 아무것도 안 물어보고 군말 없이 주는 거지. 일이 그렇게 되는 거라고. 알겠어?"

보슈는 클럽 출입문을 노려보았다. 선 이의 모습은 아직 안 보였다.

"알았어."

또다시 침묵 속에 5분이 흘렀고 마침내 선이 노란 문 밖으로 걸어 나오는 모습이 보였다. 그러나 그는 차로 돌아오지 않고 길을 건너 국숫집으로 들어갔다. 보슈는 눈으로 그를 뒤쫓으려 했지만 바깥의 네온간판이 너무 현란해서 선을 시야에서 놓쳐버렸다.

"이젠 또 뭐야, 국수를 사려는 건가?" 보슈가 물었다.

"아닐 거야. 저기로 가라는 안내를 받았겠지." 엘리노어가 말했다.

보슈는 고개를 끄덕였다. 그도 예방 조치였을 거라고 생각했다. 또다시 5분이 흐른 후 선 이가 스티로폼으로 된 테이크아웃 도시락 상자를 들고 국숫집에서 나왔다. 그는 안에든 국수를 흘리지 않으려는 듯 평평하게 받쳐 들고 차로 돌아와 운전석에 올라탔다. 그러고는 한 마디 말도 없이 도시락 상자를 뒷좌석에 앉아 있는 보슈에게 건넸다.

선이 메르세데스를 몰고 도로로 나가는 동안 보슈는 스티로폼 도시락 상자를 무릎 위에 놓고 뚜껑을 고정해둔 고무줄을 벗긴 뒤 뚜껑을 열었다. 용기 안에는 푸른색 강철로 된 중간 크기의 권총 한 자루가 들어 있었다. 다른 것은 없었다. 여분의 탄창이나 탄환도 없었다. 달랑 권총 한 자루와 그 안에 든 탄환만 있을 뿐이었다.

보슈는 도시락 상자를 차 바닥으로 내려놓고 왼손으로 권총을 거머쥐었다. 겉면 어디에도 상표나 표시가 보이지 않았다. 모델 일련번호만 있고 손잡이에 별 모양이 찍혀 있는 것으로 보아 중국 정부가 제조한 블랙 스타 권총인 것 같았다. 보슈는 LA에서 블랙 스타를 종종 본 적이 있었다. 중국 정부가 중국군을 위하여 수만 정을 제조했지만 도난당해 태평양을 건너 밀반입되는 총들이 점차 늘어나고 있었다. 중국에 남아 있다가 홍콩으로 밀반입되는 것들도 많았다.

보슈는 권총을 두 무릎 사이에 내려놓고 탄창을 꺼냈다. 탄창에는 9밀리미터 파라벨룸 탄환 열다섯 개가 2열로 들어가 있었다. 그는 엄지손가락으로 탄환들을 밀어 빼내 자동차 팔걸이에 있는 컵 홀더에 담았다. 그러고는 약실에서 열여섯 번째 탄환을 꺼내 컵 홀더에 담았다.

보슈는 조준기를 내려다보며 목표물을 조준하는 연습을 했다. 약실을 들여다보면서 녹이 슨 곳이 있나 살펴보았고 공이와 탄피걸개도 살펴보았다. 권총의 액션과 방아쇠도 여러 번 확인했다. 권총은 제대로 기능하는 것 같았다. 그는 탄창에 탄환을 다시 채우면서 부식된 곳은 없는지 탄환이 낡았거나 기능이 의심스러움을 보여주는 다른 징표는 없는지 유심히 살폈다. 그러나 아무것도 발견하지 못했다.

그는 탄창을 제자리로 세게 밀어 넣고 첫 번째 탄환을 약실로 밀어 넣었다. 그런 다음 탄창을 다시 빼내고 마지막 탄환을 빈자리로 밀어 넣은 후 다시 탄창을 밀어 넣었다. 열여섯 발이 잘 들어갔고 총기 검사도 끝났다.

"맘에 들어?" 엘리노어가 앞자리에서 물었다.

보슈가 고개를 들어보니 자동차는 크로스하버 터널로 들어가는 경사로를 내려가고 있었다. 이 터널만 건너가면 카우룽이었다.

"뭐 별로. 직접 쏴본 적이 없는 총을 갖고 다니는 게 썩 내키지는 않아. 아까 보니까 이 총 공이가 줄로 많이 쓸려 있던데, 잡아당길 때 엄청 힘이 들 것 같아."

"그건 뭐 우리가 어떻게 해볼 수 없는 거잖아. 선 이를 믿어봐야지 뭐."

2차선의 터널 안은 일요일 아침이라 그런지 차가 별로 없고 한산했다. 보슈는 차가 터널 중간의 가장 낮은 지점을 지나 카우룽 방면으로 올라가기 시작할 때까지 기다렸다. 그동안 택시 여러 대가 백파이어(엔진에서 미처 타지 못한 연료가 배기관을 통해 뿜어져 나오면서 차량 배기구에서 불꽃이 일어나는 현상-옮긴이)를 일으키는 소리가 들렸다. 그는 총을 쥐고 있는 왼손을 딸의 담요로 재빨리 감쌌다. 그러고는 베개를 끌어당겨 그 위에 덮고 나서 고개를 돌려 뒤쪽 창문을 내다보았다. 뒤에 오는 차들은 아직 터널의 중간지점을 지나지 않았는지 차가 한 대도 보이지 않았다.

"근데 이 차는 누구 차야?" 보슈가 물었다.

"카지노 거야. 내가 빌렸어. 왜?" 엘리노어가 말했다.

보슈는 창문을 내렸다. 그러고는 베개를 들고 총구를 베개에 대고 눌렀다. 그는 두 발을 연속으로 발사했다. 총기의 기계장치를 확인하기 위해 쏴본 거였다. 탄환은 터널의 타일 벽면에 맞고 튕겨 나갔다.

완충재를 대고 쏜 거였지만 두 발의 총성이 자동차 안을 뒤흔들었다. 선이 뒷좌석을 돌아보느라고 차가 약간 방향을 틀며 비틀거렸다.

"이게 무슨 짓이야?" 엘리노어가 외쳤다.

보슈는 베개를 바닥으로 떨어뜨리고 창문을 올렸다. 차 안에 화약 탄 냄새가 났지만 소음은 사라졌다. 그는 담요를 풀고 권총을 살펴보았다.

탄환이 안에서 걸리지 않고 수월하게 발사가 되었다. 탄환은 열네 발로 줄었지만 그 정도면 충분했다.

"제대로 작동하는지 확인해본 거야. 확인도 안 해보고 갖고 다닐 수는 없잖아." 보슈가 말했다.

"당신 미쳤어? 그러다가 무슨 수를 써보기도 전에 다 같이 잡혀 들어가면 어떡하려고!"

"당신은 목소리 좀 낮추고 선 이는 차선을 잘 지키면, 아무 문제 없을 거라고 보는데."

보슈는 윗몸을 앞으로 숙이고 등허리의 허리춤에 권총을 꽂았다. 총이 미끄러져 들어가니 따뜻한 느낌이 들었다. 고개를 들어보니 터널 끝에 표지판이 보였다. 여기부터 카우룽이라고 했다.

때가 되었다.

27 청킹 맨션

터널을 빠져나오자 카우룽의 항구 쪽 번화가인 침사추이가 나타났고, 2, 3분 후 선은 네이선 로드로 들어섰다. 네이선 로드는 4차선 대로로 양옆으로 시선이 끝닿는 데까지 고층건물들이 늘어서 있었다. 상업용 건물과 주거용 건물이 혼잡하게 뒤섞여 있었다. 건물마다 1, 2층은 소매상점과 식당이 들어와 영업을 하고 있었고, 그 위의 층들은 주거용이나 사무용 공간으로 쓰이고 있었다. 대형 옥외 비디오 스크린들과 중국어와 영어로 된 간판들이 현란한 빛과 동작을 쏟아내고 있었다. 건물은 19세기 중반의 허름한 건물부터 유리와 철로 만들어진 최신식 고층건물에 이르기까지 다양했다.

보슈가 차에서 건물들의 꼭대기를 쳐다보는 것은 불가능했다. 그는 창문을 내리고 고개를 내민 후 딸의 납치 동영상에서 나온 첫 번째 표징인 캐논 간판을 찾아 두리번거렸다. 그러나 찾을 수가 없어서 그는 다시 고개를 들여놓고 창문을 올렸다.

"선 이, 차 좀 세워봐."

선이 백미러로 그를 쳐다보았다.

"여기 세우라고요?"

"그래, 여기. 볼 수가 없잖아. 내려야겠어."

선은 그렇게 해도 좋을지 엘리노어의 눈치를 살폈고 그녀는 고개를 끄덕였다.

"우린 내릴게. 당신은 주차할 데를 찾아봐." 엘리노어가 말했다.

선이 길가에 차를 세우자 보슈가 재빨리 차에서 내렸다. 그는 배낭에서 출력 사진을 꺼내 손에 들었다. 곧 선이 떠났고 엘리노어와 보슈만 인도에 서 있었다. 오전 중반이라 거리는 사람들로 북적였다. 공기 중에 뿌연 연기가 감돌았고 타는 냄새가 났다. 배고픈 유령들이 가까이 있었다. 거리에는 네온간판과 거울유리, 그리고 급변하는 동작과 강렬한 편집이 인상적인 이미지들을 소리 없이 내보내고 있는 거대한 옥외 비디오 스크린이 넘쳐났다.

보슈는 사진을 한참 동안 들여다보다가 고개를 들고 스카이라인을 살펴보았다.

"캐논 간판이 어디 있지?" 그가 물었다.

"해리, 많이 헷갈리나 본데." 엘리노어가 말했다.

그녀는 그의 양어깨에 두 손을 올려놓고 그를 완전히 돌려세웠다.

"잊지 마, 모든 것이 반대라는걸."

그녀는 그들 앞에 있는 건물 위를 손가락으로 가리켰다. 보슈도 따라서 고개를 들고 올려다보았다. 캐논 간판이 바로 머리 위에, 글자를 읽을 수 없는 각도로 서 있었다. 간판에 적힌 글자들의 아래쪽 끝만 보였다. 간판이 천천히 회전하고 있었다.

"좋아, 이제 알겠어. 저기서부터 시작하자." 그가 말했다.

그는 다시 고개를 숙이고 사진을 들여다보았다.

"항구에서 안쪽으로 적어도 한 블록은 더 들어가야 할 것 같아."

"선 이가 올 때까지 기다려야지."

"전화해서 어디로 간다고 말해주면 되잖아."

보슈는 바로 출발했다. 엘리노어는 하는 수 없이 그를 따라나섰다.

"그래, 알았어."

그녀는 휴대전화를 꺼내 전화를 걸기 시작했다. 보슈는 걸으면서 계속 고개를 들고 건물들을 올려다보며 에어컨을 찾았다. 여기는 대여섯 건물이 한 블록을 이루고 있었다. 고개를 높이 쳐들고 걷다 보니 다른 행인들과 부딪칠 뻔한 적이 한두 번이 아니었다. 여기 사람들은 획일적으로 우측 보행을 하는 것 같지 않았다. 사람들이 사방에서 아무 데로나 움직여서 보슈는 충돌을 피하기 위해 신경을 곤두세워야 했다. 한번은 앞에서 걷던 사람들이 갑자기 왼쪽 오른쪽 방향을 바꿔 걸어서 보슈는 그들을 피하려다 인도에 엎드려 동전 바구니 위에 두 손을 기도하듯 모아 쥐고 있는 할머니와 부딪칠 뻔하기도 했다. 보슈는 가까스로 할머니를 피하면서 주머니에 손을 집어넣었다.

엘리노어가 재빨리 그의 팔을 잡았다.

"주지 마. 이런 사람들한테 돈을 주면 저녁때쯤 삼합회 조직원들이 와서 다 뺏어간대."

보슈는 이의를 제기하지 않았다. 그는 자기 앞에 보이는 것들을 유심히 보면서 걸었다. 두 블록을 더 걸어간 후 그는 퍼즐 한 조각이 제자리를 찾아가는 모습을 보고 소리를 들었다. 길 건너에 홍콩 지하철 MTR의 입구가 있었다. 유리 구조물 안에 지하철역으로 내려가는 에스컬레이터가 있었다.

"잠깐만. 목적지에 가까이 온 것 같아." 보슈가 걸음을 멈추며 말했다.

"그걸 어떻게 알아?" 엘리노어가 물었다.

"지하철 소리 들어봐. 동영상에서도 이 소리가 들렸어."

때맞추어 열차가 지하철역으로 들어오면서 공기가 새어 나오는 쉭 소리가 점점 더 크게 들렸다. 마치 파도 소리 같았다. 보슈는 들고 있는 사진을 들여다보다가 고개를 들고 주변 건물들을 둘러보았다.

"건너가 보자."

"잠깐 선 이 좀 기다렸다가 같이 가면 안 돼? 이렇게 계속 움직이면 어디에서 만나자고 할 수가 없잖아."

"일단 길 건너가서 기다리자고."

그들은 횡단보도의 보행 신호가 깜박이자 서둘러 길을 건넜다. 지하철역 입구 주변에서는 초라한 행색의 여자들이 구걸을 하고 있었다. 지하철역으로 내려가는 사람들보다 지하철역에서 올라오는 사람들이 더 많았다. 카우룽이 점점 더 혼잡해지고 있었다. 공기는 습기로 무겁게 내려앉았고 보슈는 셔츠가 등에 달라붙는 것을 느꼈다.

보슈는 돌아서서 건물들을 올려다보았다. 그들이 있는 곳은 낡은 건물들이 늘어선 구시가지였다. 마치 비행기 일등석에서 이코노미석으로 걸어 내려간 느낌이었다. 이 블록과 그 밑으로 보이는 블록의 건물들은 높아봐야 20층 정도로 항구와 가까운 블록에 있는 건물들보다 작고 상태도 열악한 것 같았다. 창문이 많이 열려 있고 개별 에어컨 실외기가 달려 있는 창문이 많았다. 그는 마음속 아드레날린 저장고의 문이 열리는 것을 느꼈다.

"그래, 이거야. 매디는 여기 어딘가에 있어."

보슈는 지하철역 입구에 모여 서서 시끄럽게 떠들어대는 사람들을 피하기 위해 그 블록을 걸어 내려가기 시작했다. 걸어가면서도 눈으로는 계속 주변 건물들의 고층을 훑고 있었다. 그는 콘크리트 협곡에 들어와 있었고 저 위 어느 바위틈에 사라진 그의 딸이 있었다.

"해리, 멈춰! 방금 선 이한테 지하철역 입구에서 만나자고 했단 말이야."

"당신이 기다려. 난 천천히 걸을게."

"안 돼. 나도 같이 가."

그 블록을 반쯤 걸어갔을 때 보슈는 걸음을 멈추고 다시 사진을 들여다보았다. 그러나 그를 도와줄 결정적인 힌트가 없었다. 그는 목적지에 가까이 와 있었지만, 도움이 필요한 지점에 이르렀기 때문에 도움이 없으면 추측만 하다가 끝날 가능성이 높았다. 그는 수천 개의 방과 창문에 둘러싸여 있었다. 수색의 마지막 단계는 결정적인 힌트 없이는 진행하지 못할 거라는 생각이 서서히 들기 시작했다. 딸을 찾기 위해 수천 킬로미터를 날아왔지만 지하철역 앞에서 동전을 구걸하는 초라한 행색의 여자들만큼이나 무력했다.

"사진 좀 보여줘 봐." 엘리노어가 말했다.

보슈가 사진을 그녀에게 건넸다.

"다른 특징이 없어. 건물들이 다 똑같아 보인단 말이지." 보슈가 말했다.

"조용히 해봐, 좀 보게."

엘리노어는 천천히 사진을 살펴보았고 보슈는 그녀가 20년의 세월을 거슬러 올라가 FBI요원이었던 때로 돌아가는 것을 지켜보았다. 그녀는 눈을 가늘게 뜨고, 실종된 소녀의 엄마가 아니라 FBI요원으로서 사진을 분석했다.

"그래, 여기 뭔가가 있을 것 같네." 그녀가 말했다.

"난 에어컨 실외기가 단서가 될 거라고 생각했어. 근데 와보니까 이 주변은 건물마다 실외기가 주렁주렁 달려 있잖아."

엘리노어는 고개를 끄덕이면서도 시선은 사진에 고정되어 있었다. 그때 선 이가 움직이는 표적을 쫓아다니느라 벌겋게 상기된 얼굴로 나타났다. 엘리노어는 선에게 아무 말도 하지 않았지만 팔을 약간 움직여 선도 사진을 볼 수 있게 해주었다. 두 사람의 관계가 말이 필요 없는 단계에 이른 것이다.

보슈는 돌아서서 긴 복도 같은 네이선 로드를 내려다보았다. 의식적인 행동이든 아니든, 그는 자신이 더 이상 갖고 있지 않은 것을 보면서 연연해하고 싶지 않았다. 그때 뒤에서 엘리노어 말소리가 들렸다.

"잠깐만. 여기 일정한 패턴이 있어."

보슈가 다시 그녀를 향해 돌아섰다.

"무슨 말이야?"

"찾을 수 있겠어, 해리. 우리를 매디가 있는 방으로 안내해줄 패턴이 있어."

보슈는 등줄기가 서늘해지는 것을 느꼈다. 그는 사진을 보려고 엘리노어에게 다가갔다.

"패턴이 뭔데? 보여줘 봐." 그가 말했다. 다급함이 묻어나는 말투였다.

엘리노어가 사진 속에서 창문에 일렬로 비치고 있는 에어컨 실외기를 따라 손톱으로 쭉 선을 그었다.

"우리가 찾고 있는 건물의 모든 창문에 에어컨이 달려 있는 것은 아니야. 지금 이 방처럼 창문이 열려 있는 방도 꽤 되잖아. 그러니까 패턴이 생기는 거야. 문제는 건물의 일부만 보이고 있고 이 방이 건물 내에서 어디에 있는지 모르니까 이 사진 속의 패턴만 갖고는 찾기가 힘들다는 거야."

"십중팔구는 중앙에 있을 거야. 오디오 분석에서 사람들 목소리가 엘리베이터 소리에 묻혀서 작아진 것을 찾아냈거든. 엘리베이터는 보통 건물 중앙에 있잖아."

"좋아. 도움이 되는 정보네. 자 그럼 창문은 줄표, 에어컨 실외기는 점이라고 하자. 여기 창문에 비치는 건 매디가 있는 층의 패턴이야. 매디가 있는 방부터 시작해보면, 거긴 줄표, 그다음엔 점, 점, 줄표, 점, 줄표, 이렇게 되네."

엘리노어는 사진 속 패턴의 부분마다 손톱으로 톡톡 치면서 말했다.

"그러니까 그게 우리가 찾아야 할 패턴이야. 건물을 올려다볼 때 왼쪽에서 오른쪽으로 가는 걸로 해서 찾아야 돼." 그녀가 덧붙였다.

"줄표, 점, 점, 줄표, 점, 줄표. 창문은 줄표이고." 보슈가 따라했다.

"맞아. 건물들을 나눠서 살펴볼까? 지하철 때문에 이 근방이라는 건 알고 있으니까 말이야." 엘리노어가 말했다.

그녀는 돌아서서 거대한 장막처럼 우뚝 선 건물들을 올려다보았다. 보슈는 어떤 건물도 다른 사람에게 맡길 수 없다는 생각이 먼저 들었다. 모든 건물을 자기 눈으로 직접 훑어봐야 직성이 풀릴 것 같았다. 그러나 그는 참았다. 패턴을 찾아내 돌파구를 마련한 것은 엘리노어였다. 그녀를 믿어도 좋을 것 같았다.

"좋아, 시작하자. 어느 걸 내가 맡을까?" 보슈가 말했다.

엘리노어가 손을 들어 건물을 가리켰다.

"당신은 저 건물을 맡아, 난 이걸 맡을 테니까. 그리고 선 이, 당신은 저 건물을 확인해줘. 확인이 끝나면 그 옆에 있는 건물로 옮겨가. 찾을 때까지 다 살펴보는 거야. 꼭대기 층에서 시작하자. 사진을 보면 방이 고층에 있는 것 같으니까."

보슈는 그녀의 판단이 옳다고 생각했다. 이렇게 나눠서 찾아보면 예상보다 수색이 훨씬 빨리 진행될 것이었다. 그는 자기가 맡은 건물 앞으로 걸어가 패턴을 찾아보기 시작했다. 꼭대기 층에서 시작해 한 층씩 내려오면서 눈으로 에어컨과 창문을 훑어보았다. 엘리노어와 선 이도 각자 맡은 건물 앞으로 가서 확인 작업을 시작했다.

＊＊＊

30분 후 보슈가 세 번째 건물을 절반 정도 훑어보았을 때 엘리노어가
외쳤다.

"찾았어!"

보슈는 급히 그녀에게로 돌아갔다. 그녀는 손을 들고 바로 길 건너편에
있는 건물의 층수를 헤아리고 있었다. 곧 선 이도 합류했다.

"14층이야. 패턴이 건물 중앙에서 오른쪽으로 한 칸 간 다음에 시작이
돼. 중앙에서 시작될 거라는 당신 추측이 맞았어, 해리."

보슈는 희망에 부풀어 고개를 들고 층수를 세기 시작했다. 14층에 이
르러서 패턴을 확인해보았다. 그 층 전체에 창문이 열두 개 있었는데 오
른쪽으로 여섯 개의 창문이 패턴과 일치했다.

"맞네."

"잠깐만. 이건 패턴이 들어맞은 하나의 경우일 뿐이야. 다른 창문들도
패턴이 맞을 수 있잖아. 그러니까 끝까지……."

"난 못 기다려. 당신은 계속 살펴봐. 패턴이 들어맞는 경우가 또 있으면,
전화해줘."

"아냐, 같이 가."

보슈는 동영상에서 반사된 풍경을 담아냈을 그 창문을 뚫어지게 노려
보았다. 지금은 닫혀 있었다.

그는 눈길을 내려 건물의 입구를 바라보았다. 건물의 1~2층은 소매상
점 상가였다. 두 개의 대형 디지털 스크린을 포함하여 여러 개의 대형 간
판이 1~2층의 바깥 면을 완전히 덮고 있었다. 출입구 위에 건물 이름이
영어와 중국어 금박 글자로 붙어 있었다.

CHUNGKING MANSIONS
重慶大厦

주 출입구는 자동차 두 대가 들어가는 차고 문만큼이나 넓었다. 출입구 안쪽에 북적이는 쇼핑 상가로 이어지는 짧은 계단이 보였다.

"여기가 청킹 맨션이야." 엘리노어가 잘 아는 것 같은 말투로 말했다.

"여기 알아?" 보슈가 물었다.

"와본 적은 없지만, 청킹 맨션은 누구나 다 아는 유명한 곳이야."

"어떤 곳인데?"

"일종의 용광로 같은 곳. 이 도시에서 가장 값싼 숙소가 있고, 홍콩에 처음 오는 제3세계, 제4세계 이민자들이 제일 먼저 찾아오는 곳이기도 하지. 두 달에 한 번쯤은 이곳에서 누가 체포됐다거나 총에 맞았다거나 칼에 찔렸다는 뉴스를 접하게 돼. 포스트모던한 카사블랑카라고나 할까. 모든 것이 한 건물 안에서 해결되는."

"가보자."

보슈가 블록 한 중간에서 천천히 움직이는 차들 사이를 헤집고 도로를 건너가자, 택시들이 브레이크를 밟고 경적을 울려댔다.

"해리, 뭐 하는 거야?" 엘리노어가 뒤에서 소리쳤다.

보슈는 대답하지 않았다. 그는 길을 건너 계단을 올라가 청킹 맨션으로 들어갔다. 마치 다른 행성으로 걸어 들어가는 느낌이 들었다.

28 일곱 번째 문

보슈가 청킹 맨션 1층으로 걸어 들어가는 동안 제일 먼저 그를 강타한 것은 냄새였다. 눈이 어둠침침한 제3세계 농산물 시장에 익숙해지는 동안, 향신료와 볶음요리의 강한 향이 그의 코를 자극했다. 그의 앞에는 미로 같은 좁은 골목들을 따라 온갖 것을 다 파는 가판대들이 늘어서 있었다. 문을 연 지 얼마 안 됐는데도 시장 안은 벌써부터 장사꾼들과 손님들로 북적이고 있었다. 너비 2미터 정도 되는 가판대에는 시계와 휴대전화에서부터 모든 언어의 신문과 갖가지 음식까지 별의별 것들이 다 진열되어 있었다. 그런데 왠지 음산한 분위기여서 보슈는 몇 걸음 걷다가 뒤를 돌아보며 누가 따라오지는 않는지 확인하곤 했다.

그가 건물 중앙으로 걸어가자 엘리베이터 타는 곳이 나타났다. 두 대의 엘리베이터 앞에 열다섯 명 정도가 한 줄로 서서 기다리고 있었다. 엘리베이터 한 대는 열려 있고 안이 어두운 것으로 보아 고장이 났나 보았다. 줄 앞쪽에 경비원 두 명이 서서 위로 올라가고자 하는 사람들이 방 열쇠를 갖고 있거나 방 열쇠를 갖고 있는 사람과 동행하고 있는지를 확인하고 있었다. 운행하는 엘리베이터의 문 위에는 비디오 스크린이 있었는데 엘리베이터의 내부를 보여주고 있었다. 엘리베이터 안은 벌써 깡통에 정어리 들어차 있듯이 최대 정원까지 꽉꽉 들어차 있었다.

보슈가 비디오 스크린을 노려보며 14층까지 어떻게 올라갈까 고민하고 있을 때 엘리노어와 선 이가 헐레벌떡 쫓아왔다. 엘리노어가 보슈의 팔을 거칠게 붙잡았다.

"해리, 제발 혼자 해보겠다고 나서지 마! 다시는 그렇게 먼저 뛰어가지 말라고!"

보슈가 엘리노어를 바라보았다. 그녀의 눈에는 분노가 아니라 두려움이 어려 있었다. 그녀는 14층에서 무엇을 직면하게 되더라도 그와 함께 있고 싶은 모양이었다.

"난 그냥 계속 움직이고 싶었어." 보슈가 말했다.

"그럼 같이 움직여, 혼자 가지 말고. 올라갈 거야?"

"올라가려면 방 열쇠가 필요해."

"그럼 방을 빌려야지."

"어디서 빌리는데?"

"글쎄."

엘리노어가 선을 쳐다보았다.

"우리 올라가야 해."

그녀가 그 말만 했는데도 뜻이 전달되었다. 선 이가 고개를 끄덕이더니 그들을 데리고 엘리베이터 앞을 떠나 가판대가 늘어선 미로 속으로 더 깊숙이 걸어 들어갔다. 잠시 후 다양한 언어의 표지판이 있는 긴 카운터가 나타났다.

"방은 여기서 빌립니다. 호텔이 여러 개 있으니 골라야 해요." 선이 말했다.

"이 건물 안에? 호텔이 여러 개 있다고?" 보슈가 되물었다.

"그래요, 많아요. 여기서 고르면 됩니다."

선이 카운터에 붙은 표지판들을 가리켰다. 그러니까 선이 하는 말은 이 건물 안에 호텔이 많이 있고 그 호텔들이 가난한 여행객들을 놓고 서로 경쟁하고 있다는 뜻이었다. 특정 국가의 언어로 표지판을 만들어놓고 그 국가의 여행객들을 집중 유치하는 호텔도 있었다.

"14층엔 어떤 호텔이 있나 물어봐 줘." 보슈가 말했다.

"14층이란 건 없을 텐데요."

보슈는 선의 말이 옳다는 걸 깨달았다.

"그럼 15층. 15층은 어느 호텔이지?"

선이 카운터 앞으로 가서 15층은 어느 호텔이냐고 물은 뒤 세 번째 카운터 앞으로 가서 서더니 엘리노어와 보슈를 손짓해 불렀다.

"여깁니다."

보슈는 카운터 뒤에 앉은 남자를 눈여겨보았다. 그는 족히 40년은 그렇게 그곳에 앉아 있었던 사람 같아 보였다. 종 모양의 몸은 그가 앉아 있는 걸상에 맞게 최적화된 것 같았다. 뼈를 깎아 만든 10센티미터 길이의 파이프에 담배를 끼워 피우고 있었다. 담배 연기가 눈으로 들어가는 게 싫은 모양이었다.

"영어 할 줄 알아?" 보슈가 물었다.

"그럼, 할 줄 알지." 남자가 지친 목소리로 말했다.

"좋아. 14, 아니 15층에 방 하나 줘."

"당신들 모두? 방 하나?"

"그래, 방 하나."

"안 돼, 방 하나는 안 돼. 두 명만."

보슈는 객실마다 최대 정원이 두 명이라는 뜻임을 알아차렸다.

"그럼 15층에 방 두 개 줘."

"그건 되지."

접수직원이 카운터 위에 놓인 클립보드를 보슈에게로 밀었다. 클립보드 옆에 달린 끈에 펜이 매여 있었고 클립 밑에는 두꺼운 숙박부가 묶여 있었다. 보슈는 재빨리 이름과 주소를 휘갈겨 쓴 후 클립보드를 접수직원에게로 되밀었다.

"신분증, 여권." 접수직원이 말했다.

보슈가 여권을 꺼내주자 남자가 여권을 확인했다. 그러고는 메모지에 방 번호를 적어서 보슈에게 건넸다.

"얼마?"

"얼마나 있을 건데?"

"10분."

남자는 보슈의 대답에 어리둥절한 듯 세 사람을 훑어보았다.

"빨리. 얼마?" 보슈가 채근했다.

그는 현금을 꺼내려고 주머니에 손을 넣었다.

"미화 200달러."

"미화 없어. 홍콩달러."

"방 두 개, 1,500달러."

선이 다가오더니 보슈의 손이 들어간 주머니 위에 손을 얹었다.

"안 돼요, 바가지를 씌우고 있어요."

선은 접수직원이 보슈를 속이는 건 못 참겠다는 듯 권위적으로 무슨 말을 속사포로 쏟아내기 시작했다. 그러나 보슈는 개의치 않았다. 그에게 중요한 건 계속 움직이는 거였지 돈이 아니었다. 그는 지폐 다발에서 1,500달러를 빼내 카운터 위로 던졌다.

"열쇠." 보슈가 요구했다.

접수직원은 선에게서 눈을 떼고 뒤에 있는 두 줄의 열쇠 보관판을 향해 돌아앉았다. 그가 열쇠 두 개를 고르는 동안, 보슈는 선을 바라보며 어깨를 으쓱거렸다.

접수직원이 돌아앉자 보슈가 손을 내밀었지만 그는 열쇠를 선뜻 내놓지 않았다.

"열쇠 보증금 1,000달러."

그제야 보슈는 지폐 다발을 보이는 게 아니었다는 생각이 들었다. 그는 지폐 다발을 꺼냈지만 이번에는 카운터 아래로 내려 들고 지폐 두 장을 빼냈다. 그러고는 지폐를 카운터 위에 탁 소리가 나게 내려놓았다. 걸상에 앉은 남자가 열쇠를 건네주자 보슈는 재빨리 빼앗아 쥐고 엘리베이터 타는 곳으로 돌아갔다.

객실 열쇠는 놋쇠로 만든 구식 열쇠로 한자와 방 번호가 적힌 다이아몬드 모양의 장식품과 함께 열쇠고리에 연결되어 있었다. 그들은 1503호와 1504호를 배정받았다. 엘리베이터를 향해 걸어가면서 보슈는 열쇠 한 개를 선에게 건넸다.

"당신은 선을 따라가든가 나랑 있든가." 보슈가 엘리노어에게 말했다.

엘리베이터를 기다리는 줄이 더 길어져 있었다. 지금은 서른 명도 넘는 것 같았고 천장의 비디오를 보니 경비들이 여행객들의 덩치를 고려하여 한 번에 여덟 명에서 열 명 정도까지 태우고 있었다. 보슈는 엘리베이터를 기다리면서 생애에서 가장 긴 15분을 보냈다. 엘리노어는 인내심이 점점 더 고갈되고 있고 불안감이 커져가고 있는 보슈를 대화로 진정시켜보려고 애썼다.

"올라간 다음에는 어떻게 할 계획이야?"

보슈는 고개를 가로저었다.

"계획 같은 거 없어. 상황 봐가면서 행동해야지."

"그게 끝이야? 어떻게 할 건데, 문을 두드리고 다닐 거야?"

보슈는 고개를 가로저었고 창문에 반사된 풍경을 찍은 사진을 다시 들어 보였다.

"아니, 어느 방인지 알 수 있을 거야. 이 방에는 창문이 한 개 있어. 방마다 창문이 한 개라는 소리지. 이 사진을 보면 우리가 찾는 창문은 네이선 로드에 면한 쪽에서 일곱 번째 거야. 올라가면 가운데에서부터 일곱 번째 방을 쳐야지."

"친다고?"

"그럼 문을 두드리면서 열어달라고 부탁할 줄 알았어?"

줄이 앞으로 움직였고 마침내 그들의 차례가 왔다. 경비가 보슈의 열쇠를 확인하더니 그와 엘리노어는 통과시켰지만, 그들 바로 뒤에서 팔을 뻗어 선 이를 막아 세웠다. 엘리베이터의 정원이 다 찬 거였다.

"해리, 기다려. 다음 것 타자." 엘리노어가 말했다.

보슈는 엘리베이터 안으로 밀고 들어가 돌아섰다. 그러고는 엘리노어와 선을 쳐다보았다.

"기다리고 싶으면 기다려. 난 못 기다려."

엘리노어는 잠깐 망설이더니 엘리베이터로 들어가 보슈 옆에 섰다. 문이 닫히기 시작하자 선에게 중국어로 무슨 말인가를 외쳤다.

보슈는 디지털 층수 표시기를 올려다보았다.

"선 이한테 뭐라고 말했어?"

"15층에서 기다리겠다고."

보슈는 아무 말도 하지 않았다. 기다리든 말든 알 바 아니었다. 그는 마음을 가라앉히고 천천히 호흡을 하려고 애썼다. 15층에서 발견하게 될 것에 혹은 직면하게 될 상황에 맞설 준비를 했다.

엘리베이터가 천천히 움직였다. 암내와 비린내가 났다. 보슈는 악취를 피하기 위해 입으로 숨을 쉬었다. 자기도 이 난국에 일조했다는 것을 깨달았다. 그가 마지막으로 샤워한 것이 금요일 아침 LA에서였다. 그에게는 그때가 전생처럼 느껴졌다.

엘리베이터를 타고 올라가는 것이 아래에서 기다리는 것보다 더 고역이었다. 마침내, 중간에 네 번이나 서고 나서 엘리베이터가 15층에 멈춰 서고 문이 열렸다. 그때까지 남은 승객은 보슈와 엘리노어, 16층을 누른 남자 둘뿐이었다. 보슈는 그 두 사람을 흘끗 쳐다본 뒤 15층 밑에 있는 단추들을 쭈르륵 다 눌렀다. 엘리베이터는 내려가는 동안 여러 번 멈춰 설 것이었다. 보슈는 왼손을 엉덩이에 대고 필요한 순간에 즉시 권총을 뽑을 수 있도록 준비를 하며 엘리베이터에서 내렸다. 엘리노어가 그 뒤를 따라 내렸다.

"당신은 선이 올라오는 게 내키지 않는 거지?" 엘리노어가 물었다.

"응." 보슈가 대답했다.

"선이 와야 해."

보슈가 그녀에게로 돌아섰다.

"아니, 올 필요 없어."

엘리노어가 두 손을 들고 항복을 표시하며 한 걸음 뒤로 물러섰다. 지금은 이런 논쟁을 할 때가 아니었다. 그녀도 그 정도는 알고 있었다. 보슈는 돌아서서 주변을 살피기 시작했다. 엘리베이터는 H형 복도의 중앙에 있었다. 그는 오른쪽 홀로 걸어갔다. 그쪽이 네이선 로드에 면한 쪽이라는 것을 알고 있었다.

그는 즉시 문의 개수를 세기 시작했다. 홀 앞쪽 네이선 로드 쪽으로 12개의 문이 있었다. 그는 일곱 번째 문, 1514호 앞으로 걸어갔다. 그는 긴장과 흥분으로 심장이 쿵쾅거리는 것을 느꼈다. 여기였다. 그가 찾아온 목적지가 바로 여기였다.

그는 허리를 숙이고 문틈에 귀를 갖다 댔다. 열심히 귀를 기울였지만 안에서는 아무 소리도 들리지 않았다.

"무슨 소리 들려?" 엘리노어가 속삭였다.

보슈는 고개를 가로저었다. 문손잡이에 손을 올려놓고 돌려보았다. 문이 잠겨 있지 않을 거라고 예상한 건 아니었지만, 손잡이가 얼마나 견고한지 느껴보고 싶었다.

손잡이는 낡고 헐거웠다. 보슈는 문을 발로 차서 열고 불시에 기습할 것인가 아니면 열쇠 따는 도구로 문을 열면서 소리를 내어 안에 있는 사람에게 경고를 할 것인가 결정해야 했다.

그는 한쪽 무릎을 꿇고 앉아서 문손잡이를 자세히 살펴보았다. 열쇠 하나 넣어서 돌리면 열릴 것처럼 단순해 보였지만 안에 데드볼트나 현관 체인이 있을 수도 있었다. 그는 갑자기 좋은 생각이 떠올라 주머니에 손을 넣었다.

"우리 방에 가봐. 가서 안에 데드볼트나 현관 체인이 있는지 확인해봐." 보슈가 엘리노어에게 속삭였다.

그는 1504호 열쇠를 그녀에게 건네주었다.

"지금?" 엘리노어가 속삭였다.

"그래, 지금. 이 안에 뭐가 있는지 알아야 돼." 보슈가 작은 소리로 대답했다.

엘리노어는 열쇠를 받아들고 잰걸음으로 홀을 걸어갔다. 보슈는 배지 지갑을 꺼냈다. 공항 검색대를 통과하기 전에 가장 좋은 열쇠 따는 핀 두 개를 배지 뒤로 밀어 넣어두었다. 엑스레이에서 배지에 불이 들어오겠지만 그 뒤에 있는 얇은 금속 핀 두 개는 배지의 일부로 보일 거였다. 그의 예상이 적중했고 이제 그는 그 핀들을 꺼내 가만히 손잡이 자물쇠에 집어넣고 이리저리 돌려보기 시작했다.

보슈가 자물쇠를 여는 데 1분도 채 걸리지 않았다. 그는 문을 밀어 열지는 않고 손잡이를 잡은 채 엘리노어가 조명이 어두운 복도를 서둘러 걸어올 때까지 기다렸다.

"현관 체인이 있어." 그녀가 속삭였다.

보슈는 고개를 끄덕이고는 오른손으로 손잡이를 잡은 채 일어섰다. 체인 따위 무시하고 어깨로 강하게 밀고 들어갈 수 있었다.

"준비됐어?" 그가 속삭여 물었다.

엘리노어가 고개를 끄덕였다. 그러자 보슈는 재킷 속으로 손을 넣어 등 허리춤에 꽂아둔 권총을 뺐다. 엄지손가락으로 안전장치를 풀고 엘리노어를 바라보았다. 둘이 함께 입 모양으로 수를 세기 시작했다. 하나, 둘, 셋. 보슈가 어깨로 있는 힘껏 문을 밀쳤다.

현관 체인이 걸려 있지 않았다. 문이 활짝 열렸고 보슈가 재빨리 방 안으로 들어갔다. 엘리노어가 바로 그 뒤를 따라 들어갔다.

방은 비어 있었다.

29 혈흔

보슈는 방을 걸어가 작은 화장실로 들어갔다. 더러운 비닐 샤워 커튼을 홱 젖혀보았지만 타일로 된 작은 샤워공간은 비어 있었다. 그는 방으로 돌아가 엘리노어를 보았다. 그러고는 그 자신도 두려워하는 말을 했다.

"매디가 가고 없어."

"이 방이 맞기는 한 거야?" 엘리노어가 물었다.

보슈는 맞다고 확신했다. 사진에서 보았던 벽의 깨진 부분들과 침대 위쪽 벽에 난 못 자국들을 이미 확인했다. 그는 재킷에서 접은 출력 사진을 꺼내 그녀에게 건넸다.

"이 방이야."

그는 권총을 재킷 밑으로 집어넣어 바지 허리춤에 다시 꽂았다. 그는 허탈감과 공포감에 압도되지 않으려고 애썼다. 그러나 이제 여기서 나가면 어디로 가야 할지 막막했다.

엘리노어가 사진을 침대 위로 떨어뜨렸다.

"매디가 여기 있었다는 표시가 어디 있을 거야. 뭐라도 있을 거야."

"가자. 접수대 남자하고 얘기해봐야겠어. 금요일에 이 방을 빌린 사람이 누군지 알아내야지."

"아냐, 잠깐 기다려. 우선 여기부터 둘러보고."

그녀는 쭈그리고 앉아서 침대 밑을 살펴보았다.

"엘리노어, 매디는 침대 밑에 없어. 놈들이 데려간 거야. 그러니까 우리
도 움직여야 돼. 선에게 전화해서 올라오지 말고 차를 대기시키라고 해."

"아냐, 그럴 리가 없어."

그녀는 몸을 일으켜 침대 옆에 무릎을 꿇고 앉아 침대 위에 두 팔꿈치
를 대고 잠자기 전 기도하는 아이 같은 자세를 취했다.

"가버렸을 리가 없어. 우린……."

보슈는 침대를 돌아가 엘리노어 뒤에 서서 허리를 굽히고 두 팔로 그녀
를 부축해 일으켜 세웠다.

"자, 어서, 엘리노어, 이제 가야 돼. 매디를 찾으러 가야지. 말했잖아, 꼭
찾을 거라고. 그러려면 계속 움직여야 돼. 그래야 찾을 수 있어. 정신 똑바
로 차리고 계속 움직여야 한다고."

보슈가 엘리노어를 문 쪽으로 안내했지만, 그녀는 그를 떨쳐내고 화장
실로 걸어갔다. 비어 있다는 걸 자기 눈으로 확인하고 싶은 모양이었다.

"엘리노어, 제발."

그녀는 화장실로 사라졌고 곧 샤워 커튼을 젖히는 소리가 들렸다. 그러
나 그녀는 곧바로 나오지 않았다.

"해리!"

보슈는 황급히 방을 가로질러 화장실로 들어갔다. 엘리노어는 변기 옆
으로 몸을 숙이고 쓰레기통을 집어 들고 있었다. 그녀는 쓰레기통을 들고
와 보슈에게 건넸다. 쓰레기통 바닥에 피 묻은 화장지 뭉치가 있었다.

엘리노어가 두 손가락으로 그것을 집어 들었다. 화장지에 10센트짜리
동전보다 작은 혈흔이 묻어 있었다. 혈흔의 크기가 작고 화장지가 뭉쳐져

있는 것으로 보아 뭔가에 찔린 상처에 지혈을 위해 갖다 댄 것 같았다.

엘리노어가 보슈에게 몸을 기댔고, 그는 그녀가 그 혈흔이 딸의 것이라고 추정하고 있다는 걸 알았다.

"이게 무슨 의미인지는 아직은 모르는 거야, 엘리노어."

그의 위로는 효과가 전혀 없었다. 그녀의 몸짓 언어는 곧 그녀가 무너져 내릴 것임을 예고하고 있었다.

"매디에게 약을 주사한 거야. 팔에 주삿바늘을 찌른 거라고." 엘리노어가 말했다.

"그것도 아직 모르는 일이야. 1층으로 내려가서 접수직원을 만나보자."

엘리노어는 움직이지 않았다. 붉고 흰 꽃을 바라보듯 혈흔이 묻은 화장지를 물끄러미 바라보고 있었다.

"이걸 넣어갈 데 있어?"

보슈는 항상 밀봉형 증거물 봉투 몇 장을 재킷 주머니에 넣고 다녔다. 그가 한 장을 꺼내 엘리노어에게 건네자 그녀는 그 속에 휴지 뭉치를 넣었다. 보슈는 그 봉투를 밀봉해서 재킷 주머니에 넣었다.

"됐어. 가자." 보슈가 말했다.

마침내 그들은 그 방을 나갔다. 보슈는 한 팔로 엘리노어를 감싸 안고 그녀의 얼굴을 쳐다보면서 홀을 향해 걸어갔다. 그는 그녀가 그의 팔을 뿌리치고 다시 그 방으로 달려갈지 모른다고 생각했다. 그런데 그때 홀을 바라보던 그녀의 눈빛이 달라졌다.

"해리?"

보슈는 선이 왔겠거니 생각하며 고개를 돌렸다. 그런데 아니었다.

홀 끝에서 남자 두 명이 걸어오고 있었다. 그들은 나란히 서서 걷고 있었다. 보슈는 그들이 엘리베이터를 타고 16층으로 올라가던 그 마지막 승객들이라는 사실을 알아차렸다.

보슈와 엘리노어가 복도로 나오는 것을 본 순간, 남자들의 손이 재킷 안으로 들어가 허리춤으로 향했다. 보슈는 한 남자가 무언가를 움켜쥐는 것을 보았고 그가 권총을 꺼내 들 거라는 사실을 본능적으로 알아차렸다.

보슈는 오른팔을 들어 엘리노어의 등 중앙에 대고 엘리베이터 타는 곳을 향해 그녀를 힘껏 밀어냈다. 그와 동시에 왼손을 뒤로 돌려 허리춤에 꽂힌 권총을 잡았다. 남자 한 명이 보슈가 알지 못하는 언어로 고함을 치더니 총을 들었다.

보슈도 총을 꺼내 남자들을 겨냥했다. 홀 저편에서 남자 하나가 총을 발사함과 동시에 보슈도 사격을 시작했다. 보슈는 두 명 다 쓰러진 후에도 계속 총을 쏘았다. 적어도 열 발 정도를 연달아 발사했다.

보슈는 그 남자들을 겨냥한 채 그들에게 다가갔다. 한 명이 다른 한 명의 다리 위에 누워 있었다. 동료의 다리 위에 누운 남자는 눈을 뜨고 천장을 멍하니 응시한 채로 죽어 있었다. 다른 한 명은 아직 살아서 숨을 얕게 쉬면서 허리춤에서 권총을 빼내려고 애쓰고 있었다. 보슈가 내려다보니 해머 스퍼(공이치기 뒤쪽에 있는 손가락 지지대 - 옮긴이)가 바지 허리춤에 걸려 있었다. 그래서 권총을 꺼내지 못한 것이다.

보슈는 허리를 굽혀 남자의 손을 총에서 떼어내고 총을 허리춤에서 거칠게 빼냈다. 남자의 손이 바닥으로 떨어졌다. 보슈는 권총을 그의 손이 닿지 않는 카펫 저편으로 밀어버렸다.

부상당한 남자의 가슴 위쪽에 총상 상처가 두 군데 있었다. 보슈가 남자들의 몸을 겨냥했고 명중시킨 것이다. 남자는 출혈이 심했다.

"그 아인 어디 있어? 그 아인 어디 있느냐고?" 보슈가 말했다.

남자는 그르렁거리는 소리를 냈고 입에서 얼굴 옆쪽으로 피가 줄줄 흘러내렸다. 보슈가 볼 때 1분 안에 사망할 것 같았다.

보슈는 복도 저 아래쪽에서 문이 열렸다가 금방 닫히는 소리를 들었다.

고개를 들고 살펴보았지만 아무도 없었다. 보슈는 이런 곳에 있는 사람들은 대개가 이런 일에 말려드는 걸 원치 않겠지만 경찰은 총격이 있었다는 신고를 받고 곧 출동할 것임을 알고 있었다.

보슈는 죽어가는 남자에게로 고개를 돌렸다. 그러고는 같은 질문을 되풀이했다.

"그 아이 어디 있어? 내 딸이 어디……."

보슈는 남자가 죽은 것을 알아차리고 말을 멈췄다.

"빌어먹을!"

그는 일어서서 엘리노어가 있는 엘리베이터 타는 곳을 돌아보았다.

"놈들이 매디를……."

엘리노어가 바닥에 쓰러져 있었다. 보슈는 그녀에게로 미친 듯이 달려가 바닥에 무릎을 꿇고 풀썩 주저앉았다.

"엘리노어!"

너무 늦었다. 그녀는 눈을 뜨고 있었지만 복도에서 죽은 남자의 눈처럼 멍하고 초점이 없었다.

"안 돼, 안 돼, 제발, 안 돼, 엘리노어!"

상처는 보이지 않는데 숨을 쉬지 않았고 눈동자도 움직이지 않았다. 보슈가 그녀의 어깨를 잡고 흔들어댔지만 아무 반응이 없었다. 그는 한 손으로 그녀의 뒤통수를 감싸고 다른 손으로는 그녀의 입을 벌렸다. 그러고는 입에 인공호흡을 하려고 허리를 굽혔다. 그러나 그 순간 그는 상처를 발견했다. 뒤통수를 감싸고 있던 손을 빼내 보니 피가 흥건히 묻어 있었다. 고개를 돌리자 왼쪽 귀 밑 머리 선에 총에 맞은 상처가 있었다. 그가 그녀를 엘리베이터 타는 곳으로 밀어낼 때 총에 맞은 것 같았다. 그가 그녀를 사지로 밀어 넣은 것이다.

"엘리노어." 보슈가 조용히 그녀를 불렀다.

그는 허리를 숙이고 얼굴을 그녀의 가슴에 가만히 올려놓았다. 그녀에게서 익숙한 향기가 났다. 그는 상처받은 짐승의 커다란 신음소리를 들었고 그것이 자기 입에서 나왔다는 사실을 깨달았다.

30초 동안 그는 움직이지 않았다. 그렇게 가만히 그녀의 가슴에 얼굴을 대고 있었다. 잠시 후 뒤에서 엘리베이터 문이 열리는 소리가 들려서 마침내 고개를 들었다.

선 이가 엘리베이터에서 내렸다. 그는 현장을 보더니 곧 바닥에 쓰러져 있는 엘리노어에게 시선을 집중했다.

"엘리노어!"

선이 엘리노어에게로 급히 다가왔다. 보슈는 선이 그녀의 이름을 부르는 걸 처음 들었다고 생각했다. 선은 '이일리노어'라고 발음했다.

"죽었어. 미안해." 보슈가 말했다.

"누가 이랬죠?"

보슈는 일어서면서 단조로운 어조로 말했다.

"저기 저놈들이. 저 둘이 우리에게 총격을 가했어."

선은 복도 바닥에 쓰러져 있는 남자들을 보았다. 보슈는 그의 얼굴에 혼란과 충격의 표정이 떠오르는 것을 보았다. 잠시 후 선은 다시 엘리노어에게로 고개를 돌렸다.

"안 돼!" 선이 절규했다.

보슈는 복도로 돌아가 남자의 허리춤에서 빼내놓았던 권총을 집어 들었다. 그러고는 검사도 해보지 않고 그 총을 바지춤에 꽂고 엘리베이터 앞으로 돌아갔다. 선은 엘리노어의 시신 옆에 무릎을 꿇고 앉아서 그녀의 손을 잡고 있었다.

"선 이, 미안해. 놈들이 갑자기 총을 쏘기 시작했어."

보슈는 잠깐 말을 끊고 기다렸지만 선은 아무 말도 하지 않았고 움직이지도 않았다.

"여기서 잠깐 할 일이 있어. 그런 다음엔 바로 떠나야 돼. 경찰이 오고 있을 거야."

보슈는 선의 어깨를 잡고 뒤로 잡아끌었다. 그러고는 자기가 엘리노어 옆에 무릎을 꿇고 앉아서 그녀의 오른팔을 들었다. 선이 구해준 권총을 그녀의 손에 쥐여주고 엘리베이터 옆에 있는 벽을 향해 한 발을 쏘았다. 그런 다음 그녀의 팔을 조심스럽게 바닥으로 내려놓고 총은 그대로 쥐고 있게 했다.

"뭐 하는 겁니까?" 선이 물었다.

"총기 잔여물을 묻혀놓는 거야. 이 총 깨끗한 거야, 아니면 뒤를 캐면 총을 자네한테 준 사람이 딸려 나오게 되어 있어?"

선은 아무 대답도 하지 않았다.

"선 이, 이 총 깨끗한 거야?"

"깨끗해요."

"그럼 가자. 계단으로 내려가야 돼. 지금으로서는 우리가 엘리노어를 위해서 해줄 수 있는 게 아무것도 없어."

선은 잠깐 고개를 숙이고 묵념을 하더니 천천히 일어섰다.

"놈들이 계단으로 왔어. 우리도 그 길로 가보자." 보슈가 총잡이들을 언급했다.

그들은 복도를 걸어가기 시작했다. 선이 죽은 남자들 앞에서 갑자기 걸음을 멈추고 허리를 굽히고 살펴보았다.

"시간이 없어. 가야 한다니까." 보슈가 재촉했다.

결국 선도 보슈를 따라 다시 걷기 시작했다. 그들은 비상문을 밀고 나가 계단을 내려갔다.

"그자들 삼합회 아니에요." 선이 말했다.

두 계단 앞서 내려가고 있던 보슈가 걸음을 멈추고 뒤돌아서서 선을 올려다보았다.

"뭐? 그걸 자네가 어떻게 알아?"

"중국인들이 아닙니다. 중국인이 아니면 삼합회도 아니죠."

"그럼 게네들은 뭔데?"

"인도네시아 사람들이거나 베트남 사람들이요. 내 생각엔 베트남인들 같은데. 하여간 중국인은 아닙니다."

보슈는 다시 계단을 내려가기 시작했고 점점 더 속도를 냈다. 이제 11층을 더 내려가야 했다. 계속 움직이면서 그는 선에게서 들은 이 정보를 곱씹어보며 이것이 이미 알고 있는 사실들과 어떻게 연결될 수 있을지 생각해봤지만 도무지 알 수가 없었다.

선이 점점 더 뒤처지고 있었다. 놀라운 일도 아니라고 보슈는 생각했다. 그가 엘리베이터에서 내린 순간 그의 삶이 완전히 바뀌어버리지 않았는가. 그런 경우라면 누구라도 발걸음이 느려질 수밖에 없을 것이다.

곧 보슈는 선 이보다 한 개 층을 앞서 가고 있었다. 1층으로 내려온 보슈는 출입문을 빠끔 열고 주위를 살폈다. 문밖은 청킹 맨션과 그 옆 건물 사이에 있는, 차가 다니지 않는 좁은 골목길이었다. 차 소리와 사이렌 소리가 가까이서 들리는 것으로 보아 이 출구는 네이선 로드와 매우 가까이 있는 것 같았다.

갑자기 누가 문을 밀어서 닫았다. 보슈가 돌아보니 선이 한 손을 문에 대고 있었다. 그리고 다른 손 집게손가락으로 보슈를 가리켰다.

"당신! 당신이 엘리노어를 죽게 만들었어!"

"알아. 알아, 선. 전부 다 내 잘못인 거. 내가 맡은 사건 때문에 이 모든 일이……."

"아냐, 그자들은 삼합회가 아니라고! 아까 말해줬잖아."

보슈는 영문을 모른 채 선 이를 노려보았다.

"그래, 좋아, 삼합회가 아니라 치고. 하지만……."

"당신이 아까 돈을 보여줬기 때문에 그걸 뺏으려고 달려든 거야."

보슈는 그제야 무슨 말인지 이해가 되었다. 선은 지금 15층에서 엘리노어와 함께 죽어 있는 두 사내가 보슈의 돈을 보고 쫓아온 강도였다고 말하고 있었다. 그러나 뭔가 석연찮은 데가 있었다. 맞지 않는 구석이 있었다. 보슈가 고개를 가로저었다.

"엘리베이터 기다리는 줄에서 우리 앞에 있었잖아. 내 돈을 봤을 리가 없는데."

"전해 들었겠지."

이 말을 듣자 보슈는 걸상에 앉아 있던 접수직원이 생각났다. 그를 만나봐야겠다고 생각했는데 선의 말을 듣고 나니 만나봐야 할 필요성이 더 커졌다.

"선 이, 빨리 여길 빠져나가자. 경찰이 위로 올라가서 현장을 보면 즉시 모든 출구를 봉쇄하려 들 거야."

선이 문에서 손을 떼자 보슈가 다시 문을 열었다. 밖에는 아무도 없었다. 그들은 골목길로 나섰다. 왼쪽으로 5~6미터 더 가면 네이선 로드와 만나는 교차로였다.

"차는 어디 있어?"

선이 골목길의 반대편 끝을 가리켰다.

"사람을 사서 지키고 있게 했어."

"잘했어, 차를 찾아서 앞쪽으로 와. 난 잠깐만 들어갔다가 나올게. 5분이면 돼."

"뭘 하려고?"

"알고 싶지 않을 거야."

30 실수의 대가

보슈가 골목길을 걸어가 네이선 로드로 나왔을 때 청킹 맨션 앞에는 구경꾼이 구름처럼 몰려들어 경찰이 신고를 받고 출동하는 것을 지켜보고 있었다. 경찰차와 소방구조대 차량들이 속속 도착하면서 일대의 교통 혼잡을 야기하고 있었다. 도착하는 경찰관들이 사건을 파악하기 위해 15층으로 올라가느라고 경황이 없어서 그런지 바리케이드도 아직 설치되지 않았다. 보슈는 들것을 들고 들어가는 구조대원들을 따라 계단을 올라가 건물 안으로 들어갈 수 있었다.

경찰과 구조대가 들어오며 큰 소란이 일자 많은 상인들과 손님들이 엘리베이터 타는 곳 주위에 모여 있었다. 누군가가 그 군중을 향해 중국어로 외쳐댔지만 아무도 아랑곳하지 않는 것 같았다. 보슈는 군중 속을 헤치고 나아가 호텔 접수대가 있는 뒤쪽 복도로 갔다. 그 복도에는 아무도 없었다. 대소동이 그에게 이롭게 작용한 것이다.

아까 방 두 개를 빌린 데스크에 가보니 천장에서 셔터 문이 반쯤 끌어내려져 있었다. 데스크 영업이 끝났다는 뜻 같았다. 그러나 아까 걸상에 앉아 있던 남자는 아직도 거기 있었다. 뒤쪽 카운터 앞에 등을 돌리고 앉아서 서류뭉치를 서류 가방에 밀어 넣고 있었다. 여길 떠날 준비를 하는 것 같았다.

보슈는 조금도 망설이지 않고 카운터로 뛰어올라 셔터 문 밑으로 기어 들어가 걸상에 앉아 있는 남자를 향해 몸을 날렸다. 그가 바닥으로 고꾸라졌다. 보슈는 그의 몸을 타고 앉아 그의 얼굴을 주먹으로 두 차례 강하게 가격했다. 남자의 머리가 콘크리트 바닥 위에 있어서 펀치의 충격을 고스란히 흡수했다.

"안 돼, 제발!" 남자가 주먹으로 두들겨 맞으면서 겨우 말을 내뱉었다.

보슈는 재빨리 뒤돌아보며 아직 아무도 없다는 걸 확인했다. 그러고는 바지 허리춤에서 권총을 빼내 남자의 늘어진 턱살에 총구를 갖다 댔다.

"네놈이 그 여자를 죽게 만들었어, 이 개새끼야! 각오해, 너도 죽여줄 테니까."

"안 돼, 제발! 선생님, 제발 살려주세요!"

"그놈들한테 네가 말했지? 내가 돈이 있다고 놈들한테 말해줬잖아."

"아냐, 난 말 안 했어."

"거짓말하지 마. 또 하면 지금 당장 죽여버린다. 네놈이 말했어, 안 했어?"

남자가 바닥에서 고개를 들었다.

"그래, 내 말 좀 들어줘, 제발. 난 아무도 해치지 말라고 했어. 진짜로. 아무도 해치지 말…….'

보슈는 권총을 턱에서 떼어 남자의 코에 대고 세게 눌렀다. 남자의 고개가 뒤로 젖혀지면서 콘크리트 바닥에 탁 하고 부딪쳤다. 보슈는 다시 그의 목에 총구를 갖다 댔다.

"네놈이 뭐라고 했는지는 관심 없어. 문제는 놈들이 그 여잘 죽였다는 거야, 이 개새끼야! 알아듣겠어?"

남자는 멍한 표정으로 피를 흘리고 있었고 정신이 들어왔다 나갔다 하는지 눈을 깜박였다. 보슈가 오른손으로 그의 뺨을 후려쳤다.

"정신 차려. 죽음이 다가오는 것을 똑똑히 보라고."

"제발, 안 돼……, 정말 죄송합니다, 선생님. 제발 목숨만은……."

"좋아, 그럼 내가 하라는 대로 해. 살고 싶으면, 지난 금요일에 1514호를 누가 빌렸는지 말해. 1514호야. 지금 당장."

"좋아요, 말해줄게요. 보여줄게요."

"좋아, 보여줘."

남자 배에 올라타고 있던 보슈가 일어섰다. 남자는 입과 코에서 피가 나고 있었고 보슈는 왼손 손가락 마디에서 피가 나고 있었다. 보슈는 재빨리 팔을 뻗어 셔터 문을 카운터까지 다 내렸다.

"보여줘. 지금."

"좋아요, 여기 있어요."

남자는 서류뭉치를 쑤셔 넣고 있던 서류 가방을 가리켰다. 그가 가방 안으로 손을 집어넣자 보슈가 총을 들어 그의 머리를 겨냥했다.

"허튼수작 하지 마."

남자는 두꺼운 숙박부를 꺼냈다. 보슈는 맨 위에 있는 자신의 숙박부를 보았다. 그는 손을 뻗어 그 종이를 홱 잡아채 구겨서 자기 재킷 주머니에 넣었다. 그러는 동안에도 계속 남자를 겨누고 있었다.

"금요일, 1514호. 찾아."

남자는 뒤쪽 카운터 위에 숙박부를 놓고 한 장씩 넘기기 시작했다. 보슈는 자신이 시간을 너무 많이 끌고 있다는 걸 알고 있었다. 곧 언제라도 경찰이 나타날 것 같았다. 15층에서 총격이 있고 나서 적어도 15분이 흘렀다. 보슈는 앞쪽 카운터 아래 선반에 권총을 올려놓았다. 그가 총을 들고 있는 것을 경찰이 보면, 그는 이유 불문하고 감옥으로 직행하게 될 것이 분명했다.

보슈는 강도의 총을 선반에 내려놓으면서 자신의 전처이자 자기 딸의 어머니 시신을 15층에 홀로 남겨두고 왔다는 사실을 떠올렸다. 그러자 가슴이 창에 찔린 것처럼 아팠다. 그는 잠깐 눈을 감고 그 생각과 눈앞에 떠오르는 장면을 몰아내려고 애썼다.

"여기 있어요."

보슈는 눈을 떴다. 남자가 뒤쪽 카운터에서 그에게로 돌아서고 있었다. 보슈는 찰칵하는 금속성을 분명히 들었다. 그는 남자가 돌아서면서 오른팔을 크게 휘두르는 것을 보고 칼을 들고 있다는 것을 직감했다. 그 순간 그는 공격을 피하느니 적극적으로 대항하기로 결심했다. 그는 남자를 향해 앞으로 달려들며 왼쪽 팔뚝을 들어 칼을 막고 남자의 목을 향해 오른 주먹을 날렸다.

보슈는 칼이 재킷 소매를 찢고 칼날이 팔뚝을 베는 것을 느꼈다. 그러나 그가 입은 부상은 그게 전부였다. 보슈의 주먹이 남자의 목을 강타하자 남자의 몸이 뒤로 젖혀지면서 뒤집힌 걸상 위로 자빠졌다. 보슈가 다시 그의 몸에 올라탄 후 칼을 쥔 손의 손목을 잡고 바닥에 대고 힘껏 때리기를 여러 차례 반복하자 칼이 손에서 빠져나가 쨍그랑 소리를 내며 콘크리트 바닥에 떨어졌다.

보슈는 한 손으로 계속 남자의 목을 누르면서 몸을 일으켜 앉았다. 베인 상처에서 솟아나는 피가 팔을 타고 흘러내리는 것을 느낄 수 있었다. 15층에 죽은 채로 누워 있을 엘리노어가 또 머릿속에 떠올랐다. 한마디 말도 못 해보고 딸을 다시 보지도 못한 채 죽음을 맞이한 그녀.

보슈는 왼 주먹을 들고 남자의 늑골을 맹렬하게 가격하기 시작했다. 얼굴이고 몸이고 가릴 것 없이 미친 듯이 패다 보니, 어느 순간 남자가 의식을 잃은 것이 눈에 들어왔고 남자의 턱과 늑골이 거의 다 골절됐을 거란 생각이 들었다.

보슈는 숨을 헐떡이며 잭나이프를 접어 자기 주머니에 넣었다. 움직이지 않는 남자의 몸에서 몸을 일으키면서 떨어져 있는 숙박부를 집어 들었다. 그러고는 일어서서 숙박부를 접수직원의 서류 가방에 넣고 가방을 닫았다. 그러고는 카운터 위로 고개를 내밀고 셔터 문 밖을 살펴보았다. 복도에는 아직 아무도 없었지만 경찰이 확성기에 대고 외치는 소리가 엘리베이터 타는 곳에서 들려왔다. 경찰이 절차대로 이곳을 봉쇄할 모양이었다.

보슈는 셔터 문을 60센티미터 정도 들어 올리고 선반에서 권총을 집어 바지 뒤쪽 허리춤에 꽂았다. 그러고는 서류 가방을 들고 카운터 위로 뛰어 올라가 셔터 문 밖으로 기어서 빠져나갔다. 그는 카운터 위에 핏자국을 남기지 않았다는 것을 확인한 뒤, 셔터 문을 내리고 그곳을 떠났다.

보슈는 걸어가면서 팔을 들고 재킷 소매의 찢어진 틈으로 상처를 살펴보았다. 상처가 깊지는 않은 것 같은데 피가 멎지 않았다. 그는 재킷 소매를 밀어 올려 상처 주변에 놓아 피를 흡수하게 했다. 그러고는 자신이 피를 흘리지는 않았는지 가끔씩 뒤돌아 바닥을 살폈다.

경찰이 엘리베이터 타는 곳으로 몰려든 사람들을 길거리로 내몰아 통제된 공간으로 몰아넣고 있었다. 그곳에서 그들이 총격 사건과 관련해 보거나 들은 것이 있는지 조사할 모양이었다. 보슈는 그 절차를 따를 수가 없었다. 그는 오던 길을 되돌아서 건물의 반대편을 향해 복도를 걸어갔다. 복도가 만나는 곳에 이르렀을 때 왼쪽에서 남자 두 명이 경찰들을 피해 반대 방향으로 서둘러 걸어가는 모습이 보였다.

보슈는 경찰의 조사를 받고 싶어하지 않는 사람이 이 건물 안에 자기 말고도 또 있구나 생각하며 그들 뒤를 따라갔다.

두 남자는 셔터를 내린 점포 사이에 있는 좁은 통로로 사라졌다. 보슈도 그들을 따라갔다.

통로 끝에는 지하로 내려가는 계단이 있었고 지하에는 거대한 새장처럼 생긴 저장 공간이 줄줄이 늘어서 있었다. 재고를 쌓아둘 공간이 턱없이 부족한 상인들을 위한 창고인 것 같았다. 보슈는 남자들을 따라 복도를 걸어가 오른쪽으로 돌았다. 남자들이 붉은 한자 표지판 밑에 있는 문을 향해 걸어가고 있었다. 보슈는 비상문일 거라고 짐작했다. 남자들이 그 문을 밀고 나가자 경보음이 울려대기 시작했다. 그들이 나가고 문이 탁 닫혔다.

보슈는 그 문을 향해 달려가 밀고 나갔다. 나와보니 아까 왔었던 보행자 전용 골목길이었다. 그는 네이션 로드로 서둘러 걸어나가 선 이와 메르세데스를 찾았다.

반 블록 떨어진 곳에서 전조등이 깜박여서 보니까 선 이의 메르세데스가 청킹 맨션 입구에 아무렇게나 주차되어 있는 경찰차들 앞에 서서 기다리고 있었다. 선은 차를 출발시켜 보슈에게로 천천히 다가왔다. 보슈는 처음에는 뒷좌석 문 앞으로 갔으나 이젠 엘리노어가 없다는 사실을 깨닫고 앞의 조수석에 탔다.

"왜 이렇게 오래 걸렸어요?" 선이 물었다.

"그러게 말이야. 출발하자."

선은 보슈가 피 흘리는 손으로 손잡이를 움켜잡고 있는 서류 가방을 흘끗 쳐다봤지만 아무 말도 하지 않았다. 그는 가속페달을 밟아 청킹 맨션 앞을 황급히 떠났다. 보슈는 뒤를 돌아보았다. 그의 시선이 엘리노어를 두고 온 15층으로 올라갔다. 무슨 이유에선지, 보슈는 항상 자신과 엘리노어가 함께 늙어갈 거라고 생각했었다. 이혼은 문제가 되지 않았다. 각자가 만나 사랑하게 된 연인들도 문제가 되지 않았다. 보슈와 엘리노어는 만났다 헤어졌다를 거듭해온 관계였지만, 그것도 문제가 되지 않았다. 그의 마음 한구석에는 둘의 이혼과 별거가 일시적인 것이라는 생각이 항상

자리하고 있었다. 장기적으로 볼 때 언젠가는 둘이 다시 합칠 거라고 생각했다. 그들에게는 매디가 있었고 딸은 두 사람을 영원히 이어주는 강력한 끈이 될 거라고 굳게 믿었다. 그러나 그는 딸 말고도 둘 사이를 이어주는 끈이 더 있을 거라고, 운명이 그들을 함께 늙어가게 할 거라고 믿었다.

그러나 이제 그 모든 것이 수포로 돌아갔고 그것도 그의 선택 때문에 그렇게 되었다. 그가 호텔 직원에게 돈을 보여주는 실수를 저질렀기 때문인지 아닌지는 사실 그리 중요하지 않았다. 모든 원인과 책임이 그에게 있었고, 그는 그 가혹한 진실을 견뎌낼 수 있을지 자신이 없었다.

보슈는 몸을 굽히고 두 손으로 머리를 감쌌다.

"선 이, 미안해……, 나도 엘리노어를 사랑했어."

선은 오랫동안 아무 말도 하지 않았다. 그러나 그가 한참 후에 한 말은 나락으로 떨어지는 보슈를 붙잡아 끌어올렸고 가장 중요한 일에 다시 집중할 수 있게 해주었다.

"지금은 딸을 찾는 일만 생각해요. 엘리노어를 위해서라도 반드시 찾아야 하니까."

보슈는 허리를 펴고 고개를 끄덕였다. 그러고는 다시 몸을 숙여 서류 가방을 들어 무릎에 올려놓았다.

"기회 봐서 어디에 차 좀 세워. 자네가 이걸 봐야 할 것 같아."

선은 몇 번이나 방향을 바꾸고 청킹 맨션에서 대여섯 블록은 멀어진 뒤에야 길가에 차를 세웠다. 길 건너편에 서양인들로 북적이는 허름한 시장이 보였다.

"저긴 어디야?" 보슈가 물었다.

"제이드 마켓, 옥 시장이요. 서양인들에게 아주 유명한 곳이죠. 여기선 당신이 별로 눈에 띄지 않을 겁니다."

보슈는 고개를 끄덕였다. 그는 서류 가방을 열고 선에게 들쭉날쭉한 숙박부 뭉치를 건네주었다. 적어도 50장은 될 것 같았다. 대개가 중국어로 기재되어 있어 보슈는 읽을 수 없었다.

"뭘 찾으면 되죠?" 선이 물었다.

"날짜와 객실 호수. 금요일은 11일이었어. 11일 1514호 숙박부. 틀림없이 그 뭉치에 들어 있을 거야."

선이 숙박부를 읽기 시작했다. 보슈는 잠깐 그를 쳐다보다가 고개를 돌려 창밖으로 보이는 제이드 마켓을 바라보았다. 개방된 시장 입구 안으로 가판대가 줄줄이 늘어서 있고, 합판으로 조잡하게 짜놓은 엉성한 지붕에 둘러쳐진 천막 아래에서 늙은 장사꾼들이 옥으로 만든 제품들을 팔고 있는 모습이 보였다. 시장 안은 오고 가는 손님들로 발 디딜 틈이 없는 듯했다.

보슈는 딸의 방에서 보았던, 빨간색 꼰 실에 작은 옥 원숭이 세 마리가 달려 있는 휴대전화 고리를 떠올렸다. 매디가 이곳에 왔었던 것이다. 그는 매디가 이 멀리까지 혼자 왔는지 아니면 히와 퀵 같은 친구들과 함께 왔는지 궁금했다.

한 출입구 밖에서는 노파가 막대기 향을 팔면서 양동이에 뭔가를 태우고 있었다. 노파 옆에 있는 접이식 테이블에는 태울 종이모형 상품들이 줄줄이 진열되어 있었다. 보슈는 호랑이 모형이 일렬로 늘어서 있는 것을 보면서 죽은 조상이 도대체 호랑이가 왜 필요할까 생각했다.

"여기 있네요." 선이 말했다.

그는 보슈가 읽을 수 있도록 숙박부 종이를 높이 들었다.

"뭐라고 적혀 있어?"

"툰먼이요. 거기로 갑시다."

보슈에게는 '틴 문(Tin Moon)'으로 들렸다.

"틴 문이 뭔데?"

"틴 문이 아니라 툰먼이요. 신계지에 있는 동네 이름입니다. 이자가 거기 산다고 적어놨네요."

"그놈 이름이 뭔데?"

"펑 칭차이."

칭차이, 보슈는 속으로 이름을 따라 불러 보았다. 쇼핑몰에서 여자애들하고 어울려 놀 땐 미국식으로 쉽게 퀵이라고 변형해서 부를 수도 있는 이름인 것 같았다. 어쩌면 펑 칭차이가 히의 오빠, 매디가 지난 금요일에 쇼핑몰을 나갈 때 동행했던 그 청년일 수도 있었다.

"숙박부에 나이나 생년월일이 나와 있나?"

"아뇨, 나이는 없는데요."

하긴 그런 게 나와 있을 리 없었다. 보슈도 방을 빌릴 때 생년월일은 적지 않았다. 접수직원은 여권번호만 적어놨을 뿐 다른 구체적인 정보는 적지 않았다.

"주소는?"

"있어요."

"어딘지 찾을 수 있겠어?"

"있습니다. 아는 데라서."

"좋아. 가자. 얼마나 걸려?"

"차로 가면 오래 걸립니다. 북쪽으로 올라가서 다시 서쪽으로 가야 하니까요. 한 시간도 더 걸릴걸요. 기차가 빠를 겁니다."

한시가 급한 건 사실이었지만 보슈는 차로 가야 자율성을 확보할 수 있다고 생각했다.

"아냐. 매디를 찾으면 차가 필요할 거야." 보슈가 말했다.

선은 고개를 끄덕여 동의를 표시했고 차를 출발시켰다. 가는 동안 보슈는 재킷을 벗고 셔츠 소매를 걷어 올린 후 팔에 난 자상을 살펴보았다. 위

팔뚝 안쪽에 5센티미터 정도의 베인 상처가 있었다. 피는 드디어 응고가 되고 있었다.

선이 그의 모습을 흘끗 쳐다보더니 다시 고개를 돌려 전방을 응시했다.

"누가 그랬습니까?"

"카운터 뒤에 앉아 있던 노인네."

선이 고개를 끄덕였다.

"그자가 우리를 함정에 빠뜨린 거야, 선 이. 내 돈을 보고 일을 꾸민 거더라고. 내가 너무 어리석었어."

"실수였죠, 뭐."

선은 아까 청킹 맨션 계단에서 분노하며 비난을 퍼부을 때에 비하면 많이 뒤로 물러선 태도를 보였다. 그러나 보슈는 자신에 대한 분노를 누그러뜨릴 수가 없었다. 자기가 바로 엘리노어를 죽게 만든 장본인이기 때문이었다.

"그래, 하지만 그 대가를 치른 사람이 내가 아니잖아." 보슈가 말했다.

그는 재킷 주머니에서 잭나이프를 꺼내고 뒷좌석으로 팔을 뻗어 담요를 집어 들었다. 그러고는 담요를 길게 한 줄 자른 후 그것으로 팔을 칭칭 감고 끄트머리는 안으로 집어넣었다. 너무 꽁꽁 동여매지 않고 피가 통할 수 있게 했다.

그는 셔츠 소매를 다시 내렸다. 팔꿈치와 소맷동 사이는 피로 흥건히 젖어 있었다. 그는 재킷을 다시 입었다. 다행히도 재킷이 검은색이어서 핏자국이 쉽게 눈에 띄지는 않았다.

그들이 카우룽을 지나 북쪽으로 달려가는 동안, 주변 환경은 급속히 열악해지고 인구밀도는 눈에 띄게 높아지고 있었다. 보슈는 그런 문제는 어느 대도시나 마찬가지인가 보다고 생각했다. 돈에서 멀어질수록 환경은 점점 더 누추해지고 삶은 피폐해지고 있었다.

"툰먼은 어떤 동네야?" 보슈가 물었다.

"아주 북적거리는 동넵니다. 중국인들만 살고 있죠. 무서운 애들이 많이 돌아다니고." 선이 말했다.

"삼합회 애들?"

"네. 당신 딸이 머물기에 좋은 장소는 아니에요."

보슈도 그럴 거라고 생각했다. 하지만 한 가지 긍정적인 측면도 있었다. 누구의 눈에도 띄지 않고 백인 소녀를 그곳으로 데려가 숨겨놓기는 어려울 것이다. 매들린이 툰먼에 잡혀 있다면, 그가 찾아낼 것이었다. 아니, 선 이와 그가 찾아낼 것이었다.

31 딸의 행방

지난 5년간 해리 보슈가 딸의 양육을 위해 경제적인 지원을 한 것은 딸이 로스앤젤레스를 방문할 때 항공료를 댄 것과, 가끔씩 용돈을 보내준 것, 그리고 딸이 다니는 고급 사립학교인 해피 밸리 중학교의 수업료 절반인 1만 2천 달러를 해마다 부담한 것밖에 없었다. 수업료도 전처가 요구해서 댄 것이 아니었다. 엘리노어 위시는 경제적으로 풍족하게 살았고 단 한 번도 보슈에게 직접 혹은 변호사를 통하여 간접적으로 양육비를 요구하지 않았다. 단돈 1달러도. 어떤 식으로든 보탬이 되게 해달라고 부탁한 것은 보슈 자신이었다. 그는 딸의 학비를 보탬으로써 착각이든 아니든 자신이 딸의 양육에 중요한 역할을 한다고 자부할 수 있었다.

결과적으로 그는 아버지로서 딸의 학업에 대해 점점 더 많은 관심을 갖게 되었다. 직접 홍콩을 방문할 때나 LA 시각으로 매주 일요일 새벽에 국제전화를 할 때 보슈는 매들린의 학교 공부에 대해서 토론을 했고 매디가 요즘 공부하는 과목에 대해 퀴즈를 내기도 했다.

그러는 동안 보슈도 홍콩의 역사에 관해 교과서적인 지식을 자연스럽게 습득할 수 있었다. 그래서 그는 지금 자기가 향하고 있는 신계지라는 지역이 사실은 홍콩에 새로 편입된 지역이 아니라는 사실을 알고 있었다. 카우룽 반도를 둘러싼 그 거대한 지역은 1세기도 더 전에 영국 정부가 식민지인 홍콩을 외부의 침략으로부터 보호하기 위한 완충지대로 중국 정부와 임대차 계약을 맺어 홍콩에 편입시킨 지역이었다. 1997년 임대차 계약이 만료되고 홍콩의 주권이 영국에서 중화인민공화국으로 이양되었을 때, 홍콩은 특별행정구로 지정되어 세계 자본주의와 문화의 중심지로서의 역할을, 동서양이 만나는 독특한 지역으로서의 역할을 계속할 수 있었고, 신계지는 그런 특별행정구의 일부로 남게 되었다.

신계지는 거대한 농어촌 지역이었지만 정부의 인구유입 정책으로 인해 특별행정구에서도 가장 가난하고 가장 교육을 받지 못한 사람들이 떠밀려와 살고 있는 빈민지역이 되었다. 다른 지역보다 범죄율은 높고 돈은 부족했다. 그래서인지 삼합회의 유혹이 강했다. 툰먼은 그런 곳들 중 하나일 것 같았다.

"내가 어렸을 땐 여기에 해적이 많이 살았어요." 선이 말했다.

차를 타고 달리기 시작한 지 20여 분 만에 선이 먼저 입을 열었다. 그동안 두 사람은 각자의 생각에 빠져 있었다. 이제 그들은 고속도로를 달려 신계지로 들어가고 있었다. 창밖으로는 고층 아파트건물들이 줄줄이 늘어서 있었는데 매우 획일적이고 단조로운 모습을 보니 정부가 조성한 공공주택 단지인 것 같았다. 그 단지를 둘러싼 야트막한 언덕의 산동네에는 성냥갑만 한 집들이 다닥다닥 붙어 있었다. 화려한 스카이라인은 아니었다. 어촌 마을이 거대한 공공주택 단지로 변모한 풍경은 칙칙하고 을씨년스러웠다.

"그게 무슨 말이야? 자네 툰먼 출신이야?"

"네, 여기서 자랐죠. 스물한 살 때까지 여기서 살았습니다."

"삼합회 소속이었나, 선 이?"

선은 대답하지 않았다. 그는 방향 지시등을 켜고 백미러로 전후좌우를 살피면서 고속도로를 빠져나가느라고 너무 바쁜 것처럼 행동했다.

"그렇다고 해도 난 신경 안 써. 내가 신경 쓰는 건 한 가지뿐인걸." 보슈가 말했다.

선이 고개를 끄덕였다.

"딸을 꼭 찾을 겁니다."

"그래, 알아."

그들은 강을 건너 도로 양옆으로 40층짜리 건물들이 높다란 장벽처럼 늘어선 협곡 속으로 들어갔다.

"해적들은 무슨 얘기야? 어떤 놈들이었는데?" 보슈가 물었다.

"밀수꾼들이요. 남중국해에서 강을 타고 올라왔죠. 강을 지배했어요."

보슈는 선이 무슨 다른 뜻이 있어서 이 얘기를 하는 것은 아닐까 궁금했다.

"뭘 몰래 들여왔는데?"

"닥치는 대로요. 총과 마약을 밀반입하기도 했고 인신매매를 하기도 했죠."

"그럼 밀반출은 어떤 걸 했고?"

선은 보슈가 질문한 것이 아니라 질문에 대답하기라도 한 것처럼 고개를 끄덕였다.

"지금은 어떤 걸 밀반출하고 있지?"

선은 한참 동안 뜸을 들이다가 대답했다.

"전자제품이요. 미국산 DVD도 취급하고. 가끔은 어린애들, 청소년들 인신매매도 하고."

"그럼 그 아이들은 어디로 가는데?"

"상황에 따라 다르죠."

"무슨 상황?"

"무슨 용도로 원하느냐는 거죠. 아이들을 원하는 목적이 섹스일 때도 있고 장기 적출일 때도 있거든요. 또 아들이 없어서 사내아이를 사가는 본토 사람들도 많고요."

보슈는 혈흔이 묻어 있던 화장지 뭉치를 떠올렸다. 엘리노어는 범인들이 매들린을 통제하기 위해 약을 주사했다고 결론지었었다. 그러나 이제 보슈는 그들이 약을 주사한 것이 아니라 피를 뽑았을 수도 있다는 사실을 깨달았다. 혈액검사를 하려면 주사기로 정맥에서 피를 뽑아야 했을 것이다. 화장지는 주사기를 뺀 후 지혈을 위해 대어놓았던 것일 수 있었다.

"매디는 큰 가치가 있는 아이겠군, 안 그래?"

"그렇죠."

보슈는 눈을 감았다. 상황이 완전히 바뀌었다. 딸을 납치한 자들은 보슈가 LA에서 챙을 풀어줄 때까지 딸을 붙잡고 있는 것만이 목적이 아닐 수도 있었다. 그들은 다시는 돌아오지 못할 지하 암흑세계로 매들린을 데려가거나 팔아 넘길 준비를 하고 있을 수도 있었다. 보슈는 그런 생각을 떨쳐버리려고 애썼다. 그는 조수석 창밖을 내다보았다.

"아직은 시간이 있어. 아직은 매디에게 아무 일도 일어나지 않았어. LA에서 무슨 소식이 들릴 때까지는 아무 짓도 하지 않을 거야. 매디를 돌려주지 않을 작정이라고 해도, 아직은 아무 짓도 하지 않았을 거야." 보슈가 말했다. 선에게가 아니라 자기 자신에게 하는 말이었다.

보슈가 고개를 돌려 선을 바라보자 선도 동의한다고 고개를 끄덕였다.

"우리가 그 아이를 꼭 찾을 겁니다." 선이 말했다.

보슈는 등허리로 팔을 돌려 자신이 청킹 맨션에서 죽인 남자들 중 한 명에게서 가져온 권총을 꺼냈다. 처음으로 찬찬히 총을 살펴본 그는 어떤 총인지를 금방 알아보았다.

"베트남인들일 거라더니 맞는 것 같군." 보슈가 말했다.

선은 그 총을 흘끗 쳐다보더니 곧 다시 고개를 돌려 전방의 도로를 응시했다.

"제발 차 안에서는 쏘지 말아요." 선이 말했다.

그동안 일어난 그 모든 일에도 불구하고, 보슈는 미소를 지었다.

"안 쏴. 쏠 필요도 없고. 어떻게 쏘는지 아니까. 놈이 고장 난 총을 갖고 다닌 것 같지는 않군."

보슈는 총을 왼손으로 들고 아래로 내려 조준기를 통해 바닥을 내려다 보았다. 그러고 나서 다시 들어 올려 관찰했다. 미국산 콜트 45구경 M1911A1이었다. 거의 40년 전 그가 베트남전에 참전했을 때, 땅굴로 들어가 베트콩들을 찾아 죽이는 임무를 맡았을 때, 이것과 똑같은 총을 갖고 다녔었다.

보슈는 탄창과 약실에 있는 여분의 탄환을 꺼냈다. 그는 최대 여덟 발의 탄환을 확보하고 있었다. 그는 총의 액션을 여러 번 확인한 다음 재장전을 시작했다. 그러다가 탄창 옆면에 뭔가 새겨져 있는 것을 발견하고 장전을 멈췄다. 그는 탄창을 눈앞에 들고 무슨 글씨인지 들여다보았다.

흑철로 된 탄창 옆면에 이니셜과 숫자가 새겨져 있었는데, 오랜 세월 장전을 거듭하다 보니 글자가 닳아서 없어질 지경에 이르러 있었다. 탄창을 밝은 곳으로 옮긴 후에야 적힌 것을 알아볼 수 있었다. JFE Sp4, 27th.

보슈는 땅굴쥐들이 자기 무기와 탄환을 얼마나 조심스럽게 관리하는 지가 문득 기억났다. 암흑의 땅굴로 내려갈 때 갖고 가는 거라고는 45구경 권총과 손전등, 여분의 탄창 네 개밖에 없었기 때문에, 다들 그것들을 점검하고 또 점검했다. 300미터를 내려간 지하에서 권총이 고장 나거나 탄창이 젖거나 배터리가 나가는 일을 당하고 싶은 사람은 아무도 없었다. 보슈와 동료 땅굴쥐들은 지상의 병사들이 담배와 〈플레이보이〉 잡지를 애지중지하듯이 무기와 탄창을 아끼고 관리했다.

보슈는 새겨진 기호를 자세히 관찰했다. JFE가 누군지는 몰라도 27보병연대의 상병(spec 4. specialist. 상병 - 옮긴이)이었다. 그 말은 그가 땅굴 쥐였을 가능성도 있다는 뜻이었다. 보슈는 자기가 지금 쥐고 있는 이 총이 철의 삼각지대 어딘가에 있는 땅굴 속에 버려져 있던 것일지 모른다고, 어쩌면 사망한 JFE의 차갑게 식어버린 손에서 빼내 온 것일지 모른다고 생각했다.

"다 왔습니다." 선 이가 말했다.

보슈는 고개를 들었다. 선이 도로 한복판에 차를 세웠다. 뒤따라오는 차가 한 대도 없었다. 선이 전방에 있는 공영 아파트 건물을 가리켰다. 그 아파트가 어찌나 높은지 보슈가 차광판 아래로 몸을 숙이고 올려다보니까 지붕선이 겨우 보였다. 층층마다 앞쪽으로 개방형 복도가 있어서 3백 가구는 족히 될 듯한 집들의 현관문과 창문이 보였다. 거의 모든 층마다 복도 난간에 빨래가 저마다 다른 간격으로 널려 있어서 양옆의 똑같은 아파트 건물들과는 달리 칙칙한 외관이 화사한 모자이크 그림으로 변해 있었다. 중앙의 터널처럼 생긴 입구 위에 붙은 다국어로 적힌 표지판에는 어울리지 않게도 '마이애미 비치 가든 아파트'라고 적혀 있었다.

"주소가 여기 6층으로 적혀 있어요." 선이 청킹 맨션 숙박부를 다시 확인한 후에 말했다.

"주차하고 올라가자."

선은 고개를 끄덕이더니 다시 출발해 그 건물을 지나갔다. 그다음 교차로에서 유턴을 해서 돌아와 놀이터 앞 길가에 차를 세웠다. 놀이터는 3미터 높이의 울타리로 둘러싸여 있었고 어린아이들과 엄마들로 북적이고 있었다. 보슈는 그들이 차를 떠나 있는 동안 차를 도난당하거나 기물파손을 당하지 않기 위해서 선이 여기에 차를 세웠다고 생각했다.

그들은 차에서 내려 울타리를 따라 걷다가 왼쪽으로 꺾어져 건물 입구에 다다랐다.

터널처럼 생긴 입구의 양옆으로는 우편함이 줄지어 붙어 있었고, 대다수의 우편함에는 튀어나오면서 열리는 잠금장치가 되어 있고 그 위에는 휘갈겨 쓴 낙서들이 보였다. 복도를 따라 걸어가니 여러 대의 엘리베이터가 나왔고, 어린아이들의 손을 잡은 여자 두 명이 엘리베이터를 기다리고 있었다. 그들은 선과 보슈를 거들떠도 보지 않았다. 작은 카운터 뒤에 경비가 앉아 있었지만 한 번도 신문에서 고개를 들지 않았다.

보슈와 선은 여자들을 따라 엘리베이터에 올라탔다. 여자 하나가 제어반 아래쪽에 열쇠를 꽂고 버튼 두 개를 눌렀다. 그녀가 열쇠를 빼기 전에 선이 재빨리 손을 뻗어 숫자 6 버튼을 눌렀다.

엘리베이터는 6층에서 먼저 섰다. 선과 보슈는 건물 왼편 세 번째 문을 향해 복도를 걸어갔다. 그다음 집 현관문 앞 난간에 작은 제단이 있었고 그 위에 재가 담긴 통이 놓여 있었다. 배고픈 유령들에게 제물을 바친 지 얼마 안 됐는지 아직도 연기가 피어오르고 있었고 플라스틱 타는 악취가 진동했다.

선이 문 앞에서 걸음을 멈추자 보슈는 문 오른쪽에 자리를 잡고 섰다. 그는 팔을 돌려 재킷 등판 밑으로 손을 집어넣어 권총을 쥐었지만 꺼내지는 않았다. 팔을 크게 움직이니까 베인 상처에 응고됐던 피딱지가 뜯어지는 것이 느껴졌다. 곧 피가 다시 흐르기 시작할 것 같았다.

선이 쳐다보자 보슈는 준비됐다고 고개를 끄덕였다. 선이 문을 노크한 후 그들은 기다렸다.

응답이 없었다.

선이 이번에는 더 크게 두드렸다.

그러고는 다시 기다렸다. 보슈가 고개를 돌려 놀이터 앞 메르세데스가 있는 곳을 흘끗 쳐다보니 지금까지는 차가 아무 일 없이 서 있었다.

이번에도 응답이 없었다.

마침내 선이 문에서 뒤로 물러섰다.

"어떡할까요?"

보슈는 10미터쯤 떨어진 곳에 있는 연기가 나는 재 통을 바라보았다.

"옆집에 사람이 있어. 저 집 사람들한테 물어보자, 이 집 남자 봤느냐고."

선이 그 집으로 걸어가 문을 두드렸다. 이번에는 문이 열렸다. 예순 살 쯤 되어 보이는 자그마한 노파가 문을 빼꼼 열고 밖을 살폈다. 선이 고개를 숙여 인사를 하고 웃으면서 중국어로 뭐라고 말했다. 노파는 곧 긴장을 풀고 문을 좀 더 열었다. 선이 계속 얘기하자 잠시 후엔 노파가 문을 활짝 열고 들어오라고 옆으로 비켜섰다.

보슈가 문지방을 넘어가는데 선이 그에게 속삭였다.

"500홍콩달러 주기로 약속했어요."

"그래, 잘했어."

방 두 개짜리 작은 아파트였다. 첫 번째 방은 부엌 겸 식당 겸 거실로 쓰고 있었다. 가구가 거의 없었고 식용유 끓는 냄새가 났다. 보슈는 지폐 다발을 꺼내지 않고 주머니에 그대로 둔 채 100달러 지폐를 다섯 장 세어서 꺼냈다. 그러고는 식탁 위에 놓인 소금 접시 밑에 지폐를 넣어두었다. 그런 다음 식탁 의자를 끌어내 앉았다.

선과 노파는 계속 서 있었다. 선이 중국어로 계속 이야기를 하면서 잠깐 보슈를 가리키기도 했다. 보슈는 미소 띤 얼굴로 고개를 끄덕이며 무슨 말이 오고 가는지 다 아는 척을 했다.

3분쯤 지나자 선이 잠깐 대화를 멈추고 보슈에게 이제까지 들은 내용을 요약해주었다.

"이 할머니 이름은 펑이 마이랍니다. 혼자 산다고 하네요. 펑 칭차이는 어제 아침 이후로는 본 적이 없다고 하고요. 어머니와 여동생과 함께 산답니다. 어머니와 여동생도 보지 못했는데 어제 오후에 말소리는 들었대요. 벽을 통해서."

"펑 칭차이가 몇 살이래?"

선이 그 질문을 노파에게 했고 들은 대답을 보슈에게 전해주었다.

"열여덟 살쯤 됐을 거라네요. 학교는 안 다닌다고 하고."

"여동생은 이름이 뭐래?"

또다시 질문과 대답이 오간 뒤 선이 여동생의 이름은 히라고 한다고 전했다. 그러나 보슈의 딸이 했던 발음과는 다르게 발음했다.

보슈는 선에게 들은 정보를 한동안 곱씹어보다가 다음 질문을 던졌다.

"할머니가 펑을 본 게 어제가 확실하대? 토요일 오전? 펑이 뭐 하고 있었대?"

보슈는 선의 통역을 기다리면서 노파를 유심히 살펴보았다. 노파는 처음 질문 몇 가지에 대답할 때는 선과 눈을 잘 맞추었는데 나중에 나온 몇 가지 질문에 대답할 때는 선의 눈을 피했다.

"확실하답니다. 어제 아침에 문밖에서 무슨 소리가 들려서 문을 열었더니 펑이 제물을 태우고 있더래요. 할머니의 제단에서." 선이 말했다.

보슈는 고개를 끄덕였지만, 노파가 빠뜨린 말이 있거나 거짓말하는 거라고 확신했다.

"뭘 태웠는데?"

선이 노파에게 물었다. 노파는 대답하는 내내 고개를 숙이고 있었다.

"종이모형 돈을 태우더라는데요."

보슈는 일어서서 현관문으로 걸어갔다. 밖으로 나간 그는 재가 담긴 통을 복도에 쏟았다. 재 통은 일반적인 물 양동이보다 작았다. 연기가 풀풀 나는 검은 재가 사방으로 날렸다. 펑이 마이가 마지막으로 제물을 태운지 한 시간도 채 안 되는 것 같았다. 보슈는 제단에 있는 막대기 향을 집어 들고 뜨거운 잿더미 속을 쿡쿡 찔러보았다. 타지 않은 판지 조각이 두세 개 있었지만, 대부분이 재였다. 재를 뒤적거리던 보슈는 곧 녹은 플라스틱 조각을 발견했다. 새까맣고 녹아서 형태가 없었다. 보슈가 그것을 집으려고 했지만 너무 뜨거웠다.

그는 다시 아파트 안으로 들어갔다.

"할머니가 언제 제단을 마지막으로 사용했고 뭘 태웠는지 물어봐."

선이 대답을 통역해주었다.

"오늘 아침에 사용했대요. 할머니도 가짜 돈을 태웠다는데요."

보슈는 서서 듣고 있었다.

"왜 거짓말을 하느냐고 물어봐."

선이 머뭇거렸다.

"물어봐."

선이 질문을 하자 노파는 거짓말한 것을 부인했다. 보슈는 그녀의 대답을 전해 듣고 고개를 끄덕이고는 식탁으로 걸어갔다. 그는 소금 접시를 들고 지폐 다섯 장을 집어 들어 자기 주머니에 도로 집어넣었다.

"거짓말을 하면 한 푼도 줄 수 없다고 말해. 하지만 진실을 말해주면 2,000달러를 주겠다고 하고."

노파가 선의 통역을 들은 후에도 항변을 계속하자, 선이 갑자기 태도를 확 바꿔서 화난 표정으로 노파를 윽박질렀다. 그러자 노파가 겁을 집어먹은 것 같았다. 용서를 구하듯 두 손을 맞잡고 머리를 조아리더니 다른 방으로 들어갔다.

"뭐랬는데 저래?" 보슈가 물었다.

"사실대로 말 안 하면 아파트를 잃게 될 거라고요."

보슈는 눈을 치켜떴다. 선이 자기보다 한술 더 뜬 것 같았다.

"난 경찰이고 당신은 내 상관이라고 믿고 있거든요." 선이 덧붙였다.

"왜 그렇게 믿게 됐지?" 보슈가 물었다.

선이 대답하기 전에 노파가 작은 판지 상자를 들고 돌아왔다. 그녀는 곧장 보슈에게 가서 상자를 건넨 후 머리를 조아리며 뒤로 물러났다. 보슈가 상자를 열어보니 그 속에는 녹고 타버린 휴대전화기가 들어 있었다.

노파가 선에게 설명하는 동안, 보슈는 자기 휴대전화기를 꺼내 타버린 전화기와 비교해보았다. 형체를 알아볼 수 없을 정도로 파손이 심하긴 했지만, 노파가 재 속에서 꺼낸 전화기는 보슈의 것과 똑같은 기종이었다.

"펑이 그걸 태우고 있었다고 하네요. 아주 고약한 냄새가 나서 조상님들이 안 좋아하실 것 같아서 꺼냈답니다." 선이 말했다.

"내 딸 거야."

"확실해요?"

"내가 사준 거야. 확실해."

보슈는 자기 휴대전화를 펼쳐 사진 파일로 들어갔다. 딸을 찍은 사진들을 쭉쭉 넘기다가 교복을 입고 찍은 사진을 찾아냈다.

"이거 보여줘 봐. 이 아이가 펑과 함께 있는 걸 봤냐고 물어봐."

선이 노파에게 사진을 보여주며 물었다. 노파가 고개를 가로저으며 대답했다. 이번에는 자기가 진실을 말하고 있다는 걸 강조하고 싶은지 두 손을 기도하듯 맞잡고 있었다. 보슈는 통역이 필요치 않았다. 그는 일어서서 주머니에서 돈을 꺼냈다. 그는 2,000홍콩달러를—미화로는 300달러가 약간 안 되는 돈이었다—식탁 위에 놓고 나서 문을 향해 걸어갔다.

"가자." 보슈가 말했다.

32 골든 트라이앵글

그들은 펑 칭차이가 사는 아파트 문을 다시 한 번 두드렸지만 이번에도 응답이 없었다. 보슈는 무릎을 구부리고 앉아서 신발 끈을 풀었다가 다시 매면서 문손잡이의 잠금장치를 관찰했다.

"이제 어쩌죠?" 보슈가 일어서자 선이 물었다.

"열쇠 따는 도구가 있어. 내가 열게."

보슈는 선이 선글라스를 끼고 있었지만 그의 얼굴에서 내키지 않아 하는 기색을 읽을 수 있었다.

"내 딸이 저 안에 있을지도 몰라. 그리고 만약 없다고 해도 그 아이의 행방을 알려주는 단서가 있을 수도 있고. 자넨 내 뒤에 서서 다른 사람이 보지 못하게 가리고 있어. 1분 안에 딸 테니까."

선은 거인들처럼 그들을 둘러싸고 있는 똑같이 생긴 건물들을 둘러보았다.

"먼저 감시부터 하죠." 그가 말했다.

"감시? 뭘 감시하자는 거야?" 보슈가 물었다.

"현관문이요. 펑이 돌아올 수도 있으니까. 펑이 우릴 매들린에게로 데려다줄 수도 있으니까."

보슈는 손목시계를 보았다. 오후 1시 30분이었다.

"시간이 없어. 여기서 정지 상태로 있을 수는 없어."

"'정지 상태'가 뭐죠?"

"가만히 서 있을 수는 없다고. 매디를 찾으려면 계속 움직여야 돼."

주변을 둘러보던 선이 고개를 돌려 보슈를 똑바로 쳐다보았다.

"한 시간만. 한 시간만 지켜보죠. 그리고 문을 열러 돌아올 땐 권총은 갖고 오지 마세요."

보슈는 고개를 끄덕였다. 무슨 말인지 이해했다. 가택 침입하다 잡히는 것과 총을 갖고 가택 침입하다 잡히는 것은 아주 다른 일이었다. 무기 소지 가택 무단 침입죄는 최소가 징역 10년형이었다.

"좋아, 한 시간이야."

그들은 엘리베이터를 타고 내려와 터널을 통과해 밖으로 나갔다. 걸어가면서 보슈는 선의 팔을 톡톡 친 후 펑의 아파트 호수가 적힌 우편함이 어느 것인지 물었다. 선이 우편함을 찾아내서 살펴보니 자물쇠가 오래전에 뜯겨 나가고 없었다. 보슈는 터널 저편에서 신문을 읽고 있는 경비를 흘끗 쳐다본 후 우편함을 열었다. 우편함 속에는 편지 두 통이 들어 있었다.

"토요일 우편물은 아무도 가져가지 않았나 보군. 펑과 가족이 이곳을 뜬 것 같은데." 보슈가 말했다.

그들은 자동차로 돌아갔고 선은 이제 차로 돌아왔으니까 남의 눈에 좀 덜 띄는 자리로 옮겨야겠다고 말했다. 그는 거리를 달려가 유턴을 해서 아파트의 길 건너편에 있는 차단벽 옆에 차를 세웠다. 그 차단벽 안에는 아파트의 쓰레기통을 모아두고 있었다. 거기에서도 아파트 6층 복도와 펑의 아파트 현관문이 잘 보였다.

"시간 낭비인 것 같아. 그 사람들 안 돌아올 거야." 보슈가 말했다.

"한 시간만요, 해리. 제발."

보슈는 선이 처음으로 자기 이름을 불렀다는 사실을 알아차렸다. 그러나 큰 위로가 되지는 못했다.

"이래 봤자 놈한테 한 시간 더 벌어줄 뿐이야."

보슈는 재킷 주머니에서 상자를 꺼내 뚜껑을 열고 녹아내린 휴대전화를 살펴보았다.

"아파트는 자네가 살펴. 난 이것 좀 들여다볼 테니까." 보슈가 말했다.

보슈가 전화기를 열려고 해봤지만 휴대전화의 플라스틱 접합 부분이 녹아내려서 아무리 해도 열리지 않았다. 너무 많이 압력을 가하자 결국 둘로 쪼개졌다. LCD 스크린에 금이 갔고 녹아내린 부분도 있었다. 보슈는 그 부분은 놔두고 다른 반쪽에 집중했다. 배터리를 넣는 부분의 커버와 이음매가 녹아서 붙어 있었다. 보슈는 조수석 문을 열고 밖으로 몸을 숙였다. 휴대전화기를 보도 연석에 대고 세 번을 갈수록 세게 쳤다. 그러자 그 충격으로 이음매가 부서지고 커버가 떨어져 나갔다.

보슈는 몸을 안으로 들이고 문을 닫았다. 휴대전화 배터리는 멀쩡한 것 같았지만, 플라스틱이 녹아내려 모양이 변해 배터리를 꺼내기가 힘들었다. 그는 이번에는 경찰 배지 지갑을 꺼내 배지 뒤에서 열쇠 따는 도구를 한 개 빼냈다. 그것으로 배터리를 억지로 끌어당겨 뺐다. 배터리 밑에는 메모리카드가 들어가는 받침대가 있었다.

비어 있었다.

"빌어먹을!"

보슈는 전화기를 발밑 공간으로 던졌다. 또 한 번 막다른 골목에 이른 것이다.

그는 손목시계를 보았다. 한 시간 기다려보기로 했는데 이제 겨우 20분이 지났다. 하지만 그는 잠자코 있을 수가 없었다. 그는 본능적으로 아파트 안에 들어가 봐야 한다고 직감했다. 딸이 거기에 있을 수도 있었다.

"미안해, 선 이. 자넨 여기서 기다릴 수 있을지 몰라도 난 그럴 수가 없어. 난 들어간다." 보슈가 말했다.

그는 몸을 앞으로 숙이고 허리춤에서 권총을 꺼냈다. 그들이 아파트에서 붙잡히고 경찰이 이 차를 수색할 경우를 대비해서 권총을 메르세데스 안에 두고 싶지 않았다. 그는 딸의 담요로 권총을 둘둘 만 후 문을 열고 내렸다. 그러고는 차단벽의 출입구를 통해 쓰레기처리장으로 들어가 가득 찬 쓰레기통 뚜껑 위에 담요 뭉치를 올려놓았다. 이렇게 두면 돌아올 때 쉽게 도로 찾아갈 수 있을 것이었다.

보슈가 차단벽 밖으로 걸어 나오니, 선이 차에서 내려 기다리고 있었다.

"좋아요, 같이 갑시다." 선이 말했다.

그들이 펑의 아파트를 향해 걸어가기 시작했다.

"궁금한 게 있는데, 선 이. 그 선글라스를 벗을 때가 있긴 있어?"

"아뇨." 선은 아무 설명도 없이 짧게 대답했다.

이번에도 로비에 있는 경비는 고개를 들지 않았다. 건물이 워낙 컸기 때문에 열쇠를 들고 엘리베이터를 기다리는 사람이 항상 있었다. 5분 후에 그들은 다시 펑의 아파트 앞에 서 있었다. 선이 난간 앞에 서서 밖을 내다보며 보초 겸 가림막 역할을 하는 동안, 보슈는 한 무릎을 꿇고 앉아 자물쇠를 땄다. 예상보다 오래 걸렸지만—무려 4분이나 걸렸다—어쨌든 문을 여는 데 성공했다.

"됐어." 보슈가 말했다.

선은 난간에서 돌아서서 보슈를 따라 아파트로 들어갔다.

보슈는 문을 닫기 전부터 그 아파트 안에서 죽음을 목격하게 될 것을 직감했다. 들어가자마자 나온 첫 번째 방에는 심한 악취도 벽에 피가 튄 자국도 죽음을 가리키는 그 어떤 구체적인 증거도 없었다. 그러나 경찰

생활 수십 년에 500군데가 넘는 살인 현장을 목격한 그는 어느새 피에 대한 감각이 발달되어 있었다. 자신의 이론을 뒷받침할 만한 과학적인 근거는 없지만, 그는 폐쇄된 공간에서 피를 흘리면 공기의 성분이 바뀐다고 믿었다. 그는 지금 그런 변화를 감지했다. 그 피가 자기 딸의 피일 수도 있다는 사실 때문에 그런 직감은 더욱 공포스러웠다.

보슈는 손을 들어 아파트 안으로 들어서는 선을 막아 세웠다.

"느껴져, 선 이?"

"아뇨. 뭐가요?"

"누가 죽었어. 아무것도 건드리지 말고 가능하면 내가 밟았던 데만 밟으면서 따라와."

이 아파트는 옆집과 구조가 똑같은 것 같았다. 이 방 두 개짜리 소형 아파트에 어머니와 10대 자녀 둘이 함께 살고 있었다. 거실 겸 부엌인 첫 번째 방에서는 소동이나 위험의 흔적이 전혀 없었다. 보슈는 소파 위에 베개와 시트가 아무렇게나 놓여 있는 것을 보고 이 집 아들이 어머니와 여동생은 침실을 쓰게 하고 자기는 소파에서 잤나 보다고 생각했다.

보슈는 거실 겸 부엌을 가로질러 침실로 들어갔다. 창문에 커튼이 드리워져 있어서 방 안이 어두웠다. 그가 팔꿈치로 벽의 스위치를 밀어 올리자 침대 위 천장 등이 켜졌다. 침대는 흐트러져 있었지만 비어 있었다. 몸싸움이나 격투나 죽음의 흔적은 전혀 없었다. 그는 오른쪽을 돌아보았다. 문이 두 개 더 있었다. 그는 하나는 벽장문, 다른 하나는 화장실 문일 거라고 추측했다.

보슈는 항상 재킷 주머니에 라텍스 장갑을 넣고 다녔다. 그는 한 켤레를 꺼내 왼손에 한 짝을 꼈다. 그러고는 먼저 오른쪽 문을 열었다. 그 안은 벽장이었고 옷걸이에 옷이 빼곡히 걸려 있고 바닥에도 차곡차곡 쌓여 있었다. 머리 위 선반에는 옆면에 중국어가 적혀 있는 상자들이 꽉꽉 들어차 있었다. 보슈는 뒤로 물러 나와 두 번째 문으로 갔다. 그러고는 아무 망설임 없이 문을 홱 열었다.

작은 화장실 안 사방에 피가 말라붙어 있었다. 세면대와 변기, 타일 바닥에도 피가 튀어 있었다. 뒷벽과 꽃무늬가 있는 더러운 흰색의 비닐 샤워 커튼에도 핏방울이 튀거나 줄줄 흘러내린 자국이 있었다.

핏자국을 밟지 않고 화장실 안으로 들어가는 것은 불가능했다. 그러나 보슈는 그런 것은 개의치 않았다. 샤워 커튼을 젖혀보아야 했다. 그 안에 뭐가 있는지 직접 봐야 했다.

그는 성큼성큼 걸어 들어가 비닐 커튼을 홱 잡아당겼다.

샤워 부스는 미국인의 기준으로 볼 땐 너무 작았다. 농산물 시장 안에 있는 식당 듀파스 밖에 있는 낡은 공중전화 부스만 했다. 그런데 놀랍게도 누군가가 그 안에 시신 세 구를 차곡차곡 쌓아놓았다.

보슈는 숨을 죽인 채 샤워 부스 안으로 허리를 굽히고 피해자들의 신원을 확인하기 위해 살펴보았다. 세 명 모두 옷을 입고 있었다. 가장 덩치가 큰 소년이 맨 위에 있었다. 벽에 기대 구부정한 자세로 앉아 있는 마흔 살가량의 여자 몸 위에 엎어진 자세였다. 여자는 소년의 어머니일 것 같았다. 그런 자세가 오이디푸스적인 환상을 불러일으켰지만 분명 그게 범인의 의도는 아닐 것 같았다. 두 사람 다 한쪽 귀에서 다른 쪽 귀까지 목이 잔혹하게 베여 있었다.

어머니의 몸 뒤로 그리고 부분적으로는 어머니의 몸 밑으로 어린 소녀의 시신이 깔려 누워 있었다. 긴 머리가 얼굴을 덮고 있었다.

"오, 하느님. 선 이!" 보슈가 외쳤다.

곧 뒤따라 들어온 선 이가 숨을 헐떡였다. 보슈는 장갑 한 짝도 마저 끼기 시작했다.

"바닥에 여자아이가 있는데 매디인지 아닌지 모르겠어. 이거 껴." 보슈가 말했다.

그가 주머니에서 라텍스 장갑 한 켤레를 더 꺼내 선에게 건네자 선이 재빨리 받아 꼈다. 둘은 힘을 합해 죽은 소년의 시신을 샤워 부스에서 끌어내 세면대 밑 바닥으로 내려놓았다. 그러고 나서 보슈는 소녀의 얼굴이 보일 때까지 어머니의 시신을 조심스럽게 끌어내렸다. 소녀도 목이 베인 상태였다. 눈을 뜨고 공포에 찬 표정으로 죽음을 바라보고 있었다. 그 표정을 보고 있자니 보슈의 가슴이 찢어졌지만, 딸의 얼굴은 아니었다.

"매디는 아니야. 히라는 그 친구인가 봐." 보슈가 말했다.

그는 대학살의 현장에서 돌아서서 선 옆을 비집고 침실로 나가 침대 위에 걸터앉았다. 욕실에서 쿵 하는 소리를 들은 그는 선이 시신들을 원래대로 돌려놓고 있을 거라고 추측했다.

보슈는 크게 숨을 내쉬고는 가슴에 팔짱을 끼고 몸을 앞으로 푹 숙였다. 그는 죽은 소녀의 공포에 찬 눈을 떠올리고 있었다. 그러다가 앞으로 고꾸라질 뻔했다.

"도대체 무슨 일이 있었던 거야?" 그가 혼잣말을 했다.

선이 욕실에서 걸어 나오더니 경호원처럼 떡 버티고 섰다. 그는 아무 말도 하지 않았다. 그의 장갑 낀 손에 피가 묻어 있었다.

보슈는 일어서서 마치 욕실의 참혹한 광경을 설명해줄 무언가가 그 방 안에 있을 거라고 생각하는 것처럼 방 안을 둘러보았다.

"다른 삼합회가 펑 칭차이한테서 매디를 뺏어간 걸까? 흔적을 지우기 위해 저들을 다 죽였고?"

선은 고개를 가로저었다.

"그러면 전쟁이 시작됐을 거예요. 그리고 저 사내놈은 삼합회가 아닙니다."

"뭐라고? 그걸 어떻게 알지?"

"툰먼에 삼합회는 한 개밖에 없습니다. 골든 트라이앵글. 찾아봤더니 저 아이 몸에 문신이 없어요."

"무슨 문신?"

선은 잠깐 망설이며 욕실 문 쪽을 처다보더니 다시 보슈에게로 고개를 돌렸다. 그는 장갑 한 짝을 벗고 손을 입으로 가져가 아랫입술을 까뒤집었다. 부드러운 잇몸에 검은색 잉크로 한자 두 개를 새긴 문신이 있었는데 오래전에 한 것인지 많이 흐릿해져 있었다. 보슈는 그 글자들이 골든 트라이앵글을 의미할 거라고 추측했다.

"그러니까 자네도 삼합회란 말이지?"

선이 입술을 놓고 고개를 가로저었다.

"이젠 아닙니다. 그만둔 지 20년도 넘었어요."

"그렇게 쉽게 그만둘 수 있는 게 아니라고 생각했는데. 나오려면 죽어서 관 속에 누워서 나와야 한다던데?"

"난 희생을 했어요. 그래서 간부 회의에서 내보내라고 결론이 났죠. 거길 나오면서 툰먼을 떠나야 했지만요. 그래서 마카오에 갔던 겁니다."

"희생이라니 무슨 희생?"

선은 보슈에게 잇몸 문신을 보여줄 때보다 더 망설였다. 그러나 천천히 손을 들어 다시 얼굴로 가져가더니 이번에는 선글라스를 벗었다. 한동안 보슈는 뭐가 문제인지 알아차리지 못했지만, 점차로 선의 왼쪽 눈이 인공 눈이라는 것을 알아차렸다. 유리 눈알이 박혀 있었다. 눈꼬리에 흉터가 희미하게 남아 있었다.

"삼합회를 그만두려고 눈을 포기했단 말이야?"

"내 결정을 후회하지 않습니다."

선은 다시 선글라스를 꼈다.

욕실에서 끔찍한 장면을 본 데다가 선의 고백까지 듣고 나니 보슈는 중

세의 그림 속에 들어와 있는 것 같은 기분이 들었다. 그는 딸이 욕실 안에 없다고 그러니 아직 살아 있고 이 도시 어딘가에 있을 거라고 스스로를 다독였다.

"여기서 무슨 일이 있었는지 무엇 때문에 이런 일이 생겼는지는 모르겠지만, 우린 추적을 계속해야 돼. 이 집 안에 매디가 있는 곳을 알려주는 단서가 반드시 있을 거야. 그걸 찾아내야 돼. 그런데 시간이 별로 없어." 보슈가 말했다.

그가 주머니에 손을 넣어보니 주머니는 비어 있었다.

"장갑이 떨어졌으니까 뭘 만질 때 조심해. 그리고 신발 바닥에 피가 묻어 있을 거야. 피를 묻히면서 돌아다닐 이유는 없겠지."

보슈는 신발을 벗어 부엌 싱크대에서 흐르는 물에 피를 씻어냈다. 선도 보슈를 따라 했다. 그런 다음 그들은 아파트 안을 수색했다. 침실부터 시작해서 현관까지 샅샅이 뒤졌다. 쓸모 있는 것은 하나도 없었다. 작은 부엌에 이르렀을 때 보슈는 옆집과 마찬가지로 이 집도 식탁 위에 소금 접시가 있는 것을 보았다. 다만 이 접시에는 소금이 높다랗게 쌓여 있었고 소금을 쌓아놓은 누군가가 손가락으로 소금을 쓸어내린 흔적이 있었다. 보슈는 소금 속으로 손가락을 집어넣어 뒤적이다가 그 속에 묻혀 있던 작은 정사각형의 검은색 플라스틱 조각을 찾아냈다. 보슈는 그것이 휴대전화기의 메모리카드라는 것을 금방 알아차렸다.

"여기 뭐가 있어."

싱크대 서랍을 살펴보던 선이 보슈를 향해 돌아섰다. 보슈는 메모리카드를 들어 보였다. 그는 그것이 딸의 전화기에서 사라졌던 것이라고 확신했다.

"소금 속에 들어 있었어. 놈들이 들이닥치니까 펑이 숨겨놨나 봐."

보슈는 작은 플라스틱 카드를 바라보았다. 펑 칭차이가 딸의 휴대전화를 태우기 전에 메모리카드를 빼낸 이유가 있을 것이다. 그걸 숨긴 이유도 있을 것이다. 보슈는 그 이유가 무엇인지 지금 당장 알아내고 싶었지만, 샤워 부스 안에 시신 세 구가 쌓여 있는 아파트 안에 더 머무르는 것은 현명한 일이 아니라는 생각이 들었다.

"여기서 나가자." 보슈가 말했다.

그는 문 옆에 있는 창가로 가서 커튼을 통해 거리를 내려다보고 선에게 오케이 사인을 보냈다. 선이 문을 열었고 둘은 재빨리 아파트를 나갔다. 보슈는 문을 당겨 닫은 후 라텍스 장갑을 벗었다. 걸어가면서 뒤를 돌아보니까 옆집 노파가 복도에 나와 제단 앞에 무릎을 꿇고 유령들에게 또 제물을 바치고 있었다. 보슈는 자기가 준 진짜 100달러짜리 지폐 한 장을 노파가 촛불에 갖다 대어 불을 붙이는 것을 보고 흠칫 놀랐다.

보슈는 돌아서서 잰걸음으로 반대편으로 걸어갔다. 도무지 이해할 수 없는 세상에 들어와 있다는 생각이 들었다. 그러나 그는 딸을 찾아야 한다는 임무만 이해하면 되었다. 다른 것은 아무것도 중요하지 않았다.

33 툰먼의 정체

보슈는 권총을 다시 찾아 들었지만 담요는 버리고 왔다. 차에 타자마자 자기 휴대전화를 꺼냈다. 그의 휴대전화는 커플 할인 상품으로 산 것으로 딸의 휴대전화와 똑같았다. 그는 뒤쪽 배터리 넣는 부분의 뚜껑을 떼어내고 배터리와 메모리카드를 꺼냈다. 그러고는 딸의 휴대전화 메모리카드를 넣고 배터리를 다시 넣은 뒤 뚜껑을 다시 끼고 전원을 켰다.

전화기가 부팅되기를 기다리는 동안 선 이는 차를 출발시켜 일가족이 학살된 건물 앞을 떠났다.

"어디로 가는 거야?" 보슈가 물었다.

"강으로요. 거기 공원이 있습니다. 일단 거기로 가서 다음 목적지를 생각해보죠."

그 말은 아직 계획이 없다는 뜻이었다. 메모리카드를 확인해야 다음 계획을 세울 수 있을 것 같았다.

"자네 어릴 때 많이 있었다던 해적들 말이야, 삼합회였지?"

잠시 후 선이 고개를 한번 끄덕였다.

"자네가 한 일이 그거였나, 인신매매?"

"아뇨, 난 다른 일을 했습니다."

선은 그 말만 할 뿐 부연설명을 하지 않았다. 보슈는 강요하지 않기로 했다. 전화기 부팅이 끝났다. 그는 재빨리 통화내역으로 들어갔다. 아무것도 없었다. 그 페이지가 완전히 비어 있었다.

"통화내역에 아무것도 없군. 통화 기록이 전혀 없어."

보슈는 이메일 파일로 들어갔지만 거기도 비어 있었다.

"메모리카드에 저장되어 있는 게 아무것도 없어." 그가 초조함이 묻어나는 목소리로 말했다.

"일반적으로 다 그래요. 영구적인 파일만 메모리카드로 옮겨가죠. 동영상이나 사진이 있는지 찾아봐요." 선이 침착하게 말했다.

보슈는 전화기 키패드 중앙에 있는 작은 롤러 볼을 굴려 동영상 아이콘으로 가서 아이콘을 클릭했다. 동영상 파일도 비어 있었다.

"동영상도 없어." 그가 말했다.

갑자기 펑 칭차이가 매들린의 전화기에서 메모리카드를 꺼낸 것은 그 안에 모든 사용 기록이 담겨 있을 거라고 믿었기 때문이라는 생각이 퍼뜩 들었다. 사실은 아무것도 담겨 있지 않았는데도.

보슈가 사진 아이콘을 클릭하자 여기에선 저장된 JPEG 사진 목록이 나타났다.

"사진은 있구먼."

보슈는 사진을 한 장 한 장 열어보기 시작했다. 최근 것으로 보이는 사진은 그가 보낸 존 리의 폐를 찍은 사진과 발목 문신을 찍은 사진뿐이었다. 나머지는 매들린의 친구들 사진과 학교 체험학습 때 찍은 사진들이었다. 구체적으로 날짜가 나와 있지는 않았지만 어떤 식으로든 매디의 납치 사건과 관련이 있을 것 같지는 않았다. 카우룽에 있는 제이드 마켓으로 체험학습을 가서 찍은 사진도 몇 장 있었다. 매디는 카마수트라(고대 인도의 성애에 관한 성전－옮긴이)의 성행위 체위를 하고 있는 커플을 조각한 작은 옥 조각 작품들 사진을 찍어놓았다. 보슈는 이 사진들을 10대의 호기심으로 치부하고 큰 의미를 두지 않았다. 매디가 학교에서 친구들과 함께 이 사진들을 보면서 어색하게 킥킥 웃는 모습이 상상되었다.

"아무것도 없어." 보슈가 선에게 말했다.

보슈는 숨겨진 메시지를 찾아내길 바라면서 액정화면 위를 종횡무진으로 움직이며 아이콘을 하나하나 다 눌러보았다. 마침내 그는 매들린의 전화번호부가 메모리카드에도 저장되어 있고 자기 전화기로도 옮겨와 있는 것을 발견했다.

"매디 전화번호부가 내 전화기에 들어와 있어."

보슈는 파일을 열고 전화번호부에 적힌 연락처 목록을 훑어보았다. 그가 모르는 매디의 친구들이 많이 있었고, 상당수가 별명으로 적혀 있었다. 그가 '아빠'라고 적힌 줄을 클릭하자 화면에 그의 휴대전화번호와 집 전화번호가 떴지만, 그것뿐이었다. 거기 있으면 안 될 그 어떤 정보도 적혀 있지 않았다.

그는 다시 목록으로 돌아가 계속 훑어 내려가다가 'T'로 시작하는 명단에 이르렀을 때 찾고 있던 것을 발견했다. '툰먼'이라고 적힌 줄에 달랑 한 개의 전화번호가 들어 있었다.

선은 강을 따라가다가 다리 밑으로 이어지는 길고 좁은 공원에 이르러 차를 세웠다. 보슈는 전화기를 그에게 보여주었다.

"번호를 한 개 찾았어. 툰먼이라고 저장되어 있는데, 사람 이름으로 저장이 안 된 유일한 번호야."

"매디가 왜 이 번호를 갖고 있었을까요?"

보슈는 잠깐 그 이유를 생각해보았다.

"모르겠어." 그가 말했다.

선은 전화기를 가져가서 액정화면을 들여다보았다.

"이건 휴대전화번홉니다."

"어떻게 알지?"

"9로 시작하잖아요. 홍콩의 휴대전화번호가 9로 시작하거든요."

"그래, 그렇다 치고. 그럼 어떻게 하지? 툰먼이라고 적혀 있어. 내 딸을 데리고 있는 놈의 번호일 수도 있잖아."

선은 앞 유리창 너머로 강을 바라보면서 곰곰이 생각하더니 곧 대답과 계획을 내놓았다.

"문자를 보내보죠. 놈이 반응을 보일 수도 있으니까." 선이 말했다.

보슈는 고개를 끄덕였다.

"그래, 그럼 한번 찔러보자. 놈이 있는 곳 위치를 알아낼 수도 있으니까."

"찔러보다니요?"

"유인해보자고. 속여보자고. 우리가 놈을 아는 것처럼 행동하면서 만날 약속을 정하는 거야. 자기가 있는 곳을 알려줄 수밖에 없게 말이야."

선은 계속 강을 바라보면서 이 계획에 대해 생각하고 있었다. 바지선 한 척이 남쪽 바다를 향해 천천히 나아가고 있었다. 보슈는 대안을 생각해보기 시작했다. LA에 있는 데이비드 추 형사가 이곳에 정보통이 있을 테니 그에게 연락해서 이 홍콩 휴대전화번호를 가진 사람의 이름과 주소를 찾아내게 할 수 있을 것 같았다.

"그자가 이 전화번호를 알고 있어서 속임수인지 알아차릴 수도 있지 않을까요? 내 전화로 하는 게 좋겠네요." 선이 말했다.

"괜찮겠어?" 보슈가 물었다.

"그럼요. 문자는 전통 중국어로 보내죠. 확실히 속아 넘어갈 수 있게."

보슈가 또 고개를 끄덕였다.

"그래, 좋은 생각이야."

선은 자기 휴대전화를 꺼내 보슈가 찾아낸 전화번호를 물었다. 그리고 문자 창을 열더니 머뭇거렸다.

"뭐라고 하죠?"

"긴급한 일이라는 느낌을 줘야 해. 답할 수밖에 없게, 만날 수밖에 없게 만들어야 해."

그들은 몇 분간 이 문제를 두고 의견을 나눈 뒤 마침내 단순하고 직접적인 내용을 생각해냈다. 선이 중국어로 옮겨서 전송했다. '여자애한테 문제가 생겼어. 어디서 만날까?'라는 내용이었다.

"좋아, 이젠 기다리자." 보슈가 말했다.

아직은 추를 끌어들이지 않고 기다려보기로 했다.

보슈는 손목시계를 보았다. 오후 2시였다. 홍콩 땅에 발을 내디딘 지 아홉 시간이 지났지만 고도 10킬로미터 이상으로 태평양 위를 날고 있을 때에 비해 딸에게 한 치도 가까이 가지 못했다. 그동안 엘리노어 위시를 영원히 잃었고 지금은 날카로운 칼날처럼 마음을 찔러대는 죄책감과 상실감에 속수무책으로 당하면서 가만히 앉아 기다리는 것밖에 달리 할 일이 없었다. 그는 용의자로부터 빨리 답이 오기를 바라면서 선의 손에 있는 전화기를 흘끗 쳐다보았다.

답 문자는 오지 않았다.

몇 분이 강 위를 떠가는 배들처럼 천천히 침묵 속에 흘러갔다. 보슈는 펑 칭차이가 매들린을 어떻게 납치했나 하는 것에만 생각을 집중하려고 애썼다. 모든 정보를 갖고 있지 않으면 이해가 되지 않는 일들이 많이 있었지만, 현 상태에서도 그가 상황을 종합해서 판단할 수 있는 일련의 사건들이 분명히 있었다. 그렇게 사건들을 종합하면서 그는 모든 일이 결국 자신의 행동이 원인이 되어 일어났다는 사실을 다시금 깨달았다.

"이 모든 일이 결국 나 때문이야, 선 이. 내가 저지른 실수 때문에 이 모든 일이 일어났어."

"해리, 그렇게 자책할 필요는 없……."

"아냐, 잠깐만. 내 얘기 끝까지 들어. 내가 보지 못하는 것을 자네가 볼 수도 있으니까 이 모든 일의 진상을 자네도 알아야 해."

선이 아무 반응도 보이지 않자 보슈가 이야기를 계속했다.

"모든 일이 나에게서 비롯됐어. 난 LA에서 삼합회 조직원이 용의자로 의심되는 사건을 수사하고 있었어. 사건 해결의 실마리가 전혀 보이지 않아서 문신에 적힌 한자의 뜻이 뭔지 말해달라고 딸에게 부탁했어. 문신을 찍은 사진을 보내줬지. 그러면서 삼합회가 관련된 사건이니까 문신 사진을 누구에게 보여주거나 얘기하면 안 된다고 주의를 줬어. 근데 그게 내 실수였어. 열세 살짜리한테 그런 말은 세상에, 그 아이의 세상 만방에 떠들고 다니라는 말이나 마찬가지였지. 매디는 펑 칭차이 남매와 어울려 다니고 있었어. 그 아이들은 다른 세상에서 온 아이들이었지. 매디는 그 아이들에게 감명을 주고 싶었을 거야. 그래서 그 아이들에게 문신과 사건에 대해서 얘기를 했지. 이 모든 일은 거기서부터 시작된 거야."

보슈는 선의 표정을 살폈지만 표정을 읽을 수가 없었다.

"다른 세상에서 온 아이들이요?" 선이 물었다.

"신경 쓰지 마. 그냥 표현을 그렇게 한 거야. 해피 밸리 출신이 아니라는 거지, 딴 거 없어. 그리고 자네 말처럼, 펑이 툰먼의 어느 삼합회 소속은 아니었다고 해도, 거기 사람들을 알고 있었을 수도 있고 거기 들어가고 싶었을 수도 있잖아. 놈이 항구 건너 해피 밸리까지 와서 돌아다니고 있었어. 그러다가 삼합회 조직원 누구를 알게 되고 그를 통해서 그 삼합회에 입회할 수 있겠다고 생각했는지도 모르지. 그래서 그 누구에게 자기가 들은 얘기를 해주는 거야. 그 이야기를 보고받은 조직은 LA 상황을 파악하고 펑에게 그 여자아이 납치를 지시하고 내게 메시지를 보내는 거야.

동영상.”

보슈는 동영상에서 본 딸의 모습이 떠올라 잠깐 말을 멈췄다.

“그런데 거기서부터 일이 꼬이기 시작한 거야. 상황이 바뀐 거지. 펑이 매디를 툰먼으로 데려갔어. 그 아이를 여기 삼합회에 바쳤고 삼합회가 그 아이를 데려갔지. 그런데 삼합회가 펑은 받아들이지 않은 거야. 대신 펑과 그 가족을 몰살했지.”

선은 고개를 살짝 가로젓더니 마침내 입을 열었다. 보슈의 시나리오에 석연찮은 부분이 있다고 생각하는 모양이었다.

“근데 왜 이렇게까지 하겠어요? 전 가족을 몰살시키기까지 하겠느냐고요.”

“시기를 생각해봐, 선 이. 옆집 노파가 어제 오후 늦게 벽을 통해 목소리를 들었다고 했잖아, 그치?”

“네.”

“그때 난 비행기를 타고 있었어. 여기로 오고 있었다고. 어떻게 알았는지는 몰라도 삼합회 사람들이 그 사실을 알게 된 거야. 내가 펑이나 여동생이나 어머니를 만나게 내버려둘 수는 없었겠지. 그래서 그 위험요소를 제거하고 일을 일단락지었던 거야. 펑이 숨겨둔 메모리카드가 없었다면, 우린 어떻게 됐을까? 막다른 골목에 이르러 이러지도 저러지도 못 하고 있었겠지.”

선은 보슈가 놓친 사실을 날카롭게 지적했다.

“당신이 비행기를 타고 오고 있다는 걸 그들이 어떻게 알았을까요?”

보슈는 고개를 가로저었다.

“좋은 질문이야. 이 사건 수사를 시작할 때부터 정보가 새어 나가고 있었어. 하지만 난 내가 적어도 하루는 앞서가고 있다고 생각했지.”

“로스앤젤레스에서요?”

"그래, LA에서. 누군가가 용의자에게 우리가 쫓고 있다는 정보를 줬고 놈은 도주를 시도했어. 그 때문에 우린 준비가 완료되기 전에 놈을 체포해야 했고 그들이 매디를 납치한 거지."

"누군지는 모르고요?"

"확실히는 몰라. 하지만 돌아가면 꼭 알아내서 해결을 봐야지."

선은 보슈의 말뜻을 정확히 파악한 모양이었다.

"매디가 안전하다고 해도요?" 그가 물었다.

보슈가 대답하기 전에 선의 손에 있던 휴대전화가 진동했다. 문자가 온 것이다. 보슈는 문자를 읽는 선에게로 고개를 숙이고 액정화면을 들여다보았다. 중국어로 온 메시지는 짧았다.

"뭐래?"

"틀린 번호래요."

"그뿐이야?"

"찔러봤는데 찔리질 않네요."

"빌어먹을."

"이제 어쩌죠?"

"하나 더 보내. 우릴 만나주지 않으면 경찰을 찾아갈 거라고 해."

"너무 위험합니다. 매디를 제거하기로 결심하면 어떡해요."

"사려는 사람이 있으면 그렇게 안 하겠지. 매디가 가치 있다고 자네 입으로 그랬잖아. 섹스를 위해서건 장기 적출을 위해서건, 가치가 있다고. 놈은 매디를 제거하지 않을 거야. 거래를 서두를 수는 있겠지. 그때 우리가 기회를 엿봐야 해. 어쨌든 매디를 제거하지는 않을 거야."

"이 사람이 맞는지 안 맞는지도 모르잖아요. 이건 그냥 당신 딸의 전화번호부에 있는 전화번호일 뿐인데요."

보슈는 고개를 가로저었다. 선의 말이 옳다고 생각했다. 어둠을 향해 메시지를 던져대는 것은 위험천만한 일이었다. 데이비드 추가 다시 머릿속에 떠올랐다. 존 리 살인사건을 수사하면서 용의자에게 정보를 유출시켜 보슈의 딸이 납치되게 만든 사람이 바로 그 아시아인 조직범죄 전담반 형사일 가능성이 높았다. 그런 그에게 전화를 걸어 도움을 요청해야 할까?

"선 이, 카지노 보안실에 혹시 누구 없을까? 이 번호를 조회해서 이름과 주소를 알아봐줄 사람?"

선은 한참 생각하더니 고개를 가로저었다.

"아뇨, 내 동료들한테 물어볼 수는 없을 것 같군요. 엘리노어 때문에 경찰 조사가 시작될 거라서……."

보슈는 그의 말뜻을 이해했다. 선은 자기 회사와 카지노에 끼칠 피해를 최소화하기 위해 최선을 다해야 했다. 그렇다면 보슈의 마음은 추에게로 기울었다.

"그래, 알았어. 내가 아는 사람한테 부탁해봐야겠군."

전화기를 펼쳐 전화번호부로 들어가려던 보슈는 아직도 자기 딸 휴대전화의 메모리카드가 끼워져 있다는 것을 깨달았다. 그는 메모리카드를 자기 것으로 갈아 끼우고 재부팅을 시작했다.

"누구한테 전화하려고요?" 선이 물었다.

"함께 일하는 형사. 아시아인 조직범죄 전담반 소속이라 여기에 아는 사람들이 꽤 있는 것 같았거든."

"정보누설자일 가능성이 있다고 생각하는 사람 아닙니까?"

보슈는 고개를 끄덕였다. 좋은 질문이었다.

"그럴 가능성을 배제할 수 없지. 하지만 정보누설자는 그 전담반에 있는 다른 사람일 수도 있고 우리와 공조수사를 벌이던 다른 경찰국 직원일 수도 있어. 어쨌든 현재로서는 다른 방도가 없으니까."

재부팅이 끝나자 보슈는 전화번호부로 들어가 추의 휴대전화번호를 찾아냈다. 전화를 걸면서 손목시계를 확인했다. 로스앤젤레스는 지금 토요일 자정 무렵이었다.

벨이 한 번 울리기가 무섭게 추가 전화를 받았다.

"추 형삽니다."

"데이비드, 나 해리 보슈. 너무 늦은 시각에 전화해서 미안해."

"전혀 늦지 않습니다. 아직도 근무 중인데요."

보슈는 깜짝 놀랐다.

"존 리 피살사건? 일이 어떻게 되어가고 있는데?"

"네. 오늘 저녁에 로버트 리를 만나 꽤 오랜 시간 공을 들였는데요. 챙을 갈취죄로 기소하려고 하니 협조해달라고 설득하는 중입니다."

"협조할 것 같아?"

잠깐 침묵이 흐른 후 추가 대답했다.

"지금까지는 아닙니다. 하지만 월요일 아침까지 시간이 있으니까 더 설득해봐야죠. 아직 홍콩에 계시죠? 딸은 찾았습니까?"

매들린에 대해 묻는 추의 목소리에 다급한 마음이 묻어나왔다.

"아직 못 찾았어. 하지만 단서가 하나 있어. 자네의 도움이 필요해. 홍콩 휴대전화번호를 조회해줄 수 있을까?"

또다시 침묵이 흘렀다.

"보슈 형사님, 그 문제라면 저보다는 거기 경찰이 더 도움이 될 것 같은데요."

"알아, 근데 여기 경찰과 같이 다니고 싶지 않아서 그래."

"그러시겠죠."

어련하겠느냐고 말하는 것 같았다.

"정보가 새어 나갈 위험을 감수할 수가 없어서 그래. 아주 가까이 간 상태거든. 하루 종일 매디의 흔적을 쫓아다닌 끝에 겨우 얻어낸 단서가 이

번호야. 매디를 데리고 있는 자의 번호인 것 같아. 도와주겠나?"

추는 오랫동안 잠자코 있었다.

"제가 형사님을 도와드린다면, 제 정보원은 홍콩경찰 안에 있을 겁니다. 정보가 홍콩경찰한테로 새어 나갈 수 있단 말이죠. 괜찮으시겠어요?"

"그 정보가 왜 필요한지, 누구에게 줄 건지는 말 안 해도 되잖아."

"하지만 거기서 문제가 생기면 화살이 저한테로 오지 않을까요?"

보슈는 인내심을 잃어가고 있었지만 내색하지 않으려 애쓰면서 현재 벌어지고 있다고 생각되는 악몽 같은 상황을 직설적으로 설명했다.

"이봐, 시간이 별로 없어. 우리가 입수한 정보로는 매디가 인신매매를 당할 것 같아. 오늘 어디로 팔려갈 가능성이 아주 높다는 거야. 어쩌면 바로 지금 거래가 이루어지고 있을지도 모르지. 난 이 정보가 필요해, 추. 도와줄 거야, 말 거야?"

이번에는 망설임 없이 바로 반응이 왔다.

"번호 불러주세요."

34 비밀 접선

추는 홍콩경찰국에 있는 지인들을 통해 그 휴대전화번호를 추적하는 데 적어도 한 시간은 걸릴 거라고 말했다. 보슈는 바로 이 순간 자기 딸이 다른 자들에게로 넘겨지고 있는지도 모르는 마당에 그렇게 많은 시간을 포기하는 것이 정말 내키지 않았지만, 어쩔 수 없었다. 그는 추가 상황의 긴박성을 잘 이해했다고 믿었다. 보슈는 마지막으로 추에게 자신이 이런 부탁을 하더라는 말을 LA경찰국 내의 어느 누구에게도 하지 말아달라고 부탁했다.

"아직도 정보가 새어 나가고 있다고 생각하시는군요, 보슈 형사님?"

"새어 나가고 있는 건 확실하지만, 지금은 그런 이야기를 할 때가 아니야."

"전 어때요? 저는 믿습니까?"

"믿으니까 전화를 했지, 안 그래?"

"형사님은 아무도 믿지 않는 것 같은데요. 제게 전화한 건 다른 사람이 없었기 때문이겠죠."

"쓸데없는 소리 그만하고, 그 번호 좀 빨리 알아보고 연락해줘."

"그러죠, 보슈 형사님. 분부대로 거행하겠습니다."

보슈는 전화기를 덮고 선을 바라보았다.

"한 시간 정도 걸리겠다는데."

선은 여전히 무표정한 얼굴이었다. 그는 열쇠를 돌려서 차에 시동을 걸었다.

"기다리는 동안 뭐 좀 드셔야죠."

보슈는 고개를 가로저었다.

"아냐, 못 먹겠어. 매디가 저렇게……, 엘리노어도……. 어떻게 먹겠어. 내 위가……, 음식이 목구멍으로 넘어가지 않을 것 같아."

선은 시동을 껐다. 그 자리에서 추의 전화를 기다릴 생각인 거였다.

시간이 아주 느리게 아주 고통스럽게 흘러갔다. 보슈는 행운주류의 카운터 뒤에 쭈그리고 앉아 존 리의 시신을 살펴보던 때로 시간을 거슬러 올라가 그때부터 지금까지 자기가 한 일들을 찬찬히 돌이켜보았다. 그러면서 그는 자신이 살인범을 끈질기게 뒤쫓은 것이 다른 이들을 위험에 빠뜨리는 원인이 되었다는 것을 확실히 깨달았다. 자기 딸과 전처, 저 멀리 툰먼에 사는 알지도 못하는 일가족까지 사지로 몰아넣은 것이다. 지금부터 그가 느껴야 하는 죄책감이 일생에서 가장 무거운 짐이 될 것이었고, 그는 그 짐을 견뎌낼 수 있을지 자신이 없었다.

그는 처음으로 자기 삶에 '만약'이라는 것을 대입해보았다. 만약 그가 딸을 다시 찾는다면 그는 자신을 구원할 방법을 찾을 것이다. 만약 딸을 다시 찾지 못한다면, 구원도 없을 것이다.

모든 것이 끝날 것이다.

이런 생각이 들자 보슈는 저절로 몸서리가 쳐졌다. 그는 조수석 문을 열었다.

"잠깐 산책 좀 할게."

선이 무슨 말을 하기 전에 보슈는 차에서 내려 문을 닫았다. 보슈는 강을 따라 나 있는 길을 걷기 시작했다. 고개를 숙이고 우울한 생각을 하면서 걷느라고 자기 옆을 지나가는 사람들이나 강에서 빠르게 자기 옆을 지나가는 배들을 보지 못했다.

결국 보슈는 자신이 어쩔 수 없는 일들을 곱씹어보는 것이 자신이나 딸에게 도움이 안 된다는 것을 깨달았다. 그는 자신을 덮고 있는 우울의 장막을 떨쳐내고 무언가 유용한 일에 생각을 집중하려고 애썼다. 딸의 휴대전화 메모리카드 문제가 아직 수수께끼로 남아서 자꾸 그의 신경을 건드렸다. 매들린은 왜 툰먼이라고 적은 휴대전화번호를 자기 전화번호부에 저장했을까?

한동안 그 의문을 붙들고 생각을 거듭한 결과, 보슈는 그동안 미처 생각하지 못했던 해답을 얻었다. 매들린은 납치되었다. 그러므로 휴대전화를 뺏겼을 것이다. 그러니까 그 번호를 그 아이의 전화기에 저장한 사람은 매들린 자신이 아니라 납치범이었을 가능성이 컸다. 이러한 결론이 내려지자 다양한 가능성들이 폭포수처럼 쏟아져 내렸다. 펑은 동영상을 찍어 보슈에게 보냈다. 그러니까 그가 매디의 전화기를 가지고 있었을 것이다. 그가 납치를 완료하고 자기가 원하는 것과 매들린을 맞바꿀 약속을 정하는 데 자기 전화기보다는 매디의 전화기를 사용했을 가능성이 매우 높았다.

메모리카드에 그 전화번호를 저장한 사람은 펑 칭차이였을 것이다. 협상에서 그 번호를 자주 사용하고 있었기 때문에 저장했거나 일이 잘못될 경우 흔적을 남기고 싶었기 때문일 수도 있었다. 메모리카드를 소금 속에 숨긴 것도 그 때문이었을 것이다. 누군가가 나중에 찾아내라고.

보슈는 새로 내린 결론을 선에게 전해주기 위해 돌아섰다. 그는 어느새 100미터 정도 걸어와 있었다. 저 멀리 자동차 밖에 선이 나와 서서 그를 향해 돌아오라고 다급하게 손짓하고 있었다. 보슈는 쥐고 있는 휴대전화기를 펼쳐 액정화면을 보았다. 부재중 전화가 한 통도 없었다. 그러니까 선이 흥분한 것이 추 형사와의 통화와 관련된 것일 수는 없었다.

보슈는 돌아가기 시작했다.

선이 차에 타더니 문을 닫았다. 보슈도 곧 그의 옆자리에 탔다.

"뭔데?"

"메시지가 또 왔습니다. 문자 메시지가."

선은 메시지가 중국어로 적혀 있음에도 불구하고 전화기를 들어 보슈에게 메시지를 보여주었다.

"뭐래?"

"'무슨 문제? 누구야?'라고 적혀 있군요."

보슈는 고개를 끄덕였다. 메시지에는 아직도 부인하는 내용이 담겨 있었다. 메시지를 보낸 사람은 아무것도 모르는 척하고 있었다. 도대체 무슨 일인지 모르겠다면서도 문자를 보내 관심을 표시한 것이다. 보슈는 이걸 보면 분명히 뭔가 있는 것이고 자기들이 그것에 접근하고 있는 거라고 생각했다.

"뭐라고 대답할까요?" 선이 물었다.

보슈는 대답하지 않았다. 어떻게 할지 생각하는 중이었다.

선의 휴대전화가 진동하기 시작했다. 선이 액정화면을 확인했다.

"전화가 왔네요. 그잡니다. 그 번호예요."

보슈가 재빨리 말했다.

"받지 마. 받으면 들통 날 수도 있어. 언제든 우리가 다시 전화할 수 있잖아. 그자가 또 문자를 남기는지 한번 보자고."

전화기가 진동을 멈췄고 그들은 기다렸다. 보슈는 이 대단히 까다롭고 위험한 게임에서 이제 어떤 행동을 취해야 하는지 생각해보려고 애썼다.

한참 시간이 흐른 후, 선이 고개를 가로저었다.

"메시지를 안 남겼네요. 남겼으면 메시지가 남겨져 있다고 표시가 될 텐데, 지금까지 없는 걸 보니."

"자네 자동응답기 메시지는 어떻게 나가? 자네 이름을 알려주나?"

"아뇨, 이름은 안 나가요. 전화기에 저장되어 있는 안내 메시지를 그대로 쓰는데요."

일반적인 자동응답기 안내 메시지가 나간다니 다행이었다. 전화 건 사람은 이름을 주워듣거나 목소리를 듣거나 다른 어떤 정보를 얻게 되기를 바랐을 것이다.

"좋아, 다시 문자 보내. 안전하지 않기 때문에 통화나 문자는 안 된다고, 직접 만나고 싶다고 말해."

"그 말만 해요? 무슨 문젠지 물어볼 텐데, 아무 대답도 하지 말라고요?"

"응, 아직은 하지 마. 얼렁뚱땅 넘어가라고. 우리가 시간을 오래 끌면 끌수록 매디에게 더 시간을 주는 거야. 알겠어?"

선은 고개를 한번 끄덕였다.

"그래요, 알겠습니다."

선은 보슈가 말한 대로 메시지를 입력한 후 전송했다.

"자, 이제 또 기다려야겠군요." 선이 말했다.

보슈에게 그 사실을 굳이 상기시킬 필요는 없었다. 그러나 보슈는 왠지 기다림이 오래가지 않을 것 같은 예감이 들었다. 속임수가 먹혀들고 있었고 상대방이 제대로 걸려들었다는 생각이 들었다. 이런 결론을 내리자마자 선의 전화기에 문자가 또 들어왔다.

"만나잡니다. 5시에 지오에서." 선이 액정화면을 보면서 말했다.

"지오가 어딘데?"

"골드코스트에 있는 식당입니다. 아주 유명하죠. 일요일 오후에는 엄청

붐빌 겁니다."

"골드코스트는 여기서 거리가 얼마나 되지?"

"차로 한 시간 정도 가야 할걸요."

보슈는 문자로 밀고 당기기를 하는 자가 자기들을 유인하여 일부러 한 시간이나 떨어진 곳으로 끌어내고 있는 것인지도 모른다는 사실을 염두에 두어야 했다. 그는 손목시계를 확인했다. 추와 통화한 지 한 시간 가까이 지나 있었다. 그는 골드코스트로 가기 전에 추의 보고부터 받고 싶었다. 선이 차를 출발해 공원을 빠져나가는 동안 보슈는 추에게 다시 전화를 걸었다.

"추 형삽니다."

"나 보슈. 한 시간 지났는데."

"한 시간은 안 됐잖아요. 어쨌든 아직 기다리고 있습니다. 전화를 걸어서 부탁해놨는데 아직 연락이 안 오네요."

"직접 통화했어?"

"어, 아뇨, 거기 내 친구한테 메시지를 남겨놨습니다. 너무 늦은 시각이라 아직……."

"늦은 시각 아니야, 추! 거기가 늦은 시각이지 여기는 아니라고. 전화를 걸긴 건 거야?"

"보슈 형사님, 진정하세요. 전화했다니까요. 잠깐 헷갈렸을 뿐이라고요. 여기가 늦은 시각이고, 거긴 일요일이군요. 일요일이라서 평소처럼 전화기를 붙들고 살진 않는 모양이죠. 어쨌든 전화 걸어놨으니까 뭔가 알게 되면 바로 연락드리겠습니다."

"그래, 그런데 그땐 너무 늦을지도 몰라."

보슈는 전화기를 덮었다. 애초부터 추를 믿었던 게 잘못이었다.

"헛수고였어." 그가 선에게 말했다.

* * *

그들은 45분 만에 골드코스트에 도착했다. 그곳은 신계지 서쪽 끝에 있는 휴양지로 홍콩과 전 세계뿐만 아니라 중국 본토의 관광객들도 즐겨 찾는 곳이었다. 캐슬피크베이 위에 높고 웅장한 호텔 건물이 우뚝 서 있었고 항구를 따라 이어지는 산책로에는 야외 식당들이 촘촘히 들어서 있었다.

지오를 만남의 장소로 고른 것은 문자 보낸 사람의 현명한 선택이었다. 그 식당은 비슷한 야외 식당 두 곳 사이에 끼어 있었고, 식당 세 군데 모두 손님으로 대단히 북적였다. 산책로에서 열리는 미술 및 공예 전시회 덕분에 이곳을 찾은 사람들이 배는 더 늘어서, 문자 보낸 사람이 어느 곳에든 쉽게 숨어 있을 수 있었다. 그곳에서 정체가 밝혀지는 걸 원하지 않는 사람의 정체를 밝히기란 지극히 어려운 일일 것 같았다.

보슈와 선이 차를 타고 오면서 세운 계획에 따라, 보슈는 골드코스트 호텔 입구에서 내렸다. 그들은 시계를 똑같이 맞춘 후 선이 다시 차를 몰고 떠났다. 보슈는 호텔 기념품 상점에 들러 선글라스와 호텔의 금색 로고가 붙은 야구 모자를 샀다. 지도와 일회용 카메라도 샀다.

오후 4시 50분 보슈는 옐로 플라워라는 식당의 입구에 이르렀다. 그 식당은 지오 옆에 있는 것으로 지오의 야외 테이블이 전부 다 보였다. 계획은 단순했다. 보슈가 딸의 전화번호부에서 발견한 전화번호의 주인을 찾아내 그가 지오를 떠날 때 미행할 작정이었다.

옐로 플라워와 지오, 그리고 그 옆의 식당 빅 서에는 흰 캐노피 아래 테이블이 좁은 간격으로 붙어 있었다. 해풍이 불어 손님들은 시원하게 앉아 있을 수 있었고 캐노피는 바람에 부풀었다. 자리 안내를 기다리면서 보슈는 손목시계를 쳐다봤다가 붐비는 식당들을 둘러보기를 반복했다.

일요일 오후 대가족이 한데 모여 만찬을 즐기는 테이블이 여러 군데 있었다. 보슈는 문자를 주고받은 사람이 이런 큰 모임의 일원일 것 같지는 않았기 때문에 그런 테이블은 일찌감치 제외시켰다. 그렇더라도 그자를 찾아내기란 결코 쉽지 않다는 것을 그는 금방 깨달았다. 지오에서 만나기로 했다고 해서 그자가 반드시 그 식당에 있을 거란 법은 없었다. 세 식당 중 어느 한 곳에 앉아서 보슈와 선이 하는 것과 똑같은 짓을 하고 있을 수도 있었다. 상대방을 찾아내려고 은밀히 두리번거리고 있을 수도 있었다.

계속해서 계획대로 밀고 나가는 수밖에 다른 도리가 없었다. 보슈가 손가락을 들어 여종업원에게 자리 안내를 요구하자 구석진 테이블로 안내되었다. 세 식당 안은 훤히 보였지만 바다는 아예 보이지 않았다. 혼자 온 손님에게는 이런 안 좋은 자리를 배정하는 모양이었고 사실 보슈가 원한 것도 바로 이런 자리였다.

그는 손목시계를 다시 본 후 테이블 위에 지도를 펼쳤다. 카메라로 지도를 눌러놓고 모자를 벗었다. 싸구려 제품이어서 머리에 잘 맞지 않아 꽉 끼고 아팠다. 벗고 나니 시원하고 좋았다.

보슈는 5시가 되기 전에 식당 세 곳을 다시 한 번 둘러보았지만 이자다 싶은 사람이 전혀 보이지 않았다. 선글라스를 끼고 있거나 모자를 푹 눌러쓰고 혼자 앉아 있거나 수상한 사내들과 함께 앉아 있는 남자는 전혀 보이지 않았다. 보슈는 속임수가 먹혀들지 않았다는 생각이 들기 시작했다. 그자가 그들의 속임수를 알아차리고 역공을 한 것 같았다.

보슈가 손목시계를 보았을 땐 마침 초침이 12를 향해 움직이면서 정각 5시가 되는 찰나였다. 정각 5시에 선이 첫 번째 문자를 보내기로 되어 있었다.

보슈는 재빨리 휴대전화를 펼쳐 문자를 확인하는 사람을 보게 되기를 바라면서 세 식당을 쭉 둘러보았다. 그러나 손님이 너무 많았다. 초침이

째깍째깍 지나가는데도 그는 아무것도 발견하지 못했다.

"안녕하십니까, 손님. 혼자세요?"

어느새 여종업원이 그의 테이블 옆으로 다가와 있었다. 보슈는 그녀를 무시하고 지오의 테이블에 앉은 손님들을 하나하나 훑어보고 있었다.

"손님?"

보슈는 그녀를 쳐다보지도 않고 대답했다.

"커피 한 잔 부탁해요. 블랙으로."

"네, 손님."

보슈는 여종업원이 물러가는 것을 느낄 수 있었다. 그는 1분 정도 더 손님들을 둘러보았다. 그러다가 수색의 범위를 확대해 옐로 플라워와 빅 서에 있는 손님들도 둘러보았다. 휴대전화로 통화하는 여자는 한 명 있었지만 그 외에 휴대전화를 사용하는 사람은 아무도 없었다.

보슈의 휴대전화가 주머니 속에서 진동하기 시작했다. 그는 선이 전화했을 거라고 생각하면서 전화기를 꺼내 받았다.

"그자가 첫 번째 문자에 답을 했습니다. '기다리고 있는 중이야.' 그렇게 적혀 있네요."

두 사람이 세운 계획은 5시 정각에 선이 차가 막혀 늦는다고 문자를 보내는 거였다. 그는 계획대로 했고, 문자를 받은 사람이 답 문자를 보내온 것이다.

"아무도 못 봤어. 너무 넓어. 장소를 제대로 골랐어." 보슈가 말했다.

"그러게요."

"자넨 어디야?"

"빅 서 뒤쪽에 있는 술집이요. 나도 아무도 못 봤어요."

"좋아, 그럼 다음 문자 준비됐지?"

"네."

"보내봐."

보슈가 전화기를 덮는데 여종업원이 커피를 가지고 왔다.

"주문하시겠습니까?"

"아니, 아직. 메뉴 좀 보고 주문할게요."

여종업원이 물러갔다. 보슈는 뜨거운 커피를 재빨리 한 모금 홀짝인 후 메뉴판을 펼쳤다. 그는 메뉴를 훑어보면서도 손목시계를 볼 수 있도록 오른손을 테이블 위에 올려놓고 있었다. 5시 5분에 선이 다음 문자를 보내기로 되어 있었다.

여종업원이 다시 와서 보슈에게 주문을 하겠느냐고 또 한 번 물었다. 메시지는 분명했다. 주문을 하든지 안 할 거면 나가달라는 것이다. 돈이 안 된다면 다음 손님을 받고 싶은 것이다.

"구이링가오 있나?"

"그건 거북이 껍질로 만든 젤린데요."

여종업원이 당신 실수했다고 말하는 듯한 어조로 말했다.

"알아. 만병통치약이라며. 그거 있어?"

"우리 메뉴에는 없는데요."

"좋아, 그럼 국수 줘요."

"무슨 국수요?"

여종업원이 메뉴판을 가리켰다. 메뉴판엔 사진이 나와 있지 않아 보슈는 뭐가 뭔지 도통 알 수가 없었다.

"국수는 됐고. 새우볶음밥 줘요."

"그것만이요?"

"그것만."

보슈는 빨리 물러가라는 뜻으로 그녀에게 메뉴판을 건네주었다.

여종업원이 떠나자 보슈는 다시 한 번 시계를 확인한 후 식당들을 둘러보기 시작했다. 두 번째 문자가 전송되고 있을 것이었다. 그는 테이블에서 테이블로 재빨리 눈길을 돌렸다. 이번에도 상황에 딱 맞는 사람은 보이지 않았다. 아까 그의 눈에 띄었던 여자는 또 전화를 받고 짧게 통화를 했다. 그녀는 어린 사내아이와 함께 앉아 있었는데, 사내아이는 지루해하는 것도 같고 교회 갈 때 입는 제일 좋은 옷을 입었는지 불편해하는 것도 같았다.

테이블 위에 놓인 보슈의 휴대전화가 떨어대기 시작했다.

"이번에도 답이 왔어요. 5분 안에 안 나타나면, 만나는 건 없었던 일로 하겠답니다." 선이 말했다.

"자넨 아무도 못 봤어?"

"네, 아무도요."

"그다음 문자 보냈어?"

"그건 5시 10분에 보내려고요."

"알았어."

보슈는 전화기를 덮고 테이블에 내려놓았다. 세 번째 문자는 그자를 식당 밖으로 끌어낼 내용으로 준비했다. 선이 오다가 미행당하는 걸 알게 되었고 경찰이 확실한 것 같아 만남을 취소한다는 내용이었다. 그리고 미지의 그 남자에게 즉시 지오를 떠나라고 촉구하는 내용도 넣을 계획이었다.

여종업원이 새우볶음밥이 든 사발을 가지고 와 테이블에 내려놓았다. 밥 위에 놓인 새우는 완전한 한 마리였고 툭 튀어나온 두 눈은 열이 가해져 흰색으로 변해 있었다. 보슈는 사발을 옆으로 치웠다.

보슈의 휴대전화가 또 진동을 했다. 그는 손목시계를 확인한 후 전화를 받았다.

"벌써 보냈어?" 보슈가 물었다.

처음에는 아무 반응이 없었다.

"선 이?"

"보슈 형사님, 저 추 형삽니다."

보슈는 다시 손목시계를 보았다. 선이 마지막 문자를 보낼 시각이었다.

"좀 이따가 내가 전화할게."

그는 전화기를 덮고 다시 한 번 세 식당의 테이블을 둘러보았다. 짚더미에서 바늘을 발견하듯 그자를 발견하게 되기를 바랐다. 문자를 읽는 사람을, 답 문자를 입력하는 사람을 보게 되기를 바랐다.

아무도 없었다. 전화기를 꺼내 액정화면을 보는 사람이 한 명도 없었다. 사람이 너무 많아 한 번에 다 둘러볼 수도 없었다. 계획이 수포로 돌아갔다는 생각에 보슈는 가슴에 구멍이 뻥 뚫리는 느낌이 들었다. 여자와 사내아이가 앉아 있던 테이블을 돌아보았더니 그들은 떠나고 없었다. 출입구를 바라보니 그들이 식당을 떠나고 있는 모습이 보였다. 여자는 사내아이의 손을 잡고 빠른 걸음으로 걸어가고 있었다. 다른 손에는 휴대전화를 쥐고 있었다.

보슈는 휴대전화를 펼쳐 선에게 전화했다. 그가 즉시 전화를 받았다.

"여자랑 사내아이야. 자네 쪽으로 가고 있어. 저 여자인 것 같아."

"문자를 받았어요?"

"아니, 대리인이 만나러 나온 것 같아. 문자는 딴 데로 간 거고. 여자를 따라가 봐야겠어. 차는 어디 있지?"

"앞쪽에요."

보슈는 일어서서 100달러 지폐 세 장을 테이블에 내려놓고 출구를 향해 걸어갔다.

35 노스스타 수산해운

선은 벌써 옐로 플라워 출입구 앞에 차를 세워놓고 차 안에서 기다리고 있었다. 보슈가 조수석 문을 여는 순간 뒤에서 그를 부르는 소리가 들렸다.

"손님! 손님!"

돌아보니 여종업원이 그의 모자와 지도를 들고 바삐 걸어오고 있었다. 거스름돈도 들고 있었다.

"이것들을 놓고 가셨어요, 손님."

보슈는 모두 받아 들고 고맙다고 말했다. 그러고는 잔돈은 다시 그녀에게 내밀었다.

"이건 아가씨 팁." 그가 말했다.

"감사합니다. 새우볶음밥이 입에 안 맞으셨나 봐요." 그녀가 말했다.

"어떻게 알았지?"

보슈는 잠깐 지체한 사이에 여자와 사내아이를 놓치지 않았기를 바라면서 재빨리 차에 탔다. 선은 즉시 식당가를 빠져나가 차들 속으로 끼어들었다. 그가 앞쪽에 있는 차를 가리켰다.

"저 흰색 메르세데스에 타고 있습니다." 선이 말했다.

그가 가리킨 자동차는 한 블록 반 정도 앞에 있었는데, 그곳은 상대적으로 차가 적어서 순조롭게 움직이고 있었다.

"여자가 운전을 해?" 보슈가 물었다.

"아뇨, 여자와 남자아이는 대기 중인 자동차에 탔습니다. 남자가 운전을 하던데요."

"그렇군. 잘 따라갈 수 있지? 난 전화 좀 해야 돼."

"그럼요."

선이 흰색 메르세데스를 미행하는 동안 보슈는 추 형사에게 다시 전화를 걸었다.

"나 보슈."

"네, 형사님. 홍콩경찰국을 통해서 정보를 좀 얻어내긴 했는데요. 꼬치꼬치 캐묻는 게 많던데요."

"우선 정보부터 줘."

보슈는 수첩과 펜을 꺼냈다.

"네, 말씀하신 전화번호는 어느 기업 명의로 등록되어 있었습니다. 노스스타 수산해운. 노스스타는 한 단어고, 툰먼에 위치한 기업이더라고요. 툰먼은 저 위 신계……."

"그건 알아. 정확한 주소는 받았어?"

추는 호이와 로드에 있는 주소를 불러주었고 보슈는 들은 주소를 큰 소리로 따라 읽었다. 선이 고개를 끄덕였다. 어딘지 안다는 뜻이었다.

"좋아, 그럼 또 다른 건?" 보슈가 물었다.

"네, 있습니다. 노스스타가 혐의를 받고 있답니다, 보슈 형사님."

"그게 무슨 말이야? 무슨 혐의?"

"구체적으로는 못 들었지만, 불법 해운 무역 행위라는데요."

"인신매매 같은 거?"

"네, 그런 거요. 아까도 말했지만 구체적인 정보는 주지도 않으면서 그 번호를 추적하는 이유가 뭐냐고 꼬치꼬치 묻더라고요."

"그래서 뭐라고 했어?"

"그냥 한번 알아보는 거라고 했습니다. 살인사건을 수사하다가 찾아낸 종이쪽지에 그 번호가 적혀 있어서 알아보는 거라고요. 그 번호와 사건이 무슨 관련이 있는지는 전혀 모르겠다고 했고요."

"잘했어. 이 전화번호와 관련해서 구체적으로 언급된 사람은 없었어?"

"직접적으로 관련된 건 아니지만, 노스스타 수산해운 사장 이름은 들었습니다. 데니스 호라고 마흔다섯 살이라네요. 구체적으로 뭘 캐내려고 한다는 인상을 주지 않고 얻을 수 있는 정보는 이게 전부였어요. 도움이 되겠습니까?"

"되고말고. 고마워."

보슈는 전화를 끊고 나서 선에게 방금 들은 이야기를 전해주었다.

"데니스 호라는 사람에 대해서 들어본 적 있어?" 보슈가 물었다.

선은 고개를 가로저었다.

"아뇨, 한 번도."

보슈는 지금 중대한 결정을 내려야 한다고 생각했다.

"저 여자가 이 일과 관련이 있는지 없는지도 확실히 모르잖아."

보슈가 흰색 메르세데스를 가리키며 말했다.

"지금 시간 낭비 하는 것일 수도 있어. 그러니까 저 여자 쫓아가는 건 포기하고 노스스타로 곧장 가는 게 어때?"

"아직은 결정할 필요가 없겠는데요."

"왜? 이 일로 시간 낭비하고 싶지 않다니까."

선은 흰색 메르세데스가 있는 쪽을 향해 고갯짓을 했다. 메르세데스는

200미터 정도 앞에 있었다.

"이미 부둣가 방향으로 가고 있으니까요. 저들도 그곳으로 가는 건지도 모르죠."

보슈는 고개를 끄덕였다. 수사의 두 각도가 아직은 다 살아 있었다.

"기름은 어때?" 보슈가 물었다.

"디젤인데, 충분해요." 선이 대답했다.

* * *

그 후 그들은 앞서 가는 메르세데스와 상당한 거리를 유지하면서도 항상 시야에서 놓치지 않고 주시하면서 캐슬피크 로드의 해안선을 따라 달려갔다. 그들은 아무 말도 하지 않고 달려가기만 했다. 두 사람 다 시간이 얼마 없다는 것을 알고 있었고 더 이상 할 말도 없었다. 메르세데스나 노스스타가 그들을 매디 보슈에게로 데려다주지 않으면 앞으로 매디를 다시 볼 가능성은 별로 없을 것 같았다.

툰먼 중심부의 고층 아파트 건물들이 그들 앞에 모습을 드러냈을 때, 보슈는 메르세데스의 방향지시등이 깜박이는 것을 보았다. 메르세데스가 좌회전을 해서 부둣가에 멀어지고 있었다.

"방향을 바꾸는데." 보슈가 경고했다.

"난감하네요. 화물용 부둣가는 앞쪽에 있습니다. 저 사람들은 주거 단지로 들어가는 거고요." 선이 말했다.

그들은 한동안 침묵하면서 좋은 생각이 떠오르기를 혹은 메르세데스의 운전자가 목적지를 수정해 직진해야 한다는 사실을 깨닫게 되기를 바라고 있었다.

어느 쪽도 일어나지 않았다.

"어느 쪽으로 갈까요?" 마침내 선이 물었다.

보슈는 가슴이 찢어지는 것 같았다. 지금 그가 어떤 선택을 하느냐에 따라 딸의 목숨이 왔다 갔다 했다. 그는 한 명은 자동차를 뒤쫓고 다른 한 명은 부둣가로 가는 식으로 선과 일을 나눠서 할 수 없다는 사실을 알고 있었다. 보슈는 자기가 알지 못하는 세상 속에 있었고 혼자서는 무력하기만 했다. 선이 필요했다. 보슈는 추한테서 전화를 받고 나서 내린 것과 똑같은 결론에 도달했다.

"여잔 보내주고 노스스타로 가자." 마침내 보슈가 말했다.

선은 계속 직진을 했고 좌회전을 해서 칭하 길이라는 표지판이 있는 도로로 들어가는 메르세데스를 지나갔다. 메르세데스가 속력을 줄일 때 보슈는 창문 너머로 그 차를 흘끗 쳐다보았다. 메르세데스 운전자도 그를 흘끗 쳐다보았지만 서로의 눈길이 잠깐 스쳐 지나갔을 뿐이었다.

"이런." 보슈가 말했다.

"왜요?" 선이 물었다.

"날 봤어. 운전자가. 우리가 미행하는 걸 알았던 것 같아. 우리 예측이 맞았어. 그 여자가 한패였던 거야."

"그럼 더 안심이죠."

"왜? 무슨 소리야?"

"우리가 미행하는 걸 알고 부둣가로 가지 않고 방향을 바꾼 거라면 노스스타에 접근하지 못하게 하려고 그러는 거잖아요. 이해가 돼요?"

"응. 자네 말이 맞았으면 좋겠다."

곧 그들은 허름한 창고들과 통조림 공장들이 부두와 잔교(부두에서 선박에 닿을 수 있도록 해놓은 다리 모양의 구조물. 이것을 통하여 화물을 싣거나 부리고 선객이 오르내림─옮긴이)를 따라 늘어서 있는 화물 부두로 들어갔다. 강을 오가는 바지선들과 바다를 오가는 중형 화물선들이 부두 여기저기에

배를 대고 있었고 두세 척이 나란히 모여 있는 경우도 있었다. 오늘은 모든 배가 하루 쉬고 있는 것 같았다. 일요일에는 작업이 없는 모양이었다.

항구 안 저 멀리에 정박하고 있는 어선 몇 척이 보였다. 기다란 콘크리트 잔교가 항구의 바깥쪽 둘레를 형성하고 있고 어선들은 모두 그 잔교가 만들어낸 태풍 대피시설 뒤에 안전하게 정박하고 있었다.

차가 뜸해지자 보슈는 카지노의 번드르르한 검은색 메르세데스가 노스스타로 접근하면 눈에 확 띄지 않을까 걱정이 되기 시작했다. 선도 같은 생각을 하고 있었나 보았다. 그는 문을 닫은 식료품점의 주차장으로 들어가 차를 세웠다.

"거의 다 왔으니까 차는 여기다 세워두고 가죠." 선이 말했다.

"그래, 그러자." 보슈가 말했다.

그들은 차에서 내려 나머지 길은 걸어갔다. 창고 벽 쪽으로 딱 붙어서 혹시 자기들을 보는 사람이 있는지 사방을 살피면서 걸었다. 선이 앞장섰고 보슈가 바로 그 뒤를 따라갔다.

노스스타 수산해운은 7번 부두에 위치해 있었다. 측벽에 중국어와 영어로 노스스타 수산해운이라고 대문짝만 하게 적어놓은 커다란 녹색 창고가 부두 바로 앞에 있었고 잔교가 그 너머 만(灣)을 향해 쭉 뻗어 있었다. 선체는 검은색으로 조타실은 녹색으로 칠한 20미터 어망선 네 척이 잔교의 양옆으로 묶여 있었다. 잔교의 끝에는 그보다 더 큰 배가 거대한 크레인을 하늘로 치켜든 채 정박해 있었다.

6번 부두에 있는 창고 모퉁이에서 살펴보는 보슈의 눈에는 아무런 움직임도 보이지 않았다. 노스스타의 창고 문은 모두 닫혀 있었고 부두와 배들은 주말을 맞아 휴식을 취하고 있는 것 같았다. 보슈는 흰색 메르세데스 미행을 중도에 포기한 것이 치명적인 실수였다는 생각이 들기 시작했다. 그때 선이 그의 어깨를 툭툭 치더니 잔교 끝에 있는 크레인 선을 가리켰다.

높은 곳을 가리키는 선의 손길을 따라가니 크레인이 있었다. 배의 갑판에서 5미터 가까이 뻗어 올라간 레일시스템 위에 앉은 플랫폼에서 크레인의 강철 팔이 뻗어 나가 있었다. 크레인은 배의 어느 화물창에 화물이 실려 있느냐에 따라 배의 앞쪽 끝에서 뒤쪽 끝까지 자유롭게 움직일 수 있었다. 이 배는 바다로 나가 소형 어망선이 어획한 생선을 옮겨 실어 어망선이 수확을 계속할 수 있도록 하기 위해 설계된 것이 분명했다. 크레인 운전은 바람을 비롯한 바다의 여러 위험 요소들로부터 크레인 운전기사를 보호하기 위해 설치된 위쪽 플랫폼 위의 작은 부스에서 했다.

선은 부스의 선팅한 창문을 가리켰다. 그 안에 사람이 있었다. 태양이 배의 뒤쪽 하늘에 떠 있어서 보슈에게는 부스 안에 앉아 있는 사람이 실루엣으로 보였다.

보슈는 내밀었던 고개를 거두고 창고 벽 뒤로 몸을 숨겼다. 선도 덩달아 몸을 숨겼다.

"제대로 찾은 것 같군. 놈이 우릴 봤을까?" 보슈가 말했다. 갑작스레 아드레날린이 솟구치면서 벌써부터 목소리에 긴장감이 가득했다.

"아뇨, 아무 반응이 없었어요." 선이 말했다.

보슈는 고개를 끄덕이고는 자기들의 상황을 정리해보았다. 이제 그는 저 크레인 선 어딘가에 딸이 갇혀 있을 거라고 믿어 의심치 않았다. 그러나 보초의 눈을 피해 배에 오르는 것은 불가능할 것 같았다. 보초가 식사를 하러, 화장실 용무를 위해, 혹은 교대를 위해 내려올 때까지 기다릴 수도 있었다. 하지만 그게 언제가 될지 혹은 내려오기나 할지 아무도 장담할 수 없었다. 한시가 급하다는 생각 때문에 안절부절못하는 터여서 도저히 기다릴 수 없을 것 같았다.

보슈는 손목시계를 보았다. 저녁 6시가 다 되어가고 있었다. 완전히 어두워지기까지는 적어도 두 시간은 더 기다려야 할 것 같았다. 그때까지 기다렸다가 움직일 수도 있었다. 그러나 두 시간은 너무 길었다. 선이 보낸 문자메시지 때문에 매디의 납치범들은 잔뜩 긴장하고 있을 것이었다. 그들은 매디에게 서둘러 어떤 조치를 취하려 들 수 있었다.

그럴 가능성이 현실이 될 수 있다는 것을 느끼게 해주려는 듯, 부두 쪽에서 갑자기 우르릉하고 배에 시동이 걸리는 소리가 들려왔다. 보슈는 모퉁이 밖으로 고개를 내밀고 상황을 살폈다. 크레인 선의 선미에서 배기가스가 올라오고 있었다. 조타실 창문 안에서도 사람들의 움직임이 보였다.

보슈는 다시 몸을 숨겼다.

"놈이 우리를 봤나 봐. 배에 시동을 걸었어." 보슈가 보고했다.

"몇 명이나 돼요?" 선이 물었다.

"조타실에 적어도 한 명 있고 크레인 위에도 아직 한 명 있어. 뭔가 조치를 취해야 해. 지금."

조치를 취할 필요성을 강조하려는 듯 보슈는 바지 허리춤에서 권총을 끄집어냈다. 그는 모퉁이 밖으로 뛰어나가 부두를 걸어가며 총을 난사하고 싶은 유혹을 느꼈다. 그에게는 가득 장전된 45구경 권총이 있었고 자기에게 승산이 있다고 믿었다. 베트남의 땅굴 속에서 더 심한 것도 보지 않았던가. 탄환 여덟 발이면, 용 여덟 마리를 잡을 수 있었다. 그리고 나서 자기는 아홉 번째 용이 될 수 있었다. 탄환처럼 절대로 막을 수 없는.

"어떻게 할 계획입니까?" 선이 물었다.

"계획 같은 거 없어. 들어가서 매디를 찾아 나올 거야. 내가 실패하더라도 어느 누구도 절대로 매디를 건드리지 못하게 하고 있을게. 그때 자네가 들어와서 매디를 데리고 나가서 여기를 떠나는 비행기에 태워 보내. 트렁크에 매디 여권이 들어 있어. 그게 계획이야."

선이 고개를 가로저었다.

"잠깐만요. 저들은 무장을 하고 있을 겁니다. 이 계획은 현명하지가 않아요."

"그럼 더 좋은 생각이 있어? 어두워질 때까지 기다릴 수는 없어. 배가 곧 떠나려고 하잖아."

보슈는 창고 모퉁이로 가서 고개를 내밀고 다시 크레인 선을 살펴보았다. 상황은 조금도 달라지지 않았다. 보초는 아직도 하늘 위 부스에 있었고 조타실 안에 사람이 있었다. 배는 아직 잔교 끝에 묶여 있긴 했지만 우르릉거리며 공회전을 하고 있었다. 마치 그들이 무언가를 혹은 누군가를 기다리고 있는 것 같았다.

보슈는 다시 몸을 숨기고 마음을 진정시켰다. 주위의 모든 것을 고려해보고 지금 자기가 사용할 수 있는 수단이 무엇일까 생각해보았다. 무턱대고 달려나가는 것은 자살행위였다. 그런 것 말고 다른 방법이 있을지도 모르겠다는 생각이 들었다. 그가 선을 쳐다보았다.

"배가 필요해."

"배요?"

"작은 배 한 척. 지금 잔교를 걸어 내려가면 들킬 수밖에 없잖아. 거기만 보고 있을 테니까. 하지만 배가 나타나면 관심이 그리로 쏠리겠지. 그 사이에 잔교를 걸어 내려가 배에 접근할 수 있을 거란 말이지."

선이 보슈를 버려두고 모퉁이로 가서 고개를 내밀었다. 잔교의 끝을 살핀 뒤 다시 고개를 거둬들였다.

"네, 그 방법이 먹힐 것 같네요. 배를 타고 나타나는 거 내가 할까요?"

"응. 난 배로 들어가서 매디를 찾아 나올게."

선이 고개를 끄덕였다. 그는 주머니에 손을 넣어서 자동차 열쇠를 꺼냈다.

"열쇠 받아요. 딸을 찾으면, 태우고 떠나요. 내 걱정은 하지 말고."

보슈는 고개를 가로젓고 휴대전화를 꺼냈다.

"근처에 어디 안전한 곳을 찾은 다음에 전화할게. 거기서 기다릴게."

선이 고개를 끄덕였다.

"행운을 빌어요, 해리."

그가 돌아섰다.

"행운을 빌어, 선." 보슈가 말했다.

선이 떠난 후, 보슈는 계속 창고의 앞쪽 벽에 등을 대고 서서 마음의 준비를 했다. 그는 선이 배를 어떻게 구할지는 모르겠지만 어떻게든 구해서 소란을 일으킬 거라고, 그래서 관심이 자기에게 쏠리게 하여 보슈가 움직일 수 있게 해줄 거라고 믿었다.

보슈는 딸이 있는 곳을 알았으니까 이젠 홍콩경찰에 전화를 할까 하는 생각이 들었지만, 금방 단념했다. 부두에 경찰들이 쏟아져 들어오면 딸의 안전을 보장할 수 없었다. 그는 원래 계획대로 밀고 나가기로 했다.

그는 돌아서서 모퉁이 밖으로 고개를 내밀고 노스스타 크레인 선에서의 움직임을 다시 한 번 확인했다. 그때 남쪽에서 자동차 한 대가 다가오는 것이 보였다. 앞쪽의 공기조절 그릴이 눈에 익었다. 메르세데스였다. 그리고 흰색이었다.

보슈는 벽에 몸을 대고 미끄러지듯 주저앉아 몸을 숨겼다. 그와 다가오는 자동차 사이에 있는 두 척의 배의 삭구(배에서 쓰는 로프나 쇠사슬 따위를 통틀어 이르는 말─옮긴이)에 건조를 위해 널어놓은 그물이 가림막이 되어주었다. 그는 자동차가 천천히 달려와 7번 부두로 들어가더니 잔교를 따라 내려가 크레인 선으로 향하는 것을 지켜보았다. 보슈와 선이 골드코스트에서부터 뒤쫓아왔던 그 차가 틀림없었다. 운전자를 흘끗 보니 아까 보슈와 눈이 마주쳤던 바로 그 남자였다.

머릿속으로 재빨리 상황을 정리한 보슈는 운전대를 잡은 남자가, 펑 칭차이가 매디의 휴대전화 전화번호부에 저장한 그 전화번호의 주인이라고 결론지었다. 자기가 직접 지오에 오는 대신 여자와 사내아이를—십중팔구는 아내와 아들일 것이다—보내 자신에게 문자메시지를 보낸 사람을 찾으려고 했던 것이다. 선이 보낸 마지막 문자에 겁을 먹고 여자와 아이를 집으로 혹은 안전한 곳으로 데려다 놓은 다음 보슈의 딸이 잡혀 있는 7번 부두로 달려온 것이다.

알고 있는 사실이 그리 많지 않아 많은 부분은 추측에 의존해 상황을 정리한 것이지만, 보슈는 자신의 판단이 정확할 거라고 믿었다. 그는 메르세데스를 탄 남자가 세운 원래 계획에는 없었던 일이 일어나려 하고 있다고 판단했다. 남자가 계획을 수정하고 있었다. 일을 서두르거나 상품을 다른 곳으로 옮기거나 혹은 더 끔찍한 일을—상품을 제거하는 일을—하려는 것 같았다.

메르세데스가 크레인 선 앞에 멈춰 섰다. 운전자가 뛰어내리더니 재빨리 트랩을 걸어가 배에 올랐다. 그는 부스에 있는 남자에게 뭐라고 고함을 치면서도 걸음을 늦추지 않고 바삐 걸어 조타실로 향했다.

한동안 잠잠했다. 더 이상의 움직임은 없었다. 잠시 후 보슈는 크레인 부스에 있던 남자가 부스를 걸어 나와 플랫폼에서 내려오기 시작하는 것을 보았다. 갑판으로 내려선 남자는 메르세데스 운전자를 따라 조타실로 들어갔다.

보슈는 그들이 방금 전략적인 실수를 범해서 자신이 잠깐의 우위를 점하게 되었다는 사실을 깨달았다. 지금이야말로 들킬 염려 없이 잔교를 걸어 내려가 크레인 선에 접근할 수 있는 절호의 기회였다. 그는 다시 전화기를 꺼내 선에게 전화를 걸었다. 전화벨이 한번 울리더니 곧장 자동응답기로 넘어갔다.

"선, 어디야? 메르세데스 운전자가 나타났어. 배로 들어갔고 보초까지 조타실로 들어가서 보는 눈이 없어. 관심을 딴 데로 돌리려던 계획 포기하고 곧장 이리로 돌아와서 차 대기시켜줘. 나 들어간다."

보슈는 전화기를 주머니에 넣고 똑바로 섰다. 크레인 선을 마지막으로 한 번 더 확인한 뒤 숨어 있던 벽 뒤에서 튀어 나갔다. 그러고는 두 손을 모아 권총을 그러쥐어 사격자세를 취하고 부두를 가로질러 잔교로 향했고 잔교의 끝을 향해 뛰는 듯이 걸어갔다.

36 기습 공격

잔교 위에 빈 화물상자가 쌓여 있어 보슈가 어느 정도 몸을 숨긴 채 접근할 수 있었지만, 크레인 선에 오르는 트랩까지 마지막 20미터 정도는 엄호물이 전혀 없어 그대로 노출이 되었다. 보슈는 속도를 내 그 마지막 20미터를 한달음에 달려간 뒤 트랩 옆에서 공회전을 하고 있는 메르세데스 뒤로 몸을 숨겼다. 디젤 엔진 특유의 소리와 냄새가 났다. 트렁크 위로 눈만 내놓고 살펴보니 배 안에서는 그의 움직임에 대해 아무런 반응도 보이지 않았다. 그는 숨어 있던 메르세데스 뒤에서 튀어 나가 조용하고도 신속하게 트랩을 건넜고 갑판으로 내려선 후엔 2미터 넓이의 화물 덮개들 사이를 조심스레 걸어갔다. 조타실이 가까워지자 마침내 발걸음을 늦추었다. 그러고는 조타실 문 옆 벽에 몸을 바짝 기대고 섰다.

보슈는 천천히 숨을 고르면서 무슨 소리가 들리는지 귀기울여보았다. 우르릉거리는 배의 엔진 소리와 잔교에 묶여 있는 배들의 삭구 사이로 불어오는 바람 소리 빼고는 아무 소리도 들리지 않았다. 그는 문 앞으로 나와서 문에 난 작은 정사각형의 창문을 들여다보았다. 아무도 보이지 않았다. 그는 손잡이를 잡고 조용히 문을 열고 들어갔다.

그 방은 배의 관제실이었다. 조타기 외에도 불이 반짝이는 다이얼과 레이더 스크린 두 대와 쌍둥이 조절판과 커다란 짐벌(나침반을 수평으로 유지하는 기구 – 옮긴이)로 고정된 나침반이 보였다. 뒷벽에는 해도대(海圖臺)가 붙어 있었고 그 옆에는 사생활 보호를 위해 커튼이 달린 붙박이 2층 침대가 놓여 있었다.

조타실 앞쪽 왼쪽 바닥에 해치(마루나 천장 등에 있는 위로 젖히는 출입문. 배의 승강구 – 옮긴이)가 열려 있었고 선체로 내려갈 수 있게 사다리가 내려져 있었다. 보슈는 그곳으로 걸어가 해치 옆에 쭈그리고 앉았다. 아래쪽에서 사람들 목소리가 들렸는데, 다들 중국어로 말하고 있었다. 목소리를 구별해 몇 명인지 세어보려고 했지만 선체의 울림 현상 때문에 불가능했다. 선체에 적어도 세 명은 있는 것 같았다. 딸의 목소리는 들리지 않았지만 딸도 분명히 그곳에 있다고 확신했다.

보슈는 배의 관제센터로 걸어갔다. 그곳엔 여러 개의 다이얼과 스위치가 있었는데, 모두 중국어로 설명이 붙어 있었다. 마침내 그는 위에 붉은색 불이 들어오는 단추가 나란히 있는 스위치 두 개에 주목했다. 그가 그중 한 개의 스위치를 끄자 엔진 소음이 즉시 반으로 줄어들었다. 엔진 하나를 끈 것이다.

그는 5초쯤 기다렸다가 다른 스위치도 잡아당겨 두 번째 엔진마저 껐다. 그러고는 방 뒤쪽 구석으로 가서 2층 침대 아래 칸에 걸터앉았다. 그러고는 커튼을 반쯤 쳐놓고 쭈그리고 앉아서 기다렸다. 선체에서 사다리를 타고 올라오는 사람의 눈에는 그가 보이지 않을 것이다. 그는 총을 허리춤에 도로 꽂고 대신 재킷 주머니에서 잭나이프를 꺼내 조용히 칼날을 폈다.

곧 아래쪽에서 달려오는 발소리가 들렸다. 이 말은 남자들이 선체의 앞쪽에 모여 있다는 뜻이었다. 보슈가 귀 기울여보니 달려오는 발소리는 한 사람의 것이었다. 그렇다면 일이 좀 더 수월할 수 있었다.

한 남자가 해치로 올라오기 시작했는데 보슈 쪽으로 등을 보이고 관제센터를 보고 있었다. 그는 주위를 둘러보지 않고 곧장 관제센터로 가서 엔진 두 개가 한꺼번에 꺼진 이유를 찾아 두리번거렸다. 아무것도 찾지 못하자 엔진의 시동을 다시 걸기 시작했다. 보슈는 2층 침대에서 조용히 걸어 나와 그에게로 다가갔다. 두 번째 엔진이 시끄러운 소리를 내며 돌아가기 시작한 순간, 보슈는 잭나이프의 칼날을 남자의 척추에 갖다 댔다.

보슈는 그의 셔츠 뒷덜미를 잡고 관제센터에서 끌어당겨 뒤로 물러서게 한 후 그의 귀에 대고 속삭였다.

"여자아이는 어디 있어?"

남자가 중국어로 뭐라고 말했다.

"그 아이가 어디 있는지 말해."

남자는 고개를 가로저었다.

"밑에는 몇 명이 있어?"

남자가 아무 대답이 없자 보슈는 그를 거칠게 잡아끌고 갑판으로 나갔다. 그를 난간으로 끌고 가 난간 위로 윗몸을 밀어 허리를 굽히게 만들었다. 4미터 아래에는 바닷물이 출렁이고 있었다.

"수영할 수 있냐, 이 자식아? 여자아이가 어디 있지?"

"말…… 못해. 말 못해." 남자가 겨우 말을 내뱉었다.

난간 위로 남자의 몸을 누른 채 보슈는 통역자인 선을 찾아 주위를 두리번거렸지만, 그의 모습은 어디에도 보이지 않았다. 도대체 그는 어디 갔을까?

보슈가 잠시 딴 데 정신이 팔린 것을 감지한 남자가 반격을 시도했다. 그가 갑자기 팔꿈치를 뒤로 강하게 휘둘러 보슈의 갈비뼈를 가격했다. 보슈는 강한 일격에 몸이 젖혀져 조타실의 옆벽에 부딪쳤다. 그러자 남자가 휙 돌아서서 두 손을 들고 공격 자세를 취했다. 보슈가 방어 자세를 취했지만 남자의 발이 더 빨랐다. 남자의 발이 보슈의 손목을 강타하자 칼이 공중으로 날아갔다.

남자는 칼이 어디로 날아가 떨어지는지 쳐다보지도 않았다. 그는 재빨리 두 주먹을 움켜쥐고 보슈를 향해 달려들어, 짧고 강력한 펀치로 보슈의 복부를 가격했다. 보슈는 폐가 풍선 터지듯 터지는 느낌이 들었다. 바로 그때 주먹이 그의 턱을 향해 날아왔다.

보슈는 쓰러졌다. 충격을 털어내려고 애썼지만 시야가 점점 좁아지기 시작했다. 남자가 침착하게 돌아서서 칼이 떨어진 곳으로 가더니 곧 칼을 집어 드는지 칼날이 바닥에 긁히는 소리가 들렸다. 보슈는 정신을 잃지 않으려고 애쓰면서 권총을 빼내려고 손을 등 뒤로 돌렸다.

남자가 보슈에게 다가오면서 영어로 또박또박 말했다.

"수영할 수 있냐, 이 자식아?"

보슈는 등 뒤에서 권총을 뽑아 두 발을 발사했다. 첫 발은 조준이 끝나지 않은 상태에서 발사가 되어 남자의 어깨를 스치고 지나갔고, 두 번째 발은 남자의 가슴 한가운데에서 약간 왼쪽 부분에 맞았다. 남자가 경악한 표정으로 쓰러졌다.

보슈는 천천히 몸을 일으켜 두 손과 두 무릎을 바닥에 대고 엎드린 자세를 취했다. 그는 피와 침을 갑판 위로 질질 흘리고 있었다. 그는 조타실 벽을 잡고 일어서기 시작했다. 빨리 움직여야 했다. 배 안에 있는 남자들도 총성을 들었을 것이었다.

그가 겨우 일어난 순간 갑자기 뱃머리 쪽에서 총격이 시작되었다. 탄환들이 슝슝 그의 머리 위를 날아가 조타실의 강철 벽에 부딪쳤다 튕겨나갔다. 보슈는 조타실 뒷벽으로 몸을 숨겼다. 조타실 뒤를 돌아 살짝 앞으로 다가가 창문을 통해 뱃머리 쪽을 살펴보았다. 한 남자가 양손에 권총을 한 자루씩 들고 주위를 살피고 있었다. 그 뒤로 그가 선체에서 올라온 해치가 보였다.

보슈에게는 탄환이 여섯 발밖에 없었고 다가오는 총잡이는 온전한 탄창을 꽂고 사격을 시작했다고 추정해야 했다. 탄환만 놓고 보면 보슈가 열세였다. 그가 먼저 공세를 취해 신속하게 그리고 효율적으로 총잡이를 제거해야 했다.

좋은 방법이 없을까 주위를 둘러보던 보슈는 배를 부두에 댈 때 충격을 완화하기 위해 뒤쪽 뱃전을 따라 고무로 만든 범퍼가 일렬로 붙여져 있는 것을 발견했다. 그는 권총을 허리춤에 꽂고 범퍼 한 개를 떼어냈다. 그러고는 조타실 뒤쪽 창문으로 살금살금 걸어가 창문을 통해 뱃머리를 다시 살펴보았다. 총잡이는 조타실의 왼쪽을 선택해 선미로 움직이려고 하고 있었다. 보슈는 한 걸음 뒤로 물러서서 1미터 길이의 범퍼를 머리 위로 번쩍 쳐들고 조타실 위로 높이 던졌다. 범퍼를 던지자마자 그는 권총을 꺼내 들면서 조타실의 오른쪽으로 걸어 내려가기 시작했다.

총잡이가 날아오는 범퍼를 피하려고 몸을 숙이는 순간 보슈가 조타실 앞으로 나왔다. 보슈는 사격을 시작했고 남자를 연달아 맞혔다. 남자는 결국 한 발도 쏴보지 못한 채 갑판에 쓰러졌다.

보슈는 그에게 다가가 죽었는지 확인했다. 그러고는 탄환을 다 써버린 자신의 45구경 권총을 던져버리고 죽은 자의 권총을 집어 들었다. 두 자루 모두 블랙스타 반자동 권총이었다. 보슈는 조타실로 돌아갔다.

조타실에는 여전히 아무도 없었다. 보슈는 적어도 남자 한 명이 아래쪽 선체에 그의 딸과 함께 있다는 걸 알고 있었다. 그가 두 총의 탄창을 꺼내 세어보니 모두 합해 열한 발이 남아 있었다.

그는 권총 두 자루를 허리춤에 꽂고 해치로 걸어가 소방대원처럼 봉을 두 다리로 감싸 안고 미끄러지듯 선체로 내려갔다. 탄환이 빗발칠 것을 예상한 그가 바닥에 이르러 옆으로 몸을 던져 바닥을 구르면서 권총을 꺼내 들었지만, 어디서도 탄환은 날아오지 않았다.

보슈의 눈이 어스름한 불빛에 적응이 되자 자신이 2층 침대가 있는 침실에 홀로 서 있다는 것을 알아차렸다. 침실 문이 열려 있었고 그 앞은 선체의 앞에서 뒤쪽 끝까지 이어지는 중앙 복도였다. 유일한 빛이 저 앞 뱃머리 쪽에 있는 천장에 난 해치를 통해서 들어오고 있었다. 보슈가 서 있는 곳과 빛이 들어오는 그 해치 사이에 복도를 따라 좌우로 세 개씩 해치가 달린 여섯 개의 보관창고가 있었다. 왼쪽으로 맨 마지막에 있는 해치는 활짝 열려 있었다. 보슈는 일어서서 손 하나는 자유롭게 쓰려고 권총한 자루를 허리춤에 꽂았다. 그러고는 남은 총을 들어 사격자세를 취하며 움직이기 시작했다.

해치마다 어획고를 보관하기 위해 4중 잠금장치가 되어 있었다. 녹슬어가는 강철에 찍힌 화살표가 보관창고의 잠금장치를 풀고 문을 열려면 어느 방향으로 손잡이를 돌려야 하는지 보여주었다. 보슈는 복도를 따라 걸어가면서 보관창고를 일일이 확인했다. 모두 비어 있었지만, 최근에 생선을 잡아 보관하는 데 사용한 것 같지는 않았다. 강철 벽에 창문 하나 없는 각 방마다 시리얼과 다른 식료품 상자들과 커다란 생수통이 즐비했다. 다른 쓰레기가 넘쳐나는 나무 상자들도 여러 개 있었다. 그물이 해먹으로 개조되어 벽에 박힌 못에 걸려 있었다. 각 방마다 심한 악취가 코를 찔렀는데 그 배가 한때 잡아 올렸던 생선의 비린내하고는 아무 관계가 없는 냄새였다. 이 배는 인간을 화물로 싣고 다녔던 것이다.

보슈의 마음을 가장 아프게 한 것은 시리얼 상자였다. 전부 같은 상표였는데, 상자 앞면에는 쌀 뻥튀기 시리얼이 가득 담겨 있고 설탕이 반짝반짝 빛나는 사발 옆에 만화 캐릭터인 판다 곰이 서서 활짝 웃고 있는 그림이 그려져 있었다. 어린이용 시리얼이었다.

보슈가 복도에서 마지막으로 들른 곳은 열려 있는 창고였다. 보슈는 몸을 낮게 숙이고 한 걸음에 보관창고 안으로 걸어 들어갔다.

그곳도 비어 있었다.

그러나 그곳은 뭔가 달랐다. 이곳에는 쓰레기가 없었다. 배터리로 전력을 공급받는 전등이 천장 고리에 걸린 전선에 걸려 있었다. 뒤집힌 화물상자 위에는 포장을 뜯지 않은 시리얼 상자 몇 개와 컵라면 몇 개, 1갤런들이 물병 몇 개가 놓여 있었다. 보슈는 딸이 이 방에 갇혀 있었다는 것을 보여주는 증거를 찾아보았지만, 아무것도 찾을 수 없었다.

보슈는 뒤에서 해치의 경첩이 삐걱거리는 소리를 들었다. 그가 돌아보는 순간 해치가 쾅 소리와 함께 닫혔다. 우측 상단 구석에 있는 봉함 부분이 잠금 상태로 바뀌었고 내부 손잡이가 제거된 상태였다. 그가 보관창고 안에 갇히고 있었다. 그는 두 번째 총까지 꺼내 들고 해치를 향해 겨누면서 다음 잠금장치가 돌아가기를 기다렸다.

우측 하단이었다. 볼트가 돌아가기 시작한 순간 보슈는 두 자루의 권총으로 문을 향해 조준해서 연발 사격을 했고 탄환들이 오랜 세월의 녹으로 약해진 금속을 꿰뚫었다. 누군가가 깜짝 놀라거나 총에 맞았는지 비명을 지르는 소리가 들렸다. 그러고는 복도에서 쾅 하고 사람이 바닥에 쓰러지는 둔탁한 소리가 났다.

보슈는 해치 앞으로 걸어가 우측 상단 잠금장치의 볼트를 손으로 돌려보려고 했다. 그러나 볼트가 너무 작아서 손가락으로 잡을 수가 없었다. 다급해진 보슈는 뒤로 한 걸음 물러났다가 어깨로 문을 쾅 밀었다. 그렇게 해서 잠금장치가 부서지길 바랐지만 끄덕도 하지 않았다. 어깨에 느껴지는 충격의 강도로 볼 때 문은 절대로 열리지 않을 것 같았다.

그는 보관창고 안에 갇히고 말았다.

보슈는 다시 해치 앞으로 걸어가 고개를 옆으로 돌리고 귀를 기울여보왔다. 지금 들리는 건 엔진 소리뿐이었다. 그는 권총 한 자루의 손잡이 뒷부분으로 금속 해치를 쾅쾅 두드렸다.

"매디? 매디, 여기 있니?" 보슈가 외쳤다.

아무 반응이 없었다. 그는 다시 이번에는 더 세게 해치를 두드렸다.

"신호를 보내줘, 매디. 여기 있으면, 소리를 내줘!"

이번에도 아무 반응이 없었다. 보슈는 선에게 전화를 걸려고 전화기를 꺼내 펼쳤다. 그런데 신호가 잡히지 않았다. 전화번호를 누르고 통화를 눌러보았지만 신호가 가지 않았다. 안벽이 금속으로 된 방에 있어서 휴대전화가 무용지물이었다.

보슈는 돌아서서 다시 한 번 문을 두드리며 딸의 이름을 외쳤다.

역시 아무 반응이 없었다. 보슈는 낙담하여 땀이 나는 이마를 녹이 슨 해치에 갖다 댔다. 그의 몸은 금속 상자에 갇혔고 그의 마음은 딸이 이 배에 없다는 깨달음에 갇혀버렸다. 그는 실패했고 받아 마땅한 벌을 받고 있었다.

가슴이 칼에 찔린 듯 아팠다. 마음속의 고통보다 결코 덜하지 않은 신체적인 고통도 찾아왔다. 날카롭고 깊숙하고 가차 없었다. 그는 무겁게 숨을 몰아쉬며 해치에 등을 기댔다. 셔츠 단추를 한 개 더 풀고 녹슨 금속 위를 미끄러지듯 내려가 두 무릎을 세우고 바닥에 주저앉았다. 그는 한때 자기가 살았던 땅굴만큼이나 폐쇄적인 공간에 갇혔다는 것을 깨달았다. 천장 등의 배터리가 죽어가고 있으니 곧 그는 어둠 속에 남겨질 것이다. 패배감과 절망감이 그를 압도했다. 그는 딸을 실망시켰고 자신을 실망시켰다.

37 흰색 메르세데스

좌절감에 빠져 있던 보슈가 갑자기 고개를 들었다. 방금 전 무슨 소리가 들렸었다. 단조로운 엔진 소리 외에 쾅쾅 두드리는 소리가 들렸었다. 위에서가 아니었다. 아래쪽 선체에서 들렸었다.

그는 벌떡 일어나 해치로 돌아갔다. 또 한 번 쾅쾅 두드리는 소리가 들렸다. 누군가가 그가 그랬던 것처럼 보관창고들을 확인하고 있었다.

보슈는 권총 두 자루의 손잡이 끝으로 해치를 세게 두드렸다. 그러고는 철과 철이 부딪치며 만들어내는 날카로운 금속성을 능가할 만큼 큰 목소리로 외쳤다.

"선 이? 이봐! 여기 아래쪽이야! 누구 없어? 여기 아래쪽이라고!"

아무 반응도 없었지만, 곧 우측 상단의 봉함 부분이 돌아갔다. 문이 열리고 있었다. 보슈는 뒤로 물러서서 옷소매로 얼굴을 닦으면서 기다렸다. 왼쪽 하단의 봉함 부분도 돌려졌고 해치 문이 서서히 열리기 시작했다. 보슈는 탄환이 얼마나 남았는지 몰랐지만 일단 권총 두 자루를 들고 사격 자세를 취했다.

복도의 어스름한 불빛 속에 선 이의 얼굴이 보였다. 보슈는 앞으로 걸어가 해치를 완전히 밀어젖혔다.

"도대체 어디 갔다 온 거야?" 보슈가 고함쳤다.

"배를 찾고 있었는데……."

"전화했잖아. 돌아오라고 했잖아."

복도로 나온 보슈는 메르세데스를 운전하던 남자가 해치에서 1미터 정도 떨어진 바닥에 쓰러져 있는 것을 보았다. 얼굴이 바닥을 향하고 있었다. 보슈는 그가 아직 살아 있기를 바라면서 재빨리 그에게로 다가갔다. 보슈가 그의 몸을 뒤집자 그가 흘린 피가 웅덩이처럼 고여 있는 것이 보였다.

그는 이미 죽어 있었다.

"해리, 매들린은 어디 있죠?" 선이 물었다.

"모르겠어. 모두 다 죽었는데 난 아무것도 아는 게 없어!"

혹시…….

마지막 계획이 보슈의 머릿속에 그려지기 시작했다. 마지막 기회. 흰색 메르세데스는 번드르르한 새 차였다. 그러니 온갖 옵션이 갖춰져 있을 터이고 물론 내비게이션도 있을 것이었다. 그리고 내비게이션에 저장된 최초의 주소는 메르세데스 운전자의 집 주소일 것 같았다.

그곳에 가야 했다. 보슈는 메르세데스 운전자의 집을 찾아가서 딸을 찾기 위해 필요하다면 무슨 짓이라도 다 할 각오였다. 그는 지오에서 보았던 심심해하던 그 어린 사내아이의 머리에 총을 겨눠야 한다면 그렇게 할 거라고 생각했다. 그러면 그 아내가 입을 열 것이고 보슈에게 딸을 돌려줄 거라고 생각했다.

보슈는 자기 앞에 있는 시신을 살펴보았다. 그는 자기가 지금 보고 있는 사람이 노스스타 수산해운의 대표 데니스 호일 거라고 추측했다. 그는 차 열쇠를 찾으려고 죽은 남자의 옷 주머니를 툭툭 두드려보았지만 아무것도 발견하지 못했다. 순식간에 계획이 세워졌듯이 순식간에 사라지는 것 같은 느낌이 들었다. 열쇠는 어디 있을까? 그에게 어디로 가라고, 어떻게 길을 찾아가라고 일러줄 내비게이션이 꼭 필요했다.

"해리, 왜 그래요?"

"열쇠! 이 친구 열쇠가 필요해. 없으면 우린……."

보슈는 갑자기 말을 멈췄다. 그동안 잊고 있었던 것이 문득 생각났기 때문이었다. 그가 크레인 선을 향해 잔교를 달려와 흰색 메르세데스 뒤에 몸을 숨겼을 때, 디젤 엔진 소리를 듣고 냄새를 맡았었다. 차는 시동이 켜진 채 서 있었다.

그땐 딸이 배에 있을 거라고 확신했기 때문에 그건 그에게 의미심장하게 느껴지지 않았다. 그러나 지금은 달랐다.

보슈는 일어서서 사다리를 향해 복도를 걷기 시작했고 그의 마음은 몸을 훨씬 더 앞질러 달려가고 있었다. 선이 뒤따라오는 소리가 들렸다.

데니스 호가 차의 시동을 켜둔 채로 나온 이유는 딱 하나였다. 차로 돌아올 작정이었던 것이다. 매디가 배에 있지 않았으니까 매디를 데리고 나오려던 것은 아니었을 것이다. 선체의 보관창고가 준비되고 매디를 안전하게 옮길 수 있겠다는 생각이 들면 매디를 배로 데려가기 위해서 돌아오려 했을 것이다.

보슈는 조타실을 뛰쳐나가 트랩을 건너 잔교로 넘어갔다. 그러고는 흰색 메르세데스의 운전석 쪽으로 달려가 문을 활짝 열어젖혔다. 뒷좌석을 살펴보니 비어 있었다. 그러자 트렁크 문을 열어줄 버튼을 찾아 계기판 위를 살펴보았다.

찾을 수가 없자 그는 시동을 끄고 열쇠를 빼내 쥐었다. 그러고는 차 뒤쪽으로 가서 차 열쇠에 있는 트렁크 버튼을 눌렀다.

트렁크 뚜껑이 자동으로 올라갔다. 보슈가 고개를 숙이고 들여다보니 트렁크 안 담요 위에 자기 딸이 누워 있었다. 눈가리개를 하고 입엔 재갈이 물려 있었다. 두 팔은 뒤로 돌려져 몸과 함께 강력 테이프로 꽁꽁 감겨 있었다. 두 발목도 테이프로 감겨 있었다. 딸을 보고 보슈가 외쳤다.

"매디!"

그는 트렁크 안으로 들어갈 것처럼 몸을 한껏 숙이고 재빨리 딸의 눈가리개를 위로 밀어 올리고 재갈을 풀기 시작했다.

"나야, 공주님! 아빠야!"

매들린이 눈을 뜨고 깜박이기 시작했다.

"이젠 안전해, 매디. 안전하다고!"

재갈이 헐거워지자, 소녀는 비명을 질렀다. 아버지의 심장을 찌르는, 영원히 잊히지 않을 비명소리였다. 두려움을 몰아내는 주술이었고, 도움을 요청하는 외침이었으며, 동시에 안도와 기쁨의 환호성이기도 했다.

"아빠!"

매들린이 흐느껴 울기 시작했고 보슈는 팔을 뻗어 딸을 트렁크에서 들어 올렸다. 갑자기 선이 나타나 도와주었다.

"이젠 괜찮아. 다 잘될 거야, 매디." 보슈가 말했다.

보슈와 선이 매들린을 일으켜 세웠고, 보슈는 열쇠의 톱니 부분으로 테이프를 자르기 시작했다. 그는 딸이 교복을 입고 있다는 것을 알아차렸다. 두 팔과 두 손이 자유로워지자마자 매디는 보슈의 목을 있는 힘껏 꼭 끌어안았다.

"아빠가 올 줄 알았어." 매디가 흐느끼면서 말했다.

보슈는 이보다 더 값진 말은 들은 적이 없다고 생각했다. 그도 딸을 꽉 끌어안고 있었다. 그리고 고개를 숙여 딸아이의 귀에 대고 속삭였다.

"매디?"

"왜, 아빠?"

"다친 데 없니, 매디? 어디 다친 데 없어? 다쳤으면 병원부터……."

"아니, 다친 데 없어."

보슈는 매들린을 밀어내고 뒤로 물러서서 딸의 두 어깨를 붙잡고 딸의 눈을 들여다보았다.

"정말? 아빠한테 말해도 돼."

"정말이야, 아빠. 나 괜찮아."

"그래, 그럼, 가자."

보슈가 선을 향해 돌아섰다.

"우릴 공항에 데려다주겠어?"

"그럼요."

"그럼, 가자."

보슈가 한 팔로 딸을 끌어안고 선을 따라 잔교를 걸어가기 시작했다. 걸어가는 내내 매들린은 보슈에게 딱 달라붙어 있었고 차가 가까워질 때에야 선을 알아보고 보슈가 너무도 두려워하는 그 질문을 던졌다.

"아빠?"

"왜, 매디?"

"엄마는?"

38 서른아홉 시간의 하루

　보슈는 딸의 물음에 직접적인 대답을 피했다. 엄마는 지금 함께할 수 없지만 매들린을 위해 짐을 챙겨주었다고 말했고 그러니 공항으로 가서 어서 빨리 홍콩을 떠나야 한다고 말했다. 선은 아무 말도 하지 않고 앞서 걸어가면서 대화에 어쩔 수 없이 끼게 될 기회를 사전에 차단했다.

　이런 설명으로 보슈는 일단 위기를 무마하고 딸의 삶을 완전히 바꾸게 될 대답을 언제 어떤 식으로 해주면 좋을지 심사숙고할 시간을 벌게 되었다. 검은색 메르세데스 앞에 이르자, 보슈는 먼저 매들린을 뒷좌석에 태우고 나서 트렁크로 가서 매들린의 배낭을 꺼냈다. 엘리노어가 자기 자신을 위해 꾸린 여행 가방을 매들린이 보게 하고 싶지 않았다. 그는 엘리노어의 가방을 뒤져 딸의 여권을 찾아내 자기 주머니에 넣었다.

　보슈는 앞의 조수석에 탄 후 매들린에게 배낭을 건네주었다. 그는 딸에게 교복을 벗고 다른 옷으로 갈아입으라고 말했다. 그리고 나서 손목시계를 본 후 선에게 고개를 끄덕여 보였다.

　"가자. 가서 항공편을 알아봐야겠어."

　선은 운전을 시작했고 빠르지만 관심을 끌지 않을 정도의 속도로 부둣가를 빠져나갔다.

"공항까지 직행하는 여객선이나 기차가 있나? 있으면 거기 내려주면 되는데." 보슈가 말했다.

"아뇨, 여객선 운항은 중단됐고, 기차는 중간에 갈아타야 돼요. 내가 데려다주는 게 나을 겁니다. 나도 그러고 싶고."

"좋아, 그럼, 부탁해, 선 이."

한동안 차 안에 침묵이 흘렀다. 보슈는 딸을 돌아보고 이야기를 나누며 정말로 괜찮은지 자기 눈으로 확인하고 싶었다.

"매디, 옷 다 갈아입었어?"

대답이 없었다.

"매디?"

보슈가 매들린을 돌아보았다. 딸은 옷을 다 갈아입은 상태였다. 선의 뒷자리에 앉아서 베개를 꼭 끌어안고 문에 몸을 기댄 채 창밖을 내다보고 있었다. 눈물이 두 뺨을 타고 흘러내렸다. 보슈가 베개에 난 총알 구멍을 본 것 같지는 않았다.

"매디, 괜찮니?"

그 말에는 대답하지 않고 창문에서 고개를 돌리지도 않은 채 매들린이 말했다.

"죽었어?"

"누가?"

보슈는 딸이 누구 이야기를 하는지 무슨 이야기를 하는지 잘 알고 있었지만 피할 수 없는 것을 가능한 한 피해보고 싶어서 최대한 시간을 벌어보려 애쓰고 있었다.

"나 바보 아니야, 아빠. 아빠가 여기 있고, 선 이 아저씨가 여기 있으면, 엄마도 여기 있어야 하잖아. 분명히 여기 있어야 하는데 없는 걸 보면 엄마한테 무슨 일이 생긴 거잖아."

보슈는 가슴 한복판을 크게 한 방 얻어맞은 것 같은 느낌이 들었다. 매들린은 여전히 베개를 부둥켜안고 눈물이 가득 맺힌 눈으로 창밖을 내다보고 있었다.

"매디, 미안하다. 말해주고 싶었지만 적절한 때가 아닌 것 같았어."

"언제가 적절한 땐데?"

보슈가 고개를 끄덕였다.

"네 말이 맞다. 적절한 때라는 건 없지."

보슈가 팔을 뻗어 매들린의 무릎에 손을 올려놓았지만 딸이 즉시 그 손을 밀어냈다. 그가 평생 지고 가야 할 비난을 담은 첫 번째 반응이었다.

"정말 미안하다. 무슨 말을 해야 할지 모르겠다. 오늘 아침 비행기에서 내리니까 네 엄마가 공항에서 날 기다리고 있었어. 선 이와 함께. 엄마가 원하는 건 딱 하나뿐이었어, 매디. 널 안전하게 집으로 데려오는 것. 그것 말고는 다른 어떤 것도 신경 쓰지 않았어. 자기 자신마저도."

"근데 어떻게 됐는데?"

보슈는 망설였지만 진실 말고 달리 해줄 말이 없다는 결론을 내렸다.

"총에 맞았어, 매디. 누가 날 쐈는데 엄마가 대신 맞았어. 총에 맞은 것도 못 느꼈을 거야."

매들린이 두 손으로 얼굴을 덮었다.

"다 내 잘못이야."

딸이 보고 있지 않았지만 보슈는 고개를 가로저었다.

"아니야, 매디. 내 말 들어봐. 그런 말 하지 마, 알았지? 그런 생각도 하지 말고. 네 잘못이 아니야. 내 잘못이지. 여기서 일어난 모든 일이 다 내 잘못이야."

매들린은 아무 반응도 보이지 않았다. 베개를 더 꽉 끌어안은 채 눈물로 흐릿해진 눈으로 차창 밖으로 펼쳐지는 풍경을 바라보고만 있었다.

* * *

한 시간 후 그들은 공항 터미널 출입문 앞 인도에 서 있었다. 보슈는 딸을 부축해 메르세데스에서 내려서게 한 후 선에게로 돌아섰다. 그들은 차에서 별말을 하지 않았었다. 이젠 작별 인사를 할 때였고 보슈는 선의 도움이 없었다면 딸을 구하지 못했을 거라는 걸 알고 있었다.

"선 이, 내 딸을 구해줘서 고마워."

"당신이 구했잖아요. 세상 그 어느 것도 당신을 막을 수는 없었을 겁니다, 해리 보슈."

"이제 어떡할 거야? 경찰이 다른 일은 몰라도 엘리노어 때문에는 자넬 찾아와서 귀찮게 굴 건데."

"내가 다 알아서 처리하고 당신 얘기는 꺼내지도 않을 겁니다. 약속해요. 무슨 일이 있어도 당신과 당신 딸만은 끌어들이지 않을 거니까."

보슈는 고개를 끄덕였다.

"행운을 빌어." 그가 말했다.

"당신도 행운을 빕니다."

보슈는 선과 악수를 한 후 뒤로 물러섰다. 잠시 어색한 침묵이 흐른 후, 매들린이 선에게로 다가가 그를 끌어안았다. 보슈는 선글라스로 선의 눈이 가려져 있음에도 불구하고 놀라는 표정을 놓치지 않았다. 선과 매들린이 평소에 마음이 잘 맞지 않았는지 어땠는지는 모르지만, 선이 매들린을 구하겠다고 굳은 결심을 하고 보슈를 도왔다는 것을 보슈는 잘 알고 있었다. 그러는 동안 선은 자기 자신에게서 안식처를 찾았을 거라는 생각이 들었다.

"정말 미안해요." 매들린이 말했다.

선이 포옹을 풀고 뒤로 물러섰다.

"이제 가야지. 가서 행복하게 살아, 매디." 선이 말했다.

보슈와 매들린은 선을 그곳에 남겨두고 터미널 안으로 들어갔다.

* * *

보슈 부녀는 밤 11시 40분에 출발하는 로스앤젤레스 행 캐세이퍼시픽 항공편의 일등석 창가 자리가 비어 있는 것을 보고 항공권 두 장을 샀다. 보슈는 다음 날 아침으로 예약한 항공편을 취소하고 환불을 받았지만 전체 비용을 충당하기 위해서 신용카드 두 장을 사용해야 했다. 그러나 그는 개의치 않았다. 일등석 승객들은 보안검색대를 빨리 통과하고 탑승도 먼저 하는 등 특별한 지위를 누린다는 것을 그는 잘 알고 있었다. 중년남자는 머리가 부스스하고 재킷에 피가 묻어 있고 열세 살 소녀는 하염없이 눈물을 흘리고 있다고 할지라도 공항직원들과 항공사 직원들과 보안요원들도 일등석 승객들에 대해서는 크게 염려하지 않는 것 같았다.

또한 보슈는 지난 60시간 동안 자신에게 벌어진 일로 인해 심각한 트라우마가 생긴 딸아이를 어떻게 돌봐야 할지 아직 감도 잡지 못했지만, 편안한 비행이 해가 될 것 같지는 않다는 생각이 들었다.

탑승수속 카운터의 여직원이 보슈의 단정치 못한 행색을 보고 일등석 승객 전용 라운지에 샤워 시설이 마련되어 있으니 이용하라고 말했다. 보슈는 알려주어 고맙다고 인사한 뒤 탑승권을 받아들고 일등석 승객 담당 여직원의 안내를 받으며 보안검색대로 향했다. 예상했던 대로 그들은 조금 전에 사들인 지위 덕분에 보안검색대를 거침없이 통과했다.

탑승 시각까지 세 시간 가까이 여유가 있었다. 아까 여직원이 말한 샤워 시설을 이용하고 싶은 마음이 굴뚝같았지만 그보다 먼저 무얼 좀 먹는 것이 시급하다는 생각이 들었다. 자신이 언제 마지막으로 식사를 했는지 무엇을 먹었는지 전혀 기억이 나지 않았고 딸도 마찬가지로 계속 굶고 있었을 것이 틀림없었다.

"배고파, 매디?"

"아니, 별로."

"그놈들이 먹을 건 줬어?"

"아니. 줘도 못 먹었을걸."

"마지막으로 뭘 먹은 게 언제였어?"

매들린은 기억을 더듬었다.

"금요일에 쇼핑몰에서 피자 한 조각 먹었어. 그러고는……."

"그래, 그럼, 뭣 좀 먹자."

그들은 에스컬레이터를 타고 면세쇼핑몰을 내려다보고 있는 위층의 식당가로 올라갔다. 보슈는 쇼핑몰이 잘 내려다보이는 중앙홀에 있는 식당을 선택했다. 딸은 치킨 핑거를 주문했고 그는 스테이크와 감자튀김을 주문했다.

"공항에선 스테이크 시키면 안 돼." 매들린이 말했다.

"왜?"

"형편없는 고기가 나오거든."

보슈는 고개를 끄덕였다. 선과 작별한 이후로 매들린이 한두 단어 이상의 긴 문장으로 말을 한 건 이번이 처음이었다. 보슈는 딸이 구조 이후 극심한 두려움을 표출하던 것도 점차 잦아들고 그동안 자신이 겪은 일과 엄마에게 일어난 일이 현실감 있게 느껴지기 시작하면서 마음속이 천천히 무너지는 것을 지켜보고 있었다. 그는 매디가 어떤 쇼크 상태에 빠질까봐 두려웠다. 공항 식당의 스테이크 품질에 대한 매디의 품평이 그 아이가 지금 해리 장애를 겪고 있다는 것을 보여주는 증거인 것만 같았다.

"그래? 정말 그런지 한번 먹어봐야겠는데."

매들린이 이번에는 다른 이야기를 불쑥 끄집어냈다.

"그러니까 이제 난 LA에서 아빠랑 같이 사는 거야?"

"그래야지."

보슈는 매들린의 얼굴을 보며 반응을 살폈다. 표정 변화는 없는 것 같았다. 두 뺨에 마른 눈물 자국이 있는 매들린이 슬픈 표정으로 그를 물끄러미 쳐다보고 있었다.

"같이 살자, 우리. 지난번에 왔을 때 네가 그랬잖아, 아빠랑 같이 살고 싶다고." 보슈가 말했다.

"이런 식은 아니었지."

"알아."

"홍콩으로 돌아와서 내 물건들 챙기고 친구들하고 작별인사할 수 있을까?"

보슈는 잠깐 생각하다가 대답했다.

"그건 힘들 것 같아. 네 물건들을 모아서 택배로 보내게 할 수는 있을 거야. 하지만 친구들하고는 이메일로 작별인사를 하는 게 좋겠다. 아니면 통화를 하거나."

"적어도 작별인사는 할 수 있겠네."

마지막 말은 엄마에게는 작별인사도 못 했다는 아쉬움을 담고 있다는 걸 깨닫고 보슈는 아무 말 없이 고개를 끄덕이기만 했다. 매들린이 곧 다시 입을 열었다. 매들린의 마음은 바람에 휩쓸린 풍선처럼 예측할 수 없는 바람의 흐름에 따라 여기저기 부딪히기도 하고 떠다니기도 했다.

"아빠, 여기 경찰이 우릴 찾고 있는 거 아냐?"

보슈는 근처에 앉아 있는 누가 이 질문을 들었나 싶어 주위를 살핀 후 매들린에게로 몸을 기울이며 조용히 대답했다.

"잘 모르겠어. 그럴 수도 있어. 아빠를 찾고 있을 수도 있어. 하지만 여기 남아서 그런지 어떤지 확인하고 싶지는 않아. 이 모든 일을 LA에 가서 처리하는 게 나을 것 같아."

잠깐 침묵이 흐른 후 매들린이 다시 질문을 던졌고, 이번 질문은 보슈를 매우 당혹스럽게 만들었다.

"아빠, 날 납치한 사람들 아빠가 죽였어? 총소리가 많이 들렸는데."

보슈는 경찰로서 그리고 아버지로서 어떻게 대답해야 하나 고민했지만 대답하기까지 그리 오래 걸리지는 않았다.

"그 사람들은 그런 일을 당해 마땅했다고 생각하자. 무슨 일이 일어났든 그건 그 자신들의 행동 때문에 일어난 거라고 말이야. 알겠니?"

"응."

음식이 나오자 두 사람은 대화를 중단하고 먹는 데만 열중했다. 보슈가 그 식당, 그 테이블, 그리고 그 자리를 선택한 것은 한 층 아래에 있는 쇼핑몰과 보안검색문을 지켜보기 위해서였다. 그는 식사를 하면서 공항 보안요원들 사이에 특이한 움직임은 없는지 주시하고 있었다. 여러 요원들이 우르르 몰려다니거나 수색을 한다면 긴장해야 했다. 보슈는 자신이 홍콩경찰의 레이더망에 올라 있는지 어떤지도 알지 못했지만, 홍콩 전역을 돌아다니며 사방에 죽음의 길을 만들어놓은 터라 경찰이 자신을 추적하지는 않는지 늘 긴장하고 경계해야 했다.

"아빠, 감자튀김 아빠가 다 먹을 거야?" 매들린이 물었다.

보슈는 딸이 감자튀김을 집을 수 있도록 접시를 밀어주었다.

"아니, 네가 먹어."

매디가 테이블 위로 팔을 뻗었을 때 소매를 걷은 팔의 팔꿈치 안쪽에 밴드가 붙어 있는 것이 보였다. 그것을 보자 보슈는 엘리노어가 청킹 맨

선 객실 쓰레기통에서 발견한 피 묻은 화장지가 떠올랐다.

보슈가 매디의 팔을 가리켰다.

"매디, 그건 왜 그런 거야? 그놈들이 피를 뽑았어?"

매디는 다른 손으로 상처를 덮어 가렸다. 마치 그렇게 하면 아빠가 그 일에 대해 잊어줄 거라고 생각하는 것 같았다.

"지금 꼭 이런 얘기를 해야 돼?"

"한 가지만 대답해줄래?"

"뽑았어. 퀵이 그랬어."

"다른 것 물어보려고 했는데. 트렁크에 실려 부두로 오기 전에 어디 있었니?"

"몰라. 무슨 병원 같았어. 의사 진료실. 줄곧 어느 방에 갇혀 있었어. 제발, 아빠, 이런 얘기 하고 싶지 않아. 지금은 정말."

"알았어, 공주님. 네가 얘기하고 싶을 때 얘기하자."

* * *

식사를 마친 후, 그들은 면세점으로 향했다. 보슈는 남성복 매장에서 아래위로 새 옷 한 벌을 샀고 스포츠용품점에서 조깅화와 팔에 두르는 땀 밴드를 샀다. 매들린은 새 옷을 사주겠다는 아빠의 제안을 거절했고 자기는 배낭에 있는 옷을 입으면 된다고 말했다.

다음으로 들른 곳은 잡화점이었다. 매디는 베개로 쓰고 싶다면서 판다곰 봉제인형을 골랐고 《퍼시 잭슨과 번개 도둑》(릭 라이어던의 판타지 모험 소설 - 옮긴이)이라는 책도 골랐다.

그런 다음 그들은 캐세이퍼시픽 일등석 승객 라운지로 가서 샤워 시설을 이용했다. 긴 하루를 보내면서 피와 땀과 때가 온몸에 묻어 찝찝하기

이를 데 없었지만, 보슈는 딸과 오랫동안 떨어져 있고 싶지 않아서 금방 샤워를 마쳤다. 옷을 입기 전에 팔에 난 상처를 살펴보았다. 피가 응고되고 딱지가 생기기 시작하고 있었다. 그는 방금 전에 산 땀 밴드 두 개를 상처에 둘러 지혈 밴드 및 압박붕대의 역할을 대신하게 했다.

보슈는 옷을 입자마자 샤워실 세면기 옆에 있는 쓰레기통의 뚜껑을 열었다. 그러고는 입었던 옷과 신발을 함께 뭉쳐 쓰레기통 속에 집어넣고 원래 그 속에 있던 화장지와 다른 쓰레기 밑에 묻었다. 누가 그의 소지품을 발견하고 꺼내는 걸 원치 않았다. 툰면에서 피가 낭자한 타일 위를 신고 다녔던 신발은 특히 더 꽁꽁 숨겨놓고 싶었다.

앞으로 있을 장거리 비행의 준비를 마치고 개운해진 몸과 마음으로 샤워실을 나온 보슈는 주위를 두리번거리며 딸을 찾았다. 라운지 어디에서도 딸의 모습이 보이지 않자 그는 여자 샤워실 출입구 앞으로 가서 딸을 기다렸다. 15분이 지나도 매들린이 나타나지 않자 슬슬 걱정이 되기 시작했다. 그는 5분 더 기다린 다음 접수대로 가서 여직원에게 여자 샤워실로 직원을 보내 딸이 있는지 확인해달라고 부탁했다.

여직원이 자기가 직접 확인해주겠다고 했다. 보슈가 샤워실 입구까지 따라가 기다리는 동안 여직원이 샤워실로 들어갔다. 문이 열리자 샤워기의 물소리가 들렸다. 그러고 나서 주고받는 말소리가 들리더니 곧 여직원이 걸어 나왔다.

"아직 샤워 중인데 아무 일 없대요. 좀 더 걸릴 거라네요."

"네, 고마워요."

여자가 자기 자리로 돌아간 후 보슈는 손목시계를 보았다. 비행기 탑승 시각까지 적어도 30분은 남아 있었다. 여유가 있었다. 그는 라운지로 돌아가 샤워실로 이어지는 복도와 가장 가까이에 있는 의자에 앉았다. 그러고는 줄곧 샤워실 쪽을 쳐다보고 있었다.

보슈는 매들린이 무슨 생각을 하는지 상상도 할 수 없었다. 다만 딸은 도움이 필요하다는 것과 자신은 그런 도움을 줄 준비가 전혀 안 됐다는 것은 알고 있었다. 지금 그는 그냥 매디를 로스앤젤레스로 데리고 가서 거기서부터 시작하자는 생각뿐이었다. LA에 도착하면 누구에게 매디의 심리 상담을 맡길지 벌써 생각해놓은 사람이 있었다.

그들이 탈 항공기의 탑승 시작을 알리는 방송이 나오는 것과 거의 동시에 젖은 머리를 깔끔하게 빗어 넘긴 매들린이 복도를 걸어왔다. 차에서 갈아입은 옷을 그대로 입고 있었고 그 위에 후드 티셔츠를 더 껴입었다. 한기가 드는 모양이었다.

"괜찮아?" 보슈가 물었다.

매디는 대답하지 않았다. 고개를 숙이고 보슈 앞에 서 있었다.

"어리석은 질문인 건 아는데 비행기를 탈 준비가 됐니? 방금 우리 비행기 탑승 시작하라고 방송 나왔어. 가야 돼." 보슈가 말했다.

"준비됐어. 그냥 뜨거운 물에 오래 좀 서 있고 싶었어."

"그래, 이해해."

그들은 라운지를 떠나 탑승구를 향해 걸어갔다. 다가가면서 보니까 일반적으로 보이는 보안요원들 외에 추가 인원이나 특이한 움직임은 보이지 않았다. 승무원과 보안요원이 그들의 탑승권을 받고 여권을 확인한 후 탑승을 허락했다.

그들이 탄 항공기는 이층버스 형식으로 조종석이 상층에 있었고 바로 그 밑, 항공기의 앞부분에 일등석이 있었다. 승무원이 그들에게 일등석 승객은 그들밖에 없으니까 좌석을 원하는 대로 선택해도 된다고 알려주었다. 그들은 맨 앞줄의 두 자리를 선택했고, 거기 앉으니 마치 이 항공기를 둘이 전세 내어 타고 가는 것 같은 느낌이 들었다. 보슈는 로스앤젤레스에 도착할 때까지는 딸에게서 한시도 눈을 떼지 않을 작정이었다.

탑승이 거의 완료될 때쯤 조종사가 마이크를 잡고 비행시간은 열세 시간쯤 될 거라고 방송했다. 바람을 거스르며 가는 것이 아니라 바람의 진행 방향으로 가는 거라서 로스앤젤레스에서 홍콩으로 올 때보다 비행시간이 짧다고 했다. 그러나 시간은 거슬러 가는 것이기 때문에 로스앤젤레스 도착 시각은 홍콩에서 이륙한 시각보다 두 시간 전인 일요일 밤 9시 30분이 될 거라고도 했다.

보슈가 계산해보니 오늘은 총 서른아홉 시간으로 이루어진 하루가 되는 거였다. 그의 인생에서 가장 긴 하루.

그들이 탄 대형 여객기는 정시 이륙을 허가받았고, 천천히 시끄러운 소리를 내며 활주로를 굴러가기 시작하다가 점점 더 속도를 내더니 무시무시한 굉음을 내며 캄캄한 하늘로 날아올랐다. 창밖을 내다보던 보슈는 홍콩의 불빛이 구름 아래로 사라지자 안도의 한숨을 내쉬었다. 다시는 이곳으로 돌아오고 싶지 않았다.

매들린이 둘의 좌석 사이의 공간 너머로 팔을 뻗어 보슈의 손을 잡았다. 그가 고개를 돌려 딸의 눈을 바라보았다. 어느새 딸은 또 울고 있었다. 그는 딸의 손을 꼭 잡고 고개를 끄덕였다.

"다 괜찮아질 거야, 매디."

매디는 아무 말 없이 고개를 끄덕였다.

여객기가 수평비행을 시작하자 승무원들이 돌아다니며 식사와 음료를 제공했지만, 보슈와 매디는 사양했다. 매디는 10대 뱀파이어들이 나오는 영화를 보더니 일등석의 특전 중 하나를 누리기 위해 좌석을 뒤로 완전히 젖혀 평평하게 만든 다음 잠을 자기 시작했다.

곧 매디는 곤한 잠에 빠져들었고 보슈는 딸의 몸속에서 치유 작업이 진행되는 과정을 상상했다. 잠의 군대가 딸의 뇌로 진격하여 나쁜 기억들을 공격하고 있었다.

보슈는 허리를 굽히고 딸의 뺨에 가볍게 입을 맞췄다. 초가, 분이, 시간이 거슬러 가는 동안, 그는 매들린이 자는 모습을 지켜보면서 불가능한 것을 소망했다. 시간이 자꾸만 거슬러 올라가 오늘 하루를 다시 시작할 수 있게 되기를 바랐다. 환상이었다. 현실에서는 매디의 삶과 마찬가지로 그의 삶도 완전히 달라져 버렸다. 이제 딸이 그와 함께 있었다. 그가 지금 이 순간까지 무슨 짓을 했든 무슨 일이 일어나게 했든 간에 이제부터는 딸이 그에게 구원의 티켓이 될 것이다.

그가 딸을 보호하고 딸을 위해 봉사할 수 있다면, 그가 저지른 모든 일을 보상할 기회를 얻게 될 것이다.

밤새도록 딸아이를 지켜보고 있을 생각이었지만, 가만히 앉아 있자니 그동안 쌓인 피로가 엄습해와서 그도 눈을 감았다. 곧 그는 꿈을 꾸었다. 강 옆에 있는 어느 곳이었다. 야외에 테이블이 놓여 있었고 흰 테이블보가 바람에 너풀거렸다. 그가 테이블 앞에 앉아 있었고 맞은편에는 엘리노어와 매들린이 앉아서 그를 향해 미소 짓고 있었다. 가본 적이 없고 앞으로 가볼 수도 없는 곳을 그는 꿈속에서 보았다.

제 3 부

보호와 봉사

39 새로운 동반자

마지막 장애물은 로스앤젤레스의 통관과 입국심사였다. 두 사람의 여권을 대충 들춰보고 도장을 찍으려던 심사 부스의 직원이 컴퓨터를 보더니 손길을 멈췄다. 보슈는 긴장했다.

"보슈 씨. 홍콩에서는 채 하루도 머물지 않으셨네요?"

"맞아요. 여행 가방을 꾸릴 필요도 없었죠. 딸을 데리러 갔다 온 거라서."

직원은 그 마음 안다는 듯 그리고 이전에도 이런 사람 봤다는 듯 고개를 끄덕였다. 그러고는 여권에 도장을 찍었다.

"LA에 온 걸 환영해요, 아가씨." 직원이 매들린을 보면서 말했다.

"감사합니다." 매들린이 말했다.

보슈와 매들린이 우드로우 윌슨 거리에 있는 보슈의 집에 도착했을 땐 자정이 다 되어가고 있었다. 그가 배낭을 들고 손님방으로 걸어가자 딸이 그 뒤를 따라갔다. 매들린은 이곳에 올 때마다 그 방을 썼기 때문에 그 방에 익숙했다.

"이제 여기서 계속 살 거니까, 이 방을 네가 원하는 대로 꾸며보자. 홍콩 집 네 방에 포스터와 아기자기한 물건들이 많던데, 여기서도 뭐든 네가 원하는 대로 꾸미면 돼."보슈가 말했다.

방 한구석에 그가 복사해놓은 옛날 사건 파일들을 담은 판지 상자 두 개가 쌓여 있었다.

"저것들은 아빠가 갖고 나갈게."그가 말했다.

그는 한 번에 한 개씩 상자를 들고 침실로 가져갔다. 그는 집 안을 왔다 갔다 하면서 딸에게 계속 말했다.

"개인 욕실은 따로 없지만 복도에 있는 손님용 욕실이 네 개인 욕실이지 뭐. 어차피 손님도 별로 없거든."

상자를 다 옮긴 후 보슈는 침대에 걸터앉아 딸을 바라보았다. 매들린은 아직도 방 한가운데에 서 있었다. 딸의 표정 때문에 보슈는 가슴이 아팠다. 매들린은 지금 자기 앞에 닥친 현실을 깨닫고 있었다. 그동안 LA에서 살고 싶다고 여러 번 얘기를 했다고 해서 쉬운 일이 될 수는 없었다. 자신이 이곳에서 계속 살게 됐다는 현실을 받아들이기란 결코 쉬운 일이 아니었다.

"매디, 아빠가 너한테 할 말이 있어. 아빤 1년에 4주 동안만 아빠 노릇하는 데 익숙하거든. 그건 쉬웠어. 근데 계속 아빠 노릇하는 건 어려울 것 같아. 실수도 많이 할 거야. 아빠가 시행착오를 겪는 동안 네가 아빠를 많이 참아줘야 할 거야. 하지만 최선을 다하겠다고 약속할게."보슈가 말했다.

"알았어."

"자, 그럼 뭘 도와줄까? 배고프니? 피곤해? 뭐?"

"아냐, 괜찮아. 비행기에서 그렇게 푹 자두는 게 아니었나 봐."

"괜찮아. 그땐 잠이 필요했잖아. 잠이란 건 언제나 좋은 거야. 치유를 해주거든."

매들린은 고개를 끄덕이고는 방 안을 어색하게 둘러보았다. 기본적인 손님방이었다. 침대 하나에 서랍장, 램프가 있는 테이블이 전부였다.

"내일 여기 TV 한 대 들여놓자. 평면 TV로. 그리고 컴퓨터와 책상도. 우와, 쇼핑할 거 엄청 많겠는데."

"새 휴대전화가 필요해, 아빠. 퀵이 내 걸 뺏어갔어."

"그래, 휴대전화도 사자. 네가 쓰던 전화 메모리카드 아빠가 갖고 있으니까, 친구들 전화번호 잃어버렸을까 걱정은 안 해도 돼."

매들린이 놀란 눈으로 보슈를 쳐다보자 그는 자신이 실수를 했다는 걸 깨달았다.

"메모리카드를 아빠가 갖고 있다고? 퀵한테서 받았어? 히도 만났어?"

보슈는 두 손을 들어 진정하라는 손짓을 한 뒤 고개를 가로저었다.

"퀵이나 걔 여동생은 못 만났어. 네 전화기를 찾았는데 다 부서졌더라고. 메모리카드만 겨우 건진 거야."

"히가 날 구해주려고 애썼어. 자기 오빠가 날 팔아버리려고 한다는 걸 알고 막으려고 애썼어. 그랬더니 그 오빠가 자기 여동생을 차 밖으로 차 버렸어."

보슈는 매들린이 이야기를 더 해주기를 기다렸지만 그뿐이었다. 그는 그 남매와 다른 모든 일에 대해서 딸에게 물어보고 싶은 것이 많았지만, 부성애가 직업 의식을 압도했다. 지금은 적절한 때가 아니었다. 먼저 매들린이 안정을 찾고 새로운 환경에 어느 정도 적응이 되어야 했다. 그런 다음에야 형사로서 퀵과 히에 대해서 물어보고, 그 남매가 어떻게 되었는지 알려줄 수 있을 것 같았다.

보슈가 매들린의 표정을 살펴보니 딸은 감정이 다 고갈된 것처럼 보였다. 비행기에서 내내 잤는데도 여전히 피곤해 보였다.

"모든 게 다 잘될 거야, 매디. 약속해."

매들린이 고개를 끄덕였다.

"음, 잠깐만 나 혼자 있으면 안 될까, 아빠?"

"되지 왜 안 돼. 네 방이잖아. 그럼 아빤 전화나 몇 통 걸고 있어야겠다."

그는 일어서서 문으로 걸어갔다. 문을 닫으면서 잠깐 망설이다가 뒤돌아보았다.

"뭐 필요한 게 있으면 말해, 알았지?"

"알았어, 아빠. 고마워."

그는 문을 닫고 거실로 갔다. 휴대전화를 꺼내 데이비드 추에게 전화를 걸었다.

"나 보슈. 너무 늦게 전화해서 미안해."

"아뇨, 괜찮습니다. 거긴 어떻게 되어가고 있습니까?"

"LA로 돌아왔어."

"돌아오셨다고요? 딸은 어떡하고요?"

"안전해. 챙 사건은 지금 어떤 상태야?"

추는 마음에 안 드는 사실을 전달하는 것이 내키지 않는 듯 잠깐 망설이다가 대답했다.

"내일 아침에 풀려날 겁니다. 기소할 증거를 하나도 찾지 못했거든요."

"갈취죄는?"

"오늘 로버트 리와 유진 램을 마지막으로 만나봤는데요. 고발 안 하겠답니다. 삼합회가 두려운 거죠. 벌써 누가 전화해서 협박하더라는데요."

보슈는 문득 지난 금요일에 자기가 받은 협박전화가 떠올랐다. 같은 사람이 했을 거라는 생각이 들었다.

"그럼 챙은 내일 아침에 구치소를 걸어 나와서 공항으로 가겠군. 그런 다음 비행기를 탈 거고 우린 놈을 다신 보지 못할 거고." 보슈가 말했다.

"이 사건은 포기해야 할 것 같습니다, 보슈 형님."

보슈는 고개를 가로저었다. 가슴속에서 분노가 부글부글 끓어오르고 있었다.

"천하의 나쁜 새끼들."

보슈는 딸이 자기 말을 들을 수도 있겠다 싶어서 거실의 미닫이문 하나를 열고 뒷베란다로 나섰다. 고갯길을 내려가는 고속도로의 차량들 소음에 말소리가 많이 묻힐 것 같았다.

"놈들이 내 딸을 인신매매하려고 했어. 장기적출을 목적으로." 보슈가 말했다.

"오, 이런, 세상에. 그냥 겁을 주려나 보다 생각했는데요." 추가 말했다.

"나도 그렇게 생각했어. 근데 혈액검사를 했고, 그다음에 계획이 바뀐 걸 보면 매들린의 혈액이 엄청난 부자의 혈액하고 일치했었나 봐."

"아니면, 병이 없는지 확인하기 위해서 검사를 해봤을 수도 있죠. 깨끗하면……."

추는 다른 시나리오도 끔찍하기는 매한가지라는 생각이 들었는지 중간에 말을 멈췄다. 그리고 방향을 바꿨다.

"딸을 데리고 오셨습니까, 보슈 형님?"

"말했잖아, 안전하다고."

보슈는 자신이 직접적인 대답을 하지 않는 것을 보고 추가 자기를 못 믿기 때문이라고 생각하리라는 것을 알고 있었지만, 뭐 새로울 게 있나 싶었다. 그 길고 험난했던 하루를 보내고 나서 그런지 어쩔 수가 없었다. 그는 화제를 바꿨다.

"페라스나 갠들 경위와 언제 마지막으로 이야기를 나눠봤어?"

"형사님 파트너하고는 금요일 이후로 이야기 나눈 적이 없고요. 경위님하고는 두 시간 전에 통화했습니다. 상황이 어떤지 알고 싶어하시더라고요. 말씀드렸더니 역정을 내셨고요."

일요일 자정이 가까웠는데도 산 아래로 보이는 고속도로는 10차선 모두 차들로 붐비고 있었다. 공기는 쾌적하고 시원해서, 홍콩에서 돌아온 보슈를 환영해주는 것 같았다.

"누가 챙을 풀어준다고 검사에게 알리기로 했어?" 보슈가 물었다.

"제가 내일 아침 검찰청에 들어가서 알릴 계획이었는데요. 원하시면 형사님이 하셔도 되고요."

"아침에 거기 갈 시간은 없을 것 같아. 자네가 맡아서 하지그래. 근데 10시 이후에 가."

"그러죠. 근데 왜 10시죠?"

"내가 먼저 구치소에 가서 챙하고 작별인사 좀 하게."

"보슈 형사님, 후회할 일은 하지 마세요."

보슈는 지난 사흘을 돌이켜보았다.

"그러기엔 너무 늦었어."

보슈는 추와의 통화를 끝내고 난간에 기대서서 밤 풍경을 내려다보았다. 집에 오니 분명히 안전한 느낌은 들었지만 자신이 잃은 것과 남겨두고 온 것이 자꾸만 생각났다. 홍콩의 배고픈 유령들이 태평양을 건너 그를 쫓아온 것 같았다.

"아빠?"

보슈가 돌아섰다. 딸이 열린 문 앞에 서 있었다.

"그래, 매디."

"아빠 괜찮아?"

"그럼, 왜?"

매들린이 베란다로 나와 보슈 옆에 섰다.

"통화하는 목소리가 화난 것 같아서."

"사건 이야기라서 그래. 잘 안 풀리고 있거든."

"미안해."

"네 잘못이 아닌데 뭘. 근데 있잖아, 내일 아침에 아빠는 잠깐 시내에 갔다 와야 돼. 그전에 여기저기 전화해서 널 봐줄 사람을 찾아서 데려다 놓고 갈 거야. 갔다 오면 아까 얘기했던 대로 쇼핑하러 가자. 괜찮지?"

"베이비시터를 부른다고?"

"아니…… 내 말은, 아, 그래, 뭐, 그렇게 부를 수도 있겠다."

"아빠, 난 베이비시터나 유모 없이도 잘 지냈어. 그러니까 음, 열두 살 때부터는."

"그러니까 그게 겨우 1년 전이잖아."

"나 혼자 있어도 괜찮아, 아빠. 엄만 방과 후에 나 혼자 쇼핑몰에 갔다 오게도 하는데."

보슈는 매들린이 현재 시제를 사용한 것이 귀에 쏙 들어왔다. 그렇게 쇼핑몰에 혼자 나다니게 해서 이런 사달이 난 게 아니냐고 말하고 싶은 생각이 굴뚝같았지만, 그런 말은 나중을 위해서 아껴둘 만큼 그는 현명했다. 문제는 그가 다른 무엇보다도 딸의 안전을 최우선으로 생각해야 한다는 사실이었다. 홍콩에서 매들린을 납치했던 세력이 그 광활한 태평양을 건너와 여기 로스앤젤레스에 있는 그의 집에서 매들린을 찾아낼 수도 있지 않을까?

그럴 것 같진 않았지만, 그럴 가능성이 조금이라도 있다면 위험을 무릅써가며 딸을 집에 혼자 둘 수는 없었다. 문제는 누구를 불러들여야 할지 모르겠다는 거였다. 그는 이웃을 잘 알지 못했다. 문제가 있을 때 출동명령을 받고 뛰어나가는 형사라서 이웃들과 교류를 하지도 않았고 경찰들말고 다른 누구를 알고 지내지도 않았다. 그는 누가 더 안전할지, 전화번호부에 있는 육아 도우미 광고란에서 고른 낯선 사람을 믿을 수 있을지 어떤지도 알 수가 없었다. 그는 난감했고 자기가 딸을 키울 자격이 없는 것은 아닐까 하는 생각이 들기 시작했다.

"매디, 아까 네가 아빠를 참아줘야 할 때도 있을 거라고 했지? 지금이 바로 그런 때야. 널 혼자 남겨두고 나갈 수는 없어. 아직은 아니야. 넌 원하면 네 방에 있어도 돼. 시차 적응이 아직 안 될 테니까 자고 있어도 되고. 하지만 어른이 너와 함께 집 안에 있으면 좋겠어. 아빠가 믿을 수 있는 사람이."

"그럼 그러든지."

보슈는 자신이 이 동네 주민이자 경찰이라는 생각을 하자 갑자기 또 다른 아이디어가 떠올랐다.

"그럼 말이야. 베이비시터를 불러다 놓는 게 싫으면, 이렇게 하는 건 어때? 이 산 밑에 공립 중학교가 있거든. 지난주에 개학했나 봐. 출근하다 보면 차들이 많이 있었어. 나중에 네가 어느 학교에 다니게 될지, 사립학교에 다니게 될지 어떨지 아직은 잘 모르겠지만, 널 그 학교로 태워다 줄 테니까 거기서 학교를 둘러보고 어떤지 알아보면 어떨까? 아빠가 시내에 나갔다 오는 동안 수업도 한두 개 들어보고 네 생각을 알려주면 되잖아. 어때? 아빠가 거기 교감선생님을 아는데, 믿을 만한 분이거든. 널 잘 돌봐주실 거야."

매들린은 빠져나온 머리카락을 귀 뒤로 넘기고 한동안 밤 풍경을 바라보다가 대답했다.

"그것도 괜찮겠네."

"그래, 좋아, 그러면 그렇게 하자. 내일 아침에 교감선생님께 전화해서 허락받을게."

보슈는 문제가 해결됐다고 안도했다.

"아빠?"

"왜, 매디?"

"통화하는 거 들었어."

그가 멈칫했다.

"미안해. 이제부터는 그런 욕 안 할게. 적어도 네가 있는 앞에서는."

"아니, 그게 아니라. 아빠가 여기 나와서 한 말. 그 사람들이 내 장기 때문에 날 팔아버리려고 했다던 말. 사실이야?"

"몰라, 매디. 그자들의 계획이 정확히 뭐였는지는 아빠도 몰라."

"퀵이 내 피를 뽑았어. 그걸 아빠한테 보낼 거라고 했어. DNA 검사를 해서 내가 진짜로 납치됐다는 걸 알 수 있게 말이야."

보슈는 고개를 끄덕였다.

"그건 퀵이 너한테 거짓말한 거야. 아빠를 믿게 만드는 데는 퀵이 보낸 동영상만으로 충분했어. 혈액은 필요 없었어. 너한테 거짓말한 거야, 매디. 퀵이 널 배신했고 그 대가를 치른 거야."

매들린이 즉시 보슈를 돌아보았고 그는 자기가 또 말실수를 했다는 것을 깨달았다.

"무슨 말이야? 퀵이 어떻게 됐는데?"

보슈는 딸에게 거짓말하는 늪으로 발을 들여놓고 싶지 않았다. 또한 그는 딸이 퀵보다는 퀵의 여동생을 더 좋아한다고 생각했다. 게다가 매들린은 퀵이 자기를 어떻게 배신했는지 제대로 모르고 있을 것 같았다.

"죽었어."

매들린이 흠칫 놀라 숨을 헐떡이더니 두 손을 들어 입을 가렸다.

"아빠가……."

"아냐, 매디, 내가 그런 거 아니야. 네 전화기를 발견했을 때 퀵의 시신도 발견했어. 왜 그런지는 모르지만 네가 퀵을 좋아했다는 거 알아. 네가 좋아한 아이가 죽었다니 나도 유감이야. 하지만 퀵은 널 배신했어, 매디. 그래서 말인데 내가 살아 있는 퀵을 발견했다면 나도 퀵에게 똑같은 짓을 했을 거야. 자, 안으로 들어가자."

보슈는 난간에서 돌아서서 거실을 향해 걸음을 내디뎠다.

"히는 어떻게 됐어?"

보슈는 걸음을 멈추고 매들린을 돌아보았다.

"히는 어떻게 됐는지 모르겠어."

그는 거실문으로 걸어가 안으로 들어갔다. 그는 딸에게 처음으로 거짓말을 했다. 딸이 너무 깊은 슬픔에 빠질까 봐 걱정이 돼서 한 거였지만, 이유는 중요하지 않았다. 그는 벌써 서서히 늪 속으로 발이 빠져드는 것 같은 느낌이 들었다.

40 화이트 타임

    월요일 오전 11시 보슈는 LA 시립 구치소 밖에 서서 보징 챙의 방면을 기다리고 있었다. 보슈는 자유의 몸이 되어 구치소를 나서는 살인범에게 자신이 무슨 짓을 할지 혹은 무슨 말을 할지 알 수 없었다. 그러나 그냥 넘어갈 수는 없었다. 챙의 검거가 엘리노어 위시의 죽음을 비롯하여 홍콩에서 일어난 그 모든 일을 야기한 원인이라면, 보슈는 기회가 있을 때 그 원인제공자를 맞닥뜨리지 않으면 앞으로 영원히 자신을 용서할 수 없을 것 같았다.

    주머니에서 휴대전화가 울리자 행여 챙을 놓칠까 걱정되어 받지 않으려 했지만, 액정화면을 보니 발신자가 갠들 경위였다. 그래서 보슈는 전화를 받았다.

"돌아왔다며."

"네, 안 그래도 전화하려고 했는데요."

"딸은 찾았어?"

"네, 안전합니다."

"지금 어디 있는데?"

보슈는 잠깐 망설이다가 대답했다.

"나와 함께 있어요."

"애 엄마는?"

"계속 홍콩에 있고요."

"그럼 앞으로 어떻게 할 건데?"

"나하고 살아야죠. 적어도 당분간은."

"홍콩에서 무슨 일이 있었어? 내가 걱정할 일이 있나?"

보슈는 뭐라고 대답해야 할지 난감했다. 그래서 그 대답은 나중으로 미루기로 했다.

"여기까지 영향을 미칠 일은 없을 것 같은데, 또 모르죠."

"무슨 얘기 들리면 알려줄게. 들어올 거야?"

"어, 아뇨, 오늘은 못 들어갑니다. 아이와 함께 살 준비 좀 하고 학교에 입학시키고 하려면 이틀은 걸릴 것 같은데요. 심리 상담도 좀 받게 해야 할 것 같고."

"화이트 타임이야, 아니면 휴가야? 기록을 해놔야 해서."

LA 경찰국에서는 보상 근무 면제 시간(초과 근무 후 수당 대신 받는 근무 면제 시간-옮긴이)을 화이트 타임이라고 불렀는데 관리자가 아무것도 없는 흰 서식에 기록을 했기 때문이었다.

"아무래도 상관없어요. 화이트 타임 쓸 게 있긴 있는 거 같은데."

"그러면 그걸로 할게. 그건 그렇고, 당신은 어때? 괜찮아, 해리?"

"괜찮아요."

"그리고 추가 얘기했을 것 같은데, 챙이 풀려날 거라고."

"네, 들었어요."

"빼질빼질한 변호사 자식이 글쎄 새벽 댓바람부터 와서 놈의 여행 가방을 찾아가더라고. 미안해, 해리. 어쩔 수 없었어. 증거가 될 만한 건 하나

392

도 없고 밸리의 겁쟁이 자식들은 갈취죄로 붙들고 있겠대도 도와주려고 하질 않고 그렇더라고."

"네, 그랬다면서요."

"게다가 당신 파트너는 주말 내내 집에 콕 박혀서 코빼기도 안 내밀고. 아프다나 뭐라나."

"네, 그러게요……."

보슈는 페라스에 대한 인내심이 완전히 한계에 다다랐지만 그건 자신과 파트너와의 문제라고 생각했다. 아직 갠들 경위와 의논할 단계는 아니라고 판단했다.

구치소 행정실의 문이 열리더니 정장 입은 동양인 남자가 서류 가방을 들고 걸어 나왔다. 챙은 아니었다. 남자는 문이 닫히지 않게 자기 몸으로 문을 막고 서서 도롯가에서 대기 중인 자동차를 향해 손짓했다. 이제 보니 보슈가 아는 사람이었다. 정장을 입은 이 남자는 앤서니 윙이라는 유명한 변호사였다.

"경위님, 이제 끊어야겠어요. 나중에 다시 전화 드릴게요."

"그래, 며칠이나 쉴 건지 언제부터 다시 근무 조에 넣으면 좋을지 결정되면 전화해줘. 그리고 페라스가 할 일을 좀 찾아볼게. 실내에서 하는 일."

"네, 그건 나중에 다시 얘기하죠."

보슈가 전화기를 덮는 것과 거의 동시에 검은색의 캐딜락 에스컬레이드가 미끄러지듯 달려왔고 보징 챙이 구치소 문밖으로 걸어 나왔다. 보슈가 보징 챙 앞으로 나섰다. 그러자 윙이 보슈와 챙 사이로 재빨리 끼어들었다.

"실례합니다만, 형사. 지금 내 의뢰인의 길을 막고 계시는군요." 윙이 말했다.

"그런가, 내가 길을 막고 있다고? 그럼 저 인간이 존 리의 인생길을 막은 건 어떡하지?"

보슈는 챙이 웡의 뒤에 서서 히죽 웃으며 고개를 가로젓는 것을 보았다. 그때 보슈 뒤에서 차 문이 닫히는 소리가 들렸고 웡의 시선이 보슈의 어깨 너머 그곳으로 향했다.

"이거 확실히 찍어." 웡이 지시했다.

보슈가 뒤를 돌아보니 비디오카메라를 든 남자가 그 대형 SUV에서 내려 서 있었고 카메라 렌즈가 보슈를 향하고 있었다.

"뭐야, 이건?"

"형사, 당신이 어떤 식으로든 챙 씨를 건드리거나 괴롭힌다면, 전부 녹화해서 언론에 제공할 겁니다."

보슈가 다시 고개를 돌려 웡과 챙을 바라보았다. 챙의 히죽 웃음은 만족해하는 환한 미소로 바뀌어 있었다.

"이걸로 끝이라고 생각하나, 챙? 네가 어디로 도망쳐도 상관없어. 끝까지 따라간다. 이게 끝이 아니니까. 너와 네 조직이 내 가족을 건드렸어. 그건 절대로 잊지 않아."

"옆으로 비키시죠, 형사. 챙 씨는 당신이 날조한 혐의들과 관련해 무혐의가 입증됐기 때문에 떠나는 겁니다. LA 경찰국의 괴롭힘 때문에 홍콩으로 돌아가는 거라고요. 당신 때문에 지난 수년간 이곳에서 누려왔던 삶을 계속 영위할 수가 없어서 돌아가는 겁니다." 웡이 카메라를 신경 쓰며 말했다.

보슈는 옆으로 비켜서서 그들이 차를 향해 걸어가는 것을 지켜보았다.

"말도 안 되는 소리 집어치워, 웡. 카메라 들고 어서 꺼져."

챙이 먼저 에스컬레이드의 뒷좌석에 타자, 웡이 카메라 기사에게 조수석에 타라고 손짓했다.

"방금 당신이 한 협박 카메라에 담겨 있습니다, 형사. 잊지 마세요." 웡이 말했다.

윙이 챙 옆에 탄 후 문을 닫았다. 보슈는 거기 서서 그 대형 SUV가 미끄러져 가는 것을 지켜보았다. 보슈는 그 SUV가 챙의 합법적인 도피를 완수하기 위해 곧장 공항으로 달려갈 거라고 추측했다.

* * *

학교에 도착한 보슈는 교감실로 직행했다. 수 뱀브러 교감 선생은 그날 아침 매들린이 8학년 수업을 청강하면서 이 학교가 마음에 드는지 알아보게 하는 데 동의했다. 보슈가 교감실로 들어가자, 뱀브러는 앉으라고 한 뒤 매들린은 아직 청강 중인데 상당히 잘 동화되고 있다고 전했다. 보슈는 깜짝 놀랐다. 엄마를 잃고 납치되어 끔찍한 주말을 보내고 LA에 온 지 이제 고작 열두 시간밖에 안 된 매들린이 잘 적응하고 있다니 믿어지지가 않았다. 그는 학교에 딸을 내려놓고 바로 떠나버려서 딸이 많이 힘들어 했을까 봐 걱정이 이만저만이 아니었다.

보슈와 뱀브러는 아는 사이였다. 2년 전 이웃에 사는 이 학교 학부형이 보슈에게 자기 자녀의 반에 들어가서 경찰업무와 범죄에 관해 특강을 해달라고 부탁했다. 뱀브러는 밝고 적극적인 행정가로, 보슈에게 특강을 허락하기 전에 먼저 장시간에 걸쳐 심층 면접을 실시했다. 보슈는 법정에서 피고 측 변호사로부터도 그렇게 혹독하게 신문을 받고 검증을 받았던 적이 없었다. 뱀브러는 이 도시 경찰의 업무수행에 대해 엄격하고 냉정한 평가를 하고 있었지만, 그녀의 주장은 깊은 생각과 고민 끝에 나온 것으로 보였고 표현이 아주 분명했다. 보슈는 뱀브러 교감선생을 존경했다.

"10분 후면 수업이 끝나요. 그때 매디에게 데려다 드리죠. 그전에 먼저 나누고 싶은 얘기가 있습니다, 보슈 형사님." 뱀브러가 말했다.

"전에도 말씀드렸잖습니까, 해리라고 불러달라고. 그건 그렇고 무슨 말씀이시죠?"

"따님이 이야기를 정말 재미있게 잘하네요. 오전 휴식시간에 다른 학생들에게 하는 이야기를 우연히 들었어요. 자기는 홍콩에서 살았는데 엄마가 살해되고 자기는 납치됐다가 구출돼서 LA로 오게 된 거라고 하더라고요. 걱정인 건 아이가 중요한 사람처럼 보이려고 좀 심하게 과장해서 말하는……."

"사실입니다. 전부 다요."

"무슨 말씀이시죠?"

"매디가 정말로 납치됐었고 매디 엄마는 매디를 구하려다가 살해되었어요."

"오, 하느님! 언제 그런 일이 있었죠?"

보슈는 그날 아침에 뱀브러를 만났을 때 이야기를 전부 해주지 않은 것을 후회했다. 그땐 그냥 딸이 이제부터 자기와 함께 살게 되어서 이 학교가 어떤지 둘러보고 싶어한다고만 말했었다.

"주말에요. 홍콩에서 어젯밤에 도착했습니다." 보슈가 대답했다.

뱀브러는 강펀치를 얻어맞은 것 같은 표정이었다.

"주말에요? 지금 제게 진실을 말씀하시는 거죠?"

"물론입니다. 매디가 참 많은 일을 겪었어요. 그 아이를 학교에 넣는 것이 너무 빠를 수도 있다는 건 알지만 오늘 아침에…… 피할 수 없는 중요한 약속이 있어서. 지금 집으로 데려가고 며칠 쉬다가 여기 다니고 싶다고 하면 연락드리겠습니다."

"심리 상담을 받게 하는 건 어떨까요? 건강 검진은요?"

"둘 다 알아볼 겁니다."

"매디가 도움을 받게 하는 것을 두려워하지 마세요. 아이들은 이야기하는 것을 좋아한답니다. 근데 부모님이 아닌 다른 사람에게 이야기하는 것을 좋아할 때가 종종 있어요. 아이들은 스스로를 치유하고 생존하기 위해서 무엇이 필요한지 알아내는 능력을 타고난 것 같아요. 엄마 없이 부모 노릇이 서툰 아빠와 살게 되었으니 매들린은 이야기를 나눌 제3자가 꼭 필요할 것 같군요."

뱀브러의 강의가 끝나자 보슈는 고개를 끄덕였다.

"매디가 필요로 하는 것은 무엇이든 구해줄 겁니다. 이 학교에 다니고 싶다고 하면, 수속은 어떻게 할까요?"

"제게 전화 주세요. 이 학군에 살고 있고 충원할 자리도 있으니까 문제 없어요. 전학 등록을 위해 약간의 서류절차가 있을 거고 홍콩에 다니던 학교에서 성적증명서를 받아와야 될 거예요. 그리고 아버님은 출생증명서를 갖고 오셔야 하고요. 그게 끝이에요."

보슈는 딸의 출생증명서가 홍콩의 아파트에 있을 거라는 사실을 깨달았다.

"딸아이 출생증명서가 제게 없는데요. 한 통 신청해야겠군요. 라스베이거스에서 태어난 것 같던데."

"태어난 것 같다고요?"

"아, 네. 매디가 네 살 때 처음 봤습니다. 당시 매디는 엄마와 함께 라스베이거스에서 살았으니까 거기서 태어났을 거라고 추측하는 거고요. 한 번 물어봐야겠네요."

뱀브러는 아까보다 더 어리둥절한 표정이었다.

"아, 참, 매디의 여권이 있었네요. 거기에 매디의 출생지가 기재되어 있을 것 같은데. 지금까지 그걸 한 번도 확인해보질 않았군요."

"네, 출생증명서를 받아 오실 때까지 우선 그걸 쓰고 있을게요. 제 생각에 지금 무엇보다도 중요한 것은 따님의 마음을 살피는 겁니다. 이 일은 따님에게 엄청난 트라우마일 거예요. 꼭 심리 상담을 받게 하세요."

"네, 그래야죠. 걱정 마세요."

수업종료를 알리는 차임벨이 울리자 뱀브러가 일어섰다. 그들은 교감실을 나가 복도를 걸어갔다. 캠퍼스가 산 중턱에 세워져서 길고 좁은 모양이었다. 보슈는 뱀브러가 아직도 매들린이 지난 주말에 겪었던 일을 자꾸 떠올리고 있다는 것을 알 수 있었다.

"매디는 강한 아이입니다." 보슈가 말했다.

"그런 경험을 하고 나면 강해질 수밖에 없겠죠."

보슈는 화제를 바꾸고 싶었다.

"매디가 무슨 수업을 들었습니까?"

"1교시 수학으로 시작해서 그다음엔 잠깐 쉬었다가 사회 수업을 받았어요. 그러고 나서는 점심을 먹었고 방금 스페인어 수업이 끝났어요."

"홍콩에서는 중국어를 배웠는데요."

"그런 것이 매디가 겪어야 할 수많은 힘든 변화들 중에 하나일 거예요."

"아까도 말씀드렸지만, 매디는 강한 아입니다. 잘 이겨낼 거라고 믿습니다."

뱀브러는 걸어가면서 보슈를 돌아보며 미소를 지었다.

"제가 보기엔 부전여전인 것 같은데요."

"걔네 엄마가 더 강한 사람이었죠."

다음 수업을 위해 교실을 옮겨 다니는 학생들이 왁자지껄 떠들며 복도를 걸어가고 있었다. 뱀브러가 보슈보다 먼저 매들린을 찾아냈다.

"매들린." 그녀가 소리쳤다.

보슈는 손을 흔들었다. 매들린은 여학생 두 명과 나란히 걷고 있었는데 어찌 된 일인지 벌써 그 학생들과 친구가 된 것 같았다. 매들린은 그 학생들에게 작별인사를 한 뒤 아버지와 교감선생을 향해 바삐 걸어왔다.

"안녕, 아빠."

"안녕. 그래, 어때?"

"괜찮았어."

유보적인 표현이었다. 보슈는 매들린이 그렇게 말한 것이 교감선생이 바로 옆에 서 있기 때문인지 어떤지 알 수 없었다.

"스페인어 수업은 어땠니?" 뱀브러가 물었다.

"어, 뭐가 뭔지 잘 몰라서 좀 힘들었어요."

"중국어 배우고 있었다면서. 중국어는 스페인어보다 훨씬 더 어려운 언어인데 그걸 배웠다면 스페인어도 금방 배울 수 있을 거야."

"네."

보슈는 잡담에서 매들린을 구해내기로 결심했다.

"자, 이제 갈까, 매디? 쇼핑하러 가야지, 기억나?"

"응, 가."

보슈는 뱀브러를 바라보며 목례를 했다.

"오늘 일 감사합니다. 연락드리겠습니다."

매들린도 끼어들어 감사의 인사를 한 후, 그들은 학교를 떠났다. 차에 타자 보슈는 집을 향해 산을 오르기 시작했다.

"자, 이제 우리 둘만 있으니까 말해봐, 학교 진짜 어땠어, 매디?"

"어, 그냥 그랬어. 이제까지 다니던 학교랑 다르잖아, 알지?"

"그럼, 알지. 사립학교도 몇 개 둘러보자. 밸리 쪽에 몇 개 있거든."

"밸리 걸(주로 캘리포니아 해안 지방에 사는 소녀들 중에서 예쁘지만 멍청하고 한심한 소녀를 이르는 말−옮긴이)은 되기 싫은데, 아빠."

"밸리 걸은 결코 못 될 것 같은데, 너는. 사실 밸리에 있는 학교에 다닌다고 해서 밸리 걸이라고 부르는 게 아니야, 매디."

"아무튼 저 학교 괜찮은 것 같아. 여자애들을 몇 명 만났는데 꽤 친절했어." 매들린이 잠깐 생각한 후 말했다.

"진심이야?"

"응. 내일부터 다녀도 돼?"

보슈는 고개를 돌려 매들린을 흘끗 쳐다본 후 다시 전방의 굽이진 도로를 바라보았다.

"그건 좀 빠르지 않나? 어젯밤에 와놓고."

"알아, 근데 학교도 안 가면 뭐 하라고. 하루 종일 집에 앉아서 울어, 그럼?"

"그건 아니지. 하지만 시간을 갖고 좀 천천히 해나가면……."

"뒤처지고 싶지 않아. 여긴 지난주에 개학했다면서."

보슈는 아이들은 스스로를 치유하기 위해서 무엇이 필요한지를 안다고 했던 뱀브러의 말이 떠올랐다. 그는 딸의 본능을 믿어보기로 했다.

"그래, 네가 꼭 그러고 싶다면. 뱀브러 선생한테 전화해서 등록하고 싶단다고 말할게. 그건 그렇고, 네 출생지가 라스베이거스인 거 맞지, 매디?"

"그걸 모른단 말이야?"

"아냐, 알아. 학교에 널 출생증명서 사본을 신청해야 해서 확인 한번 해보는 거야."

매들린은 대답하지 않았다. 보슈는 집 옆에 있는 간이차고로 들어갔다.

"라스베이거스 맞지, 매디?"

"맞아! 모르고 있었네! 세상에!"

보슈가 대답을 생각해내기 전에 휴대전화가 그를 구해주었다. 전화벨이 울려서 그는 전화기를 꺼내 들었다. 액정화면은 보지도 않은 채 받아야 되는 전화라고 딸에게 말했다.

이그나시오 페라스였다.

"선배님, 소식 들었습니다. 돌아오셨다면서요. 따님도 안전하고요."

소식을 늦게 들은 모양이었다. 보슈는 부엌문을 열고 딸이 들어가게 잡고 있었다.

"응, 그렇게 됐어."

"며칠 쉬십니까?"

"그럴 계획이야. 자넨 뭐 하고 있어?"

"어, 두세 가지요. 존 리 사건에 대한 사건개요 보고서를 작성하고 있습니다."

"뭐하러? 끝난 건데. 망친 거잖아."

"네, 그렇지만 자료는 완벽하게 작성해놓을 필요가 있고 또 법원에 수색영장 보고서를 제출해야 해서요. 그래서 전화 드린 겁니다. 금요일에 급히 떠나시느라고 휴대전화와 여행 가방을 수색해서 찾아낸 것에 대해 메모를 남기지 않으셨더라고요. 자동차 수색영장 보고서는 제가 이미 작성했고요."

"아, 그거? 찾아낸 거 아무것도 없어. 그랬기 때문에 사건을 기소도 못하고 놓쳐버린 거잖아, 안 그래?"

보슈는 열쇠를 식탁 위로 던지고 딸이 복도를 걸어가 자기 방으로 가는 것을 지켜보았다. 페라스를 참아주기가 점점 더 힘들어지고 있었다. 한땐 보슈 자신이 젊은 형사의 멘토가 되어 형사 임무에 대해 한 수 가르쳐줘야겠다고 생각한 적이 있었다. 그러나 페라스가 공무 수행 중에 당한 부상에서 절대로 회복하지 못할 거라는 현실을 이젠 드디어 받아들이고 있었다. 신체적으로는 회복할 수 있을지 몰라도 정신적으로는 힘들 것 같았다. 그는 완전한 살인사건 전담 형사가 결코 되지 못할 것 같았다. 서류작업이나 신경 쓰는 사무직원으로 끝나고 말 것 같았다.

"그럼 '성과 무' 보고서를 쓸까요?" 페라스가 물었다.

보슈는 홍콩 택시 회사 배차부장의 명함이 문득 떠올랐다. 그러나 별 의미가 없었고 따라서 판사에게 올라가는 수색영장 결과 보고서에 집어넣을 가치도 없을 것 같았다.

"그래, 성과 없다고 써서 내. 아무것도 없었으니까."

"그리고 휴대전화에서도 아무것도 없었고요."

보슈는 퍼뜩 떠오르는 것이 있었지만 너무 늦었다는 생각이 동시에 들었다.

"전화기에서는 아무것도 없었는데, 혹시 통신회사에 연락해서 통화 기록 확인해봤어?"

쳉이 자기 전화기에 있는 통화 기록은 모두 삭제했는지 몰라도, 이동통신 사업자가 저장해놓은 통화 기록에는 접근할 수 없었을 것이다. 잠깐 침묵이 흐르더니 페라스가 대답했다.

"아뇨, 선배님이 휴대전화를 갖고 계셨잖습니까. 전 선배님이 통신회사에 연락해보신 줄 알았죠."

"안 했어. 난 홍콩 갔었잖아."

모든 통신사들은 수색영장을 접수하고 협조하는 것에 대하여 규정을 정해놓았다. 보통 판사의 서명을 받은 수색영장을 통신회사 법무팀에 팩스로 보내기만 하면 됐다. 단순한 절차였는데도 부주의로 빠진 것이다. 그 결과 이제 쳉은 풀려났고 영원히 이 나라를 떠나려고 하고 있었다.

"빌어먹을. 그런 건 자네가 좀 챙겼어야지, 이그나시오." 보슈가 투덜거렸다.

"제가요? 전화기는 선배님이 갖고 계셨잖습니까. 당연히 선배님이 하실 줄 알았죠."

"전화기는 내가 갖고 있었지만 영장 관련 업무는 자네가 맡아 했잖아. 금요일에 퇴근하기 전에 다 확인해봤어야지."

"정말 억울하네요, 선배님. 지금 이 일로 저를 비난하시는 겁니까?"

"우리 둘 다를 비난하는 거야. 그래, 내가 그 일을 했었을 수도 있겠지. 하지만 자네가 확인을 했어야지. 일찍 퇴근하고 싶어서 대충대충 넘어가 느라고 안 한 거 아냐. 모든 일을 그렇게 설렁설렁 넘어가고 있잖아."

드디어 말을 해버렸다.

"진짜 기가 막히는 소리를 하는군요, 파트너. 내가 선배님처럼 가족보 다 일을 우선시하지 않는다고, 일을 하다가 가족을 위험에 빠뜨리지 않는 다고, 대충대충 설렁설렁 넘어가고 있다는 겁니까? 말을 좀 가려가며 하 시죠."

보슈는 페라스의 공격에 깜짝 놀라 잠시 할 말을 잃었다. 페라스는 지 난 72시간 동안 보슈가 한 일을 다 꿰뚫고 있었던 것처럼 정곡을 찔렀다. 한참 후, 보슈는 겨우 그 말을 털어내고 정신을 차렸다.

"이그나시오, 우리 이대로는 안 되겠다. 내가 이번 주에 언제 사무실에 나갈지 모르겠지만, 가면 우리 얘기 좀 하자."

"좋습니다. 기다리죠."

"물론 기다리고 있겠지. 자네가 사무실에나 있지 어딜 가겠어. 그때 보 자고."

보슈는 페라스가 또 반기를 들기 전에 얼른 전화를 끊었다. 파트너를 교체해달라고 요구하면 갠들이 자기 편을 들어줄 거라는 생각이 들었다. 그는 맥주 한 캔 꺼내 마시면서 불쾌함을 떨쳐버리려고 부엌으로 돌아갔 다. 냉장고를 열고 손을 뻗다가 멈췄다. 너무 이른 시각이었고 오후에 딸 을 데리고 밸리로 쇼핑을 가기로 했던 것이 기억났기 때문이었다.

그는 냉장고 문을 닫고 복도를 걸어갔다. 딸의 방문은 닫혀 있었다.

"매디, 나갈 준비 됐어?"

"옷 갈아입어. 금방 나가."

매들린은 건드리지 말라는 어조로 딱 부러지게 말했다. 보슈는 그런 딸을 어떻게 받아들여야 할지 알 수 없었다. 그들은 휴대전화 가게에 먼저 들렀다가 옷과 가구, 노트북 컴퓨터를 사러 갈 계획이었다. 그는 딸이 원하는 것은 무엇이든 사줄 생각이었고 딸도 그 사실을 알고 있었다. 그런데도 딸은 그에게 매몰차게 굴었고, 그는 딸이 그러는 이유를 도무지 알 수가 없었다. 전업 아빠로서 살기 시작한 첫날 그는 벌써 바다 한가운데에서 길을 잃은 것 같은 느낌이었다.

41 커져가는 불안감

다음 날 아침, 보슈 부녀는 전날 구입했던 가구와 물건들의 조립에 착수했다. 공립학교의 행정절차가 복잡해서 전학 수속이 끝나려면 하루 더 시간이 걸린다고 하여 매들린은 아직 등교하지 않고 있었다. 보슈는 둘이 함께 있는 시간이 늘어났기 때문에 등교일이 하루 더 늦춰진 것을 환영했다.

조립을 기다리는 첫 번째 물건은 버뱅크에 있는 이케아 매장에서 구입한 컴퓨터 책상과 의자였다. 그들은 네 시간 동안 돌아다니면서 학용품과 옷, 전자제품, 가구 등을 마구잡이로 사들여서 보슈의 자동차를 발 디딜 틈 없이 가득 채웠고, 그러면서 그는 낯선 죄책감을 느꼈다. 딸이 손가락으로 가리키는 것이나 사달라고 말한 것을 모두 사주는 것은 딸의 행복을 돈으로 사려고 하는 것이고, 그렇게 함으로써 딸의 용서도 얻게 되기를 바라는 마음에서 비롯된 것임을 그도 잘 알고 있었다.

보슈는 커피 테이블을 구석으로 치우고 거실 바닥에 컴퓨터 책상 부품들을 펼쳐놓았다. 조립설명서에는 부품과 함께 들어 있는 작은 육각 스패너 하나로 책상을 완벽하게 조립할 수 있다고 적혀 있었다. 보슈와 매들린은 거실 바닥에 책상다리를 하고 앉아 조립도를 이해하려고 끙끙거리고 있었다.

"제일 먼저 책상 상판에 옆판을 붙이는 것 같아." 매들린이 말했다.

"진짜?"

"응. 봐봐, '1'이라고 적힌 거 모두가 첫 번째로 조립하는 거잖아."

"난 그 부품들을 하나씩 가지고 있어야 한다는 뜻인 줄 알았는데."

"아냐, 옆판이 두 개 있는데 둘 다 '1'이라고 적혀 있잖아. 둘 다 조립 순서 1번이라는 뜻일 거야."

"아, 그래?"

그때 전화벨이 울렸고 두 사람은 서로를 쳐다보았다. 매들린은 그 전날 새 휴대전화를 샀는데 이번에도 아빠와 같은 기종을 선택했다. 문제는 개인 벨 소리를 선택하지 않아서, 둘의 전화벨 소리가 같다는 점이었다. 매들린이 친한 친구들한테 로스앤젤레스로 이사 온 사실을 알리는 메시지를 보내놓아서 오전 내내 홍콩에서 걸려오는 전화를 받느라 바빴다.

"아빠 전화 같아. 내 건 내 방에 놔뒀거든." 매들린이 말했다.

보슈는 천천히 일어섰다. 책상다리를 하고 앉았다가 일어서니 무릎이 아팠다. 그는 급히 식탁으로 걸어가서 전화가 끊기기 전에 받았다.

"해리, 닥터 히노조스예요. 잘 지냈어요?"

"부지런히 살고 있죠. 전화 주셔서 감사합니다, 닥터."

보슈는 베란다 앞 미닫이문을 열고 베란다로 걸어나가 문을 닫았다.

"이제야 전화해서 미안해요. 월요일은 항상 많이 바빠서. 무슨 일이죠?" 히노조스가 말했다.

히노조스 박사는 LA 경찰국의 전 직원들에게 심리상담 및 심리치료 서비스를 제공하는 행동과학계의 책임자였다. 보슈가 그녀를 알게 된 지도 벌써 15년이 다 되어가고 있었다. 할리우드 경찰서에서 일하던 보슈가 상관과 주먹다짐을 벌인 후 그녀가 그의 심리 평가를 담당하게 되어 처음 만났었다.

보슈는 계속 작은 목소리를 유지했다.

"혹시 박사님이 내 부탁 좀 들어줄 수 있을까 해서 전화했었어요."

"뭔지 들어보고 결정하죠."

"내 딸을 만나봐 주면 좋겠는데요."

"딸이요? 엄마랑 라스베이거스에서 산다고 하지 않았어요?"

"이사 갔죠, 그 후에. 지난 6년간은 홍콩에서 살았어요. 지금은 나와 함께 살고요. 애 엄마가 죽었어요."

잠깐 침묵이 흘렀다. 보슈의 전화기에서 통화대기음이 울렸지만 그는 그 신호를 무시하고 히노조스의 대답을 기다렸다.

"해리, 우린 경찰관만 보지 가족들은 안 본다는 거 알잖아요. 소아정신과 전문의를 소개해줄게요."

"소아정신과 의사는 필요 없고요. 필요하면 전화번호부 찾아보면 되죠. 아까 부탁 좀 한다고 했잖아요. 딸이 당신한테 상담을 받으면 좋을 것 같아 그래요. 당신은 나를 알고 난 당신을 아니까."

"하지만 해리, 여기선 그런 식으로 일하면 안 돼요."

"딸아이가 홍콩에서 납치됐었어요. 애 엄마는 딸을 찾겠다고 돌아다니다가 총에 맞아 죽었고요. 아이가 큰 충격을 받았어요, 닥터."

"오, 하느님! 언제 그런 일이 있었어요?"

"지난 주말에요."

"오, 해리!"

"그러게요, 어떻게 그런 일이. 딸아이가 나 말고 다른 사람과 이야기를 나눌 필요가 있어요. 그 다른 사람이 당신이면 좋겠군요, 닥터."

또다시 침묵이 흘렀고 보슈는 이번에도 잠자코 기다렸다. 히노조스는 재촉해서 될 사람이 아니었다. 보슈는 그간의 경험을 통해 그 사실을 알고 있었다.

"과외로 만나는 걸로 해야겠군요. 딸이 상담받고 싶다고 하던가요?"

"아뇨, 그 아이가 그런 말을 한 게 아니고 내가 그 아이한테 상담 좀 받아보자고 했어요. 그 아이도 반대하지 않았고요. 언제 시간 되십니까?"

보슈는 자신이 강요하고 있다는 걸 알고 있었다. 그러나 그것은 좋은 목적을 위해서였다.

"오늘 시간이 좀 있어요. 점심 먹고 나서 보도록 하죠. 이름이 뭐죠?" 히노조스가 말했다.

"매들린이요. 몇 시에요?"

"1시 괜찮아요?"

"그럼요. 거기로 데려다주면 될까요? 그러면 문제가 생길까요?"

"괜찮을 것 같은데요. 어차피 공식적인 상담으로 기록하지 않을 거니까."

보슈의 휴대전화가 다시 울렸다. 그는 이번에는 전화기를 귀에서 떼고 액정화면을 확인했다. 갠들 경위였다.

"네, 닥터. 정말 감사합니다." 보슈가 말했다.

"당신을 다시 보게 되어 기쁘군요. 당신하고도 이야기 좀 해야 하는데. 현재까지도 전처가 당신한테 얼마나 큰 존재였는지 내가 잘 아는데요."

"우선 내 딸부터 돌봐주시죠. 내 걱정은 그런 다음에 해도 늦지 않을 겁니다. 매디를 박사님 사무실에 데려다 놓고 방해가 안 되게 나가 있으려고요. 필립스까지 걸어가서 커피 마시면서 기다리든가 할게요."

"그럼 그때 봐요, 해리."

보슈는 전화를 끊고 갠들이 혹시 메시지를 남겼는지 확인했다. 아무것도 없었다. 안으로 들어가 보니 딸이 벌써 책상의 주요 부분을 다 조립해 놓은 상태였다.

"우와, 매디, 제법인데."

"꽤 쉬워."

"나한텐 쉬워 보이지 않는데."

보슈가 바닥에 앉는 순간 부엌에 있는 유선전화의 전화벨이 울리기 시작했다. 그는 일어나서 부리나케 부엌으로 갔다. 유선전화는 발신자 정보가 뜨지 않는 구식 벽걸이전화기였다.

"보슈, 뭐 하고 있어?"

갠들 경위였다.

"말씀드렸잖아요, 며칠 쉰다고."

"당장 들어와. 딸도 데리고."

보슈는 빈 싱크대를 내려다보고 있었다.

"매들린이요? 왜요, 경위님?"

"지금 도즈 경감 사무실에 홍콩경찰국에서 온 형사 두 명이 앉아 있는데 당신을 만나고 싶대. 전처가 죽었다는 얘기 왜 나한테 안 했어, 해리. 그 사람들 말로는 당신이 지나간 곳마다 시신들이 널브러져 있었다는데 그 얘기도 안 했고."

보슈는 머릿속으로 자신이 선택할 수 있는 방안들을 생각해보았다.

"1시 30분에 보자고 전해주세요." 마침내 그가 말했다.

갠들이 날카롭게 반응했다.

"1시 30분? 왜 세 시간이나 필요해? 지금 당장 들어와."

"그럴 수가 없어서 그래요, 경위님. 1시 30분에 보자고 해줘요."

보슈는 전화를 끊고 자기 주머니에서 휴대전화를 꺼냈다. 그는 홍콩경찰이 언젠가는 쫓아올 것을 알고 있었고, 그래서 계획도 마련해두었다.

그는 먼저 선 이에게 전화를 걸었다. 홍콩은 지금 밤이 깊은 시각이라는 것을 알고 있었지만 기다릴 수가 없었다. 전화벨이 여덟 번 울리더니 자동응답기로 넘어갔다.

"나 보슈야. 이 메시지 들으면 전화해줘."

보슈는 전화를 끊고 나서 전화기를 오랫동안 노려보았다. 걱정이 되었다. 지금 홍콩은 새벽 1시 30분이니까, 선 이가 전화기에서 멀리 떨어져 있을 시각이 아니었다. 본인이 받지 않기로 작정하고 일부로 안 받는 거라면 몰라도.

보슈는 휴대전화 전화번호부를 죽죽 내리다가 적어도 1년 이상 사용하지 않은 전화번호를 발견했다.

그는 그 번호를 눌러 전화를 걸었다. 이번에는 벨이 한번 울리자마자 상대방이 전화를 받았다.

"미키 할럽니다."

"나 보슈."

"해리? 웬일로 전화를 다……."

"변호사가 필요해."

잠깐 침묵이 흘렀다.

"좋아요. 언제?"

"지금 당장."

42 미키 할러의 반격

갠들 경위는 보슈가 강력계 사무실로 들어서는 것을 보자마자 반장실에서 튀어나왔다.

"보슈, 당장 들어오라고 했는데 왜 지금 나타나는 거야. 전화는 왜 받지도 않고……."

갠들은 보슈를 따라 들어오는 사람을 보고 말을 멈췄다. 미키 할러는 유명한 형사소송 전문 변호사였다. 그를 한눈에 알아보지 못하는 강력계 형사는 한 명도 없었다.

"당신 변호사야? 딸을 데려오라고 했지, 누가 변호사를 데려오랬어." 갠들이 언짢은 표정으로 말했다.

"경위님. 먼저 분명히 밝혀두죠. 내 딸은 이 일과 아무런 관련이 없습니다. 할러 변호사는 내가 홍콩에 있는 동안 아무런 범죄를 저지르지 않았다는 사실을 홍콩에서 온 경찰들한테 설명하는 것을 돕고 내게 충고를 해주기 위해서 함께 온 거고요. 자, 그럼, 경위님이 그 사람들한테 나를 소개해주시겠어요, 아니면 내가 할까요?" 보슈가 말했다.

갠들은 잠깐 망설이더니 곧 기세가 수그러졌다.

"이쪽이야."

갠들은 강력계장인 도즈 경감의 사무실 옆에 있는 회의실로 그들을 안내했다. 홍콩에서 온 남자 두 명이 그곳에서 기다리고 있었다. 보슈가 들어가자 그들이 자리에서 일어나더니 그에게 명함을 건넸다. 알프레드 로 형사와 클리포드 우 형사. 둘 다 홍콩경찰국 삼합회 전담반 소속이었다.

보슈는 그들에게 할러를 소개한 후 그들에게서 받은 명함을 할러에게 주었다.

"통역사가 필요할까요, 여러분?" 할러가 물었다.

"필요 없습니다." 우 형사가 말했다.

"좋습니다, 그럼 시작하죠. 자, 다들 앉아서 끝장토론 한번 해볼까요?" 할러가 말했다.

갠들을 비롯하여 모두가 회의 테이블 앞에 둘러앉았다. 할러가 먼저 입을 열었다.

"먼저 말씀드리고 싶은 것은 제 의뢰인인 보슈 형사는 지금 이 자리에서 헌법에 보장된 권리를 그 어느 것도 포기하지 않는다는 것입니다. 지금 우리가 있는 이곳은 미국 영토이므로 보슈 형사는 홍콩 형사들과 면담할 의무가 전혀 없습니다. 하지만 제 의뢰인도 직업이 형사다 보니 두 분이 매일 어떤 일에 맞서고 있는지 잘 알고 있습니다. 그래서 저의 반대에도 불구하고 기꺼이 여러분에게 협조하겠다고 의사를 밝혔습니다. 그래서 이렇게 하려고 합니다. 여러분이 보슈 형사에게 질문을 하세요. 제가 판단해서 답변해도 좋다 싶으면 보슈 형사가 답변할 겁니다. 이 조사를 녹음하거나 녹화하는 것은 안 됩니다. 다만 원하신다면 메모는 할 수 있습니다. 이 대화가 끝나면 두 분이 지난 주말에 홍콩에서 일어난 여러 사건에 대해 더 잘 이해할 수 있게 되기를 바랍니다. 그런데 한 가지 확실히 해둘 것은 여러분이 보슈 형사와 함께 이곳을 떠나는 일은 없을 것이라는 점입니다. 이 문제에 대한 보슈 형사의 협조는 이 회의가 끝나는 순간 끝이 납니다."

할러는 미소를 지으며 초반 공격을 끝냈다.

경찰국 본부로 들어오기 전, 보슈는 할러의 링컨 타운카 뒷좌석에 앉아 30분가량 할러와 이야기를 나눴다. 그들은 프랭클린 캐년 근처에 있는 애견공원에 차를 세우고 보슈의 딸이 공원을 거닐다가 붙임성 있는 개들을 쓰다듬는 것을 지켜보면서 이야기를 나눴다. 밀담이 끝난 후 그들은 매디를 히노조스 박사의 사무실에 데려다주고 나서 경찰국 본부로 달려왔다.

그들은 완벽한 합의에 이르지는 못했지만 전략을 마련했다. 할러의 노트북 컴퓨터로 신속하게 인터넷 검색을 해서 보충 자료도 찾아놓았다. 그들은 홍콩에서 온 경찰들에게 보슈의 주장이 정당함을 입증할 만반의 준비를 갖추고 회의실로 들어왔다.

보슈는 형사로서 아슬아슬한 곡예를 하고 있었다. 그는 태평양을 건너온 그의 동료들이 진상을 파악하기를 바랐지만, 자신이나 자기 딸이나 선이를 위험에 빠뜨릴 생각은 조금도 없었다. 그는 홍콩에서 자기가 한 모든 행동이 정당했다고 믿었다. 그는 할러에게 자기는 다른 사람들이 시작한 죽이느냐 죽느냐 하는 상황에 휘말렸다고 말했다. 청킹 맨션 호텔 지배인과의 일도 같은 맥락이었다. 다행히도 매번 그가 승리를 거두었을 뿐이지, 단 한 번도 범죄를 저지른 적은 없었다. 최소한 그의 판단으로는 그러했다.

로 형사가 펜과 수첩을 꺼내 들었고 우 형사가 먼저 질문을 던졌다. 면담을 주도하는 것을 보니 우가 책임자인 게 분명했다.

"먼저 이 질문부터 하겠습니다. 그렇게 짧은 일정으로 홍콩에 왔다 간 이유가 뭐죠?"

보슈는 너무나 당연한 것을 묻는다는 듯 어깨를 으쓱거렸다.

"내 딸을 찾아서 이곳으로 데려오기 위해서요."

"토요일 아침에 당신 전처가 딸이 실종됐다고 경찰에 신고를 했던데요." 우가 말했다.

보슈는 우를 오랫동안 노려보았다.

"그게 질문인가요?"

"실종됐었습니까?"

"내가 알기로는 정말로 실종됐었어요. 하지만 토요일 아침에 난 태평양 위 1만 미터 상공을 날고 있었으니까 그때 내 전처가 무슨 일을 했는지는 확인해줄 수가 없습니다."

"우리는 당신 딸이 펑 칭차이라는 사람에게 납치됐었다고 믿고 있습니다. 펑 칭차이를 압니까?"

"한 번도 만난 적 없어요."

"펑은 사망했습니다." 로가 말했다.

보슈는 고개를 끄덕였다.

"그렇다고 유감스럽지는 않구먼."

"펑 칭차이의 옆집에 사는 펑이 마이라는 할머니는 일요일에 자기 집에서 당신과 이야기를 나눴다고 하던데요. 당신과 선이라는 남자하고요." 우가 말했다.

"그래요, 우리가 그 할머니 집 현관문을 두드렸어요. 큰 도움은 못 됐지만."

"어째서요?"

"아는 게 아무것도 없었으니까. 펑이 어디 있는지도 모른다고 하더군."

우가 보슈 쪽으로 몸을 숙였다. 그의 몸짓이 주는 메시지는 분명했다. 자기가 보슈에게 온전히 집중하고 있으니 허튼소리 말라는 뜻이었다.

"펑의 아파트에 갔습니까?"

"문을 두드리긴 했는데 아무도 안 나와 보더군요. 잠깐 기다리다가 자리를 떴어요."

우는 실망한 표정으로 다시 의자에 몸을 기댔다.

"당신이 선 이와 함께 있었다는 건 인정하는 거죠?"

"그럼요. 선과 함께 있었어요."

"그 사람은 어떻게 아는 사이죠?"

"전처를 통해서 알게 됐어요. 일요일 새벽에 홍콩 공항에 내리니까 둘이 기다리고 있더군. 홍콩경찰국이 내 딸이 납치됐다는 걸 믿어주지 않아서 자기들이 직접 딸을 찾고 있다고 하더군요."

보슈는 두 남자의 표정을 잠깐 살피다가 말을 이었다.

"당신네 경찰국이 사건도 인지하지 못하고 처음부터 일을 망쳤어요. 당신들이 쓰는 보고서에 그 내용이 꼭 들어가야 할 거요. 날 자꾸 끌어들이면 난 이 일을 널리 알릴 거니까. 분명히 그럴 거요. 홍콩에 있는 모든 신문사에 전화를 걸어 내 기막힌 사연을 털어놓을 거요. 무슨 언어를 쓰는 신문사든 상관없이."

보슈는 홍콩경찰국이 국제적인 망신을 당할 수 있다고 협박해서 형사들이 조심스럽게 움직이도록 유도할 생각이었다.

"당신 전처 엘리노어 위시가 카우룽에 있는 청킹 맨션 15층에서 머리에 총상을 입고 사망했다는 사실을 알고 있습니까?" 우가 물었다.

"그래요, 알고 있어요."

"그 일이 발생할 당시 당신이 현장에 있었습니까?"

보슈가 할러를 쳐다보자 변호사가 고개를 끄덕였다.

"현장에 있었어요. 그 일이 벌어지는 것을 봤지."

"어떻게 된 건지 말해주겠어요?"

"우린 딸을 찾고 있었어요. 거기 없더군. 그래서 그곳을 뜨려고 복도로 나왔는데 남자 두 명이 우리를 향해 총격을 가하기 시작했어요. 엘리노어가 총에 맞았고…… 사망했죠. 그리고 그 두 놈들도 총에 맞았고. 정당방위였어요."

우가 몸을 숙였다.

"누가 이 남자들을 쐈죠?"

"그건 당신이 알고 있을 거라고 생각하는데."

"당신이 말해주면 좋겠군요."

보슈는 죽은 엘리노어의 손에 권총을 쥐여줬던 것을 떠올렸다. 그가 거짓말을 하려는 순간 할러가 윗몸을 숙이며 입을 열었다.

"보슈 형사가 누가 누굴 쐈느냐는 논란에 휘말리는 것을 허락할 수 없습니다. 여러분의 훌륭한 경찰국이 뛰어난 법의학적 수사 능력을 보유하고 있는 것으로 알고 있는데요. 그러니 총기 및 탄도 분석을 통해서 그 질문에 대한 대답은 이미 얻을 수 있었을 거라고 믿습니다." 할러가 말했다.

우는 다음 질문으로 넘어갔다.

"선 이도 15층에 있었습니까?"

"아니, 그땐 없었어요."

"좀 더 자세하게 말해주겠어요?"

"총격에 대해서? 아니, 싫은데. 하지만 내 딸이 잡혀 있었던 방에 대해서는 해줄 말이 있어요. 우린 그 방에서 피가 묻은 화장지 뭉치를 발견했어요. 내 딸의 피를 뽑아갔더군."

보슈는 그들이 이 정보에 반응하는지 그들의 표정을 살폈지만, 아무 변화도 없었다.

홍콩에서 온 형사들 앞 테이블 위에 파일이 하나 놓여 있었다. 우가 그것을 열고 종이 클립이 붙어 있는 서류를 꺼냈다. 그러고는 그 서류를 보슈에게로 밀었다.

"선 이의 진술서입니다. 영어로 번역되어 있죠. 읽고 정확한지 확인 좀 해주시죠."

할러는 옆에 앉은 보슈에게로 몸을 기울였고 둘이 함께 두 장짜리 서류를 읽었다. 보슈는 그것이 사건 조서라는 것을 금방 알아차렸다. 선 이의 진술서를 가장한 수사 보고서였다. 내용의 절반 정도는 사실이었다. 나머지는 면담조사와 증거물을 바탕으로 한 추측에 불과했다. 그 보고서는 보슈와 선 이를 펑 가족 몰살의 범인으로 몰고 있었다.

보슈는 그들이 자신에게 엄포를 놓아서 사건의 전말을 자백하게 하려고 하고 있거나 선 이를 검거해서 홍콩 전역에서 일어난 끔찍한 연쇄 살인사건의 범인은 보슈였다는 시나리오에 강제로 서명받았을 거라고 생각했다. 미국인이 한 짓이다. 일요일에 발생한 아홉 건의 살인사건을 설명하는 가장 좋은 해답일 것이었다.

그러나 보슈는 공항에서 선이 했던 말을 기억하고 있었다. *내가 다 알아서 처리하고 당신 얘기는 꺼내지도 않을 겁니다. 약속해요. 무슨 일이 있어도 당신과 당신 딸만은 안 끼어들일 거니까.*

서류를 먼저 다 읽은 할러가 입을 열었다. "여러분, 이 문서는……."

"완전 개소립니다." 보슈가 문장을 끝맺었다.

그가 테이블 위에 놓인 서류를 앞으로 홱 밀었다. 서류가 우의 가슴에 부딪쳤다.

"아뇨, 아뇨. 이건 진짭니다. 여기 선 이의 서명이 있잖아요." 우가 재빨리 대꾸했다.

"선의 머리에 총을 겨누고 있었나 보지. 홍콩에선 일을 그런 식으로 하시나?"

"보슈 형사! 우리와 함께 홍콩으로 가서 이런 혐의들에 대해서 조사를 받으시죠." 우가 흥분해서 소리쳤다.

"홍콩 근처에는 얼씬도 않을 거요, 다시는."

"당신은 많은 사람을 죽였습니다. 화기를 사용했고. 당신은 중국 시민들의 안전은 신경도 쓰지 않고 자기 딸을 찾는 데만 급급해서⋯⋯."

"놈들이 내 딸의 피를 뽑아갔어! 혈액검사를 했다고. 언제 그런 걸 하는지나 알아? 장기가 일치하는지 알아볼 때 한단 말이야." 보슈가 화가 나서 소리쳤다.

보슈는 말을 멈추고 불편해하는 기색이 짙어지는 우의 얼굴을 노려보았다. 로는 볼 필요도 없었다. 우가 책임자였다. 우만 잡으면 안전할 것이다. 할러의 생각이 옳았다. 링컨 차 뒷좌석에 앉아서 할러는 면담을 위한 교묘한 전략을 짜놓았다. 할러는 정당방위였다고 보슈의 행동을 방어하는 데 초점을 맞추지 않고, 그들이 보슈를 겨냥해 수사를 계속하면 국제 언론에 어떤 뉴스가 오르게 될 것인지를 분명히 알게 해주는 것을 전략으로 채택했다.

지금이야말로 그 전략을 구사할 때였다. 할러가 바통을 이어받아 침착하게 공격을 시작했다. 얼굴에 영구히 새겨져 있는 것 같은 미소를 지으며 그가 입을 열었다.

"신사분들, 원한다면 참고인 서명을 받은 그 진술서를 꼭 붙들고 일을 진행하시죠. 구체적인 증거를 바탕으로 한 사실들을 요약해드리겠습니다. 13세 미국인 소녀가 당신들의 도시에서 납치됐습니다. 물론 소녀의 어머니는 경찰에 신고를 했죠. 그런데도 경찰은 수사를 거부하고⋯⋯."

"아이가 전에도 가출한 경험이 있습니다." 로가 끼어들었다. "그러니 이번에도⋯⋯."

할러가 손가락을 들어 그의 말을 막았다.

"그런 건 중요하지 않지요. 당신네 경찰국은 미국인 소녀가 실종됐다는 신고를 받고도 무슨 이유에선지 그 신고를 무시하기로 결정했습니다. 그래서 소녀의 어머니가 어쩔 수 없이 스스로 딸을 찾아 나서게 된 겁니다. 그녀는 제일 먼저 로스앤젤레스에 사는 아이 아버지에게 연락을 했죠." 할러는 어느새 웃음기가 싹 가신 얼굴을 하고 분노를 꾹꾹 누른 듯한 어조로 말했다.

할러가 보슈를 손짓으로 가리켰다.

"홍콩에 도착한 보슈 형사는 전처와 가족의 친구인 선 이 씨와 함께 홍콩경찰이 개입을 거부했던 실종된 딸 찾기에 나섰습니다. 그들은 소녀가 장기 적출을 위해 납치됐다는 증거를 스스로 찾아냈어요. 납치범들이 이 미국인 소녀의 장기를 적출해 팔아먹으려고 납치를 했다는 말입니다!"

할러의 분노가 점점 더 커지고 있었고 보슈는 연기가 아니라고 생각했다. 할러는 한동안 침묵하면서 자기가 뱉은 말이 뇌우를 몰고 오는 구름처럼 테이블 위에 떠 있을 시간을 준 뒤 말을 이었다.

"여러분이 알고 계시듯, 사람들이 죽임을 당했습니다. 제 의뢰인은 그 문제와 관련해서는 여러분에게 자세한 진술은 하지 않을 것입니다. 이렇게만 말해두지요. 홍콩정부와 홍콩경찰의 도움을 전혀 받지 못하고 홀로 남겨진 이 부모가 딸을 찾아 돌아다니다가 대단히 악한 인간들을 맞닥뜨리게 되었고 죽이지 않으면 죽임을 당하는 상황에 처하게 되었다고요. 도발이 먼저 있었단 말입니다!"

보슈는 할러가 마지막 말을 외칠 땐 두 홍콩 형사들이 흠칫 놀라면서 몸을 뒤로 젖히는 것을 보았다. 잠시 후 할러는 법정에서 말하듯 침착하고 억양이 잘 조절된 목소리로 돌아왔다.

"이제 우린 당신들이 진상을 파악하고 싶어한다는 걸 압니다. 보고서를 써야 하고 상관에게 보고해야 하는 사정도 잘 알지요. 하지만 한번 심각하게 자문해보세요. 과연 이것이 합당한 절차입니까?"

또다시 침묵이 흘렀다.

"홍콩에서 무슨 일이 일어났든 그 일은 당신네 경찰국이 이 어린 미국인 소녀와 그 가족을 돌보지 않았기 때문에 일어난 겁니다. 그런데도 당신들이 의자에 떡하니 앉아서 당신네 경찰국이 적절한 조치를 취하지 않았기 때문에 어쩔 수 없이 보슈 형사가 취한 조치들을 분석할 거라면, 홍콩으로 데려갈 희생양을 찾고 있는 거라면, 여기서는 한 명도 못 찾을 겁니다. 우린 협조하지 않을 거니까요. 하지만 이 모든 일에 관해서 여러분이 얘기를 나눠볼 수 있는 사람이 여기 LA에 있긴 합니다. 소개해줄 테니 그 사람이나 만나보시죠."

할러는 셔츠 주머니에서 명함을 한 장 꺼내 테이블 위에 놓고 홍콩 형사들에게로 밀었다. 우가 명함을 집어 들고 들여다보았다. 할러는 아까 공원에서 보슈에게 명함을 보여줬었다. 〈로스앤젤레스 타임스〉 기자의 명함이었다.

"조크 미키보이." 로가 이름을 읽었다.

"이 사람이 이 일에 관해 정보를 갖고 있다고요?"

"잭 매커보이입니다, 형사. 그가 지금은 아무런 정보도 갖고 있지 않습니다. 하지만 이런 이야기를 들으면 지대한 관심을 보일 겁니다."

이것도 다 미리 계획한 일이었다. 할러가 엄포를 놓고 있는 거였다. 보슈는 사실 매커보이가 6개월 전에 〈타임스〉에서 해고된 것으로 알고 있었다. 할러는 고무줄로 묶어 링컨 차에 놓고 다니는 명함 다발에서 옛날 명함을 꺼내 갖고 온 거였다.

할러가 침착하게 말했다.

"당신들을 만나면 그때부터 일이 시작되겠죠. 그리고 내 생각엔 멋진 기사가 될 것 같군요. 13세 미국인 소녀가 중국에서 유괴되어 장기적출을 목적으로 인신매매를 당할 처지에 놓였는데 현지 경찰은 손 놓고 구경만 하고 있었다. 하는 수 없이 소녀의 부모가 아이를 찾아 나섰고 어머니는 딸을 구하려다 죽임을 당했다. 기사가 나오면 세계 각국에서 앞다퉈 싣겠는데요. 세상의 모든 신문과 뉴스 채널이 이 일을 다루고 싶어하겠군요. 할리우드 영화로도 나올 것 같은데요. 올리버 스톤 감독이 메가폰을 잡고!"

할러는 회의에 갖고 들어온 파일을 펼쳤다. 그 속에는 그가 차 안에서 인터넷을 검색해서 출력한 뉴스 기사들이 들어 있었다. 그는 테이블 위에 놓은 출력지를 우와 로에게로 밀었다. 그들은 어깨를 맞대고 앉아 함께 읽었다.

"그리고 마지막으로 여러분이 보고 계신 것은 제가 매커보이 씨를 비롯하여 모든 언론인에게, 저와 보슈 형사에게 문의를 해오는 모든 기자들에게 제공할 신문기사 묶음입니다. 그 기사들은 최근 중국에서 장기 매매를 위한 암시장이 급속한 성장세를 보이고 있다는 사실을 알려주고 있지요. 장기 매입을 기다리는 대기자들의 명단이 세계에서 중국이 가장 길다는 말도 들리고, 또 몇몇 보도에 따르면 중국에서는 장기를 기다리는 대기자가 1백만 명 수준을 꾸준히 유지한다고 하더군요. 몇 년 전에 다른 국가들의 압력을 받고 중국 정부가 사형수의 시신에서 장기를 적출하는 것을 금지시켰는데도 별 효과가 없다면서요. 오히려 암시장에서 인간 장기의 수요와 가치만 더 높여주었을 뿐이라던데. 여러분은 〈베이징 리뷰〉를 비롯하여 대단히 신뢰할 만한 여러 일간지에서 이 사건에 대한 기사를 볼 수 있게 될 겁니다. 참고로 매커보이 씨는 〈베이징 리뷰〉에 기사를 실을 겁니다. 여러분이 원하는 게 그것인지 결정하는 건 여러분에게 달렸습니다. 지금 결정하시죠."

우는 고개를 돌려 로의 귀에 대고 작은 목소리로 중국어를 속사포로 쏟아냈다.

"속삭일 필요 없어요, 신사분들. 어차피 우린 당신들 말 못 알아들으니까." 할러가 말했다.

우가 어깨를 펴고 똑바로 앉았다.

"먼저 우리끼리 전화부터 한 통 하고 면담을 계속 진행하도록 하지요."
우가 말했다.

"홍콩에요? 거긴 새벽 5시일 텐데." 보슈가 말했다.

"상관없어요. 전화부터 좀 합시다." 우가 말했다.

갠들이 일어섰다.

"내 사무실 써요. 아무도 안 들어갈 테니까."

"감사합니다, 경위님."

홍콩경찰국 수사관들이 자리에서 일어섰다.

"마지막으로 한 가지 더요, 신사분들." 할러가 말했다.

그들은 '또, 뭐?'라는 표정으로 그를 쳐다보았다.

"여러분과 여러분의 전화를 받을 분이 알고 있어야 할 일이 있어서요.
우리는 이 일과 관련하여 선 이 씨의 상황에 대해 크게 우려하며 지켜보
고 있다는 걸 말씀드리고 싶군요. 우리가 선 이 씨와 계속 연락을 취할 것
이고, 만일 연락이 닿지 않거나 선 이 씨에게 어떤 식으로든 개인의 자유
를 구속받는 일이 발생했다는 걸 알게 되면, 우린 그 문제도 여론의 법정
에 세울 계획이라는 것을 여러분에게 미리 알려드립니다."

할러는 미소를 지으며 잠시 말을 멈췄다가 계속했다.

"이건 일괄 거랩니다, 신사분들, 패키지 상품이죠. 상관에게 꼭 알려드
리세요."

할러는 고개를 끄덕였고, 줄곧 미소를 머금고 있었다. 입은 분명한 협
박의 말을 내뱉으면서도 태도는 점잖고 예의 바르기까지 했다. 우와 로는
무슨 말인지 알아들었다고 고개를 끄덕이더니 갠들을 따라 회의실을 나
갔다.

"어떤 것 같아? 다 해결된 것 같아?" 할러와 둘만 남게 되자 보슈가 물

었다.

"네, 그런 것 같아요. 이 일은 이걸로 끝난 것 같은데요. 홍콩에서 일어난 일은 홍콩에서 알아서 할 겁니다." 할러가 말했다.

43 중대한 돌파구

보슈는 회의실에서 홍콩 형사들이 돌아오기를 기다리고 있지 않기로 했다. 전날 파트너와 벌였던 설전이 계속 마음에 걸려서 페라스를 만나보러 강력계 사무실로 갔다.

그러나 페라스는 자리를 비우고 없었고, 보슈는 그가 2차 격돌을 피하기 위해 의도적으로 점심을 먹으러 나간 것은 아닌지 궁금했다. 보슈는 부서 간 서신을 담은 봉투와 다른 메시지들이 있나 확인하러 자기 칸막이 자리로 걸어갔다. 아무것도 없었다. 그런데 그의 책상에 놓인 일반전화기에서 빨간불이 깜박거렸다. 메시지가 있었다. 그는 자기 전화로 메시지를 확인하는 것이 아직 익숙하지 않았다. 전에 있던 파커센터의 강력계 사무실은 모든 것이 낡고 구식이어서 개인 음성 메일 같은 것은 상상도 할 수 없었다. 모든 메시지는 대표전화를 통해 비서가 받았다. 비서는 메시지를 메모지에 요약해서 개인 우편함에 넣어놓거나 책상 위에 올려놓았다. 다급한 용건이면 비서가 호출을 하거나 휴대전화로 직접 형사와 연락을 취했다.

보슈는 의자에 앉아 전화기에 비밀번호를 눌렀다. 다섯 개의 메시지가 있었다. 처음 세 개는 다른 사건 수사와 관련된 통상적인 내용이었다. 그는 메모지에 몇 가지 사항을 적어놓은 후 메시지를 지웠다. 네 번째 메시지는 홍콩경찰국의 우 형사가 그 전날 남긴 거였다. 그는 LA에 방금 도착해 호텔을 잡았고 만나서 면담조사를 하고 싶다고 말했다. 보슈는 그 메시지도 지웠다.

다섯 번째 메시지는 잠재지문 감식 전문가인 테리 숍이 남긴 거였다. 메시지는 그날 오전 9시 15분에 남겨져 있었다. 보슈가 집에서 딸의 새 컴퓨터 책상을 담은 박스를 풀고 있었을 때였다.

"해리, 당신이 준 탄피에 그 혁신적인 정전기 기술을 써서 테스트를 해봤어. 놀라지 마, 지문이 하나 나왔어. 그래서 여기는 아주 흥분의 도가니야. 게다가 법무부 범죄자 데이터베이스에 넣고 조회해서 일치하는 지문도 찾아냈어. 그러니까 이 메시지 듣는 대로 전화해줘."

보슈가 과학수사대 지문감식반 구내번호를 누르고 연결되길 기다리면서 고개를 드니 칸막이 너머로 갠들이 홍콩경찰국 형사들을 데리고 회의실로 돌아가는 모습이 보였다. 갠들이 보슈에게 들어오라고 손짓했다. 보슈는 1분 있다 가겠다는 뜻으로 손가락 한 개를 치켜들었다.

"지문감식반입니다."

"테리 숍 좀 부탁해요."

10초를 더 기다리는 동안 보슈는 흥분감이 고조되는 것을 느꼈다. 보징 챙이 석방되어 벌써 홍콩으로 돌아갔는지는 모르지만, 존 리를 살해한 탄환의 탄피에서 그의 지문이 발견된다면, 상황은 완전히 달라질 것이다. 그것은 보징 챙을 살인사건과 연결시켜주는 직접 증거였다. LA경찰국은 그를 기소하고 홍콩경찰에 범죄인 인도를 요구할 것이다.

"테리 숍입니다."

"테리, 나 해리 보슈. 메시지를 방금 들었어."

"안 그래도 전화가 왜 안 오나 하고 있었어. 당신이 준 탄피에서 지문을 채취했고 그것과 일치하는 지문도 찾아냈어."

"훌륭하군. 보징 챙이야?"

"나 지금 실험실인데. 책상으로 가서 봐야 알아. 중국인 이름이긴 한데 당신 파트너가 준 출력지에 있던 이름은 아니었어. 거기에 나온 이름들하고는 일치하지 않더라고. 잠깐만 기다려."

보슈는 이 사건에 대한 자신의 시나리오에 갑자기 금이 가기 시작하는 것을 느꼈다.

"해리, 들어올 거야 말 거야?" 갠들 경위가 외치는 소리가 들렸다.

보슈는 고개를 들고 칸막이 밖을 내다보았다. 갠들이 회의실 문 앞에서 그를 보고 있었다. 보슈는 전화기를 가리키면서 고개를 저었다. 갠들은 못마땅한 표정으로 회의실에서 나와 보슈의 칸막이 자리로 왔다.

"저 사람들 이쯤 하고 가려는 것 같아. 빨리 들어가서 마무리해." 갠들이 다급하게 말했다.

"내 변호사가 알아서 할 거예요. 중요한 전화라서."

"무슨 중요한 전화?"

"이 모든 상황을 확 바꿔……."

"해리?"

수화기 너머로 다시 돌아온 테리 숍의 목소리가 들렸다. 보슈는 송화구를 손으로 틀어막았다.

"이 전화 꼭 받아야 해요." 그가 갠들에게 말했다. 그러고는 손을 떼고 송화구에 대고 말했다.

"테리, 이름 불러줘봐."

갠들은 고개를 절레절레하더니 회의실로 돌아갔다.

"응. 당신이 말했던 이름이 아니야. 헨리 라우, 생년월일은 1982년 9월

9일."

"범죄자 데이터베이스에 들어 있는 이유는?"

"2년 전에 베니스에서 음주운전으로 걸렸더라고."

"그게 전부야?"

"응. 그것 말고는 깨끗해."

"주소는?"

"운전면허증에 나온 주소는 베니스 쿼터덱 18번지 11호."

보슈는 그 정보를 수첩에 받아 적었다.

"알았어. 그리고 당신이 채취한 지문, 확실하고 깨끗한 거 맞지?"

"그럼, 해리. 크리스마스트리처럼 반짝반짝 불 밝히며 나타났어. 정말 놀라운 기술이야. 지문채취 기술의 새로운 지평을 열었어."

"그리고 이 지문을 가지고 시범 케이스로 캘리포니아 법정에 가보고 싶고?"

"아직 그렇게까지 앞서 갈 수는 없을 것 같고. 내 상관은 이 지문이 당신들의 수사에서 어떤 역할을 하는지 보고 싶대. 이 지문의 주인이 정말 당신이 찾는 범인인지, 다른 증거가 또 발견되는지 지켜보자는 거지. 우린 법정에서 우리의 신기술이 재판 결과를 판가름하는 결정적인 한 방이 되는 그런 사건을 찾고 있어."

"그렇게 되는지 어떤지는 두고 보자고, 테리. 수고해줘서 고마워. 이제 이것 가지고 더 밀고 나가볼게."

"행운을 빌어, 해리."

보슈는 전화를 끊었다. 먼저 고개를 들고 칸막이벽 너머로 회의실을 바라보았다. 블라인드가 내려와 있었지만 열려 있었다. 할러가 홍콩에서 온 두 형사들을 향해 손짓하는 것이 보였다. 보슈가 파트너의 자리를 다시 한 번 돌아보니 아직도 비어 있었다. 보슈는 생각을 정리하고 다시 수화기를 들었다.

데이비드 추는 AGU 사무실에서 보슈의 전화를 받았다. 보슈는 지문감식반에서 건너온 최신 정보를 그에게 전한 뒤 삼합회 자료 파일에서 헨리 라우라는 이름을 찾아보라고 지시했다. 그러는 동안 자기가 추를 태우러 가겠다고 했다.

"어디 갈 건데요?" 추가 물었다.

"이 친구를 찾으러."

보슈는 전화를 끊고 회의실로 향했다. 그 안에서 무슨 이야기가 오고 가든 그 논의에 참여하기 위해서가 아니라 존 리 피살사건 수사에 중대한 돌파구가 마련된 것으로 보인다는 사실을 갠들 경위에게 보고하기 위해서였다.

보슈가 회의실 문을 열었을 때 갠들은 '이제 슬슬 끝날 때가 안 됐나?' 하는 표정을 짓고 있었다. 보슈는 그에게 밖으로 나오라고 신호했다.

"해리, 이분들이 당신한테 물어보고 싶은 게 더 있다는데." 갠들이 말했다.

"그럼 기다리라 하세요. 존 리 사건 수사와 관련해서 중요한 단서가 나와서, 더 알아보러 나갑니다. 지금이요."

갠들이 일어나서 회의실 문을 향해 다가왔다.

"해리, 이 일은 내가 알아서 처리할게요. 근데 당신이 꼭 대답해줘야 할 질문이 하나 있어요." 할러가 앉은 자리에서 말했다.

보슈가 할러를 쳐다보자 할러는 고개를 끄덕였다. 남은 질문은 안전한 거라는 뜻이었다.

"뭐죠?"

"전처의 시신을 로스앤젤레스로 운구하고 싶은가요?"

그 질문에 보슈는 잠깐 얼어붙은 듯 서 있었다. 그렇다고 대답하고 싶었지만 딸에게 미칠 영향을 따져보아야 했다.

"그래요, 보내줘요." 마침내 그가 말했다.

보슈는 갠들 먼저 나가게 한 후 자기도 따라 나오고 문을 닫았다.

"어떻게 됐는데?" 갠들이 물었다.

* * *

보슈가 AGU 건물 앞에 차를 세웠을 때 추는 그 앞에서 기다리고 있었다. 서류 가방을 들고 있는 것이 헨리 라우에 대한 정보를 찾아낸 모양이었다. 그가 차에 타자 보슈는 곧 출발했다.

"베니스에서 시작하는 겁니까?" 추가 물었다.

"응. 라우에 대해서 뭘 알아냈어?"

"아무것도요."

보슈가 추를 돌아보았다.

"아무것도?"

"우리가 알기로는, 그는 깨끗합니다. 우리의 정보 파일 어디에서도 그의 이름을 찾아볼 수가 없었어요. 또 몇 사람한테 물어보고 통화도 몇 통했는데, 아무것도 없어요. 그건 그렇고, 그의 운전면허증 사진을 출력해왔습니다."

추는 윗몸을 약간 숙이고 서류 가방을 열어 컬러 프린터로 출력한 라우의 운전면허증 사진을 꺼냈다. 그가 그것을 보슈에게 건넸고 보슈는 운전을 하면서 흘끔흘끔 훔쳐보았다. 그들은 브로드웨이 나들목으로 들어가 101번 고속도로를 타고 달리다가 110번 도로로 갈아타고 달렸다. 시내에서는 도로가 다 막혔다.

라우가 카메라를 보며 웃고 있었다. 생기가 넘치는 얼굴에 머리는 유행

에 따라 멋지게 깎은 모습이었다. 그런 얼굴을 가진 사람이 삼합회 조직
원이라고는, 게다가 주류 판매점 주인을 잔혹하게 살해한 냉혈한 살인범
이라고는 믿어지지가 않았다. 베니스에 있는 주소도 어울리지 않기는 매
한가지였다.

"ATF(주류 담배 화기 단속국 - 옮긴이)에도 조회해봤어요. 헨리 라우는 9밀
리미터 글록 19 권총의 소유주로 등록되어 있더라고요. 그 총에 탄환만
장전한 게 아니라 그 총 주인이기도 하다는 소리죠."

"언제 샀대?"

"6년 전, 스물한 살 생일 바로 다음 날이요."

그 말을 들으니 보슈는 방향을 제대로 잡고 가고 있다는 생각이 들었
다. 라우는 합법적으로 그 권총을 소유하고 있었고, 화기 소지가 허용되
는 법정 연령이 되자마자 총을 구입했다는 사실은 그가 오래전부터 총을
갖고 싶어했다는 것을 보여주는 증거였다. 그렇다면 그는 보슈가 아는 세
상을 떠돌아다녔을 것이다. 일단 그를 연행해 구금하고 그의 생활을 샅샅
이 파헤치기 시작하면 그와 존 리, 보징 챙과의 관계가 분명히 드러날 것
같았다.

그들은 10번 고속도로로 갈아타고 서쪽으로 태평양을 향해 달려갔다.
보슈의 휴대전화가 울려서 그는 할러가 홍콩 형사들과의 회의가 끝났다
는 소식을 전하려고 전화했을 거라고 예상하며 발신자표시창을 보지도
않고 전화를 받았다.

"해리, 히노조스 박사예요. 기다리고 있는데 늦나 보죠?"

보슈는 까맣게 잊고 있었다. 지난 30여 년간 그는 오로지 사건 수사에
만 매달려 살아왔고 수사만을 생각하며 움직였다. 다른 사람을 생각하고
챙겨야 할 일이 없었다.

"아, 박사님! 정말 죄송합니다. 까맣게……. 지금 용의자를 연행하러 가

는 길이라서요."

"무슨 뜻이죠?"

"중요한 단서를 잡아서……, 혹시 매디가 박사님과 조금 더 함께 있을 수 있을까요?"

"아, 그건……, 그래요, 여기 데리고 있을게요. 오늘 남은 일은 행정업무밖에 없으니까. 근데 정말 이래야겠어?"

"박사님, 이러면 안 된다는 거 저도 압니다. 이러면 안 되죠. 딸을 이 멀리까지 데리고 와서 박사님께 맡겨놓고 잊어버리다니, 말도 안 되죠. 그런데 이 사건 때문에 매디가 여기에 오게 된 거예요. 끝까지 파헤쳐서 해결해야 합니다. 용의자가 집에 있으면 잡아서 본부로 데리고 갈 겁니다. 그러고 나서 전화 드릴게요. 그때 매디를 찾으러 갈게요."

"알았어요, 해리. 매디와 이야기를 좀 더 나누고 있을게요. 그리고 당신과도 이야기할 시간을 마련해야 할 것 같은데. 매디에 대해서 그리고 당신 자신에 대해서 이야기를 나눌 필요가 있을 것 같군요."

"좋습니다, 그러죠. 매디 거기 있어요? 좀 바꿔주실래요?"

"기다리세요."

잠시 후 매디가 전화를 받았다.

"아빠?"

그 한마디에 매들린의 마음이, 놀라움과 실망감, 불신감, 좌절감이 모두 담겨 있었다.

"그래, 매디. 미안해. 갑자기 일이 생겼는데 그것부터 해결해야 돼. 히노조스 박사님과 조금만 더 함께 있어. 최대한 빨리 데리러 갈게."

"알았어."

실망감이 두 배가 된 목소리였다. 보슈는 딸을 실망시키는 일이 이번이 마지막이 아닐 것 같아 두려웠다.

"그래, 매디, 사랑해."

그는 전화기를 덮고 다시 주머니에 넣었다.

"이 얘긴 안 하고 싶어." 추가 물어보기 전에 보슈가 말했다.

"네." 추가 말했다.

교통 혼잡이 서서히 풀렸고, 그들은 30분도 채 안 되어 베니스에 도착했다. 가는 길에 보슈는 전화를 한 통 더 받았는데 이번에는 예상했던 대로 할러였다. 할러는 홍콩경찰들이 더 이상 성가시게 굴지 않을 거라고 말했다.

"그럼 그걸로 끝이야?"

"전처의 시신 운구 건으로 연락하긴 할 거지만 그걸로 끝일 거예요. 더 이상의 조사는 안 하겠다고 분명히 약속했으니까요."

"선 이는?"

"조사가 끝났으니 풀려날 거고 어떤 혐의로도 기소되지 않을 거라고는 하는데, 전화해서 확인해봐야 할 거예요."

"그래, 그래야지. 고마워, 미키."

"늘 하는 일인데요 뭘."

"청구서 보내줘."

"아뇨, 이제 비긴 건데요, 해리. 청구서 보내는 대신 제안이 하나 있는데. 내 딸과 당신 딸이 만나게 하면 어떨까요? 같은 또래인 것 같은데."

보슈는 망설여졌다. 할러가 두 소녀의 만남 이상의 것을 요구하고 있다는 것을 그는 알고 있었다. 할러는 보슈의 이복동생이었고, 어른이 되어서도 연락 없이 살다가 1년 전 한 사건을 계기로 잠깐 스쳐 가듯 만난 적이 있었다. 딸들이 교류하며 지낸다는 것은 그 아버지들이 교류하며 지내야 한다는 의미였는데, 보슈는 자신이 그렇게 할 마음의 준비가 되었는지 확신이 없었다.

"나중에 때가 됐다 싶을 때 그렇게 하자. 지금은 매디가 내일부터 학교에 다녀야 하고 여기 생활에 적응도 해야 해서 말이야." 보슈가 말했다.

"좋아요, 그럽시다. 잘 지내요, 해리."

보슈는 휴대전화를 덮고 헨리 라우의 집을 찾는 데 집중했다. 베니스 남쪽 동네의 격자 모양의 거리들은 알파벳 순서대로 거리 이름이 붙어 있어서 작은 만과 마리나 델 레이가 나오기 전의 마지막 거리에 쿼터덱이라는 표지판이 붙어 있었다.

베니스는 물가가 비싸고 예술가들이 많이 모여 사는 신흥 부촌이었다. 라우가 사는 건물은 유리와 치장벽토로 지은 신축건물들 중 하나였다. 이런 신축건물들이 해변을 따라 늘어서 있던 작은 방갈로들을 몰아내고 있었다. 보슈는 스피드웨이라는 거리 옆 좁은 골목에 차를 세우고 쿼터덱까지 걸어갔다.

그들이 찾아온 건물은 아파트였고 건물 앞에 두 채를 판다는 표지판이 붙어 있었다. 유리문을 열고 들어가니 작은 현관이 나왔고 그 앞에는 보안 문과 세대호출을 위한 월패드가 설치되어 있었다. 보슈는 11호를 눌러 호출하는 것이 내키지 않았다. 경찰이 아파트 공동현관에 와 있다는 것을 라우가 알면 어느 비상구를 통해서라도 도망칠 것 같았다.

"어떻게 하죠?" 추가 물었다.

보슈는 다른 집들 번호를 누르기 시작했다. 그러고 나서 기다리니 드디어 한 집에서 응답이 왔다.

"네?" 여자 목소리가 말했다.

"로스앤젤레스 경찰입니다, 부인. 잠깐 이야기 좀 나눌 수 있을까요?" 보슈가 말했다.

"무슨 일로 그러시죠?"

보슈는 고개를 가로저었다. 예전에는 경찰이라고 하면 이렇게 되묻지 않고 다들 지체 없이 문을 열어줬는데, 세상이 너무 많이 변했다 싶었다.

"살인사건 수사 일로 그렇습니다, 부인. 문 좀 열어주시겠습니까?"

침묵이 길게 이어졌다. 보슈는 다시 그 집 번호를 누르고 싶었지만 아까 여러 집 번호를 눌렀기 때문에 어떤 것이 그녀의 집 번호였는지 알 수가 없었다.

"카메라를 향해 경찰 배지를 들고 있어주실래요?" 여자가 말했다.

보슈는 카메라가 있다는 걸 몰랐기 때문에 어디에 있나 하고 두리번거렸다.

"여기요."

추가 월패드 윗부분에 있는 작은 구멍을 가리켰다. 그들이 그 앞에 경찰 배지를 들어 보이자 곧 보안 문이 윙하는 소리와 함께 열렸다. 보슈가 문을 밀어 열었다.

"저 아줌마가 몇 호에 사는지도 모르겠다." 보슈가 말했다.

문 안으로 들어서니 천장 없이 하늘이 보이는 공동 공간이 나왔다. 중앙에는 수영연습용 기다란 수영장이 있었고, 타운하우스 열두 채 모두 현관이 이곳을 향하고 있었다. 네 채는 북쪽에, 다른 네 채는 남쪽에, 그리고 동쪽과 서쪽으로 두 채씩 있었다. 11호는 서쪽이었고 그 말은 그 집의 창문이 바다를 향해 나 있다는 뜻이었다.

보슈가 11호로 다가가 현관문을 두드렸지만 아무 응답이 없었다. 그때 12호의 현관문이 열리더니 한 여자가 거기 서 있었다.

"날 만나고 싶다고 하지 않았어요?" 여자가 말했다.

"실은 라우 씨를 찾고 있습니다. 어디 있는지 아세요?" 추가 말했다.

"출근했겠죠. 이번 주엔 야간 촬영이 있다고 한 것 같은데."

"무슨 촬영이요?" 보슈가 물었다.

"시나리오 작가래요. 영화인지 TV쇼인지 뭔지 모르겠지만 작업을 하고 있다고 하더라고요."

바로 그때 11호의 현관문이 빼꼼 열렸다. 게슴츠레한 눈에 헝클어진 머리를 한 남자가 문틈으로 밖을 내다보았다. 보슈는 남자가 추가 출력해 온 운전면허증 사진의 그 남자라는 것을 알아보았다.

"헨리 라우 씨? LA경찰입니다. 몇 가지 물어볼 게 있는데요." 보슈가 말했다.

44 충격사건

헨리 라우의 집은 널찍했고 뒷베란다는 판자 산책로 위로 3미터 가까이 뻗어 있었다. 그 앞으로 넓은 베니스 해변이, 그리고 그 너머로 광활한 태평양이 시원스레 펼쳐져 있었다. 라우는 보슈와 추를 안으로 맞아들였고 거실로 안내해 앉으라고 권했다. 추는 소파에 앉았지만 보슈는 베란다 쪽을 등지고 그대로 서 있었다. 풍경에 한눈팔지 않고 신문할 때엔 신문에만 집중하고 싶어서였다. 이상하게도 기대했던 감이 오질 않았다. 라우는 그들이 자기 집 문을 두드린 것이 통상적인 순찰업무일 거라고, 흔히 있는 일이라고 생각하는 것 같았다. 보슈는 그런 반응은 예상 못했었다.

라우는 청바지에 운동화를 신었고 긴소매 티셔츠를 입고 있었는데, 티셔츠에는 선글라스를 낀 장발의 남자가 실크스크린으로 찍혀 있었고, 그 그림 밑에는 '듀드가 나가신다'(조엔 코엔 감독의 코미디 영화 〈위대한 레보스키〉에 나오는 유명한 대사—옮긴이)라는 문구가 적혀 있었다. 잠을 자고 있었다면, 옷을 입은 채로 자고 있었던 것이다.

보슈는 라우에게 팔걸이가 30센티미터나 되는 정사각형의 검은색 가죽의자를 가리켰다.

"앉아요, 라우 씨. 시간을 많이 뺏지 않을 테니까." 보슈가 말했다.

라우는 몸집이 작고 고양이처럼 날렵해 보였다. 그는 두 다리를 의자 위로 올리고 무릎을 세워 앉았다.

"총격사건 때문에 오셨습니까?" 라우가 물었다.

보슈는 추를 흘끗 쳐다보고는 라우에게로 다시 고개를 돌렸다.

"총격사건이라니?"

"저 해변에서 있었던 거요. 강도사건."

"언제 그런 일이 있었지?"

"글쎄요, 잘 모르겠네요. 2주 전인가. 하지만 그 일이 언제 있었는지도 모르시는 걸 보니 그 일 때문에 오신 게 아닌가 보군요."

"그래, 헨리. 우리가 총격사건을 수사하고 있는 것은 맞지만 그 사건은 아닌데. 우리가 맡고 있는 총격사건에 대해서 얘기 좀 해주겠나?"

라우는 어깨를 으쓱거렸다.

"아는 게 있어야 이야기를 하죠. 다른 총격사건은 아는 게 없는데요, 경찰관님들."

"우린 형사들이야."

"형사님들. 무슨 총격사건을 말씀하시는 겁니까?"

"보징 챙이라는 남자를 알아?"

"보징 챙이요? 아뇨, 그런 이름은 처음 들어보는데요."

라우는 그 이름을 정말로 처음 듣는지 어리둥절한 표정이었다. 보슈가 추에게 신호를 보내자, 추는 서류 가방에서 챙을 입건할 때 찍은 사진을 출력해온 것을 꺼내 라우에게 건네주었다. 라우가 사진을 보는 동안 보슈는 또 다른 각도에서 그를 바라보기 위해 방 안의 다른 곳으로 옮겨갔다. 그는 계속 움직일 생각이었다. 그러면 라우가 정신이 산란해져 자기방어의 벽이 쉽게 허물어질 수도 있을 것 같았다.

라우는 그 사진을 한참 들여다보더니 고개를 가로저었다.

"아뇨, 모르는 사람이네요. 어떤 총격사건을 말씀하시는 거죠?"

"당분간 질문은 우리가 하지. 그런 다음에 자네의 질문을 받도록 할게. 자네 이웃집 부인은 자네가 시나리오 작가라고 하던데?" 보슈가 말했다.

"네, 맞아요."

"자네가 쓴 것 중에 내가 봤을 만한 건?"

"없을걸요."

"어떻게 알지?"

"지금까지는 내 작품 중에 실제로 제작된 작품이 하나도 없으니까요. 그러니 형사님이 봤을 만한 건 하나도 없다고 말할 수밖에요."

"그럼 해변가에 있는 이런 멋진 아파트의 집세는 누가 내지?"

"제가 내는데요. 글을 쓰면서 보수를 받거든요. 아직까지 스크린을 강타할 작품을 만들지는 못했지만요. 그런 걸 만들려면 아시겠지만 시간이 좀 걸리거든요."

보슈는 라우의 뒤로 걸어갔고, 젊은 남자는 안락의자에 앉아 고개를 최대한 돌려서 그를 바라보았다.

"어디서 자랐어, 헨리?"

"샌프란시스코요. 여긴 진학을 위해 내려왔다가 눌러살게 됐죠."

"거기서 태어났어?"

"네."

"자이언츠 팬이야, 다저스 팬이야?"

"자이언츠요."

"이런, 유감이군. 사우스 LA에 마지막으로 가본 게 언제였지?"

뜬금없는 질문이 들어오자 라우는 잠깐 기억을 되살린 뒤 대답했다. 그는 고개를 가로저었다.

"글쎄요, 한 5~6년 된 것 같은데요. 어쨌든 꽤 오래됐습니다. 무슨 일 때문에 이러시는지 말씀해주시면 도와드릴 수도 있을 텐데요."

"그럼 지난주에 그곳에서 자넬 봤다는 사람이 있으면, 그건 그 사람이 거짓말하는 거겠네?"

라우는 게임하는 것마냥 즐거운 얼굴로 히죽거렸다.

"거짓말을 하는 거거나 착각을 했겠죠. 그럴 때 하는 말 있잖아요, 왜."

"몰라, 뭐라고 하는데?"

"아우, 그놈이 그놈이라."

라우가 활짝 웃으며 추를 쳐다보면서 지지를 호소했다. 그러나 추는 전혀 흔들리지 않고 무표정한 얼굴로 그를 쳐다보았다.

"몬터레이 파크는?" 보슈가 물었다.

"거기 가본 적이 있느냐고요?"

"응, 바로 그 뜻이야."

"어, 저녁 먹으러 두세 번 갔었는데, 사실 일부러 찾아갈 만큼 훌륭하지는 않던데요."

"몬터레이 파크에 아는 사람도 없고?"

"네, 없어요."

보슈는 지금까지 라우의 주위를 돌면서 일반적인 질문들을 던져 라우의 도주를 막을 울타리를 치고 있었다. 이젠 그를 잡기 위해 더 가까이 접근할 때였다.

"총은 어디 있어, 헨리?"

라우는 두 발을 거실 바닥으로 내려놓았다. 그러고는 추를 쳐다보다가 보슈에게로 눈길을 돌렸다.

"제 총 때문에 오신 겁니까?"

"6년 전에 자넨 글록 19를 구입해서 등록했어. 그게 어디 있는지 말해줄 수 있을까?"

"네, 그럼요. 제 침대 옆에 있는 탁자 서랍에요. 자물쇠가 있는 보관함에 들어 있죠. 항상 거기 있는데요."

"진짜?"

"아, 알겠다, 알겠어. 해변에서 총소리가 난 날 제가 베란다에서 권총을 들고 있는 거를 8호에 사는 멍청이 씨가 보고 신고한 거로군요?"

"아냐, 헨리. 우린 멍청이 씨를 만나보지도 못했어. 해변에서 총격사건이 났을 때 총을 갖고 있었다는 거야?"

"네, 맞아요. 밖에서 고함 소리가 나고 비명 소리도 들리더라고요. 그때 전 제 집에 있었고 제 자신을 보호할 권리가 있으니까요."

보슈가 추에게 고갯짓으로 베란다를 가리켰다. 추는 미닫이문을 열고 베란다로 나가더니 문을 닫았다. 그러고는 해변에서 있었던 총격사건에 대해 알아보기 위해 휴대전화를 꺼내 들었다.

"저기, 누가 제가 총을 쏘는 걸 봤다고 했다면, 그건 새빨간 거짓말이에요." 라우가 말했다.

보슈는 라우를 오랫동안 물끄러미 쳐다보았다. 뭔가 잘못된 것 같은 느낌이 드는데 그게 뭔지 알 수가 없었다.

"내가 알기로는, 그런 말 한 사람은 아무도 없어." 보슈가 말했다.

"그럼, 도대체 무슨 일 때문에 이러시는 겁니까?"

"말했잖아. 자네 총 때문에 그런다고. 총을 우리에게 보여주겠나, 헨리?"

"그럼요, 가서 가져올게요."

라우가 의자에서 벌떡 일어나 계단으로 향했다.

"헨리, 잠깐만 거기 서봐. 같이 가자." 보슈가 말했다.

라우가 계단에서 뒤를 돌아보았다.

"마음대로 하세요. 빨리빨리 끝내죠."

보슈는 베란다로 돌아갔다. 추가 미닫이문을 열고 들어오고 있었다. 그들은 라우를 따라 계단을 올라가 아파트 뒤쪽으로 나 있는 복도를 걸어갔다. 복도 양쪽 벽에 사진액자와 영화 포스터, 학위증서 등이 여러 개 걸려 있었다. 그들은 집필실로 쓰는 침실의 열린 문 앞을 지나가 주 침실로 들어갔다. 그곳은 천장 높이가 4미터 가까이 되고 너비가 3미터나 되는 커다란 방이었고, 전망창 밖으로 해변이 쫙 펼쳐져 있었다.

"퍼시픽 경찰서에 전화해봤는데요. 총격사건은 1일 밤에 있었답니다. 피의자 두 명을 구속 수감 중이라네요." 추가 보슈에게 말했다.

보슈는 마음속으로 달력을 뒤로 넘겨보았다. 1일은 존 리가 피살되기 한 주 전 화요일이었다.

라우는 서랍 두 개짜리 협탁 옆 흐트러진 침대 위에 걸터앉았다. 그러고는 탁자의 아래쪽 서랍을 열어 뚜껑에 손잡이가 달려 있는 철제 상자를 꺼냈다.

"그거 거기 그대로 놔둬." 보슈가 말했다.

라우는 상자를 침대 위에 내려놓고 두 손을 들면서 일어섰다.

"전 아무 짓도 안 했어요. 형사님이 보여달라고 그러셨잖아요."

"내 파트너가 상자를 열게 할 거야." 보슈가 말했다.

"마음대로 하세요."

"형사."

보슈는 재킷 주머니에서 라텍스 장갑 한 켤레를 꺼내 추에게 건네주었다. 그러고 나서 혹시 몰라서 라우와 팔을 뻗으면 닿을 수 있는 거리로 걸어가서 섰다.

"총은 왜 샀어, 헨리?"

"그 당시 험악한 놈들이 사방에 깔려 있는 우범 지역에 살고 있었거든요. 근데 진짜 웃기는 건, 백만 달러씩이나 주고 여기로 이사 왔는데, 여기서도 그런 놈들이 해변을 활개 치고 다니면서 제 집 바로 앞에서 총질을 해대고 그러는 거 있죠."

추가 장갑을 다 끼고 나서 라우를 쳐다보았다.

"이 상자 우리가 열어보게 허락하는 거요?" 추가 물었다.

"그럼요, 열어보세요. 도대체 무슨 일인지는 모르지만, 안 될 게 있나요? 열어보세요. 열쇠는 테이블 뒤쪽에 붙은 작은 고리에 걸려 있습니다."

추는 테이블 뒤로 손을 뻗어 열쇠를 찾았다. 그러고는 열쇠로 상자를 열었다. 몇 장의 접은 종이와 봉투들 위에 검은색 펠트로 된 총 주머니가 놓여 있었다. 여권과 탄환 한 상자도 들어 있었다. 추는 총 주머니를 조심스럽게 들고 주머니를 열어 검은색 반자동 권총을 꺼냈다. 그는 그것을 돌려보며 관찰했다.

"코본 9밀리미터 탄환 한 상자, 글록 19 권총 한 자루. 맞는 것 같은데요, 보슈 형사님."

추는 총의 탄창을 빼내 홈에 끼워져 있는 탄환들을 관찰했다. 그러고 나서 약실에 든 한 발을 꺼냈다.

"탄환이 가득 들어 있고 언제라도 사격할 준비가 된 상탭니다."

라우가 문을 향해 한 걸음 내딛자 보슈가 즉시 손을 들어 그의 가슴을 막아 세운 후 그를 벽 쪽으로 밀고 갔다.

"이것 보세요. 도대체 무슨 일 때문에 이러시는지 모르겠지만 두 분 때문에 겁이 나 죽겠어요. 도대체 무슨 일입니까?" 라우가 말했다.

보슈는 계속 라우를 막고 있었다.

"총에 대해서 솔직히 말해주면 돼, 헨리. 자넨 1일 밤에 총을 꺼내 들고 있었어. 그 후로 언제라도 총이 다른 사람 손에 넘어간 적이 있었나?"

"아뇨, 전…… 항상 저기다 총을 두는데요."

"지난주 화요일 오후 3시에 어디 있었어?"

"음, 지난주엔 여기 있었어요. 집에서 계속 작업을 하고 있었어요. 화요일까지는 촬영이 시작되지 않았거든요."

"여기서 혼자 일을 했다고?"

"네, 혼자 작업을 하죠. 글쓰기는 외로운 작업이거든요, 형사님. 아니, 잠깐만요! 잠깐만요! 지난주 화요일엔 하루 종일 파라마운트에 있었네요. 출연배우들과 대본 리딩이 있어서요. 오후 내내 거기 있었어요."

"그걸 증명해줄 사람들이 있고?"

"적어도 열두 명은 될걸요. 매튜 맥커너히가 증명해줄 겁니다. 거기 있었거든요. 주연을 맡았죠."

보슈가 라우에게 허를 찌르는 엉뚱한 질문을 던졌다. 아무런 관련도 없어 보이는 질문들을 뜬금없이 마구 던질 때 사람들의 입에서 놀라운 이야기가 튀어나오곤 했다.

"자네 삼합회와 관련이 있지, 헨리?"

라우가 웃음을 터뜨렸다.

"뭐요? 도대체 무슨……, 이봐요, 저 나갑니다."

라우는 보슈의 손을 거칠게 뿌리친 뒤 다시 문 쪽으로 걸음을 내디뎠다. 보슈는 이때를 기다리고 있었다. 그는 라우의 팔을 잡고 몸을 홱 돌려 세운 뒤 발목을 세게 찼다. 그러자 라우가 침대 위로 엎어졌다. 보슈가 무릎으로 그의 등을 누른 채 그의 두 손에 수갑을 채웠다.

"이게 무슨 짓이에요! 왜 이러시는 거죠?" 라우가 소리쳤다.

"진정해, 헨리, 진정해. 경찰국으로 가서 다시 얘기해보자." 보슈가 말했다.

"그럼 영화는 어떡하고요! 세 시간 후에는 세트장에 있어야 한단 말입니다."

"영화 같은 소리 하고 있네. 이건 실제상황이야, 헨리. 우린 지금 자네를 경찰본부로 연행하는 거라고."

보슈는 라우를 침대에서 끌어 내려 일으켜 세운 뒤 문을 가리켰다.

"추, 증거물 다 확보했어?"

"네."

"그럼 앞장서."

추가 글록이 든 금속 상자를 들고 방을 나갔다. 보슈는 라우를 앞장세우고 한 손으로는 수갑 사이의 사슬을 잡고 따라갔다. 그들이 복도를 걸어가 계단 꼭대기에 이르렀을 때, 보슈가 말의 고삐를 잡듯 수갑 사슬을 잡아당기며 멈춰 세웠다.

"잠깐만. 잠깐만 뒤로 돌아가 보자."

보슈는 라우를 밀고 복도 중간쯤으로 돌아갔다. 아까 지나갈 때 뭔가가 보슈의 눈길을 끌었지만 계단 앞에 다다라서야 그게 무엇인지 깨달았다. 이제 그는 서던캘리포니아 대학교의 학위증서가 담긴 액자를 바라보았다. 라우가 2004년에 그 대학 교양학부를 졸업했다고 나와 있었다.

"USC 나왔어?" 보슈가 물었다.

"네, 영화학교요. 왜요?"

학교와 졸업년도가 보슈가 행운식품주류의 뒤쪽 사무실에서 보았던 학위증서에 나와 있는 것과 일치했다. 게다가 같은 중국인이라는 연관성도 있었다. 보슈는 해마다 수많은 학생들이 USC에 진학하고 수천 명이 졸업을 하며, 그중 상당수가 중국계라는 사실을 알고 있었다. 그러나 그는 우연의 일치라는 것을 믿지 않았다.

"USC 졸업생인데 로버트 리라는 사람 알아, 철자 L, I를 쓰는 리?"

라우가 고개를 끄덕였다.

"그럼요, 알죠. 제 룸메이트였는데요."

보슈는 여러 가지 사실들이 강력하게 부딪치고 충돌하기 시작하는 것

444

을 느꼈다.

"유진 램이라는 친구는? 그 친구도 알아?"

라우가 또 고개를 끄덕였다.

"아직도 만나는 친군데요. 그 친구도 그때 제 룸메이트였고요."

"어디서?"

"말씀드렸잖아요, 험악한 애들이 돌아다니는 우범 지역 동네에 살았다고. 학교 근처였어요."

보슈는 USC가 양질의 교육 프로그램을 제공하는 값비싼 교육기관이긴 하지만 그 주변 동네는 개인의 안전이 늘 문제 되는 궁핍하고 위험한 동네라는 사실을 알고 있었다. 몇 년 전엔 연습장에서 연습을 하던 미식축구 선수 하나가 근처에서 조직폭력배들끼리 총격전을 벌일 때 날아온 빗나간 탄환에 맞은 적도 있었다.

"총을 산 이유가 그거야? 거기 살면서 자신을 보호하기 위해서?"

"네, 바로 그거예요."

추는 그들이 따라 내려오지 않은 것을 뒤늦게 깨닫고 계단을 다시 뛰어 올라와 그들에게로 다가왔다.

"보슈 형사님, 무슨 일입니까?"

보슈는 자유로운 손을 들어 추에게 거기 가만히 있으라고 신호를 보냈다. 그러고는 라우에게 다시 질문을 던졌다.

"그리고 자네가 6년 전에 그 총을 샀다는 사실을 그 친구들이 알고 있었고?"

"같이 갔는데요. 그 총을 함께 골랐고요. 왜 그런 걸……."

"아직도 친구 사이야? 연락하고 지내나?"

"네, 하지만 그게 이 일하고 무슨 관계가 있다고……."

"그들 중 한 명을 마지막으로 본 게 언제였어?"

"둘 다 지난주에 봤는데요. 거의 매주 만나서 포커를 하거든요."

보슈는 추를 흘끗 쳐다보았다. 보슈는 수사에 예기치 않은 돌파구가 마련됐다는 걸 느꼈다.

"어디서, 헨리? 어디서 포커를 하지?"

"주로 여기 우리 집에서요. 로버트는 아직 부모님과 함께 살고 있고 유진은 밸리에 사는데 집이 코딱지만 하거든요. 그래서 그럼 우리 집으로 와라, 앞에 해변도 있으니까, 이렇게 된 거죠."

"지난주에는 무슨 요일에 포커를 했지?"

"수요일이었어요."

"확실해?"

"네. 다음 날 촬영을 시작하기로 되어 있어서 난 별로 하고 싶지 않아했던 게 기억나거든요. 근데도 둘이 기어코 왔기에 조금 하다가 보냈어요. 그날 밤은 금방 끝났죠."

"그럼 그전에는? 그전에는 언제 왔어?"

"그 전주에요. 수요일인지 목요일인지, 잘 기억이 안 나네요."

"하지만 해변에서 총기 난사가 있고 난 다음이었다는 말이지?"

라우는 어깨를 으쓱거렸다.

"네, 아마 그럴걸요. 왜요?"

"상자 열쇠는? 그 두 친구 중 누구라도 열쇠가 어디 있는지 알고 있어?"

"그 친구들이 무슨 짓을 했는데요?"

"묻는 말에나 대답해줘, 헨리."

"네, 둘 다 알고 있었어요. 가끔씩 총을 꺼내 들고 장난치는 걸 좋아했거든요."

보슈는 열쇠고리를 꺼내 수갑 열쇠를 찾아 라우의 수갑을 풀었다. 그 시나리오 작가는 돌아서서 팔목을 마사지하기 시작했다.

"수갑을 차면 어떤 느낌일까 항상 궁금했는데. 이젠 그것에 대해서도 글을 쓸 수 있겠는데요. 지난번엔 너무 취해서 기억이 안 났어요." 라우가 말했다.

마침내 라우가 고개를 들었고 자신을 바라보는 보슈의 강렬한 눈을 보았다.

"도대체 무슨 일입니까?"

보슈가 라우의 어깨에 손을 얹고 계단 쪽으로 돌려세웠다.

"거실로 내려가서 얘기하자, 헨리. 자네가 우리에게 해줄 이야기가 많을 것 같군."

45 밝혀지는 진실

　그들은 행운식품주류 건물 뒷골목에서 유진 램을 기다렸다. 일렬로 늘어선 쓰레기통들과 납작하게 만들어 묶어놓은 판지 상자들 사이에 아주 작은 종업원용 주차공간이 있었다. 그들이 헨리 라우를 찾아가 사건의 전말을 파악하고 나서 이틀이 지난 목요일이었다. 그동안 그들은 증거물을 확보 검증하고 전략을 세웠다. 또한 보슈는 그 사이에 딸을 산 밑에 있는 공립중학교로 전학을 시켰다. 매들린은 이날 아침에 첫 등교를 했다.

　그들은 유진 램이 총을 쏜 범인이면서 두 피의자 중 약한 쪽이라고 판단했다. 그를 먼저 체포해 조사하고, 그다음에 로버트 리를 체포할 계획이었다. 그들은 진상 파악을 끝냈고 범인들을 잡아들일 준비도 마쳤다. 주차장을 주시하고 있는 보슈는 오늘 안에 존 리 피살사건의 전말이 밝혀지고 사건이 종결될 거라는 확신이 들었다.

　"저기 옵니다." 추가 말했다.

　추가 골목 입구를 가리켰다. 램의 차가 방향을 바꿔 골목 안으로 들어서고 있었다.

＊　＊　＊

　　그들은 유진 램을 1호 조사실에 넣고 한동안 혼자 있을 시간을 주었다. 시간은 언제나 피의자가 아니라 수사관에게 이롭게 작용했다. 강력계에서는 피의자를 조사실에 혼자 두는 것을 '고기에 양념한다'고 표현했다. 피의자라는 고기가 시간을 갖고 양념이 잘 배게 내버려두는 것이었다. 그렇게 하면 항상 고기가 부드러워졌다. 보징 챙은 예외였다. 그는 한마디도 하지 않고 바위처럼 굳건하게 버텼다. 결백함이 그런 의지를 가능케 한 것이지만, 램에게는 그게 없었다, 결백함이.

　　한 시간 후, 지방검찰청에서 나온 검사와 협의를 마친 보슈는 증거물이 든 판지 상자를 들고 조사실로 들어가 테이블을 가운데 두고 램의 맞은편에 앉았다. 피의자는 고개를 들고 겁에 질린 눈으로 보슈를 쳐다보았다. 한동안 고립시켜놓으면 피의자들은 늘 이런 반응을 보였다. 바깥에서의 한 시간이 조사실 안에서는 영원이었다. 보슈는 상자를 바닥에 내려놓은 후 두 팔을 팔짱 껴서 테이블 위에 올려놓았다.

　　"유진, 내가 여기 들어온 건 자네 인생에 관한 중요한 사실들을 설명해주기 위해서야. 그러니까 내가 하는 말을 잘 들어. 자넨 지금 중요한 선택의 기로에 서 있어. 분명한 사실은 자네가 감옥에 갈 거라는 거야. 그건 의심의 여지가 없어. 하지만 얼마나 오랫동안 가 있을 것인가는 지금부터 몇 분 안에 자네가 결정하게 될 거야. 꼬부랑 노인이 될 때까지 있을 수도 있고 사형 집행관이 주삿바늘을 자네 팔에 꽂고 자네가 개처럼 널브러져 죽을 때까지 있을 수도 있겠지. ……아니면 언젠가는 자유를 다시 찾을 수 있는 기회를 스스로에게 줄 수도 있어. 자넨 아주 젊잖아, 유진. 올바른 선택을 하길 바라." 보슈가 말했다.

　　보슈는 잠시 말을 멈추고 유진 램의 반응을 기다렸지만 램은 잠자코 있었다.

"난 이렇게 피의자를 마주 보고 앉아서 조사를 시작한 지 굉장히 오래됐어. 그동안 살인을 저지른 자들을 참 많이도 만나봤지. 근데 다들 사악한 놈이거나 저주받을 놈이거나 그렇지는 않더라고. 나름 정당한 이유가 있는 사람들도 있고 제3자의 사주를 받아서 죄를 저지른 사람들도 있었어. 누군가에게 등을 떠밀려 그런 길로 접어든 사람들 말이야."

램은 고개를 세차게 내저으며 허세를 부렸다.

"아까도 말씀드렸지만, 변호사를 원합니다. 내 권리를 다 알고 있어요. 일단 내가 변호사를 요청한 이상 형사들이 내게 아무 질문도 할 수 없다는 거요."

보슈가 고개를 끄덕여 동의를 표시했다.

"그래, 그건 자네 말이 맞아, 유진. 100퍼센트 옳은 말이야. 자네가 권리를 들먹인 이상, 우린 자넬 신문할 수가 없지. 법으로 금지되어 있으니까. 그래서 지금 자네한테 아무것도 안 물어보는 거야. 난 그냥 앞으로 일이 어떻게 될지 이야기해주는 것뿐이야. 자네가 지금 선택할 수 있다는 걸 알려주는 거야. 침묵도 분명히 하나의 선택이지. 하지만 침묵을 선택하면, 바깥세상을 다시는 못 보게 될 거야."

램은 고개를 내젓고 테이블을 내려다보았다.

"혼자 있게 해줘요."

"내가 이제까지 벌어진 일을 요약하고 지금 자네 상황이 어떤지를 알게 해주는 게 자네한테 도움이 될 것 같군. 난 기꺼이 모든 것을 자네에게 알려줄 생각이야, 유진. 내가 가진 패를 모두 보여줄 생각이지. 왜 줄 알아? 로열 플러시이기 때문이야. 포커 치지, 자네? 로열 플러시가 아무도 대적할 수 없는 패라는 건 잘 알 거야. 지금 내가 가진 게 그거야. 로열 플러시."

보슈는 말을 멈췄다. 램의 눈에서 호기심을 읽을 수 있었다. 형사들이 무슨 단서를 잡고 자기를 옭아매려고 하는지 궁금한 건 어쩔 수 없는 모양이었다.

"우린 이 사건에서 자네가 궂은일을 맡아 했다는 거 알아. 자네가 그 가게로 들어가서 총으로 쏴서 존 리 씨를 냉혹하게 살해했지. 하지만 우린 그게 자네의 아이디어가 아니었다고 확신하고 있어. 자넬 그곳으로 보내 자기 아버지를 죽인 것은 로버트였어. 우리가 원하는 것도 로버트야. 이 옆방에 검사님이 앉아서 자네와 거래할 준비를 하고 기다리고 계셔. 자네가 로버트를 우리에게 넘겨주면 15년에서 무기징역까지 받아주실 거야. 15년은 확실히 살 거야. 근데 그 후에 가석방 기회를 얻을 수도 있겠지. 자네도 피해자라고, 다른 사람이 시켜서 한 일이라고 가석방 심의 위원회를 설득해서 걸어 나오는 거야. ……충분히 그렇게 될 수 있어. 그런데 다른 길을 선택하면 자신의 목숨을 걸고 주사위를 던지는 거나 마찬가지야. 재판에서 지면, 끝이지. 50년 형을 받고 감옥에서 시들다가 죽는 거야. 물론 그보다 먼저 배심원단이 자네 팔에 주사기를 꽂기로 결정하지 않는다면 말이지."

"변호사를 불러줘요." 램이 조용히 말했다.

보슈는 고개를 끄덕이며 체념한 목소리로 대꾸했다.

"알았어, 유진. 자네 생각이 그렇다면, 변호사를 불러주지."

보슈는 고개를 들고 카메라가 위치한 천장을 바라보며 전화기를 귀에 대는 시늉을 해보였다.

그러고는 다시 램을 쳐다보았다. 아무래도 말만 가지고는 설득할 수 없을 것 같았다. 증거물을 보여주며 얘기해봐야 할 것 같았다.

"됐어, 지금 변호사 부르고 있어. 괜찮다면 기다리는 동안 몇 가지 더 알려주고 싶은데. 나중에 변호사 오면 나한테서 들은 것 가지고 의논할 수 있으니까 도움이 될 거야."

"그러시든지요. 변호사만 불러주면 당신이 무슨 말을 하든 상관없어요."램이 말했다.

"좋아, 그럼, 범죄 현장 이야기부터 해볼까. 사건현장에는 처음부터 마음에 걸리는 게 몇 가지 있었어. 하나는 존 리 씨가 카운터 바로 밑에 권총을 놔두고도 그걸 꺼내 들지 않았다는 거야. 또 하나는 머리에 총상이 없었다는 거. 리 씨는 가슴에만 세 발을 맞았어. 얼굴에는 총상이 없었지."

"대단히 흥미로운데요."램이 빈정거렸다.

보슈는 그 말을 못 들은 척했다.

"그 모든 것이 내게 어떤 말을 했는지 알아, 유진? 존 리는 살인범을 알고 있었고 그래서 전혀 위협을 느끼지 않았다는 거야. 그리고 이 일이 비즈니스였다는 것. 보복 살인이나 원한에 의한 살인이 아니라는 거지. 비즈니스였을 뿐이라는 거야."

보슈는 바닥에 놓인 상자로 팔을 뻗어 뚜껑을 열었다. 그러고는 피해자의 목에서 빼낸 탄피가 든 증거물 봉투를 집어 들고 유진 램 앞에 던지듯이 내려놓았다.

"여기 있어, 유진. 이거 찾던 거 기억나? 카운터를 돌아가서 시신을 움직여가며 찾았잖아. 이 빌어먹을 탄피가 어디 간 거냐고 투덜거리면서. 안 그래? 이게 그 빌어먹을 탄피야. 자네의 범행인 게 들통 나게 된 유일한 실수가 이거였어, 유진."

그는 잠시 말을 멈추고 유진이 두려움에 찬 눈으로 탄피를 노려보는 것을 지켜보았다.

"병사를 한 명도 낙오시키지 마라. 그게 총잡이의 신조 아닌가? 그런데 자넨 낙오시켰어, 유진. 저 병사를 남겨두고 갔고, 그 남겨진 병사가 우리를 자네한테로 데리고 간 거야."

보슈는 증거물 봉투를 집어서 램의 눈앞에 들고 있었다.

"이 탄피에 지문이 한 개 있었어, 유진. 우린 혁신적인 정전기 기술이란 걸 가지고 그 지문을 채취했어. 최첨단기술 덕 좀 본 거지. 그리고 우리가 채취한 그 지문은 자네의 옛날 룸메이트 헨리 라우의 것이더군. 그래, 그 지문 덕분에 우린 헨리를 찾을 수 있었어. 헨리는 대단히 협조적이었어. 8개월 전쯤 사격연습장에서 총을 쏘고 재장전한 것이 마지막이었다고 하더라고. 그때 찍힌 지문이 줄곧 그 탄피에 묻어 있었던 거야."

보슈는 다시 상자로 팔을 뻗어서 헨리 라우의 권총이 들어 있는 검은색 펠트 주머니를 꺼냈다. 그는 권총을 주머니에서 꺼내 테이블 위에 올려놓았다.

"헨리에게 갔더니 총을 넘겨주더군. 어제 총기감식반에서 감식을 했는데, 아니나 다를까, 우리가 찾던 살인무기로 판명이 됐어. 9월 8일 행운주류에서 존 리를 살해하는 데 사용된 총이라는 거야. 문제는 헨리 라우는 사건이 일어난 그 시각에 명백한 알리바이가 있다는 거야. 다른 사람 열세 명과 한 방에 있었다. 알리바이를 입증할 증인으로 심지어 매튜 맥커너히를 지목하기까지 했어. 그런데 자기는 총을 다른 사람에게 빌려준 적이 한 번도 없었다는 거야."

보슈는 의자에 등을 기대고 앉아 턱을 긁으면서 어떻게 그 총이 존 리를 살해하는 데 사용됐는지 골똘히 생각하는 척을 했다.

"빌어먹을, 이건 정말 큰 난관이었어, 유진. 그런데 그때 우리에게 행운의 여신이 찾아들었어. 착한 사람들에겐 종종 행운이 뒤따르는 법이지. 자네가 우리에게 행운을 가져다줬어, 유진."

보슈는 극적인 효과를 주기 위해 잠시 말을 멈췄다가 쐐기를 박았다.

"헨리의 총으로 존 리를 죽인 사람은 일을 벌이고 나서 총에 묻은 지문을 깨끗이 닦아내고 재장전을 했어. 헨리가 자기 총을 누가 몰래 갖고 가서 사람을 죽이는 데 썼다는 것을 절대로 모르게 하기 위해서였지. 꽤 좋은 아이디어였지만, 그가 한 가지 실수를 했어."

보슈는 윗몸을 앞으로 기울이고 램의 눈을 쳐다보았다. 그리고 권총을 돌려 총열이 피의자의 가슴을 향하도록 했다.

"탄창에 새로 끼운 탄환들 중 한 개에 엄지손가락 지문이 선명하게 찍혀 있었어. 자네 거더군, 유진. 자네가 뉴욕 운전면허증을 캘리포니아 면허증으로 전환할 때 찍은 지문과 비교해봤더니 정확하게 일치하더군."

램의 눈길이 보슈의 눈에서 천천히 내려가 테이블을 향했다.

"그래 봤자, 아무 의미도 없잖아요." 램이 말했다.

목소리에서 확신이라고는 전혀 느껴지지 않았다.

"그래? 정말? 글쎄, 난 모르겠네. 난 그게 큰 의미가 있다고 생각하는데. 그리고 카메라 저편에 있는 검사님도 같은 생각이시고. 검사님은 내 얘길 들으시고는 자네가 감방에 들어가고 문이 쾅 닫히는 소리가 들리는 것 같다고까지 하셨거든." 보슈가 대꾸했다.

보슈는 탄피가 든 증거물 봉투와 권총을 집어서 판지 상자에 도로 넣었다. 그러고는 두 손으로 상자를 들고 일어섰다.

"지금까지 말한 게 우리의 현재 상황이야, 유진. 변호사 기다리면서 다시 한 번 잘 생각해봐."

보슈는 문을 향해 천천히 걸어갔다. 그는 램이 멈추라고, 돌아오라고 거래를 하고 싶다고 말하기를 바랐다. 그러나 피의자는 끝내 아무 말도 하지 않았다. 보슈는 상자를 한쪽 겨드랑이에 끼고는 문을 열고 밖으로 나갔다.

* * *

보슈는 증거물 상자를 들고 자기 자리로 돌아와 책상 위에 쿵 하고 내려놓았다. 파트너의 자리를 건너다 보니 아직도 비어 있었다. 하긴 페라스는 로버트 리를 감시하기 위해 밸리의 행운식품주류에 남아 있었다. 램이 경찰에 연행됐고 자백할 가능성이 있다는 걸 로버트 리가 알게 되면 도주할 우려가 있기 때문이었다. 페라스는 감시 업무를 내키지 않아 했지만, 보슈는 신경 쓰지 않았다. 페라스가 수사의 주변부로 스스로 걸어나갔으니 앞으로 그가 머물러야 할 곳은 바로 거기였다.

비디오실에서 보슈와 램의 면담을 지켜보고 있던 추 형사와 갠들 경위가 보슈의 칸막이 자리로 걸어왔다.

"안 속을 거라고 했잖아. 똑똑한 놈이라고. 총을 재장전할 때 분명히 장갑을 끼고 있었을 거야. 당신이 자길 속이는 걸 알았을 거고, 그래서 당신이 진 거야." 갠들이 말했다.

"그러게요. 그게 우리에겐 최선인 거 같아서 한번 해봤는데." 보슈가 말했다.

"저도 같은 생각입니다." 추가 보슈에 대한 지지를 표명했다.

"지금 상황으로는 저 친구를 내보내줄 수밖에 없어. 저 친구가 총을 구할 기회가 있었다는 건 알지만 그래서 그 총을 구했다는 증거는 없잖아. 기회만 가지고는 충분치가 않아. 그것만 가지고는 법정으로 갈 수가 없다고." 갠들이 말했다.

"쿡이 그래요?"

"그렇게 생각하고 있더라고."

애브너 쿡은 지방검찰청에서 나와 미디어실에서 보슈와 램의 면담을 지켜본 검사였다.

"지금은 어디 있죠?"

그 질문에 스스로 대답하는 듯 쿡이 사무실 저편에서 보슈의 이름을 불렀다.

"이리 와봐요!"

보슈는 허리를 펴고 칸막이 너머를 바라보았다. 비디오실 문 앞에서 쿡이 열심히 손짓하고 있었다. 보슈가 일어서서 그에게로 걸어갔다.

"당신을 찾는데 빨리 들어가 봐요!" 쿡이 말했다.

보슈는 재빨리 조사실로 걸어가서 문 앞에 이르자 걸음을 멈추고 심호흡을 한 다음 문을 열고 침착하게 걸어 들어갔다.

"무슨 일이야? 자네 변호사한텐 전화했고 지금 오는 중인데." 보슈가 말했다.

"거래는 어떻게 됐습니까? 아직도 유효한가요?"

"지금은 유효한데 곧 무효가 될 거야. 검사가 가려고 준비하고 있거든."

"검사를 데려와요. 거래를 합시다."

보슈는 방 안으로 다 들어간 후 문을 닫았다.

"자넨 우리한테 뭘 줄 건데, 유진? 거래를 원한다면, 자네는 우리한테 뭘 줄 건지 말을 해줘야지. 테이블에 뭐가 올라와 있는지를 알아야 검사를 부르든가 말든가 할 거 아냐."

램이 고개를 끄덕였다.

"난 로버트 리와…… 그의 누나를 넘겨줄게요. 이 모든 것이 두 남매의 계획이었습니다. 노인네가 너무 완고하고 변화를 싫어했거든요. 그 가게를 닫고 밸리에 새 가게를 열어야 했어요. 수익을 내는 가게를요. 그런데 노인네가 안 된다고 딱 잘랐어요. 절대로 안 된다고 계속 버티니까 결국 로버트가 더 이상 견디지를 못하게 된 겁니다."

보슈는 미아가 개입됐다는 말에도 전혀 놀라지 않은 것처럼 보이려고 애쓰면서 의자로 가서 앉았다.

"그러니까 그 누나가 이 일에 가담했단 말이야?"

"가담만 한 게 아니라 애초에 계획을 세운 사람이 그 누나였어요. 하나는 수정했지만……."

"뭘 수정했는데?"

"원래 누나는 내가 둘 다 죽이길 바랐습니다. 아버지와 어머니 둘 다요. 나보고 일찍 와서 둘 다 죽이라고 했어요. 근데 로버트가 안 된다고 막았죠. 엄마가 죽는 건 원치 않는다면서요."

"삼합회 조직원의 소행인 것처럼 보이게 했던 건 누구의 아이디어였어?"

"누나의 아이디어였고 구체적인 작전은 로버트가 짰고요. 둘 다 경찰이 그쪽으로 수사 방향을 잡을 거라고 생각했죠."

보슈는 고개를 끄덕였다. 그는 미아에 대해서 잘 알지 못했지만 그녀의 삶에 대해서 들은 이야기가 있어서 씁쓸한 기분이 들었다.

보슈는 천장의 카메라를 흘끗 올려다보면서 자신의 눈길이 전하는 말을 갠들이 알아들었기를, 그래서 빨리 사람을 보내 미아 리의 소재를 파악하고 그와 동시에 체포 조를 급파하기를 바랐다.

보슈는 고개를 바로 하고 램을 쳐다보았다. 램은 자포자기한 듯 테이블을 내려다보고 있었다.

"그럼 자넨 어떻게 된 거야, 유진? 자넨 왜 이 일에 가담하게 됐지?"

램이 고개를 가로저었다. 얼굴에는 후회하는 기색이 역력했다.

"나도 모르겠습니다. 로버트는 자기 아버지의 점포가 너무 적자를 내고 있어서 나를 해고해야 할 것 같다고 하더라고요. 그러더니 계속 일할 수 있는 방법이 있다고……, 밸리에 행운식품주류 2호점을 개점하면 내가 대표를 맡게 해주겠다고 했습니다."

보슈가 수십 년 형사생활을 하면서 들어온 그 어느 대답 못지않게 한심하기 짝이 없는 대답이었다. 살인 동기에 관해서는 놀랄 만한 반전 없이 다 파악이 된 것 같았다.

보슈는 애브너 쿡 검사가 들어와서 거래를 하기 전에 더 물어볼 미진한 부분은 없는지 생각해보았다.

"헨리 라우는 어떻게 된 거야? 헨리가 자네한테 권총을 줬어, 아니면 자네가 그 친구 몰래 갖고 나온 거야?"

"우리가 몰래 갖고 나온 겁니다. 내가 몰래 갖고 나왔어요. 어느 날 밤 헨리의 집에서 포커를 하다가 화장실에 간다고 말하고는 거실을 나왔어요. 그러고는 침실로 가서 권총을 꺼냈죠. 그 상자 열쇠를 어디다 두는지 알고 있었거든요. 총을 갖고 나왔고 그다음에 도로 갖다놨어요. 다음번에 만났을 때요. 계획대로 한 거였어요. 우린 헨리가 전혀 모르고 넘어갈 거라고 생각했습니다."

램의 이야기가 충분히 개연성이 있는 것 같았다. 그러나 보슈는 일단 거래가 성사되고 검사와 피의자가 서명을 하면, 이 사건과 관련된 모든 의문점들에 대해 피의자인 램에게 보다 자세히 물어볼 수 있을 것이라고 생각했다. 검사를 불러들이기 전에 딱 한 가지 더 짚고 넘어갈 게 있었다.

"홍콩은 어떻게 된 거야?" 보슈가 물었다.

램이 어리둥절한 표정을 지었다.

"홍콩이요? 홍콩이 뭐요?" 그가 되물었다.

"자네들 셋 중에서 누가 홍콩에 연줄이 있었던 거야?"

램은 혼란스러워하는 표정으로 고개를 저었다. 정말로 무슨 말인지 이해를 못 하는 것처럼 보였다.

"무슨 말씀이신지 모르겠는데요. 우리 가족은 뉴욕에 살거든요, 홍콩이 아니라. 난 홍콩에 아는 사람도 없습니다. 내가 알기로는 로버트와 미아 누나도 마찬가지고요. 홍콩 이야기는 한 번도 한 적이 없는데요."

보슈는 램의 대답을 곱씹어보았다. 이젠 그가 혼란스러웠다. 무언가 아귀가 들어맞지 않는 것이 있었다.

"그러니까 자네 말은, 자네가 알기로는, 자네나 로버트나 미아가 사건 수사나 수사관에 관한 일로 홍콩에 있는 누군가에게 전화를 건 적이 전혀 없다는 말이야?"

"내가 알기로는 없습니다. 홍콩에 아는 사람이 있을 리가 없죠."

"몬터레이 파크에는 없어? 존 리 씨가 상납금을 바쳤던 삼합회에는?"

"그 삼합회에 대해서는 알고 있었죠. 로버트는 쳉이 매주 수금하러 온다는 걸 알고 있었습니다. 그래서 그런 계획을 세운 거예요. 난 기다리고 있다가 쳉이 가게를 나가는 걸 보고 들어갔습니다. 로버트는 CCTV에 있는 디스크를 꺼내 오고 다른 디스크들은 그대로 두라고 했습니다. 그중 하나에 쳉의 모습이 찍혀 있고 경찰이 그걸 단서로 생각하고 쫓아갈 거라는 걸 알았던 거죠."

사람 마음을 조종하는 방법을 아는구먼, 보슈는 생각했다. 참으로 그는 로버트 리가 계획한 대로 움직였었다.

"그다음에 쳉이 밸리 점포로 찾아왔을 때 쳉한테는 뭐라고 했어?"

"그것도 계획의 일부였습니다. 로버트는 쳉이 수금하러 올 거라는 걸 알고 있었어요."

램은 보슈의 눈을 피해 고개를 숙였다. 당혹스러워하는 것 같았다.

"그래서 쳉한텐 뭐라고 말했냐니까?" 보슈가 재촉했다.

"로버트가 쳉한테 그랬어요. 경찰이 우리에게 쳉의 사진을 보여줬고 쳉이 살인을 저질렀다고 말했다고요. 경찰이 그를 찾고 있고 체포할 거라고요. 우린 그렇게 하면 쳉이 도주할 거라고 생각했습니다. LA를 떠날 것이고 그러면 그것 때문에 경찰은 그가 범인이라는 확신을 갖게 될 거라고 생각했죠. 쳉이 중국으로 돌아가고 영원히 사라져주면, 우리한텐 고마운 일이고요."

보슈는 램의 진술의 의미와 결과가 자기 심장의 검붉은 핏속으로 서서히 스며드는 것을 느끼면서 램을 노려보고 있었다. 자신이 처음부터 끝까지 완벽하게 조종당했다는 사실이 믿어지지가 않았다.

"나한테는 누가 전화했지? 누가 전화해서 수사에서 물러서라고 한 거야?" 보슈가 물었다.

램이 천천히 고개를 끄덕였다.

"내가 했습니다. 로버트가 대사를 써줬고 내가 시내 공중전화로 가서 전화를 걸었어요. 죄송합니다, 보슈 형사님. 형사님을 협박하고 싶진 않았지만, 로버트가 하라는 대로 할 수밖에 없었어요." 그가 말했다.

보슈는 고개를 끄덕였다. 그도 유감이었다. 하지만 같은 이유에서는 아니었다.

46 지도 밖으로 행군

한 시간 후 보슈와 쿡 검사는 유진 램으로부터 모든 것을 자백받고 협조하겠다는 약속을 받은 후 조사실을 나왔다. 쿡은 젊은 살인범뿐만 아니라 로버트 리와 미아 리도 기소하겠다고 말했다. 그 남매를 구속기소할 증거는 차고 넘친다고 말했다.

보슈는 추, 갠들, 그리고 다른 네 명의 형사들과 함께 회의실에 모여 체포 작전을 논의했다. 페라스가 로버트 리를 계속 감시하고 있었다. 갠들은 윌셔 지역에 있는 리 가족의 집으로 보낸 형사한테서 그 가족의 자동차가 사라졌고 집 안에 아무도 없는 것 같다는 보고를 받았다고 말했다.

"미아가 나타날 때까지 기다릴까, 아니면 로버트가 램의 행방에 대해 궁금해하기 전에 지금 로버트를 체포할까?" 갠들이 물었다.

"지금 덮쳐야 할 것 같은데요. 램이 어디 있는지 벌써부터 궁금해하고 있을 겁니다. 의심하기 시작하면, 도주할 가능성도 있어요." 보슈가 말했다.

갠들은 반대 의견이 있는지 주위를 둘러보았다. 아무도 없었다.

"좋아, 그럼 행동 개시하자. 점포에서 로버트를 체포하고 나서 미아를 찾으러 가는 거야. 오늘 안으로 이 사람들 전부 구속 수감시키자고. 해리,

파트너에게 전화해서 로버트의 정확한 위치 좀 확인해. 우리가 곧 간다고 전하고. 나도 갈 거야, 당신과 추 형사와 함께." 갠들이 말했다.

경위가 사무실을 떠나 현장에 함께 가는 일은 극히 드물었다. 그러나 이번 사건은 대단히 중대한 사건이어서 평소처럼 사무실에 가만히 앉아만 있을 수는 없는 모양이었다. 범인 체포로 사건이 종결되는 현장에 함께 있고 싶은 모양이었다.

다들 일어서서 회의실을 빠져나가기 시작했다. 보슈와 갠들은 뒤에 남았다. 보슈가 휴대전화를 꺼내 페라스의 단축번호를 눌렀다. 마지막으로 확인할 때 페라스는 행운식품주류 상점 길 건너편에 차를 세워놓고 앉아서 그 상점을 감시하고 있었다.

"아직도 이해가 안 가는 게 뭔지 알아, 해리?" 갠들이 물었다.

"아뇨, 뭐가 이해가 안 가는데요?"

"당신 딸은 그럼 누가 납치한 거지? 램은 그 일에 대해서는 아무것도 모른다고 주장하잖아. 지금 와서 거짓말할 이유는 없고. 아직도 챙의 조직원들이 그랬다고 생각해? 챙은 이 사건과는 아무 관련이 없는 것으로 밝혀졌는데도?"

보슈가 갠들에게 대답하기 전에 페라스가 전화를 받았다.

"페라스입니다."

"나야. 로버트 리는 어디 있어?" 보슈가 말했다.

보슈는 손가락 하나를 입에 대며 갠들에게 통화가 끝날 때까지 기다리라는 신호를 보냈다.

"상점 안에 있습니다. 우리 얘기 좀 해야 할 것 같은데요, 선배님." 페라스가 말했다.

파트너가 딱딱하고 긴장된 목소리로 말하는 것을 듣고 보슈는 그가 하고 싶은 이야기가 로버트 리에 관한 일은 아니라는 것을 직감했다. 오전 내내 차에 혼자 앉아 있으면서 머릿속에서 무언가가 곪아가고 있는 모양이었다.

"이야기는 나중에 하자. 지금은 움직여야 돼. 램이 마음을 바꿨어. 모든 걸 자백했어. 로버트와 그 누나가 공범이야. 누나가 주동자였어. 미아 리는 상점 안에 있어?"

"아뇨, 어머니를 내려주고 그대로 가버렸는데요."

"언제?"

"한 시간쯤 전에요."

갠들 경위는 보슈의 통화가 끝나기를 기다리기도 지치고 체포조에 합류하기 위해 준비할 것도 있어서 반장실로 돌아갔다. 보슈는 당분간 경위의 질문에 대답하는 수고를 덜었다고 생각했다. 지금은 페라스만 다루면 되었다.

"알았어. 움직이지 말고 잘 보고 있어. 무슨 변화가 생기면 바로 연락하고." 보슈가 말했다.

"이거 아십니까, 선배님?"

"뭐 말이야, 이그나시오?" 보슈가 초조한 목소리로 대꾸했다.

"선배님이 제게 기회를 한 번도 주시지 않은 거요."

페라스가 징징거리자 보슈는 울화가 울컥 치밀었다.

"무슨 기회? 지금 무슨 얘길 하는 거야?"

"선배님이 경위님한테 새 파트너를 원한다고 말씀하신 것 말입니다. 제게 한 번 더 기회를 주셨어야죠. 경위님이 저를 차량절도 전담반으로 보내려고 하시더라고요. 제가 믿을 만하지 못하니까 제가 움직여야 한다면서요."

"이봐, 이그나시오, 2년이나 됐어, 알아? 자네한테 2년이나 기회를 줬다고. 하지만 지금은 이런 얘길 하고 있을 때가 아니야. 나중에 얘기하자,

알겠어? 자리 지키고 잘 보고 있어. 우리가 곧 가니까."

"아뇨, 선배님이 잘 지켜보십시오."

보슈는 잠깐 말문이 막혔다.

"그게 무슨 뜻이지?"

"리는 제가 맡겠다는 뜻입니다."

"이그나시오, 내 말 잘 들어. 자넨 지금 혼자야. 들어가지 말고 체포조가 도착할 때까지 기다려. 알아들었어? 리에게 수갑을 채우고 싶다면, 좋아, 자네가 채워. 하지만 우리가 갈 때까지 기다리라고."

"체포조도 필요 없고 선배님도 필요 없습니다."

페라스가 전화를 끊었다. 보슈는 회의실을 나가 반장실을 향해 바삐 걸어가면서 재다이얼을 눌렀다.

페라스는 전화를 받지 않았고 곧 음성 메일로 넘어갔다. 보슈가 갠들의 사무실로 들어갔을 때 경위는 현장학습을 위해 방탄조끼를 입고 그 위에 셔츠를 껴입은 후 단추를 잠그고 있었다.

"빨리 가봐야겠어요. 페라스가 지도 밖으로 행군하고 있어요." 보슈가 말했다.

47 실수를 만회할 기회

장례식에서 돌아온 후, 보슈는 넥타이를 풀고 냉장고에서 맥주 한 캔을 꺼냈다. 베란다로 나가 안락의자에 등을 기대고 앉아 눈을 감았다. 음악을 틀까 생각했다. 우울한 기분을 떨쳐버리기 위해 아트 페퍼(미국의 재즈 색소폰 연주자 – 옮긴이)라도 좀 들을까 싶다.

그러나 움직일 수가 없었다. 그는 그냥 계속 눈을 감은 채 지난 2주 동안 일어난 일을 되도록이면 잊으려고 애썼다. 모두 잊는다는 것은 불가능한 일이었지만 시도해볼 가치가 있었고, 맥주를 마시면 일시적이나마 기억을 지우는 데 도움이 될 것 같았다. 지금 꺼내온 맥주가 냉장고에 있던 마지막 맥주였고, 자신에게도 마지막 맥주가 되게 할 거라고 그는 맹세했다. 이젠 딸을 키워야 할 처지가 되었고, 이왕이면 최고의 아빠가 되고 싶었다.

호랑이도 제 말 하면 온다더니, 미닫이문이 열리는 소리가 들렸다.

"안녕, 매디."

"아빠."

딱 한 마디를 했는데도, 딸의 목소리가 다르다는 것을, 고민이 있는 목소리라는 것을 느낄 수 있었다. 보슈는 눈을 떴다. 오후의 햇살이 눈부셔서 눈이 저절로 가늘어졌다. 매들린은 벌써 옷을 갈아입고 나왔다. 엄마가 싸준 가방에 있던 청바지와 셔츠를 입고 있었다. 그러고 보니 매들린은 아빠와 쇼핑가서 구입한 옷들보다 엄마가 홍콩에서 배낭에 챙겨 넣어준 몇 가지 안 되는 옷을 더 자주 입었다.

"무슨 일이야?"

"아빠한테 할 얘기가 있어."

"그래, 해."

"아빠 파트너 일은 정말 안 됐어."

"아빠도 그렇게 생각해. 그 아저씨는 끔찍한 실수를 저질렀고 그 실수에 대한 대가를 톡톡히 치렀어. 하지만 그런 실수를 저질렀다고 그렇게까지 큰 벌을 받아야 했는지는 잘 모르겠다."

보슈는 행운식품주류의 관리자 사무실에서 맞닥뜨린 끔찍한 장면을 떠올렸다. 페라스는 등에 네 발을 맞고 얼굴이 바닥으로 향하게 쓰러져 있었다. 로버트 리는 한구석에 웅크리고 앉아 오들오들 떨고 신음하면서 문 옆에 있는 누나의 주검을 바라보고 있었다. 미아 리는 페라스를 살해한 후 총구를 자신에게로 돌렸다. 보슈가 그곳에 도착했을 때 살인자와 피해자를 동시에 배출한 가정의 안주인인 리 부인은 문간에 멍하니 서 있었다.

이그나시오 페라스는 미아 리가 오는 것을 보지 못했다. 미아는 어머니를 점포 앞에 내려주고 그대로 떠났다. 그러나 무슨 이유에선가 되돌아왔다. 차를 몰고 몰래 뒷골목으로 들어가 건물 뒤쪽 주차장에 차를 세웠다. 사후에 형사들은 그녀가 잠복근무 중이던 페라스를 발견하고 경찰이 수사망을 바짝 좁혀오고 있다는 사실을 알아차렸을 거라고 추정했다. 그녀는 집으로 돌아가 피살된 아버지가 자기 가게 카운터 밑에 숨겨뒀던 권총을 꺼내 들고 밸리에 있는 점포로 되돌아왔다. 그녀의 계획이 무엇이었는지는 알 수가 없었고 앞으로도 영원히 미스터리로 남게 될 것이다. 어쩌면 유진 램이나 자기 어머니를 찾고 있었는지도 몰랐다. 아니면 경찰을 기다리고 있었는지도 몰랐다. 그러나 그녀가 점포로 돌아가 뒤쪽 종업원용 출입구를 통해 안으로 들어간 것과 거의 같은 시각에 페라스도 혼자서 로버트 리를 체포하기 위해 앞쪽 출입문을 열고 점포 안으로 들어섰다. 미아는 페라스가 남동생의 사무실로 들어가는 것을 보고 뒤쫓아갔다.

보슈는 탄환이 이그나시오의 몸속으로 들어가 박혔을 때 그가 마지막으로 무슨 생각을 했는지 궁금했다. 벼락이 두 번 칠 수 있다는 걸 깨닫고, 두 번째는 완전히 일을 끝낼 수 있다는 걸 깨닫고 놀라워했는지 궁금했다.

보슈는 머릿속에 떠오르는 장면과 잡다한 생각을 애써 떨쳐냈다. 그러고는 허리를 똑바로 펴고 앉아서 딸을 바라보았다. 딸의 눈 속에 근심 걱정이 가득한 것을 보고 무슨 이야기를 하려는 것인지 알아차렸다.

"아빠?"

"왜 그러니, 매디?"

"나도 끔찍한 실수를 저질렀어. 그런데 그 대가를 치른 사람이 내가 아니야."

"그게 무슨 말이야, 공주님?"

"히노조스 박사님께 이야기하니까, 모든 것을 털어놓아야 한다고 하셨어. 나를 괴롭히고 있는 것들을 말로 표현해야 한다고."

매들린의 눈에서 눈물이 흐르기 시작했다. 보슈는 안락의자에서 몸을 옆으로 약간 비틀어 공간을 마련한 후 딸의 손을 잡아끌어 자기 옆에 앉혔다. 그러고는 딸의 두 어깨를 감싸 안았다.

"무슨 말이든 해도 돼, 매들린."

매들린은 두 눈을 감고 한 손으로 두 눈을 감쌌다. 다른 손으로는 보슈의 손을 꼭 쥐었다.

　"엄마는 나 때문에 죽었어. 내가 엄마를 죽게 만들었어. 원래는 내가 죽었어야 했는데." 매들린이 말했다.

　"잠깐만, 잠깐만. 넌 아무 책임……."

　"아냐, 아빠, 내 말 들어봐, 내 말 들어보라고. 내게 책임이 있어. 내가 그랬어, 아빠. 감옥에 가야 할 사람은 나야."

　보슈는 딸을 꼭 끌어안고 정수리에 입을 맞췄다.

　"내 말 잘 들어, 매디. 넌 어디에도 안 가. 여기서 아빠랑 같이 살 거야. 무슨 일이 있었는지 알지만 남이 한 일에 대해서 네가 책임감을 느낄 필요는 없어. 그렇게 생각하지 않았으면 좋겠어."

　매들린이 보슈를 밀어내고 그를 쳐다보았다.

　"알아? 내가 한 일을 안다고?"

　"넌 믿지 말아야 할 사람을 믿었어. ……그리고 나머지는, 다른 모든 일들은 그에게 책임이 있는 거야."

　매들린이 고개를 가로저었다.

　"아냐, 아냐. 그 모든 게 내 아이디어였어. 아빠가 올 걸 알았어. 아빠가 엄마를 설득해줄 거라고 생각했어. 내가 아빠와 함께 이곳으로 돌아와 살게 허락해주라고 엄마를 설득할 줄 알았어."

　"그래, 알아."

　"어떻게 알아?" 매들린이 물었다.

　보슈는 어깨를 으쓱거렸다.

　"어떻게 아느냐는 중요하지 않아. 중요한 건 넌 퀵이 무슨 짓을 할지 알 수 없었을 거라는 거야. 퀵이 네 계획을 가로채서 딴 일을 계획할 거라는 걸 네가 어떻게 알았겠니?"

매들린은 고개를 숙였다.

"어쨌든, 내가 엄마를 죽인 거야."

"아냐, 매들린. 누군가 책임을 져야 한다면, 그건 나야. 네 엄마는 너하고는 아무 상관 없는 일에 말려들어서 죽임을 당했어. 강도사건이었는데, 내가 어리석어서, 돈을 절대로 보여주지 말았어야 할 곳에서 내 돈을 보여줬기 때문에 네 엄마가 죽임을 당했어. 알겠니? 그러니 내 탓이야, 네 탓이 아니라. 내가 실수를 한 거야."

매들린은 진정할 수도 없고 위로도 받지 못했나 보았다. 머리를 세차게 흔들어대어 눈물이 보슈의 얼굴에 튀었다.

"우리가 그 동영상을 보내지 않았으면, 아빠 홍콩에 오지도 않았을 거 아냐. 내가 그런 거야! 그 동영상을 보면 아빠가 어떻게 할지 알고 있어. 바로 다음 비행기로 날아올 거라는 걸 알았다고! 아빠가 홍콩 공항에 내리기 전에 도망칠 생각이었어. 아빠가 도착할 때쯤이면 모든 일이 해결되게 말이야. 그럼 아빠는 엄마한테 말했겠지. 홍콩은 내가 살기에 안전하지 못하니까 LA로 데리고 가겠다고."

보슈는 고개를 끄덕였다. 며칠 전, 보징 챙이 존 리 피살사건과 아무 관련이 없다는 사실을 알았을 때 이와 같은 시나리오를 생각해보았었다.

"근데 지금 엄마가 죽었잖아! 그 사람들도 죽고! 다들 죽었어! 모든 게 다 내 잘못이야!"

보슈는 매들린의 양어깨를 붙잡고 자기를 향하도록 돌려세웠다.

"히노조스 박사한테 이 이야기 어디까지 했니?"

"하나도 안 했어."

"그렇구나."

"아빠한테 먼저 하고 싶었어. 이제 나 감옥으로 데리고 가."

보슈는 딸을 다시 끌어안고 딸의 머리를 가슴에 꼭 대고 있었다.

"아냐, 매디, 아빠하고 여기서 살아야지."

보슈는 딸의 머리를 부드럽게 어루만지며 차분하게 말했다.

"인간은 누구나 실수를 해. 모두가. 아빠 파트너가 그랬듯이, 실수를 했는데 만회할 수 없을 때도 더러 있어. 실수를 만회할 기회조차 얻지 못할 때도 있지. 하지만 그럴 기회를 얻을 때도 있어. 우린 우리가 한 실수를 만회할 수 있어. 우리 둘 다 그럴 기회를 얻은 거야."

매디의 눈에서 눈물이 흐르는 속도가 느려져 있었다. 훌쩍이는 소리는 계속 들렸다. 그는 매디가 자기에게 온 이유가 이것인가 보다고 생각했다. 실수를 만회할 기회를 주기 위해서.

"우린 좋은 일을 해서 우리가 잘못한 일을 만회할 수 있어. 모든 걸 만회할 수 있을 거야."

"어떻게?" 매들린이 작은 소리로 물었다.

"어떻게 하는지 아빠가 가르쳐줄게. 아빠가 먼저 보여줄게. 그럼 너도 알게 될 거야. 우리가 이 일을 만회할 수 있다는걸."

보슈는 스스로를 설득하듯 고개를 끄덕였다. 그는 딸을 꼭 끌어안고 다시는 딸을 놓치는 일이 없기를 바랐다.

감사의 글

나는 스티븐 바식과 데니스 보이치에호프스키의 도움이 없었다면 이 책을 집필할 수 없었을 것입니다. 스티브는 내가 홍콩에서 보고 싶다고 한 것들을 무엇이든 보여주었고 데니스는 내가 필요하다고 말한 것들을 모두 인터넷에서 찾아주었습니다. 두 분께 항상 감사하는 마음을 갖고 있습니다.

더불어 아시야 머치닉, 빌 매시, 마이클 피에츠, 샤논 번, 제인 데이비스, 시유 와이 마이, 파멜라 마셜, 릭 잭슨, 팀 마샤, 마이클 크리코리안, 테릴 리 랭크포드, 대니얼 댈리, 로저 밀스, 필립 스피처, 존 휴턴, 린다 코넬리에게도 깊은 감사를 드립니다. 여러분 정말 고맙습니다.

나와 해리 보슈에게 LA경찰국의 문을 활짝 열어 보여준 LA경찰국의 윌리엄 J. 브래튼 전 국장님께도 특별히 감사드립니다.

나인 드래곤

1판 1쇄 인쇄 2015년 6월 25일
1판 3쇄 발행 2023년 8월 3일

지은이 마이클 코넬리
옮긴이 한정아

발행인 양원석
편집장 김건희
영업마케팅 조아라, 정다은, 이지원

펴낸 곳 ㈜알에이치코리아
주소 서울시 금천구 가산디지털2로 53, 20층 (가산동, 한라시그마밸리)
편집문의 02-6443-8902   **도서문의** 02-6443-8800
홈페이지 http://rhk.co.kr
등록 2004년 1월 15일 제2-3726호

ISBN 978-89-255-5670-3 (04840)
      978-89-255-5518-8 (set)